STILLER STURM

EIN MASTER-CHIEF-ROMAN

TROY DENNING

Basierend auf dem
Xbox-Videogame-Bestseller

Bibliografische Information der Deutschen Nationalbibliothek
Die Deutsche Nationalbibliothek verzeichnet diese Publikation in der
Deutschen Nationalbibliografie; detaillierte bibliografische Daten
sind im Internet über http://dnb.d-nb.de abrufbar.

Amerikanische Originalausgabe:
»HALO: Silent Storm – A Master Chief Story« by Troy Denning
published in the US by Gallery Books, An Imprint of Simon & Schuster Inc.,
New York, September 2018.

Deutsche Ausgabe: Panini Verlags GmbH, Schlossstr. 76, 70176 Stuttgart.

Geschäftsführer: Hermann Paul
Head of Editorial: Jo Löffler
Head of Marketing: Holger Wiest (email: marketing@panini.de)
Presse & PR: Steffen Volkmer

Übersetzung: Andreas Kasprzak & Tobias Toneguzzo
Lektorat: Thomas Gießl & Katja Böhm
Umschlaggestaltung: tab indivisuell, Stuttgart
Satz: Greiner & Reichel, Köln
Druck: GGP Media GmbH, Pößneck
Printed in Germany

YDHALOM001

ISBN 978-3-8332-4265-6
1. Auflage, August 2022

Auch als E-Book erhältlich: ISBN 978-3-7367-9831-1

Findet uns im Netz:
www.paninicomics.de

PaniniComicsDE

Für Ross und Ashley.
Die Zukunft gehört euch.

ANMERKUNG DES HISTORIKERS

Am 1. März 2526, ungefähr ein Jahr nach dem Verlust von Harvest, wo der erste Kontakt zwischen Menschheit und Allianz stattgefunden hatte, startete Vizeadmiral Preston Cole mit der größten Flotte in der menschlichen Geschichte eine Gegenoffensive. Bei seinem Versuch, die Kolonie zurückzuerobern, standen vierzig Schlachtschiffe des Kampfverbands X-Ray einem einzigen Superzerstörer der Allianz gegenüber. Cole verlor dreizehn Schiffe, ehe es ihm schließlich gelang, sich gegen die unglaubliche Feuerkraft des Feindes durchzusetzen. Da eine Handvoll weiterer Kolonien bereits der Invasionsflotte der Allianz zum Opfer gefallen war und zahlreiche weitere Welten in ihrem direkten Pfad lagen, wechselte das United Nations Space Command zu einer neuen Strategie – ein verzweifelter Versuch, die größte Bedrohung aufzuhalten, der die Menschheit sich je gegenübergesehen hatte.

1. KAPITEL

03:42 Uhr, 5. März 2526 (Militärkalender)
Starry Night, UNSC-Prowler der *Razor*-Klasse
Im hohen äquatorialen Orbit, Planet Netherop, Ephyra-System

Die fernen Lichtflecken von fünf außerirdischen Raumschiffen durchstießen die braunen Wolken um Netherop und stiegen auf einem Schweif weiß glühender Treibgase in den Orbit empor. Der Angriffsplan sah vor, sich an die Geschwindigkeit des Feindes anzupassen und dann eine Einheit Spartans abzusetzen, die durchs Vakuum in den Hangar des Mutterschiffs fliegen würde. Aber diese Außerirdischen hatten während der letzten fünfzehn Sekunden – seit sie auf den Schirmen der *Starry Night* aufgetaucht waren – ungefähr um das Zwanzigfache beschleunigt und John-117 war nicht sicher, ob der Prowler der *Razor*-Klasse bei diesem Tempo mithalten konnte.

Überhaupt gab es bei dieser Operation einige offene Fragen. Zum Beispiel: Handelte es sich bei diesen kleinen Schiffen um Aufklärungsmaschinen oder um Kampfjäger? Und war ihr Mutterschiff nur eine Beobachtungsfregatte oder eine Angriffskorvette? John wusste weder, wie groß die Besatzung dieses Schiffes war, noch wie viele von ihnen im Nahkampf ausgebildet waren – oder warum die Allianz an diesem Treibhaus von einem Planeten interessiert war, dessen ursprüngliche Bewohner vermutlich

9

schon vor Jahrhunderten bei lebendigem Leib gekocht worden waren.

Aber eines stand fest: Die Außerirdischen waren der Feind und heute würden sie sterben.

Er beobachtete weiter die fünf kleinen Maschinen auf dem taktischen Monitor, der an der Wand des Abwurfhangars angebracht war, bis eine schneidende weibliche Stimme auf dem internen Bordkanal der *Starry Night* ertönte.

»Alle Mann gut festhalten. Die Trägheitskompensatoren werden bei diesem Beschleunigungsschub nicht mitkommen.«

»Verstanden.«

John und die elf anderen Spartans gingen in geduckte Haltung und stemmten sich gegen die Beschleunigung des Prowlers. Einen Moment später hörten sie bereits das gedämpfte Klappern und Klimpern, als schlecht gesicherte Ausrüstungsteile nach hinten gegen die Wand rutschten. »Wie lange, bis wir die Ziele eingeholt haben?«, fragte er.

»Kommt drauf an.«

Als keine genauere Erklärung folgte, sagte John: »Das war keine Antwort, Ma'am.«

Er versuchte, sich die Ungeduld nicht an seiner Stimme anmerken zu lassen. Halima Ascot mochte eine ungezwungene Art haben, aber sie war immer noch ein Captain des United Nations Space Command, und er war nur ein fünfzehn Jahre alter Petty Officer First Class. Nicht, dass sein Alter eine Rolle spielte. Das Geburtsdatum in den Dienstakten aller Spartans war gefälscht; soweit es die Mannschaft der *Starry Night* anging, war keiner von ihnen jünger als neunzehn.

Davon abgesehen waren John und die anderen Spartans alles andere als normale Fünfzehnjährige. Im Alter von sechs hatte man sie für ein streng geheimes Programm ausgewählt, um mithilfe von Bioaugmentationen Supersoldaten aus ihnen zu machen. Das Ziel war es gewesen, sie zur Befriedung eines eskalierenden Aufstandes in den Kolonien einzusetzen, der die junge, interstellare Zivilisation der Menschheit zu zersplittern drohte. Aber dann war die Allianz aufgetaucht und die Prioritäten hatten sich geändert.

So war das Leben eines Spartan. Er ging dorthin, wo er gebraucht wurde. Er beschwerte sich nicht. Und er tötete, wen immer er töten musste. Ganz einfach.

Tief in seinem Innern wusste John, dass es falsch gewesen war, ihn seiner Familie in einem so jungen Alter wegzunehmen – und dass er seine Entführer hassen sollte, weil sie ihn um eine normale Kindheit gebracht hatten. Aber er tat es nicht. Im Gegenteil: Sie hatten aus einem Pausenhofrabauken erst einen Soldaten gemacht und dann den Anführer einer der besten Kampfeinheiten des UNSC. Er war ihnen *dankbar*.

Und er war verdammt stolz, dass sie ihn ausgewählt hatten.

Captain Ascot ging nicht auf seine Bemerkung ein, also fügte John hinzu: »Wir brauchen eine kleine Vorwarnung, bevor der Einsatz beginnt, Ma'am. Sobald wir unsere Atemgeräte einschalten, haben wir nur für neunzig Minuten Luft.«

»Dessen bin ich mir bewusst, Petty Officer«, sagte Ascot. »Und genau deswegen wird es vielleicht keinen Einsatz geben. Das Mutterschiff ist gerade auf der gegenüberliegenden Seite des Orbits.«

Was bedeutete, dass es vor den Überwachungssystemen der *Starry Night* verborgen bleiben würde, bis beide Schiffe wieder auf derselben Seite des Planeten waren, aber das war wohl kaum ein Grund zur Sorge. Der Prowler beobachtete die Allianzschiffe nun schon seit mehr als einem Tag und das Mutterschiff war nie länger als zwanzig Minuten am Stück sichtbar gewesen.

»Dann ist die Situation unverändert«, erwiderte John. »Ich sehe da kein Problem.«

»Das Problem sind die Grundsätze des Orbitalfluges«, klärte Ascot ihn auf. »Sie können nicht einfach schneller losfliegen als geplant und zum Absetzpunkt rasen. Wenn Sie das versuchen, wird Ihre gesamte Einheit kurzerhand aus dem Orbit geschleudert.«

11

»Ich weiß.« Im dritten Jahr der Spartan-Ausbildung hatte John im Physikunterricht klassische Mechanik durchgenommen. Aber das war inzwischen fünf Jahre her und der damals neunjährige John-117 hatte sich viel mehr für taktische Theorie interessiert als für Newtons Bewegungsgesetze.

»Wir müssen in einen niedrigeren Orbit gehen, um sie einzuholen, und dann unsere Flugbahnen neu angleichen, damit wir an Bord gelangen.«

»*Und* Sie müssen die ganze Zeit über vor den fremden Schiffen verborgen bleiben«, fügte Ascot hinzu. »In ihrem aktuellen Orbit dauert es mindestens siebzig Minuten, bis Sie sie erreichen. Und danach müssen Sie immer noch an Bord gelangen und ein fünfhundert Meter langes Schiff voller KGMs einnehmen.«

KGM stand für »kleine grüne Männchen« – ein Ausdruck, der sich bis zu den ersten Meldungen über unidentifizierte fliegende Objekte auf der Erde der 1950er zurückverfolgen ließ. Weil eine der Spezies der Allianz eine Körpergröße von nur anderthalb Metern hatte, mutmaßten einige Analytiker vom Militärischen Nachrichtendienst, dem Office of Naval Intelligence, kurz ONI, dass der Feind die Erde vielleicht schon in der Vergangenheit besucht haben könnte. Aber John bezweifelte das. Wäre die Allianz schon einmal auf der Erde gewesen, wäre der Planet jetzt nur noch ein weiterer verglaster Felsbrocken.

»Wir können es schaffen.«

Hoffentlich klang er zuversichtlicher, als er sich fühlte. Einerseits waren er und die anderen Spartans die tödlichsten Soldaten, die die Menschheit je hervorgebracht hatte. Andererseits war die Menschheit vor dem ersten, blutigen Kontakt mit der Allianz nicht einmal sicher gewesen, ob es überhaupt andere intelligente Spezies da draußen gab. Insofern ließ sich nicht bestreiten, dass John und seine Kampfeinheit selbst im besten Fall nur teilweise auf diesen Einsatz vorbereitet waren.

Aber das würde er nicht zugeben. Wenn sein Team heute entschlossen kämpfen sollte, dann musste er absolute Überzeugung ausstrahlen.

Ascot schwieg zu seiner Zusicherung, und John beschloss, noch eins draufzusetzen: »Das ist mein Ernst, Ma'am. Spartans arbeiten schnell.«

»Niemand ist *so* schnell«, entgegnete sie. »Hören Sie ... Sie haben einen Spielraum von maximal fünfzehn Minuten. Wenn jemandem die Luft ausgeht, nachdem Sie an Bord sind, kann die *Starry Night* nichts tun, um Ihnen zu helfen.«

»Ich weiß Ihre Sorge zu schätzen.« Aber davon verunsichern ließ er sich nicht. Das SPARTAN-II-Programm war so geheim, dass nicht mal Prowler-Captains alles über die Fähigkeiten der Supersoldaten wussten, die sie ins Gefecht trugen. »Aber unser Sauerstoffvorrat ist nebensächlich, sobald wir erst an Bord sind. Die Atmosphäre auf dem Mutterschiff sollte für Menschen atembar sein.«

»Es gibt einen großen Unterschied zwischen *sollte sein* und *ist*.«

»Die Wahrscheinlichkeit ist groß. Sie haben die Geheimdienstberichte gelesen. Es gibt nur eine anaerobe Allianzspezies.«

»Nur eine anaerobe Spezies, von der das ONI *weiß*«, korrigierte Ascot. »Aber wer sagt, dass es nicht Dutzende mehr gibt, die alles Mögliche von Kohlenstoff bis Kobalt atmen? Das UNSC hat noch viel über die Allianz zu lernen.«

»Ja, Ma'am. Deswegen ja diese Operation.«

»Vorsicht, Spartan«, warnte sie ihn. »Wer den Captain seines Trägers wütend macht, sieht so schnell kein Land mehr.«

»Das war nicht meine Absicht, Ma'am.« Es gefiel John nicht, um Erlaubnis für eine Mission bitten zu müssen – noch dazu eine, die ihnen ONIs Sektion Drei übertragen hatte – aber solange sie an Bord waren, saß Ascot als Captain der *Starry Night* am längeren Hebel. »Ich finde trotzdem, dass wir das Risiko eingehen müssen.«

»Das habe ich bereits bemerkt.«

Ascots Ton klang verständnisvoll. Das UNSC wusste so gut wie nichts über ihren neuen Feind. Falls die Spartans das Allianzschiff eroberten, dann sollten die Wissenschaftler von ONIs Sektion Drei – der Sektion für Geheimprojekte – die Technologie rekonstruieren und die Geheimnisse lüften können, die die überlegenen Slipspace-Antriebe und die nahezu undurchdringlichen Energieschilde der Allianz umgaben. Mehr noch, sie könnten versuchen, die Leistungsgrenzen der hochmodernen feindlichen Waffen auszuloten und vielleicht sogar ein paar bis dato verborgene Schwachstellen entdecken. Mit ein wenig Glück könnten sie sogar herausfinden, aus welchem Winkel der Galaxis diese Außerirdischen stammten … und warum sie so darauf versessen waren, die Menschheit auszulöschen.

»Aber es ist meine Entscheidung«, fuhr Ascot fort. »Und ich muss sichergehen, dass Sie die Risiken verstehen. Unsere Panzerung wird selbst im besten Fall auf eine harte Probe gestellt, und es gibt mehr Variablen, als wir zählen können. Sollte irgendetwas bei dieser Operation schiefgehen, wären wir machtlos.«

»Wenn Sie damit sagen wollen, dass wir auf uns allein gestellt wären – Spartans sind ausgebildet …«

»Ich *sage*, dass die *Starry Night* alles tun wird, um dieser Mission zum Erfolg zu verhelfen«, unterbrach Ascot ihn. »Aber wenn sich ein Risikofaktor vermeiden lässt, so wie dieser Orbitalflug, dann wäre es vielleicht klüger, auf eine bessere Gelegenheit zu warten.«

»Bei allem Respekt, Ma'am, ich muss Ihnen widersprechen.« John wusste, dass sie es gut meinte, aber er zog ihren Vorschlag nicht einmal in Erwägung. Je länger sie warteten, desto größer war die Wahrscheinlichkeit weiterer fataler Komplikationen – und weiterer persönlicher Zweifel, die an ihm nagen würden. »Wir sind bereits seit einem Tag hier und unser Glück wird nicht ewig währen. Früher oder später wird eine Feindpatrouille die *Starry Night* entdecken – oder ein zweites Allianzschiff wird auftauchen. Oder der feindliche Kommandant entscheidet, dass sie wieder von hier verschwinden sollten. Mir fallen ein Dutzend Faktoren ein, die diese Operation kippen könnten, wenn wir es jetzt nicht riskieren.«

Nachdem Ascot einen langen Moment geschwiegen hatte, seufzte sie. »Mir leider auch.« Es folgte leises Stimmengemurmel, als sie sich mit jemandem auf der Brücke besprach, dann: »Also schön, Spartan. Sie haben Erlaubnis, mit der Operation fortzufahren. Schleudermanöver in fünf Minuten.«

»Verstanden«, bestätigte John. »Danke.«

»Danken Sie mir nicht, Junge. Das ist kein Gefallen.«

Sie unterbrach die Verbindung, und John blieb mit der Hoffnung zurück, dass dies wirklich die richtige Entscheidung war. Sein bester Freund, Samuel-034, war vor ein paar Monaten bei einem ganz ähnlichen Entermanöver gestorben – tatsächlich war jenes Manöver die Inspiration für ihren aktuellen Plan gewesen –, und John konnte sich noch immer nicht erklären, was damals schiefgelaufen war.

Sämtliche Spartans des UNSC waren an Bord eines modifizierten Pelican-Truppentransporters gewesen, auf dem Rückweg von einem Besuch auf Chi Ceti IV, als sie ein Allianz-Schlachtschiff entdeckt hatten, das im Angriffsanflug auf ihre Trägerfregatte war. Die beiden Schiffe hatten sich bereits auf dem Weg dorthin beharkt, und der Fregatte war nur knapp die Flucht gelungen. Nun hatte der Feind sie wieder aufgespürt, und es war offensichtlich, dass das UNSC-Schiff kein zweites Gefecht überleben würde. Also gab John seinen Spartans den Befehl, den Pelican zu verlassen und das feindliche Schlachtschiff zu entern.

Er versuchte sich einzureden, dass sie keine andere Wahl gehabt hatten – wären sie umgekehrt, dann wären die dreiunddreißig Spartans auf einer todgeweihten Kolonie gestrandet. Ja, es war die richtige Entscheidung gewesen, ganz sicher.

Nicht zu vergessen: Der Grund für ihren Besuch auf Chi Ceti IV war, dass die Spartans dort ihre neuen, hochmodernen

Mjolnir-Rüstungen erhalten hatten. Mit ihrer Neuralschnittstelle, den leistungssteigernden Schaltkreisen und ihrer Titanlegierung verliehen sie den Trägern das Gefühl, unbesiegbar zu sein, und John brannte genauso darauf wie die anderen, diese neue Rüstung in der Praxis zu testen. Also zögerte er nicht, als das Allianzschiff erneut auftauchte: Er führte seine Einheit in ein improvisiertes Entermanöver.

Ihr hochriskanter Angriff war erfolgreich gewesen – aber er hatte auch ein Opfer gefordert. John und zwei weitere Spartans, Samuel-034 und Kelly-087, hatten das Schiff abgefangen, ein Loch in die kampfgeschwächte Hülle gesprengt und ein Trio von Anvil-II-Sprengköpfen in der Nähe des Reaktorkerns platziert ... und dann hatte ein glücklich gezielter Plasmastrahl eine Schwachstelle in Sams Rüstung gefunden und die darunterliegende Versiegelung zerfetzt.

Es gab nur einen Fluchtweg: Sie mussten wieder aus dem Schiff ins All springen, wo Sam den Druckabfall in seiner Rüstung nicht überleben würde. Anstatt ihn zu einem so langsamen und qualvollen Tod zu verdammen, hatte John ihm darum befohlen, zurückzubleiben und die Sprengköpfe zu verteidigen, bis sie detonierten.

Die Entscheidung verfolgte ihn selbst heute noch in seinen Träumen. Das war es, was ihm am meisten zu schaffen machte. Er hatte schon viele Soldaten sterben sehen, erst in der Ausbildung, dann auf dem Schlachtfeld, und nie hatte er deswegen Selbstzweifel empfunden. Aber Sam hatte direkt seinem Befehl unterstanden, und John konnte das Gefühl nicht abschütteln, dass sein Freund heute noch an seiner Seite kämpfen würde, wäre die Mission nur etwas besser geplant und etwas weniger riskant gewesen.

Doch sie hatten keine Zeit gehabt, um besser zu planen, keine Gelegenheit, das Risiko zu minimieren. Rückblickend sah John nur wenig, was er hätte anders machen können. Trotzdem hatte er nicht vor, heute wieder jemanden zu verlieren. Darum trugen die Spartans Notfall-Siegelschaum, zusätzliche Düsenpacks und Peilsender bei sich … genug Ausrüstung, um gegen jeden möglichen Notfall gewappnet zu sein.

Und dennoch machte John sich Sorgen. Größtenteils lag es daran, wie wenig das UNSC noch immer über den Feind wusste. John führte seine Spartans praktisch blind in den Kampf, und seine Ausbildung hatte ihn gelehrt, dass das ein sicherer Weg in die Katastrophe war.

Aber sie *mussten* es versuchen.

John blickte sich in dem Abwurfhangar um. Ihn selbst eingeschlossen, bereiteten sich gerade zwölf Spartans auf den Einsatz vor. Ihre kantigen Helme und die klobige Mjolnir-Kampfrüstungen verliehen ihnen etwas Robotisches. Ausnahmsweise sahen ihre Körperpanzer nicht alle identisch aus; um die individuellen Stärken der Spartans zu unterstützen und die neuesten Systeme zu testen, waren die Rüstungen vorübergehend modifiziert worden. Außerdem waren sie alle mit einer lichtbrechenden Schicht überzogen, die sie vor feindlichen Sensoren verbergen sollte – dieselbe Beschichtung, die auch die Prowler des UNSC schützte.

Im Moment konnten sie nur raten, ob sich diese Maßnahmen wirklich bezahlt machen würden. Das Einzige, was das UNSC über die Sensortechnologie der Allianz wusste, war, dass sie in aktivem Zustand einen Großteil des elektromagnetischen Spektrums abdeckte. Theoretisch sollte die Technologie also nach denselben grundlegenden Prinzipien funktionieren wie die Sensorsysteme der Menschen – sie sandten ein Signal aus und suchten nach Reflektionen, die von verborgenen Objekten zurückgeworfen wurden. Aber wie gesagt, das war nur eine Theorie. Ebenso gut könnten die Signale, die das UNSC aufschnappte, das Nebenprodukt einer Quantenscanner-Technologie sein, die sich menschliche Forscher nicht einmal in ihren wildesten Träumen vorzustellen vermochten.

Ein weiterer guter Grund, warum sie ein Feindschiff erobern sollten.

Die Beleuchtung des kleinen Hangars verdunkelte sich zu einem fahlen Violett, was bedeutete, dass die *Starry Night* noch drei Minuten vom Startpunkt ihres Manövers entfernt war. Das dunklere Licht würde weniger Aufmerksamkeit erregen, wenn die Hangarluke aufglitt; außerdem hatten die Spartans so Gelegenheit, ihre Augen an die Dunkelheit des Alls zu gewöhnen, bevor sie absprangen.

»Prüft noch mal alles!«, befahl John. Die Spartans hatten ihre Ausrüstung bereits zweimal kontrolliert, seit sie den Hangar betreten hatten, aber das hier war weniger Inspektion, sondern mehr ein Ritual, um sich vor der Mission zu konzentrieren. »Und dann seht euch euren Nebenmann genau an. Ich will keine losen Riemen oder halb offene Magnetklammern sehen.«

Mehrere Anzeigen in seinem Helm blinkten auf, als elf Spartans den Befehl bestätigten, und John begann, seine eigene Checkliste durchzugehen. Waffen? Geladen und gesichert. Rüstung? Fest versiegelt. Sauerstofftanks? Angeschlossen. Lenkdüsen? Startklar. Ersatzkanister? Aufgeschraubt. Mechanismus zum Abwerfen der Düsenpacks? Bereit. Als er fertig war, drehte er sich zu seinem Inspektionspartner herum – einem Spartan namens Fred-104, der sich durch seinen trockenen Sinn für Humor auszeichnete – und ließ seinen Blick über dessen Rüstung gleiten. Die Platten der äußeren Panzerung saßen perfekt, es gab keine Kratzer oder Schrammen, die die lichtbrechende Beschichtung beeinträchtigen könnten, die Waffen waren alle sicher eingehakt und die Düsenpacks wölbten sich unterhalb des Fusionsreaktors.

John klopfte Fred auf die Schulter, um anzuzeigen, dass alles in Ordnung war, dann ließ er dessen Inspektion über sich ergehen. Als der andere Spartan ihn schließlich anstieß, glühten in seinem Helm bereits fünf Statusleuchten in hellem Grün. Die ersten drei repräsentierten die anderen Mitglieder von Johns eigenem

Team, Team Blau. Das vierte Licht stand für Team Gold unter der Führung von Joshua-029, und Licht Nummer fünf symbolisierte Kurt-051 und sein Team Grün. Alles in allem zwölf Spartans, bereit, wie menschliche Geschosse ins All hinauskatapultiert zu werden.

»Diese Abfangmission wird leichter als die bei Chi Ceti IV«, sagte John. »Aber falls ihr das Ziel verfehlt, brecht aus dem Orbit aus und schaltet eure Düsen ab. Bewahrt die Ruhe …«

»Und geht sparsam mit eurem Sauerstoff um«, warf Kelly-087 aus Johns Team ein. Sie war die schnellste der Spartans, körperlich ebenso wie geistig. »Das hast du bereits gesagt. Zweimal.«

»Ich gehe nur sicher, dass niemand es vergisst.«

»Außerdem sollten wir unsere Peilsender erst aktivieren, wenn der Kampf vorbei ist«, fügte Linda-058 an. Sie war wortkarg und zurückhaltend, aber die beste Scharfschützin unter den Spartans – und ebenfalls ein Mitglied von Johns Team. »Wir vergessen es schon nicht.«

»Was ist eigentlich los?«, wollte Kurt wissen. Er hatte eine ausgezeichnete Menschenkenntnis, fand überall schnell Freunde und war ebenso umgänglich wie direkt. »Warum bist du so nervös?«

»Ich bin nicht nervös«, erklärte John. Bei den meisten Einheiten hätte diese Art Unterhaltung an der Grenze zur Insubordination gekratzt – aber die Spartans waren nicht wie die meisten Einheiten. Sie hatten seit ihrer Kindheit zusammen trainiert und sie waren ebenso Familie wie sie eine Einheit waren. Um die Wahrheit zu sagen, wäre John besorgt gewesen, wenn sie *nicht* so offen reagieren würden. »Ich will nur keine bösen Überraschungen.«

»Als ob es viel Raum für Überraschungen gäbe«, bemerkte Fred. Abgesehen davon, dass er Johns Inspektionspartner war, war er auch der stellvertretende Teamleiter und das vierte Mitglied von Team Blau. »Wir schleichen uns auf ein außerirdisches Schiff und töten alles, was keine Spartan-Rüstung trägt. Und sollte jemand das Schiff verfehlen, zieht er den Kopf ein, bis der Kampf vorbei ist, und ruft erst dann um Hilfe. Ganz einfach.«

»Wenn man es so ausdrückt, dann ja«, sagte John. Niemand hatte die fünf Prowler erwähnt, die sich in der Nähe für etwaige Rettungseinsätze bereithielten, und er hatte nicht vor, daran etwas zu ändern; das würde die anderen nur nervös machen. »Tut mir leid, falls ich zu sehr ins Detail gehe, aber was wir über diese Außerirdischen wissen, würde auf eine Serviette passen.«

»Aber ist das nicht unser Vorteil?«, warf Joshua ein. »Wir wissen, was wir *nicht* wissen, und deswegen sind wir vorsichtig. Aber die Außerirdischen studieren uns Menschen vielleicht schon eine ganze Weile. Sie werden glauben, mehr über uns zu wissen, als sie eigentlich tun, und das macht sie verwundbar.«

»So hatte ich noch gar nicht darüber nachgedacht.« Unwissenheit als Vorteil zu bezeichnen, war nie eine gute Idee, aber Joshuas Optimismus gefiel John. »Guter Punkt. Die Außerirdischen haben keine Ahnung, wie hart wir zuschlagen können. Noch Fragen?«

Die Reihe von Statusanzeigen in seinem Helm blinkte rot.

»Also gut«, nickte John. »Captain Ascot hat recht: Das wird eine knappe Kiste. Aktiviert die Atemgeräte erst, wenn wir draußen sind. Wir werden vielleicht jede Sekunde Luft brauchen, die wir dabeihaben.«

Die Warnlampen über der Luke wechselten von Rot zu Gelb und Ascots scharfe Stimme hallte einmal mehr aus den Lautsprechern der *Starry Night*. »Eine Minute bis zum Beginn des Manövers.«

John und die anderen Teamleiter gingen vor der Abwurfluke in Position, und die Mitglieder ihrer Teams reihten sich hinter ihnen auf, wobei jeder nach den Düsenpacks seines Vordermanns griff. Trotz ihrer körperlichen Augmentationen und der mechanischen Leistungssteigerung durch die Mjolnir-Rüstungen würden sie sich während des Schleudermanövers nicht aneinander festhalten können – dafür war die Beschleunigung viel zu groß – aber John wollte, dass die Teams zumindest dicht genug zusammenblieben, um einander im Falle eines Notfalls helfen zu können.

Die Warnlampe begann zu blinken.

»Dreißig Sekunden«, verkündete Ascot.

»Ab jetzt Funkstille«, befahl John.

Kaum dass er die Worte ausgesprochen hatte, deaktivierte der interne Computer seiner Mjolnir-Rüstung jegliche externe Kommunikation. Dabei reagierte er nicht auf den Befehl seines Trägers, sondern auf dessen Absicht, die der Computer durch das neuronale Implantat an seiner Schädelbasis auffing. Diese Schnittstelle erlaubte es John, die fünfhundert Kilo schwere Rüstung ebenso schnell und mühelos zu bewegen wie seinen eigenen Körper. Gleichsam musste er nur an die anderen Spartans denken, um aktuelle Informationen über ihren Status zu erhalten. Obwohl er die Rüstung bereits seit ein paar Monaten benutzte, fand er das Ganze manchmal immer noch unheimlich – vor allem, wenn ein Zielkreuz oder eine Statusmeldung auf seinem HUD erschien, bevor er es überhaupt bewusst aufgerufen hatte.

Die Warnlampen sprangen auf Grün um und die *Starry Night* wirbelte in einer scharfen Wende von ihrem bisherigen Kurs fort. In diesem Moment ging das Kommando über die Mission auf John über – nicht dass es gerade einen Unterschied machte. Während der nächsten Sekunden bestimmten allein die Gesetze der klassischen Mechanik über ihr Schicksal. John hätte den Start nicht abbrechen können, selbst wenn er es gewollt hätte.

Sein Gewicht verlagerte sich nach achtern. Die Warnlampen erloschen, die beiden Hälften der Abwurfluke teilten sich und glitten in die Wände zurück, sodass eine quadratische Öffnung mit einer Seitenlänge von jeweils vier Metern entstand. Man hatte den Druck im Hangar vor dem Manöver nicht verringert, damit die explosive Dekompression die Spartans zusätzlich beschleunigte.

Im selben Moment, als er den Druck entweichender Luft spürte, sprang John.

Das Erste, wonach seine Augen suchten, waren die fünf weißen Stecknadelköpfe über der braunen Sichel von Netherop. Er entdeckte die Antriebsemissionen der Allianz-Flieger mehr oder weniger dort, wo er sie erwartet hatte, und er behielt sie im Blick, während sein Körper die ganze Wucht der Dreißig-G-Beschleunigung zu spüren bekam. Obwohl der Druck des hydrostatischen Gels in seiner Mjolnir-Rüstung ihn schützte, schrumpfte sein Blickfeld zusammen, und Schmerzen stachen in seine Brust, während das Blut gleichzeitig in den hinteren Teil seines Körpers schoss.

Ein paar Sekunden blieb der schimmernde Schweif des außerirdischen Antriebs im Zentrum seines HUDs, wobei er allmählich größer und heller wurde, als die Spartans aufholten. Der Bewegungstracker zeigte ihm außerdem die drei anderen Spartans von Team Blau, die in einer geraden Linie hinter ihm angeordnet waren. Die anfängliche brutale Beschleunigung hatte ihre Gruppe auseinandergerissen, aber jetzt waren sie wieder zusammen. Team Gold und Team Grün waren bereits außer Reichweite seines Bewegungstrackers, er konnte also nur hoffen, dass ihr Absprung ebenso erfolgreich verlaufen war.

Dann begannen die Antriebsschweife über sein Display zu wandern, ebenso wie der braune Horizont von Netherop, und er erkannte, dass sie den ersten Wendepunkt auf ihrem Vektor erreicht hatten. Also lehnte er sich in die Bewegung und die Sterne wirbelten verschwommen an ihm vorbei. Ein Blick auf die Anzeigen verriet ihm, dass Team Blau in einer langen, geschwungenen Kurve auseinanderdriftete.

Egal. Der Angriffstrupp hatte sich seinem Ziel ohnehin in loser Formation nähern sollen; dicht zusammengedrängt wären sie zu leicht zu erkennen gewesen. Alles, was John tun musste, war, seinen Kurs zu kontrollieren und weiter auf das ferne Allianzschiff zuzuhalten.

Kaum dass der Gedanke in seinem Kopf Gestalt angenommen hatte, erschien ein Wegpunkt auf seinem Display. John versuchte, sich darauf zu konzentrieren, auch wenn ihn dabei ein Schwindelgefühl überkam.

Vermutlich das Kohlendioxid. Es war inzwischen siebzig Sekunden her, seit sie aus dem Hangar gesprungen waren, und er hatte sein Atemgerät noch immer nicht aktiviert.

Wie auf ein Kommando leuchtete das Sauerstofflämpchen auf seinem HUD auf. Frische Luft flutete in seinen Körperanzug und das Schwindelgefühl ebbte ab. Natürlich war es unheimlich, dass seine Rüstung wusste, was er dachte, noch bevor er es selbst tat, aber es befreite ihn von der Pflicht, die internen Systeme selbst zu kontrollieren, wenn er gerade Wichtigeres zu tun hatte.

Mit einem weiteren Gedanken aktivierte John die Düsen, aber nur in kurzen, knappen Stößen. Dabei achtete er darauf, sie entgegen der Bewegung des Wegpunkts zu zünden, damit das kleine X wieder ins Zentrum des Displays zurückwanderte.

Es dauerte nur ein paar Sekunden. Die feindlichen Antriebsschweife waren zu dem Zeitpunkt bereits verschwunden, und John musste sich ins Gedächtnis rufen, dass die physikalischen Bewegungsgesetze ebenso für Allianzschiffe galten wie für ihre menschlichen Gegenstücke. Sobald sie den erwünschten Orbit erreicht hatten, mussten sie ihre Antriebe abschalten; würden sie weiter beschleunigen, würden sie höher und höher steigen und schließlich ganz aus dem Orbit ausbrechen.

Nur zu gern hätte John einen visuellen Beweis dafür gehabt, dass die Allianz nach wie vor der erwarteten Flugbahn folgte. Aber die Spartans waren noch achtzig Kilometer von ihren Zielen entfernt; viel zu weit, um die dunklen Schemen von Jagdmaschinen zu erkennen, die kaum ein Dutzend Meter lang waren und mit deaktivierten Antrieben dahinglitten.

Johns eigenes Team war auf seinem HUD ebenso wenig zu sehen – die maximale Reichweite des Bewegungstrackers lag bei fünfundzwanzig Metern. Also schaltete er die Ansicht auf maximale Vergrößerung und benutzte anschließend das Düsenpack, um sich langsam um die eigene Achse zu drehen, während er die Umgebung nach seinen Spartans absuchte.

Anfangs sah er nur einen verschwommenen Fleck vor den fernen Sternenfeldern. Aber als sich sein Körper in Richtung des Planeten drehte und der Hintergrund zu den braunen Wolkenschichten von Netherop wechselte, ließen sich die Umrisse deutlicher erkennen: winzige menschenförmige Silhouetten. Sollte die feindliche Patrouille in einem höheren Orbit über ihnen vorbeifliegen, könnten die Piloten die kleinen Schatten vielleicht bemerken und erkennen, worum es sich dabei handelte.

Aber das war unwahrscheinlich. Die Außerirdischen waren noch weiter von den kleinen Gestalten entfernt als John, und wenn überhaupt, würden sie nach fremden Raumschiffen Ausschau halten, nicht nach Menschen in luftdichten Rüstungen.

Es dauerte ein paar Minuten, aber schließlich hatte John alle zwölf Mitglieder der Einheit geortet, und eine Woge der Erleichterung spülte über ihn hinweg. Bei Chi Ceti IV hatten fast alle Spartans ihren Abfangvektor verpasst, und er hatte schon befürchtet, dass auch diesmal ein paar Soldaten abdriften würden. Aber diese Sorge entpuppte sich als unbegründet. Diesmal hatten die Spartans einen Plan, die nötige Ausrüstung und sie hatten Erfahrung in ihren neuen Mjolnir-Rüstungen gesammelt. Sie konnten nicht scheitern.

John würde das nicht zulassen.

2. KAPITEL

Die außerirdischen Jäger wurden immer deutlicher sichtbar – fünf dunkle Umrisse, die sich vor der Wölbung von Netherops trübem Horizont abhoben und zu schlanken schwarzen Klingen heranwuchsen, während die drei Teams sich ihnen von unten und hinten näherten. Die Spartans glitten in einem sanften Winkel durch das Gravitationsfeld des Planeten, mit einer Geschwindigkeit von ungefähr dreiunddreißigtausend Kilometern pro Stunde, relativ zum Planeten. Bei diesem Tempo gab es keine Reaktionszeit.

Sollte ein Meteorit oder ein Stück Allianz-Schrott ihren Weg kreuzen, hätte keiner von ihnen eine Chance, noch auszuweichen. Denn wenn das Objekt auf ihrem Bewegungstracker auftauchte, hätte es bereits ein Loch in ihre Rüstung gerissen und wäre schon wieder mehrere Dutzend Kilometer entfernt.

Dennoch hatte John nicht das Gefühl, als würde er sich bewegen. Seit die Spartans aufgehört hatten zu beschleunigen, war es, als würden sie reglos im All treiben. Die Vestibularflüssigkeit in seinen Ohren war im Gleichgewicht und seine Organe hingen schwerelos in seinem Oberkörper. Nur die gewaltigen Wolkenwirbel von Netherop, die unter ihm vorüberzogen, vermittelten ihm

25

ein Gefühl von seiner wahren Geschwindigkeit. Die Wolken … und die Schiffe, die während der letzten Minuten von dünnen, kleinen Dornen zu daumenlangen Klingen angeschwollen waren.

Während ihre Silhouetten weiter heranwuchsen, wurden auch ihre seitlich geneigten Flügel und die Zwillingskanonen an ihrem Bug sichtbar. Es handelte sich um eine exoatmosphärische Version der Ein-Mann-Maschinen, die die Piloten des UNSC »Banshees« getauft hatten. Banshees waren im Kampf nicht übermäßig zerstörerisch, dafür aber umso vielseitiger; je nachdem, welche Variante zum Einsatz kam, benutzte der Feind sie für alle möglichen Zwecke, von Patrouillen innerhalb der Atmosphäre bis hin zu orbitalen Abfangmanövern. Dementsprechend standen sie ganz weit oben auf der Wunschliste der Allianz-Gerätschaften, die die ONI-Wissenschaftler in die Finger bekommen wollten.

Andererseits: Was stand auf ihrer Wunschliste nicht ganz weit oben?

Seit dem ersten »Kontakt« zwischen Allianz und Menschheit war inzwischen mehr als ein Jahr vergangen. Damals waren die Außerirdischen nahe dem Planeten Harvest über eine Raumfahrtroute gestolpert. Ein Versuch der einheimischen Kolonisten, friedlich Kommunikation herzustellen, war in offene Gewalt eskaliert, als die Außerirdischen den Planeten bombardierten und jeglichen Funkkontakt mit anderen Welten blockiert hatten. Ihre Technologie war so überlegen, dass die Koloniale Militäradministration, die CMA (Colonial Military Administration), erst neun Monate später von dem Zwischenfall erfuhr, als die CMA *Heracles* – das einzig überlebende Schiff einer Mission, die der plötzlichen Funkstille auf Harvest nachgehen sollte – schwerbeschädigt von dort zurückkehrte. Was sie mitbrachte, war eine Botschaft der Außerirdischen: *»Eure Zerstörung ist der Wille der Götter und wir sind ihr Werkzeug.«*

Am 31. Oktober erreichte diese Kriegserklärung auch das Flottenkommando. Einen Tag später mobilisierte die Vereinigte Erdregierung das UNSC, die CMA und alle anderen Militärdienste, um die fremde Bedrohung zu bekämpfen. Die Spartans kamen erstmals am zweiten November zum Einsatz – und am siebenundzwanzigsten jenes Monats war Samuel-034 gestorben.

Das UNSC befand sich seit nunmehr vier Monaten im Kriegsmodus, aber es war immer noch völlig überrumpelt. Die Außerirdischen hatten die besseren Waffen, die schnelleren Schiffe, die überlegenere Strategie und sie nutzten alle drei Vorteile effektiv. Wie aus dem Nichts tauchten sie aus dem Slipspace auf, um Basen zu zerstören oder Konvois aufzulauern, um Raumwerften aus dem Orbit zu sprengen oder Zivilisten mit hundert Meter breiten Plasmastrahlen zu Asche zu verbrennen. Das UNSC musste einen Konter gegen die Vorteile der Allianz finden – und im Moment war Johns Angriffstrupp ihre beste Chance. Vielleicht sogar ihre einzige.

Der Wegpunkt auf Johns HUD blinkte gelb. Er aktivierte seine Düsen und begann abzubremsen, während er gleichzeitig den Winkel seiner Flugbahn abflachte, bis er einen tieferen Orbit erreichte. Die Banshees waren dank der Vergrößerung seines Helms deutlich sichtbar – schwarze Silhouetten vor dem perlmuttgrauen Dunst der Mesosphäre von Netherop. Sie waren noch immer ein paar Kilometer vor den Spartans, zu weit entfernt, um sie vor den Langstreckensensoren abzuschirmen, über die das Mutterschiff womöglich verfügte.

Aber genau das war der Punkt: John wusste nicht, was für Sensoren die Allianz benutzte, oder mit welcher Präzision diese Sensoren Massesignaturen erfassten. Das war nur eine theoretische Möglichkeit, die die Wissenschaftler des UNSC in den Raum gestellt hatten. Angesichts der technologischen Überlegenheit des Feindes war es aber wohl besser, vom Schlimmsten auszugehen.

Er nahm sich ein paar Sekunden, um erneut seine Spartans abzuzählen. Als er sich vergewissert hatte, dass alle in Position waren, zündete er noch einmal seine Düsen, um sich in einen noch tieferen Orbit zu manövrieren.

Die anderen Spartans folgten seinem Beispiel, dann begannen sie, sich an ihre Ziele heranzuschleichen. Dies war die gefährlichste Phase des Anflugs. Sie waren jetzt nahe genug, dass einer der feindlichen Piloten sie entdecken könnte, wenn er im richtigen Winkel über die Schulter blickte. Unter anderen Umständen hätte John Befehl gegeben, sich den Schiffen schnellstmöglich zu nähern. Aber um die Distanz zu überbrücken, müssten sie noch tiefer gehen, was bedeutete, dass die Spartans noch leichter zu erkennen wären. Also würden sie hinter den Banshees bleiben und auf das Beste hoffen.

Vierzig Minuten lang schoben sie sich Meter um Meter an ihre Beute heran und noch immer waren sie unentdeckt. Die Umrisse der Flieger waren inzwischen kopfgroß, die Linien ihrer nach unten gewölbten Flügel als dreidimensionale Formen erkennbar. Auf der Taktikkarte seines Head-up-Displays rief John eine Projektion des Missionsstatus auf: Noch acht Minuten, dann sollte das Allianz-Mutterschiff über dem planetaren Horizont auftauchen. Danach würde die Masse des Planeten den Angriffstrupp nicht länger vor den Umgebungssensoren des Schiffes verbergen. Theoretisch sollten die Spartans weiterhin unsichtbar bleiben, genauso wie die *Starry Night* und die anderen Prowler es waren. Theoretisch ...

John streckte den Arm über seinem Kopf aus und bedeutete den anderen, sich hinter ihm zu sammeln, anschließend sanken sie in einen niedrigeren Orbit hinab, um die Banshees einzuholen. Die Spartans rückten dichter zusammen, wobei sie aber darauf achteten, weiterhin einen Abstand von ungefähr hundert Metern zwischen den einzelnen Teams einzuhalten. Diese Distanz war gering genug, um einander im Notfall beistehen zu können, aber gleichzeitig groß genug, um keinen auffälligen Haufen dunkler Umrisse zu bilden – oder ein leichtes Ziel abzugeben, das mit einer einzigen Plasmasalve ausgelöscht werden konnte.

Neun weitere, schrecklich lange Minuten verstrichen, dann waren die Spartans endlich dicht genug heran, um die knubbeligen Ausrüstungskapseln an den Flügelspitzen der Banshees zu erkennen. John hob erneut die Hand, aber diesmal schloss er sie zur Faust und drehte sie zur Seite. Der Trupp zog seine Formation weiter zusammen und positionierte sich neu, sodass sie in Zweier- oder Dreiergruppen fünfzig Meter direkt unter den feindlichen Maschinen flogen.

John reckte den Daumen hoch und benutzte sein Düsenpack, um unter dem Banshee ganz links in Position zu gehen. Fred setzte sich neben ihn, während Linda und Kelly in den Schatten des benachbarten Schiffes huschten. Team Grün und Team Gold verteilten sich auf die drei restlichen Flieger. Die Außerirdischen flogen unverändert weiter.

Bislang lief alles wie am Schnürchen. Aber das konnte sich jederzeit ändern und John wollte darauf vorbereitet sein.

Er löste sein Gaußgewehr, ein M99-Stanchion, von der Magnetklammer auf seinem Rücken und vergewisserte sich, dass eine Kugel in der Kammer war. Das M99 wurde normalerweise als Scharfschützengewehr für extreme Distanzen oder gegen leicht gepanzerte Fahrzeuge eingesetzt, aber seine Zielgenauigkeit und sein rückstoßloser Feuermechanismus machte es zur ersten Wahl für Infiltrationseinsätze in der Schwerelosigkeit, und er hatte den halben Trupp damit ausgerüstet. Die andere Hälfte hatte M41-Raketenwerfer dabei. Die waren zwar nicht so treffsicher wie das M99, aber sie ließen sich vielfältiger einsetzen, außerdem konnten sie ebenso wie das M99 abgefeuert werden, ohne dass der Schütze in der Schwerelosigkeit unkontrolliert um die eigene Achse wirbelte.

Das Allianz-Mutterschiff war inzwischen über dem Horizont von Netherop aufgetaucht, aber wegen der milchigen Obergrenze der Atmosphäre war es nur als verwaschen grauer Klecks zu erkennen, kaum größer als ein Fingernagel. John wusste aber aus der Missionsbesprechung, dass es ein langes, schlanker werdendes Heck hatte, das sich wie ein offener Haken nach unten wölbte.

Falls die Banshees sich an das zuvor beobachtete Vorgehen hielten, würden sie einen Wartungshangar an der Innenseite dieses Hakens anfliegen. Dort würde man sie überprüfen und dann wieder aus dem Hangar manövrieren, sodass sie unter dem lang gezogenen Heck hingen, wo sie sofort einsatzbereit wären.

Durch den Hangar vorzustoßen, würde nach Johns Schätzung der kniffligste Teil des Angriffs werden. Das Heck war ein offensichtlicher Flaschenhals, den man beim ersten Anzeichen von Ärger abriegeln würde – die Spartans mussten also entweder weiter vorn einen Weg an Bord finden … oder sie mussten den Hangar einnehmen, ohne dass jemand Alarm gab.

Zumindest hatten sie Optionen.

Sie blieben unter den Banshees, während diese auf das Mutterschiff zuflogen. Der winzige Umriss wurde immer größer und dunkler, je höher er über Netherops Horizont aufstieg. Die ONI-Analytiker an Bord der *Starry Night* hatten die Länge des Schiffes mit 550 Metern beziffert, Höhe und Breite mit bis zu 110 Metern – also ungefähr dieselbe Größenordnung wie eine leichte UNSC-Fregatte. Die Standardbesatzung eines solchen menschlichen Schlachtschiffs betrug knapp 250 Crewmitglieder plus Kampfeinheiten, aber niemand konnte sagen, wie viele Außerirdische sich an Bord dieses Ungetüms tummelten.

Schließlich verschwand das Mutterschiff hinter den Banshees aus ihrem Blickfeld, und John gab seinem Angriffstrupp das Signal, sich dichter unter die Flieger zu klemmen. Der Abstand betrug jetzt nur noch ein paar Meter, aber das Mutterschiff befand sich inzwischen fast direkt über ihnen, jedenfalls relativ zum Planeten, und er wollte nicht riskieren, dass ein Außerirdischer zufällig durch ein Bullauge spähte und ein Dutzend menschlicher Silhouetten über den braunen Wolken von Netherop entdeckte.

John und Fred trennten nur ungefähr zwei Meter von ihrem

Banshee, einer links der Heckstabilisatoren, der andere rechts davon. Bei dieser geringen Entfernung konnten die Maschinen ihren Orbit vermutlich mit dem des Mutterschiffes synchronisieren, ohne ihre Hauptantriebe zu aktivieren, aber John hatte nicht vor, das Risiko einzugehen. So widerstandsfähig die neue Mjolnir-Rüstung auch sein mochte, er wollte nicht herausfinden, ob sie einem Feuerstoß aus weiß glühenden Antriebsgasen standhielten.

Wenig später war John froh, diese Vorsichtsmaßnahme getroffen zu haben, denn die Banshees hoben ihre Nasen an und zündeten eine halbe Sekunde lang ihre Hauptdüsen. Die Spartans folgten dem Manöver, aber ihre Düsenpacks konnten nicht mit der Schubleistung der außerirdischen Antriebe mithalten, und sie fielen rasch hinter den Banshees zurück. Einen Moment später konnten sie bereits wieder das Mutterschiff über sich sehen, eine riesige, tränenförmige Dunkelheit, die sich unheilvoll von der Sternenlandschaft ringsum abhob.

Die Banshees benutzten die Manövrierdüsen, um abzubremsen und ihre Orbits anzugleichen, dann senkten sie ihre Nasen wieder und positionierten sich etwa fünfzig Meter unter dem Bauch des Trägers – zweifelsohne warteten sie auf Andockerlaubnis.

Alle fünf Maschinen waren nach hinten gewandt, dem Inneren des gekrümmten Hecks zu; die Piloten konnten also nicht sehen, wie die Spartans aufstiegen und wieder unter ihnen in Position gingen. Die Unterseite des Mutterschiffes, die sich über den Banshees ausdehnte, war so dunkel wie ein Nachthimmel, was John zu der Annahme führte, dass es keine Aussichtsfenster oder Beobachtungskuppeln gab, von wo aus man den Angriffstrupp hätte erspähen können. Der Eingang des Wartungshangars hingegen war ein hell erleuchtetes, flaches Oval, das ihnen wie ein riesiges Auge zugewandt war. Noch waren die Spartans zu tief, um ins Innere sehen zu können, aber John war sicher, dass da drinnen jede Menge Mannschaftsmitglieder auf die Ankunft der Banshees warteten.

Er hob seine Faust, woraufhin die anderen in ihrer aktuellen Position verharrten. Anschließend reckte er den Zeigefinger hoch und drehte ihn kreisförmig. Die Spartans rückten in ihrer Position zusammen und bereiteten sich auf das Entermanöver vor.

Eins nach dem anderen stiegen die Banshees zu der erleuchteten Öffnung unter dem Heck des Mutterschiffs hoch und eins nach dem anderen verschwanden sie jenseits des Hangareingangs. Das schwache Schimmern, das ihr Verschwinden begleitete, deutete auf eine Art Energiebarriere hin.

John wartete, bis nur noch ein Banshee übrig war, dann zeigte er seinen erhobenen Daumen. Sein Trupp setzte sich auf gleiche Höhe mit dem Flieger und stieg dann gemeinsam mit ihm nach oben, ihre Waffen im Anschlag und entsichert.

Sekunden später erhaschten sie einen ersten Blick ins Hangarinnere: einen länglichen Raum, dreißig Meter tief und zwanzig breit, erhellt durch blauweißes Licht, seine Wände von abgerundeten Alkoven gesäumt, die mit Ausrüstung und Vorräten gefüllt waren. Überall staksten die hochgewachsenen, vage vogelähnlichen Wesen herum, denen das UNSC den Spitznamen »Schakale« gegeben hatte, aber da war auch ein halbes Dutzend geflügelter, insektoider Kreaturen und ein Duo der kleinen, maskentragenden Zweibeiner, die bei den Menschen als »Grunts« bekannt waren.

Der letzte Banshee begann gemächlich auf den Eingang des Hangars zuzuschweben – was wohl bedeutete, dass noch immer niemand die Spartans entdeckt hatte. Mit ein wenig Glück würden John und sein Trupp bald die stolzen neuen Besitzer einer Allianzfregatte sein ... oder wie immer die Analytiker das Schiff am Ende einstuften.

John winkte Fred und Kelly nach vorne – sie würden sich um den Piloten des Banshees kümmern –, dann hob er sein M99 an die Schulter und senkte seinen Helm zum Zielvisier. Ein Fadenkreuz erschien auf seinem HUD, und er ließ den Blick durch den

Hangar schweifen, während er sein Ziel auswählte. Er war der dritte Scharfschütze von links, also gebot das ungeschriebene Gesetz des Überraschungsangriffs, dass er das drittgefährlichste Ziel auf dieser Seite ausschaltete. Die Prioritätenliste war dabei klar: Kommandanten, Kommtechniker, feindliche Scharfschützen, besonders schnelle Gegner, Feinde mit schweren Waffen und dann der Rest. Das Problem mit der Allianz war, dass die Menschen sie noch nicht lange genug bekämpften, um diese Rollen eindeutig identifizieren oder sie den verschiedenen Spezies und Rüstungsarten zuordnen zu können. Sie würden sich also auf die wenigen handfesten Informationen und die spekulativen Theorien verlassen müssen, die ihnen zur Verfügung standen.

John konnte keine klar erkennbaren Kommandanten oder Kommtechniker sehen, also nahm er einen Feind der dritten Prioritätsstufe ins Visier: eines der Insektenwesen – er betrachtete sie als Drohnen. Anschließend nickte er, und nachdem er im Kopf von drei heruntergezählt hatte, drückte er ab.

Ein schwaches Glühen raste am Lauf des M99 entlang, als sich die elektromagnetischen Spulen aufluden und das Projektil aus der Waffe katapultierten. Einen Wimpernschlag später explodierte der Schädel der Drohne in einem Regen aus Blut und Chitinsplittern. John schwenkte zum nächsten Ziel auf seiner Seite herum – einem der Grunts – und feuerte erneut. Diesmal loderte orangefarbenes Licht auf, als etwas an der Rüstung der Kreatur explodierte.

Kurz drehte John den Kopf, um zu dem letzten Banshee hinüberzublicken. Fred hielt den Rand des Cockpits mit einer Hand offen, mit der anderen zerrte er den hünenhaften Piloten aus dem durchlöcherten Inneren. Kelly war auf der anderen Seite des Banshees und hielt sich ebenfalls mit einer Hand fest, während sie mit ihrer M6-Pistole weiter Kugel um Kugel in die schwer gepanzerte Brust des Außerirdischen jagte.

Als John sich wieder seinem Fadenkreuz zuwandte, sah er zwei

Mitglieder derselben außerirdischen Spezies, zu der auch der Pilot gehörte. Diese Wesen waren größer und kräftiger gebaut als die Schakale, mit breiten Schultern und kompakten länglichen Schädeln. Sie trugen einen mit Panzerplatten besetzten Körperanzug, und ihren Bewegungen wohnte eine stolze Anmut inne, als sie aus einer der Nischen auftauchten. Nicht zuletzt wegen dieses Stolzes vermutete John, dass sie eine höhere Stellung in der Hierarchie der Allianz einnahmen. Mit zwei schnellen Schüssen schaltete er sie aus, dann sah er sich nach seinen nächsten Zielen um. Als er keine entdeckte, stieß er das M99 von sich – in Richtung von Netherop, sodass die Waffe aus dem Orbit fallen und beim Atmosphäreneintritt verbrennen würde – dann griff er hinter seine Schulter und zog den MA5K-Karabiner aus seiner Magnethalterung. Nachdem er sich mit einem kurzen Blick vergewissert hatte, dass der Schalldämpfer aufgeschraubt war, aktivierte er sein Düsenpack und führte die Spartans in den Hangar.

Sein HUD flackerte kurz und verdunkelte sich, als sie die Energiebarriere passierten und von der künstlichen Schwerkraft des Schiffes erfasst wurden, aber die Darstellung normalisierte sich wieder, noch ehe seine Füße auf dem Deck aufsetzten. John ließ sich durch die Störung nicht beirren, machte sich aber dennoch eine mentale Notiz. Mjolnir-Rüstungen sollten gegen elektromagnetische Interferenzen geschützt sein, aber das ONI hatte offensichtlich noch viel über die Technologie der Außerirdischen zu lernen, und womöglich konnte dieser Aussetzer den Wissenschaftlern von Sektion Drei zu hilfreichen Einsichten verhelfen.

Der Rest des Angriffstrupps schob sich von den Seiten in den Erfassungsbereich seiner HUD-Anzeige, als die Spartans schnell und erfahren den Hangar durchsuchten. Dabei jagten sie jedem der verstreut herumliegenden Außerirdischen sicherheitshalber noch mal zwei Kugeln in den Schädel. Mehrere Schakale hatten versucht, durch erhellte Öffnungen an den Hangarwänden zu fliehen, aber sie waren nicht weit gekommen. Und falls jemand versucht hatte, Alarm auszulösen, hatte er augenscheinlich keinen Erfolg gehabt.

Das galt auch für die Piloten der anderen Banshees. Drei von ihnen waren mit dem Helm unter dem Arm gestorben, was bedeutete, dass sie keinen Zugriff auf die – vermutlich – integrierten Kommsysteme gehabt hatten. Der vierte Pilot, der als letzter in den Hangar geflogen war, hatte ein M99-Geschoss abbekommen, gerade als er die Cockpithaube seines Banshees aufgeklappt hatte, um auszusteigen. Die Überreste seines Helms und seines Schädels waren nun über das Innere seines Fliegers verstreut.

John konnte es kaum glauben. Der gesamte Spartan-Angriffstrupp war im Innern des Hangars und der Feind hatte keine Ahnung. Wann lief eine Mission je *so* glatt?

3. KAPITEL

05:02 Uhr, 5. März 2526 (Militärkalender)
Nicht identifizierte Allianzfregatte
Im hohen äquatorialen Orbit, Planet Netherop, Ephyra-System

Ein kurzer Blick auf die Anzeige des HUDs bestätigte, dass sie die Atmosphäre in dem leichenübersäten Hangar atmen konnten – was eine große Erleichterung war, denn der Sauerstoff in ihren Tanks reichte nur noch für vierzehn Minuten. Der Computer in Johns Mjolnir-Rüstung kam seinem nächsten Befehl zuvor, indem er das Atemgerät abschaltete, und warme, bittere Luft begann in seinen Helm zu strömen.

Er aktivierte die externen Lautsprecher des Anzugs und den Funk. »Wir haben Luft, alle Mann.« Solange neue Luft durch die Filtersysteme ihrer Rüstungen strömte, würden sich auch die Tanks wieder auffüllen. »Team Gold, durchsucht die Ausrüstung und macht alles Interessante für den Abwurf bereit. Legt auch ein paar dieser Kerle mit den vier Kiefern dazu. Ich bin nicht sicher, ob die Xenos diese Sorte schon unter dem Messer hatten.«

Er meinte die Xenowissenschaftler von der neuen Beta-3-Division von Sektion Drei, eine schnell wachsende ONI-Abteilung, ins Leben gerufen, um die Technologie der Allianz zu analysieren und zu rekonstruieren.

Die Statusanzeige von Joshua-029 blinkte grün, als er den

36

Befehl bestätigte, anschließend machten er und der Rest seines Teams sich daran, verschiedene Waffen und Werkzeuge zusammenzutragen. Sobald sie die Cockpits der Banshees damit gefüllt hätten, würden sie die Flieger aus dem Hangar stoßen, damit die Prowler sie gefahrlos einsammeln konnten. Selbst wenn es dem Angriffstrupp nicht gelang, das Mutterschiff einzunehmen, hätte das UNSC so zumindest etwas, das es untersuchen konnte.

John führte derweil Team Blau und Team Grün zu einer überdimensionierten Luke im hinteren Teil des Hangars. Die Wand ringsum war mit den Einschlägen von M99-Geschossen übersät. Die Kugeln hatten ihre lebenden Ziele glatt durchbohrt, aber der dicken Panzerung des Schiffes hatten sie nichts anhaben können.

John sah sich gerade nach einer Kontrolltafel oder einem mechanischen Hebel um, als die Luke plötzlich aufglitt ... und dahinter zwei Schakale zum Vorschein kamen. Sie waren durch einen graublauen Korridor herbeigeschlendert, der über zwei Rampen durch das gewundene Heck des Schiffes nach unten führte, und sie gackerten und gurrten aufeinander ein, ohne auf ihre Umgebung zu achten. Bevor sich daran etwas ändern konnte, sprang John durch die Luke, und er jagte dem rechten Schakal eine Kugel durch den Kopf. Fred folgte seinem Beispiel und schaltete den linken aus.

Während die beiden Schakale rücklings auf das Deck kippten, glitt die Tür hinter den beiden Spartans wieder zu. Augenscheinlich reagierte sie auf nahe Bewegungen – auf dem Allianzschiff, das Team Blau bei Chi Ceti IV geentert hatte, war es genauso gewesen. John bedeutete Fred, den Korridor voraus zu sichern, dann warf er die beiden Leichen zurück in Richtung des Hangars. Die Luke dort hatte sich wieder geöffnet, um den Rest von Team Blau und Team Grün durchzulassen.

»Team Grün, ihr sichert alle Abteile und Kreuzungen, während wir vorrücken«, sagte John.

Anschließend eilte er Fred nach, der bereits die erste Rampe hochgestiegen war und nicht länger von Johns Bewegungstracker erfasst wurde.

Während sie vorrückten, konnte John nur darüber staunen, wie natürlich sich das Gehen in dem gewölbten Korridor anfühlte. Obwohl sich die beiden abgeknickten Rampen steil nach oben neigten, hatte er immer das Gefühl, dass unter seinen Füßen »unten« war. Die Außerirdischen verstanden offensichtlich mehr von künstlicher Schwerkraft als die Menschen.

Keine große Überraschung.

Nach fünfzig Metern erreichten sie das obere Ende des gekrümmten Heckkorridors. Hier gingen sie nun mehr oder weniger an der Decke des Schiffes, aber sie stürzten nicht einfach nach unten. Stattdessen beschrieb der Gang erst eine 90°-Drehung, sodass die Wand zum neuen Boden wurde, und kurz darauf eine zweite. Jetzt waren sie wieder genauso ausgerichtet wie unten im Hangar.

Das Angriffsteam befand sich noch immer im hinteren Teil des Mutterschiffes, aber als sie losjoggten, wurden mehr und mehr Luken entlang der Korridorwände sichtbar. Die erste von ihnen öffnete sich automatisch, sobald die Spartans näher kamen, und Kurt feuerte ein paar Kugeln durch die Tür, dann streckte er den Kopf hindurch. Ein paar Sekunden später meldete er: »Vorratskammer.«

Team Blau rückte derweil allein durch den Korridor weiter. Team Grün folgte ihnen zwar, aber sie fielen stetig weiter zurück, während sie die anliegenden Räume überprüften. Nach weiteren fünfzig Metern machten die kleinen Luken hohen Toren Platz, die sich teilten, anstatt irisartig aufzugleiten. Im Moment blieben sie aber geschlossen; sie reagierten offensichtlich nicht auf nahe Bewegungen. Und da waren insgesamt fast zwei Dutzend von ihnen, in Abständen von wenigen Metern an der Wand verteilt.

»Das gefällt mir nicht«, sagte Kelly. Sie blickte über die Schulter; Team Grün überprüfte gerade dreißig Meter hinter ihnen einen weiteren Raum. Bei einem so großen Abstand könnte ganz leicht jemand zwischen den beiden Gruppen auftauchen und die Teams zwingen, in die Richtung des jeweils anderen zu feuern. »Soll ich die Türen aufsprengen, die sich nicht öffnen?« Sie hatte eine fünfzig Meter lange Rolle Sprengschnur in einer ihrer Ausrüstungstaschen, und es würde nur drei Sekunden dauern, um es an den großen Toren zu platzieren und sie aufzuzwingen.

Aber John zählte zwanzig Tore, und das bedeutete, dass sich ihr Vormarsch um eine volle Minute verzögern würde. Er hielt einen Moment inne, um zu visualisieren, wo sie sich gerade innerhalb des Schiffes befanden und inwiefern das diese neue Türform erklären könnte. Hauptsächlich nutzte er den Augenblick aber, um zu entscheiden, was gefährlicher war: sich aufzuteilen oder dem Feind eine Minute mehr Zeit zu geben, um sie im hinteren Teil des Schiffes einzusperren. So oder so würde es Tote geben, falls etwas schiefging.

»John?«, drängte Fred. »Wir sind seit siebzig Sekunden auf diesem Gang ...«

»Wir gehen weiter«, bestimmte John. Wenn er sich nicht täuschte, befanden sie sich gerade im schmalsten Teil des Schiffes. »Nichts wird durch diese Türen kommen.«

Team Blau setzte sich in Bewegung, aber Kelly fragte: »Bist du dir da sicher?«

»Sicher genug«, antwortete er. Natürlich war das gelogen – wenn die Leben von Spartans auf dem Spiel standen, war sicher genug *nie* genug – aber er hatte eine Entscheidung treffen müssen. »Wir sind hier über den Banshee-Aufhängungen. Diese Tore sind versiegelt, weil sie als Luftschleusen dienen.«

Kelly schwieg einen Moment, dann sagte sie: »Du bist schlauer, als du aussiehst.«

»Das will nicht viel heißen«, kommentierte Fred. »Lasst uns trotzdem den Bereich hinter uns im Auge behalten.«

»Hätte ich sowieso gemacht«, erwiderte Linda. »Ich bin nämlich auch schlauer, als John aussieht.«

»Danke, Team.« Er fühlte sich nicht durch ihre Sprüche beleidigt; im Gegenteil, er war froh, dass sie die angespannte Stimmung durch diese Scherze auflockerten. »Wenn wir wieder auf der *Starry Night* sind, melde ich euch alle zum Wischen des Frachthangars.«

Diese Ankündigung wurde mit Stöhnen und Murren quittiert, und sie joggten weiter auf eine übergroße Irisluke zu, die in den Hauptteil des Schiffes führen sollte. Bislang hatte der Schwerpunkt ihrer Mission auf schnellem und unbemerktem Handeln gelegen, aber sobald sie diese Tür passierten, würden das Überraschungsmoment und schiere Feuerkraft über ihren Erfolg – und ihr Überleben – entscheiden. Ein Dutzend Schritte von dem Durchgang entfernt ließ John die Truppe anhalten, und während Fred sich den Raketenwerfer auf seine Schulter wuchtete, nahmen die anderen die Granaten von ihrem Gürtel. Einen Moment später knackte sein Helmlautsprecher, als jemand den Funkkanal des Prowlers benutzte.

»*Kontakt! Zwei … nein, drei … Banshees! Antriebslos.*« Die Stimme war aufgeregt, männlich und sie sprach Englisch, behaftet mit einem hörbaren Akzent der Äußeren Kolonien. »*Der Angriffstrupp muss sie für uns zurückgelassen haben …*«

»*Beenden Sie diese Übertragung!*«, fuhr eine zweite Stimme dazwischen. »*Das ist keine interne Frequenz. Sie sind auf dem Missionskanal.*«

»*D-Der Missionskanal?*«, stammelte die erste Stimme. »*Oh, Sch…*«

Der Sprecher verstummte mitten im Wort, zweifelsohne, weil er seinen Fehler erkannt und die Verbindung unterbrochen hatte.

»Was zum Teufel war das denn?«, schnappte Kelly. »*Wollen* die, dass wir entdeckt werden?«

»Das klären wir später.« Es war schwer vorstellbar, dass ein Mannschaftsmitglied auf einem der Prowler ihre Mission absichtlich torpedierte, aber den Einsatzkanal mit einer internen Frequenz zu verwechseln, war ein Fehler, den man nicht einmal einem Neuling verzeihen würde. »Weiter jetzt.«

John deutete in Richtung der Luke.

Kelly trat vor … aber die Tür blieb geschlossen.

»Nicht gut«, brummte Fred. Aus einem Lautsprecher an der Wand ertönten geblaffte Befehle in einer außerirdischen Sprache. »Man könnte sogar sagen, wir sitzen in der Tinte.«

»Solange es nur Tinte ist«, erwiderte John. »Wir können es noch immer schaffen.«

Fred legte seinen Helm schräg. »Habe ich etwa gesagt, wir schaffen es nicht?«

»Nein.« John erkannte, dass es nicht Fred war, den er zu überzeugen versuchte. Seine Zweifel machten ihn wütend und er drehte sich energisch zu Kelly um. »Spreng die Tür.«

Kelly war bereits dabei, die Sprengschnur aus ihrer Ausrüstungstasche zu ziehen. »Ich nehme besser ein wenig mehr – für den Fall, dass auf der anderen Seite ein Begrüßungskomitee wartet.«

»Verstanden«, nickte John. »Fred, behalt den Finger am Abzug.«

»Er war nie woanders.« Freds Statusanzeige blinkte grün.

Der M41 SPNKR verfügte über ein Zwei-Rohr-Ladesystem, das es erlaubte, in rascher Folge zwei Raketen abzufeuern – was von großem Nutzen sein konnte, wenn man sich einem feindlichen Hinterhalt gegenübersah.

Oder zumindest war es bei den Kampfübungen mit menschlichen Gegnern so gewesen.

John schob seine Zweifel beiseite und aktivierte den privaten Kanal der Spartans. »Die Funkstille ist beendet«, verkündete er. »Sie wissen, dass wir hier sind.«

»Was du nicht sagst«, meldete sich Daisy-023. Sie war die Infiltrationsspezialistin von Team Gold und die Eigensinnigste des gesamten Trupps. »Wenn wir hier rauskommen, werde ich den

Trottel finden, der uns hat auffliegen lassen, und dann reiße ich ihm den …«

»*Nach* der Mission«, mahnte John.

»Ist das dein Ernst?«, fragte Daisy. »Du hast kein Problem damit?«

»Im Moment zählt nur die Mission«, erklärte er. »Alles andere kommt später.«

Er reagierte auf den Rückschlag, wie man es ihm beigebracht hatte, schnell und unbeirrt, aber in seinem Hinterkopf geisterte dennoch die Frage herum, wie viele seiner Freunde wohl wegen des Fehlers dieses Sensortechnikers sterben würden. Noch wäre Zeit, die Mission abzubrechen …

»Köpfe einziehen«, sagte Kelly.

Fred ließ sich fünf Meter vor der Tür auf ein Knie sinken, während John sich gemeinsam mit Kelly und Linda gegen die Korridorwand drückte. Nachdem sie mit einem kurzen Blick sichergestellt hatte, dass alle in Position waren, drückte Kelly den Detonator, und die Luke verschwand hinter einem Vorhang aus Rauch und Flammen. Ein dumpfer Knall hallte durch Johns Helm, als die Druckwelle seinen Kopf gegen die Wand hämmerte.

Fred benutzte die glühenden Ränder des Loches als Zielkreuz und jagte eine M21-Antipersonenrakete durch das dunkle Loch. Eine halbe Sekunde späte erschütterte ein lautes Donnern das Deck unter ihren Füßen, woraufhin eine ölige schwarze Rauchwolke aus der zerstörten Luke hervorwallte. Wenig später folgten die ersten Lichtblitze feindlicher Plasmawaffen.

Zumindest brauchte John sich jetzt nicht mehr zu fragen, wann ihre Glückssträhne wohl reißen würde.

Er nahm eine Granate von seinem Gürtel, wartete aber noch, bis Fred sich aufrichtete und seine zweite Rakete in einem leicht abwärts geneigten Winkel in den Rauch feuerte. Eine weitere Explosion schüttelte das Deck durch und der stete Strom aus Plasmastrahlen verwandelte sich in ein Rinnsal.

John presste den Daumen auf den Druckzünder der Grana-te und warf sie in einem weiten Bogen durch das Loch. Diesmal war der Knall deutlich leichter, aber er brachte den Feindbeschuss vollends zum Erliegen. Als John mit erhobener Waffe durch die Überreste der Luke stieg, fand er sich in einem weiteren Korri-dor wieder, dieser deutlich breiter als der hintere. Rauch trübte die Luft und der Boden war übersät mit verkohlten, verkrümm-ten Leichen. Sämtliche Opfer gehörten zu Spezies, die sie bereits kannten; größtenteils Schakale, ein paar von der reptilienhaften Variante wie die Banshee-Piloten – hochgewachsen, muskulös, mit kompakten Schädeln und vier Mandibeln. Im Gegensatz zu den Piloten trugen diese Kerle aber dicke, konturierte Rüstun-gen und längliche Helme mit einem langen, spitz zulaufenden Nackenschutz. Bei drei Toten handelte es sich außerdem um die knapp menschengroßen Kreaturen, die sie schon im Hangar be-kämpft hatten. Sie erinnerten an Insekten mit zu klein geratenen Flügeln, hatten vier Gliedmaßen und ihr Körper war in fünf Seg-mente unterteilt.

Die meisten der Außerirdischen trugen keine Rüstung und auch nur Handfeuerwaffen. Das führte John zu der Vermutung, dass sie Offiziere oder Techniker gewesen waren, keine Krieger. Ein paar von ihnen zuckten noch, andere lagen in Reichweite ih-rer Plasmapistolen, also schoss er ihnen sicherheitshalber allen zweimal in den Kopf. Das Letzte, was sie bei dieser Mission brau-chen konnten, waren eine Handvoll verwundeter Überlebender, die ihnen in den Rücken fielen.

Johns Blick huschte über sein HUD. Der Rest von Team Blau war hinter ihm in Position und Team Grün hatte sich bereits durch die halbe Länge des Hecks vorgearbeitet. Zufrieden setzte er sich wieder in Bewegung. Die Aufgabe von Team Blau war es, die Brücke einzunehmen, und sie hatten schon genug Zeit verloren. Die Xenoanalytiker an Bord der *Starry Night* hatten ihnen ver-sichert, dass sich der Kommandoraum im Bug des Mutterschiffes befand – natürlich war auch das letztlich nur geraten, aber sein Instinkt sagte ihm dasselbe.

Hinter ihnen trat Team Grün durch die aufgesprengte Luke. Ihre Mission war es nun, den Maschinenraum zu sichern, und die Position der Antriebsdüsen deutete klar darauf hin, dass ihr Ziel sich im Bauch des Schiffes befinden musste. Also teilten sie sich auf und suchten die Seitengänge nach einem Weg zu den unteren Decks ab.

Die Aufgabe von Team Gold war es derweil, ihnen taktische Unterstützung zu leisten. Sie hatten den Hangar inzwischen ebenfalls verlassen und würden jegliche Feinde ausschalten, die versuchten, Team Blau oder Grün von hinten zu überraschen. Nach ihren bisherigen Gefechten mit der Allianz zu schließen, würde sich keiner der Außerirdischen ergeben, aber falls doch, oblag es Team Gold außerdem, die Gefangenen zu bewachen.

Team Blau rückte weiter vor, wobei sie nur auf wenig Gegenwehr stießen. Alles in allem töteten sie auf den nächsten dreihundert Metern vielleicht fünfzehn Außerirdische, die versuchten, durch Korridore zu fliehen oder in anliegenden Abteilen Deckung zu suchen. Das Schiff wirkte regelrecht verlassen – ein sicheres Zeichen, dass der Feind ihre Position kannte und sich gesammelt hatte.

Fünfzig Meter voraus war nun das Ende des Korridors zu sehen: eine breite, horizontal-ovale Luke mit einer sichtbaren Nahtstelle in der Mitte. Als die Spartans näher kamen, bemerkte John, dass das Deck zu beiden Seiten der Tür wie abgewetzt glänzte – vermutlich das Resultat von Stiefeln, die hier regelmäßig Habachtstellung annahmen, wenn ein Vorgesetzter vorbeikam. Von den Wachen selbst fehlte aber jede Spur.

John bedeutete Kelly, die Luke zu sprengen, gleichzeitig schickte er Fred und Linda ein Stück zurück, um ihnen Feuerschutz zu geben. Die Allianz würde vermutlich zuschlagen, wenn die Spartans die Luke durchquerten, aber ebenso logisch wäre es, sie von hinten anzugreifen, bevor sie sich überhaupt Zugang verschaffen konnten. Während Kelly die Sprengschnur anbrachte, aktivierte John den Teamkanal.

»Team Blau bereitet die Stürmung der potenziellen Brückenposition vor.« Vermutlich würden die Außerirdischen die Übertragung erfassen, aber dass sie die doppelte Verschlüsselung des Teamkanals knackten, war mehr als unwahrscheinlich. »Team Grün, wie ist euer Status?«

»Wir sind auf dem dritten Deck und suchen einen Weg weiter nach unten«, meldete Kurt. »Stoßen auf moderaten Widerstand durch Schakale und die fliegenden Kakerlaken.«

»Der Codename für die fliegenden Kakerlaken ist Drohnen«, korrigierte John. »Wie lange noch, bis ihr den Maschinenraum erreicht?«

»Keine Ahnung«, gestand Kurt. »Noch haben wir ihn jedenfalls nicht gefunden.«

»Dann sucht weiter«, sagte John. »Und haltet mich auf dem Laufenden.«

»Verstanden.« »Team Gold?«

Bevor Joshua antworten konnte, teilte sich die große Luke entlang der Mittellinie, und ein Trio weiß lodernder Kugeln flog in einem hohen Bogen aus den Schatten dahinter hervor. John erkannte, dass der Feind eine völlig verrückte Taktik gewählt hatte, auf die keiner von ihnen vorbereitet gewesen war: einen direkten Angriff.

»Granaten! Los, los, los!«

Er stieß Kelly vor sich her und sprang dann selbst durch die Luke ... wo er sich in einem quadratischen, knapp vier Meter breiten Schacht wiederfand. Aber anstatt ins Leere zu stürzen, sanken sie langsam zwischen den Metallwänden nach unten, getragen von einer unsichtbaren Macht – vermutlich ein weiteres Resultat der außerirdischen Gravitationstechnologie. Diese Wende war unerwartet, aber nicht zwingend ein Desaster.

Über ihnen glitt die Luke wieder zu und auf dem Korridor dahinter ertönten drei gedämpfte Explosionen.

Funken stoben von den Wänden des Schachts. Ein zweites Projektil prallte von Johns Schulterplatte ab. Ein Blick auf den Bewegungstracker zeigte ihm fünf Feinde, ungefähr zwanzig Meter hinter ihnen. Das hieß, besser gesagt, *über* ihnen, denn sie sanken mit dem Gesicht nach unten durch den Schacht. Also rollte er sich auf den Rücken, wobei er zwei weitere Treffer spürte, beide an seiner titangepanzerten Brustplatte.

Noch immer kein Desaster, aber schon näher dran.

Eine Gruppe der saurierartigen Außerirdischen hing oberhalb der geschlossenen Luke. Sie hielten sich jeweils mit einer Hand an einer in die Wand eingelassenen Leiter fest und feuerten mit der anderen die Allianzversion eines Karabiners ab. Früher oder später würde einer von ihnen eine Schwachstelle in Johns Rüstung treffen, genau wie damals bei Sam. John hob seinen MA5K und leerte das Magazin, wobei er den Lauf von links nach rechts schwenkte.

Die Kugeln prallten von einer Art persönlicher Energiebarriere ab und jaulten durch den Gravitationsschacht, wobei sie mehrfach auch die Schilde der anderen Außerirdischen trafen. Nach mehreren Treffern schienen die Energiefelder zusammenzubrechen, aber diese Kerle waren augenscheinlich Elitekämpfer, die sich durch nichts von ihrem Ziel ablenken ließen. Als ein Querschläger einen von ihnen in den Hals traf, stießen sich die vier anderen von der Leiter ab und begannen John und Kelly hinterherzusinken. Dabei blieben sie in aufrechter Position, und sie formten einen Kreis, durch dessen Mitte sie nach unten schossen.

Jetzt eröffnete auch Kelly das Feuer. Drei gut platzierte Salven, von denen eine das weiche Fleisch zwischen einem doppelten Paar Mandibeln fand und den Schädel darüber in eine zerfetzte Masse verwandelte. John warf unterdessen sein leeres Magazin weg und griff nach einem neuen. Noch immer prallten feindliche Geschosse gegen seine Rüstung. Die meisten prallten harmlos ab, aber ein paar bohrten sich tief in die Titanpanzerung.

Noch ein *klein wenig* tiefer und er hätte sein Desaster.

Über den Feinden ertönte eine grollende Detonation und die Überreste der Luke wurden in den Gravitationsschacht geschleudert. Einen Moment später streckten Fred und Linda ihre Helme und Gewehre durch die qualmende Öffnung, um mehrere wohlplatzierte Schüsse abzugeben. Der Kopf eines Außerirdischen explodierte in einer violetten Blutwolke, aber die beiden überlebenden Wesen passten ihre Position sofort an die neue Situation an. Einer von ihnen hob seine Waffe, um auf Freds und Lindas Angriff zu reagieren, der andere feuerte weiter auf John und Kelly.

Da stülpte sich unwillkürlich Johns Magen um. Die unsichtbare Macht, die sie durch den Schacht nach *unten* gezogen hatte, hatte die Richtung gewechselt. Jetzt schob sie die beiden Spartans – und auch die beiden Außerirdischen – nach *oben*, zurück in Richtung der zerstörten Luke. Als die Allianz-Krieger an der Öffnung vorbeischwebten, stellten sie das Feuer ein und nahmen stattdessen dunkle Gegenstände von ihren Gürteln.

John und Kelly brüllten gleichzeitig »Granaten!« in den Teamkanal. John rammte das neue Magazin in sein MA5K und eröffnete das Feuer, aber die Granaten glühten bereits vor weißem Feuer, und die beiden Außerirdischen hatten zum Wurf ausgeholt.

Fred und Linda wichen zurück, kurz bevor die Granaten durch die Öffnung auf den Hauptkorridor hinaussegelten. Einen Moment später tauchten sie wieder auf ... als sie mit den Füßen voran in den Schacht sprangen. Sofort rissen sie ihre Waffen hoch und begannen, die beiden Feinde über ihnen mit einem Kugelhagel einzudecken.

Fast zeitgleich detonierten die Granaten. Eine Welle lodernder Helligkeit schoss durch die Luke in den Schacht, so grell, dass John die zwei anderen Spartans aus den Augen verlor. Sein eigener Aufstieg verlangsamte sich kurz, als die Druckwelle von oben auf ihn einprügelte, aber schließlich schwebten auch er und Kelly an der aufgesprengten Luke vorbei.

Der Korridor glich einem Mosaik toter Feinde. Sie lagen in vier Gruppen verteilt, alle in Kampfrüstung und mit Allianz-Karabinern bewaffnet, und sie alle waren in dieselbe Richtung gewandt, was bedeutete, dass sie überrascht und schnell gestorben waren. Dahinter rückte Team Gold durch den Gang vor, an der Spitze Joshua und Daisy, ihre MA5C-Sturmgewehre mit den aufgeschraubten M301-Granatwerfern kampfbereit an der Schulter. Die beiden anderen Mitglieder des Teams folgten in ein paar Metern Abstand. Sollten irgendwelche Allianz-Kämpfer glauben, dass sie sich an die vorderen Spartans heranschleichen könnten, erwartete sie eine böse Überraschung.

Doch dann war John auch schon an der Luke vorbei und er drehte sich wieder auf den Rücken. Das Feuer über ihm und Kelly war verstummt, und er sah, wie Fred das Magazin wechselte, während Linda mit ihrem BR55 bereits weiter nach oben zielte. Es trieben zu viele Lukentrümmer und tote Außerirdische durch den Gravitationsschacht, um zu erkennen, was Team Blau an seinem Ende erwartete, aber es schien noch immer möglich, dieses Schiff zu erobern.

John aktivierte den Spartan-Kanal. »Team Gold, Bericht.«

»Hauptdeck unter Kontrolle«, meldete Joshua. »Wir haben vielleicht hundert Ziele ausgeschaltet. Keine eigenen Verluste.«

»Wie sieht es mit der Munition aus?«

»Wir haben noch knapp die Hälfte«, antwortete Joshua. »Aber Naomi hat herausgefunden, wie man die Gewehre der Mandibelköpfe benutzt. An der Front sollte es also keine Probleme geben.«

Naomi war Naomi-010, eine der einfallsreicheren Soldatinnen unter den Spartans und geradezu ein Genie, wenn es um militärische Ausrüstung ging. Im Alter von zehn hatte sie bereits die Infanteriewaffen der Spartans modifiziert und getestet, und im Moment war sie die Einzige, die wirklich verstand, wie die reaktiven Schaltkreise der Mjolnir-Rüstungen eigentlich funktionierten.

Ein Begriff, den Joshua benutzt hatte, war John neu. »Mandibelköpfe?«

»Na, die großen Kerle mit den vier Kiefern«, klärte der andere Spartan ihn auf. »Die, die wissen, wie man kämpft.«

Mit anderen Worten, die reptilienartigen Elitekrieger.

»Ich schlage vor, wir nennen sie von jetzt an Eliten, um Missverständnisse zu vermeiden«, entschied John. »Stoß mit Team Gold weiter nach unten vor. Zerschlage alle Vorbereitungen für einen Gegenangriff – vor allem, wenn Eliten beteiligt sind.«

»Verstanden.«

Als Team Gold sich in Bewegung setzte, verschwanden sie außer Reichweite des Bewegungstrackers auf Johns Display. Das Klappern von Metall auf Metall ließ ihn wieder nach oben blicken, wo die gezackten Trümmer der Luke und die beiden toten Eliten gegen die Decke des Schachts gepresst waren. Links davon – gegenüber der Wartungsleiter – prangte eine weitere Luke: ein vertikales Oval mit einer dunklen Linie entlang der Mitte. Darunter waren Sprossen in die Wand eingelassen, jede ein wenig seitlich versetzt, sodass sie quer durch den Schacht führten und auf der anderen Seite in die Wartungsleiter mündeten.

»Wenn diese Luke durch Bewegung aktiviert wird, sollte sie inzwischen offen sein«, bemerkte Kelly. »Diese Eliten ...«

»Sie müssen sie verriegelt haben!« John streckte den Arm aus und griff nach einer der Leitersprossen. »Haltet euch ...«

Die Polarität des Gravitationsfeldes kehrte sich abrupt um, und John wurde nach unten gezerrt, bevor er seinen Befehl beenden konnte. Sein Arm streckte sich und die Hyperextension seines Ellbogens ließ John die Zähne zusammenbeißen. Trotzdem hielt er sich weiter fest. Die kraftverstärkenden Schaltkreise seiner Mjolnir-Rüstung summten laut, während er gegen den unsichtbaren Griff der umgekehrten Schwerkraft ankämpfte. Fred und Linda sanken rasend schnell den Schacht hinab, ihre Arme ausgestreckt, um sich an der Wartungsleiter festzuhalten. Kelly war noch ein Stück unter ihnen, so tief, dass sie schon nicht mehr auf Johns Bewegungsmelder auftauchte.

Dafür war über ihm ein neuer Kontakt erschienen. Er hob den Kopf und sah, wie die Luke sich teilte und von beiden Seiten gepanzerte Arme vorgereckt wurden. Sie hielten runde dunkle Gegenstände. Granaten.

John riss mit der freien Hand sein MA5K hoch und eröffnete das Feuer. Die ersten Kugeln prallten von schimmernden Energieschilden ab, aber er schaffte es, beide Granaten zu treffen, gerade, als sie in weißem Feuer aufglühten. Einer der Feinde stolperte zurück, bevor er seine Granate werfen konnte, aber die zweite fiel an John vorbei und wurde durch den Gravitationsschacht nach unten gesaugt.

»Achtung!«, warnte John die anderen über den Teamkanal. »Grana…«

Die Detonationen füllten den Schacht mit Licht und Hitze. Ein Feuerball brodelte von unten empor, der andere barst aus der noch immer halb offenen Luke hervor. Einen Moment lang sah John auf seinem HUD nur Statik und die erste Druckwelle riss eine Seite der Leiter aus der Wand. Die zweite prügelte John gegen die Schachtwand, sodass er beinahe auf den Überresten der Sprossen aufgespießt wurde.

Doch seine Finger blieben fest um die Leiter geschlossen, selbst als die Sprosse in seiner Hand in zwei Hälften zerbrach und sich gefährlich nach unten neigte. Er klemmte die Füße unter eine der unteren Sprossen, rammte das MA5K in die Magnetklammer auf seinem Rücken und begann die geborstene Leiter nach oben zu klettern, auf die qualmenden Überreste der Luke zu.

»Team Blau, Statusbericht!«

»Die Landung war alles andere als sanft, aber wir sind unverletzt«, meldete Fred. »Ich liege am Boden des Schachts. Sobald die Gravitation mich nicht mehr festnagelt, sollte ich wieder voll einsatzfähig sein.«

»Dito«, fügte Linda an. »Alles im grünen Bereich.«

»Ich liege unter den beiden anderen.« Kellys Stimme klang gepresst vor unterdrückten Schmerzen. »Das hydrostatische Gel hat mich vor dem Schlimmsten bewahrt, aber meine Seite tut weh, und ich habe Blut in meinem Körperanzug. Vermutlich ein mehrfacher Rippenbruch.«

Johns Magen zog sich zusammen. Komplizierte Rippenbrüche konnten selbst für Spartans gefährlich werden. Wenn sich das gezackte Ende eines Knochens bei jeder Bewegung im Brustkorb des Verletzten hin und her schob, reichte schon ein besonders tiefer Atemzug, um ein Loch in die Lunge oder das Herz zu stechen.

»Verstanden«, sagte er. »Fred, schaff sie aus dem Schacht. Ich will nicht, dass sie noch weiter herumgeschleudert wird.«

»Das schaffe ich auch allein«, protestierte Kelly. »Ich brauche keinen Babysitter.«

»Und ich brauche jetzt keine Widerworte. Verstanden?«

»Verstanden. Aber das ist … unnötig.«

Mit *unnötig* meinte sie natürlich *entwürdigend.* Aber solange seine Spartans alle lebendig von dieser Mission zurückkehrten, nahm John gern ein angekratztes Ego in Kauf. Er war inzwischen direkt unter der Luke, und er konnte das Rasseln außerirdischer Stimmen hören, die sich jenseits der verkrümmten Türhälften unterhielten. Vorsichtig hob er seinen Kopf auf Deckhöhe, und er sah einen mittelgroßen ovalen Raum vor sich, mit einer hohen gewölbten Decke und zwei Reihen von Instrumentenkonsolen, die halbkreisförmig um einen zentralen Kommandantensessel angeordnet waren.

Die Konsolen wurden von mehreren Eliten bemannt, von denen die meisten einen weißen Wappenrock mit diagonalen blauen Streifen trugen. Aber da waren auch drei Außerirdische in normaler Kampfrüstung, die mit ihren Karabinern auf die Luke zielten, und als sie John durch die Lücke spähen sahen, eröffneten sie ohne Zögern das Feuer.

John duckte sich gerade noch rechtzeitig nach unten. In derselben Bewegung nahm er zwei Splittergranaten von seinem Gürtel und drückte die Zünder.

»Durchhalten, Blau Eins«, sagte Linda auf dem Teamkanal: »Ich klettere die Leiter hoch und sollte in sechzig Sekunden bei dir sein.«

In einem Feuergefecht waren sechzig Sekunden eine halbe Ewigkeit, aber solange er seinen Kopf unter der Luke hielt, sollte er durchhalten können. So konnte er aber nicht verhindern, dass die Eliten weitere Granaten in den Gravitationsschacht warfen. Und das bedeutete, dass Lindas Chancen, ihn zu erreichen, genauso groß waren wie die Chancen, dass sie in Stücke gerissen wurde.

»Negativ.« Er schwang den Arm nach oben und warf seine eigenen Granaten durch die halb offene Luke. »Räumt den Schacht und helft Team Grün. Ich komme hier schon klar.«

»Allein?«, fragte Linda. »Das ist Wahnsinn. Du brauchst Unterstützung.«

Die Leiter erzitterte unter dem lauten Donnergrollen, als beide Granaten auf der Brücke detonierten. Eine Woge aus Feuer und scharfkantigen Trümmern wallte über Johns Kopf aus der Öffnung in den Schacht hinaus. Er war bereits dabei, die nächsten Granaten aus der Tasche an seinem Gürtel zu holen.

»Der Schacht ist eine Todesfalle.« Er betätigte die Druckzünder und warf die Sprengkörper durch die Luke, diesmal in einem etwas höheren Bogen, der sie hoffentlich bis in den vorderen Teil der Brücke tragen sollte. »Zieht euch zurück. Das ist ein Befehl.«

Eine weitere Zwillingsexplosion schüttelte die Leiter durch. John riskierte einen Blick und stellte fest, dass die Brücke mit verkrümmten Eliten übersät war. Einige waren augenscheinlich tot, andere wanden sich vor Schmerzen, ihre Kleidung zerfetzt und blutdurchtränkt. Hier und da hatten sich ein paar der reptilienhaften Wesen hinter Kontrolltafeln geduckt.

In der Mitte des Raums stand noch immer der Kommandantensessel, wenn inzwischen auch verkrümmt und rußgeschwärzt. Der Elite, der bislang darauf gesessen hatte, war hinter der Rückenlehne in Deckung gegangen. Auf der rechten Seite war sein aufgeschlitzter Arm zu sehen, links stieg Rauch von dem verkohlten Stoff seiner Kleidung auf. Aber er hatte die klauengleichen Finger nach vorn gestreckt und tastete nach einer rechteckigen gelben Ausbuchtung auf der Armlehne. Sie war ungefähr halb so groß wie eine menschliche Hand und sah verdächtig nach der Abdeckung eines Zündknopfes aus. Die Art Zündknopf, mit der man den Selbstzerstörungsmechanismus eines Schiffes aktivierte.

John stützte sich auf dem Deck ab, wuchtete seine Stiefel auf die oberste Sprosse hinauf und lehnte seine Schulter gegen die Außenseite der halb offenen Luke.

Die Hand auf dem Kommandosessel hatte inzwischen gefunden, wonach sie gesucht hatte, und die gelbe Sicherheitsabdeckung klappte auseinander. Darunter leuchtete ein holografisches Tastenfeld auf und die Finger begannen über die glühenden Symbole zu tanzen.

John zog seine Pistole, eine M6D, und jagte zwei Kugeln durch den Unterarm des Elite. Aber die Finger hatten bereits das letzte Symbol berührt und das Tastenfeld löste sich auf. An seiner Stelle wurde ein gelber Kontrollknopf aus der Armlehne hochgefahren.

Mit zwei weiteren Schüssen zerfetzte John den Ellbogen des Elite, doch die Hand streckte sich unbeeindruckt nach dem Knopf aus. Die nächste Kugel sprengte den halben Unterarm vom Knochen und violettes Blut spritzte auf ein halbes Dutzend Instrumentenpulte. Aber der Außerirdische hatte noch genug Kontrolle über seinen Arm, um ihn nach vorn zu werfen. Seine schlaffe Hand landete hart auf dem gelben Knopf und drückte ihn in die Armlehne zurück.

Das Schiff ... explodierte nicht.

Stattdessen verharrte die Hand des Kommandanten auf dem Knopf und ein helles grünes Licht breitete sich auf der Brücke aus. Mehrere Platten entlang der vorderen Außenwand klappten auf und dahinter kamen drei Irisluken zum Vorschein. Rettungskapseln. Die überlebenden Eliten sprangen hinter den Konsolen hervor; offenbar hatten sie weniger Angst vor John als vor dem, was ihr Kommandant gerade eingeleitet hatte.

Böser Fehler. Das Letzte, was das ONI wollte, waren Überlebende, die der Allianz von den Entertaktiken der Spartans erzählen konnten. John eröffnete mit seiner M6D das Feuer und begann den Wesen .50-Kaliber-große Löcher in die Brust zu stanzen. Gleichzeitig aktivierte er den Spartan-Kanal.

»Team Grün, wie sieht es aus?«

»Wir haben den Maschinenraum erreicht«, antwortete Kurt-051. »Sollten ihn in Kürze eingenommen haben. Aber es ist zu leicht. Irgendetwas stimmt hier nicht.«

»Wie in: Alle Außerirdischen ziehen sich zurück?«

»Bis auf die Drohnen«, sagte Kurt. »Die kämpfen weiter. Aber alle anderen ...«

»Brecht euren Angriff ab und geht von Bord. Sofort!« Johns M6D klickte, als die letzte Kugel verschossen war. »Team Gold, Team Blau, dasselbe gilt für euch.«

»Was ist passiert?«, wollte Linda wissen. »Ich kann in dreißig Sekunden auf der Brücke sein, vielleicht sogar schneller. Wir können das Schiff noch immer einnehmen.«

John steckte die Waffe ins Holster und nahm wieder das MA5K vom Rücken, während er über den Vorschlag nachdachte. Es waren keine Außerirdischen mehr übrig, die noch Granaten in den Gravitationsschacht werfen konnten, insofern war er keine Todesfalle mehr. Aber falls seine Vermutung über den Knopf auf der Armlehne des Kommandosessels richtig war, würde er Linda trotzdem einem unnötigen Risiko aussetzen. Die Brücke war bereits gesichert; alles, was er jetzt noch tun musste, war, die Verwundeten auszuschalten und dafür zu sorgen, dass die Hand des Kommandanten schön auf dem Knopf blieb.

John streckte kurz seinen Oberkörper durch die Luke und überprüfte die Nischen links und rechts des Eingangs auf Angreifer. Alles, was er sah, waren die zerfetzten Überreste zweier Eliten. Erst nachdem er sich wieder zurückgezogen hatte, antwortete er.

»Nein, Linda.« Er schaltete auf den Einsatzkanal, damit Halima Ascot und der Rest der Prowler-Besatzung seinen Bericht ebenfalls hören konnten. »Der Kommandant hat seine Hand auf etwas, das wie ein Totmannschalter aussieht. Ich glaube, er will seiner Mannschaft eine Chance zur Flucht geben, bevor er die Hand wegnimmt und das Schiff in die Luft fliegt.«

»Was wir von hier aus sehen, unterstützt diese Vermutung«, meldete sich Ascot. »Das Mutterschiff hat mehrere Rettungskapseln abgesetzt.«

»Ich glaube, ich kann den Knopf sichern«, fuhr John fort. »Aber ich möchte, dass der Rest des Angriffstrupps von Bord geht. Nur für alle Fälle.«

»Verstanden«, sagte Ascot. »Unsere Prowler sind bereits auf dem Weg in einen synchronen Orbit.«

»Haben wir gehört.« John ging nicht weiter auf den Ärger ein, den der Sensortechniker seinen Spartans eingebrockt hatte; dafür wäre später noch Zeit, während der Nachbesprechung – und während des Prozesses, wenn man den Kerl vors Militärgericht stellte. Genau da gehörte er in Johns Augen nämlich hin. »Teamleiter, macht Meldung, sobald ihr von Bord seid.«

»Team Grün ist gleich draußen«, informierte Kurt ihn. Sobald sie von Bord gesprungen wären, würden die Spartans auf einen im Voraus vereinbarten Orbit hinabsinken und dort auf einen der Prowler warten. »Atemgeräte haben sich wieder auf siebzig Prozent aufgeladen. Wir aktivieren die Peilsender.«

»Team Gold ist direkt hinter Team Grün«, hängte Joshua an. »Atemgeräte bei fünfundsiebzig Prozent, Peilsender aktiviert.«

»Blau Zwei und Drei hier. Wir haben eine der feindlichen Rettungskapseln gefunden«, berichtete Fred. Er war Zwei, Kelly war Drei. »Die Druckversiegelung an der Rüstung von Blau Drei ist beschädigt. Wir werden versuchen, es zu reparieren, aber achtet bitte auf unsere Peilsender, bevor ihr anfangt, die Rettungskapseln unter Beschuss zu nehmen.«

»*Verstanden*«, sagte Ascot. »*Viel Glück.*«

Die Einzige, die sich nicht gemeldet hatte, war Linda. Während er auf ihre Bestätigung wartete, begann John von seiner Position am Eingang aus die verwundeten Außerirdischen zu eliminieren. Wenn er losrannte, um den Totmannschalter des Kommandanten zu sichern, wollte er sich dabei mit möglichst wenigen Feinden herumärgern müssen.

Er verschoss ein ganzes Magazin, und als er nachlud, hatte er noch immer nichts von Linda gehört. Es sah ihr nicht ähnlich, einen Befehl zu ignorieren, aber sicherheitshalber warf John trotzdem einen Blick nach unten in den Gravitationsschacht.

Leer.

»Linda? Was ist da los?«

»Drohnen«, sagte sie. »Ein ganzes Nest. Sie treiben mich vor sich her, als wäre ich ein verdammtes Schaf. Offenbar wollen sie nicht, dass ich das Schiff verlasse.«

John fluchte lautlos. Vermutlich wäre es doch besser gewesen, sie auf die Brücke hochzulassen.

»Wie ist die Situation?«, fragte er. »Ich glaube nicht, dass ich noch viel länger warten kann. Ich weiß nicht, ob der Kommandant noch lebt oder schon tot ist, aber seine Hand könnte jeden Moment von diesem Knopf abrutschen.«

»Dann los«, schnappte Linda. »Ich bin fast beim Hangar. Dort können sie mich nicht mehr aufhalten.«

»Verstanden.«

John spannte seine Muskeln, um auf die Brücke zu springen, dann kam ihm ein Gedanke. Drohnen konnten fliegen …

Er schob sich durch die Luke, wirbelte nach rechts herum, und tatsächlich: Da war eine Drohne, dicht unter der Decke, die mit ihrer Plasmapistole auf ihn zielte. John durchbohrte das Wesen mit einer Salve, dann sah er einen zweiten Kontakt auf seinem Bewegungstracker und rollte sich über das Deck auf den Kommandantensessel zu.

Als er wieder auf die Beine kam, war sein MA5K bereits erhoben, und die zweite Drohne fiel zerfetzt auf den Boden hinab. Sofort wandte John sich der Armlehne zu.

Der Sessel schwenkte in einem Dreiviertelkreis von ihm fort und John blickte unvermittelt in die schmerzvernebelten Augen des Kommandanten. Der Außerirdische hatte den Kopf auf die Seite gelegt, so, als könne er nicht ganz begreifen, was er sah – oder als könnte er es nicht akzeptieren. Seine blutigen Finger ruhten noch immer auf dem gelben Knopf, während seine Mandibeln zu einem vierzackigen Stern aufklappten. War das eine Grimasse … oder ein Grinsen? Was immer es war, der Kommandant drehte die Schulter und zog seine Hand von der Armlehne zurück.

John wartete nicht, bis der gelbe Knopf wieder nach oben geglitten war. Er sprintete auf die nächstgelegene Luke zu und spürte, wie das Schiff unter seinen Füßen erzitterte. Dann war er auch schon in der Rettungskapsel, an deren abgerundeten Wänden sich Notsitze und Sicherheitsgurte aneinanderreihten. Seine Hände strichen auf der Suche nach einer Kontrolltafel über den Bereich in Eingangsnähe. Hoffentlich hatte Linda es zum Hangar geschafft.

Die Luke schnappte zu. Einen Moment später wurde John auch schon im Innern der Kapsel umhergewirbelt, während sich das Gel in der Mjolnir-Rüstung schützend um seinen Körper verdichtete. Und irgendwo dicht hinter ihm barst das Allianzschiff in einer Wolke aus Feuer und Metalltrümmern auseinander.

4. KAPITEL

08:40 Uhr, 7. März 2526 (Militärkalender)
Everest, UNSC-Kreuzer der *Valiant*-Klasse
Tiefraum-Übergangszone, Dynizi-System

Der Aufzug stoppte und die aufgleitenden Türen gaben den Blick
frei auf einen breiten Gang mit makellos geschrubbtem Boden
und frisch gestrichener Decke. An den Wänden reihten sich le-
bensgroße Hologramme verdienter Flottenkommandanten aneinander, die zurückreichten bis zu Themistokles und Lysander.
Direkt gegenüber dem Aufzug standen zwei Wachen in blauer
Paradeuniform, bewaffnet mit MA5B-Sturmgewehren.

Staff Sergeant Avery Johnson trat an die hintere Wand der Lift-
kabine, um Zusteigenden Platz zu machen. Dabei nahm er vor-
sichtshalber auch Habachtstellung ein; es könnte schließlich sein,
dass es sich bei diesen Zusteigenden um Offiziere handelte. Auf
Mannschaftsdecks stellte die Flotte nämlich in der Regel keine
Wachen auf. Hinzu kam die süße Luft, die vom Korridor in den
Aufzug wehte. Kein Ventilationstechniker wollte sich von einem
Brückenoffizier Vorhaltungen wegen verstaubter Lüftungsschäch-
te und muffiger Filter machen lassen.

Aber niemand stieg ein. Die Wachen blickten kurz zu Avery
hinüber, zeigten sonst aber keine Reaktion. Die Türen blieben
offen, sodass er das Hologramm an der Wand hinter den beiden

58

Uniformierten genauer in Augenschein nehmen konnte. Es zeigte einen koreanischen Krieger mit Spitzbart, kegelförmigem Helm und knielangem Kettenhemd. Das Gesicht war Avery nicht vertraut, aber auf einer holografischen Plakette las er: *Admiral Yi Sun-sin, der 1597 an der Myongnyang-Meerenge mit nur 13 Schiffen eine japanische Flotte von 133 Schiffen besiegte.*

Avery hoffte, dass das UNSC auch ein paar Admirale wie Yi Sun-sin hatte. Die Chancen der Menschheit standen in diesem Krieg vermutlich deutlich schlechter als zehn zu eins.

Nach ein paar weiteren Augenblicken wurde offensichtlich, dass der Aufzug nicht gehalten hatte, um neue Fahrgäste aufzunehmen. Dies musste die Ebene sein, die man als Ziel für ihn eingegeben hatte, als er in die Kabine geführt worden war. Er blickte zur Kontrolltafel hinüber und sah, dass es sich um Ebene neunzehn handelte. Außerdem stellte er fest, dass die Ebenen dreizehn bis zwanzig nur mittels biometrischen Daumenscanners zugänglich waren. Das war ihm noch gar nicht aufgefallen. Für die Ebenen eins bis zwölf musste man nur auf das Tastenfeld drücken, aber das Hangardeck war ebenfalls mit einem Daumenscanner gesichert.

Avery hatte genug Zeit auf Großschiffen verbracht, um den standardmäßigen Aufbau zu kennen. Das Hangardeck wurde immer als Deck Null bezeichnet. Alles darüber war eine »Ebene«, alles darunter ein Deck, angefangen mit Deck eins, dann Deck zwei und so weiter. Was er aber nicht wusste, war, warum man ihn auf eine Kommandoebene des größten Schiffes der UNSC-Flotte geschickt hatte.

Vor drei Minuten war er von der Einstiegsrampe des Transfershuttles in einen Hangar getreten, der so groß wie eine kleine Stadt war. Nach seinem dreiwöchigen Slipspace-Sprung war er noch immer benommen, seine Hände zitterten und auch äußerlich hatte er sich noch nicht erholt: Sein schwarzer Schnurrbart, der sonst so sorgsam gestutzt war, wirkte buschig und ungepflegt, und seine braune Haut fühlte sich trocken und kratzig an. Aber vor dem Shuttle hatte bereits ein weiblicher Lieutenant mit den Insignien der Hangarleiterin auf ihn gewartet.

»Staff Sergeant, Sie sehen aus, als hätte Sie gerade jemand von seinem Stiefel gekratzt.« Sie war hochgewachsen und breitschultrig, mit schwarzem Lippenstift und blondem, zu einem Dutt zurückgebundenen Haar. »Haben Sie etwa getrunken?«

»Schön wär's, Ma'am.« Avery salutierte. »Es ist der Cryokater. Sie haben mich gerade vor fünf Minuten aus der Schlafkapsel gezogen.«

Der Lieutenant zog die Nase kraus. »Das erklärt dann wohl auch den Geruch.« Sie winkte mit dem Zeigefinger und drehte sich um. »Hier entlang, Marine.«

Avery war ihr ungefähr hundert Meter durch den Hangar gefolgt, bis sie eine Reihe von Aufzügen erreichten. Die Offizierin hatte den Arm in eine offene Kabine gestreckt, die Kontrolltafel angetippt und ihn dann ins Innere gewunken.

»Willkommen an Bord, Sergeant Johnson.«

Avery war so benebelt, dass er nicht einmal gefragt hatte, wohin sie ihn schickte – oder auf welchem Schiff er überhaupt war. Sein ursprünglicher Befehl hatte gelautet, sich auf Neos Atlantis dem OAST-Bataillon der 11ten Marine-Aufklärungsflotte anzuschließen und dann in den Äußeren Kolonien gegen die Außerirdischen zu kämpfen. Aber anstatt im Orbit über dem vertrauten grünen Planeten aus dem Kälteschlaf aufzuwachen, hatte er sich an Bord des UNSC-Transporters *Santori* wiedergefunden, mitten in einer gewaltigen Kampfflotte, so weit draußen im tiefen Raum, dass er nicht einmal die Sonne wiedererkannt hatte.

Seine erste Vermutung war, dass die 11te Neos Atlantis vorzeitig verlassen hatte und dass man ihn auf ein anderes Schiff verfrachtet hatte, um unterwegs zu ihnen zu stoßen. Aber jetzt war er sich da nicht mehr so sicher. Wenn ein Staff Sergeant ein Schiff betrat, um sich einer Kampfeinheit anzuschließen, erhielt er normalerweise nicht erst eine Audienz auf einer Kommandoebene.

Zu guter Letzt fragte eine der Wachen: »Stimmt etwas nicht, Sergeant Johnson?«

»Vielleicht.« Avery war ein wenig überrascht, dass die Soldatin seinen Namen kannte. Falls sie das Namensschild an der Brust seiner Uniform gelesen hatte, hatte sie es extrem unauffällig angestellt – und sie musste verdammt gute Augen haben. »Wo bin ich?«

»Kommandodeck.« Die Wache war ein attraktiver Petty Officer zweiter Klasse, mit blasser Haut, haselnussbraunen Augen und kurzem rotem Haar, das unter ihrer blauweißen Kappe hervorblitzte. »Oder glauben Sie, wir tragen nur Ihretwegen Galauniform?«

»Hätte ja sein können.« Allmählich klang es, als wäre Avery doch am richtigen Ort. Er trat aus dem Fahrstuhl und fragte: »Das Kommandodeck welches Schiffes?«

Die Augen der Frau wurden schmal, und jetzt blickte sie sichtbar zu Averys Namensschild hinab, vermutlich um zu bestätigen, dass er wirklich derjenige war, den sie erwartet hatte. Erst dann antwortete sie. »Sie befinden sich an Bord des schweren UNSC-Kreuzers *Everest*, dem Flaggschiff von Vizeadmiral Preston J. Cole, dem Kommandanten von Kampfverband X-Ray.«

Verdammt. Preston Cole war ein guter Kommandant gewesen, bis der militärische Nachrichtendienst ONI seine zweite Frau vor zwanzig Jahren als Spionin der Aufständischen enttarnt und ihn in den Ruhestand gezwungen hatte. Während der darauffolgenden Jahre hatten die Boulevardnachrichten von mehreren kurzen Ehen und verbitterten Scheidungen berichtet, und falls Avery sich recht erinnerte, war Cole auch mehrere Monate wegen einer doppelten Organtransplantation im Krankenhaus gewesen. Falls das Flottenkommando Leute wie ihn in den aktiven Dienst zurückholte und ihnen das Kommando über einen Kampfverband gab, dann musste es schlechter um das UNSC stehen, als Avery bislang geahnt hatte.

Er brummte. »Und ich bin hier, weil …?«

»Keine Ahnung.« Die Wache musterte ihn von Kopf bis Fuß, dann zog sie eine Augenbraue hoch. »Ich gehe mal davon aus, dass mehr an Ihnen dran ist, als man auf den ersten Blick sieht.«

»Ich habe meine Momente.« Avery war nicht sicher, ob sie mit ihm flirtete oder ihn verspottete, aber er war Unteroffizier und sie ebenfalls. Insofern hatte er nichts zu verlieren, wenn er sich Gewissheit verschaffte. »Wie wäre es, wenn ich Ihnen bei einer Tasse Kaffee davon erzähle?«

Beinahe hätte sie gelächelt. »Erst mal müssten Sie duschen.«

»Das lässt sich einrichten.«

Die zweite Wache, ein Petty Officer dritter Klasse mit glattem Gesicht, roten Wangen und hellem Haar, räusperte sich lautstark.

»Sergeant Johnson, die Admirale sind nicht für ihre Geduld bekannt.« Er deutete den Korridor hinab. »Wenn ich vorschlagen dürfte, verabreden Sie sich doch mit Petty Officer Anagnos *nach* der Besprechung.«

Avery blickte Anagnos mit einem entschuldigenden Schulterzucken an, dann wandte er sich dem Gang zu, der an den holografischen Abbildern von einem Dutzend historischer Flottenkommandanten entlang zu einer großen Doppeltür führte. Auf dem linken Türflügel prangte eine große Messingplakette, beschriftet mit CHESTER W. NIMITZ. Eine ganz ähnliche Plakette auf dem rechten Türflügel verkündete: GESICHERTER KONFERENZRAUM.

»Haben Sie gerade *Admirale* gesagt? Wie in *mehrere?*«

»Das ist korrekt, Sergeant.«

Avery stöhnte. »Das hatte ich befürchtet.«

Er fragte sich, was er wohl diesmal verbrochen hatte, aber er nahm seinen Seesack und ging schicksalsergeben zu der Tür hinüber. Auf dem Weg kam er an Hologrammen von Marcus Agrippa, Oliver Hazard Perry und Yamamoto Isoroku vorbei. Einer hatte Rom bei Actium gerettet, der zweite während des Krieges von

1812 die Kontrolle über den Eriesee errungen und der dritte die Pazifikflotte der USA bei Pearl Harbor dezimiert. Hoffentlich waren die Admirale im Nimitz-Konferenzsaal nur halb so brillante Taktiker, denn so, wie der Krieg mit der Allianz bislang lief, würde Preston J. Cole alle Hilfe brauchen, die er nur kriegen konnte.

Als Avery näher kam, öffneten sich die Türen. Dahinter stand ein junger Fähnrich in blauer Paradeuniform, sein Kiefer vorgereckt, seine Hände hinter dem Rücken verschränkt. Avery trat über die Schwelle in einen rechteckigen Vorraum mit einer Sitzbank auf der einen Seite und einer kleinen Anrichte auf der anderen. Dort stellte er seinen Seesack ab, nahm Haltung an und salutierte.

»Staff Sergeant Avery Johnson meldet sich wie …« Er zögerte. Niemand hatte ihm *befohlen*, sich zu melden. »Wie erwartet.«

Der Fähnrich erwiderte den Gruß knapp und griff nach Averys Seesack. »Lassen Sie mich das für Sie verstauen, Sergeant. Den werden sie hier nicht brauchen.«

»Danke, Sir.« Avery ließ den jungen Mann die Tasche nehmen, aber er sagte: »Meine persönlichen Waffen sind da drin, Sir, ungeladen und gesichert.«

»Allzeit bereit. Ein echter Marine. Darf ich Ihnen etwas zu trinken anbieten? Kaffee? Oder wie wäre es mit einem Sandwich?«

Avery schüttelte den Kopf. »Nein, danke. Es sei denn, Sie haben hier irgendwo ein Deodorant. Ich komme direkt aus der Schlafkammer.«

Der Fähnrich – auf seiner Namensplakette stand A. TISCHLER – lächelte trocken. »Da wäre ich nie draufgekommen.« Er stellte den Seesack hinter der Sitzbank ab, dann nahm er eine Flasche Rejuverol aus dem Getränkekühlschrank. »Keine Sorge. Keiner wird sie deswegen schief ansehen. Sie haben Lieutenant Ruta befohlen, sie ohne jegliche Verzögerung herzuschicken.«

»Warum die Eile?«, erkundigte sich Avery. »Bis jetzt hat mir noch niemand erklärt, warum ich überhaupt hier bin.«

»Ich wünschte, ich wüsste es, Sergeant.« Tischler drückte ihm die Flasche Rejuverol in die Hand, dann ging er zu der inneren Tür hinüber und legte seinen Daumen auf einen biometrischen Scanner. »Sie müssen sich nicht extra vorstellen. Alle wissen bereits, wer Sie sind.«

Die Tür glitt zur Seite. Avery trat hindurch, nur um sofort wieder stehen zu bleiben und die Hand zum Salut zu heben. Er befand sich nun in einem großen Raum mit einer holografischen Sternenkarte an der einen Wand und einem Konferenztisch an der anderen. Auf der Avery zugewandten Seite des Tisches saßen zwei grauhaarige Offiziere, jeder mit drei Streifen am Kragen: Vizeadmirale. Einer hatte das hagere Gesicht eines Mannes Mitte fünfzig. Er steckte in einer weißen Dienstuniform ohne Jacke und der Name P. J. COLE war auf seine Brusttasche gestickt. Der andere war ein hohlwangiger Mann in Kampfuniform, die aber Einheitenabzeichen, Namensplakette und Rangsymbole vermissen ließ – ein offensichtliches Zeichen, dass er zum ONI gehörte … und dass man sich besser nicht mit ihm anlegte.

Ihnen gegenüber saß eine schlanke Frau in einem weißen Laborkittel. Sie hatte sich nicht zu Avery umgedreht, alles, was er sagen konnte, war darum, dass sie kragenlanges kastanienbraunes Haar hatte und sich nicht von Vizeadmiralen einschüchtern ließ. Sie hatte nämlich den Zeigefinger erhoben und hielt den beiden Männern eine Standpauke, als seien sie ungezogene Schuljungen.

»… einen Feind besiegen, wenn man ihn nicht versteht, Admiral«, sagte sie gerade. »Wir *müssen* es noch einmal versuchen.«

»Was soll das bringen?«, entgegnete der ONI-Admiral. »Sie haben selbst gesagt, dass es ein Jahr dauern könnte, bis Sektion Drei die Technologie der Außerirdischen analysiert hat.«

»Kriege enden selten innerhalb eines Jahres.«

»Dieser hier könnte eine Ausnahme sein, Dr. Halsey.« Während Cole sprach, erwiderte er Averys Salut, dann deutete er einladend auf den leeren Stuhl am Kopfende des Konferenztisches.

»Das UNSC hat im Moment zwei Optionen, von denen eine mies und die andere lausig ist. Entweder wir gehen jetzt gleich in die Offensive und verlieren Flotten in Schlachten, die wir von vornherein nicht gewinnen können, oder wir konzentrieren uns auf die Verteidigung der Prioritätsziele und sehen zu, wie die Allianz alles andere verglast.«

Verglasen war ein relativ neuer Begriff, den Avery aber bereits zur Genüge gehört hatte. Er beschrieb das Resultat eines groß angelegten Plasmabombardements – die Lieblingsmethode der Außerirdischen, um menschliche Kolonien in unbewohnbare Felsbrocken zu verwandeln. Die Oberfläche der beschossenen Welten wurde dabei so gewaltiger Hitze ausgesetzt, dass das Silizium in simpler Erde zu Glas zusammenschmolz.

»Die Antwort sollte offensichtlich sein«, sagte Dr. Halsey. »Wir verteidigen unsere wichtigsten Welten. Die Allianz wird mindestens zwei Jahre brauchen, um all unsere ungeschützten Planeten zu finden. Bis dahin hat Sektion Drei ihre Technologie ganz sicher rekonstruiert und ...«

»Das Flottenkommando kann das nicht tun, Catherine«, warf der ONI-Admiral ein. Das Flottenkommando kontrollierte die Einsätze und die Kampfmissionen der gesamten UNSC-Raumstreitkräfte. »Wir würden Hunderte Welten dem sicheren Untergang preisgeben. Milliarden Kolonisten würden zu Asche verbrennen.«

»Wenn Sie zu früh die Konfrontation suchen, werden Sie jede Flotte verlieren, die Sie losschicken – und diese Hunderte Welten, von denen Sie sprechen ... Die sind danach immer noch dem Untergang geweiht.« Die Frau machte eine Pause, bis Avery sich auf den ihm zugewiesenen Platz gesetzt hatte, dann blickte sie wieder den ONI-Admiral an. »Das müssen Sie dem Flottenkommando verständlich machen, Admiral Stanforth. Sie können nichts tun, um diese Menschen zu retten – nicht, bis ich Ihnen die nötigen Werkzeuge geben kann, um den Kampf zu gewinnen.«

Avery saß kerzengerade auf seinem Stuhl am Kopfende des Tisches und fragte sich, was um alles in der Welt er hier tat. Er hatte noch nie von einer Sektion Drei gehört oder von einer Dr. Catherine Halsey oder einem ONI-Vizeadmiral Stanforth – und nach dem, was er über den militärischen Nachrichtendienst wusste, war das vielleicht auch besser so. Was ihn aber am meisten verwunderte, war, dass die beiden Admirale mit Halsey redeten, als hätte die Wissenschaftlerin genauso viel Mitspracherecht wie sie.

Das ergab keinerlei Sinn. Jetzt, wo er seitlich zu ihr saß, konnte Avery sehen, dass sie nicht einmal zum Militär gehörte: Unter ihrem Laborkittel trug Halsey einen eng anliegenden Overall, der mehr an Arztkleidung erinnerte als an eine Uniform, und in ihren stechend blauen Augen lag eine Sturheit, die man einer Soldatin schon nach der ersten Woche der Grundausbildung ausgetrieben hätte.

Nach einem kurzen Moment beugte Cole sich vor, wobei er beide Unterarme auf den Tisch stützte. »Ich verstehe Ihr Argument, Dr. Halsey«, sagte er. »Aber selbst wenn das Flottenkommando bereit wäre, Ihrem Plan zu folgen ...«

Avery schnaubte – die Vorstellung war so absurd, dass der Laut einfach aus ihm herausplatzte –, dann schluckte er hart, als drei Köpfe in seine Richtung herumruckten.

»Verzeihen Sie.« Er öffnete das Rejuverol, das Fähnrich Tischler ihm gegeben hatte. »Ich muss mich verschluckt haben.«

Stanforth schmunzelte. Cole zog lediglich die Brauen zusammen, bevor er sich wieder auf die andere Seite des Tisches konzentrierte. Avery musterte ihn unauffällig. Konnten die Instinkte des reaktivierten Admirals wirklich so eingerostet sein, dass er Halseys Plan in Erwägung ziehen würde? Sobald das UNSC begann, seine Truppen von den Kolonien abzuziehen und um die Kernwelten zu sammeln, würde in den Äußeren Kolonien eine ausgewachsene Rebellion beginnen. Und dann müsste sich das UNSC mit *zwei*

66

Kriegen herumärgern. Ganz zu schweigen davon, dass kein Kommandant Milliarden tote Zivilisten in Kauf nehmen konnte, egal unter welchen Umständen.

Aber Cole schien die Idee zumindest durchspielen zu wollen. »*Falls* wir das Flottenkommando von Ihrem Plan überzeugen, Dr. Halsey, wie können wir dann sicher sein, dass die Außerirdischen sich wirklich zuerst den ungeschützten Zielen zuwenden? Was, wenn sie stattdessen unsere am stärksten verteidigten Welten angreifen, damit sie die restlichen Kolonien anschließend ungestört vernichten können?«

»Das wäre keine sonderlich effiziente Invasionsstrategie«, entgegnete Halsey. »Seit Oskar von Hutier und Operation Michael im Jahre 1918 basiert die beste Infiltrationsstrategie auf Schockwirkung – man macht einen Bogen um schwere Ziele, fährt leichte Siege ein und übernimmt möglichst schnell möglichst viel feindliches Territorium. Dann lässt man das schwere Gerät nachrücken und zermürbt die verbliebenen Bollwerke.«

»Aber haben die *Außerirdischen* Operation Michael studiert?«, konterte Cole. »Und wichtiger noch: Könnten sie eine bessere Methode kennen?«

Stanforth nickte. »Die Technologie diktiert die Strategie. Und da wir ihre Technologie nicht verstehen …«

»Können wir auch ihre Strategie nicht vorausahnen. Ja, das ist mir klar.« Halsey schwieg ein paar Sekunden, dann erwiderte sie: »Ein Grund mehr, warum wir schnellstmöglich versuchen müssen, ein weiteres ihrer Schiffe zu erobern.«

Ein Schiff erobern. Avery hatte das ungute Gefühl, dass das der Grund für sein Hiersein war. Anfang des Jahres war er in der Nähe von Harvest an einem Entermanöver auf einem Allianzschiff beteiligt gewesen, bevor seine Einheit sich auf der Oberfläche des Planeten eine langwierige Schlacht mit einer Kompanie außerirdischer Krieger geliefert hatte. Es gab im gesamten UNSC vermutlich nur eine Handvoll Marines, die das von sich behaupten konnten … und das machte ihn zur offensichtlichen Wahl, um eine selbstmörderische Schiffsentführung zu leiten.

Aber Stanforth schüttelte vehement den Kopf. »Ein weiterer Versuch wäre zu riskant«, erklärte er. »Wir brauchen dafür zu viele Spartans und wir müssen sie zu lange von der Front abziehen. Ganz zu schweigen davon, dass der Angriffstrupp bei Netherop nur durch Glück keine Verluste erlitten hat.«

»Das hatte nichts mit Glück zu tun«, protestierte Halsey. »Das war Training und Können. Außerdem war die Mission kein völliger Reinfall. Die erbeuteten Banshees haben uns bereits viel über den Feind verraten. Zugegeben, noch können wir sie nicht bedienen, und die Instrumente und die technologische Architektur geben uns weiter Rätsel auf, aber alles deutet darauf hin, dass die Antriebe und die Waffen nicht so effektiv sind, wie …«

»Das ist alles schön und gut«, fiel Cole ihr ins Wort. »Aber wird es uns *dieses Jahr* helfen?«

Halsey zögerte. »Es ist ein Fehler, sich nur auf kurzfristige Resultate zu konzentrieren, Admiral.«

»Tun wir es nicht, gibt es vielleicht keine langfristige Zukunft für die menschliche Spezies.« Coles Stimme wurde streng, während er sich auf seinem Stuhl zurücksinken ließ. »Dr. Halsey, ich werde Ihnen ein Allianzschiff besorgen, wenn und falls sich die Gelegenheit dazu bietet, aber das kann nicht unser Hauptfokus sein. Wir haben bei der Rückeroberung von Harvest dreizehn Schiffe verloren – gegen einen einzelnen Kreuzer der Außerirdischen. Wenn wir der Allianz nicht ihren Vorteil nehmen, dann werden die Äußeren Kolonien nächstes Jahr nur noch ein Haufen übergroßer Murmeln sein.«

»Ich fürchte, ich muss ihm zustimmen, Catherine«, sagte Stanforth. »Das ist die einzige Möglichkeit, um Ihrer Sektion die nötige Zeit zu verschaffen, bis wir diesen Krieg irgendwie gewinnen können.«

Halsey seufzte, nickte aber widerwillig. »Ich werde die Operation natürlich auf jede erdenkliche Weise unterstützen.« Sie blickte Cole an. »Ich bin gespannt, welchen Plan *Sie* haben.«

»Sie werden die Erste sein, die es erfährt«, sagte er, dann drehte er sich zu Avery herum. »Sobald wir einen Plan *haben*.«

Averys Magen zog sich zusammen. Er hatte noch nicht einmal gehört, dass das UNSC bei Harvest einen Gegenangriff gestartet – oder einen so hohen Preis gezahlt – hatte. »Fragen Sie mich nach meiner Meinung, Sir?«

»Sitzt hier sonst noch jemand am Tisch, der aussieht, als hätte er schon mehrfach gegen die Außerirdischen gekämpft?«

Avery blickte der Form halber reihum, bevor er antwortete. »Nein, Sir.«

»Dann ist jetzt der Moment, um Ihre Einschätzung zu teilen, Sergeant«, forderte Stanforth ihn auf. »Ich habe diese Versetzungsbefehle nicht gefälscht, damit sie hier herumsitzen und Däumchen drehen können.«

Avery zögerte einen Augenblick, während er überlegte, ob es ein Zeichen von Intelligenz oder von Verzweiflung war, dass zwei Admirale einen Unteroffizier nach seiner Meinung fragten. So oder so, er musste antworten – und nicht nur, weil man es ihm befohlen hatte. Wenn er jetzt nichts sagte, würde er sich den Rest seines Lebens nicht mehr über die dummen Schlachtpläne seiner Vorgesetzten beschweren können – und das war eines seiner liebsten Hobbys.

»Also gut, Sir. Was mir zunächst einmal auffällt, ist: Auch wenn uns die Technologie des Feindes überlegen sein mag, seine Soldaten sind es nicht.«

»Erklären Sie das«, verlangte Cole.

»Ich nehme an, Sie haben alle den Bericht über den ersten Kontakt bei Harvest gelesen?«

Stanforth nickte.

»Dann denken Sie einmal darüber nach, was dort geschehen ist«, fuhr Avery fort. »Sergeant Byrne und ich haben fünf Schakale getötet und uns dann einen Weg an Bord ihres Schiffes erkämpft. Der einzige Grund, warum wir es nicht übernehmen konnten, war, dass der Captain die Selbstzerstörung einleitete, um einer Gefangennahme zu entgehen. Später schlugen wir bei den botanischen Gärten von Harvest nur mit einem Zug halb ausgebildeter Milizkämpfer eine ganze Kompanie von Brutes und Grunts zurück. Und im Verlauf der folgenden Wochen gelang es uns, den Planeten direkt unter ihrer Nase zu evakuieren. Sie sehen also, die Allianz mag die bessere Ausrüstung haben, aber in meinen Augen können ihre Soldaten unseren nicht das Wasser reichen.«

»Interessant«, sagte Stanforth. »Und Ihre Meinung zu den unterschiedlichen Spezies?«

»Die Brutes sind stark und brutal«, antwortete Avery, »aber nicht so schlau, wie sie selbst vielleicht denken.«

»Verzeihung … Brutes?«, fragte Cole.

»Die großen Kerle, die wie Affen aussehen«, verdeutlichte Avery. »Sie mögen den Nahkampf, weil sie da ihre Stärken ausspielen können. Die Schakale wiederum sind gerissen, aber feige. Die Mistfliegen …«

»Mistfliegen?«, echote Stanforth.

»Ich denke, er meint die Wesen, die John Drohnen nennt.« Halsey wandte sich zu Avery herum. »Die fliegenden Insektoiden, richtig?«

»Das klingt nach ihnen, ja.« Avery nickte. »Nun, wie immer wir sie nennen, sie sind unerbittlich, aber auch leicht in die Irre zu führen. Und die Grunts … tja, das Gefährlichste, was die Grunts tun können, ist, einem im Weg zu stehen.«

»Was ist mit den Echsenwesen?«, hakte Cole nach. »Das ist die Spezies, die mir Sorgen bereitet.«

»Ich glaube nicht, dass Sergeant Johnson auf Harvest gegen sie gekämpft hat«, sagte Stanforth, anschließend blickte er Avery an. »Sie sind so etwas wie eine Kommandantenklasse, größer und stärker als die Schakale. Man könnte sie vielleicht mit unseren orbitalen Absprung-Schocktruppen vergleichen – klug, zäh und diszipliniert.«

»Mit anderen Worten die, die wir zuerst ausschalten müssen«, brummte Avery.

Stanforth lächelte, dann nickte er Cole zu. »Ich mag ihn.«

»Er ist selbstsicher«, erwiderte der andere Vizeadmiral. »Das ist gut.«

Avery erkannte, dass er nicht nur hier war, um seine Meinung beizusteuern. Dies war ein Test – für eine Aufgabe, die er vielleicht gar nicht wollte. »Bei allem Respekt«, begann er. »Falls es da etwas gibt, das ich wissen sollte ...«

»Und scharfsinnig ist er auch«, meldete sich Halsey zu Wort. »Wir hätten es definitiv schlechter treffen können.«

»Schlechter als was?«, wollte Avery wissen. »Worüber reden wir hier wirklich?«

»Immer mit der Ruhe«, beschwichtigte Stanforth ihn. »Wir wissen es selbst noch nicht genau.«

»Aber sie wollen einen Veteran für das Team, der schon einmal gegen die Allianz gekämpft hat«, erklärte Halsey. »Und davon gibt es nicht viele. Die Allianz ist sehr gründlich, wenn es darum geht, ihre Feinde zu töten.«

»Was für ein Team?«, fragte Avery ungeduldig.

»Entspannen Sie sich, Sergeant.« Diesmal waren Stanforths Worte ein Befehl. »Bislang ist dieses Team nur in der Planungsphase.«

Avery entspannte sich tatsächlich ... zumindest ein wenig. »Aber ich verstehe nichts von Flottenstrategie, Sir«, betonte er. »Ich bin Marineinfanterist.«

»Sie waren auch ein Freiwilliger beim ORION-Projekt«, warf Halsey ein. »Das macht Sie zur idealen Ergänzung für diese Operation.«

»ORION-Projekt?«, wiederholte Avery. Das war ein streng geheimes Programm der Flotte gewesen, dazu gedacht, biologisch augmentierte Supersoldaten zu erschaffen, um den Aufständen in den Kolonien Herr zu werden. Im Zuge dieses Programms hatte Avery sein orbitales Absprungtraining erhalten, und auch seine nicht unerheblichen Fähigkeiten als Scharfschütze und im Nahkampf verdankte er seiner Zeit bei ORION. Nur war das Programm vor inzwischen fast zwanzig Jahren abgebrochen worden, als die Resultate die Kosten nicht länger rechtfertigen konnten.

»Ich habe keine Ahnung, wovon Sie reden.«

Stanforth verdrehte die Augen, Cole blickte ungehalten drein und Halsey schürzte die Lippen.

»Na schön, *vielleicht* habe ich davon gehört«, räumte Avery ein. Selbst das war mehr, als er nach dem strengen Geheimhaltungsprotokoll des Programms eigentlich preisgeben durfte. Aber er hatte das bestimmte Gefühl, dass er von all den Personen an diesem Tisch am wenigsten über ORION wusste. »Um was für eine Operation geht es?«

»Das haben Sie schon einmal gefragt«, brummte Stanforth. »Und ich sage Ihnen noch einmal: Wir wissen es noch nicht. Wirklich.«

»Tut mir leid, Sir«, murmelte Avery. »Ich bin ein wenig verwirrt.«

»Lassen Sie mich versuchen, ein wenig Klarheit zu schaffen«, übernahm Cole das Wort. »Die Schiffe der Allianz werden durch einen Energieschild geschützt, den keine unserer Waffen mit einem direkten Treffer durchschlagen kann, ausgenommen vielleicht ein Nuklearsprengkopf oder eine Massenbeschleunigungskanone. Und da ihre Schiffe schneller und wendiger sind als unsere, ist das ein echtes Problem.«

»Weil Sie nie für mehr als einen Schuss Zeit haben«, vermutete Avery.

»Oft nicht einmal dafür«, bestätigte Cole. »Und als wäre das nicht schlimm genug, schneiden ihre Plasmastrahlen durch unsere Titan-A-Panzerung wie ein warmes Messer durch Butter.«

»Ihre Impulslaser sind fast genauso schlimm«, schob Stanforth nach. »Wir müssen sie also auf eine Weise bekämpfen, die nicht auf eine direkte Flottenkonfrontation hinausläuft.«

»In Anbetracht Ihrer Einsatzerfahrung«, sagte Halsey, »und Ihres Einfallsreichtums bei der Evakuierung von Harvest dachte ich mir, dass Sie vielleicht eine Bereicherung bei diesem Projekt sein könnten.«

Avery nickte. »Wenn es darum geht, diesen Kerlen das Leben zur Hölle zu machen, bin ich dabei«, erklärte er. »Minen, Sprengköder, Sabotage, falsche Signale, vergiftete Rationen ... geben Sie mir zwei Prowler und fünfzig gute OAST, und ich lege sofort los.«

»Das sind allesamt gute Ideen«, lobte Cole. »Und die meisten davon setzen wir bereits um.«

»Was wir von Ihnen wollen, ist ein wenig ... direkter«, fügte Stanforth an. »Eine Operation, die das Potenzial hat, den Feind aus dem Konzept zu bringen.«

Avery hasste es, wenn Offiziere von *Potenzial* sprachen. Das bedeutete, dass sie selbst nur raten konnten. Und wenn Offiziere rieten, zahlten Frontschweine den Preis.

»Ich höre.«

»Wie Sie bereits angemerkt haben, sind die Außerirdischen selbst nicht so gut wie ihre Technologie«, begann Stanforth. »Wir haben eine spezielle Einheit, die inzwischen zwei feindliche Schiffe geentert hat, indem sie diese Schwächen ausnutzte.«

»Die Schiffsentführung, von der Sie sprachen, als ich hereinkam.« Avery neigte den Kopf. »Die *gescheiterte* Schiffsentführung.«

»Das Schiff wurde dennoch zerstört«, klärte Stanforth ihn auf. »Ebenso wie die Fregatte, die das Team beim ersten Mal ins Auge fasste.«

»Bislang ist es die effektivste Taktik, die wir haben«, betonte Cole. »Jetzt möchten wir sie bei einem größeren Ziel anwenden.«

»Wie groß?«

»So groß, wie es nur geht«, antwortete Stanforth.

»Keine Sorge.« Cole lächelte grimmig. »Wir werden Ihnen ein paar Atombomben mitgeben.«

Avery konnte nichts Komisches an der Bemerkung finden. Es war ihm noch immer ein Rätsel, warum man Cole aus dem Ruhestand zurückgeholt hatte. In seiner Glanzzeit mochte er ein guter Kommandant gewesen sein, aber hier und jetzt machte er einen alles andere als ehrfurchtgebietenden Eindruck.

»Ich habe mich noch für nichts freiwillig gemeldet«, stellte er klar.

»Aber das werden Sie«, sagte Stanforth. »So, wie Sie es immer tun.«

»Vielleicht habe ich nach zwanzig Jahren im Dienst ja meine Lektion gelernt, Sir«, brummte Avery.

»Glauben Sie mir, diese Operation wollen Sie nicht verpassen.« Stanforth beugte sich vor und blickte ihm direkt ins Gesicht. »Sie werden Teil eines Teams sein, das die menschliche Spezies rettet, Johnson … und das ist keine Übertreibung.«

Avery wünschte, er könnte sich eine Zigarre anstecken. Das Überlegen fiel ihm immer leichter, wenn er auf einer Sweet William herumkaute.

Nach einem Moment sagte er: »Ziele von der Größe, wie sie Ihnen vorschweben, werden in der Regel von einer Flotte beschützt. Wir können nicht einfach vorbeiflitzen und eine Entermannschaft absetzen.«

»Genau deswegen brauchen wir Ihre Erfahrung für die Operation«, erklärte Cole.

»Und Ihre Kreativität«, fügte Halsey hinzu. »Sie werden sich nämlich bei jeder Mission neue Infiltrationstaktiken ausdenken müssen.«

»Bei *jeder* Mission?«, echote Avery. »Sie wollen das also mehr als einmal durchziehen?«

»Natürlich«, nickte Halsey. »Wir werden die Allianz wohl kaum aufhalten, wenn wir nur *ein* Schiff zerstören, oder?«

»Vermutlich nicht.« Ohne es bewusst wahrzunehmen, zog Avery eine Sweet William aus seiner Brusttasche und steckte sie unangezündet in seinen Mundwinkel. »Wer gehört denn alles zu Ihrer speziellen Einheit?«

»Nun, zum einen werden Sie mit einem OAST-Bataillon zusammenarbeiten«, klärte Cole ihn auf. »Dem 21sten.«

Avery lächelte. »Colonel Crowthers Black Daggers.« Er nickte. »Ein feiner Trupp.«

»Der beste«, bestätigte Stanforth. »Aber in erster Linie werden Sie einen Angriffstrupp aus zwölf Spartans unterstützen.«

»Spartans?« Avery rollte die Zigarre zwischen seinen Lippen. Stanforth hatte den Begriff vorhin schon benutzt, aber Avery war davon ausgegangen, dass es nur ein Titel für eine besondere Art von Kommandosoldat war. Jetzt klang es mehr nach einer Einheit. Oder waren es vielleicht spezielle Raumjäger für Infiltrationseinsätze ...? »Was genau sind Spartans denn?«

»Zeigen Sie es ihm, Catherine« Stanforth bedachte Avery mit einem vielsagenden Blick. »Ihre Sicherheitsfreigabe ist gerade um drei Stufen gestiegen.«

Avery nickte und Halsey zog ein tragbares Holopad aus einer Tasche ihres Laborkittels. Sie stellte es vor Avery auf den Tisch, dann berührte sie den Aktivierungsknopf.

Das ein Meter hohe Hologramm einer Gestalt in schwerer Kampfrüstung materialisierte über dem Pad. Der kantige Helm mit der verspiegelten Gesichtsplatte und die klobige Panzerung ließen sie mehr nach einem Roboter aussehen als nach einem Soldaten. Hätte sie über eingebaute Kanonen und zusätzliche Gliedmaßen verfügt, hätte Avery sie für den Prototypen eines Kriegsandroiden gehalten. Aber der Spartan hatte nur zwei Beine, zwei Arme und einen Helm mit nach vorn ausgerichteter Gesichtsplatte – folglich steckte wohl ein Mensch in dieser Rüstung.

»Imposant«, sagte er. Es gab nichts an dem Hologramm, was ihm einen Eindruck von der Größe des Spartans verschafft hätte, falls es sich bei dem MA5K-Sturmgewehr hinter seinem Rücken jedoch um ein Standardmodell handelte, dann musste der Kerl weit über zwei Meter groß sein. »Aber Sie werden mehr als zwölf Soldaten in schicker Rüstung brauchen, um ein Allianzschiff zu zerstören.«

»Die Mjolnir-Rüstung ist nicht ihr einziges Alleinstellungsmerkmal, Sergeant Johnson.« Halsey war ihr Stolz deutlich anzuhören. »Wo das ORION-Projekt scheiterte, war das SPARTAN-II-Programm ein voller Erfolg. Diese Soldaten sind das, was *Sie* sein sollten.«

»Nun, dafür, dass ich so ein Fehlschlag bin, habe ich mich die letzten zwanzig Jahre ganz gut gehalten«, grollte Avery. Er mochte es nicht, so herabgewürdigt zu werden, aber immerhin wusste er jetzt, warum die Admirale Halsey ihren respektlosen Ton durchgehen ließen. »Aber nur zu, klären Sie mich auf.«

»Seien Sie nicht eingeschnappt, Sergeant Johnson. Das ORION-Projekt *war* ein Misserfolg.« Halsey ließ das Hologramm weiter über der Tischmitte schweben. »Diese Spartans wurden schon in sehr jungem Alter ausgewählt, basierend auf ihrer Intelligenz, ihren körperlichen Fähigkeiten, ihrer Aggressivität und ihrer emotionalen Widerstandskraft. Man könnte sagen, sie sind geboren, um Soldaten zu sein. Nachdem wir sie verpflichtet hatten, bildeten wir sie acht Jahre lang aus und machten aus ihnen die besten Kämpfer, die die Menschheit je gesehen hat.«

»Warum höre ich dann erst jetzt von ihnen?«

»Im Idealfall hätten wir sie erst in zwei Jahren in den aktiven Dienst versetzt«, erklärte Halsey. »Aber als die Allianz auftauchte, mussten wir das Programm beschleunigen.«

»Dann wollten Sie diese Kerle also ganze *zehn* Jahre ausbilden?« Avery zog die Augenbrauen hoch. »Ist das nicht ein wenig zu viel des Guten?«

»Nicht bei dem, was wir vorhaben«, entgegnete Halsey. »Ich wollte die zusätzliche Zeit nutzen, um ihren biologischen Augmentationen den letzten Feinschliff zu verpassen, um individuelle Anpassungen vorzunehmen. Aber auch so sind meine Spartans stärker, schneller, zäher und fähiger als jeder Soldat, den Sie je gesehen haben.«

»Das bezweifle ich gar nicht«, sagte Avery. Er dachte an die Unzahl von leistungsfördernden biochemischen Injektionen, die man ihm während des ORION-Projekts verabreicht hatte. Es war eine extrem schmerzhafte Erfahrung gewesen, ganz zu schweigen von der ständigen Desorientierung und den hormonbedingten Wutanfällen ... Wenn er die Größe des Spartans in dem Hologramm richtig einschätzte, wollte er sich gar nicht ausmalen, welche Qualen diese Kerle im Zuge ihres eigenen Augmentationsprozesses durchlitten haben mussten. »Aber wenn diese Spartans so großartig sind, wofür brauchen Sie mich dann überhaupt?«

»Erstens: Sie können nachvollziehen, was sie durchgemacht haben«, zählte Halsey auf. »Zweitens: Sie haben etwas, was den Spartans fehlt, nämlich zwanzig Jahre Kampferfahrung.«

»Genau«, warf Stanforth ein. »Sie mögen erstklassige Kämpfer sein, aber sie sind erst fünfzehn.«

»*Fünfzehn?*«, platzte es aus Avery heraus. »Macht sie das nicht zu Kindern ...?«

»Sie sind *keine* Kinder«, unterbrach Stanforth ihn mit Nachdruck. »Diesen Gedanken schlagen Sie sich besser gleich aus dem Kopf, Sergeant. Habe ich mich klar ausgedrückt?«

Avery schluckte. »Ja, Sir.« Er hatte schon oft genug mit dem ONI zu tun gehabt, um zu wissen, was der Admiral meinte: Er sollte keine Fragen stellen, auf die der militärische Nachrichtendienst keine Antworten geben wollte. »Es ging mir nur um den, äh, den Stand ihrer Ausbildung.«

»Sie sind die beste Einheit des UNSC«, beharrte Halsey. »Wir haben sie mit sechs ins Boot Camp geschickt und mit acht hatten sie alle Prüfungen einer regulären Militärausbildung bestanden.«

»Man könnte sagen, sie haben eine elitäre Militärakademie besucht«, beschönigte Stanforth. »Der Unterschied zur Corbulo-Akademie oder der Luna OCS ist gar nicht so groß.«

Halsey schnitt eine Grimasse. »Man könnte *Vieles* sagen«, klagte sie. »Aber das macht den Basisausbildungskomplex auf dem Mars noch lange nicht zum Perimeterinstitut für Theoretische Physik.«

»Verzeihen Sie bitte, Catherine«, sagte Stanforth, aber er wirkte eher amüsiert als betreten, während er sich wieder Avery zuwandte. »Der Punkt ist, auf dem Papier sind die Spartans erstklassige Soldaten. Sie brauchen nur jemanden, der die Dinge versteht, die man in Trainingsmissionen nicht lernen kann. Jemanden, der … ein paar Kniffe kennt.«

»Mit anderen Worten, einen Sergeant«, brummte Avery.

»Exakt.« Stanforth nickte. »Aber keinen Sergeant, der ihnen Befehle gibt.«

Avery zog die Brauen zusammen. »Das klingt mehr nach einem Kindermädchen.«

»Einigen wir uns auf großer Bruder«, schlug der ONI-Admiral vor. »Sie haben bereits einen Truppführer, dem sie vertrauen. Sie könnten ihn nie ersetzen, Sergeant.«

»Er versteht die Spartans und ihre Fähigkeiten besser, als jeder Außenstehende es je könnte«, pflichtete Halsey ihm bei. »Sie trainieren schon so lange miteinander, dass ihre Kommunikation manchmal an Telepathie grenzt.«

Avery kaute auf seiner Zigarre herum und fragte sich, was wohl passieren würde, wenn er ablehnte. Den Babysitter für einen Haufen von Jugendlichen zu spielen, war so ziemlich das Letzte, was er wollte, aber er kannte keinen Admiral, der es mochte, wenn man sein Angebot ausschlug – und ONI-Admiräle hatten verdammt viel Einfluss. Avery hatte jedenfalls den dumpfen Verdacht, dass er die nächsten fünf Jahre Schneebälle auf der Venus bewachen würde, wenn er Stanforth und Cole jetzt vor den Kopf stieß.

Schließlich seufzte er. »Wenn ich so wichtig für Ihre Operation bin, wie könnte ich dann ablehnen?«

»Genau.« Stanforth bedachte ihn mit einem schmallippigen Lächeln. »Wie könnten Sie?«

5. KAPITEL

05:58 Uhr, 8. März 2526 (Militärkalender)
Vanishing Point, UNSC-Tarnkreuzer der *Point-Blank*-Klasse
Tiefer Raum, Polona-Sektor

Selbst auf einem so gewaltigen Schiff wie dem UNSC-Tarnkreuzer *Vanishing Point* war John-117 zu groß, um aufrecht in der taktischen Planungszentrale zu stehen. Er musste einen wirklich er-
staunlichen Anblick abgeben, denn als er hinter Dr. Catherine
Halsey an den Konferenztisch trat, richteten sich alle Blicke auf
ihn … und verharrten dort. Anstelle seiner Mjolnir-Rüstung trug
er eine Dienstuniform, aber in beengten Räumen wie der TPZ
schien Standardkleidung seine Größe nur noch zu betonen.

Dr. Halsey setzte sich auf einen leeren Stuhl, aber John blieb
zwei Schritte von dem Tisch entfernt stehen und nahm Habachtstellung ein, wenn auch mit eingezogenem Kopf. Es waren mehr
Offiziere in dem Raum versammelt, als er normalerweise in einem
ganzen Monat sah, angeführt von Vizeadmiral Preston Cole, der
am Kopfende des Tisches stand, eingerahmt von Halima Ascot
und einem Colonel, den John nicht kannte.

Drei Stühle von Cole entfernt saß ein Staff Sergeant mit dunkler Haut, gestutztem Schnurrbart und verkniffener Miene. Er war
ziemlich alt – ungefähr vierzig, schätzte John –, mit tiefen Falten
um die Augen, auf der Stirn und an den Mundwinkeln.

Der Colonel trug einen brennenden Totenschädel auf der Brust seiner Uniform – das Wappen der OAST –, und das Dolchemblem auf seiner Schulter zeichnete ihn als Mitglied der Black Daggers aus, des 21sten Orbitalen Angriffsbataillons. Der grimmig dreinblickende Sergeant hingegen trug keinerlei Abzeichen – was bedeutete, dass er a) dem Bataillon gerade erst zugewiesen worden war oder b) zu einer Black-Ops-Einheit des ONI gehörte.

Cole erwiderte Johns Salut. »Setzen Sie sich, Petty Officer.« Er deutete auf den Stuhl neben Dr. Halsey. »Es gibt keinen Grund, warum Sie morgen Nackenschmerzen haben sollten.«

»Danke, Sir.«

John ließ sich auf dem ihm zugewiesenen Platz sinken, wo er dem schnurrbärtigen Staff Sergeant direkt gegenüber saß. Über seiner Brusttasche hatte er zumindest eine Namensplakette: A. JOHNSON, stand da, aber John wusste, dass das nicht zwangsweise sein echter Name sein musste. Es war genau die Art Allerweltsdeckname, die ein ONI-Agent benutzen würde.

Doch wie immer er auch heißen mochte, der Mann musterte John mit einem ungeniert abschätzenden Blick, als sei er nicht sicher, ob er es mit einem echten Soldaten zu tun hatte oder nur mit einem zu groß geratenen Möchtegern. John dachte sich nichts weiter dabei. Mit seinen hellen blauen Augen, seinen schmalen braunen Augenbrauen und seinem ovalen Gesicht sah er immer noch aus wie ein Teenager; da war es kein Wunder, dass andere ihn unterschätzten.

Cole wartete, bis Ascot und der Marine ebenfalls Platz genommen hatten, dann nickte er zur Kontrollkabine im hinteren Teil des Raums hinüber. »Damit wären wir vollzählig.«

Die Tür der TPZ schloss sich, die gedämpften Unterhaltungen verstummten und alle Augen wandten sich dem Admiral zu. Halt, nein. *Fast* alle Augen. Johnson starrte noch immer John an.

»Fangen wir mit dem Offensichtlichen an«, sagte Cole. »Wir halten diese Besprechung aus Gründen der Operationssicherheit auf der *Vanishing Point* ab und nicht auf meinem Flaggschiff. Es gibt viele kluge Köpfe auf der *Everest*, und wenn sie sähen, wie diese Gruppe in meinem persönlichen Konferenzraum verschwindet, würde es nicht lange dauern, bis die ersten Gerüchte die Runde machen.«

John blickte sich am Tisch um und er musste Cole recht geben. Der Captain eines Prowlers; der Kommandant eines OAST-Bataillons; ein (vermutlicher) ONI-Sergeant; ganz zu schweigen von Dr. Halsey und ihm selbst. Es war ziemlich offensichtlich, dass eine weitere Mission zur Eroberung eines Allianzschiffes anstand. Vermutlich ein noch größerer Einsatz als der letzte.

»Und damit jeder weiß, mit wem er es zu tun hat ...« Cole begann, die Anwesenden vorzustellen, angefangen mit: »Captain Halima Ascot, Kommandantin der Einsatzgruppe Yama.«

Ascots Augen weiteten sich bei diesen Worten – offenbar hatte sie bis zu diesem Moment selbst nicht gewusst, dass sie die Kommandantin der neuen Einsatzgruppe sein würde. Sie strich sich eine Strähne ihres kurzen blonden Haares hinters Ohr, um ihre Überraschung zu überspielen, dann ließ sie den Blick ihrer grauen Augen am Tisch entlangwandern.

»Ich weiß genauso wenig wie Sie«, erklärte sie offen. »Alles, was ich sagen kann, ist, dass Einsatzgruppe Yama aus drei Verbänden von Prowlern der *Eclipse*- und *Razor*-Klasse bestehen wird, jeweils angeführt von einem Prowler der *Sahara*-Klasse. Die *Vanishing Point* wird als unser logistisches Unterstützungsschiff fungieren.«

John runzelte die Stirn. Drei Verbände? Das war eindeutig zu viel des Guten für eine Entermission – auch wenn es Prowler waren. Denn so gut getarnt diese Schiffe auch sein mochten, wenn genug von ihnen in einem Bereich herumflogen, würde der Feind sie früher oder später entdecken – vermutlich lange bevor die Entermannschaft in Position war.

Cole deutete auf die nächste Person am Tisch, den Marine-

Colonel. »Colonel Marmon Crowther, Kommandant des 21sten Orbitalen Angriffsbataillons, den Black Daggers.«

»Danke.« Der mittelgroße schlanke Mann war ungefähr fünfzig, mit schwarzem Haar, olivfarbener Haut und stahlgrauen Augen. »Die Black Daggers bestehen aus hundertachtzig erfahrenen Orbitalen Absprung-Schocktruppen, ausgebildet und ausgestattet für Einsätze in der Schwerelosigkeit. Wir hatten noch nicht das Vergnügen mit der Allianz, aber letztes Jahr allein haben wir achtzehn Stützpunkte der Aufständischen in den Äußeren Kolonien gestürmt, von Oberflächenangriffen aus einem niedrigen planetaren Orbit bis hin zur Übernahme von Raumstationen in der Übergangszone zum tiefen Raum. Ich bin sicher, dass wir unsere Taktiken an den neuen Feind und die neue Mission anpassen können ... wie immer die auch aussehen mag.«

Coles Arm wanderte weiter zu dem Sergeant, der John gegenübersaß. »Sergeant Avery Johnson, Scharfschütze der Spezialeinheiten. Er hat die kolonialen Milizen auf Harvest ausgebildet, als die Allianz den Planeten erreichte, und er hat ausgiebige Erfahrung im Kampf mit den Außerirdischen.«

Johnson nickte den anderen Offizieren zu. »Schön, hier zu sein.«

Nun wandte Cole sich Dr. Halsey zu. »Dr. Catherine Halsey leitet unsere Bemühungen, die Technologie der Außerirdischen zu analysieren und zu rekonstruieren. Eroberte Ausrüstung geht zuerst an sie, und Sie sollten versuchen, ihr genau das zu beschaffen, was sie braucht. Ihre Arbeit ist entscheidend für den Sieg des UNSC.«

Was Cole verschwieg, war, dass Dr. Halsey nicht nur die Mutter einer einjährigen Tochter namens Miranda war (die sie in der Obhut eines vom Militär gestellten Kindermädchens auf Reach gelassen hatte), sondern auch die Mutter und wissenschaftliche Leiterin des SPARTAN-II-Programms. Tatsächlich war sie für die Spartans Vorgesetzte und eine Mutterfigur gleichermaßen. Sie hatte John und viele der anderen persönlich ausgewählt; sie hatte ihre allgemeine Ausbildung ebenso genau verfolgt wie ihr militärisches Training; sie hatte den biologischen Augmentationsprozess überwacht; und sie war diejenige, die ihre Mjolnir-Rüstungen entworfen hatte. Obwohl sie keinen militärischen Rang hatte, betrachteten die Spartans sie doch als oberste Autorität, und sie begegneten ihr mit einem ebenso großem – manchmal sogar noch größerem – Respekt wie einem Admiral oder General.

Als Halsey ihrer Vorstellung durch Cole nichts hinzufügte, deutete dieser auf John.

»Und zu guter Letzt haben wir hier Petty Officer First Class John-117. Er führt eine Einheit von speziell ausgebildeten Elitekämpfern an, die wir Spartans nennen. Ihre Existenz ist streng geheim, wie Sie Ihren Untergebenen unmissverständlich klarmachen sollten. Wer gegenüber nicht autorisiertem Personal oder gar Zivilisten die Spartans erwähnt, muss mit harten Konsequenzen rechnen.«

Cole hatte sorgsam darauf geachtet, jede Erwähnung des ONI oder von Sektion Drei zu vermeiden, als er John und Dr. Halsey vorgestellt hatte. Das machte John misstrauisch – was hatte der Admiral wohl über die anderen Anwesenden verschwiegen? Er sah sich am Tisch um und stellte fest, dass Johnson ihn noch immer offen anstarrte. Sein Blick wirkte beinahe herausfordernd.

»Von diesem Moment an«, fuhr Cole fort, »sind Sie alle Teil von Einsatzgruppe Yama. Diese Operation trägt den Codenamen STILLER STURM. Ihr Ziel dabei ist, die Invasionsflotte der Allianz abzufangen, möglichst viele ihrer Großkampfschiffe zu entern und sie mithilfe taktischer Nuklearsprengköpfe zu zerstören.«

Ascots Mund klappte auf und Crowther quollen schier die Augen aus den Höhlen. Die beiden blickten Cole an, als hätte er den Verstand verloren.

»Verzeihung Sir«, sagte Crowther. »Das klang fast, als sollten wir unsere Soldaten wie *Raketen* gegen den Feind einsetzen.«

»Ich hoffe, Sie werden ein wenig subtiler sein«, erwiderte Cole. »Aber am Ende zählt nur der Erfolg der Mission.«

Crowthers Augen suchten Ascots Blick, aber sie starrte ins Nichts; vermutlich dachte sie gerade an die taktischen Schwierigkeiten bei der Mission über Netherop zurück.

John für seinen Teil lächelte breit, wie so oft, wenn er eine Möglichkeit sah, den Feind zu schlagen. »Ich halte das für eine gute Idee, Sir. Die Außerirdischen werden nicht damit rechnen.«

»Mit gutem Grund«, brummte Crowther. Er wandte sich zu Cole um. »Admiral, es ist schwer genug, sich mit einem Angriffsteam auf ein Feindschiff zu schleichen, wenn es allein ist. Aber ein ganzes Bataillon auf ein Dutzend Schiffe zu bekommen, und das mitten in ihrer Flotte … Ich bin nicht sicher, ob das überhaupt machbar ist.«

»Ich sagte ja nicht, dass Sie Ihr ganzes Bataillon schicken sollen«, stellte Cole richtig. »Jede Strategie, die uns zum Sieg verhilft, soll mir recht sein.«

Crowther wollte nicht klein beigeben. »Sir, falls ich offen sprechen dürfte …«

»Das *haben* Sie bereits.« Coles Blick kehrte zu John zurück, und er sagte: »Ich schlage vor, dass Sie John in Ihre Planung einbeziehen. Nach dem, was ich gehört habe, ist für die Spartans fast alles *machbar*.«

Crowthers Miene verfinsterte sich, aber er senkte den Blick und nickte. »Wenn das mein Befehl ist.«

»Ihr Befehl ist es, die Allianzflotte zu schwächen, egal mit welchen Mitteln.« Cole hielt inne und sein Tonfall wurde versöhnlicher. »Marmon, wenn das UNSC der Allianz nicht bald den Wind aus den Segeln nimmt, ist der Krieg bereits verloren. Sie müssen einen Weg finden.«

Halsey beugte sich vor. »Warum erteilen Sie John-117 nicht das Kommando? Er glaubt zumindest an die Mission.«

Der Vorschlag schien Cole weniger zu überraschen als John,

denn der Admiral zuckte nicht einmal mit der Wimper. Dafür schüttelte er entschieden den Kopf. »Darüber haben wir bereits gesprochen, Dr. Halsey. John ist noch nicht bereit, eine Operation dieser Größenordnung zu leiten.«

Halsey fixierte Crowther mit einem durchdringenden Blick. »Wie oft haben Sie und die Black Daggers schon gegen die Allianz gekämpft?«

»Darum geht es hier nicht, Doktor«, beharrte Cole. »Johns taktische Expertise beschränkt sich auf Einsätze mit kleinen Teams. Ein Bataillon zu führen, ist zu siebzig Prozent Logistik.«

»Ich bin sicher, Colonel Crowther kann ihm bei den logistischen Aspekten helfen ...«

»Dr. Halsey, die Black Daggers kennen mich nicht«, sagte John. »Sie vertrauen ihrem Colonel.«

Halsey warf ihm einen tadelnden Blick zu, aber er tat so, als würde er es nicht bemerken. Sie mochte eine brillante Wissenschaftlerin sein, aber sie war ganz sicher keine Soldatin. Halsey hatte keinen Respekt vor der Befehlskette, und sie verstand nicht, dass eine gute Einheit hauptsächlich durch Vertrauen zusammengehalten wurde. Vermutlich erkannte sie nicht einmal, warum der Colonel protestierte. Er wollte seine Leute einfach nicht auf ein Himmelfahrtskommando schicken, das zum Scheitern verurteilt war. John hätte genauso gehandelt.

Er drehte sich zu Crowther herum. »Ich freue mich, unter Ihnen dienen zu dürfen, Colonel. Sie können sich jederzeit an mich wenden, falls Sie Fragen zu den Fähigkeiten der Spartans oder unserer Erfahrung im Kampf gegen die Außerirdischen haben.«

Die Furchen auf Crowthers Stirn glätteten sich nicht. »Man hat mich im Vorfeld über beides informiert, Petty Officer. Ich bin sicher, Sie und Ihre Spartans werden bei der Operation eine große Hilfe sein.«

Das war keine Zusicherung, dass er mit John zusammenarbeiten würde, aber immerhin schien er die besonderen Fähigkeiten der Spartans anzuerkennen. John wusste, dass er den Colonel nur gegen sich aufbringen würde, wenn er jetzt darauf drängte, in die Planung einbezogen zu werden, also lehnte er sich wortlos auf seinem Stuhl zurück. Dabei stellte er fest, dass Johnson ihn schon wieder anblickte. Aber diesmal nickte der Sergeant kurz, bevor er sich abwandte.

Cole ließ die Stille einen Moment in der Luft hängen, dann stützte er sich mit den Händen auf der Tischplatte ab und beugte sich vor.

»Es lässt sich nicht leugnen, dass diese Mission aus Verzweiflung geboren ist«, erklärte er grimmig. »Das UNSC braucht Zeit, um effektive Gegenmaßnahmen gegen die Allianz und ihre Technologie zu entwickeln, und es ist Ihr Job, uns diese Zeit zu verschaffen. Sie müssen dafür sorgen, dass die Außerirdischen *Angst* vor uns haben. Sie sollen glauben, dass wir Menschen verrückt sind – dass wir jede Flotte finden und zerstören werden, die sich zu weit vorwagt oder sich zu weit von der Hauptstreitmacht löst.«

Crowther nickte. »Ich verstehe. Unkonventionelle Kriegsführung.«

»*Mehr* als unkonventionell«, betonte Cole. Er richtete sich wieder auf. »Aber ich denke, wir verstehen uns. Gibt es noch Fragen zu Ihrer Aufgabe?«

John schüttelte den Kopf, ebenso wie die anderen, die um den Tisch versammelt waren.

»Gut«, sagte Cole. »Und, nur damit Sie auf dem neuesten Stand sind: Die Hauptflotte der Allianz ist gerade dabei, Etalan zu verglasen.«

»*Warum?*«, fragte Johnson. »Wenn Sie das Etalan im Igdras-System meinen – ich war mal auf einer Aufklärungsmission dort. Es gibt dort zehn Millionen Nomaden, die in hunderttausend kleinen Lagern leben. Diese Welt ist so arm, dass sie dort sogar ihre Unterwäsche teilen.«

»Genau dieses Etalan meinte ich, Sergeant. Und ich habe keine

Antwort auf Ihre Frage. Unsere Analytiker versuchen noch immer herauszufinden, warum die Allianz manche Kolonien verbrennt und andere einfach ignoriert.« Nach einer kurzen Pause fügte Cole hinzu: »*Was* wir aber wissen, ist, dass Biko nur einen kurzen Slipspace-Sprung entfernt liegt.«

»Und *dort* sollen wir sie Ihrer Meinung nach angreifen«, vermutete Crowther. Bei Biko handelte es sich um eine Agrarwelt, wo die Aufständischen große Sympathien genossen. Wichtiger war aber wohl, dass der Planet von drei rohstoffreichen Monden und mehreren Raumwerften umkreist wurde. »Falls die Außerirdischen Biko verschonen, würden sie uns eine potenzielle Operationsbasis überlassen – mitten in ihrer Invasionsroute.«

»Genau das denke ich auch«, sagte Cole. »Die Allianz ist vielleicht unberechenbar, aber nicht dumm. Sie *werden* Biko angreifen.«

Ascot zog einen Datenblock aus der Tasche an ihrem Schenkel, tippte ein paar Tasten an und hob dann wieder den Kopf. »Wir werden ihnen einen herzlichen Empfang bereiten.«

Cole lächelte. »Das ist die richtige Einstellung. Kampfverband X-Ray wird eine Reihe von Störoperationen einleiten, um ihre Aufmerksamkeit zu erregen. Das ist nicht nur eine Ablenkung; wenn wir zuschlagen, dann hart und entschlossen. Aber das Hauptziel ist es, sie zu beschäftigen, bis Yama ihnen ein Messer zwischen die Rippen rammen kann.«

»Und danach?«

»Verschwinden Sie«, antwortete Cole. »Und schlagen woanders wieder zu.«

· »Nach eigenem Gutdünken?«, fragte Crowther. Die Instruktionen des Admirals schienen ihn zu verwirren. »Ohne Koordination mit dem Rest der Flotte?«

»Korrekt«, bestätigte Cole. »Falls Sie bei Biko Erfolg haben, werden wir eine Weile die Rollen tauschen. Dann werden die Außerirdischen Jagd auf Yama machen und X-Ray wird ihnen in den Nacken spucken. Ich will keine indirekten Informationen da draußen, die Sie verraten könnten, also: Kein Kontakt, mit niemandem. Keine Nachrichten, nicht mal per Kurier, keine Kurzstreckenverbindungen, keine Funkgespräche mit Freunden und Familie. Und gehen Sie auch sparsam mit Ihren Vorräten um. Falls Sie Ihre Bestände auffüllen müssen, tauchen Sie unangemeldet bei einem Depot auf, nehmen Sie sich, was Sie brauchen, und verschwinden Sie schnellstmöglich wieder.«

»Verstanden«, sagte Ascot. »Und wie lang soll das so gehen?«

»Solange sie durchhalten.« Cole ließ seinen Blick am Tisch entlanggleiten und blickte jedem Anwesenden der Reihe nach in die Augen, bevor er erklärte: »Sie haben alle schon an Infiltrationsmissionen teilgenommen, Sie wissen also, wie das läuft. Bei allem, was die Prowler angeht, hat Captain Ascot das Sagen. Sobald die Angriffsteams von Bord gehen, übernimmt Colonel Crowther das Kommando.«

Crowther und Ascot nickten zustimmend.

Coles Blick kehrte zu John zurück. »John-117 wird seine Befehle von Colonel Crowther entgegennehmen, aber die Spartans unterstehen allein ihm.«

»Verstanden, Sir«, bestätigte John.

»Sergeant Johnson kann das Training der Black Daggers unterstützen«, fuhr Cole fort, »aber seine Vorgesetzten wollen, dass er in erster Linie mit den Spartans arbeitet. Seine Qualifikationen und seine Erfahrung werden ihnen bei dieser Operation von unschätzbarem Wert sein.«

Johnson neigte den Kopf in Johns Richtung. »Ich freue mich auf die Zusammenarbeit, Petty Officer.«

»Gleichfalls, Staff Sergeant.« John war nicht entgangen, dass Cole ihnen eine genauere Erklärung zu Johnsons *Vorgesetzten* schuldig geblieben war – ein sicheres Zeichen, dass der Sergeant tatsächlich für das ONI arbeitete. »Ich bin sicher, wir können viel voneinander lernen.«

Johnson lächelte kurz. »Auf jeden Fall sollte es interessant werden.«

»Dr. Halsey hat bei dieser Operation keine direkte Autorität, aber wie ich bereits erwähnte: Besorgen Sie ihr, was sie braucht.« Nach einer kleinen Pause hängte Cole an: »Und passen Sie auf sie auf. Falls sie stirbt, sterben auch die Hoffnungen des UNSC.«

Ascot blickte zu der Wissenschaftlerin hinüber. »In dem Fall bleiben Sie dauerhaft auf der *Vanishing Point*.«

Halsey schnitt eine Grimasse. »Das ist viel zu umständlich. Was, wenn ich …«

»Was immer Sie brauchen, wir *bringen* es ihnen«, beharrte Ascot. »Die *Vanishing Point* ist das einzige Schiff der Einsatzgruppe Yama, das dem Feind aus dem Weg gehen wird.«

»Legen Sie ihr eine elektronische Fußfessel an, wenn es nicht anders geht.« Cole behielt die Augen auf Halsey gerichtet, während er sprach. »Ich meine das ernst, Doktor. Ihr kleines Mädchen auf Reach ist nicht die Einzige, die Sie braucht. Sollten Sie auch nur daran *denken,* gegen diese Anweisungen zu verstoßen, wird Captain Ascot Sie auf direktem Weg nach Reach zurückschicken. Haben Sie das verstanden?«

Widerwillig nickte Halsey. »Sie werden keine Fußfessel brauchen«, brummte sie. »Ich weiß besser als jeder andere hier, welchen Wert ich für das UNSC habe.«

Cole musterte sie eine Sekunde lang. »Hoffen wir's.« Anschließend ließ er noch einmal den Blick über den Tisch schweifen. »Gibt es weitere Fragen über die Befehlskette?«

Gab es nicht und Cole richtete sich zu seiner vollen Größe auf. »Dann wünsche ich Ihnen gute Jagd.«

John und seine Spartans verbrachten den ersten Teil des zehntägigen Slipspace-Sprungs im Trainingsraum der *Vanishing Point* und maßen sich dort mit den OAST des 21sten Orbitalen Angriffsbataillons. Beide Seiten waren mit TSM bewaffnet – taktischer Sperrmunition, die die Rüstung des Trägers erstarren ließ, sobald er getroffen wurde. Anfangs absolvierten sie einfache Null-G-Kampfszenarien mit gleich großen Teams. Vermutlich wollte Crowther beweisen, dass seine Black Daggers genauso gut waren wie die Spartans – oder zumindest war das Johns anfängliche Theorie. Und als Runde um Runde mit reglos umhertreibenden OAST endete, begann der Colonel, die Spartans in immer komplexeren Szenarien auf die Probe zu stellen.

So ließ er den Übungsraum mit schwebenden Hindernissen füllen, dann befahl er einem Team aus vier Spartans, einen nicht existenten Ball zu bergen, während sie gleichzeitig von einer ganzen Einheit Black Daggers attackiert wurden. Ein andermal verteidigten alle zwölf Spartans eine Luke gegen einen Angriff, der erst endete, als die Halle so mit bewegungsunfähigen OAST überfüllt war, dass keine weiteren Soldaten mehr Platz hatten. Beim nächsten Test – einem Geiselrettungs-Szenario, bei dem sich die »Geisel« als feindlicher Verräter entpuppte – wurde John schließlich klar, dass Crowther einfach nur versuchte, die Fähigkeiten seiner neuen Verbündeten auszuloten.

Gleichzeitig verdienten sich die Black Daggers Johns Respekt. Die Spartans begannen schon bei einem Zahlenverhältnis von eins zu fünf, simulierte Verluste zu erleiden – bei den OAST-Kompanien, mit denen sie auf Reach trainiert hatten, waren sie mitunter eins gegen zehn in der Unterzahl gewesen, ohne Treffer zu kassieren. Als das Verhältnis auf eins zu zwölf stieg, verloren sie gar die ersten Runden. Das hätte eigentlich erst bei einer zwanzigfachen Übermacht der Fall sein sollen.

Dann begann Avery Johnson, die feindlichen Truppen anzuführen, und plötzlich wurden die übermenschlichen Reflexe und die Ausbildung der Spartans zu einem Risikofaktor. Wenn beispielsweise ein Team von Black Daggers versuchte, sich an einer Position vorbeizuschleichen, und ein Spartan vorstieß, um sie aufzuhalten, tauchte aus dem Nichts eine zweite Einheit an seiner

Flanke auf. Oder die Spartans schlugen einen Angriff zurück, und als sie versuchten, dem Feind den Rückzug abzuschneiden, wurden sie plötzlich von allen Seiten unter Beschuss genommen. Einmal begann ein Scharfschütze, die Spartans unter Beschuss zu nehmen, ohne dabei seine Position zu wechseln, und als Linda ihn mit einem Konterschuss ausschaltete, wurde sie selbst postwendend von mehreren feindlichen Salven getroffen.

John erkannte natürlich, was Johnson tat – er opferte Soldaten, um die Spartans zu ködern und sie in eine Falle zu locken. In einem echten Kampf würden menschliche Kommandanten niemals eine solche Taktik anwenden, und sei es nur, weil es viel Geld und Zeit kostete, Elitesoldaten auszubilden. Aber die Außerirdischen griffen mitunter auf diese Methoden zurück. John hatte es selbst mehrfach erlebt, zuletzt bei der Entermission über Netherop. Der Unterschied war, dass Avery Johnson die Taktiken der UNSC-Spezialeinheiten aus dem Effeff kannte, und er nutzte dieses Wissen, um die Spartans zu Fehlern zu verleiten. Das kündete von einem Einfallsreichtum, den John bewundern musste.

Trotzdem fühlte es sich an, als würde Sergeant Johnson schummeln.

Am vierten Morgen spürte John zum ersten Mal Frustration über seine Unfähigkeit, Johnsons Tricks zu kontern. Die effektivste Taktik, so schien es, war es, sich zurückzuhalten und in Deckung zu bleiben, bis der Sergeant die OAST angreifen ließ, aber auch das funktionierte nur, bis den Spartans die Munition ausging.

Außerdem hatte man sie nicht für defensive Aufgaben ausgebildet. *Sie* sollten diejenigen sein, die angriffen, die den Feind unter Druck setzten, und genau das wollte John tun.

Also würde er heute von den Standardtaktiken abrücken, die Sergeant Johnson ohnehin kannte. Stattdessen würde er sofort einen Vorstoß anordnen und den Black Daggers einen Strich durch die Rechnung machen, bevor sie überhaupt angreifen konnten.

Leider hatte Colonel Crowther andere Pläne. Nach dem Frühstück befahl er alle Soldaten, OAST wie Spartans, in den Abwurfhangar, wo sie sich in die verschiedenen Kompanien aufteilten und entlang der Wand in Aufstellung gingen. Der Hangar war leer und nur schwach beleuchtet, sodass die Black Daggers in ihren schwarzen Helmen und Absprungrüstungen praktisch mit den Schatten verschmolzen. Das gesamte, achthundert Mann starke Bataillon sah aus wie ein endloses Heer von Phantomen.

Die Spartans waren zwar auch gerufen, aber keiner Gruppe zugeordnet worden, sodass sie schließlich neben der Alpha-Kompanie Stellung bezogen. Ihre Mjolnir-Rüstungen waren noch immer mit der lichtbrechenden Beschichtung versehen, die sie für den Einsatz bei Netherop benutzt hatten, weswegen auch sie an Phantome erinnerten – nur eben größere, stämmigere Phantome als die Black Daggers. Avery Johnson gesellte sich zu ihnen und zumindest er sah mit seiner Feldkappe und seiner grünen Kampfuniform selbst aus der Ferne noch wie ein Mensch aus.

Crowther und seine Adjutantin schälten sich aus der Düsternis, beide in schwarze Overalls gekleidet. Die Frau ließ die versammelten Soldaten strammstehen und Crowther begann.

»Eure Kompanieführer haben euch über die Mission informiert, ihr wisst also, dass wir feindliche Großschiffe entern und mithilfe taktischer Nuklearwaffen zerstören sollen. Ich will ehrlich sein. Als man uns für diese Mission auswählte, dachte ich nicht, dass sie überhaupt durchführbar wäre.

Aber im Verlauf der letzten vier Tage haben mich die Black Daggers vom Gegenteil überzeugt. In den Übungen mit den Spartans habt ihr bewiesen, dass ihr euch an einen geschickten, offensiven Feind anpassen könnt, und ich bin zuversichtlich, dass ihr denselben Einfallsreichtum beweisen werdet, wenn es darum geht, den Außerirdischen die Schädel einzuschlagen. Bei den

Manövern mit Sergeant Johnson habt ihr eine neue Art von Taktik kennengelernt, die wir hoffentlich nie in der Praxis anwenden müssen.«

Ein Schauder rann über Johns Rücken. Er hatte angenommen, dass Johnsons kaltblütige Taktiken nur auf die Übungskämpfe beschränkt waren, aber Crowther klang, als sei er bereit, falls nötig auch im Feld auf solche Methoden zurückzugreifen. Mit so etwas wollte John nichts zu tun haben. Es war ihm schon schwer genug gefallen, Sam zurückzulassen, als er keine andere Wahl gehabt hatte. Wenn er seine Spartans absichtlich in den Tod schicken sollte, würde er jegliches Vertrauen in sein eigenes Urteilsvermögen verlieren.

Crowther verschränkte die Hände hinter dem Rücken. »Heute beginnen wir mit Integrationsübungen. Jedem Zug des 21sten wird jeweils ein Spartan zugewiesen.« Er gab ein trockenes Lächeln zum Besten, als er hinzufügte: »Sie werden diejenigen sein, die die Bomben tragen.«

Ein Chor aus Gelächter hallte durch den Hangar, verzerrt durch die Modulatoren der Helme. Auf dem Spartan-Kanal konnte John indes nur ungläubiges Keuchen hören. Nicht nur, dass Crowther ihre Einheit auflöste, er wies ihnen auch noch eine Unterstützungsrolle zu. Anstatt den Angriff anzuführen, sollten sie die Bomben schleppen.

»Auf diese Weise können wir zwölf separate Ziele gleichzeitig angreifen«, fuhr Crowther fort. »Wenn wir dabei auch nur eine Erfolgsquote von fünfzig Prozent erreichen, wäre das ein verheerender Schlag für die Invasionsflotte. Gibt es irgendwelche Unklarheiten?«

Ein Dutzend Black-Dagger-Lieutenants hoben die Hände, und der Colonel begann, ihre Fragen über Bewaffnung, Entermethoden und Kommandoautorität zu beantworten.

Die einzige Frage, die *John* stellen wollte, war, ob Crowther seinen gottverdammten Verstand verloren hatte.

Wenn die Spartans verschiedene Ziele angriffen, würden sie einander nicht unterstützen können – und die Effizienz eines Spartan-Teams sank exponentiell, je mehr Mitglieder aus der Gleichung entfernt wurden. Dr. Halseys Schätzung zufolge war ein Vier-Mann-Team sechzehnmal so effektiv wie ein einzelner Spartan ... und die Wahrscheinlichkeit, dass einer von ihnen fiel, war auch sechzehnmal kleiner.

Hätte Crowther sich mit John besprochen, bevor er seine Strategie entwickelte, hätte er das alles gewusst.

Weitere Fragen wurden gestellt, während John wortlos unter seinem Helm kochte. Er hatte nicht vor, Crowthers Entscheidung vor dem versammelten Bataillon infrage zu stellen, aber der Colonel hatte Admiral Coles Aufforderung, ihn in den Planungsprozess einzubeziehen, vollkommen ignoriert. Vielleicht empfand Crowther es als Beleidigung, dass Dr. Halsey John für die Leitung der Operation vorgeschlagen hatte. Vielleicht wollte er auch einfach nur klarstellen, dass *er* hier das Sagen hatte. In jedem Fall bedauerte John es nun, sich gegen Halseys Vorschlag ausgesprochen zu haben. Offenbar hatte sie den Colonel besser eingeschätzt als er.

Während er noch überlegte, was er tun könnte, flüsterte Avery Johnson ihm aus dem Mundwinkel zu: »Dieser Plan kann Ihnen doch nicht gefallen, Petty Officer.«

»Nein.« Johns Flüstern war ein wenig lauter, weil es durch den externen Lautsprecher seines Helms übertragen wurde. »Aber der Colonel hat nicht nach meiner Meinung gefragt.«

»Wollte Ihnen vermutlich keine Chance zum Protestieren geben.« Johnson klang unzufrieden. »Dann müssen Sie es wohl *jetzt* tun.«

»Vor allen?« John schüttelte den Helm. »Ich werde es später unter vier Augen tun.«

»Dann wird es schon zu spät sein«, warnte Johnson, noch immer im Flüsterton. »Sobald er Ascot dazu bringt, *seinen* Plan abzusegnen, können Sie meckern und jammern, wie Sie wollen.

So was nennt sich Planungsmoment und es hat schon mehr Soldatenleben gekostet als Ausrüstungs- und Positionsnachteile zusammen.«

»Ich werde sofort mit ihm sprechen, wenn wir hier fertig sind.«

Crowthers Stimme hallte durch den Hangar. »Wiederholen Sie das, Spartan.«

Johns Kopf ruckte wieder geradeaus, und er sah, dass der Colonel und seine Adjutantin ihn anblickten. »Sir?«

»Wiederholen Sie Ihre Frage.« Ein warnender Ton schwang im Crowthers Tonfall mit. Während des Stillstehens zu plaudern, war ein Verstoß gegen das Protokoll; es gab also nur einen vertretbaren Grund, warum John geredet hatte. »Sie wollten doch etwas sagen, oder?«

»Ja, Sir.« Ob Johnson gewollt hatte, dass er Crowthers Aufmerksamkeit auf sich zog? »Bei allem Respekt, Sir … Spartans werden ausgebildet, um in Teams zusammenzuarbeiten. Ich weiß nicht, ob es eine gute Idee ist, uns aufzuteilen. Wir werden einander nicht unterstützen können, wenn wir alle unterschiedliche Schiffe angreifen.«

Crowthers Brauen wanderten nach unten. »Die Black Daggers sind vielleicht nicht so schnell wie ein Spartan, und sie haben auch keine so schicke Rüstung, aber sie sind hervorragend ausgebildet. Trainieren Sie ein paar Tage mit ihnen, und Sie werden feststellen, dass ein Zug Orbitaler Absprung-Schocktruppen mehr als genug Unterstützung liefern kann.«

»Ganz toll, John«, kommentierte Kelly-087 in seinem Helm. Der Teamkanal war verschlüsselt und nur den Spartans vorbehalten, insofern gab es kein Risiko, dass jemand mithören konnte. »Jetzt glauben die Black Daggers, dass wir sie nicht mögen.«

John ignorierte ihren Sarkasmus und versuchte, sich halbwegs würdevoll aus der Affäre zu ziehen. »Die Black Daggers sind ein beeindruckendes Bataillon, Sir, und es war nie meine Absicht, etwas anderes anzudeuten.«

»Aber sie sind keine Spartans«, erklärte Johnson. Er grinste in die Runde. »Nichts für ungut, Leute, aber es stimmt.«

John war nicht sicher, was ihn mehr überraschte: das amüsierte Raunen aus den Reihen der OAST oder die Tatsache, dass ein Staff Sergeant einfach so vor versammelter Mannschaft den Plan eines Vorgesetzten kritisierte. Die Kommandostruktur war bei den Spezialeinheiten bekanntermaßen ein wenig zwangloser, aber trotzdem: Avery Johnson war entweder ein ungehorsamer Irrer ... oder deutlich wichtiger, als er durchblicken ließ.

Crowther machte es John nicht leichter, sich für eine Theorie zu entscheiden. Seine Augen funkelten wütend, aber seine Stimme klang versöhnlich, als er sprach. »Niemand hier behauptet das Gegenteil, Sergeant Johnson. Haben Sie etwas an meinem Plan auszusetzen?«

»Wenn Sie so fragen«, erwiderte Johnson. »Ich verstehe, dass Sie möglichst viele Ziele angreifen wollen. Aber jeder kann eine Bombe tragen. Warum spannen Sie unsere besten Kämpfer dafür ein? Die Spartans sollten an vorderster Front sein und den Angriff anführen.«

Crowther nickte nachdenklich. »Da ist natürlich etwas dran«, räumte er ein. »Aber diese Operation ist für uns alle Neuland, und unter solchen Umständen waren die Black Daggers immer am erfolgreichsten – und erlitten die geringsten Verluste –, wenn wir unsere Erfahrung zum Tragen bringen können.«

»Natürlich. Aber die Spartans ...«

»Sind Kinder«, unterbrach Crowther ihn. »Ich habe hier Männer und Frauen, die schon bei den Black Daggers waren, als die Spartans noch in ihre Windeln machten.«

Ein elektronisches Schnauben füllte Johns Helm, und als er den Kopf drehte, sah er, dass eine vergleichsweise kleine Spartan einen halben Schritt aus dem Glied nach vorn gemacht hatte. Ihre Schultern waren gespannt, ihr Helm kampflustig auf die Seite gelegt. Daisy-023. Natürlich.

Es war immer Daisy.

John aktivierte den Teamkanal. »Daisy, halte dich zurück.«

Aber Crowther marschierte bereits über das Deck, sein Blick auf Daisys Helm fixiert, seine schmalen Lippen abfällig verzogen.

»Irre ich mich da etwa, Spartan …« Er hielt inne, um die Zahl auf Daisys Brustplatte abzulesen. »Null-Zwei-Drei. Wie alt sind Sie?«

Daisy straffte die Schultern. Obwohl sie nur an der Zwei-Meter-Marke kratzte, überragte sie Crowther doch fast um einen ganzen Kopf.

»Unser Alter tut nichts zur Sache, Sir«, erklärte sie. »Was zählt, ist unsere Ausbildung.«

»Aber Erfahrung ist noch wichtiger.« Crowther reckte den Hals, um zu ihrer Gesichtsplatte hochzustarren. »Und Sie haben immer noch nicht meine Frage beantwortet.«

»Das darf sie gar nicht, Sir.« John trat vor. »Ihr Alter unterliegt der Geheimhaltung.«

»*Das* war mir schon klar, als ich die gefälschten Geburtsdaten in Ihren Personalakten sah.« Crowther drehte sich zu ihm herum. »Aber wer immer Ihre Geburtsdaten geändert hat, hätte auch Ihre Solddaten ändern sollen.«

»Ich verstehe nicht ganz, Sir.«

»Sie und Ihre Spartans haben vor acht Jahren erstmals Rekrutensold erhalten«, erklärte Crowther. »Das bedeutet, dass Sie entweder viel älter sind als neunzehn … oder dass Sie gerade elf waren, als Sie mit Ihrer Ausbildung begannen.«

John war froh, dass der Helm seinen Gesichtsausdruck verbarg. Die Wahrheit war viel schlimmer, als selbst der Colonel vermutete – aber das würde er ihm ganz sicher nicht verraten. Laut Militärgesetzbuch des UNSC galt für Rekruten ein Mindestalter von achtzehn Jahren, und Crowther hatte augenscheinlich erkannt, dass die Köpfe hinter dem SPARTAN-II-Programm diese Einschränkung ignoriert hatten. Jetzt versuchte er, das als Druckmittel einzusetzen, damit John seinen Plan akzeptierte. Dieses Verhalten wirkte höchst untypisch für einen angesehenen Kommandanten, aber John wusste nicht, welche Motive er vielleicht sonst noch verfolgte. Rangpolitische Winkelzüge hatten nicht zur Ausbildung der Spartans gehört.

»Jemand hat die Geburtsdaten der Spartans geändert, John.« Ein selbstgefälliger Ton stahl sich in Crowthers Worte. »Ich denke, wir wissen beide, warum.«

John ließ die Stille einen Moment in der Luft hängen, dann sagte er schließlich: »Ich kenne die Beweggründe des ONI nicht, und ich halte es für besser, keine Spekulationen anzustellen.«

»Soll das eine Warnung sein, Spartan?«

»Ein Vorschlag, Sir«, korrigierte John. »Das ONI ist sehr empfindlich, was seine Geheimnisse angeht … wie Sie sicher wissen.«

Crowthers Augen weiteten sich und seine Nasenflügel bebten – eine Kombination, die ihn gleichzeitig wütend und verängstigt wirken ließ. Er wusste, dass John nicht bluffte.

Es war Avery Johnson, der schließlich das Schweigen brach. »Ich würde gern einen Vorschlag machen, Colonel.«

Crowthers Miene verfinsterte sich, aber er nickte und sagte zwischen zusammengepressten Kiefern: »Ich bin immer für Vorschläge offen, Sergeant.«

»Freut mich, das zu hören. Teilen wir jedem Zug einen Spartan zu, so, wie sie es geplant hatten, und lassen wir sie einen Tag lang in dieser Formation üben. Dann können Sie, ich und John-117 die Resultate bewerten, und wir entscheiden, ob das wirklich die effektivste Verteilung ist.«

Der Zorn verschwand aus Crowthers Zügen und Johns Respekt vor dem Staff Sergeant wuchs sprunghaft an. Johnson hatte Crowther einen Ausweg angeboten, der ihn nicht schwach oder machtlos erscheinen ließ – und wenn sie zu dritt einen besseren Plan fanden, konnte der Colonel die Lösung trotzdem für sich beanspruchen.

Aber die Aussicht auf einen würdevollen Rückzug schien Crowther nicht zu reichen. Er wollte als eindeutiger Sieger aus dieser Konfrontation hervorgehen.

»Ein Tag reicht dafür nicht.« Er drehte sich zu John um und verkündete: »Machen wir drei Tage daraus. Wie klingt das, Petty Officer?«

John nickte abgehackt in seinem Helm. »Was immer Sie für angemessen halten, Colonel«, sagte er. »Es ist Ihr Bataillon.«

6. KAPITEL

06:38 Uhr, 12. März 2526 (Militärkalender)
Bellicose, Fregatte der *Charon*-Klasse
Tiefer Raum, Kleiner Nelek-Nebel, Grenadi-Sektor

Die Abgesandten saßen dicht gedrängt an dem stählernen Tisch, ihre Augen noch ein wenig verquollen von der Willkommensfeier vor ein paar Stunden. Die Männer waren frisch rasiert, die Frauen dezent oder gar nicht geschminkt, und ihre Kleidung entsprach dem, was die zwanzigjährige Petora Zoyas insgeheim als »Aufständischen-Chic« bezeichnete – abgenutzte Overalls mit abgeschnittenen Ärmeln oder ohne Kragen oder beides, gern mit zu vielen offenen Knöpfen oder einem Flachmann in der Brusttasche. Es war mehr ein Statement als eine Uniform; es sagte, dass sie Krieger waren, aber nicht Soldaten, und dass sie von niemandem Befehle entgegennahmen, schon gar nicht von dem grimmig dreinblickenden ehemaligen General, der in der überfüllten Offiziersmesse der *Bellicose* vor ihnen stand.

Harper Garvin war hochgewachsen und gertenschlank, sein Haar von Grau durchzogen, und er trug ein cremefarbenes Hemd mit dazu passender Krawatte über einer frisch gebügelten grauen Hose. Der Kragen des Hemdes wurde nicht von Goldsternen geziert, aber in den Augen der Aufständischen hätte er trotzdem ebenso gut in der Uniform stecken können, die er einst als Major

101

General beim UNSC Marine Corps getragen hatte. Sein militärisch angehauchtes Aussehen brachte ihm definitiv keine Bonuspunkte bei diesen Leuten ein, die er hergerufen hatte, um ihre Rebellengruppen zu einer Koalition zu vereinen, aber falls Garvin sich dessen bewusst war, ließ er es sich zumindest nicht anmerken.

»Danke, dass ihr euch alle so früh aus den Federn gekämpft habt. Ich weiß, das war nach der Feier gestern Abend keine Selbstverständlichkeit.« Er machte eine kalkulierte Pause, die die Anwesenden mit leisem Lachen füllten. Anschließend wandte er sich der Frau zu, die zu seiner Linken saß. »Und ich danke Captain Castilla, die ihr Schiff für dieses Treffen zur Verfügung gestellt hat.«

Castilla neigte den Kopf. »Es ist mir eine Ehre, General.« Lyrenne Castilla war Ende vierzig und die Kommandantin und Eigentümerin der Kaperfregatte *Bellicose*. Sie hatte ein Gesicht mit mandelförmigen Augen, hohen Wangenknochen und schmaler Nase, eingerahmt von seidig schwarzem Haar, und ihre Stimme gebot sofortigen Respekt ... worum Garvin sie vermutlich beneidete. »Unsere Brüder und Schwestern in dieser Rebellion müssen wissen, was hier draußen in den Äußeren Kolonien passiert.«

Leises Stimmengemurmel ertönte rings um den Tisch. Alle Anwesenden hatten die Berichte gehört: gewaltige Flottenbewegungen ... Planeten, zu denen ohne erkennbarem Grund der Funkkontakt abbrach ... nicht provozierte Angriffe durch seltsam aussehende Schiffe ... automatisierte Frachtkapseln voller halb toter Flüchtlinge. Bestätigte Fakten waren jedoch Mangelware, weswegen auf den Slipspace-Routen ein verrücktes Gerücht das nächste jagte: Das UNSC merze Welten aus, die den Aufständischen wohlwollend gegenüberstanden; eine Flotte von Forschungsschiffen verbreite eine unheilbare Seuche; ein Haufen wild gewordener KI hatte der Menschheit den Krieg erklärt; und die verrückteste Theorie von allen: Das UNSC hatte eine Zivilisation schutzloser Außerirdischer entdeckt und versuche, sie auszulöschen.

Aber anstatt sich wieder Garvin zuzuwenden, dessen Auftreten und Kleidung noch immer UNSC schrie, blickten die Abgesandten weiter Castilla an. Sie war eine Legende unter den Rebellen – ein Captain mit mysteriöser Vergangenheit, der seit Jahren Frachtkapseln von den Transportrouten stahl, um den Aufstand zu unterstützen. Man munkelte, sie hätte einst einen UNSC-Captain verführt und geheiratet, um ihn auszuspionieren, und dass sie mit seinem Kind schwanger gewesen war, als das ONI ihre wahre Identität aufdeckte und sie gezwungen war, die Zerstörung ihres Schiffes vorzutäuschen. Petora wusste nicht, wie viel davon der Wahrheit entsprach – das wusste kaum jemand –, aber die *Bellicose* operierte immer unter falschem Namen, und da war eine Härte in Castillas vornehmen Zügen, die andeutete, dass sie im Notfall zu allem fähig war.

Als Castilla bemerkte, dass die Abgesandten weiter sie anblickten und nicht Garvin, drehte sie den Kopf und sah demonstrativ zu dem General auf. Ein geschicktes Manöver, um allen hier zu zeigen, dass sie ihn als Anführer respektierte. Petora konnte es nicht ganz nachvollziehen, aber vielleicht hatte Garvin ja ein paar Talente, die noch nicht zum Vorschein gekommen waren.

»Sie haben das Wort, General«, sagte Castilla. »Welche Neuigkeiten erzählt man sich so im Flottenkommando?«

Garvins Augen weiteten sich, aber falls Castilla zu viel über seine Quellen preisgegeben hatte, gereichte ihm dieser Fehler zum Vorteil. Denn als die Abgesandten sich ihm wieder zuwandten, lag ein neuer Respekt in ihren Augen – oder zumindest etwas, das Respekt nahekam. Sogar Petora begann, ihre Meinung über ihn zu überdenken. Im Moment wusste niemand, was in den Äußeren Kolonien vor sich ging; da waren solide Informationen eine Garantie für Wohlwollen.

»Kurz gesagt«, begann Garvin, »die Menschheit wird von einem außerirdischen Imperium angegriffen, einer Allianz verschiedener Spezies. So werden sie auch genannt: Allianz. Im Augenblick ist ihre Invasion auf die Polona-, Grenadi und Vevina-Sektoren begrenzt, aber ihre Militärtechnologie ist unserer haushoch überlegen, und das Flottenkommando hat keine Ahnung, was sie ihnen entgegensetzen soll.«

Die Abgesandten musterten ihn in skeptischem Schweigen, bis eine kantige Frau auf Petoras Seite des Tisches fragte: »Sie meinen, die sind *echt*?«

»Die Außerirdischen? Natürlich sind sie echt.« Gavin runzelte die Stirn. »Nach Harvest sollten Sie das besser wissen als jeder andere hier, Miss Ander.«

Ander schüttelte den Kopf. »Unsere Hacker glaubten nicht, dass es wirklich ein Angriff von Außerirdischen war.« Nanci Ander war die Tochter von Jerald Ander, der bis zu seinem Tod bei einem Attentat 2502 im Geheimen die Vereinigung der Abtrünnigen auf Harvest geleitet hatte. »Wir dachten, es wäre ein Vorwand, damit die Koloniale Militäradministration den Planeten mit rebellenfreien Kolonisten neu besiedeln könnte.«

»Das klingt ein wenig paranoid, finden Sie nicht?«, fragte Reza Linberk, eine blonde blauäugige Frau mit hohen Wangen und einem sanft geschwungenen Kinn. Sie war nur ein paar Jahre älter als Petora, aber bereits die Nummer Zwei in der Hierarchie der Venezianischen Miliz. »Einen ganzen Planeten zu zerstören, nur um ein paar Aufständischen den Garaus zu machen? Nicht mal das UNSC neigt zu solcher Übertreibung.«

»Sie haben nicht gesehen, was sie gerade auf Jericho VII gegen die Freiheitsliga einsetzen.« Dieser Einwurf stammte von Bahito Noti, einem schlanken Mann mit dunkler Haut und stechenden Augen. »Wir sind nicht sicher, ob es Menschen sind oder Roboter … oder sonst was. Aber in jedem Fall sind es Killermaschinen. Sie haben unsere Gruppe praktisch ausgelöscht.«

»Große Kerle in klobiger Rüstung?«, fragte Petora. Als Abgesandte der kürzlich gegründeten Befreiungsfront von Gao hatte sie Anweisung, ihrer Gruppe eine führende Rolle in dieser aufkeimenden Koalition zu sichern – und Noti hatte ihr gerade die perfekte Vorlage geliefert, um einen solchen Anspruch zu rechtfertigen. »Kantige Helme mit verspiegelten Gesichtsplatten? Schneller als alles andere auf zwei Beinen?«

Noti zog die Brauen hoch. »Kämpft ihr auch gegen sie?«

»Glücklicherweise nicht«, antwortete Petora. »Aber die Befreiungsfront von Gao hat Informationen über sie gesammelt. Demnach nennen sie sich Spartans und sie könnten ebenso gut Roboter sein. Sie wurden biologisch verändert, über Jahre hinweg ausgebildet und mit einer hochmodernen Kampfrüstung ausgestattet. Offenbar hält das ONI einen Einzigen von ihnen für ebenso effektiv wie fünfundzwanzig OAST.«

»Woher wollen Sie das alles wissen?« Castillas Ton pendelte irgendwo zwischen Skepsis und Verärgerung – vielleicht weil sie erkannt hatte, welchen Vorteil ihre Kontakte der BFG verschaffen würden, wenn es darum ging, die Hackordnung ihrer neuen Koalition festzulegen. »Das sind ziemlich konkrete Informationen.«

Petora lächelte überlegen. »Der General ist nicht der Einzige, der Leute beim UNSC kennt.« Sie blickte Garvin direkt an. »Die BFG hat einen Agenten in ihrer Einsatzgruppe Yama.«

»Was ist Einsatzgruppe Yama?«, fragte er.

»Ein Haufen Prowler, die zum Kampfverband X-Ray gehören, aber unabhängig operieren.« Mit jedem Wort, das über Petoras Lippen kam, schien Garvins Faszination zu wachsen. »Ihre Mission ist, den Vormarsch der außerirdischen Invasionsflotte auszubremsen, indem sie ihre Schiffe entern und sie mit Nuklearwaffen von innen heraus zerstören.«

»Wenn das ihr Plan ist, müssen sie *wirklich* verzweifelt sein.« Castilla überlegte einen Moment, dann wandte sie sich Garvin zu und fügte hinzu: »Aber es ist genau die Art Strategie, die Preston sich ausdenken würde, wenn er mit dem Rücken zur Wand steht.«

Garvin nickte. »Wenn Sie das sagen.«

Petora blinzelte verblüfft. Konnte es sein …? War *Preston Cole* der UNSC-Offizier, den Castilla verführt und geheiratet hatte? Die Vertrautheit, mit der sie über ihn sprach, ließ es jedenfalls fast so klingen.

Castilla bemerkte Petoras Blick und lächelte schmal. »Die Gerüchte sind wahr«, erklärte sie. »Ja, ich war einmal mit Vizeadmiral Cole verheiratet – auch wenn er zu dem Zeitpunkt nur ein Captain war.«

Nur zu gern hätte Petora gefragt, ob Coles Kind, das inzwischen mehr als zwanzig Jahre alt sein musste, ein Crewmitglied der *Bellicose* war. Aber Aufständische hielten ihr Privatleben in der Regel geheim, vor allem, wenn sie mit Leuten sprachen, die sie gerade erst getroffen hatten. Petora würde also keinen Vertrauensbonus gewinnen, wenn sie in diese Richtung weiterbohrte. Und sie *wollte* Castilla als Verbündete. Dank ihrer gemeinsamen Vergangenheit mit Cole würde sie nämlich großen Einfluss darauf haben, wie die anderen die Informationen der BFG beurteilten. Also bemühte sie sich, beeindruckt dreinzublicken, als sie sagte: »Was für ein Glücksfall. Dann können Sie uns vielleicht helfen, den Bericht unserer Kontaktperson einzuordnen.«

»Ich werde mir gern ansehen, was Sie haben«, erwiderte Castilla in beinahe freundschaftlichem Ton.

»Natürlich kann unser Kontakt uns nur begrenzt Informationen schicken«, schob Petora nach. »Aber wir wissen, dass Admiral Cole die Details der Planung den Leitern der Einsatzgruppe überlässt. Sie wollen die Allianzflotte bei Biko angreifen …«

»*Biko?*« Es war ein Mann mit breiter Brust und langem rotem Bart – Erland Booth von der Biko-Unabhängigkeitsarmee –, aus dem diese Frage herausplatzte. »Das dürfen wir nicht zulassen!«

»Ich fürchte, niemand hier kann daran etwas ändern, Commandant.« Garvin drehte sich zu Petora um und zog auffordernd eine Braue hoch. »Oder vielleicht doch?«

»So einflussreiche Freunde hat die BFG nun auch wieder nicht, General.« Nicht dass sie das mit Gewissheit sagen konnte; die wahre Identität ihres Spions war nur Arlo Casille bekannt, einem dreißigjährigen Beamten des Schutzministeriums, der von seinem kleinen, stickigen Büro aus die BFG leitete – direkt unter der Nase der CMA. Aber zuzugeben, dass Arlo ihr nicht all seine Geheimnisse anvertraute, würde ihre Position schwächen. Also sagte sie stattdessen, begleitet von einem mitfühlenden Blick an Booths Adresse: »Vielleicht kommt Biko ja glimpflich davon. Falls der Plan des UNSC funktioniert, sollte die Schlacht nur im Orbit stattfinden.«

»Das ist ein großes *Falls*«, brummte Booth.

»Nicht so groß, wie Sie vielleicht glauben. Die Spartans haben bereits zwei Allianzschiffe geentert und zerstört.« Dass die Spartans bei Netherop außerdem einem direkten Versuch getrotzt hatten, ihre Mission zu torpedieren, ließ Petora lieber unerwähnt. Sie wollte erst ganz sicher sein, dass Garvin und die anderen ihre Taktik unterstützten, bevor sie verkündete, dass die BFG die Außerirdischen benutzen wollte, um die Spartans zu eliminieren. »Und bei dieser Operation werden sie vom 21sten OAST-Bataillon unterstützt.«

»Die Black Daggers.« Garvin schien mehr beeindruckt von den OAST als von den Spartans. »Das ist ein gefährlicher Haufen. Sie haben unser Ausrüstungslager auf Bomogin zerstört, bevor irgendjemand sie auch nur kommen sah.«

»Deswegen glaubt unser Kontakt auch, dass ihr Angriff Erfolg haben könnte.« Petora blickte noch einmal zu Booth hinüber. »Aber niemand kann sagen, ob das für Biko die Rettung oder den Untergang bedeutet.«

»Dann sollten wir vielleicht nicht weiter Vermutungen darüber anstellen«, bemerkte Reza Linberk.

Booths Gesicht wurde so rot wie sein Bart. »Was soll *das* denn heißen?«

»Wir haben keine Kontrolle über die Situation«, erwiderte Linberk. Venezia war nur neun Lichtjahre von Gao entfernt und Petora hatte schon auf mehreren Missionen mit Linberk zusammengearbeitet. Die Frau war ein gerissener Feind und eine gefährliche Verbündete – eine, die so kaltherzig war, dass sie selbst ihren besten Freund verraten würde, um ihre Mission zu erfüllen. »Konzentrieren wir uns also lieber darauf, wie die Rebellion Nutzen aus der ganzen Sache ziehen kann.«

»*Nutzen?*« Nanci Ander klang angewidert. »Aus einer außerirdischen Invasion?«

»Richtig«, sagte Linberk ungerührt. »Falls wir unsere Reaktion richtig koordinieren, könnten wir die Situation zu unserem Vorteil verwenden.«

»Genau das denke ich auch«, mischte sich Nemesio Breit ein. Der stellvertretende Leiter der Volksbesatzung von Reach war ein hochgewachsener Mann mit dunklen Ringen unter den Augen und einem grenzenlosen Hass auf die kolonialen Behörden – kein Wunder, er lebte schließlich auf einem Planeten, der eine der größten UNSC-Basen beherbergte. »Wir müssen uns jetzt vorbereiten, damit wir bereit sind, um der Vereinigten Erdregierung das Genick zu brechen, nachdem die Allianz sie geschwächt hat.«

»Wer sagt denn, dass wir dann überhaupt noch hier sind?«, fragte Castilla. »Soweit wir wissen, ist den Außerirdischen herzlich egal, auf welcher Seite die Menschen stehen, die sie abschlachten.«

»Das ist richtig«, nickte Garvin. »Laut meinen Quellen haben sie die Basis der Galodew-Emanzipationsbewegung auf Redstow VI verglast. Die gesamte Besatzung wurde ausgelöscht.«

»Was soll das bedeuten, *verglast?*«, wollte Ander wissen.

»Ein orbitales Plasmabombardement«, klärte Petora sie auf. »So heiß, dass sich die Oberfläche des Planeten in Glas verwandelt. Der Begriff ist also wortwörtlich zu verstehen.«

Jegliche Farbe wich aus Anders Gesicht. »O mein Gott. Ist das auch auf Harvest passiert?«

Falls sie nicht gehört hatte, was nach der Evakuierung aus ihrer Heimatwelt geworden war, wollte Petora nicht diejenige sein, die ihr die traurige Nachricht überbrachte. Also wandte sie sich hastig wieder Garvin zu. »Konnte Ihr Spion im Flottenkommando Ihnen etwas dazu verraten?«

»Harvest wurde verglast, ja.« Gavin blickte Ander an. »Es tut mir leid, Nanci.«

Die Frau sank mit bebenden Lippen auf ihrem Stuhl zusammen.

»Also gut, dann müssen wir wohl das UNSC unterstützen«, brummte Booth. »Ich weiß, das ist scheiße, aber welche Alternative haben wir? Zusehen, wie die Allianz *alles* verglast?«

»Wir könnten versuchen, Kontakt mit ihnen herzustellen«, schlug Petora vor. »Die Außerirdischen wissen bestimmt nicht, wie viele Menschen das UNSC hassen. Falls wir ihnen das verständlich machen können, betrachten sie uns vielleicht als Verbündeten und nicht als Feind.«

»*Bevor* sie Biko zerstören?«, fragte Booth.

»Wollen Sie sich lieber auf das UNSC verlassen?«, konterte sie. »Ihre Unabhängigkeitsarmee hat sechsmal versucht, ihre Kanzlerin zu stürzen.«

»Siebenmal«, korrigierte Booth. »Und beim letzten Mal konnten wir Mandelam zwei Monate lang halten.«

»Sie werden also stärker«, sagte Petora. »Und jetzt konzentriert sich das UNSC auf die Außerirdischen und nicht länger auf Sie.«

»Mir gefällt, wie Sie denken«, grinste Booth. »Das ist wirklich die perfekte Gelegenheit, nicht wahr?«

»Und deswegen müssen wir sie ausnutzen«, warf Garvin ein.

»Ich werde mit dem Rat darüber sprechen.« Ein Hauch von Verärgerung schlich sich in Booths Tonfall. »Aber vergessen Sie nicht: Niemand sagt der Biko-Unabhängigkeitsarmee, was sie zu tun hat.«

»Das tut er doch gar nicht«, entgegnete Petora. »Die BUA hat schlichtweg keine Wahl, Commandant. Biko war dem UNSC schon immer ein Dorn im Auge.«

»Ja?«

»Also, welchen Grund hätte das UNSC, den Planeten zu retten?« Sie schüttelte den Kopf. »Wie viel ist Biko ihnen wohl wert, wenn sie dort so viel Material und Personal verlieren?«

»Ja«, stimmte Garvin ihr zu. »Wenn die Außerirdischen angreifen, ist Biko auf sich gestellt. Die Kanzlerin kann ihre planetaren Schutztruppen einsetzen, aber das wird nicht reichen.«

»Sie haben nur eine Hoffnung«, betonte Petora. »Übernehmen Sie die Kontrolle über die planetare Regierung, *bevor* die Allianz dort auftaucht – und versuchen Sie, ihnen zu zeigen, dass Sie nicht der Feind sind.«

Booth senkte den Blick und nickte. »Also gut. Aber dafür werden wir Hilfe brauchen.«

»Ich bin sicher, das lässt sich arrangieren.« Garvins Augen strahlten vor Tatendrang. Zweifelsohne war das genau der Ausgang, auf den er zu Beginn dieser Besprechung gehofft hatte – die Geburt einer Koalition von Aufständischen. »Was brauchen Sie?«

»Truppen und Schiffe«, antwortete Booth. »Wir können uns auf Seoba sammeln und dann die orbitalen Einrichtungen stürmen, bevor die Wachen der Kanzlerin überhaupt wissen, wie ihnen geschieht.«

»Wo ist Seoba?«, erkundigte sich Garvin.

»Unser dritter Mond«, klärte Booth ihn auf. »Es gibt ein altes Eisbergwerk dort, wo niemand uns entdecken wird. Der Rat hatte den Ort bereits zur Vorbereitung unseres nächsten Umsturzversuchs ins Auge gefasst.«

»Gut.« Garvin blickte sich am Tisch um, dann fragte er: »Wer ist dabei?«

Petora war die erste, die die Hand hob. Dann ergriff Linberk das Wort.

»Überstürzen wir die Sache nicht ein wenig?« Es war mehr eine Beschwerde als eine Frage. »Vielleicht sollten wir erst einmal eine andere Option erwägen.«

»Nämlich?«, schnappte Petora. »Danebenzustehen, während Biko in Glas verwandelt wird?«

»Zu tun, was der Commandant zuerst vorgeschlagen hat«, konterte Linberk. »Wir bieten dem UNSC unsere Hilfe an, anstatt es weiter zu bekämpfen.«

Castilla schüttelte den Kopf. »Unsere Unterstützung würde das UNSC nicht dazu bewegen, Biko zu beschützen«, befand sie. »Die Rebellion hat im besten Fall ein paar Dutzend veraltete Fregatten und ein paar hundert Korvetten. Sie dem UNSC zur Verfügung zu stellen, hätte keinerlei Einfluss auf ihre Strategie.«

»Aber sie hätten dann ein Problem weniger, um das sie sich Sorgen machen müssten«, beharrte Linberk. »Wenn die Außerirdischen so mächtig sind, wie es den Anschein hat, dann könnte das ausreichen, um eine Unabhängigkeit für all unsere Welten auszuhandeln. Eine Hand wäscht die andere, richtig?«

»Wir würden alle verglast werden, *Chica*.« Petora gab sich bewusst abfällig. Linberks Vorschlag musste in den Ohren der anderen Abgesandten verlockend klingen – eine schnelle Möglichkeit, das Ziel zu erreichen, das die Rebellion schon seit Jahrzehnten verfolgte –, und sie wollte nicht, dass dieser Gedanke ihren eigenen Vorschlag untergrub. »Warum würde das UNSC uns helfen, wenn wir unabhängig sind? Sie werden genug Probleme haben, ihre eigenen Welten zu schützen!«

»Señora Zoyas hat recht«, urteilte Garvin, wobei er Petora anerkennend zunickte. »Wir würden dem UNSC einen Gefallen tun, wenn ihre Flotten weniger Kolonien verteidigen müssten.«

»Dann machen wir die Verteidigung unserer Welten zu einer Bedingung«, sagte Linberk. »Wenn das UNSC die Allianz *jetzt* schon nicht aufhalten kann, unterzeichnen wir unser eigenes Todesurteil, wenn wir es weiter behindern.«

Petora klackte tadelnd mit der Zunge. »Seien Sie nicht so dramatisch. Fakten vor Gefühlen, in Ordnung?«

Booth zog die Brauen zusammen. »Haben Sie einen besseren Vorschlag?«

»Zumindest einen, bei dem die Überlebenschancen unserer Welten besser stehen.« Sie wandte sich dem Rest des Tisches zu. »Wir sollten den Außerirdischen einen separaten Frieden anbieten – einen, der uns die Unabhängigkeit bringt, ganz gleich, wer gewinnt.«

»Das klingt schön und gut.« Linberk sprach in übertrieben skeptischem Ton; zweifelsohne die Retourkutsche für Petoras abfällige Bemerkung von eben. »Nur, warum sollte die Allianz darauf eingehen? Wir können ja nicht einmal mit ihnen kommunizieren.«

»Da wäre ich mir nicht so sicher«, sagte Garvin. »Meine Quelle im Flottenkommando meinte, dass sie dem UNSC bei Harvest eine Nachricht geschickt hätten … auf Englisch. ›Eure Zerstörung ist der Wille der Götter und wir sind ihr Werkzeug.‹«

»Und Sie finden, *das* klingt, als wären sie zu einem Bündnis bereit?« Linberk konnte ihren Sarkasmus nicht verbergen. »Davon ganz abgesehen, welchen Grund hätten sie dazu? So, wie sie mit dem UNSC umspringen, haben sie sicher keine Angst, dass wir sie angreifen, oder?«

»Falls sie überhaupt wissen, wer wir sind«, fügte Ander hinzu. »Wahrscheinlich glauben sie, alle Menschen sind gleich.«

»Das wird sich ändern, wenn sie sehen, was wir ihnen anbieten können.« Petora reckte das Kinn vor. »Furcht ist nicht das einzige Mittel, um einen Feind an den Verhandlungstisch zu bekommen. Notwendigkeit ist genauso effektiv.«

»Und *was* haben wir bitte, das diese Außerirdischen brauchen könnten?«, hielt Linberk dagegen.

»Das, was jede Invasionsstreitmacht braucht.« Garvins Stimme steckte voller Enthusiasmus. »Informationen.«

Petora lächelte. »Exakt«, sagte sie. »Die Allianz wird unsere Welten nicht verschonen, weil sie Angst vor uns haben … sondern, weil sie uns brauchen.«

»Wofür genau?«, wollte Breit wissen. »Um ihnen zu verraten, wie sie die Erde finden?«

Seine Worte lösten unbehagliches Schweigen aus.

Breit sah sich unter den Anwesenden um. »Kommt schon. Wir reden hier über unsere *Kolonialherren*. Wir verraten den Außerirdischen, wo die Erde ist, und *Puff*, sind wir das UNSC los.«

»Und danach?«, fragte Castilla. »Hoffen wir darauf, dass die Außerirdischen begreifen, dass wir die *guten* Menschen sind und sie uns in Ruhe lassen?«

»Wir *sind* die Guten.«

»Richtig. Und wir müssen ja nicht gleich mit der Wiege der Menschheit beginnen«, merkte Garvin an. »Bieten wir Ihnen fürs Erste ein kleineres Ziel an, um herauszufinden, ob wir ihnen vertrauen können.«

»Sie haben leicht reden«, brummte Noti. »Aber während Sie mit der Allianz plaudern, werden meine Leute auf Jericho VII von den Spartans abgeschlachtet.«

»Dann fangen wir doch damit an«, schlug Petora vor. »Benutzen wir die Allianz, um die Spartans loszuwerden. Geben wir den Außerirdischen Informationen über den Prowler-Angriff bei Biko.«

»Da bin ich dabei«, verkündete Booth. »*Wenn* wir die Bedingung stellen, dass sie Biko verschonen.«

Garvin lächelte. »Das gefällt mir.« Er blickte zu Castilla hinab. »Lyrenne?«

»Ja, es ist einen Versuch wert«, befand sie. »Die Info ist wertvoll genug, um den Außerirdischen den Nutzen einer Zusammenarbeit zu demonstrieren. Und dann werden wir ja sehen, ob wir ihnen wirklich trauen können.«

»Macht es überhaupt einen Unterschied, ob wir ihnen trauen

können?«, fragte Noti. »Jeder tote Spartan bedeutet tausend Brüder und Schwestern, die am Leben bleiben, um weiterzukämpfen, wenn die Außerirdischen wieder weg sind.«

»Was, wenn sie nicht einfach weggehen?«, gab Ander zu bedenken. »Was, wenn sie zurückkommen und uns auch verglasen, sobald sie uns nicht mehr brauchen? Dann hätten wir uns selbst die Kehlen durchgeschnitten, indem wir ihnen gegen die Spartans helfen.«

»Deswegen wollen wir ja *jetzt* herausfinden, ob sie vertrauenswürdig sind«, betonte Garvin. Erneut blickte er Petora an. »Wie viele Spartans hat das UNSC?«

»Unsere Quelle meinte, dass man Einsatzgruppe Yama drei Teams zugeteilt hätte.« Sie breitete die Arme aus. »Aber im gesamten UNSC? Keine Ahnung. Es könnten drei Züge sein oder drei Bataillone.«

»Ein Bataillon bestimmt«, schätzte Castilla. »Wenn Spartans auf Jericho VII kämpfen, dann sind sie sicher auch auf anderen Welten im Einsatz.«

Garvin überlegte einen Moment. »Ich denke, *maximal* ein Bataillon. Wenn es zu viele von ihnen gäbe, könnten sie das Programm nicht lange geheim halten.«

»Also schön, sagen wir, ein Bataillon. Das wären dann knapp tausend Spartans – wenn überhaupt«, rechnete Breit. »Was, wenn keine mehr übrig sind? Wir werden den Außerirdischen weiter Informationen anbieten müssen, und die Position der Erde …«

»Wird das Letzte sein, was wir preisgeben«, erklärte Garvin mit Nachdruck. »Die Spartans werden ausreichen, bis wir wissen, wie weit man der Allianz trauen kann.«

»Genau«, nickte Petora. »Und bis wir einen besseren Eindruck davon haben, wer diesen Krieg gewinnen wird. Falls die Allianz die Oberhand behält, können wir die Position der Erde benutzen, um uns ihre Gunst zu sichern. Falls das UNSC das Blatt wendet, haben wir immer noch ein Druckmittel, um unsere Unabhängigkeit auszuhandeln. So oder so, wir gewinnen.«

Garvin schwieg einen Moment, während sein Blick von Petora zu den anderen Abgesandten wanderte. Einer nach dem anderen nickten sie, und als schließlich auch Castilla bestätigend den Kopf neigte, richtete er sich mit einem Lächeln auf.

»Dann haben wir also einen Plan, Freunde«, sagte er. »Zur Hölle mit dem UNSC.«

7. KAPITEL

14:26 Uhr, 18. März 2526 (Militärkalender)
Ghost Song, UNSC-Prowler der *Razor*-Klasse
Im Anflug auf den Mond Seoba, Planet Biko, Kolaqoa-System

Der Abwurfhangar eines *Razor*-Prowlers bot gerade genug Platz für einen vollen OAST-Zug mit vierzig Mann in weltraumsicherer Kampfrüstung samt Düsenpacks. Fügte man aber noch einen ONI-Sonderberater und einen Spartan in Mjolnir-Rüstung hinzu, war der Raum so überfüllt, dass John-117 sich mit dem Rücken gegen die Wand pressen musste. Wenn er geradeaus blickte, sah er zwischen sich und der Absprungluke ein Getreidefeld hin und her wippender schwarzer Helme.

Das war das erste Problem mit Colonel Crowthers Angriffsplan: Sie würden mindestens vier Sekunden brauchen, um zweiundvierzig Soldaten abzusetzen. Falls das Schiff die standardmäßige Geschwindigkeit einer Abwerfen-und-Verschwinden-Mission einhielt, wäre der OAST-Zug somit über eine Fläche von dreißigtausend Kilometer Vakuum verstreut. Und dass sie Funkstille wahren mussten, machte es sogar noch schwerer, zueinander zu finden und sich zu sammeln. Ein Schleudermanöver kam auch nicht infrage; jeder Versuch, so viele Leute gleichzeitig durch eine Abwurfluke zu katapultieren, würde nur dazu führen, dass sie voneinander abprallen würden wie Billardkugeln.

116

Das zweite Problem mit Crowthers Plan war, dass die Spartans als Letzte von Bord gingen; sie würden den OAST nicht helfen können, falls sie unter Beschuss gerieten, bevor sie ihre Formation eingenommen hatten. Es war eine Verschwendung von Johns Schnelligkeit und Kraft, aber nicht mal Avery Johnson hatte den Colonel dazu bewegen können, seine Meinung zu ändern. Crowther war offensichtlich beeindruckt von den Fähigkeiten der Spartans, aber weil sie vergleichsweise wenig Felderfahrung hatten, traute er ihrem Urteil nicht. Seine Black Daggers hatten mitunter schon Hunderte Einsätze auf dem Buckel, dementsprechend waren es diese Veteranen, die er an vorderster Front wissen wollte, wenn es zu einem Feuergefecht kam.

Das war natürlich ein Irrtum.

Leider wusste John nicht, wie er das beweisen sollte. Die heutige Übung sollte einen Abwurf unter Beschuss simulieren, aber es gab keinen Beschuss. Der Feind war ja noch nicht einmal hier. Die Einsatzgruppe Yama flog gerade ein verlassenes Eisbergwerk auf dem Mond Seoba an, wo sie sich verstecken würden, bis die Außerirdischen Biko erreichten. Und Crowther hatte beschlossen, diese Gelegenheit für ein Landemanöver zu nutzen. Die Übung würde vermutlich ein paar logistische Probleme bloßlegen, aber sie würde niemanden davon überzeugen, dass der Colonel einen Fehler machte.

John wog noch immer seine Optionen ab, als die heisere Stimme der Kommunikationsoffizierin aus dem Lautsprecher verkündete:

»Erster Zug, Alpha-Kompanie, Prioritätssignal von Dagger Actual.«

Dagger Actual war der Codename von Colonel Crowther und sein Prioritätssignal war eine verschlüsselte, im Voraus aufgezeichnete Nachricht, komprimiert auf einen Datenstoß mit einer Länge von gerade einmal einer Millisekunde. Solche Signale sollten die Wahrscheinlichkeit minimieren, dass das Signal von Dritten aufgeschnappt wurde, aber ein aufmerksamer Feind konnte einen derartigen Datenschwall natürlich trotzdem erfassen. Crowther würde dieses Risiko wohl kaum eingehen, nur um ihre Übung interessanter zu gestalten. Etwas stimmte nicht.

Einen Herzschlag später ertönte auch schon die Stimme des Colonels in Johns Helm: »*An alle! Operation ICE DANCE ist nicht länger eine Übung. Ich wiederhole, keine Übung. Wir haben Funknachrichten abgefangen, die darauf hindeuten, dass die Unabhängigkeitsarmee von Biko versucht, die Kanzlerin zu stürzen. Normalerweise würden wir diese Information mit der kolonialen Regierung teilen und ihr unsere Dienste zur Verfügung stellen.*

Aber die aktuelle Situation ist alles andere als normal. Die Mission zur Bekämpfung der Allianz hat nach wie vor Priorität. Captain Ascot und ich sind uns einig darin, dass unser ursprünglicher Plan die besten Erfolgsaussichten hat, darum wird Einsatzgruppe Yama wie geplant das Eisbergwerk übernehmen.

Leider sind wir nicht die Einzigen, die den strategischen Nutzen dieser Abbauanlage erkannt haben. Eine unbekannte Zahl von Aufständischen hat Seoba bereits besetzt und sich in unserem Sammelpunkt eingenistet.«

John lächelte in seinem Helm. Das 21ste würde unter gefährlichen Umständen ins Gefecht ziehen … und gefährliche Umstände brachten die Fähigkeiten der Spartans ideal zur Geltung. Sobald Crowther sah, wie sie sich unter Druck verhielten, würde er sie ganz schnell zur Speerspitze seiner Truppen machen.

Die Nachricht war noch nicht zu Ende – man hätte das gesamte Militärgesetzbuch in einem einzigen Prioritätssignal unterbringen können –, und John hörte genau hin, während er über Möglichkeiten nachdachte, um die Stärken der Spartans zur Schau zu stellen.

»Bei dieser Operation ist der Schlüssel zum Erfolg, die feindlichen Truppen zu isolieren, bevor sie überhaupt melden können, dass sie angegriffen werden. Darum wird die Vanishing Point die Kommuni-

kation der Aufständischen auf Seoba blockieren. Wir wissen aber nicht, welchen Störungsschutz und welche Übertragungstechnologie sie haben. Solltet ihr also auf etwas stoßen, das nach einer tragbaren Kommstation aussieht ... zerstört es.

Sobald die Anführer der Aufständischen den Kontakt mit ihren Leuten auf Seoba verloren haben, werden sie vermutlich annehmen, dass die Miliz der Kanzlerin ihre Basis entdeckt und ausgeschaltet hat. Mit ein wenig Glück wird sie das dazu bewegen, ihren Putschversuch abzublasen und zurück in ihre Löcher zu kriechen. Es könnte sie aber auch dazu motivieren, ihren Angriff vorzuziehen. So oder so werden sie keinen Grund haben, nach Seoba zurückzukehren – und falls doch, werden unsere Prowler dafür sorgen, dass sie nicht einmal in unsere Nähe kommen.

Um die Sicherheit der Operation zu wahren, werden wir uns gegenüber etwaigen Überlebenden und Gefangenen als Bataillon Fünf aus der Wache der Kanzlerin ausgeben. Ihr habt zwar den falschen Akzent, aber tut es trotzdem. Unser Hauptziel ist es, unsere wahre Identität geheim zu halten. Potenzielle Gefangene dürfen niemandem etwas über uns verraten können, wenn sie nicht mehr in unserer Hand sind. Je verwirrter sie sind, desto besser ist es also.«

Crowthers Stimme wurde tiefer. »*Ich kann es gar nicht genug betonen: Die Zukunft der Menschheit hängt vom Erfolg unserer Mission ab. Wir müssen Seoba einnehmen, und zwar, ohne dass irgendjemand abseits des Mondes von unserer Gegenwart hier erfährt. Zögert nicht, tödliche Gewalt anzuwenden, sollte jemand das Feuer auf euch eröffnen. Das ist mein Ernst. Wir dürfen nicht scheitern.«*

Damit endete die Nachricht.

Und John begann darüber nachzudenken, wie er die Missionsparameter verbiegen könnte, ohne sie tatsächlich zu brechen.

Nachdem er eine Woche lang mit den Black Daggers geübt hatte, zweifelte er nicht daran, dass sie einen Haufen Aufrührer von der Biko-Unabhängigkeitsarmee ausschalten könnten. Aber improvisierte Missionen wie diese hielten oft böse Überraschungen für die Angreifer bereit – vor allem, da die Kommandanten des UNSC noch immer dazu neigten, die Fähigkeiten der Aufständischen zu unterschätzen. Wenn und falls das passierte, würde John bereit sein; er würde seine Spartans an die Spitze der OAST führen, wo sie ihre überlegene Geschwindigkeit und Körperkraft einsetzen könnten, um einen feindlichen Gegenangriff im Keim zu ersticken.

Falls ihnen das gelang, würden sie jede Menge Black-Dagger-Leben retten, und Crowther müsste eingestehen, dass ihr Urteilsvermögen im Kampf über jeden Zweifel erhaben war. Wer weiß, vielleicht würde er sogar dankbar sein.

Die hintere Zugangsluke des Abwurfhangars öffnete sich mit einem Zischen, und als John den Kopf drehte, sah er den Kommandanten der *Ghost Song* in der Tür stehen. Hector Nyeto hatte ein kantiges Gesicht, einen buschigen schwarzen Schnurrbart, der sich um seinen breiten Mund nach unten krümmte, und lockiges Haar, das vom Bügel seines Headsets platt gedrückt wurde. Gekleidet war er in eine graue Uniform mit den goldenen Eichenblättern eines Lieutenant Commanders am Kragen.

»Herhören, Leute.« Nyetos Stimme erklang auf dem Einsatzkanal des ersten Zugs. »Die Alpha-Kompanie wird wie geplant über den Docks abspringen, aber es gibt einen Haken: Die Aufständischen haben einen Teil des Massentreibers in eine Kommunikationszentrale umgewandelt. Die *Ghost*-Prowler werden den Treiber auf dem Anflug unter Beschuss nehmen, aber ihr wisst ja, wie so was läuft. Die bösen Buben könnten innerhalb von dreißig Minuten wieder ein Signal senden. Die Alpha-Kompanie hat die Aufgabe, das zu verhindern.«

Niemand blickte ihn an – der Hangar war zu überfüllt, als dass irgendjemand sich umdrehen hätte können –, und die Stimme von Nelly Hamm, dem Lieutenant des ersten Zuges, antwortete auch nur über den Einsatzkanal. »Danke, Commander. Wie wirkt sich das auf die Missionsziele des ersten Zugs aus?«

Nyeto breitete in einer ratlosen Geste die Arme aus, die nur John und Avery Johnson sehen konnten; sie standen ganz hinten links und rechts der Luke.

»Kann ich noch nicht sagen«, erklärte er. »Colonel Crowthers Nachricht war recht vage, was das anging. Euer Captain wird alle relevanten Informationen nachreichen, sobald ihr auf dem Boden seid.«

»Klar doch«, brummte Hamm. Der Captain der Kompanie war beim dritten Zug an Bord des Prowlers *Ghost Wind*. »Sofern unsere eigene Kommunikation dann nicht auch gestört wird.«

»Sie machen sich zu viele Sorgen, Lieutenant«, entgegnete Nyeto. »Das da unten sind nur ein paar Rebellen. Die haben keine Störsender.«

Der Lieutenant Commander winkte John zu sich, dann verschwand er jenseits der Zugangsluke. John blickte zu Johnson hinüber, der die gleiche schwarze Angriffsrüstung trug wie die Black Daggers, und legte fragend den Helm schräg. Rein technisch stand der Sergeant in der Befehlskette zwar nicht über ihm, aber Captain Ascot und Dr. Halsey hatten John unmissverständlich klargemacht, dass er Johnsons Meinung große Bedeutung beimessen sollte – vor allem, wenn es um die Zusammenarbeit der Spartans mit dem 21sten und die damit zusammenhängenden Unklarheiten ging.

Johnson zog die Schultern hoch und nickte in Richtung der Luke. Was immer Nyeto wollte, es war nie klug, den Commander einer Prowler-Gruppe warten zu lassen.

Also schob John sich gebückt durch die Luke, nur um sich einen Moment später doch den Kopf anzustoßen, als er draußen auf dem Korridor vor dem Lieutenant Commander salutierte.

»Sie wollten mich sprechen, Sir?«

Nyeto erwiderte den Salut mit einer saloppen Handbewegung. Nachdem die Luke sich geschlossen hatte, bedeutete er John, seinen Helm abzunehmen. »Das ist nicht für die Komms bestimmt.«

Es wäre einfacher gewesen, das Kommunikationssystem auszuschalten, aber John war sicher, dass der Lieutenant Commander das wusste. Er warf noch einen kurzen Blick auf die Zeitanzeige des HUDs, dann unterbrach er die luftdichte Versiegelung seiner Rüstung und nahm den Helm ab.

»Ich hoffe, das dauert nicht lange, Commander. Ich brauche ein paar Minuten, um meine Rüstung wieder zu versiegeln, und Lieutenant Hamm wird den Abwurfhangar fünf Minuten vor unserer Ankunft am Abwurfpunkt ...«

»Sie wird den Hangar fluten, wenn ich es ihr sage.« Nyeto grinste zu John hoch. »Sie müssen sich also keine Sorgen machen, okay?«

»Ich gehöre zur Infanterie«, erwiderte John. »Wenn ich aufhöre, mir Sorgen zu machen, bedeutet das, dass ich tot bin.«

»Dann machen Sie sich zumindest keine Sorgen darüber, an Bord zurückgelassen zu werden«, schmunzelte Nyeto. »Auf meinem Schiff wird das nämlich garantiert nicht passieren. Ich *weiß*, wie wertvoll die Spartans sind.«

»Das weiß ich zu schätzen«, sagte John. »Es wäre trotzdem vorteilhaft, wenn sich der Absprung nicht meinetwegen verzögern würde.«

Nycto machte eine wegwerfende Handbewegung. »Sie müssen sich keine Sorgen wegen Crowther machen. Er kann Ihnen keinen Ärger machen – jedenfalls keinen echten Ärger. Nicht, solange Mike Stanforth Ihnen den Rücken deckt.«

»Sie sagen verdächtig oft, dass ich mir keine Sorgen machen soll«, stellte John fest.

»Sorgen trüben den Verstand.« Nyetos Lächeln wuchs in die Breite, als er hinzufügte: »Andererseits gehören Sie zur Infanterie. Ein klarer Verstand ist also vermutlich nicht Ihre Stärke.«

»Sehr amüsant, Sir«, sagte John, ohne mit der Wimper zu zucken. »Könnten wir vielleicht zur Sache kommen.«

Nyeto lachte herzlich. »Darüber, dass Sie es sich bei mir ver-

scherzen könnten, machen Sie sich offensichtlich *keine* Sorgen.«
Dann verschwand die Belustigung von seinem Gesicht, und er
legte den Kopf in den Nacken, um John direkt in die Augen zu
blicken. »Genau genommen wollte ich mich entschuldigen – bei
Ihnen und den anderen Spartans.«

»Entschuldigen, Sir? Wofür?«

»Für den Patzer bei Netherop«, erklärte Nyeto. »Die offene
Übertragung. Das war einer meiner Leute. Es fällt also unter meine Verantwortung.«

»Ich verstehe«, murmelte John. Er hatte sich bei Captain Ascot
über den Zwischenfall beschwert, aber hauptsächlich, um Dai-
sy-023 und ein paar der anderen Spartans zu beschwichtigen, die
wütend über den Fauxpas gewesen waren. Er hatte erwartet, dass
die Sache damit für ihn erledigt wäre, da derlei Angelegenheiten
weit, weit über der Besoldungsstufe eines Petty Officers geklärt
wurden. »Danke. Ich werde es dem Rest meiner Einheit ausrich-
ten.«

»Dafür wäre ich Ihnen dankbar«, sagte Nyeto. »Aber ich hoffe, Sie halten Daisy-023 von meinem Sensortechniker fern. Er ist
normalerweise ziemlich gut in seinem Job, und ich kann es mir
nicht leisten, ihn zu verlieren.«

John erinnerte sich noch gut daran, was Daisy dem Mann hatte
abreißen wollen, und jetzt war er an der Reihe, verlegen zu sein.
»Sie haben die Funkaufzeichnung unserer Operation gehört?«

»Ja, aber nur diesen Ausschnitt. Und der Sensortechniker hat
ihn ebenfalls gehört.« Nyeto lächelte. »Dr. Halsey wollte, dass wir
uns über den Ernst der Situation im Klaren sind.«

Es gefiel John nicht, dass Teile ihrer Teamkommunikation in
der Flotte herumgereicht wurden, aber er wusste, dass Halsey nur
die Spartans beschützen wollte. Leider ging ihr Mutterinstinkt
dabei ein wenig mit ihr durch.

»Dr. Halsey erwartet Perfektion.«

»Das können Sie laut sagen.« Nyeto lachte. »Als sie mit uns

fertig war, war mein Petty Officer so verzweifelt, dass er sich schon persönlich bei Spartan-023 entschuldigen wollte.«

»Das wäre eine schlechte Idee gewesen«, brummte John. »Richten Sie ihm aus, ich werde seine Entschuldigung weiterleiten. Damit sollte die Sache dann bereinigt sein … vorausgesetzt, so etwas wiederholt sich nicht.«

»Keine Sorge«, winkte Nyeto ab. »Ich habe ihn noch lauter angebrüllt als Halsey. Als es passierte, war ich überzeugt, dass ihr seinetwegen alle sterben würdet. Da muss ich wohl kurz vergessen haben, wer ihr seid.«

John zog die Brauen zusammen. »Wie meinen Sie das?«

»Na, wie *gut* ihr seid«, erwiderte der Lieutenant Commander. »Aber so ist das wohl, wenn man mit fünf seine Ausbildung beginnt.«

»*Fünf?*«, presste John hervor. Genau genommen waren sie mit sechs in das Programm aufgenommen worden, aber Nyetos Informationen kamen der Realität trotzdem viel näher, als sie eigentlich sollten. »Wo haben Sie das denn gehört?«

Nyeto blickte zur Seite. »Keine Ahnung«, sagte er. »Irgendjemand wird es mir erzählt haben.«

»Nun, diese Information ist falsch.« Es war ziemlich offensichtlich, dass der Mann log, und John erkannte, dass seine reflexartige aggressive Leugnung die Gerüchte eher bestätigt als zerstreut hatte. »Abgesehen davon unterliegt das alles höchster Geheimhaltung.«

Nyeto lächelte trocken. »Dann muss sich die Geschichte wohl um eine andere Einheit gedreht haben. Ich hatte einen Freund bei den OAST, der mit diesen achtjährigen Kindern auf Reach trainierte. Sie haben seiner Kompanie bei den Übungen im Dschungel regelmäßig den Hintern versohlt. Wahrscheinlich waren die es.«

»Wer ist Ihr Freund?«

»Niemand Wichtiges«, antworte Nyeto. »Die Sache ist nur, das war vor sieben Jahren. Das bedeutet, diese Kinder wären heute … fünfzehn, richtig?«

»Es ist mein Ernst, Sir: Wer ist dieser Freund?« Kein Militär war gegen Gerüchte gefeit, und je geheimer das betreffende Programm war, desto abenteuerlicher waren die Geschichten, die man sich darüber erzählte. Aber die Details, die Nyetos Freund verbreitet hatte, waren viel zu genau, um das Resultat von beiläufiger Spekulation zu sein. Nein, das kam von jemandem, der Teil des Programms gewesen war und mit den Spartans gearbeitet hatte. »Er ist offensichtlich nicht für den Umgang mit vertraulichen Informationen geeignet.«

»*Keine Sorge*«, sagte Nyeto. »Ich bin Kommandant auf einem Prowler. Ich weiß, wie man Geheimnisse hütet.«

»Und da Sie Kommandant auf einem Prowler sind, sollten Sie auch wissen, dass Ihr Freund zahlreiche Sicherheitsprotokolle gebrochen hat«, erwiderte John. »Der Mann hat keine Ahnung, was er dadurch alles gefährdet … und Sie auch nicht. Wenn Sie ihn nicht melden, dann muss ich *Sie* melden. Ich habe in dieser Sache keine Wahl, Sir.«

»Ist das Ihr Ernst?« Ein verschlagener Ausdruck trat in Nyetos Augen. »Diese Achtjährigen … Das *waren* Sie, oder?«

»Das habe ich nicht gesagt.«

»Mussten Sie auch gar nicht«, entgegnete der Offizier. »Hm. Wer hätte das gedacht? Wie lange läuft das SPARTAN-Programm schon? Wie viele von euch gibt es?«

»Darüber kann ich nicht sprechen. Und Sie sollten besser auf solche Fragen verzichten.«

Plötzlich wirkte Nyeto enttäuscht. »Tut mir leid, John. Ich wollte Sie nicht nervös machen.« Er zog die Schultern hoch und blickte den Korridor entlang. »Dann will ich Sie nicht weiter von der Pflicht abhalten.«

John begann, sich schuldig zu fühlen … und verwirrt. Er hatte keine Regeln gebrochen. Wenn überhaupt, hatte er strikt nach

Protokoll gehandelt, trotzdem hatten seine Leugnungen den Gerüchten nur noch mehr Gewicht verliehen. Hätte er mal besser den Mund gehalten und die Unterhaltung später gemeldet.

Aber dann wäre das ONI auf den Plan getreten, und *das* hätte Nyeto nur noch weiter überzeugt, dass sein Freund die Wahrheit sagte. John blickte über die Schulter zur Luke des Abwurfhangars. Er wünschte, Avery Johnson hätte ihn auf den Korridor begleitet – der Sergeant hatte ein Talent für inoffizielle Situationen wie diese. Das kam eben davon, wenn man zwanzig Jahre lang in der undurchsichtigen Welt der Spezialeinheiten verbrachte. John wusste, seine Vorgesetzten wollten, dass er sich dieses Talent von Johnson abschaute; und nach der Unterhaltung gerade eben wusste er, dass er besser schnellstens damit anfing.

Er wandte sich noch einmal Nyeto zu. »Vielleicht sollten wir vergessen, dass dieses Gespräch je stattgefunden hat, Sir. Ich werde die Geschichte als Tratsch abtun, und Sie sagen Ihrem Freund einfach, dass er zu viel redet.«

»Nicht mehr nötig«, erwiderte Nyeto. »Er starb während Operation: TREBUCHET. Mein Schiff hat seine Kompanie abgesetzt.«

»Es tut mir leid, das zu hören.« Viele OAST hatten Operation: TREBUCHET mit dem Leben bezahlt, aber jetzt konnte er zumindest die Grundzüge von Nyetos Geschichte überprüfen und Sergeant Johnson nach seiner Meinung dazu fragen. Er hob seinen Helm, um ihn sich wieder auf den Kopf zu stülpen. »Wenn das alles ist, Sir, sollte ich jetzt wieder meine Rüstung versiegeln.«

»Natürlich«, nickte Nyeto. »Und nur, damit Sie es wissen: Unter den Prowler-Mannschaften unterstützt niemand, was Crowther tut.«

John hielt inne, den Helm bereits auf Brusthöhe. »Was er tut?«

»Mit euch Spartans«, verdeutlichte Nyeto. »Es ist töricht, lebende Panzer wie euch ans hintere Ende der Einheit zu packen. Jeder weiß, dass ihr den Angriff anführen solltet.«

»Ich finde auch, dass das eine seltsame Taktik ist«, räumte John ein. Vielleicht war er doch zu misstrauisch gewesen, was Nyeto anging. »Aber der Colonel hat noch nicht mit uns gekämpft. Er weiß noch nicht, wozu wir imstande sind.«

Der Lieutenant Commander schnaubte abfällig. »Der Colonel will nur seinen Ruf schützen. Die Black Daggers sollen nicht von einem Haufen Teenager vorgeführt werden.«

»Nein … *wirklich?*« John hielt den Helm noch immer vor seiner Brust. »Es fällt mir schwer, das zu glauben, Sir. Er würde die taktische Planung doch sicher nicht seinem persönlichen Stolz unterordnen. Er ist immerhin der Kommandant eines OAST-Bataillons.«

»Ich habe nicht behauptet, dass er es *bewusst* tut. Aber so oder so, Fakt ist: Ihr Spartans müsst euch das Geschehen aus der letzten Reihe ansehen. Und die gesamte Operation leidet darunter.«

John atmete gedehnt aus. »Ja. Was sollte ich deswegen unternehmen?«

Bevor Nyeto antworten konnte, glitt die Luke auf und Avery Johnson trat in den Korridor hinaus. Seine verspiegelte Gesichtsplatte wandte sich erst Nyeto zu, dann John.

»Alles in Ordnung hier draußen?« Selbst durch den externen Lautsprecher seiner Kampfrüstung klang seine Stimme noch rau und vertraut. »Lieutenant Hamm will den Hangar in zwei Minuten öffnen.«

»Das wird kein Problem sein, Sergeant. Wir sind hier ohnehin fertig.« Nyetos Blick blieb auf John geheftet, während er sprach. »Tun Sie einfach, was Sie am besten können. Letzten Endes setzt sich Qualität immer durch.«

»Das werde ich.« John salutierte. »Und danke, Sir.«

»Gerne doch, John.«

Johnson blickte dem Offizier nach, dann drehte er sich zu John um und fragte durch seinen Helmlautsprecher: »Was war das denn?«

»Das erzähle ich Ihnen später, Sarge.« John setzte seinen eigenen Helm auf und wandte sich dem Abwurfhangar zu. »Der Hangar wird in zwei Minuten geöffnet, sagen Sie?«

8. KAPITEL

14:33 Uhr, 18. März 2526 (Militärkalender)
Ghost Song, UNSC-Prowler der *Razor*-Klasse
Im Angriffsanflug, Massentreiber-Startvorrichtung, Eisbergwerk von Seoba

John spürte, wie sein Gewicht in seine Beine rutschte, als die *Ghost Song* aus ihrem Sturzflug hochzog und über die Oberfläche von Seoba hinweg auf die Abwurfzone zuraste. Die Warnlampen an den Wänden blinkten ein letztes Mal, dann tauchten sie den Hangar in stetes grünes Licht, und das Schiff bremste hart ab. John konnte nicht nach draußen sehen, aber er wusste, dass sie die Abwurfzone für den ersten Zug erreicht hatten. Hundert Meter unter ihnen befand sich nun eine tausend Kilometer breite Eisplatte, und in ihrer Mitte lag ein gewaltiger Abbau- und Minenkomplex, abgeschirmt durch einen Ring gefrorener Berge. Nicht gerade ein ideales Absprunggebiet, aber sie gehörten zur Infanterie, und die Infanterie sprang ab, wo immer man es ihnen befahl.

Die Luke teilte sich entlang der Mitte. Über das Meer aus OAST-Helmen hinweg sah John, wie die vier Schocktruppler ganz vorn durch die Öffnung in die leere Luft sprangen. Bevor er auch nur blinzeln konnte, stieg ein roter Dunst über ihnen auf, dann schossen Flammen aus einem der Düsenpacks, und das gesamte vierköpfige Team verschwand in einer Wolke aus Blut und Feuer.

Das nächste Team zögerte nicht. Sie traten vor, aber sie bekamen nicht einmal Gelegenheit abzuspringen. Geysire aus Blut und Gewebe barsten aus ihren Rüstungen hervor, während Funken sprühende Querschläger von der Decke abprallten und sich überall im Hangar jaulend in verwundbares Fleisch bohrten.

John hörte seine eigene Stimme in seinem Helm dröhnen. »Verdammt!«

Dann erkannte er: Dies war der Moment, auf den er sich vorbereitet hatte. Es war eine schreckliche, tragische Situation und er musste sie in Ordnung bringen. Mit erhobenen Armen begann er, sich einen Weg nach vorn zu bahnen. Der Bewegungstracker seines HUDs zeigte ihm dabei, dass Avery Johnson in seinem Fahrwasser folgte.

Lieutenant Hamm meldete sich auf dem Funkkanal des ersten Zuges. »Abbruch! Weg von der Luke!«

Die *Ghost Song* begann, sich auf die Seite zu legen. Ein OAST taumelte gegen Johns Brustplatte, sein Visier durchbohrt, das Loch doppelt so groß wie ein Daumennagel. John packte den Toten, bevor er zusammenbrechen konnte, und drehte ihn herum; die Kugel hatte ein sternförmiges Austrittsloch in die Rückseite seines Helmes gesprengt.

»John!« Es war Johnson, auf dem Teamkanal. Dieser Kanal war eigentlich nur für die Spartans reserviert, aber da der Sergeant als Verbindungsperson zwischen ihnen und den OAST fungieren sollte, hatte Dr. Halsey ihm Zugriff gewährt. »Was haben Sie vor?«

»Sehen Sie sich die Löcher an.« John reichte den Toten an Johnson weiter, damit er sich das Einschussloch ansehen konnte. »Panzerbrechende Kugeln, großes Kaliber. Vermutlich urangehärtet.«

»Klingt nach Vulcans«, brummte Johnson. Damit meinte er die leichte Luftabwehrkanone vom Typ M41, eine unhandliche Waffe, die auf Fahrzeuge oder auf Wachtürme aufmontiert werden musste, damit man sie mit einem gewissen Präzisionsgrad einsetzen konnte. »Sie haben uns erwartet.«

»Sie waren vorbereitet, ja«, entgegnete John. »Aber wenn sie uns erwartet hätten … Das würde bedeuten …«

»Ich weiß, was das bedeutet.«

Die *Ghost Song* beschleunigte, während sie sich von dem Trommelfeuer der Vulcans wegdrehte, und Johns Magen schien ebenfalls hinter ihm zurückzubleiben. Er schob sich noch ein paar weitere Schritte nach vorn, bis er die Absprungluke erreicht hatte. Sie wurde von einem verwundeten OAST blockiert, der halb auf dem Deck lag und halb in der leeren Luft hing. Lieutenant Hamm und ein anderer Soldat hielten den bewusstlosen Mann fest, damit er nicht nach draußen rutschte, aber die Bewegung des Prowlers war stärker als die beiden. Lange würden sie nicht mehr durchhalten.

John stellte einen Fuß auf die Führungsschiene der Luke, damit sie nicht zuglitt, dann packte er den Bewusstlosen und wuchtete ihn nach drinnen, in Hamms Arme. Dunkles Blut quoll aus drei Löchern in seiner Brust, seinem Unterleib und seiner Hüfte. John hoffte, dass der Lieutenant lange genug mit dem Verwundeten beschäftigt sein würde, damit er sich ein Bild von der Situation unter ihnen machen konnte. Es funktionierte: Hamm löste das Düsenpack vom Rücken des OAST und ging daran, sein Leben zu retten.

John wandte sich derweil der offenen Luke zu. Zweihundert Meter unter ihm ließ ein Sturm aus Kugeleinschlägen Eissplitter aus der gefrorenen Oberfläche des Mondes hochstieben. Die Schwerkraft auf Seoba betrug ein Achtel der Erdgravitation, und die Splitter sanken nur träge auf den Boden hinab, sodass ein silbriger, kristalliner Dunst entstand. Trotz des milchigen Zwielichts konnte John mindestens ein Dutzend Leichen in schwarzer Kampfrüstung sehen, die über die vier Absprungzonen der Ghost-Prowler verstreut lagen. Mehrere Überlebende hasteten auf der Suche nach Deckung zu einer eisverkrusteten Verladehalle hinüber, während sie von drei Seiten unter Beschuss genommen wurden.

Es war nicht einfach, das feindliche Feuer zu den Schützen zurückzuverfolgen, aber ein paar Herzschläge später hatte John eine Reihe von Bunkern ausgemacht, die in die steilen Hänge rings um den Komplex hineingegraben worden waren. Die Stellungen waren sorgsam mit Schnee und Eis getarnt und allein das Lodern der Mündungsblitze verriet ihre Position.

John war beinahe erleichtert. »Sie waren bereit, aber sie haben uns nicht erwartet«, sagte er über den Teamkanal zu Johnson. »Es hat mehrere Tage gedauert, diese Bunker zu bauen und zu tarnen.«

Johnson trat neben ihn an die Öffnung. »Und?«

»Und wir haben den Slipspace erst vor dreißig Minuten verlassen«, erinnerte John ihn. »Sie konnten das alles nicht extra für uns bauen. Sie waren einfach schon auf einen Angriff vorbereitet.«

»Das ist *eine* Möglichkeit.«

»Sie glauben, jemand hat sie vorgewarnt, *bevor* wir den Mond erreichten?«

»Ich glaube, es wäre dumm, diese Option auszuschließen.«

John überlegte einen Moment, dann schüttelte er den Kopf. »Es kann nicht sein. Dann hätte der Tipp aus der Kommandoriege kommen müssen. Niemand sonst wusste früh genug von unserem Ziel.«

»Haben Sie noch nie gesehen, wie einem hohen Tier ein Geheimnis herausrutscht?«, konterte Johnson. »Oder dass jemand trotz der Orden an seiner Brust andere Loyalitäten über seine Pflicht stellt?«

Um ehrlich zu sein, hatte John noch nie etwas Derartiges gesehen, aber er verstand, was der Sergeant meinte. Colonel Crowther hatte eindrucksvoll demonstriert, wie leicht eine Mission durch Stolz beeinflusst werden konnte; da war es nicht weiter schwer, sich vorzustellen, dass er – oder irgendein anderer Offizier – die Sicherheit einer Operation untergrub.

John atmete frustriert aus. »Sind Sie immer so ein Pessimist, Sarge?«

»Ja. Ich gehöre zur Infanterie.«

»Okay«, seufzte John. »Ich verstehe.«

Die *Ghost Song* flog inzwischen einen Kilometer über dem Schlachtfeld, und er konnte die frostverkrustete Röhre des hundert Jahre alten magnetischen Massentreibers sehen, die sich über den Hangars erhob und an der Flanke eines zweitausend Meter hohen Eisberges hochführte, bevor sie dicht unterhalb des Gipfels endete. Aus der Missionsbesprechung wusste John, dass dieser Massentreiber einst Stahlkapseln mit Tausenden Tonnen Eis nach Biko katapultiert hatte – der rosafleckige Planet nahm den Großteil des Himmels über ihnen ein. Wenn diese Kapseln dann die Exosphäre von Biko erreichten, hatten Schlepper sie abgefangen, magnetisch angekoppelt und die Zylinder zu ihrem finalen Zielort in der Stratosphäre transportiert.

Aber wie das Eisbergwerk selbst war auch der Massentreiber aufgegeben worden, nachdem das Klima auf Biko feucht genug geworden war, um seinen eigenen Regen zu produzieren. Das war 2424 gewesen.

Auf dem Gipfel des Eisberges, knapp über der Mündung des Massentreibers, befand sich die Kommunikationszentrale, die Nyeto zuvor erwähnt hatte. Sie war von Einschlagkratern umgeben, aber größtenteils unversehrt. Die Übertragungsantenne selbst lag rauchend auf der Seite, noch halb mit ihrem Sockel verbunden.

Falls die Aufständischen einen halbwegs kompetenten Funktechniker mit den Reparaturen betrauten, würden sie nicht länger als dreißig Minuten brauchen, um eine neue Antenne aufzustellen und die Kommunikation mit ihren Verbündeten wiederherzustellen.

Auf der anderen Seite der Absprungluke sprühte Hamm Versiegelungsschaum in das letzte Loch, das in der Rüstung des angeschossenen OAST prangte, dann übergab sie den Mann in die Obhut eines Kameraden. Nachdem sie aufgestanden war, drehte sie sich zu John um und deutete mit dem Daumen auf den Verwundeten.

»Netter Trick, Spartan.« Sie benutzte den Kanal des ersten Zugs. »Machen Sie so etwas nie wieder.«

»Natürlich nicht, Ma'am«, sagte John. »Ich hätte ihn einem Sanitäter übergeben sollen.«

»Verdammt richtig. Vor allem hätten Sie gar nicht hier vorn sein sollen. Sie haben Ihren Platz in der Einheit verlassen.«

»Ja, Ma'am.« John hatte die Aufgabe, dem Zug Feuerschutz zu geben, weswegen er eine ganze Reihe schwerer Waffen mit sich herumschleppte. Jetzt nahm er die schwerste davon – einen tragbaren SPNKR-Raketenwerfer – von der Magnetklammer am Rücken seiner Mjolnir-Rüstung. »Das tut mir ausgesprochen leid, Ma'am.«

Hamms Gesichtsplatte folgte der Bewegung, als er den SPNKR auf seine Schulter wuchtete. »Spartan-117, was haben Sie mit dem Ding vor?«

»Ich melde mich freiwillig, Ma'am«, erklärte John, nachdem er den Raketenwerfer geladen hatte. »Wir müssen diese Bunker einnehmen.«

Avery Johnson legte warnend die Hand auf seinen Unterarm, aber John schüttelte sie ab und verband das Zielgerät des SPNKRs mit seinem HUD. Die Unterhaltung mit Nyeto hallte noch immer in seinem Kopf wider, und er hatte nicht vor, diese Mission unter Crowthers Neid leiden zu lassen – zumindest nicht mehr, als sie bereits gelitten hatte.

Johnson packte erneut seinen Arm. »John, Sie können das Ding hier drin nicht abfeuern. Sie werden den halben Zug grillen.«

John blickte zu ihm hinab. »Ich *kenne* die Sicherheitsparameter eines MAV/AW M41-Raketenwerfers mit 10-mm-Geschossen, Sergeant.« Er richtete das Zielkreuz auf seinem Display auf den nächstgelegenen Bunker aus. Der Prowler war nach wie vor im Steigflug und die Entfernung war bereits auf anderthalb Kilometer angewachsen. »Außerdem sind wir außer Reichweite.«

Hamms Stimme wurde schneidend. »Spartan-117 …«

Aber John sprang bereits aus dem Hangar. In der schwachen Schwerkraft von Seoba hätte es fast eine Minute gedauert, die elfhundert Meter zu sinken, die nötig wären, um den SPNKR wieder in effektive Feuerreichweite zu bringen, also aktivierte er seine Düsen und beschleunigte nach unten. Das sollte die Absprungzeit um mehr als zehn Sekunden verkürzen. Falls er in einer geraden Linie flog, wäre das natürlich trotzdem mehr als genug Zeit für die feindlichen Kanoniere, um ihn zu erfassen und zu durchlöchern. Darum begann er, seinen Vektor willkürlich zu ändern, ohne den Bunker aber aus dem Zielfeld seines HUDs verschwinden zu lassen.

Avery Johnsons Stimme hallte über den Teamkanal. »Team Blau, abspringen! Wir gehen rein!«

John setzte seinen Sinkflug fort, und schon bald war er nahe genug heran, um auch ohne Vergrößerung die Mündungsblitze der Vulcan-Kanone zu erkennen, die aus dem schmalen Schlitz des nächstgelegenen Bunkers loderten. Da der Feind Leuchtspurgeschosse benutzte, konnte er zudem sehen, dass ihr Feuer seinen Zickzackbewegungen deutlich hinterherhinkte – auch wenn die Diskrepanz natürlich immer weiter abnahm, je geringer die Entfernung wurde. Nachdem er einen vollen Kilometer in die Tiefe gefallen war, kehrte John schließlich den Schub um.

Er bremste hart ab, aber da er zuvor eine halsbrecherische Fallgeschwindigkeit aufgebaut hatte, sank er noch immer schnell in die Tiefe. Als er den SPNKR abfeuerte, trennten ihn nur noch 350 Meter von seinem Ziel.

Die Rakete zischte als gleißende Miniatursonne davon und

schmolz zu einem silbernen Punkt zusammen. Zu dem Zeitpunkt hatte John sich aber bereits in ein spiralförmiges Ausweichmanöver gedreht, denn der Kanonier feuerte noch immer auf ihn … bis der Bunker in einer Wolke aus Dampf und Eis explodierte.

John folgte einer zweiten Linie von Leuchtspurgeschossen mit den Augen zum nächsten Bunker, bestimmte ihn zu seinem Ziel und feuerte das zweite Rohr des SPNKRs ab, alles innerhalb von wenigen Sekunden.

Kaum dass die Rakete davongejault war, sprang ihm auch schon die milchig weiße Oberfläche von Seoba entgegen. John drehte zwar rechtzeitig die Beine nach unten, bevor er aufkam, aber er verlor den Halt auf dem gefrorenen Grund und schlitterte den Hang hinab. Es war ihm gelungen, in der Abwurfzone der Alpha-Kompanie zu landen, zwischen der Abbaugrube und den Docks. Jetzt raste er auf dem Rücken ins Tal, während Vulkan-Geschosse rings um ihn armlange Fontänen aus pulverisiertem Eis in die Höhe wirbelten.

Er warf den leeren SPNKR beiseite, rollte auf seine Hüfte und stieß sich vom Boden ab; in der schwachen Schwerkraft reichte das, um ihn drei Meter in die Luft zu katapultieren. Er nahm das MA5B von seinem Rücken, pumpte eine HE-Granate in den Werfer und schwenkte die Waffe in Richtung des Bunkers, aus dem er beschossen wurde. Doch bevor er abdrücken konnte, verwandelte sich der gesamte Berghang über ihm in eine Wolke aus Eissplittern und umhergewirbelten Leichen.

Kelly-087 meldete sich auf dem Teamkanal. »Danke für die Einladung, Sergeant Johnson. Blau Eins will den ganzen Spaß immer nur für sich.«

»Diesmal nicht«, sagte John. Er kam beinahe sanft auf dem Boden auf, den Blick immer noch hangaufwärts gerichtet, wo die Überreste von insgesamt drei Bunkern und ihrer Besatzung in einer trägen Lawine talwärts rollten. »Sammeln wir uns bei den Docks. Wechselt auf Funkkanal Alpha.«

Sein Befehl wurde von mehreren grün leuchtenden Anzeigen bestätigt und John preschte los. Er rannte über das knirschende Eis auf die Startanlagen zu, setzte aber auch immer wieder seine Düsen ein, wenn er feindlichem Beschuss ausweichen musste. Die geringe Schwerkraft und der rutschige Boden machten es schwer, abrupt die Richtung zu ändern, und mehr als einmal musste er sich auf die Knie fallen lassen oder zehn Meter in die Luft hochspringen, um das Schlimmste zu verhindern. Um Fallschäden brauchte er sich glücklicherweise keine Sorgen zu machen, aber da waren immer noch Hunderte Aufständische in dem Komplex und hinter Eisblöcken auf den umliegenden Hängen, und sie hielten augenscheinlich nicht zum ersten Mal Gewehre in den Händen. Wann immer er mehr als ein oder zwei Sekunden in einer geraden Linie sprintete, spürte er, wie ihre Kugeln gegen seine Mjolnir-Rüstung prallten.

John erwiderte das Feuer, ohne langsamer zu werden, und er schaltete eine Handvoll Angreifer aus. Offenbar hatten die Informationstechniker des Bataillons ihre Aufklärungsdrohnen verloren – entweder das oder sie konnten die Daten nicht an die Mjolnir-Rüstungen senden –, denn die taktische Minikarte auf seinem HUD blieb leer. Also musste er sich auf seine Augen verlassen, während er sich nach Bauten umsah, die groß genug waren, um ein feindlicher Hangar zu sein.

Leider lag der Großteil des Schlachtfeldes mehr oder weniger hinter seinem Ziel, in der gewaltigen Grube des Abbaubereichs. Diese Grube maß gut und gern zehn Kilometer, und ihre Form erinnerte an einen Oktopus mit einem großen, zentralen Bereich, umgeben von langen, gewundenen Schluchten, die sich weiter in die Ferne erstreckten, als John auf seinem Display sehen konnte. Die steilen Wände waren mit seltsam geformten Höhlenmündungen übersät, viele von ihnen groß genug für schwere Transporter. Den Grund der Grube konnte er von seinem Blickwinkel aus nicht erkennen; dafür war die Wolke aus aufgewirbelten Eispartikeln über der Ebene zu dicht. Und sie wurde immer dichter, je mehr Prowler herabsanken, um ihr Kontingent an OAST abzuwerfen oder die feindlichen Stellungen unter Beschuss zu nehmen.

Aller Wahrscheinlichkeit nach waren die Schiffe der Aufständischen irgendwo dort unten versteckt, und es war Crowthers Aufgabe, dafür zu sorgen, dass sie flugunfähig gemacht wurden, bevor sie starten und Alarm geben konnten. John hatte ein schlechtes Gefühl dabei, diese Aufgabe jemand anders zu überlassen – vor allem dem Colonel –, aber er hatte keine Wahl. Sein Display hatte einen Konvoi aus Geländefahrzeugen markiert, sogenannten Civets, die sich auf einer steilen Eisstraße zur Spitze des Massentreibers hochmühten, ihre Ladeflächen gefüllt mit Soldaten in versiegelten Schutzanzügen, schweren Waffen und genug Ausrüstung, um die beschädigte Kommunikationszentrale zu reparieren.

Die Ghost-Prowler heulten über dem Schlachtfeld, während die Kanonen an ihren Bäuchen glühende Ströme an 30-mm-Geschossen spien und OAST in dunkler Rüstung aus ihren Abwurfhangars sprangen. Der Beschuss aus den feindlichen Bunkern hatte deutlich nachgelassen, und die Mehrheit der Absprungtruppler erreichte lebend den Boden. Nach einem letzten Blick in ihre Richtung aktivierte John seine eigenen Düsen, um mit einem weiten, hohen Sprung die letzten hundert Meter zu den frostverkrusteten Docks zurückzulegen.

Insgesamt zählte er zehn Gebäude, die meisten ungefähr zwei Meter hoch und so breit wie ein Pelican-Truppentransporter mit eingeklappten Flügeln. Eisbedeckte Schienen, auf denen sich einst der gewaltige Verladekran bewegt hatte, der nun erstarrt vor dem unteren Ende des Massentreibers aufragte, führten zwischen ihnen hindurch. Ein halbes Dutzend OAST hatte in einer Reparaturgrube vor den Gebäuden Deckung gesucht, wo sie nun auf den Zehenspitzen standen und die Waffen über ihre Köpfe hielten, um das Feuer der Verteidiger zu erwidern.

John duckte sich hinter eines der Gebäude am Ende der Reihe und hob den Kopf, als ein Prowler eine Salve von M28-Shrieker-Raketen auf den Civet-Konvoi abfeuerte. Geysire aus Eis stiegen über der Flanke des Berges in den seobanischen Himmel, dann verbarg ein Vorhang aus wogendem Dampf den Blick. John konnte nur zwei gelbe Schweife ausmachen, die durch den Dunst auf den angreifenden Prowler zurasten, dann blühte ein orangefarbener Feuerball inmitten der Wolke auf, und das UNSC-Schiff trudelte langsam hinter dem Berg außer Sicht.

»Das war's für uns«, meldete sich Nyeto auf dem Kanal der Alpha-Kompanie. »Wir haben keine Munition mehr und einer unserer Vögel ist abgestürzt. Ihr seid auf euch allein gestellt, Alpha.«

»Verstanden«, bestätigte die Stimme von Captain Zelos Cuvier, dem Kommandanten der Kompanie. »Danke für die Hilfe, Ghost. Den Rest schaffen wir auch so.«

John war sich da nicht so sicher. Die feindliche Gegenwehr hatte wieder an Vehemenz zugenommen und Leuchtspurgeschosse prasselten von drei Seiten auf die Ebene herab. Man brauchte keine taktische Karte, um zu sehen, dass die OAST mehr oder weniger eingekesselt waren. Und als er seinen Kopf hinter dem Rand des Gebäudes hervorstreckte, konnte er vage die Reihe der Civets ausmachen, die weiter durch den Dunst krochen, dem Berggipfel entgegen. Es waren deutlich weniger Fahrzeuge als zuvor, aber John zählte immer noch sieben oder acht – mehr als genug für die Reparaturmannschaft und ein paar Kanoniere, die ihnen bei der Arbeit den Rücken freihalten könnten.

Johns Bewegungstracker zeigte fünf Verbündete an, die sich dem Verladegebäude zu seiner Rechten näherten: der Rest von Team Blau, begleitet von Avery Johnson und Lieutenant Hamm. Sie kauerten sich kurz hinter einer eisüberwucherten Stahlkapsel zusammen, die seit hundert Jahren hier zwischen den Docks gelegen hatte, und John eilte zu ihnen hinüber.

Lieutenant Hamm hatte die Spitze übernommen. Im Gegensatz zu den Spartans musste sie sich nicht ducken, damit ihr Helm nicht über dem Rand der Kapsel hervorlugte, und sie trat hoch erhobenen Hauptes vor, um John den behandschuhten Zeigefinger gegen die Brustplatte zu drücken.

»Sie haben meinen Befehl missachtet.«

»Es tut mir leid, Ma'am«, sagte John. »Aber als mir klar wurde, was Sie meinten, war ich bereits zwei Schritte aus dem Abwurfhangar.«

»Weil Sie unerlaubt abgesprungen sind.«

»Spartans sind dazu ausgebildet, die Initiative zu ergreifen.« Während er sprach, konnte er Fred und Kelly sehen, deren Köpfe sich hinter Hamm fassungslos hin und her drehten. Lindas Gesichtsplatte war hingegen fest auf den Civet-Konvoi gerichtet; nichts deutete darauf hin, dass sie dem Gespräch in irgendeiner Form folgte. »Ich dachte, das wäre bei den OAST genauso.«

»Netter Versuch.« Hamm packte den oberen Rand seiner Brustplatte und zog ihn zu sich herab, bis sie auf gleicher Augenhöhe waren. »Falls ich Sie nicht aus meinem Zug werfe – *falls* –, dann werden Sie gefälligst lernen, Befehle zu befolgen. Und bis dahin werden Sie jeden Tag die sprichwörtliche Scheiße schaufeln. Haben Sie mich verstanden, Spartan?«

»Jawohl, Ma'am.« John hatte noch nie ein Sprichwort übers *Scheiße schaufeln* gehört, aber er vermutete, dass es um das Polieren von Waffen, Stiefeln und zur Not auch Böden ging. Er blickte über die Schulter zu dem gigantischen Magnetkatapult hinüber. »Dürfte ich einen Vorschlag machen?«

»Machen Sie erst mal Meldung!«, blaffte Johnson, und er klang fast wirklich wütend. »Das hätten die ersten Worte aus Ihrem Mund sein sollen, als Sie zu Ihrer Vorgesetzten gestoßen sind. Oder hat man Euch Spartans das Schlachtprotokoll auch nicht beigebracht?«

»Doch, hat man.«

Nicht dass Gelegenheit für einen Bericht gewesen wäre, bevor Hamm ihn ins Gebet genommen hatte –, aber John war sicher, dass Johnson das ebenfalls wusste. Der Sergeant war ein Meister, wenn es darum ging, Offizieren etwas zu suggerieren und sie dann glauben zu machen, dass es von Anfang an ihre eigene Idee gewesen war. Also deutete John an der nebelverhangenen Bergflanke entlang zur Spitze des Massentreibers hoch und begann mit seinem Lagebericht.

»Ma'am, ein Konvoi aus sieben Civets ist auf dem Weg zur Kommunikationszentrale auf dem Berggipfel. Sie haben Reparaturausrüstung, eine Einheit Soldaten und schwere Waffen dabei, darunter mindestens ein Mehrfachraketenwerfer – vermutlich auf einem der Fahrzeuge aufmontiert.«

»Ich nehme an, der hat die Ghost Star abgeschossen?« Hamm legte den Helm in den Nacken, während sie nach dem Konvoi suchte, dann hielt sie inne. Offenbar hatte sie die Civets entdeckt. »Schöner Mist. Sie sind schon halb den Berg hinauf.«

»Ja, Ma'am«, sagte John. »Wir müssen sie aufhalten.«

»Was Sie nicht sagen.« Hamm senkte den Kopf wie jemand, der gerade unter seinem Helm ein Funkgespräch führt. Einige Sekunden später richtete sie ihre Aufmerksamkeit wieder auf ihre Begleiter. »Ascot sagt, wir kriegen keine Luftunterstützung. Die Prowler haben all ihre Shrieker verschossen, und sie will nicht riskieren, noch mehr Vögel zu verlieren, wenn diese Kerle Raketenwerfer auf den Civets haben.«

Johnson seufzte. »Dann also auf die harte Tour.«

Hamm zuckte mit ihren gepanzerten Schultern. »Sie wissen doch, wie es heißt: Die Infanterie ist die Königin des Schlachtfeldes.«

Jeder Soldat, der während der letzten fünfhundert Jahre eine Infanterieausbildung durchlaufen hatte, verstand die Bemerkung. Beim Schach war die Königin die flexibelste Figur auf dem Brett, und im Krieg war die Infanterie die flexibelste Kraft auf dem

Schlachtfeld. Hamm betrachtete die Bergflanke, um abzuschätzen, ob ihr Zug einen Angriff auf einen Konvoi überleben würde, der nicht nur den Höhenvorteil hatte, sondern auch schwere Waffen, und zudem von beiden Flanken Feuerdeckung erhielt.

Die Antwort lautete natürlich: vollkommen ausgeschlossen.

Sie drehte sich zu John und dem Rest von Team Blau herum. Er war sicher, dass sie gerade über ihre Fähigkeiten nachdachte. Vermutlich fragte sie sich, ob sie zu viert schaffen konnten, was für einen OAST-Zug mit zehnmal so vielen Soldaten vollkommen ausgeschlossen war.

John für seinen Teil hatte keine Zweifel daran, und er wollte sich gerade freiwillig melden, als eine Woge aus Eissplittern über ihre Köpfe hinwegwirbelte. Drei verbündete Signale tauchten auf seinem Bewegungstracker auf; sie waren zu Fuß, ungefähr fünfundzwanzig Meter entfernt, und sie bewegten sich schnell auf den Verladekran zu.

»Deckungsfeuer!«, befahl John.

Gemeinsam mit dem Rest von Team Blau richtete er sich zu seiner vollen Größe auf, und sie begannen, krachende Dreischusssalven auf die feindlichen Stellungen zwischen den Dockgebäuden abzugeben, wobei sie sich an den feindlichen Mündungsblitzen orientierten. Das Feuer der Aufständischen wurde schwächer, als sie mehr und mehr Leute verloren, aber die Überlebenden schienen nicht zu erkennen, wie schnell sie dezimiert wurden, denn sie setzten ihren Angriff fort, ohne auch nur ihre Position zu wechseln.

Definitiv irreguläre Truppen. Und definitiv nicht gut ausgebildet.

Der vorderste der drei Verbündeten kassierte einen Treffer an der Schulter, und er stürzte mit dem Gesicht voran aufs Eis, bevor er sich wieder auf die Knie hochstemmte. Seine Begleiter eilten von hinten heran, jeder schob ihm eine Hand unter die Achseln, und sie rannten in einer geraden Linie weiter. Nach ein paar

142

Schritten waren sie nahe genug an der alten Transportkapsel heran, dass sie Team Blau das Schussfeld blockierten.

»Vierzig Millimeter«, befahl John. »Hoher Bogen.«

Alle vier Mitglieder von Team Blau richteten ihre MA5Bs nach oben, und sie begannen, Granaten aus den unteren Werfern abzufeuern. In der schwachen Schwerkraft segelten die Sprengkörper in einem so hohen Bogen davon, dass sie mit dem dunklen Himmel von Seoba verschmolzen. Als sie eine Sekunde später wieder sichtbar wurden, sanken sie wie schwarze Regentropfen auf die feindlichen Positionen hinab.

Die Aufständischen stellten das Feuer ein und starrten in die Höhe, um abzuschätzen, ob sie im Explosionsradius der langsam herabtrudelnden Granaten standen. Dann rannte ungefähr die Hälfte von ihnen los, um sich bessere Deckung zu suchen ... nur um postwendend von den OAST niedergemäht zu werden, die in dem Reparaturgraben Stellung bezogen hatten.

Die drei Verbündeten erreichten die Transportkapsel und warfen sich dahinter in Deckung. Der Verwundete blieb auf dem Rücken liegen, und einer seiner Kameraden kniete sich über ihn, wobei er die Tasche an seinem Oberschenkel öffnete und ein Reparatur-Kit hervorzog, um das Loch in seiner Rüstung mit Isolierschaum zu stopfen. Erste Hilfe würde warten müssen, bis der Soldat aus der dünnen Atmosphäre des Schlachtfelds auf eine Krankenstation gebracht werden konnte. Zum Glück war die Absprungrüstung der OAST extrem widerstandsfähig; selbst panzerbrechende Munition büßte den Großteil ihrer kinetischen Energie ein, ehe sie die Platten durchschlug. Die Wunde sollte also nicht lebensbedrohlich sein.

Das dritte Mitglied der Gruppe trat sofort auf Hamm zu. Er trug keine Rangzeichen an seiner Rüstung – es war nie klug, feindlichen Scharfschützen zu verraten, welche Ziele besonders wertvoll waren –, aber der Name auf seiner Brust lautete CUVIER.

Der Captain der Kompanie.

Cuvier blieb zwischen John und Hamm stehen. Niemand salutierte, aber Hamm stand plötzlich ein wenig gerader. Hätte einer von Johns Spartans mit einem Scharfschützengewehr für die Gegenseite gekämpft, dann wäre diese subtile Änderung in ihrer Körpersprache Hinweis genug gewesen, und Cuviers Helm wäre bereits in einer blutigen Explosion auseinandergeplatzt.

»Gute Arbeit, Lieutenant«, sagte der Captain auf dem Kanal des ersten Zugs. »Sie zeigen Initiative. Gefällt mir.«

»Sir?«, fragte Hamm.

»Weil Sie die Spartans vorgeschickt haben, meine ich«, verdeutlichte Cuvier. »Das war brillant. Sie haben viele OAST gerettet. Vielleicht sogar die ganze Mission.«

Hamms Gesichtsplatte ruckte zu John herum, aber bevor sie den Irrtum aufklären konnte, hatte Avery Johnson bereits das Wort ergriffen.

»Der Lieutenant hat schnell mitgedacht. Und dass wir den Absprungbefehl nicht vorher bestätigt haben, war meine Schuld, Sir. Ich habe es im Eifer des Gefechts vollkommen vergessen, und ...«

Cuvier winkte ab. »Dafür war keine Zeit.« Er richtete sich wieder an Hamm. »Hätte Ihr Sergeant den Plan erst erklärt, wäre es bereits zu spät gewesen, um ihn auszuführen. Keine Sorge, ich verstehe schon.«

»Danke, Captain.« Hamms Stimme klang gepresst. »Ich weiß Ihr Verständnis zu schätzen.«

»Es bleibt unter uns.« Cuviers Gesichtsplatte wandte sich Johnson zu, dann Fred, Kelly, Linda und schließlich John. »Der Colonel ist kein großer Fan von Improvisation während Kampfeinsätzen, und ich möchte nicht, dass er Lieutenant Hamm bestraft, nur weil sie ihren Job gemacht hat. Verstanden?«

Nachdem sie der Reihe nach genickt hatten, reckte Cuvier den Hals, um zu den Civets auf der Bergstraße hochzuspähen.

»Ich habe Ihre Unterhaltung mit Captain Ascot gehört«, erklärte er. »Also, was brauchen Sie, um diese Reparaturmannschaft ohne Prowler-Unterstützung auszuschalten?«

Hamm blickte John und sein Team an. »Nur Ihren Segen, Sir.«

»Den haben Sie.« Cuvier legte den Kopf schräg. »Was haben Sie vor?«

»Wir müssen vor den Civets bei der Kommunikationszentrale sein«, sagte Hamm, »und im Moment sind die Spartans das Schnellste, was wir haben. Ich schlage vor, wir schicken sie den Massentreiber hoch.«

Cuvier studierte die eisverkrustete Röhre, die über den Hang nach oben führte. Sie hatte einen Durchmesser von drei Metern, war also groß genug für die Spartans und die Ausrüstung, die sie brauchen würden, um die Kommzentrale zu demolieren und den Konvoi anzugreifen. Aber nach hundert Jahren ohne jegliche Wartung waren mehrere Träger eingestürzt, und der Vorhang aus Eiszapfen, der unter den Induktionsspulen herabhing, legte den Schluss nahe, dass diverse Schweißnähte aufgebrochen waren.

Das größte Problem war aber der Miniaturgletscher, der aus der Ladeluke am unteren Ende hervorquoll. Er hatte eine Breite von mindestens zwanzig Metern und reichte bis zum Boden hinab, was eine Dicke von ungefähr zehn Metern bedeutete. So, wie das Eis die Luke aufgedrückt hatte, musste die untere Hälfte der Röhre mit dem angesammelten Eis von hundert Jahren gefüllt sein.

Cuvier nickte zustimmend. »Ausgezeichneter Plan, Lieutenant. Damit wird der Feind ganz sicher nicht rechnen.«

»Warum sollte er auch?«, bemerkte Johnson. »Man kann von hier aus sehen, dass die Röhre voller Eis ist.«

»Halb voll«, korrigierte John.

Nachdem Team Blau die Bunker ausgeschaltet hatte, war dies seine Chance, endgültig zu beweisen, wie wichtig die Spartans für den Erfolg von Operation: STILLER STURM waren. Sie mussten nur irgendwie den Gipfel des Berges erreichen, die Kommunikationszentrale endgültig zerstören und den Konvoi eliminieren.

Dann müsste selbst Colonel Crowther zugeben, dass die Spartans im Kampf vorangehen sollten, anstatt das Schlusslicht zu bilden.

Er blickte Cuvier an. »Team Blau findet einen Weg«, erklärte er. »Alles, was wir brauchen, sind Flammenwerfer und Thermitpaste, um an blockierten Passagen vorbeizukommen.«

»Und C-7«, fügte Fred hinzu. Der Explosivschaum war besonders für den Einsatz im Vakuum geeignet. »Jede Menge C-7.«

9. KAPITEL

Neuntes Zeitalter der Rückforderung
34. Zyklus, 16 Einheiten (Kriegskalender der Allianz)
Flotte des Kompromisslosen Gehorsams
Im unteren polaren Orbit, Planet E'gini, Illa-System

Manche mochten es für grausam halten, die Unwürdigen auf diese Weise auf den Pfad des Vergessens zu führen – durch diesen Feuerregen, der alles verschlang, was er berührte; der sich durch Knochen brannte und Stein kochte und Erde in Glas verwandelte. Doch niemand konnte leugnen, dass das Bombardement ein glorreicher Anblick war: die Lanzen aus weißem Licht, die sich in die nomadischen Dörfer in der Tiefe bohrten, und die perfekten roten Ringe, die sich von dort über die grün gesprenkelte Landschaft ausbreiteten. Nizat'Kvarosee konnte den Blick nicht davon losreißen. Er kommandierte die Flotte des Kompromisslosen Gehorsams, und diese brutale Schönheit war sein Werk.

Die Vernichtung der Verachtenswerten war sein Geschenk an die Götter der Allianz, der Tribut, den er darbot, um eines Tages für würdig befunden zu werden, den Blutsvätern in die göttliche Transzendenz zu folgen. Sich von der Glorie seiner Waffen abzuwenden, würde bedeuten, sich von der Großen Reise selbst abzuwenden. Täte er das, wäre er ein Verräter an seinem Volk und seinem Glauben.

147

Und das war ihm vollkommen unvorstellbar, ganz gleich, wie sehr sich die Schatten in seiner Seele auch verfinstern mochten. Für einen Sangheili-Krieger gab es nichts Wichtigeres als sein Wort, und als Nizat der Meister dieser Flotte geworden war, hatte er sein Wort gegeben, den Willen der Propheten zu erfüllen, als wäre es sein eigener.

Der Angriff endete, und zurück blieb nichts außer einem weiß glühenden Kreis, so groß wie seine Handfläche. Er nickte zufrieden und blickte zu der zerbrechlichen Gestalt hinüber, die auf dem Schwebesessel neben ihm kauerte. Auf die meisten Sangheili hätte der San'Shyuum abstoßend gewirkt, aber nicht wegen seines schlangengleichen Halses oder der fellbedeckten Kehllappen, die von seinem Kinn herunterhingen. Nein, wegen seiner *Schwäche*. Dennoch sprach Nizat ihn in einem geradezu verehrungsvollen Ton an.

»Das waren die letzten Dörfer auf diesem Längenkreis, Euer Würden. Ich werde den Befehl geben, zum nächsten weiterzufliegen.«

Der San'Shyuum – der Niedere Minister der Artefaktsuche – winkte mit einer dreifingrigen Hand.

»Ja, Flottenmeister, wie du wünschst.« Anschließend neigte der Niedere Minister – den Nizat in Gedanken meist nur »Sucher« nannte – seinen Schwebethron nach vorn, um besser aus dem Aussichtsfenster sehen zu können. »Wie viel länger wird es noch dauern?«

»Nicht allzu lange«, versicherte Nizat ihm. »E'gini ist dünn besiedelt. Es gibt nur knapp über hunderttausend Siedlungen auf dem gesamten Planeten.«

»Hunderttausend?« Der Sucher atmete geräuschvoll aus. »Und wie viele haben wir bereits zerstört?«

Nizat konsultierte den Datenschirm, der in den Unterarm seiner Rüstung eingelassen war. »Einschließlich diesem ... siebenundvierzigtausendneunhundertzwölf.«

Der San'Shyuum ließ den Kopf sinken. »So wenige? Bei diesem Tempo werden wir noch einen ganzen Zyklus hier sein.«

Nizat versuchte, seine Abscheu zu verbergen. Wie die meisten San'Shyuum, die die Kampfflotten der Allianz begleiteten, war der Niedere Minister mehr ein zeremonieller Beobachter als ein militärischer Kommandant. Und der Sucher versuchte gar nicht erst, die nötigen Schritte einer Planetensäuberung zu verstehen.

»Falls der Niedere Minister genug gesehen hat, kann er sich natürlich in sein Quartier zurückziehen. Es ist nicht nötig, dass Ihr die ganze Zeit hierbleibt.«

Der Kopf des Suchers ruckte hoch. »*Nicht nötig*, Flottenmeister? Glaubst du vielleicht, alles, was die Hierarchen von uns wollen, ist, diese Menschen hinfortzubrennen?«

»Natürlich nicht, Euer Würden«, erwiderte Nizat. »Ihre Auslöschung muss konsekriert werden, ich weiß. Aber ich dachte nicht, dass Ihr der gesamten Operation persönlich beiwohnen müsst.«

»Mach dich nicht lächerlich«, schnaubte der Sucher. »Das wäre unverantwortlich.«

»Ich …« Nizat unterbrach sich. *Ich fürchte, ich verstehe nicht,* hätte er beinahe gesagt, aber das wäre gelogen. Er fürchtete sich nicht, und man log die San'Shyuum nicht an … nicht einmal einen so unbedeutenden wie den Sucher. »Verzeiht. Ich verstehe nicht.«

»Ich muss der Ausmerzung beiwohnen.« Der Blick des Suchers schweifte ab, und er reckte seinen langen Hals, als er den Kopf hob. »Die Hierarchen wollen wissen, dass die Menschen für ihre Vergehen büßen. Ich muss ihnen von ihrem Leiden berichten können.«

»Ah … jetzt verstehe ich.«

Das entsprach der Wahrheit. Nizats Befehle hatten nicht erwähnt, dass er die Menschen leiden lassen sollte, nur dass sie schnellstmöglich ausgelöscht werden mussten, damit ihre Welten untersucht werden konnten. Jene unter ihnen, auf denen sich Blutsväter-Relikte befanden, sollten anschließend eingenommen werden. Der Rest würde dauerhaft unbewohnbar gemacht.

Aber die San'Shyuum waren eine Spezies von Politikern; so, wie die Sangheili nach Ehre strebten, strebten sie nach Status, und es war offensichtlich, dass der Sucher sich bei den Hierarchen beliebt machen wollte, indem er ihnen detailliert beschrieb, wie die Menschen qualvoll unter den Plasmastrahlen des Kompromisslosen Gehorsams gestorben waren. Nicht dass es Nizat störte. Falls überhaupt, würden diese Berichte seinen Ruf bei den Propheten verbessern, denn sie waren nicht nur die Vorgesetzten des Suchers, sondern auch die seinen. Insofern sah er keinen Grund, dem Niederen Minister das Leben schwerer zu machen, als nötig war.

»Falls ich einen Vorschlag machen dürfte, Euer Würden: Die Zerstörung eines Dorfes gleicht in der Regel der nächsten. Ich bezweifle, dass es Abweichungen geben wird. Und sollte doch etwas von Interesse geschehen, während Ihr Euch anderen Dingen widmet, werde ich Euch sofort holen lassen.«

Der Sucher dachte nur einen Augenblick lang über den Vorschlag nach, bevor er seinen langen Hals neigte. »Wie du wünschst, Flottenmeister. Aber zwei Zyklen an ein Schlammloch wie dieses zu vergeuden, erscheint mir dennoch ineffektiv. Gibt es keine Möglichkeit, um unsere Arbeit hier schneller zu vollenden?«

Nizat zögerte. Er hatte selbst schon über diese Frage nachgedacht, und seiner Meinung nach *gab* es eine Möglichkeit, die Welt schneller zu sterilisieren. Nur leider war sie nicht so zuverlässig wie ein Plasmabombardement … und außerdem deutlich grausamer. Im Geheimen widerstrebte es ihm, diese Methode anzusprechen, aber der Niedere Minister hatte eine direkte Frage gestellt, und es wäre Blasphemie, zu lügen.

»Hast du meine Frage nicht gehört, Flottenmeister?«

»Doch«, erwiderte Nizat. »Ich zögere nur, weil die Technik nie zuvor angewandt wurde. Aber diese Welt ist so primitiv, dass sie hier funktionieren könnte.«

»Erwartest du jetzt, dass ich rate?«

»Natürlich nicht«, sagte Nizat rasch. »Aber es gibt Risiken.«

»Sind wir nicht im Krieg? Es gibt immer Risiken – selbst wenn wir gegen Menschen kämpfen.«

»Dann verlasse ich mich ganz auf Euer Urteil«, erklärte Nizat. »E'gini besitzt zwei einzigartige Eigenschaften, die uns zugutekommen. Erstens, es gibt einen Vulkan auf Höhe des Äquators, groß genug, dass wir selbst vom Orbit aus sehen können, wie er Asche und Dampf in die Atmosphäre bläst.«

»Und ein Plasmabombardement könnte einen Ausbruch auslösen«, führte der Sucher den Gedanken fort. »Aber würde das ausreichen?«

»Auf einer anderen Welt vermutlich nicht«, antwortete Nizat. »Aber hier gibt es auf dem gesamten Planeten nur einen einzigen Raumhafen und der wurde bereits verglast.«

»Es kann also keine Evakuierung geben, falls der Vulkan ausbricht.«

»Dazu wäre eine Rettungsflotte von mindestens tausend Transportern nötig«, schätzte Nizat. »Und wie hoch ist die Wahrscheinlichkeit, dass sich tausend Transporter herwagen, solange sich die Flotte des Kompromisslosen Gehorsams in der Nähe befindet?«

»Richtig«, brummte der Sucher. »Aber ganz gleich, wie groß der Vulkan ist, ein Ausbruch würde nur einen kleinen Teil des Planeten verwüsten. Er würde nicht alles zerstören.«

»Nicht sofort. Aber wenn genug Asche in den Himmel gewirbelt wird …« Nizat wartete, bis sich die Augen des Suchers vor Erkenntnis weiteten, dann fügte er hinzu: »Es wäre jedoch ein langsamer und qualvoller Tod.«

Der Kopf des Niederen Ministers wippte auf und ab. »Perfekt.«

»Aber unsicher«, entgegnete Nizat. Auch wenn der Sucher kein Problem damit hatte, *ihm* widerstrebte die Aussicht, so viele Wesen einem langsamen, grausamen Ende auszusetzen. »Vielleicht reicht die Asche nicht aus, um den Planeten abzukühlen. Außerdem haben die Menschen bereits bewiesen, wie einfallsreich sie sind.«

»Das ist egal.« Der Sucher wackelte abwertend mit den Fingern. »Selbst wenn sie überleben – wo sollten sie hingehen? Wenn wir zurückkehren …«

Das warnende Klacken von Mandibeln unterbrach den San'Shyuum, und als Nizat sich umdrehte, sah er seinen Adjutanten, der einen Krieger in indigoblauer Kampfrüstung in den Beobachtungsraum führte. Sein Blut verwandelte sich bei dem Anblick in Eiswasser, denn diese Rüstung war die Uniform des Stillen Schattens, einer berühmten Jäger-/Attentäter-Einheit, die die Hierarchen regelmäßig einsetzten, um hochrangige Kommandanten ihres Postens zu entheben. Im Gegensatz zu den meisten Kriegern, die vor den Flottenmeister traten, nahm der Schatten seinen Helm nicht ab. Die Regeln seiner Sekte verboten es ihm, jemandem sein Gesicht zu zeigen, den er eines Tages vielleicht töten musste.

Immerhin steckte das Plasmaschwert des Schattens noch in seiner Halterung, und er benutzte beide Hände, um eine tellergroße Scheibe zu tragen, die ungefähr so dick war wie sein Arm. Einen Moment lang überlegte Nizat, ob es sich wohl um eine Art Blutsväter-Relikt handelte – die Suche nach solchen Artefakten war immerhin einer der Gründe, warum die Allianz die Menschen angriff. Aber als der Krieger näher kam, sah Nizat Kontrollknöpfe und eine Linse aus primitivem Silikat, und ihm wurde klar, dass es ein Gerät der Menschen sein musste.

Er blickte seinen Adjutanten an, dann deutete er auf das Objekt und knurrte: »Wieso lässt du diese Abscheulichkeit in meine Gegenwart bringen?«

Der Adjutant, ein junger Major namens Tam 'Lakosee, blieb drei Meter vor ihm stehen. Wie alle Sangheili-Krieger bot auch er einen imposanten Anblick: der pfeilförmige Kopf, die kleinen schwarzen Augen, die vier zahnbesetzten Mandibeln. Anstelle einer Kampfrüstung trug er einen Überwurf, sodass man seinen muskulösen Körperbau sehen konnte, mit langen, sehnigen Armen, die in vierfingrigen Händen endeten, und stämmigen, zweifach abgeknickten Beinen, die ihn mit federnden Schritten auf seinen Fußspitzen dahinschreiten ließen.

Er hob die Finger an seine Stirn. »Flottenmeister, gleich wird sich alles aufklären. Bis dahin, hab bitte Geduld mit mir.«

»Na schön – aber lass dir nicht zu viel Zeit.«

»Ich mache es kurz.« 'Lakosee deutete auf den Stillen Schatten an seiner Seite. »Die Erste Klinge Tel 'Szatulai hat die Abscheulichkeit auf einer der menschlichen Welten in ihrem Grenadi-Sektor gefunden. Sie nennen den Planeten Amasa.«

Amasa, der Flotte des Kompromisslosen Gehorsams als Alay'oso bekannt, war nach Nizats aktuellem Invasionsplan das zehnte Angriffsziel auf ihrer Liste. Insofern war es nur logisch, dass 'Szatulais Einheit bereits dort gewesen war, um die Verteidigung der Menschen abzuschätzen. Wichtiger noch: Die Schatten suchten auf den ausgewählten Planeten nach Anzeichen dafür, dass die heiligen Blutsväter einst dort gewesen waren, als sie noch die Galaxis beherrscht hatten. Bevor sie zu Göttern aufgestiegen waren.

Nizat presste seine Mandibeln horizontal zusammen, um anzudeuten, dass er die Welt kannte, und 'Lakosee fuhr mit seinem Bericht fort.

»Das Gerät wurde für 'Szatulais Aufklärungseinheit zurückgelassen. Absichtlich.«

»Absichtlich?«, echote der Sucher. Er schwebte mit seinem Thron zu 'Szatulai hinüber und beugte sich vor, bis sein faltiges Gesicht nur noch eine Fingerlänge vom roten Helm des Kriegers entfernt war. »Eine Erste Klinge des Stillen Schattens ließ sich von den Menschen sehen? Auf einer Welt, die noch nicht angegriffen wurde?«

’Szatulai musterte den Sucher, ohne etwas zu erwidern. Fünf lange Atemzüge war Nizat nicht sicher, ob der Krieger zu feige war, um direkt mit einem San'Shyuum zu sprechen … oder ob er glaubte, dass er erst die Erlaubnis seines Flottenmeisters bräuchte, um einem Niederen Minister zu antworten.

Dann öffnete ’Szatulai den Mund, und Nizat erkannte, dass sein Zögern einen gänzlich anderen Grund hatte.

»Das ist richtig, Euer Würden.« Da war gerade genug Abscheu in der Stimme der Ersten Klinge, um zu zeigen, dass er es nicht mochte, für seine Leistung im Feld kritisiert zu werden – jedenfalls nicht von jemandem, der nie eine Waffe in der Hand gehalten hatte. »Ich habe einen Fehler gemacht.«

Rote Äderchen zeichneten sich rings um die Augen des Suchers ab, als er zu Nizat herumwirbelte. Der Krümmung seiner ausdrucksstarken Lippen nach zu urteilen, erwartete er, dass eine derartige Respektlosigkeit sofort und hart bestraft wurde. Aber der Schatten hatte gerade einige Sympathiepunkte bei Nizat erworben … außerdem waren Erste Klingen zu wertvoll, um sie der Eitelkeit eines Niederen Ministers zu opfern.

Also machte Nizat eine gleichgültige Handbewegung. »Das ist kein Grund zur Sorge, Euer Würden. Die Ungläubigen sind nicht dumm. Sie wissen bereits, dass wir Alay'oso angreifen werden.«

»Ich bin nicht *besorgt*«, zischte der Sucher.

»Dann sind wir uns ja einig.« Nizat wandte sich ’Szatulai zu. »Hast du sichergestellt, dass das Gerät keine Falle ist?«

Der Helm der Ersten Klinge ruckte nach oben und nach rechts – ein Zeichen der Konfrontation. »Wir haben die Überbringerin gefangen genommen und sie gezwungen, uns die Benutzung des Geräts zu demonstrieren, bevor sie starb. Keinem von uns ist dadurch Schaden entstanden.«

»Gute Arbeit«, lobte Nizat. »Dann verrate mir: Warum ist dieses Gerät meine Aufmerksamkeit wert?« »Weil es eine Nachricht von ein paar Menschen enthält, die uns helfen wollen.«

»Eine offensichtliche List«, schnaubte der Sucher. »Warum sollte ein Mensch dabei helfen wollen, seine eigene Spezies auszulöschen?«

»Es ist … kompliziert. Hört Euch am besten die Nachricht an.« 'Szatulai stellte die Scheibe auf Nizats Tisch, dann fragte er: »Verstehst du die Sprache der Menschen, Flottenmeister?«

»Die, die sie Englisch nennen, und ein paar andere«, bestätigte Nizat. »Sie haben zu viele davon.«

»Englisch ist die am weitesten verbreitete Sprache, so wie Sangheili bei uns«, erklärte 'Szatulai. »Sie wurde auch für diese Nachricht verwendet.«

»Was ist mit mir?«, fragte der Sucher.

»Habt Ihr gegen das Dekret verstoßen, dass alle Vikare der Flotte die Sprache unseres Feindes erlernen sollen?« Nizat verbarg seine Überraschung nicht. Zum einen, weil er den Niederen Minister für überaus ehrgeizig hielt, zum anderen, weil 'Szatulais Beispiel ihn ermutigt hatte, sein eigenes Missfallen durchschimmern zu lassen.

Die Auswüchse unter dem Kinn des Suchers liefen rot an. »Es gab wichtigere Pflichten, die meine Zeit in Anspruch nahmen.«

»Natürlich. 'Lakosee wird Euch eine Übersetzerscheibe bringen.« Nizat bedeutete seinem Adjutanten mit einer Handbewegung, sich Zeit zu lassen. Er wollte Gelegenheit haben, um die Nachricht selbst zu analysieren, bevor er die Meinung und die Ratschläge des Niederen Ministers über sich ergehen lassen musste. Anschließend wandte er sich zu 'Szatulai um. »Fangen wir an.«

»Ehe ich bereit bin?« Der Sucher klang empört.

»Ich bin sicher, wir werden uns die Nachricht mehr als einmal anhören.«

Kaum dass Nizat ausgesprochen hatte, berührte 'Szatulai auch schon einen der Knöpfe, und das Hologramm eines menschlichen Kopfes erschien über der gläsernen Linse. Wie fast alle Menschen hatte er ein abstoßendes fleischiges Gesicht mit seltsam platzierten Falten und einem winzigen ovalen Mund unter einer Nase, die viel zu schmal für ihre Länge war.

Vermutlich gehörte der Kopf einem Männchen. Kinn, Wangen und Oberlippe waren zwar glatt, aber das Haar auf dem Schädel war so kurz, dass man es kaum sehen konnte, und Nizat hatte gehört, dass Weibchen nur selten kahle Köpfe hatten. Nicht dass man daraus eine Regel ableiten konnte. Die Unterschiede zwischen ihren Geschlechtern schienen ebenso fließend zu sein wie bei den Unggoy. Offenbar war es nicht ungewöhnlich, dass sich Männchen um die Familie kümmerten oder dass Weibchen als Soldaten kämpften. Insofern war es kein Wunder, dass die Hierarchen ihre Spezies für unwürdig befunden hatten. Wenn sie sich nicht einmal in ihrer eigenen Gesellschaft an feste Rollen halten konnten, hätten sie auf dem Weg zur Großen Reise nur Chaos in der Allianz gestiftet.

Nachdem das holografische Gesicht Form angenommen hatte, begann es zu sprechen.

»*Seien Sie gegrüßt.*« Die Stimme war tief und kratzig, eine Eigenschaft, die Nizat mit Größe – und somit Männlichkeit – verband. »*Ich bin General Harper Garvin von der Vereinten Rebellenfront und ich habe ein Angebot für die Führung der Allianz. Das United Nations Space Command, gegen das Sie gerade Krieg führen, ist ein großes, koloniales Imperium. Es unterdrückt Hunderte von Welten …*«

Nizat bedeutete 'Szatulai, die Nachricht zu pausieren, dann fragte er: »Was bedeutete dieses Wort, *kolonial?*«

»Es bedeutet, dass sie mit militärischer Autorität fremde Gebiete kontrollieren«, klärte die Erste Klinge ihn auf. Als Kommandant des Stillen Schattens hatte er viele Zyklen auf Menschenplaneten verbracht, folglich kannte er sich besser mit ihren Sitten aus als Nizat. »Manchmal nennen sie diese Organisation die Koloniale Militäradministration, manchmal das United Nations Space

Command. Ich bin nicht sicher, wo der Unterschied liegt, aber das ist unwichtig. Die Schiffe dieses kolonialen Imperiums sind wie gefesselte *Keifra* unter unserer Axt.«

»Und die Menschen wollen nicht von ihrem eigenen Militär beherrscht werden?«

'Szatulai neigte verneinend den Kopf nach unten links. »Es ist sehr seltsam, Flottenmeister«, sagte er, »aber viele Menschen betrachten diese koloniale Herrschaft als Sklaverei.«

»Da haben sie nicht Unrecht«, warf der Sucher ein. 'Lakosee war noch immer nicht mit der Übersetzerscheibe zurückgekehrt, sodass er sich nur auf den kurzen Wortwechsel zwischen Nizat und 'Szatulai beziehen konnte. »Ihre *Propheten* sollten diejenigen sein, die über ihre Welten herrschen.«

'Szatulais Kopf ruckte in Richtung des Niederen Ministers herum, und mehrere Sekunden starrte er ihn schweigend an, ehe er sich schließlich zu einer Erklärung herabließ. »Die Ungläubigen haben keine Propheten«, sagte er. »Sie haben viele verschiedene Religionen. Und nicht wenige unter ihnen folgen überhaupt keinem Glauben.«

»Was zweifelsohne der Grund ist, warum die Hierarchen sie für unwürdig erachten«, brummte der Sucher. »Du tätest gut daran, das im Gedächtnis zu behalten, Erste Klinge.«

»Ich versichere Euch, mein Glaube ist eine unerschütterliche Säule meines Gehorsams, Euer Würden«, verkündete 'Szatulai.

Was man natürlich auch so interpretieren konnte, dass sein Glaube an die Große Reise das Einzige war, was 'Szatulai davon abhielt, dem Niederen Minister den Hals umzudrehen. Nizat hatte hin und wieder dieselben blasphemischen Mordgedanken … aber das war jetzt nicht der richtige Zeitpunkt für derartige Dinge. Er wies die Erste Klinge an, die Aufzeichnung fortzusetzen, und v 'Szatulai berührte erneut das Gerät.

»… *die endlich frei atmen wollen«,* fuhr der Kopf – Garvin – fort. »*Deswegen haben sich auf vielen dieser Welten verzweifelte*

Gruppen von Widerstandskämpfern zu einer Rebellenarmee zusammengetan, um das Joch des Imperialismus abzustreifen.«

Das war noch so ein Wort, das Nizat nie zuvor gehört hatte – *Imperialismus* –, aber er beschloss, nicht nach seiner Bedeutung zu fragen. Sicher hatte es ebenfalls mit Unterdrückung zu tun, und was kümmerte ihn die Unterdrückung der Menschen? Sobald die Allianz sie erst ausgelöscht hatte, würden sie *alle* frei sein.

Kaum dass der Gedanke durch seinen Geist gehuscht war, überkam ihn auch schon ein Anflug von Schuldbewusstsein, wie ein Nadelstich in einem seiner Herzen. Aber er schob das Gefühl beiseite und konzentrierte sich stattdessen wieder auf das Hologramm.

»… wir ein Bündnis mit Ihrer Allianz vorschlagen«, sagte Garvin gerade. *»Und um zu beweisen, dass auch Sie von so einem Bündnis profitieren können, bieten wir Ihnen folgende Information als Geschenk an: Vor Kurzem haben Sie bei Netherop unter mysteriösen Umständen ein Schiff verloren. Es wurde von derselben Einheit zerstört, die Sie vor ein paar Monaten schon bei Chi Ceti IV ein Schiff gekostet hat.«*

Nizats Interesse nahm schlagartig zu, als das Hologramm vom Kopf des Generals zu einer menschenförmigen Gestalt in klobiger Rüstung wechselte. Das Gefecht bei der Welt, die die Menschen Chi Ceti IV nannten, hatte unter seinen Offizieren für reichlich Spekulationen gesorgt. In der letzten Nachricht, die sie während dieser Schlacht erreicht hatte, hatte der Schiffsmeister der *Unrelenting* verkündet, dass sein Schiff siegreich aus dem Gefecht hervorgehen und anschließend bei Zhoist Reparaturen durchführen würde – einer Welt außerhalb des menschlichen Raums, die zehn alte Blutsväter-Städte beherbergte und für die Allianz zu einem Versorgungs- und Sammelpunkt geworden war.

Aber die *Unrelenting* war nie dort angekommen und bei Netherop war die *Radiant Arrow* einfach verschwunden. Falls die menschlichen Verräter Nizat verraten wollten, was mit den bei-

den Allianzschiffen geschehen war, wäre er gern bereit, ihnen zu-
zuhören. Vielleicht würde er sie sogar in dem Glauben lassen, dass
sie so ihre eigenen Welten retten könnten ... zumindest fürs Erste.

Die Gestalt in dem Hologramm drehte sich langsam im Kreis,
sodass Nizat und seine Begleiter die schwere Rüstung von allen
Seiten begutachten konnten, während Garvins Stimme weitersprach.

»Das ist ein Elitesoldat für Spezialeinsätze, bekannt als Spartan.
Alles, was diese Spartans angeht – ihre Herkunft, ihre Fähigkeiten,
ihre Zahl –, wird strengstens geheim gehalten. Es gibt also nicht viel,
was wir mit Bestimmtheit sagen können. Wir wissen aber, dass sie für
die Zerstörung Ihrer Schiffe bei Netherop und Chi Ceti IV verant-
wortlich waren. Und sie werden bei Biko erneut zuschlagen. Nur ist
diesmal die gesamte Allianzflotte ihr Ziel.«

Das Bild wechselte zu Garvins Gesicht zurück.

»Falls Sie mehr erfahren möchten, werden wir Sie in einem verlas-
senen Eisbergwerk auf Bikos drittem Mond Seoba erwarten. Schicken
Sie jemanden, der autorisiert ist, eine Abmachung mit uns zu treffen.
Wir haben da ein kleines Projekt, bei dem wir Ihre Hilfe brauchen
könnten.«

Das Bild schrumpfte ins Nichts zusammen, und Nizat begann,
geistesabwesend seine Kiefer zu spannen und zu entspannen.

Schließlich sagte er: »Ich bin nicht ganz sicher, ob ich das richtig verstehe.«

»*Was* verstehst du nicht?«, fragte der Sucher. »Gah, ich hätte
Euch auf die Übersetzerscheibe warten lassen sollen.«

Nizat bedachte ihn mit einem verärgerten Blick. »Das war
nicht Eure Entscheidung.«

Der Sucher schmatzte empört mit den Lippen, aber Nizat
ignorierte ihn und wandte sich stattdessen wieder 'Szatulai zu.
»Erwartet dieser Verräter – dieser General Garvin – wirklich, dass
wir ihm einen *Gefallen* tun?«

»Ich glaube, er will ein Geschäft mit uns machen«, sagte die

Erste Klinge. »Er warnte uns vor den Spartans, und jetzt hofft er, dass wir uns verpflichtet fühlen, eine Gegenleistung zu erbringen.«

»Reicht ihm unser Wohlwollen nicht?«, fragte Nizat.

’Szatulai drehte seine Handfläche in einer ratlosen Geste nach oben. »So sind die Menschen«, erklärte er. »Sie haben keinen Respekt vor der natürlichen Rangordnung.«

»Nein, das ist es nicht«, warf der Sucher ein. »Ihr unterschätzt ihn … den, den Ihr General Garvin nennt.«

’Szatulai legte ungehalten seinen Helm schräg, und Nizat befürchtete schon, dass der Niedere Minister es zu guter Letzt mit seiner Arroganz übertrieben hätte. Wie konnte er glauben, die Denkweise der Menschen zu verstehen, wenn er nicht einmal ihre Sprache beherrschte?

»Euer Würden«, begann Nizat, »die Erste Klinge hat viele Zyklen auf menschlichen Welten verbracht. Er hat ihre Bräuche und ihre Schwächen studiert. Er weiß, wie sie denken.«

»Und *ich* weiß, wie Politik funktioniert«, konterte der Sucher. »Dieser General Garvin benutzt eine klassische Taktik: Er sagt, er will das eine, aber in Wirklichkeit geht es ihm um etwas anderes.«

Nizat war noch immer skeptisch. »Er will, dass seine Fraktion überlebt, und um dieses Ziel zu erreichen, ist er bereit, den Rest der Spezies zu verraten. Das Verhalten eines Feiglings.«

»Und doch hat er dir diesen Soldaten gezeigt«, gab der Sucher zu bedenken. »War das einer dieser Spartans, die die Erste Klinge erwähnte?«

»Ja.« Nizat war nicht sicher, worauf der Niedere Minister mit seinen Fragen abzielte, aber in einem Punkt hatte er recht: Niemand kannte sich besser mit politischen Winkelzügen aus als ein San’Shyuum. »Hat das eine besondere Bedeutung, Euer Würden?«

»Bei Verhandlungen ist alles von Bedeutung«, ließ der Sucher ihn wissen. »Die Erste Klinge sagte, dieser General Garvin hätte uns vor den Spartans ›gewarnt‹. Darf ich daraus schließen, dass sie eine Gefahr für uns darstellen?«

»Das behauptet er jedenfalls.« Nizat erkannte, dass er sich zu früh ein Urteil über den Niederen Minister erlaubt hatte; der San'Shyuum war offensichtlich scharfsinniger, als er ihm zugetraut hatte. »Laut General Garvin haben diese Spartans unsere Schiffe bei Chelav und Neska zerstört – die Menschen nennen diese Welten Chi Ceti IV und Netherop.«

Die Augen des Suchers weiteten sich. »Und ist das wahr?«

Nizat überlegte kurz. Hätten die beiden Schiffe auf konventionelle Weise zerstört werden können, und zwar so schnell und überraschend, dass sie nicht einmal einen Notruf absetzen konnten? Er bezweifelte es. Falls die Menschen so mächtige Schiffe in ihrer Flotte hätten, würden sie sie nicht zurückhalten.

Also gestand er: »Es scheint mir die wahrscheinlichste Erklärung zu sein.«

»Menschen gegen Schiffe?« Der Sucher wirkte angewidert. »Wie ist das überhaupt möglich?«

»Indem sie sich an Bord schleichen und Bomben platzieren«, brummte 'Szatulai. »So würde der Stille Schatten es jedenfalls tun.«

»Gefährlich – aber möglich«, bestätigte Nizat. »Nur würde das auch gegen eine ganze Flotte funktionieren?«

'Szatulai dachte einen Moment lang nach, dann sagte er: »Der Stille Schatten würde so etwas nie versuchen. Man kann nicht eine ganze Flotte infiltrieren, ohne unbemerkt zu bleiben. Es gibt zu viele Variablen, zu viele mögliche Fehlerquellen.«

»Eine Flotte?«, schaltete sich der Sucher ein. »Was soll dieses Gerede von einer *Flotte*?«

»General Garvin behauptet, die Spartans würden bei der Menschenwelt Biko auf uns warten.«

»Ich kenne kein Biko«, grollte der Sucher.

»Wir nennen es Borodan«, erklärte Nizat. »Aber der Name ist unwichtig – im Gegensatz zu dem, was die Spartans dort angeblich planen. Sie wollen die Flotte des Kompromisslosen Gehorsams angreifen.«

»Ah.« Der Sucher lehnte sich auf seinem Schwebethron zurück und legte die Fingerspitzen aneinander. »Jetzt verstehe ich.«

Nizat blickte zu 'Szatulai hinüber, aber die Erste Klinge ließ sich nicht anmerken, ob sie ebenfalls verstand oder ob sie nur darauf wartete, dass der Niedere Minister sie einweihte.

Schließlich senkte der Sucher die Hände. »General Garvin will dich motivieren, Flottenmeister. Er möchte, dass du die Spartans tötest, darum behauptet er, dass sie eine Gefahr für Eure Flotte darstellen.«

»Das klingt nach einer guten Motivation«, murmelte Nizat.

»Falls es stimmt, dann ja«, sagte 'Szatulai. »Aber eine ganze Flotte zu entern? Sie müssten verrückt sein, um es auch nur zu versuchen.«

»Sie hatten bereits zweimal Erfolg«, gab Nizat zu bedenken. »Vielleicht haben sie eine neue Technologie getestet – ein persönliches Tarnfeld oder eine Schildlanze. Und jetzt sind sie bereit, diese Technologie in größerem Maßstab einzusetzen.«

'Szatulai senkte den Kopf um eine Winzigkeit. »Das hatte ich nicht bedacht.«

»Es ist nur eine Möglichkeit«, relativierte Nizat. »Aber eine, die wir berücksichtigen müssen. Du wirst eine *Kai'd* mit den besten Kriegern der Flotte zusammenstellen, um diese Spartans zu jagen. Dann wirst du den dritten Mond – dieses Seoba – aufsuchen und herausfinden, wie General Garvin und seine Verräter uns von Nutzen sein können.«

»Und nachdem ich mit ihnen gesprochen habe?«

Nizat wusste, dass die Antwort auf diese Frage mehr von der Doktrin der Allianz als von Strategie abhing, also drehte er sich zu dem Niederen Minister um.

»Wisst Ihr noch, was ich Euch auf dem *Kelguid* gezeigt habe?« Er meinte die holografische Sternenkarte, bei der es sich wie bei so vielem anderen auch um eine Rekonstruktion von Blutsväter-Technologie handelte. »Dass wir eine vorgelagerte Einsatzbasis brauchen, wenn wir unseren Angriff schnell vorantreiben wollen?«

Der Sucher nickte. »Natürlich«, sagte er. »Glaubst du, Borodan wäre ein geeigneter Ort?«

»Ja, vorausgesetzt, wir können ihn ohne langwierige Kämpfe einnehmen«, bestätigte Nizat. »Und wenn General Garvin sich dort mit unseren Gesandten treffen will, kann er uns vielleicht dabei helfen.«

»In der Tat«, nickte der Sucher. Sein Blick richtete sich auf 'Szatulai. »Bis auf Weiteres liegt das Schicksal von General Garvin und seinen Verrätern in deiner Hand. Verschone sie, solange es unserer Sache dient.«

»Wie Ihr befehlt«, sagte 'Szatulai. »Und wenn es nicht länger unserer Sache dient?«

»Sie sind Menschen«, erwiderte der Sucher. »Du weißt schon, was mit ihnen zu tun ist.«

10. KAPITEL

14:56 Uhr, 18. März 2526 (Militärkalender)
Massentreiber, Seoba-Eisbergwerk
Mond Seoba, Planet Biko, Kolaqoa-System

Die Schlacht auf dem Eisfeld hatte sich in ein schemenhaftes Ballett aus Licht und Geistern verwandelt. Überall leuchteten Mündungsblitze auf, und undeutliche Gestalten hasteten geduckt durch den Eisnebel. Die Einschläge von schweren Waffen erblühten nah und fern, und die Funkkanäle hallten wider von einem schrillen Chor aus Opfermeldungen. Eigens für den Einsatz im Vakuum entwickelte Leuchtspurgeschosse zerschnitten die Luft, bevor sie funkensprühend gegen den jahrhundertealten Massentreiber prallten und daumengroße Dellen in der riesigen Beschleunigungsröhre hinterließen, durch die Team Blau fünf Kilometer bis zum Berggipfel hochklettern musste. Falls alles glattlief, sollten sie die Kommunikationszentrale zehn Minuten vor den Aufständischen erreichen und die Antenne ein für alle Mal zerstören, ehe sie repariert werden konnte.

Und dann … würden sie Tod und Vernichtung auf den Feind herabregnen lassen.

John führte seine drei Mitstreiter über die letzten Meter zum Fuß des verwahrlosten Massentreibers, dann ließ er sich neben einer eisbedeckten Stützstrebe auf ein Knie sinken. Fünfzehn Me-

164

ter entfernt erhob sich der Verladekran, dessen Masse sie vor dem Großteil des feindlichen Beschusses von den Hängen abschirmte. Er würde sie aber nicht schützen, sollte jemand von der Bergflanke über ihnen das Feuer eröffnen. Noch war an dieser Front alles ruhig, trotzdem zeigte John Linda-058 an, diesen Vektor zu überwachen. Sie war die beste Schützin von Team Blau, und auch wenn sie heute anstelle ihres üblichen Series-99-Scharfschützengewehrs nur ein MA5B trug, war sie doch immer noch tödlich zielgenau.

Kelly-087 kniete sich neben John unter die Beschleunigungsröhre, um die andere Seite des Eisfeldes im Auge zu behalten, und Fred-104 sicherte den Bereich hinter ihnen. Sobald sie alle in Position waren, richtete John sich wieder auf, und er studierte die Wartungsluke, durch die das Team ins Innere des Massentreibers klettern wollte.

Sie maß zwölf Meter mal zwei Meter, und die Schiebeluke, die sie einst verschlossen hatte, war unter dem Gewicht des Eises, das sich in der Röhre gesammelt hatte, nach außen gedrückt worden. Der untere Teil war zu tief im Eis vergraben, als dass er sich von Hand losreißen ließe, also benutzte John Thermitpaste, um ein spartangroßes Loch aus der Luke herauszubrennen. Nachdem er das Stück losgetreten und beiseitegeworfen hatte, spähte er ins Innere. Die Beschleunigungsröhre war, wie erwartet, zu ungefähr zwei Dritteln mit Eis gefüllt. Oberhalb der Eisschicht befand sich ein halbrunder Hohlraum, der hoffentlich groß genug war, um nach oben zu kriechen.

»Wir werden einen größeren Flammenwerfer brauchen«, sagte Fred auf dem Teamkanal. Er war neben John getreten und ließ den Strahl seiner Lampe über die glasartige Eisdecke im Innern der Röhre gleiten. In der linken Hand hielt er eine kompakte, vakuumgeprüfte Version eines M7057-Flammenwerfers – ein M705-Brandstrahlwerkzeug –, dessen Flamme von einem Tank selbstoxidierenden Brennstoffs gespeist wurde. »Und mehr Zeit.«

»Habe ich nach deiner Meinung gefragt, Fred?«

»Musst du wohl vergessen haben«, erwiderte Fred vollkommen unbeeindruckt von Johns verärgertem Ton. Sie hatten gemeinsam trainiert, seit sie sechs Jahre alt gewesen waren, und sie wussten beide, dass Fred verpflichtet war, sich zu Wort zu melden, wenn er ein Problem sah. »Bei diesem Plan kann zu viel schiefgehen. Hamm hat irgendwas vor.«

John spähte erneut in die eisgefüllte Beschleunigungsröhre. Sie würden auf dem Bauch nach oben klettern und die Tanks der Flammenwerfer hinter sich her schleifen müssen. Das würde eine Weile dauern – aber es war nicht so, als hätte Hamm das wissen können.

»Meinst du?«

»Sie ist eine Offizierin«, sagte Fred. »Und obendrein eine OAST. Sie hat sich diesen Plan sicher nicht einfallen lassen, um uns Spartans gut aussehen zu lassen.«

Avery Johnson wählte diesen Moment, um sich auf dem Team-kanal in das Gespräch einzuschalten. »Vielleicht will sie diese Sache nur auf die bestmögliche Weise über die Bühne bringen.«

John drehte sich um und sah eine Gestalt in schwarzer Kampf-rüstung, die unter dem gewaltigen Bogen des Verladekrans stand. Hinter Johnson hatte sich der Rest der Alpha-Kompanie ent-lang der Dockgebäude verteilt, im aufgewirbelten Eisnebel nur als gezackte Reihe von Phantomen zu erkennen. Sie bereiteten eine angetäuschte Offensive vor, um die Aufständischen vor dem Geschehen beim Massentreiber abzulenken. Je länger Team Blau brauchte, um das obere Ende der Röhre zu erreichen, desto länger würden die Soldaten diese Scharade aufrechterhalten müssen – und desto mehr von ihnen würden fallen.

Johnson eilte geduckt von dem Verladekran herüber und blieb neben der Wartungsluke stehen. »Was dauert hier denn so lang? Die Alpha-Kompanie ist gleich bereit.«

»Wir überlegen, wie wir den Spucker am effektivsten einsetzen sollen«, erklärte John, wobei er den Spitznamen des M705 benutzte. »Die Eisschicht ist ein wenig höher, als wir erwartet hatten.«

Johnson war nicht groß genug, um ins Innere der Wartungsluke spähen zu können, also zündete er seine Düsen und schwebte einen halben Meter über dem Boden in die Höhe.

»Für mich sieht das gar nicht so eng aus.«

»Sie tragen auch keine Spartan-Rüstung«, entgegnete Fred. Er hatte sich von der Luke abgewandt und studierte einmal mehr den Bereich hinter ihnen. »Nichts für ungut, Sarge, aber Sie müssen eine Nummer größer denken.«

Johnson blickte von Fred zu John. Wegen der Fusionsreaktoren und der abnehmbaren Düsenpacks, die an den Rückenplatten ihrer Rüstung angebracht waren, war der Torso jedes Spartans mehr als achtzig Zentimeter dick.

»Okay, ich verstehe.« Er deaktivierte seine Düsen und sank auf den vereisten Grund zurück. »Ich kann den Captain vermutlich überreden, den ersten Zug herzuschicken und stattdessen euch für das Täuschungsmanöver zu benutzen. Ihr würdet ohnehin mehr Aufmerksamkeit erregen.«

»Nein«, sagte John. Falls Fred recht hatte und Hamm irgendwelche Hintergedanken verfolgte, dann wäre ein Platzwechsel die perfekte Methode, um ihren Plan zu ruinieren. Aber falls die Spartans nur als Ablenkung herhielten, würde das Crowther weiter in seiner Überzeugung bestätigen, dass sie nicht an die Spitze seiner Truppen gehörten. »Wir finden schon einen Weg, Sarge.«

Fred und Johnson drehten sich beide herum und starrten ihn durch ihre Gesichtsplatten an. Sogar Kelly erhob sich von der Stelle, wo sie gekniet hatte. Sie spähte erst durch die Wartungsluke, dann wandte sie sich ebenfalls John zu.

»Du weißt, dass du auf uns zählen kannst«, sagte sie. »Aber wie willst du das bitte anstellen? Es sind fünf Kilometer bis nach oben und wir werden den Weg auf dem Bauch zurücklegen müssen.«

»Nur den ersten Abschnitt«, korrigierte John. »Wir befinden uns am Fuß des Massenbeschleunigers. Das Eis wird nicht dicker, als es hier ist. Nach ungefähr hundert Metern, wenn sich die Röhre zu neigen beginnt, sollten wir mehr Platz haben.«

»Trotzdem müssen wir erst mal hundert Meter durch einen vereisten Tunnel kriechen und den Spucker benutzen, um durch besonders enge Stellen zu kommen.« Kelly blickte Johnson an. »Das wird eine Weile dauern. Kann die Alpha-Kompanie dem Feind solange standhalten, Sergeant?«

»Darüber steht mir kein Urteil zu.« Johnsons Gesichtsplatte war noch immer fest auf John gerichtet. »Und darum geht es hier auch gar nicht. Wenn ihr den Gipfel nicht vor diesem Konvoi erreichen könnt ...«

»Wir werden vor ihnen dort sein.« John befestigte sein Sturmgewehr an der Magnetklammer hinter seinem Rücken. »Vertrauen Sie mir.«

Johnson war nicht überzeugt. »Sicher? Falls diese Kerle die Antenne reparieren, wird das nämlich nur beweisen, dass Crowther recht hat.«

»Womit?«, wollte Linda wissen.

»Dass wir nicht bereit sind«, klärte Fred sie auf. »Ist es dir noch gar nicht aufgefallen? Er hat uns auf das gesamte Bataillon verteilt, als wären wir Grünschnäbel, die man an der Hand nehmen muss.«

»Ich dachte, er wollte nur seine Black-Dagger-Züge verstärken«, sagte Linda.

»Indem er uns zur *Unterstützung* einteilt?« Kelly schnaubte. »Nein, nein. Er traut uns nicht.«

»Danach sieht es jedenfalls aus«, brummte John. Es wäre Ungehorsam, die Autorität eines Vorgesetzten zu unterminieren, darum wollte er Nyetos Theorie – dass Crowther nur den Ruf seiner Black Daggers schützen wollte – lieber nicht wiederholen. »Aber der Sergeant hat recht. Wir *müssen* es schaffen. Und das heißt, wir haben keine Zeit, hundert Meter zu kriechen.«

John griff nach dem oberen Rand des Loches, das er in die Luke geschnitten hatte, und zog sich hoch. Sobald er den Kopf in die dunkle Röhre streckte, antizipierte der Computer der Mjolnir-Rüstung, was er wollte, und seine Helmlampe strahlte auf. Die Eisschicht war mehr oder weniger eben, und so weit er sehen konnte, war der Abstand zur Decke überall gleich groß. John schwang die Beine durch die Öffnung, dann kroch er ins Innere der Röhre und streckte sich auf dem Rücken aus, mit den Füßen bergauf, sodass sie zuerst gegen mögliche Hindernisse stoßen würden.

Nein, so brachte das nichts.

Nur ein paar Zentimeter trennten seine Gesichtsplatte von der Decke, und er konnte nicht nach vorn sehen, außerdem waren seine Schultern eng an seine Seiten gedrückt. Und da er auf dem Fusionsreaktor hinter seinen Schulterblättern lag, würde jede Unebenheit in der Eisschicht sein Düsenpack treffen.

»John?« Der Bewegungstracker in seinem Helm zeigte ihm, dass Fred vor der Luke stand; zweifelsohne starrte er gerade zur Oberseite von Johns Helm hinauf. »Was zum Teufel tust du da?«

»Weiß ich selbst noch nicht.«

John schob seinen Oberkörper aus der Öffnung, bis er sich aufsetzen und seine Beine in die andere Richtung ausstrecken konnte. Dann drehte er sich und kroch nunmehr auf dem Bauch in den Tunnel zurück. Jetzt, wo sein Kopf nach vorn gerichtet war, konnte er sehen, was ihn erwartete, aber mögliche Hindernisse würden zuerst seinen Helm treffen. Und seine Arme wären immer noch an seine Seiten gepresst – mitten in einer Schlacht war das alles andere als ideal. Er zog sich erneut durch die Luke, nahm das Gewehr vom Rücken und legte es vor sich auf das Eis. Da seine Ausrüstungstaschen ebenfalls außer Reichweite wären, zog er zudem einen Zylinder Thermitpaste hervor und platzierte ihn neben dem MA5B.

Jetzt rutschte er wieder auf dem Bauch in den Hohlraum, die

Arme diesmal vor sich ausgestreckt, sodass er in einer Hand das Gewehr halten konnte und in der anderen die Thermitpaste.

»Ja«, nickte er. »So wird es funktionieren.«

»Ach ja?«, fragte Kelly. »Alles, was du tun kannst, ist, mit dem Hintern zu wackeln und dich mit den Zehen vorwärtszuschieben. So werden wir nächstes Jahr noch durch diese Röhre kriechen.«

»Wer sagt denn, dass wir *kriechen*?«, konterte John. »Wir werden rutschen.«

»Bergauf?« Fred zögerte einen Moment, dann nahm er den M705 aus der Magnethalterung an seinem Rücken und trat vor die Wartungsluke. »Oh. Da hätte ich selbst draufkommen können.«

»Worauf?«, schnappte Johnson.

»Kommen Sie schon, Sarge«, sagte Kelly. Sie griff über die Schulter, um den SPNKR-Raketenwerfer und den zusätzlichen Raketenzylinder von ihrer Rüstung zu lösen. »Wenn Sie zu Team Blau gehören wollen, müssen Sie kreativer denken.«

Johnson starrte sie mehrere Sekunden an, dann schien ihm zu dämmern, wie die Spartans durch die Röhre aufsteigen wollten, und er wandte sich John zu.

»Ähh … seid bloß vorsichtig, hört ihr?« Sein Blick wanderte zu Fred. »Und wahrt Abstand. Das Letzte, was ihr wollt, ist, dass eure Düsen den Flammenwerfertank entzünden.«

»Danke für den Tipp, Sarge«, erwiderte Fred. »Ich hatte ja bloß tausend Stunden Sprengstofftraining. Aber leicht entzündlichen Brennstoff von einer offenen Flamme fernzuhalten … das wäre mir ja nie eingefallen.«

»Jeder ist mal unachtsam, Junge.« Johnsons Ton war argwöhnisch, als könnte er nicht entscheiden, ob er Fred ernstnehmen oder ihn für seinen Sarkasmus tadeln sollte. »Das solltest du im Kopf behalten, wenn du so alt werden willst wie ich.«

»Wird abgespeichert, Staff Sergeant«, versprach Fred. »Alt und moralinsauer zu werden, ist definitiv besser als die Alternative.«

»Verdammt richtig«, grollte Johnson, dann machte er sich auf den Rückweg zum Verladekran. »Erledigt euren Job, Team Blau.«

Sobald er davongegangen war, begann John, die Rollen zu verteilen.

»Linda, du bist unsere Späherin und gibst Feuerdeckung. Ich weiß, das MA5B ist kein Ersatz für ein M99, aber tu dein Bestes.«

In seinem Helm blinkte Lindas Statusleuchte grün.

»Fred, du folgst mir, mit dem Spucker über dem Kopf«, fuhr John fort. »Falls es zu eng wird, musst du ihn mir vielleicht nach vorn reichen. Kelly, du bildest den Abschluss. Halte den SPNKR und die Raketen ebenfalls vor dir, gemeinsam mit jeder Menge Thermit. Ich will den Kampf nicht aus der Röhre heraus starten ...«

»Weil das absoluter Wahnsinn wäre«, merkte Kelly an.

»Genau«, nickte John. »Aber vielleicht haben wir keine Wahl.«

Fred und Kelly ließen ihre Statusanzeigen grün leuchten. John aktivierte daraufhin seine Helmlampe und kletterte erneut in die Röhre. In der Mitte des Hohlraums hatten sie vielleicht einen Meter Platz, links und rechts davon neigten sich die frostüberzogenen Wände zu der Eisdecke hinab. Die wirkte zwar immer noch halbwegs glatt, aber die faustgroßen Dellen und Ausbuchtungen stachen John jetzt viel deutlicher ins Auge als zuvor. Am Rand des Lichtkegels, wo sich der Strahl seiner Lampe in der Düsternis verlor, konnte er einen Vorhang aus Eiszapfen sehen, der tief in den Hohlraum herabhing.

Das würde ein holpriger Ritt werden.

»Wir sehen uns auf dem Gipfel, Leute.«

Er hatte die Worte kaum ausgesprochen, als der Computer der Mjolnir-Rüstung seine Absicht spürte und das Düsenpack aktivierte. Er beschleunigte langsam, aber gleichmäßig, wobei seine Schultern an den Wänden entlangschabten, und wann immer er über eine Unebenheit rutschte, prallte sein Helm gegen die Decke.

Der Eisvorhang nahm klarere Konturen an, als er näher kam, und er feuerte ein paar Kugeln darauf ab, um seine Dicke zu testen. Die Eiszapfen zerbarsten und eine Wolke aus wirbelnden Frostkristallen füllte die Röhre.

»Blau Zwei setzt sich in Bewegung«, meldete Fred über den Teamkanal. »Ich habe Blau Eins auf dem Tracker und werde versuchen, zwanzig Meter hinter ihm zu bleiben.«

»Verstanden.« John hatte den Dunst aus Frostkristallen passiert und erblickte in der Düsternis voraus den nächsten Eisvorhang. »Wie weit kannst du sehen?«

»Bis zu meiner Nasenspitze«, antwortete Fred. »Du ziehst eine regelrechte Nebelbank hinter dir her.«

»Das hatte ich befürchtet.« Aufgrund der Düsen und der Reibung seiner Rüstung erzeugte er jede Menge Wärme in der engen Passage. In der dünnen Atmosphäre von Seoba reichte das aus, um Eis sofort in Dunst zu verwandeln. »Ich gebe Bescheid, wenn ich auf Hindernisse stoße.«

Freds Statusanzeige leuchtete grün.

»Man kann von außen sehen, dass ihr da drin seid«, warnte Linda. »Wann immer ihr eine Nahtstelle passiert, lösen sich Eiszapfen und Splitterwolken.«

Vermutlich wegen der Vibration, die seine Schultern und sein Helm verursachten. John unterdrückte eine Verwünschung und fragte stattdessen: »Wie auffällig ist es?«

»Ziemlich auffällig«, antwortete Linda. »Wenn man den Massentreiber betrachtet, fällt es einem automatisch auf. Aber die Alpha-Kompanie hat ihren Ablenkungsangriff gestartet und Eisnebel hängt über der gesamten Bergflanke. Vielleicht sieht der Feind es also gar nicht.«

»Hoffen wir's«, sagte John. »Halte uns auf dem Laufenden.«

»Dann machen wir also weiter wie geplant?«, erkundigte sich Kelly.

»Gib mir einen Moment.«

Falls die Aufständischen ihre schweren Waffen auf den Massenbeschleuniger abfeuerten, wären die Spartans so gut wie tot. Andererseits waren sie die einzigen, die rechtzeitig zu der Kommunikationszentrale auf dem Gipfel vorstoßen und sie zerstören konnten. Und davon abgesehen hatte John bereits die Hälfte des ebenen Abschnitts passiert. Sobald sich die Röhre nach oben neigte, in ungefähr fünfzig Metern oder so, würde es deutlich weniger Eis im Innern geben; dann hätten sie mehr Platz, und sie würden nicht mehr so oft gegen die Wände stoßen. Außerdem, jetzt zurückzukriechen, würde vermutlich länger dauern, als nach oben zu fliegen.

Sie hatten nur eine Option: Weiter. Schneller.

»Blau Eins?«, fragte Kelly. »Ich bin jetzt in der Röhre …«

»Negativ«, sagte John. »Ich bin bereits zu weit, aber es gibt keinen Grund, warum alle ihr Leben riskieren sollten. Du und Fred, ihr kriecht zurück und …«

»Von wegen«, schnaubte Kelly. »Blau Drei ist unterwegs.«

»Kelly …«

»Zu spät«, sagte Fred. »Lass uns einfach weitergehen.«

John wies den Computer seiner Rüstung an, seine Düsen länger und in kürzeren Abständen zu zünden. Er raste vorwärts und barst durch den zweiten Eisvorhang, wobei seine Mjolnir so heftig gegen die Wände prallte, dass er schon Angst hatte, die Rüstung könnte ihren Sperrmechanismus aktivieren und alle Gliedmaßen in ihrer Position verriegeln, um den Träger zu schützen. Er wusste, irgendwo hinter ihnen entfesselte der Rest der Alpha-Kompanie gerade ein Trommelfeuer aus Raketen und Granaten in Richtung der Bergwand. Und wann immer sich eine halbwegs sichere Gelegenheit bot, würden die OAST ein paar Meter den Hang hochstoßen, um ihren Angriff glaubwürdiger aussehen zu lassen.

Aber natürlich war das alles nur ein Täuschungsmanöver. Die Alpha-Kompanie würde ihre Kanonade aufrechthalten, solange sie Raketen und Granaten hatten, aber der Feind hatte auf drei

Seiten den Höhenvorteil; das Terrain war zu ungünstig, als dass ihr Angriff eine echte Erfolgschance hätte. Sie würden die Civets nicht aufhalten können und das wussten sie.

Falls der Kommandant der Aufständischen unerfahren und schlecht ausgebildet war, würde er eine Weile brauchen, um zu erkennen, dass der feindliche Vorstoß nur eine Finte war, und dann vielleicht noch ein paar Minuten mehr, um den Plan des UNSC zu durchschauen und schwere Waffen auf den Massenbeschleuniger auszurichten. Mit etwas Glück sollte Team Blau zu dem Zeitpunkt bereits auf dem Gipfel sein und rings um die Antenne Sprengladungen platzieren.

Aber … falls der Kommandant der Aufständischen kampferfahren war – oder falls ihm jemand gemeldet hatte, dass Eiswölkchen von dem Massenbeschleuniger herabrieselten –, dann würden die Rebellen bereits wissen, was die Spartans vorhatten. Dann würden sie gerade ihre schweren Waffen herumschwenken, und John, Fred, Kelly und Linda hätten noch ungefähr sechzig Sekunden zu leben.

Keine schöne Art, eine Freundschaft zu beenden.

John barst durch den dritten Eisvorhang und erblickte in der Düsternis vor ihm bereits den nächsten. Angesichts der gleichmäßigen Abstände zwischen ihnen vermutete er, dass sie sich unter den elektromagnetischen Ringen formten, die einst genutzt worden waren, um die Eiskapseln durch die Beschleunigungsröhre zu ziehen, aber diesmal wirkte das Eis nicht so durchscheinend und hell wie bei den anderen. Als er weiter darauf zuraste, entdeckte John einen dunklen Schatten darunter, aber es war nicht dieselbe Art von Öffnung, die er zuvor schon gesehen hatte.

Es war der fleckige Boden der Röhre, der durch das Eis schimmerte. Und dass John ihn sehen konnte, bedeutete, dass die Röhre sich nach oben neigte.

Er versuchte abzubremsen und seinen Vektor anzupassen, aber als der Rüstungscomputer reagierte und die Düsen abschaltete, hatte er die Biegung bereits erreicht. John schaffte es, Arme und Kinn so weit anzuheben, dass er nicht mit seinen Waffen oder dem Helm voran gegen das Eis knallte. Stattdessen stieß seine Brust gegen die Wand und er wurde wie eine Kugel in einem Flipperautomaten nach oben geschleudert.

Lindas Stimme ertönte auf dem Teamkanal. »John, ich hoffe, das warst du.«

»Ja.« Er donnerte gegen den Boden, der jetzt plötzlich eine Wand war, prallte ab und traf die Decke. »Blau Zwei, Vorsicht ...«

»Was du n-nicht ... sagst!«

»Ihr müsst vorsichtiger sein«, mahnte Linda. »Ihr wirbelt gerade zehn Meter hohe Eiswolken auf.«

»Jawohl, Ma'am.«

Endlich hatte John so weit abgebremst, dass er seinen Körper wieder unter Kontrolle bringen konnte, und er glitt durch die schräge Röhre nach oben. Wie erhofft hatte sich in diesem Teil des Massenbeschleunigers viel weniger Eis gesammelt. Er konnte jetzt einen halben Meter Abstand zwischen seinem Rücken und der Decke wahren und ungefähr einen halben Meter zwischen seiner Brust und der trüb durchscheinenden Kruste, die den Boden bedeckte. Seine Düsen waren leicht nach unten geneigt, um zu verhindern, dass die schwachbrüstige Schwerkraft von Seoba ihn wieder nach unten zog, trotzdem musste er sich ungefähr alle zehn Meter mit den Beinen abstoßen, um nicht auf den Boden hinabzusinken.

»Gibt es verdächtige Feindaktivität?«, fragte er.

»Nicht, soweit ich sehen kann«, berichtete Linda. »Leider sehe ich nicht viel. Alles ist voller Nebel.«

»Setzen die OAST ihren Angriff noch fort?«

»Ihre Kanonade verliert an Fahrt«, sagte sie. »Ich glaube, ihnen gehen die Granaten aus.«

»In Ordnung. Gib Bescheid, wenn sich etwas ändert.«

»Verstanden«, bestätigte Linda. »Ich suche mir eine neue Position weiter den Hang hinauf.«

»Geh keine Risiken ein«, ermahnte John sie. »Das ist ein Befehl.«

»Schon ironisch, dass ausgerechnet du so etwas sagst. Aber schön. Ich werde mein Bestes tun, um nicht erschossen zu werden.«

Die Röhre über John füllte sich plötzlich mit Dunst und Eiskristallen. Er bremste ab, sank zu Boden und benutzte seine Düsen, um dort seine Position zu halten. Ein Blick auf sein Chronometer zeigte ihm, dass sie seit nunmehr acht Minuten in der Röhre waren. Sie sollten also … knapp zwei Drittel des Weges zurückgelegt haben und ungefähr auf derselben Höhe sein wie der Civet-Konvoi.

Er musste an die schweren Geschütze denken, die auf die Ladeflächen mehrerer Fahrzeuge montiert waren, und er schaltete hastig seine Helmlampe aus, bevor er wieder in den schillernden Nebel hochblickte. Ein paar Sekunden später konnte er elfenbeinfarbene Lichtstrahlen ausmachen, die durch eine Reihe von Einschusslöchern in der Wand des Massenbeschleunigers hereinsickerten.

Johns Blick huschte zur gegenüberliegenden Wand, und auch dort fiel Licht durch zahlreiche Löcher, wo die Kugeln wieder ausgetreten waren. Zu viel Durchschlagskraft für Gewehre – vermutlich eine fahrzeugmontierte Luftabwehrkanone, ähnlich denen, die die Black Daggers bei ihrem Anflug in Fetzen geschossen hatten.

Der Bewegungstracker zeigte an, dass Fred näher kam, und Kelly folgte in einem Abstand von ungefähr zwanzig Metern. John schaltete seine Helmlampe wieder ein, dann richtete er den Strahl nach unten, damit sie seine Position selbst inmitten des Nebels erkennen müssten.

»Stopp«, rief er. »Eine Vulcan feuert über uns auf die Röhre.«

Fred bremste ab, stemmte die Knie gegen die Wand und ging seitlich neben John in Position, während über ihnen eine weitere Reihe von milchig weißen Lichtstrahlen in den Dunst stach.

»Die gute Nachricht ist, sie wissen nicht, wo wir sind«, brummte Fred.

»Und die schlechte Nachricht ist, wir müssen da durch«, stöhnte Kelly, als sie auf Johns anderer Seite verharrte. »Soll ich den SPNKR auspacken?«

John überlegte einen Moment, dann beschrieb er eine schneidende Bewegung mit der flachen Hand. »Nein. Darauf warten sie doch nur.«

»Was macht dich da so sicher?«, wollte Fred wissen.

»Das ist Sperrfeuer«, erklärte John. »Sie wissen nicht, wo wir sind – aber sie wollen verhindern, dass wir noch weiter vorstoßen.«

»Und es sieht aus, als würde es ihnen auch gelingen«, kommentierte Kelly. »Die neue Mjolnir ist schön und gut, aber nicht mal ihre Titanlegierung kann eine urangehärtete Zwölf-Siebener aufhalten – geschweige denn ein Dutzend davon.«

»Und genau darum erwarten sie, dass wir die Vulcan angreifen«, erwiderte John. »Sobald wir selbst anfangen, Löcher in die Röhre zu stanzen, haben sie unsere genaue Position. Dann werden sie uns mit dem Raketenwerfer erledigen, der auch schon die *Ghost Star* abgeschossen hat.«

»Also schön, wie sollen wir an der Vulcan vorbeikommen, ohne sie auszuschalten?«, fragte Fred.

»Das ist der einfache Teil«, sagte Kelly. »Sieh dir das Feuermuster an. Da ist augenscheinlich ein Amateur am Abzug.«

John blickte erneut nach oben, und er sah, wie eine dritte Linie von Kugellöchern in die Seite der Röhre gesprengt wurde.

»Richtig.« Er nahm den Zylinder Thermitpaste und formte ein ungefähr zehn mal zwanzig Zentimeter messendes Rechteck an der Wand unter ihm. »Er ist berechenbar. Wenn er das Geschütz wieder in die andere Richtung schwenkt …«

Fred nickte. »Folgen wir ihm.« Er deutete auf das Thermit-Rechteck. »Ist das das, was ich denke, dass es ist?«

»Wenn du denkst, dass wir den Spucker hierlassen, dann ja.«

»Wurde mir eh zu schwer.« Fred trat mit dem Fuß eine Kuhle in das Eis dicht unter dem Rechteck und platzierte den Flammenwerfer darauf, so, dass seine Mündung in der Mitte des Rechtecks zu liegen kam. »Wie viel Verzögerung für das Thermit?«

John blickte erneut den Schacht hoch. Sie waren noch vier oder fünf Minuten vom oberen Ende entfernt, aber er bezweifelte, dass die Aufständischen so lange warten würden. Sobald sie zu dem Schluss gelangten, dass ihr Plan nicht funktioniert hatte, würden sie etwas Neues versuchen.

»Sagen wir, dreißig Sekunden«, entschied er. »Das sollte uns genug Zeit geben.«

»Wenn du meinst«, erwiderte Fred skeptisch.

Der Spartan stellte den Zünder ein und steckte ihn in das Thermit. John wartete, bis eine weitere Reihe von Löchern in der Wand über ihnen auftauchte, dann stieß er sich ab und gab vollen Schub auf seine Düsen. Er raste die Röhre hoch, Kelly und Fred dicht hinter ihm, und kaum dass sie die Stelle passiert hatten, surrten unter ihnen erneut Kugeln durch die Luft.

Als sie die Gefahrenzone verlassen hatten, sagte Fred: »Dreißig Sekunden ab … jetzt.«

Sie stiegen weiter in gestaffelter Formation den Tunnel hinauf, wobei sie sich in regelmäßigen Abständen mit den Beinen abstießen, um in der Luft zu bleiben. Schließlich war eine halbe Minute verstrichen und John blickte über die Schulter.

Nichts geschah.

Er war nicht sicher, was er erwartet hatte. Sie waren bereits zweihundert Meter von der Stelle entfernt, wo sie ihr eigenes, kleines Ablenkungsmanöver vorbereitet hatten, und der Eisnebel war so dicht, dass man nicht mal das Lodern des brennenden Thermits sehen konnte. Aber zumindest den Einschlag der Rakete hätten sie doch bemerken sollen. Hatten die Aufständischen vielleicht gar nicht bemerkt, dass sich plötzlich eine Schießscharte in der Seite des Massenbeschleunigers aufgetan hatte? Oder hatte John die Situation vielleicht vollkommen falsch eingeschätzt? Das war einer der Nachteile, wenn man so viel Zeit mit Dr. Halsey verbrachte – man fing an, die Dinge zu sehr zu analysieren.

John verscheuchte seine Zweifel und konzentrierte sich wieder darauf, die Spitze der Beschleunigungsröhre zu erreichen. Die Öffnung war noch ungefähr fünfzehnhundert Meter entfern, und aufgrund des reflektierten Lichts von Bikos Atmosphäre war sie bereits als winziger rosaleuchtender Stecknadelkopf zu erkennen.

Einen Moment später verschwand dieser Stecknadelkopf hinter einem Vorhang aus wirbelnden Eiskristallen.

John brauchte einen Herzschlag, um zu erkennen, was geschah. Der Frost hatte sich von den Wänden losgeschüttelt und versperrte ihnen den Blick nach oben. Er hatte keinen Knall gehört, keine Druckwelle gespürt, aber das war nur logisch; die Atmosphäre von Seoba war zu dünn, um Geräusche oder kinetische Energie so weit zu tragen. Die Erschütterung hatte sich nur durch die Beschleunigungsröhre fortgesetzt, und als John erneut nach unten blickte, sah er einen hellen Feuerball inmitten des Dunstes schweben.

Er hatte den Plan der Aufständischen also doch richtig eingeschätzt. Sie waren nur ein wenig langsamer gewesen als erwartet.

Lindas alarmierte Stimme füllte den Teamkanal. »Team Blau, Status?«

»Alles in Ordnung«, beruhigte John sie. »Die Detonation war Teil des Plans. Nur ein kleines Täuschungsmanöver.«

»In Ordnung.« Lindas Ton blieb angespannt. »Aber seid vorsichtig. Irgendetwas Seltsames geht da oben auf dem Berg vor sich.«

»Definiere seltsam.«

»Es ist schwer, durch den Nebel etwas zu erkennen«, berichtete Linda, »aber da sind zahlreiche Explosionen, ungefähr auf Höhe eures Täuschungsmanövers. Von meiner Position aus sieht es aus, als würde die gesamte Bergflanke Feuer fangen.«

»Verstanden«, sagte John. »Wo genau ist deine Position denn?«

»Unter dem Massenbeschleuniger, siebenhundert Meter oberhalb der Alpha-Kompanie.« Nach einer kurzen Pause fügte Linda hinzu: »Ich würde ja höher gehen, aber ich komme hier nur langsam voran. Der Weg muss erst gekehrt werden.«

Was sie damit meinte, war: Es waren feindliche Soldaten in der Nähe, die sie erst finden und ausschalten musste. Als Scharfschützin ohne Rückendeckung konnte sie es sich nicht leisten, einen Gegner auf ihrer Rückzugsroute am Leben zu lassen.

»Verstanden«, wiederholte John. »Halte deine Position, bis wir wissen, was genau da drüben los ist.«

Nachdem Linda den Befehl bestätigt hatte, drosselten John und seine Begleiter ihre Düsen, und sie ließen sich auf den Boden der Beschleunigungsröhre sinken.

»Theorien?«, fragte er.

»Wir scheinen da etwas angestoßen zu haben«, sagte Kelly. »Etwas, womit die Spalter nicht gerechnet haben.«

Spalter war eine landläufige Bezeichnung für die Aufständischen, da sie sich von der Vereinigten Erdregierung abspalten wollten. Während eines Großteils des 25. Jahrhunderts hatten koloniale Verwaltungsbehörden Recht und Gesetz auf den exosolaren Kolonien der Erde geregelt, aber als zwanzig Jahre vor dem Auftauchen der Allianz weitreichende Korruption aufgedeckt wurde, hatte die Erdregierung die volle und direkte Kontrolle über die Kolonien übernommen. Das Resultat war ein systemübergreifender Aufstand, und das UNSC hatte eine groß angelegte Operation begonnen, um diesen Widerstand zu ersticken. Auch John und die anderen Spartans waren ursprünglich zur Bekämpfung der Spalter erschaffen worden. Der einzige positive Aspekt, den er der Invasion der Außerirdischen abgewinnen konnte, war, dass die Aufständischen ihre Rebellion aufgegeben und sich mit dem Rest der Menschheit gegen die Allianz gestellt hatten.

Leider legte die Situation auf Seoba den Schluss nahe, dass nicht alle Aufständischen zur Vernunft gekommen waren.

Als Fred stumm blieb, fragte John: »Fred? Möchtest du etwas hinzufügen?«

»Ja, aber es wird dir nicht gefallen.«

»Lassen wir's drauf ankommen.«

Fred seufzte in sein Helmmikrofon. »Weißt du noch, als ich sagte, Lieutenant Hamm würde irgendetwas planen?«

»Wie könnte ich das vergessen?«

»Ich prahle ja nur ungern, aber ...«

John presste die Lippen zusammen. Falls Fred recht hatte – und das hatte er meistens –, dann hatte Hamm gewusst, dass die Aufständischen Team Blau entdecken und sie in dieser verwundbaren Position angreifen würden. »Du meinst, *wir* waren das Ablenkungsmanöver?«

»Es gibt nur einen Weg, das herauszufinden.« Fred kniete sich an die Seite der Röhre, formte mit Thermitpaste ein Rechteck an der Wand und blickte dann zu Kelly hinüber. »Für den Fall, dass ich mich irre, hältst du besser den SPNKR bereit.«

»Du irrst dich nicht, aber gut.« Kelly kauerte sich hinter ihn und zielte mit dem Raketenwerfer auf das Rechteck. »Ich hätte nichts dagegen, endlich mal was in die Luft zu jagen.«

»Solange es nicht Lieutenant Hamm ist«, brummte John. »Die gehört mir.«

Avery Johnsons Stimme knisterte aus dem Funkgerät. »Ihr wisst schon, dass ich euch hören kann, oder?«

»Tun wir«, antwortete John.

Er reckte den Daumen hoch und drehte den Kopf weg, als Fred das Thermit entzündete. Weiße Helligkeit flutete das Innere der

181

Röhre, dann brach ein zehn mal zwanzig Zentimeter messendes Stück Eis und Metall aus der Wand.

Kelly spähte als Erste durch das Loch, den Raketenwerfer feuerbereit auf der Schulter. Nach ein paar Sekunden ließ sie den SPNKR sinken.

»Verfluchte Daggers.« Sie sicherte ihre Waffe und wich von der behelfsmäßigen Schießscharte zurück. »Stehen einem immer im Weg herum.«

John beugte sich vor und ließ seinen Blick über die Flanke des Berges schweifen. Der Eisnebel hing wie dichter Rauch über der vereisten Landschaft, aber mehrere Hundert Meter unter ihnen sah er Flammen, die aus einem halben Dutzend zerstörter Civets loderten, ihre schattenhaften Silhouetten umgeben von spritzenden Eissplittern, als die Munition auf ihren Ladeflächen gekocht wurde. Ungefähr auf halber Strecke zwischen den Wracks und den Spartans hüpfte eine geisterhafte Linie von OAST in dunkler Rüstung den Hang hinab, wobei sie weiter Gewehrsalven und Raketen auf die Überreste des Konvois abfeuerten.

John drehte den Kopf, um zum Berggipfel hochzublicken. Die Kommunikationszentrale war von dieser Position aus nicht zu sehen, wohl aber der Prowler, der sich als schwarzer Umriss vor der rosaroten Scheibe von Biko abhob.

»Ich glaube es nicht«, sagte er. »Sie haben die Einheit mit einem Prowler abgesetzt. Hamm hat uns angelogen.«

»Ich hab's doch gesagt«, seufzte Fred. »Sie ist eine Offizierin.«

»Und eine OAST«, fügte Kelly hinzu. Sie klemmte sich den SPNKR hinter den Rücken, dann nahm sie ihr Sturmgewehr zur Hand und blickte zum oberen Ende der Röhre hinauf. »Wenn wir uns beeilen, können wir vielleicht die Kommunikationszentrale zerstören, solange sie noch mit dem Konvoi beschäftigt sind.«

»Also schön«, murmelte John. »Dann eben den Trostpreis.«

Als sie den letzten Kilometer zur Spitze des Massenbeschleunigers hochglitten, wechselte John durch sämtliche Funkkanäle, die man der Alpha-Kompanie zugewiesen hatte, und schließlich begriff er, warum Hamms List ihm entgangen war: Während der Rest der Kompanie die vorgegebenen Kanäle benutzte, hatte der erste Zug seine Kommunikation auf den Logistikkanal verlagert. Im Stillen befürchtete er, dass der Lieutenant für seine Spartans ein unangenehmerer Feind werden könnte als die Aufständischen – vielleicht sogar als die Allianz –, aber er war nicht sicher, was er deswegen unternehmen konnte oder sollte. Er könnte eine formelle Beschwerde die Befehlskette hochschicken, aber das nächsthöhere Glied in dieser Kette war Crowther, und der war ebenso ein Problem wie Hamm.

Vielleicht hatte ja Staff Sergeant Johnson einen Vorschlag.

Es sei denn natürlich, er steckte auch in der Sache mit drin.

Ein paar Minuten später kletterte Team Blau aus der Beschleunigungsröhre, nur um festzustellen, dass sie nicht einmal die Kommunikationszentrale zerstören würden. Ein Team der Black Daggers war bereits damit beschäftigt, rings um die Antenne Sprengsätze zu platzieren – unter dem Kommando von Lieutenant Hamm persönlich.

Als sie John, Fred und Kelly herbeistapfen sah, löste Hamm sich von ihren Soldaten und kam den drei Spartans entgegen. Sie wirkte nicht überrascht, als John nicht vor ihr salutierte.

»Wo ist Blau Vier?«, wollte sie wissen. »Sie ist doch nicht …?«

»Sie ist unversehrt, Ma'am«, sagte John. »Linda hat unseren Vorstoß aus der Distanz gesichert.«

»Freut mich, das zu hören.« Hamms Helm wippte auf und ab, während sie Team Blau von Kopf bis Fuß musterte. »Und ihr drei scheint auch unversehrt zu sein. Gute Arbeit.«

»Gute Arbeit?« John versuchte nicht einmal, die Verbitterung aus seiner Stimme zu verbannen. »Sie haben uns belogen. Wir waren der Köder.«

Hamm stemmte die Hände auf die Munitionstaschen an ihrem

Gürtel und lehnte sich zurück, um zu seiner Gesichtsplatte hoch-zublicken.

»Dieser Raketenwerfer musste in die andere Richtung zielen, damit Nyeto meine Leute abwerfen konnte, ohne dass wir eine weitere Fledermaus verlieren.« *Fledermaus* war der flotteninterne Spitzname für die Prowler. Hamm tippte mit dem behandschuh-ten Zeigefinger gegen Johns Brustplatte. »Und angesichts dieser Panzeranzüge dachte ich mir, eure Überlebenschancen wären bes-ser als die von sonst jemandem hier.«

Das brachte John aus dem Konzept. Er hatte nicht erwartet, dass sie einen handfesten Grund für ihre Entscheidung hätte. Natürlich entschuldigte das trotzdem nicht, dass sie die Spartans bewusst in die Irre geführt hatte.

»Das ergibt Sinn«, sagte er abgehackt. »Aber Sie haben uns an-gelogen und meine Leute unnötiger Gefahr ausgesetzt.«

»Ganz recht, Soldat.« Hamm stellte sich auf die Zehenspitzen, sodass ihren Helm nur ein paar Zentimeter von Johns Gesichts-platte trennten, dann tippte sie erneut mit dem Finger gegen seine Mjolnir-Rüstung. »Das passiert, wenn man Befehle nicht befolgt. Man muss Scheiße schaufeln.«

11. KAPITEL

08:16 Uhr, 19. März 2526 (Militärkalender)
Versammlungsraum 4L430, Verlassenes Habitat, Seoba-Eisbergwerk
Mond Seoba, Planet Biko, Kolaqoa-System

Es sollte eine Nachbesprechung sein, aber der unterirdische Versammlungsraum sah eher aus, als würde hier ein improvisiertes Kriegsgericht tagen: Tragbare Standscheinwerfer flankierten den großen Klapptisch und jemand hatte eine UNSC-Flagge an die grobfasrige Polykretwand gehängt. John-117 ging in den vorderen Teil des Raums und salutierte vor dem Kommandanten der Einsatzgruppe, dann wählte er einen Stuhl auf der gegenüberliegenden Seite des Tisches – möglichst weit von Lieutenant Hamm entfernt. Wie alle anwesenden OAST trug auch sie eine schlichte graue Dienstuniform: ein Hemd mit vier Taschen, Cargohosen, Stiefel. Auf ihren Kragenspitzen glänzten die doppelten Litzen eines Captains – eine Feldbeförderung, die nur eines bedeuten konnte: der vorige Captain der Alpha-Kompanie hatte den gestrigen Angriff auf das Eisbergwerk nicht überlebt.

Der Anblick erfüllte John nicht gerade mit Freude. Einerseits natürlich, weil Hamm es auf die Spartans abgesehen hatte, aber auch, weil Captain Zelos Cuvier einen intelligenten, vernünftigen Eindruck auf ihn gemacht hatte – es war ihm wichtiger gewesen, seine Mission zu erfüllen, als sich bei seinen Ranghöheren in ein

185

positives Licht zu setzen. Die Spartans waren erst vor ein paar Monaten ins reguläre Militär integriert worden, aber John wusste bereits, welchen Seltenheitswert so ein Kommandant hatte.

Nachdem er Platz genommen hatte, blickte Captain Ascot kurz zwischen ihm und Hamm hin und her, dann verschränkte sie die Hände auf dem Tisch und beugte sich vor. Sie saß zwischen Dr. Halsey und Colonel Crowther und trug eine Dienstuniform mit Sternen-Tarnmuster – eine wenig subtile Erinnerung daran, dass *sie* die Einsatzgruppe leitete. Ja, dies war in erster Linie immer noch eine ONI-Angelegenheit und erst dann eine UNSC-Operation.

Hoffentlich bedeutete das auch, dass Ascot ein wenig mehr Vertrauen in die Spartans hatte.

»Zunächst einmal möchte ich Sie alle daran erinnern, dass dies eine informelle Nachbesprechung ist«, begann sie. »Es geht hier nicht um Disziplinarmaßnahmen oder Schuldzuweisungen. Wir wollen lediglich aufklären, was beim Angriffsanflug der Ghost-Gruppe gestern schiefgelaufen ist.«

»Wer sagt denn, dass etwas schiefgelaufen ist?«, fragte Halsey. »Die Anlage wurde in weniger als einer Stunde erobert.«

»Die Alpha-Kompanie hat *zweiundfünfzig* Leute verloren«, sagte Crowther. »Einschließlich Captain Cuvier und seinem Stab. Das ist eine Verlustrate von zweiunddreißig Prozent – im Gegensatz zu den sechs Prozent beim Rest des Bataillons … der übrigens auch keinen Captain verloren hat.«

»Die Kommunikationsanlage zu zerstören, war für den Erfolg der Mission ausschlaggebend«, sagte Avery Johnson. Er saß neben Crowther am Ende des Tisches. »Um ihr Ziel zu erreichen, musste die Alpha-Kompanie blind in eine Todeszone springen, wo sie bereits vom Feind erwartet wurde. Man braucht Stunden, um diese Bunker ins Eis zu graben und sie zu tarnen.«

»Das heißt nicht, dass sie uns erwartet haben«, widersprach Nyeto. »Nur dass sie bereit waren, als wir auftauchten.«

»Sie waren nicht im Abwurfhangar, als die Luke aufging und diese Vulcans das Feuer eröffneten«, meldete sich Hamm zu Wort. »Es fühlte sich nämlich *definitiv* an, als hätten sie uns erwartet.«

»Und Sie sind trotzdem abgesprungen«, sagte Crowther. »Erklären Sie das.«

»Das war nicht meine Idee.« Hamm blickte am Tisch entlang zu John. »Spartan-117 hat eigenmächtig gehandelt.«

Jetzt spürte er auch Crowthers Augen auf sich. »Und wie konnte *das* passieren? Ihr Platz war ganz hinten im Abwurfhangar?«

»Ich war nicht auf meinem Platz.« John war ziemlich sicher, dass Crowther all das bereits wusste, aber wenn ein Colonel eine Frage stellte, dann antwortete man. »Als unser Zug die ersten Opfer erlitt, ging ich nach vorn, um zu helfen.«

»Bei der Versorgung der Opfer?«

»Dabei, weitere Opfer zu verhindern«, erklärte John. »Da mir die Rolle der Feuerunterstützung zukam, trug ich die schweren Waffen des Zuges. Als ich die Luke erreichte, konnte ich Vulcan-Feuer aus sechs getarnten Bunkern erkennen. Es war offensichtlich, dass die Alpha-Kompanie nicht erfolgreich abspringen könnte, bis diese Positionen ausgeschaltet wären.«

»Also haben Sie diese Feststellung natürlich dem Kommandanten Ihres Zuges gemeldet.« Sarkasmus klang aus Crowthers Ton. »Denn auch wenn Sie den Ihnen zugewiesenen Platz verlassen hatten, wäre das doch die angemessene Weise, Feldinformationen weiterzugeben, nicht wahr?«

»Captain Hamm kümmerte sich um einen Verwundeten«, sagte John.

»Das würde ich gern klarstellen«, warf Hamm ein. »Ich kümmerte mich um einen Verwundeten, weil Spartan-117 ihn mir praktisch in den Schoß geworfen hat. Ich glaube, er wollte mich ablenken.«

»Seien Sie nicht albern«, protestierte Halsey. »Sie können keine Aussagen über die Motivation eines anderen machen.«

»Nun, fragen wir doch einfach nach«, schlug Ascot vor, bevor sie sich an John wandte. »Spartan, warum haben Sie Ihrer Zugführerin einen Verwundeten in die Arme gedrückt?«

»Weil ich mir ein Bild von der Situation machen wollte«, antwortete John. »Und um das zu tun, musste ich Captain Hamm ein paar Sekunden beschäftigen.«

Nyeto stöhnte und vergrub das Gesicht in den Händen.

Ascots Kopf ruckte zu ihm herum. »Stimmt etwas nicht, Commander?«

»Sie nennen das hier eine Nachbesprechung?« Nyeto breitete die Arme aus. »Dieser Junge hat uns bei unserem Anflug den Hintern gerettet und jetzt wollen Sie ein Exempel an ihm statuieren? Das ist verrückt.«

»*Niemand* will hier ein Exempel statuieren«, stellte Crowther klar. »Wir wollen lediglich herausfinden, warum die Alpha-Kompanie so viele Opfer erlitten hat.«

»Sie haben Ihre Leute über einer heißen Landezone abspringen lassen, über die wir keine vorherigen Informationen hatten«, schnappte Nyeto. »Was haben Sie denn erwartet?«

»Jedenfalls nicht, dass ein Petty Officer anfängt, in Eigenverantwortung zu handeln.« Crowther presste die Worte zwischen zusammengebissenen Zähnen hervor und er fixierte John mit einem wütend funkelnden Blick.

»Sein Team trug die meisten unserer schweren Waffen, und als sie absprangen, musste der Rest der Kompanie ihnen wohl oder übel folgen. Nur hatten ihre Rüstungen leider keine Titanlegierung.«

Der Zorn verschwand aus Nyetos Zügen, und sogar John musste anerkennen, dass er der Alpha-Kompanie vielleicht keine andere Wahl gelassen hatte, als er entschied, den Befehl seiner Zugführerin zu ignorieren.

»Ich habe nur versucht, die Soldaten zu unterstützen, die bereits am Boden waren, Sir«, erklärte er. »Ich hatte nicht damit gerechnet, dass mir der Rest der Alpha-Kompanie folgt.«

»Was haben Sie denn geglaubt, würden wir tun?«, fragte Hamm. »Sie da unten allein lassen?«

»Die *anderen* hatten Sie doch auch alleingelassen«, entgegnete John. »Die Alpha-Kompanie hatte bereits ein Dutzend Truppen auf dem Boden, die von den Vulcans auseinandergenommen wurden.«

»Und die Ghost-Gruppe war im Begriff, einen zweiten Überflug zu starten und die Infanteristen durch einen Raketenangriff zu entlasten«, sagte Ascot. »Bis *Sie* beschlossen, es auf Ihre Weise zu machen, Petty Officer.«

John wusste nicht, was er darauf erwidern sollte. Er war dazu ausgebildet worden, die Initiative zu ergreifen und unabhängig zu handeln, aber allmählich bekam er den Eindruck, dass diese Eigenschaften beim 21sten nicht geschätzt wurden. Schlimmer noch, es schien, dass Offiziere wie Hamm und Crowthers sie als Risikofaktoren betrachteten.

In der Hoffnung, zumindest von einer Seite Unterstützung zu bekommen – oder wenigstens einen Hinweis darauf, wie er reagieren sollte –, blickte er zu Avery Johnson hinüber. Aber der Staff Sergeant schien tief in Gedanken versunken zu sein, seine Brauen zusammengezogen, sein Blick auf Nyeto gerichtet.

Als John keinen Versuch unternahm, sich zu verteidigen, ergriff Nyeto das Wort. »Na schön, dann sind die Pferde vielleicht mit ihm durchgegangen ...«

»Nein«, unterbrach Hamm ihn. »Er wurde nicht von der Situation überwältigt. Er wusste genau, was er tat.«

»Und er hat seine Mission erfüllt«, beharrte Nyeto. »Vielleicht war seine Methode nicht ideal, aber haben Sie ein wenig Nachsicht mit dem Jungen. Ich bin sicher, Sie waren in dem Alter auch ziemlich stürmisch.«

Hamms Augen wurden schmal. »Ich bin zweiundzwanzig. Gerade mal drei Jahre älter als Spartan-117.«

Nyeto schmunzelte und öffnete den Mund, um sie zu korrigieren, aber dann wandte er plötzlich den Kopf ab. Falls er hoffte, so von der Bemerkung abzulenken, die ihm gerade um ein Haar herausgerutscht wäre, unterlag er einem Irrtum. Alle am Tisch verstummten und blickten Nyeto erwartungsvoll an.

Crowther fragte: »Was wollten Sie sagen, Commander?«

»Gar nichts«, winkte er ab. »Ich dachte nur, ein Captain bei den Black Daggers sollte vielleicht ein wenig älter sein.«

»Captain Hamm war Jahrgangsbeste an der Luna OCS *und* an der OAST-Akademie«, zählte Crowther auf. »Sie ist seit drei Jahren ein Black Dagger. Und sie ist diejenige, die die Situation gestern gerettet hat. Haben Sie immer noch ein Problem mit Ihrer Beförderung, Commander?«

»Natürlich nicht.« Nyeto blickte zu Hamm hinüber. »Es war nicht böse gemeint. Sie sehen für zweiundzwanzig nur ... sehr erwachsen aus.«

Hamm starrte ihn frostig an. »Schon in Ordnung.« Ihre Stimme wurde noch zehn Grad kälter, als sie nachschob: »Sir.«

»Dann wäre das ja geklärt.« Nyeto wandte sich wieder Crowther zu. »Können wir jetzt vielleicht darüber reden, was bei dem Absprung gestern *wirklich* schiefgelaufen ist?«

»Ich kann es kaum erwarten, Ihre Einschätzung zu hören«, brummte Crowther. »Aber da Sie das Gespräch aufs Alter gelenkt haben ... Ihre Reaktion gerade eben hat mich stutzig gemacht. Gibt es vielleicht etwas, das wir über Spartan-117 wissen sollten?«

Nyeto zuckte mit den Schultern. »Ich weiß nicht, was Sie meinen.«

»Commander ... wie alt ist er wirklich?«

»Ich wüsste nicht, was Johns Alter mit dieser Besprechung zu tun hat«, warf Halsey ein. »Bleiben wir beim Thema, ja?«

»Johns Urteilsvermögen *ist* das Thema«, sagte Ascot. »Und sein Alter sollte dahin gehende Rückschlüsse zulassen. Wenn er nicht wirklich neunzehn ist, würde ich auch gern sein echtes Alter wissen – und den Grund, warum das Geburtszertifikat in seiner Personalakte gefälscht wurde.«

»Alles, was ich Ihnen sagen kann, ist, dass das wahre Alter der Spartans höchster Geheimhaltung unterliegt«, erklärte Halsey. »Aber ich versichere Ihnen, ein paar Jahre an der Luna OCS ist nichts verglichen mit der Ausbildung von John-117. Sein taktisches Urteilsvermögen ist über jeden Zweifel erhaben.«

Ascot hatte sichtlich Mühe, nicht die Augen zu verdrehen. »Ich brauche mehr als die Zusicherungen einer stolzen Mutter, Dr. Halsey.« Sie richtete ihren Blick auf Nyeto. »Und ich werde mich auch nicht mit irgendwelchem Gerede von wegen ›streng geheim‹ abspeisen lassen. Commander Nyeto, hat eine höhere Stelle Sie über das Alter der Spartans informiert?«

»Nicht wirklich.«

»Aber sie *kennen* das wahre Alter von John-117?«

Nyeto seufzte und blickte zu John hinüber. »Tut mir leid, Junge.«

Halseys Kiefer klappte herunter. »John, du hast ihm doch wohl nicht …«

»Natürlich nicht, Ma'am«, sagte er. »Er hatte einen Freund, der mit uns auf Reach trainiert hat. Den Rest hat Commander Nyeto sich selbst zusammengereimt.«

Ascots Blick brannte sich in Nyetos Gesicht. »Ach, ist das so?«

»Es war nur Gerede«, wehrte dieser ab. »Ich hatte keine Ahnung, dass es gegen irgendein Protokoll verstößt. Andernfalls hätte ich ihm natürlich gesagt, er soll den Mund halten.«

»Über die Sicherheitsverstöße Ihres Freundes können wir uns später noch empören«, sagte Ascot. »Jetzt erst mal raus mit der Sprache.«

Nyeto blickte mit einem Seufzen auf die Tischplatte hinab.

»Ich hatte einen Kumpel, dessen Einheit beim Training auf Reach von achtjährigen Wunderkindern vorgeführt wurde«, berichtete er. »Er hat vor sieben Jahren darüber gejammert, wie erniedrigend das war, und wenn man das zusammenrechnet … müssten die Wunderkinder heute ungefähr fünfzehn sein.«

Halsey lehnte sich vor, sodass ihr Oberkörper die Sichtlinie zwischen Ascot und Nyeto blockierte. »Und wie kommen Sie darauf, dass diese Wunderkinder, wie Sie sie nennen, meine Spartans sind?«

Es war ein cleverer Zug, das musste John zugeben. Halsey vermittelte Nyeto den Eindruck, dass er von Ascot abgeschirmt war, und ermutigte ihn gleichzeitig, auf ihr Argument einzugehen. Nach dem, was er bislang gesagt hatte, gab es keinen Beweis dafür, dass die von seinem Freund beschriebenen Kinder tatsächlich zu Spartans herangewachsen waren.

Aber Nyeto war offenbar nicht bereit, eine Vorgesetzte anzulügen. Er deutete mit dem Kinn auf John und sagte: »Spartan-117 hat viele Talente, aber Flunkern gehört nicht dazu. Ich wusste, dass er eins dieser Kinder war, nachdem ich ihn das erste Mal darauf angesprochen hatte.«

»Dann sind Sie also durch Zufall darauf gekommen?«, fragte Avery Johnson. Er starrte Nyeto über die gesamte Länge des Tisches hinweg an, ohne auch nur zu blinzeln. »Es … ergab sich einfach so aus der Unterhaltung heraus?«

»Ja.« Nyeto begegnete Johnsons Blick ebenmäßig. »Und woher wissen *Sie* es?«

»Wer sagt denn, dass ich es weiß?« Avery setzte ein schmales Lächeln auf, und John wunderte sich, ob irgendetwas zwischen den beiden Männern vorgefallen war, wovon er nichts wusste. »Ich bin nicht mal sicher, ob ich *Ihnen* glaube?«

Nyeto zog die Schultern hoch. »Wie Sie meinen«, murmelte er. »Ich wollte ohnehin niemandem von ihrem Alter erzählen.«

»Aber Sie *haben* es getan.« Halsey blickte sich am Tisch um, bevor sie fortfuhr: »Und diese unglückliche Enthüllung darf diesen Raum nicht verlassen.«

»Dass Sie das nicht wollen, ist schon klar«, brummte Crowther. »Aber der Einsatz von Kindersoldaten ist ein Verstoß gegen mindestens sechs Artikel des Militärgesetzbuches. Wenn der oberste Wehrdisziplinaranwalt davon erfährt, wandern Sie eine lange Zeit hinter Gitter, Doktor.«

»Die Spartans sind die beste Chance des UNSC, die Außerirdischen zu stoppen«, sagte Halsey. »Glauben Sie wirklich, meine Vorgesetzten werden *zulassen*, dass der Wehrdisziplinaranwalt davon erfährt?«

»Ist das eine Drohung, Dr. Halsey?«

»Schon gut, das reicht jetzt.« Ascot warf beiden einen warnenden Blick zu, dann drehte sie sich zu John um. Mehrere Sekunden lang musterte sie ihn, wobei sie zweifelsohne versuchte, seine Größe und Statur mit dem mentalen Bild eines Fünfzehnjährigen in Einklang zu bringen. Schließlich atmete sie gepresst aus. Vermutlich war sie zu dem Schluss gelangt, dass sie einige Aspekte des SPARTAN-Programms gar nicht wissen wollte. »Über die rechtlichen Aspekte werde ich mit Admiral Stanforth persönlich sprechen. Aber außerhalb dieses Raums verliert keiner ein Wort über das Alter der Spartans. Habe ich mich klar ausgedrückt?«

Crowthers Gesicht lief rot an, aber er nickte. »Na schön – solange ich ihr Alter in Betracht ziehen darf, wenn ich ihnen ihre Aufgaben zuweise. Ich will mich nicht zum Mittäter machen, indem ich einen Haufen Kinder in die Schlacht schicke.«

»Sie sind *keine* Kinder«, protestierte Halsey. »Ein Blick sollte doch wohl reichen, um das zu erkennen.«

»Colonel Crowther darf selbst bestimmen, wie er sie einsetzt«, erklärte Ascot. Nach einer Pause fuhr sie fort: »Ich bin nicht sicher, worein Sie uns da verwickelt haben, Dr. Halsey. Und bis ich es weiß, läuft hier alles strikt nach Vorschrift.«

»Und wir verlieren den Krieg.«

Halseys Stimme klang verbittert und John fühlte ganz ähnlich. Crowther würde die Spartans von der Operation ausschließen – nicht etwa, weil John einen Fehler gemacht hatte, sondern weil ihr wahres Alter dem Colonel einen Vorwand geliefert hatte, um sie an die Seitenlinie zu verbannen. Er konnte nur hoffen, dass Halsey sich irrte, was die Konsequenzen anging. Die Zerstörung der Menschheit wäre ein verdammt hoher Preis, nur um die Eitelkeit eines Mannes zu befriedigen.

Ascots Erwiderung klang überraschend ruhig. »Hoffentlich nicht, Dr. Halsey. Aber das ist meine Entscheidung.«

»Dann sollten Sie es sich besser noch einmal anders überlegen.«

»Nein, das werde ich nicht.«

Halsey seufzte. »Natürlich nicht.«

Eine gähnende Leere füllte Johns Magen und er blickte aus den Augenwinkeln zu Johnson hinüber. Halb erwartete er, ein Leuchten in den Augen des Staff Sergeants zu sehen, ein Anzeichen, dass er bereits einen Weg gefunden hatte, Ascots Entscheidung zu umgehen. Aber alles, was John sah, waren zusammengezogene Brauen und schmale, traurige Augen. Avery musterte ihn, als hätte eine Vulcan-Kanone gerade Johns Eingeweide zerrissen. Als gebe es keine Hoffnung für ihn. Als könne er jetzt nur noch langsam ausbluten.

Es war ein Ausdruck von Mitleid.

John drehte den Kopf weg. Das war das Letzte, was er wollte. Hector Nyeto schien der einzige Soldat im Raum zu sein, der ihn und seine Spartans respektierte; der Einzige, der über ihr Alter und ihre Augmentationen hinwegsehen konnte und erkannte, was sie wirklich waren.

Aber die Einsatzgruppe Yama wurde nicht von Hector Nyeto geleitet, sondern von Halima Ascot. Und wenn Ascot wollte, dass die Spartans Däumchen drehten, dann sollte es eben so sein. Sie waren Soldaten – auch wenn nur drei Personen in diesem Raum das zu erkennen schienen –, und Soldaten gehorchten Befehlen.

Die Stille zog sich in die Länge, und John fragte sich schon, ob die Besprechung beendet sei, als Dr. Halsey mit einem weiteren frustrierten Seufzer an Ascot vorbei zu Crowther blickte.

»Jetzt, wo Sie Ihren Sündenbock haben, Colonel, können wir vielleicht den *eigentlichen* Grund für die zahlreichen Opfer der Alpha-Kompanie erörtern.«

»Gerne doch, Doktor.« Crowthers Ton klang überraschend offen. »Die Ausgangssituation war definitiv nicht Johns Schuld.«

»Die Ausgangssituation war ein Schlamassel.« Avery Johnson wählte einen vernünftigen, aber strengen Tonfall. »Die Alpha-Kompanie hätte bei diesem Absprung so oder so Leute verloren. Anders hätte es gar nicht laufen können.«

»Genau.« Halsey nickte in Nyetos Richtung. »Wie der Lieutenant Commander vorhin schon bemerkte: Egal ob die Aufständischen uns erwarteten oder nicht, sie waren definitiv vorbereitet.«

»Ich bin nicht sicher, worauf Sie mit dieser Aussage hinauswollen«, sagte Ascot.

»Nun, *falls* Sie uns erwarteten, muss sie jemand gewarnt haben, bevor wir in den Slipspace eintauchten«, verdeutlichte Halsey.

»Das wäre durchaus möglich«, merkte Johnson an. »Die Spalter haben überall ihre Spione.«

»Genau aus diesem Grund haben wir bei den Befehlen für die Einsatzgruppe größte Vorsicht walten lassen«, entgegnete Ascot. »Natürlich wussten einige Leute, dass wir nach Biko unterwegs waren. Aber dass wir das Eisbergwerk auf Seoba anfliegen würden? Die Leute, die *davon* wussten, kann ich an einer Hand abzählen.«

»Sogar *ich* erfuhr es erst, als wir schon im System waren«, warf Nyeto ein. »Und der Befehl kam zusammen mit der Anweisung, jeglichen Funkverkehr einzustellen. Niemand auf Seoba hätte wissen können, dass wir kommen.«

John hatte den Eindruck, dass sich das Gespräch auf das falsche Detail konzentrierte. Falls die Aufständischen gewusst hatten, dass die Einsatzgruppe das Eisbergwerk übernehmen wollte, ergab es keinen Sinn, dass sie überhaupt dortgeblieben waren. Die Verlustrate der Alpha-Kompanie mochte bei 32 Prozent liegen, aber die Aufständischen hatten *100 Prozent* ihrer Leute verloren, wenn man Gefallene und Gefangene zusammenzählte. Hätten sie gewusst, dass eine Gruppe Prowler voller kampferfahrener OAST auf dem Weg war, hätten sie dann willentlich diese aussichtslose Schlacht geschlagen?

Die kurze Antwort: Nein.

Aber John behielt seine Gedanken für sich. Er war sich nur zu deutlich der Tatsache bewusst, dass die meisten Personen am Tisch ihn jetzt nur noch als übergroße Version eines Kindersoldaten betrachteten, und er wollte nichts sagen, was diesen Eindruck noch erhärten könnte – zumindest nicht, solange noch die Chance bestand, dass sie von selbst darauf kamen.

»Haben wir irgendwelche Funksprüche abgefangen, die darauf hindeuten, dass sie Bescheid wussten?«, fragte Hamm.

Ascot schüttelte den Kopf. »Es gab nur leichten Funkverkehr«, berichtete sie. »Wir haben ein paar Nachrichten abgefangen, das meiste davon Kurzstreckensignale zwischen dem Bergwerk und ein paar Versorgungstransportern, die sie wohl als Aufklärungsboote benutzten. Es ging nur um normale Statusmeldungen und ihr nächstes Überwachungsziel. Kein Alarm, keine Erwähnung von UNSC-Prowlern.«

»Wann haben sie dann erkannt, dass sie angegriffen werden?«, fragte Halsey.

»Falls sie gut waren? Sobald wir ihre ausgehenden Funksprüche blockierten«, antwortete Ascot. »Ihre Funktechniker hätten fast noch einen Notruf absetzen können, bevor Commander Nyeto die Antenne ausschaltete – insofern würde ich sagen, sie waren zumindest nicht schlecht. Ich nehme an, dass sie Alarm gegeben haben, unmittelbar nachdem wir die Kommunikation lahmlegten.«

»Könnten Sie das vielleicht chronologisch einordnen?«, bat

Halsey. »Für diejenigen von uns, die nicht so genau mit dem Timing eines Angriffsflugs vertraut sind.«

Ascot lächelte. »Natürlich. Wir haben die Kommunikation zu Beginn des finalen Anflugs blockiert, ungefähr fünf Minuten, bevor wir die Absprungzone erreichten.«

Halsey wirkte überrascht. »Das ist aber nicht viel Zeit.«

»Je früher wir den Funk stören, desto mehr Zeit hat der Feind, bis wir die Kommunikationsanlagen ausschalten«, erklärte Ascot. »Fünf Minuten sind so ziemlich das Maximum, das man sich bei so einer Operation leisten kann.«

»Und es ist mehr als genug Zeit, um seine Verteidigungsstellungen zu bemannen«, sagte Crowther. »Aber dafür muss man diese Stellungen natürlich vorbereitet und die Kanoniere gut ausgebildet haben.«

»Ja, fünf Minuten reichen nicht, um einen Bunker zu bauen«, fügte Hamm an. »Oder auch nur, um Vulcans in Position zu bringen. Diese Verteidigungsstellungen waren vorbereitet, lange bevor die Spalter wussten, dass wir kommen. Vermutlich sogar schon, bevor *wir* wussten, dass wir kommen.«

Schweigen senkte sich über den Raum. John versuchte, sich in Geduld zu üben und nicht gelangweilt auszusehen. Sie betrachteten das Problem von oben nach unten – wie die Offiziere und Geheimdienstleute, die sie nun einmal waren –, und er hatte genug über Militärplanung gelernt, um zu wissen, dass dieser Ansatz oft die besten Resultate erzielte … jedenfalls früher oder später.

»Und *nachdem* der Funkverkehr gestört war?«, hakte Halsey nach. »Wie lange hat es da gedauert, bis sie das Feuer eröffneten?«

»Unmittelbar nachdem wir die Kommunikationszentrale demoliert hatten«, antwortete Nyeto. »Und das war schnell. Unsere zweite Rakete war noch nicht eingeschlagen, als sie uns bereits mit diesen Vulcans beharkten.«

Ascot runzelte die Stirn. »Sie haben während des Anflugs nicht auf Sie geschossen?«

»Das sagte ich doch gerade«, betonte Nyeto. »Erst als wir die Raketen abfeuerten.«

»Warum haben Sie dann das Ziel verfehlt?«

Nyeto errötete und reckte das Kinn vor. »Wir haben das Ziel *nicht* verfehlt«, erklärte er. »Wir haben nur keinen direkten Treffer gelandet.«

»Wenn Sie in Ruhe zielen konnten, ist das dasselbe«, grollte Crowther. Was er nicht sagte – was aber ganz klar in seinem Ton mitschwang –, war, dass Nyetos schlecht gezielte Raketen vielen Soldaten der Alpha-Kompanie das Leben gekostet hatten. »Warum gab es keinen zweiten Überflug?«

»Den *gab* es – als wir zurückkamen, um die letzten Einheiten abzusetzen.« Nyeto klang allmählich gereizt. »Als die *Ghost Star* abgeschossen wurde.«

Erneut breitete sich Stille aus, und John fragte sich, wie lange es wohl dauern würde, bis jemand die offensichtliche Schlussfolgerung zog.

Die Aufständischen hatten jemanden erwartet – nur eben nicht das UNSC.

»John?«

Er blinzelte, dann blickte er zum Tischende. Avery Johnson hatte sich auf seinem Stuhl zurückgelehnt und zupfte erwartungsvoll an seinem Schnurrbart.

»Verzeihung, Sergeant«, sagte er. »Hatten Sie eine Frage gestellt?«

»Entspannen Sie sich, Junge. Sie haben nichts verpasst.«

John hasste es, so genannt zu werden – *Junge, Sohn, Kleiner* –, aber es würde sicher nichts Gutes dabei herauskommen, wenn er sich darüber beschwerte. Vermutlich würden sie ihn alle als launischen Teenager brandmarken. Also schluckte er seine Verärgerung hinunter und richtete sich ein wenig gerader auf seinem Stuhl auf.

»Was kann ich für Sie tun, Sergeant?«

»Warum erzählen Sie uns nicht, was Sie denken?«, forderte Johnson ihn auf. »Sie waren mittendrin, genauso wie ich. Hatten Sie den Eindruck, dass sie auf uns gewartet haben?«

»Nicht auf *uns*, Sir, nein«, antwortete John. Er war nicht sicher, was diese Frage sollte. Hatte Johnson Mitleid mit ihm? Wollte er ihm eine Chance geben, bei Ascot Pluspunkte zu sammeln? »Ihnen muss klar gewesen sein, dass sie nicht gewinnen können. Hätten sie gewusst, dass wir kommen, wären sie fort gewesen, lange bevor wir dort ankamen.«

Johnsons Augen leuchteten nicht vor plötzlicher Erkenntnis auf. Er gehörte zur Infanterie; er wusste, was passierte, wenn jemand einen Kampf anfing, den er nicht gewinnen konnte: Er biss ins Gras.

»Aber das wissen Sie natürlich ebenso gut wie ich, Sergeant.«

Johnson zuckte mit den Schultern. »Es kann nie schaden, einen zweiten Finger in den Wind zu halten.« Es war ein altes Scharfschützen-Sprichwort, und es bedeutete, dass man seine Vermutungen überprüfen sollte, bevor man den Abzug drückte.

»Sie scheinen sich da ja ziemlich sicher zu sein, John.« Crowthers Worte wirkten eher neugierig als herausfordernd. »Was wenn der Feind glaubte, dass er uns besiegen könnte?«

John schüttelte den Kopf. »Tut mir leid, Sir, aber nein. Wie Sie bereits sagten: Hätten die Aufständischen die Bunker zur Verteidigung gegen *uns* gebaut, hätten sie wissen müssen, dass wir unterwegs sind, bevor wir in den Slipspace sprangen. Und hätten sie derartige Informationen gehabt, dann hätten sie auch gewusst, dass wir hart zuschlagen würden und dass ihre Verteidigung uns nicht standhalten kann. Also, warum hätten sie bleiben sollen?«

»Ich fürchte, in dem Punkt muss ich John zustimmen«, sagte Hamm widerwillig. Sie klang nicht, als würde dieses Zugeständnis ihr körperliche Schmerzen bereiten … aber beinahe. »Es brachte ihnen keinen Vorteil, dort zu bleiben.«

Crowther nickte, behielt den Blick aber fest auf John gerichtet. »Weiter, mein Sohn.«

John atmete langsam aus. »Was wenn sie auf jemand anders gewartet haben?«

Crowther nickte, erst langsam, dann energischer. »Das ergibt Sinn«, befand er. »Die Rebellen, die wir gestern gefangen nahmen, kommen von einem halben Dutzend Welten. Eridanus Secundus, Jericho VII, Venezia, sogar Reach. Vielleicht haben sie auf weitere Verstärkung gewartet.«

»Ja«, schnaubte Nyeto. »Zum Beispiel von Gao.«

»Gao?«, fragte Ascot. »Kommen Sie da nicht her?«

»Richtig«, nickte Nyeto. »Da wimmelt es nur so von Aufständischen.«

»Was haben diese Leute alle auf Seoba getrieben?« Halsey ließ die Frage beinahe rhetorisch klingen.

»Das ist nicht gut.« Johnson saß nicht länger zurückgelehnt da. Tatsächlich sah er inzwischen aus, als würde er jeden Moment von seinem Stuhl aufspringen. »Die Aufständischen der Kolonien, verbündet unter einem gemeinsamen Banner. Was wenn sie einen Putsch geplant haben?«

Die Offiziere wechselten besorgte Blicke, wobei Nyeto ganz besonders beunruhigt wirkte. Seine Augen huschten hin und her, und Schweißtropfen formten sich auf seiner Stirn.

»Aber sie müssen doch wissen, dass die Außerirdischen gerade Etalan verglasen.« Während Nyeto sprach, nahm ein schrecklicher Gedanke – eine unvorstellbare Möglichkeit – in Johns Kopf Gestalt an. »Warum sollten sie Biko übernehmen wollen, wenn …«

»Ich glaube, ich weiß, wen die Spalter erwartet haben«, sagte John langsam.

Alle Augen richteten sich auf ihn, und Crowther drängte: »Wie lange wollen Sie uns noch auf die Folter spannen, Junge?«

John zog die Brauen zusammen. »Ich wünschte …« *… sie würden aufhören, mich so zu nennen.* Aber er fing sich im letzten Moment und setzte von Neuem an. »Verzeihung. Sie haben die Allianz erwartet.«

»Sie meinen, sie wollten die Außerirdischen in einen Hinterhalt ...« Crowther verstummte mitten im Satz und seine Brauen schossen verblüfft in die Höhe. »Nein. Sie wollten sich mit den Außerirdischen *treffen*.«

»Das ist meine Vermutung.« In John keimte die Hoffnung auf, dass er Crowther vielleicht doch noch beeindrucken könnte. »Das würde erklären, warum sie zu einem so ungünstigen Zeitpunkt einen Putsch planten. Die Kapitulation Bikos ist für sie der einzige Weg, den Planeten zu retten. Und bevor sie kapitulieren können, müssen sie erst die Kanzlerin stürzen.«

»Was wenn es nicht um eine Kapitulation geht?«, überlegte Ascot. »Was wenn sie ein anderes Angebot haben?«

Crowther runzelte die Stirn. »Nämlich?«

»Wir sind wegen der strategischen Position Bikos hier. Falls die Allianz den Planeten überspringt, würde sie hier einen günstig positionierten Stützpunkt für einen Gegenangriff zurücklassen. Wir können auch davon ausgehen, dass ihre Versorgungslinien ziemlich lang sind. Folglich könnten sie selbst eine strategische Basis in der Region gebrauchen. Also ... Was wenn die Aufständischen ihnen helfen wollen, Biko zu erobern?«

Johns Eingeweide fühlten sich mit einem Mal kalt an. »Mit Außerirdischen ein Bündnis gegen die eigene Spezies eingehen? Wer würde so etwas tun?«

»Vielleicht sehen die Aufständischen das anders«, warf Johnson ein. »Vielleicht glauben sie, sie gewinnen so ihre Freiheit von *uns*.«

»Das ist verrückt«, protestierte Hamm. »Die Allianz würde sie abschlachten, genau wie alle anderen auch.«

»Richtig«, sagte John. »Aber wissen die *Aufständischen* das auch?«

»Nein, tun sie nicht.« Crowther schüttelte den Kopf, dann richtete er seinen Finger auf John. »Sie haben recht, Junge.«

Junge. John knirschte mit den Zähnen, aber er schwieg.

»Und ein Bündnis *könnte* sie retten … zumindest für eine Weile«, fügte Ascot hinzu. »Wenn die Außerirdischen so schlau sind, wie wir glauben, werden sie eine gute Informationsquelle erkennen, wenn sie eine sehen. Sie werden die Spalter benutzen, solange sie ihnen von Nutzen sind.«

Ein kollektiver Schauder schien die Anwesenden zu erfassen, als sie über die möglichen Konsequenzen und die unentrinnbaren Gefahren eines solchen Bündnisses nachdachten. Und sie alle gelangten zur gleichen schrecklichen Schlussfolgerung.

Letztlich war es John, der aussprach, was sie alle dachten.

»Wenn wir recht haben, dann wird die außerirdische Delegation bald hier eintreffen.« Er machte eine Pause, um zu schlucken, ehe er fortfuhr: »Und wir müssen sie abfangen. Wir müssen die Allianz glauben machen, dass die Aufständischen sie in eine Falle gelockt haben.«

Das erste zustimmende Nicken kam von der anderen Seite des Tisches – Hamm und Johnson – dann fand es reihum ein Echo: Crowther, Ascot, Halsey und schließlich auch Nyeto, der aber anmerkte: »Sie wissen, was das für Biko bedeutet, oder? Sie werden den Planeten verglasen, um sich zu rächen.«

»Sie würden ihn ohnehin verglasen, wenn sie bereit sind«, entgegnete Ascot. »Und bis es so weit ist, würden die Rebellen ihnen helfen, eine loyale Welt nach der anderen auszulöschen.«

»Das ist ganz simple Mathematik«, sagte Halsey. »Eine Welt jetzt oder einhundert später.«

Ascot blies die Backen auf. »Dann halten wir uns an Johns Vorschlag. Wir lauern der Gesandtschaft der Allianz auf.«

»Eine Bedingung«, sagte Crowther. »Unsere ursprüngliche Mission darf nicht darunter leiden. Wir teilen unsere Streitkräfte auf und greifen die Flotte trotzdem an.«

»Natürlich.« Ascot erhob sich. »An der Operation ändert sich nichts.«

Crowther lächelte zufrieden und schob ebenfalls seinen Stuhl zurück. John sah seine Chance.

»Colonel Crowther«, begann er, »Sie werden …«

Er brach ab, als die Tacpad-Minicomputer, die sie alle an den Handgelenken trugen, einen Chor schriller Alarmlaute ausstießen. John blickte auf seinen eigenen Bildschirm und sein Mund wurde schlagartig trocken.

VANISHING POINT MELDET:
ALLIANZ-FLOTTE IM ANFLUG
FÜNF SCHIFFE VON KORVETTE-GRÖSSE
ERWARTETE ANKUNFTSZEIT: 22 MINUTEN

»Schöner Mist«, entfuhr es Avery Johnson. »Das ist eine verdammt große Delegation.«

»Wir sollten nicht mehr auf der Oberfläche sein, wenn sie hier eintreffen.« Ascot eilte um den Tisch, wobei sie bereits hektisch in das Mikrofon ihres Tacpads sprach. »Alle Prowler beladen. Sie müssen in spätestens siebzehn Minuten startbereit sein …«

Nyeto und Johnson folgten ihr auf den Korridor hinaus, aber Crowther blieb, wo er war, und musterte John mit hochgezogener Augenbraue.

»Sie wollten etwas sagen, John?«

John blickte kurz zu Halsey hinüber, dann schluckte er hart und nickte.

»Ja, Sir. Sie werden alle Black Daggers für die Entermanöver brauchen und der Überfall auf die Außerirdischen wäre ein perfekter Auftrag für die Spartans.«

»Das stimmt, Colonel«, pflichtete Halsey ihm bei. »Genau für diese Art Einsatz habe ich sie erschaffen.«

Crowther bedachte sie mit einem unbehaglichen Blick, dann kam er um den Tisch herum auf John zu.

»Ich weiß das Angebot zu schätzen, mein Sohn«, erklärte er in verständnisvollem Ton. »Aber du bist fünfzehn.«

Ein bleiernes Gewicht legte sich auf John, und er ließ den Kopf hängen, während Crowther vor ihn trat. »Ich verstehe, Sir.«

Einen Moment lang sah es aus, als wolle der Colonel ihm die Hand auf die Schulter legen, aber dann erkannte er wohl, wie unpassend das wäre, und er bedeutete John stattdessen mit einem Wink, ihm zu folgen. »Außerdem habe ich eine andere Mission für die Spartans.«

»Natürlich, Sir.« John wagte nicht zu hoffen, dass diese Mission in irgendeiner Form bedeutsam sein könnte. Vermutlich wollte Crowther, dass sie sein Gepäck trugen oder etwas in der Art. »Wir werden helfen, wo wir nur können.«

»Ich wusste, dass ich auf euch zählen kann.« Crowther führte John zum Ausgang des Versammlungsraumes, dann drehte er sich zu ihm um. »Als wir gestern die Anlage einnahmen, haben wir mehr als dreihundert Aufständische gefangen genommen.«

»Sie wollen, dass meine Spartans den Babysitter für die Gefangenen spielen, Sir?«

Crowther gestattete sich ein schmales Lächeln. »Ich hätte es eher als Wachdienst bezeichnet«, erklärte er. »Aber solange ihr diese Kerle auf einen gesicherten Transporter schafft, ist mir egal, wie du die Sache nennst. Wir dürfen nicht riskieren, dass sie der Allianz in die Hände fallen. Der Feind darf unter keinen Umständen erfahren, was hier wirklich passiert ist. Wir verstehen uns?«

»Ja, Sir«, bestätigte John. »Sie können sich auf uns verlassen.«

»Das will ich hoffen, mein Sohn«, erwiderte Crowther. »Ich werde Captain Ascot bitten, einen Gefangenentransporter bereitzustellen.«

»Sehr gut.« John hob die Hand, um zu salutieren, dann sagte er: »Colonel Crowther ... bei allem Respekt, Sir. Ich würde gern eine Bitte äußern.«

»Worum geht es?«

»Hören Sie bitte auf, mich *Junge* oder *Sohn* zu nennen. Ich bin schon so lange Soldat, dass ich nicht mehr weiß, wie mein Vater aussah, aber ich bin ziemlich sicher, dass er kein Colonel beim UNSC war.«

Crowthers Augen weiteten sich … dann neigte er den Kopf. »Wie Sie wünschen, *Spartan*.« Er hob die Hand und erwiderte den Salut. »Ich denke, zumindest das haben Sie sich verdient.«

12. KAPITEL

Neuntes Zeitalter der Rückforderung
34. Zyklus, 41 Einheiten (Kriegskalender der Allianz)
Bloodstar-Flottille, Sturmkorvette *Sacred Whisper*
Im orbitalen Anflug auf den dritten Mond, Planet Borodan, Kyril-System

Sie sahen aus wie *Mulegs,* die vom Kopf eines kahlköpfigen Menschen sprangen, diese dunklen Flecken vor der rosafarbenen Scheibe des Planeten Borodan. Allein oder in Zweiergruppen stiegen sie über der Oberfläche des fahlen Mondes auf, den die Kolonisten Seoba nannten, und sie waren so winzig und schnell, dass man sie leicht für eine optische Täuschung halten könnte, einen Trick, den überanstrengte Augen dem Geist spielten. Aber nachdem er beobachtet hatte, wie fünf von ihnen in ebenso vielen Einheiten ins Nichts verschwunden waren, zweifelte Tel 'Szatulai nicht länger an seinen Augen.

Das waren feindliche Schiffe, die den Ort ihres Treffens mit den Menschenverrätern verließen.

'Szatulais Mandibeln pressten sich zusammen, während er an der vorderen Beobachtungsscheibe stand, und seine beiden Herzen schlugen in entgegengesetztem Rhythmus. Eine derartige Reaktion war einer Ersten Klinge des Stillen Schattens unwürdig, und er konnte nicht einmal sagen, ob sie aus Furcht oder aus Zorn geboren war. Er würde sich später in die Reflexionskammer am Rücken des Schiffes zurückziehen und darüber meditieren, aber fürs Erste musste es reichen, diese körperliche Reaktion zur Kenntnis zu nehmen und sie über sich ergehen zu lassen. Das sollte seine kontrollhungrigen Emotionen in ihre Schranken weisen und ihm helfen, sich zu konzentrieren.

Was jetzt wichtiger schien denn je.

Ohne sich von dem Beobachtungsfenster abzuwenden, klackte er mit seinen Mandibeln, um die Aufmerksamkeit der Mannschaft zu erregen, dann sagte er in ruhigem Ton: »Ruft den Schiffsmeister.«

Stille senkte sich über die Brücke der *Sacred Whisper*. 'Szatulai hörte vier gedämpfte Wiederholungen seines Befehls, als er von einer Station zur nächsten und schließlich an den Schiffsmeister weitergeleitet wurde. Wenig später näherten sich Schritte über das Deck, so leichtfüßig und selbstsicher, dass es 'Szatulai wütend machte. Die Sensorleser hatten keinen der fünf – inzwischen sechs – Schiffstarts erfasst, die er mit bloßen Augen beobachtet hatte; sollte ihr Kommandant da nicht beschämt herbeischlurfen, voller Furcht vor den Konsequenzen eines solchen Versagens?

Aber vielleicht hatte 'Szatulai selbst Schuld an der vermeintlichen Sorglosigkeit des Schiffsmeisters. Es war ein weitverbreiteter Irrglaube, dass ein Mitglied des Stillen Schattens keinen anderen Sangheili töten würde, dem er in die Augen geblickt hatte. Und weil er gehofft hatte, dass die Mannschaft seines neuen Flaggschiffs eine bessere Leistung erbringen würde, wenn sie sich sicher fühlte, hatte 'Szatulai mit diesem Gerücht gespielt, indem er an Bord der *Sacred Whisper* stets seinen Helm abnahm. Aber was hatte er nun davon? Der Schiffsmeister selbst stolzierte gelassen auf ihn zu, scheinbar ungerührt von der erbärmlichen Arbeit seiner Mannschaft.

'Szatulai hoffte, dass es kein Fehler gewesen war, alle an Bord in Sicherheit zu wiegen. Ein weiteres Problem, über das er meditieren musste.

»Was ist das?«

Er drehte sich langsam zu dem Schiffsmeister um. »Wonach sieht es denn aus, 'Budyasee?«

»Ein feindliches Schiff.« Hulon 'Budyasee war ein stämmiger Sangheili mit kantigem Gesicht und stumpf auslaufenden Mandibeln. Er war halb so alt wie der sechzigjährige 'Szatulai und seine Schultern waren doppelt so breit. »Aber es gab keinen Bericht von den Sensorlesern.«

»Schön, dass du das Problem erkennst«, sagte 'Szatulai. »Vielleicht muss ich das Kommando doch nicht an deinen Stellvertreter weitergeben.«

'Budyasees Augen weiteten sich und er drehte sich zur Brückenmannschaft um. »Holt 'Gusonee und 'Terib her …«

Eine Berührung an der Schulter ließ ihn abrupt verstummen. »Werden wir mehr erfahren, wenn wir sie zu uns rufen oder wenn wir zu ihrer Station gehen?«, fragte 'Szatulai.

»Wenn wir zu ihrer Station gehen«, antwortete 'Budyasee kleinlaut. »Dann würden wir sehen, ob das Problem technischer Natur ist.«

»Dann lass uns bedacht vorgehen«, schlug 'Szatulai vor, nur dass es nicht wirklich ein Vorschlag war. »Ich bin kein San'Shyuum-Minister, der seine Entscheidungen aus der Ferne trifft.«

Die Mandibeln des Schiffsmeisters teilten sich erschrocken, aber so, wie er den Kopf neigte, war er wohl nicht sicher, ob die Bemerkung ein Seitenhieb gegen die San'Shyuum gewesen war oder einfach nur eine neutrale Beurteilung. Nach einem kurzen Atemzug klappte er seine Kiefer wieder zusammen und drehte sich zum hinteren Teil der Brücke um.

»Wie du wünschst, Klingenmeister.«

Der Schiffsmeister ging voran, als sie sich einen Weg durch das Labyrinth von Kontrollkonsolen und Ausrüstung bahnten. Schließlich erreichten sie das taktische Hologramm, das gerade ein Abbild von Seoba und Borodan zeigte. Rings um die Projektorplatte standen die Analysepulte, jedes bemannt von einem Sensorleser, dessen Augen fest auf seinen Kristallschirm gerichtet waren. Dort leuchteten die alphanumerischen Codes und Vektorsymbole, die sie benutzten, um die Bilder auf dem Hologramm zu studieren.

Jenseits der Leser standen die beiden Gehorsamshüter, die die Sensoranalyse überwachten. Normalerweise standen sie auf unterschiedlichen Seiten des Hologramms, wobei jeder für die fünf Leser auf seiner Seite verantwortlich war, aber nach 'Budyasees abgebrochenem Befehl hatten sie die Köpfe zusammengesteckt, um zu beraten, was ihnen wohl den Groll ihres Schiffsmeisters eingebracht haben könnte.

'Budyasee marschierte geradewegs zu den Gehorsamshütern hinüber und begann sie über die ungemeldeten Schiffe zu befragen, die gerade von Seoba starteten. 'Szatulai hingegen ging im Kreis um die Pulte herum und spähte den Lesern über die Schulter, um ihre Anzeigenschirme und die unzähligen Details des taktischen Hologramms zu betrachten.

Borodan war eingehüllt in ein Netz aus orbitaler Aktivität – Tausende Satelliten und Hunderte Schiffe, sowohl zivil als auch militärisch, dazu Dutzende Produktions- und Wartungsstationen und eine Handvoll Schiffswerften. Ein steter Strom von Frachtdrohnen huschte zwischen den Raumstationen und den beiden metallreichen Monden hin und her, die aktuell auf der ihnen zugewandten Seite des Planeten hingen. Mehrere Passagierschiffe stiegen durch das Gravitationsfeld des Planeten auf und bereiteten den Sprung in den Hyperraum vor – oder den Slipspace, wie sie es nannten. Da waren natürlich auch Aufklärungsboote im hohen Orbit und paar Dutzend große Militärschiffe, die in einer geosynchronen Umlaufbahn die Lage überwachten, aber 'Szatulai konnte keine Anzeichen entdecken, dass sich die Menschen auf eine Schlacht vorbereiteten. Und er sah auch keinerlei Bewegung in Richtung von Seoba.

Tatsächlich war es genau das Bild, das er erwartet hatte. Na gut, das Bild, auf das er *gehofft* hatte. Selbst die besten Tarnsysteme der Allianz waren nur zu 80 Prozent effektiv, es bestand also immer das Risiko, dass sie entdeckt wurden. Aber 'Szatulais kleine Flottille von Sturmkorvetten war weit außerhalb der feindlichen Sensorreichweite aus dem Hyperraum gekommen, und sie hatten ihre aktive Tarnung aktiviert, lange bevor sie den Anflug auf den Planeten und seine Monde begannen. Insofern gab es keinen Grund zu der Annahme, dass die Situation rings um Borodan nicht genau das war, wonach es aussah: der Alltag einer Welt, die wusste, dass jederzeit eine überlegene Streitmacht angreifen könnte, die sich aber an der Hoffnung festklammerte, dass sie verschont werden würde.

Das Einzige, was diesen Eindruck störte, waren die Schiffe, die von Seoba starteten – genauer: von den Koordinaten ihres vereinbarten Treffpunkts. Ihr abrupter Abflug *könnte* eine Reaktion auf das Nahen von 'Szatulais Flottille sein. Aber sie gingen nicht in Formation, um ihre Welt zu verteidigen. Und die Militärkreuzer in ihren Abfangorbits über Borodan zeigten nach wie vor keine Reaktion. Das ergab keinen Sinn. Wüssten die Menschen von seiner Flottille, würden sie ihm doch sicher ihre Streitmacht entgegenschicken.

'Szatulai musste mehr über diese Schiffe herausfinden, die von Seoba flohen. Nur so würde er dieses Rätsel lösen.

Als er dem Leser am siebten Sensorpult über die Schulter blickte, fand er schließlich den Schirm, der eine Detailansicht von Seoba zeigte. Diverse Datensignaturen krochen an den Rändern des Bildes entlang, wo die Masse des Planeten hinter dem Mond sichtbar war. Aber auf Seoba selbst gab es keine Signaturen. Ja, der gesamte Mond schien verlassen zu sein – was sich auch mit den Informationen deckte, die die Abhörmannschaften der *Sacred Whisper* gesammelt hatten.

»Warum haben wir keine Daten für diesen Mond?«, fragte 'Szatulai.

Der Leser neigte in einer unterwürfigen Geste den Kopf, bevor er antwortete: »Wir empfangen Daten, Klingenmeister … sogar eine ganze Menge.«

»Warum zeigt dein Schirm dann keine Aktivität auf dem Mond oder in seiner Nähe an?«

»Weil es nichts anzuzeigen gibt«, erwiderte der Leser. »Der Mond ist seit hundert Menschenjahren verlassen, genau wie die Späher berichteten.«

'Szatulai hörte, wie 'Budyasee mit den beiden Gehorsamshütern herüberkam, und ohne dass er dabei den Blick von dem Sensorschirm nahm, hob er die Hand, um den Schiffsmeister zurückzuhalten. 'Budyasees Nähe würde den jungen Leser einschüchtern. Mehr noch, in seinem Eifer, seine Vorgesetzten zufriedenzustellen, könnte der Sensorspezialist zögern, unangenehme Wahrheiten auszusprechen.

»Erzähl mir mehr über diese Daten, die keine Aktivität anzeigen«, verlangte 'Szatulai. »Was macht dich so sicher, dass da wirklich nichts ist?«

»Wie du wünschst.« Der Leser tippte seinen Schirm an zwei Stellen an, und der Mond färbte sich indigoblau, abgesehen von einem Fleck nahe dem Horizont, wo sich ein blasseres Blau ausbreitete. »Die Farben zeigen die Umgebungstemperaturen auf der Oberfläche. Je dunkler der Farbton, desto kälter ist es.«

'Szatulai deutete auf den Fleck. »Warum ist es dort heller?«

»Das ist das Eisfeld, wohin wir unterwegs sind«, klärte der Leser ihn auf. »Die Farbe zeigt an, dass es dort ein paar Einheiten wärmer ist.«

'Szatulai spürte, wie sich Zorn zwischen seinen beiden Herzen zusammenballte. Er nahm sich einen Moment, um sich der Emotion zu stellen und sie zu entschärfen, dann hob er den Finger zu dem taktischen Hologramm vor ihnen.

»Und warum hast du das nicht vermerkt?«

»Es hätte den falschen Eindruck erweckt.« Die Stimme des

Lesers war mit einem Mal kratzig vor Furcht. »Die Daten passen eher zu einem monatealten Asteroideneinschlag als zu einem Schiff, und ich konnte keine Wellenstrahlung oder magnetische Werte entdecken, wie sie selbst ein kleiner Transporter abgeben würde. Frag Utu 'Gusonee. Er kann bestätigen, dass …«

'Szatulai hob die Hand. »Du brauchst keine Angst zu haben. Ich möchte nur wissen, warum du so entschieden hast, das ist alles.«

Der Leser entspannte sich und neigte seine rechten Mandibeln nach oben, um anzuzeigen, dass er verstand.

»Weißt du, warum wir dieses Eisfeld anfliegen?«, fragte 'Szatulai. Ihr genaues Ziel und der Zweck ihres Hierseins sollten der Mannschaft eigentlich unbekannt sein, aber in der Beengtheit einer Schiffsbrücke schnappte man zwangsläufig ein paar Gesprächsfetzen auf, während man seinen Dienst tat. »Sag die Wahrheit.«

»Ich habe gehört, dass wir uns mit einem menschlichen Spion treffen.«

Das war nah genug dran. »Und trotzdem hast du nicht in Erwägung gezogen, dass diese Hitzesignatur vom Schiff des Spions stammen könnte?«

Der Leser ließ die Mandibeln nach unten links hängen, ein stummes Eingeständnis seines Versäumnisses. »Ich hätte gar nichts davon wissen sollen«, verteidigte er sich. »Und davon abgesehen wäre eine solche Schlussfolgerung höchst unlogisch. Falls die Signatur von einem Schiff stammen würde, müsste es dreißig Meter unter der Oberfläche …«

Der Sangheili erkannte seinen Fehler und verstummte abrupt. Seine Nasenschlitze zitterten vor Furcht. »Es tut mir leid, Klingenmeister. Es wäre möglich, dass ein Schiff in einem tiefen Höhlensystem wartet. Das würde den geringen Temperaturunterschied und das Fehlen anderer Signaturen erklären.«

»Nur ein Schiff? Oder mehrere?«

»Falls das Höhlensystem groß genug ist … mehrere.«

'Szatulai deutete erneut auf den Datenschirm. »Was wenn ich dir sage, dass während unseres Anflugs mindestens sieben Schiffe von diesem Mond gestartet sind?«

»Das ist unmöglich«, entfuhr es dem Leser. »Die Thermalsignaturen wären nicht zu übersehen gewesen. Und falls es sich um Menschenschiffe handelte, hätten wir außerdem magnetische Fluktuationen und elektromagnetische Emissionen feststellen müssen.«

»Und wenn ich dir sage, dass ich diese Schiffe mit eigenen Augen davonfliegen sah?« 'Szatulais Tonfall wurde schärfer. »Würdest du dann behaupten, dass etwas mit meinen Augen nicht stimmt?«

Die Mandibeln des Lesers zuckten, dann antwortete er mit trockener Stimme: »Natürlich nicht. Ich müsste schlussfolgern, dass etwas Unmögliches geschehen ist.«

»Für jemanden deines Alters ist das erstaunlich weise.« Erst jetzt winkte 'Szatulai den Schiffsmeister und die beiden Gehorsamshüter herbei. »Jetzt lasst uns überlegen, wie das Unmögliche geschehen konnte.«

»Ein Tarnfeld«, mutmaßte einer der Hüter, 'Gusonee. »Ich weiß, dass der Schiffsbauer Mudoat Path an einer Energiebarriere für seine Fregatten arbeitet, die die Schiffe ebenso verbirgt wie schützt. Vielleicht haben die Menschen ihre eigene Version davon …«

»Die Menschen haben *keine* Energiebarrieren«, schnitt 'Szatulai ihm das Wort ab. »Und selbst wenn doch, würde das nicht erklären, warum ihre Schiffe für unsere Sensoren unsichtbar bleiben, *nachdem* sie …«

Gestartet sind, wollte er sagen. Doch dann wandte 'Szatulai sich wieder dem Leser zu, statt den Satz zu beenden.

»Würde die *Sacred Whisper* aus dieser Eisgrube aufsteigen, wie hell wäre dann unsere Wärmesignatur?«

»Nicht allzu hell«, antwortete der junge Sangheili. »Unsere

Repulsorantriebe erzeugen nur wenig Hitze, da wäre also nur ein rotes Aufflackern, das nach einem Moment wieder verschwindet.«

»Aber heller als das, was wir jetzt gerade sehen?«

»Viel heller, Klingenmeister. Falls die Menschen Schiffe starten lassen, müssen sie im Vergleich zur *Sacred Whisper* ein Schatten sein.«

Die plötzliche Erkenntnis traf 'Szatulai wie ein Blitzschlag. Kurz musste er eine Woge der Übelkeit niederkämpfen, während unangenehme Wärme sich in seinem Körper ausbreitete. Seine Knie und seine Hände zitterten beinahe und die Nasenschlitze unter seinen Augen prickelten. Es war undenkbar, dass menschliche Tarnschiffe jenen in seiner Flottille überlegen waren ... und doch war das die einfachste Erklärung.

Mehr noch, die *einzige* Erklärung.

Er blickte 'Budyasee an. »Wir müssen eines dieser Schattenschiffe abschießen. Eröffnet das Feuer.«

»Auf diese Entfernung hätten wir sogar Mühe, den Mond zu treffen, ganz zu schweigen von einem Ziel, das wir nicht einmal erfassen können.«

»Aber ihr könnt die Eisgrube erfassen, oder?« 'Szatulais Herzen hämmerten um die Wette. Er merkte, dass seine Verblüffung in Zorn umschlug, aber er wusste nicht, wie viele Schattenschiffe noch starten würden, und ihnen lief die Zeit davon. »Zielt darauf!«

»Wenn wir das Feuer eröffnen«, warnte 'Budyasee, »werden wir das Treffen mit den menschlichen Verrätern nicht einhalten können. Der Angriff wird unsere Anwesenheit enthüllen und ...«

»Die Menschen *wissen* bereits von unserer Anwesenheit«, erklärte 'Szatulai. »Es gibt keine Verräter auf diesem Mond, die uns willkommen heißen würden. Vielleicht gibt es nicht einmal die Spartans, von denen sie sprachen. Dieses gesamte Treffen war eine Falle.«

'Budyasees Nasenschlitze blähten sich auf, und die Reaktion

der Gehorsamshüter und des Lesers fiel ähnlich extrem aus, aber keiner von ihnen rührte sich oder sagte ein Wort.

»Ich habe einen Befehl gegeben«, knurrte 'Szatulai. Er ließ die Hand zum Griff des Energieschwerts gleiten, der auf Hüfthöhe an seiner Rüstung eingehakt war. »Wenn ihr meine Autorität missachtet ...«

»Wir lassen nur Vorsicht walten.« 'Budyasee weigerte sich, den Blick zu 'Szatulais Schwerthand zu senken, was von großer Willensstärke und noch größerem Mut zeugte. Er wusste, dass seine Entgegnung ihn das Leben kosten könnte, und doch hatte er sie ausgesprochen – weil es seine Pflicht war. »Wir sind keine Schlachtflotte, Klingenmeister. Unsere Schiffe sind nur leicht gepanzert. Wenn wir den Menschen ein Ziel bieten, *werden* sie uns vernichten.«

»Dann werden die *Kai'd* sich eben beeilen müssen.« 'Szatulai nahm die Hand von seinem Schwertgriff und drehte sich zu dem Gravitationslift in der hinteren Ecke der Brücke um. »Stelle meine Entscheidung nicht noch einmal in Frage, Schiffsmeister. Diese Schattenschiffe sind eine Bedrohung für unsere Flotte. Und ich *werde* mir eines holen, damit wir es studieren können.«

13. KAPITEL

08:47 Uhr, 19. März 2526 (Militärkalender)
Unterirdische Grotte 6M430, Seoba-Eisbergwerk
Mond Seoba, Planet Biko, Kolaqoa-System

Im Lauf der Jahre war John-117 so vielen Admiralen und Generälen präsentiert worden, dass er einen hochrangigen Offizier sofort erkannte, wenn er einen sah. Und der hochgewachsene Mann in dem grauen Hemd mit dem gestärkten Kragen war *definitiv* ein hochrangiger Offizier. Sein Rücken war so gerade wie der Lauf eines Series-99-Scharfschützengewehrs, und er war umgeben von einem halben Dutzend noch größerer Aufständischer, die versuchten, ihn vor ihren Mjolnir-tragenden Babysittern abzuschirmen. Anfangs war das noch ganz einfach gewesen, denn als die Spartans die ebenso kalte wie düstere Wartungsgrotte betreten hatten, hatten die dreihundert Gefangenen eng zusammengedrängt in der Mitte des Gewölbes gestanden. Doch jetzt wurden sie die Verladerampe hochgeführt, auf einen Transporter der *Banta*-Klasse zu, der vor ein paar Stunden noch der Vereinten Rebellenfront gehört hatte. Und dabei wurden ihre Versuche, den General zu verbergen, überdeutlich.

Die Allianzschiffe würden in ungefähr zehn Minuten hier sein; sie hatten also kaum genug Zeit, um den Transporter zu beladen und zu verschwinden. Der Plan sah vor, dass eine von Hector

Nyetos Flugmannschaften die Aufständischen in einem ihrer eigenen Flieger nach Biko bringen sollte, damit man sie dort den kolonialen Strafbehörden übergeben konnte. Aber John war sicher, dass seine Vorgesetzten einen General lieber vom ONI befragen lassen würden, bevor ihn irgendjemand anders in die Finger bekam.

Also trat er an den Rand der Verladerampe und sagte, verstärkt durch den externen Lautsprecher seines Helms: »Gefangene, halt!«

Die dahinschlurfende Kolonne kam murrend zum Stehen, und dass viele dabei dem Vordermann auf die Hacken traten, bewies einmal mehr, dass sie keine ausgebildeten Soldaten waren. Der Ring der Leibwächter um den General löste sich dabei ganze zwei Sekunden auf, und John nutzte ihre Schlampigkeit, um sich das schlanke Gesicht mit dem grau durchzogenen Haar und den stahlblauen Augen einzuprägen. Bevor er den Befehl bewusst denken konnte, zeigte der Computer der Mjolnir-Rüstung ihm auch schon die Identität des Mannes an.

HARPER GARVIN, GENERALMAJOR A. D.
VORMALS UNSC MARINE CORPS
DESERTEUR
TERRORVERDÄCHTIGER
OBERKOMMANDO DER VEREINTEN
  REBELLENFRONT
PRIORITÄT C-NK-2A

Die rot blinkende Prioritätsangabe verriet John, dass das ONI Garvin lebend wollte – es war also wichtiger, ihn zu verhören, als ihn einfach nur vom Schlachtfeld zu entfernen. C-NK-2A war ein häufiges Kürzel für zweit- oder drittrangige Führungsfiguren in den diversen Rebellengruppierungen. Das 2A zeigte dabei an, dass die Gefangennahme des Generals keinen Vorrang vor der Erfüllung einer aktiven Mission hatte. Mit anderen Worten: Garvin hatte bei der Vereinten Rebellenfront eine wichtige Position inne – aber nicht die wichtigste. Des Weiteren bedeutete das 2A, dass die Sicherheit von UNSC-Personal bei der Gefangennahme eine untergeordnete Rolle spielte. Willkommen bei den Spezialeinheiten.

Als die Prioritätsangabe zu blinken aufhörte, scrollte die Akte des Generals über das Frontsichtdisplay, angefangen mit einer Auflistung potenzieller Sichtungen und der Rebellenoperationen, an denen er womöglich beteiligt gewesen war. John hatte kein Interesse an diesen Informationen, also sprang der Computer seiner Rüstung zu dem Teil der Akte, die Garvins letzten Posten beim UNSC beschrieb. Bevor er desertiert war, hatte der General zwei Jahre lang Logistik an der Akademie der Militärwissenschaften auf Circinius IV gelehrt. Für einen Generalmajor war das ein bescheidener Lehrposten, und es gab Spekulationen darüber, dass er sich den Rebellen angeschlossen hatte, um sich dafür zu rächen. In Johns Augen wirkte die Theorie ein wenig weit hergeholt – andererseits wurde man nicht General, ohne ein gewisses Ego zu entwickeln.

»Blau Eins, was soll die Verzögerung?«, fragte der Anführer von Team Gold, Joshua-029, auf dem Teamkanal, der allen zwölf Spartans der Einsatzgruppe Yama offenstand. »Ich dachte, wir wollen die Gefangenen von hier wegschaffen, *bevor* die Außerirdischen ankommen.«

»Ich habe einen entdeckt, den wir für das ONI zurückhalten sollten«, antwortete John, dann aktivierte er erneut den Helmlautsprecher und deutete auf Garvin. »Sie da. Treten Sie für eine Inspektion aus der Reihe.«

Die Leibwächter um Garvin scharrten mit den Füßen und versuchten verwirrt dreinzublicken. Die Spartans, die den Marsch der Kolonne überwachten, traten derweil zurück und fächerten aus, um sofort eingreifen zu können, sollte der Befehl auf Widerstand stoßen.

»Selbst auf Seoba wiegt diese Rüstung …« John machte eine Pause, bis der Computer das Gewicht auf seinem Display anzeigte. »… sechsundfünfzig Kilogramm. Falls ich Sie aus der Kolonne rausziehen muss, wird es viele gebrochene Zehen geben.«

Die Gruppe um den General geriet in Bewegung, als sich eine dünne olivhäutige Frau zwischen ihren Nebenmännern hindurch auf John zuschob. Sie hatte einen breiten Mund, graue Augen und verächtlich hochgezogene Brauen. John musterte sie kurz, um nach Anzeichen einer Bombe oder einer anderen verborgenen Waffe zu suchen, dann bedeutete er ihr, am Rand der Verladerampe stehen zu bleiben.

»Was soll das werden?«

»Du wolltest doch eine Inspektion durchführen. Also, hier bin ich.« Sie reckte den Kopf, um zu seiner Gesichtsplatte hochzublicken. »Aber ich muss dich warnen: Ich stehe nicht auf Roboter.«

Nervöses Gelächter wurde unter den Gefangenen laut.

»Ich bin kein Roboter«, erklärte John.

»Tut mir leid, Großer«, sagte die Frau. »Wenn ich das glauben soll, musst du schon deine Rüstung ablegen.«

Mehr Gelächter.

Kelly-087 meldete sich auf dem Spartan-Kanal. »John, das ist kein Flirtversuch. Sie will …«

»Mich ablenken. Schon klar.« Er blickte wieder zu der Traube von Gefangenen hinüber, die sich um Garvin gedrängt hatte. Natürlich war der General aus ihrer Mitte verschwunden. John beschloss, das Bild des »Roboters« zu seinem Vorteil zu nutzen. »Alle Teams«, sagte er. »Anlegen.«

Die Spartans hoben ihre Gewehre und im selben Moment schnellte er vor. Bevor die Frau auch nur reagieren konnte, hatte sich sein Handschuh um ihren Hemdkragen geschlossen.

»John, brauchst du Unterstützung?« Das war Kurt-051, der Anführer von Team Grün. »Ich sehe keine Bedrohung …«

Anstatt eine ihrer acht verbliebenen Minuten mit einer Erklärung zu verschwenden, sprach John durch seinen Helmlautsprecher:

»Das Militärgesetzbuch des UNSC gestattet die Hinrichtung von Gefangenen, die auf dem Schlachtfeld eine Wache an der Ausübung ihrer Pflicht behindern. Und da Sie weiterhin versuchen, die Gegenwart von General Harper Garvin vor uns zu verbergen ...«

»Lassen Sie sie gehen, Soldat.« Garvin tauchte aus dem Frachtraum des Transporters auf und schob sich durch die Menge von Aufständischen, die versuchten, ihm den Weg zu versperren. Als er das untere Ende der Einstiegsrampe erreichte, blickte er zuerst die Frau an. »Danke, Petora. Es war ein ehrenwerter Versuch. Aber wir hatten nie eine Chance gegen diese Dinger.«

John wartete noch einen Moment, dann ließ er die Frau los. »Die Gefangenen dürfen sich wieder in Bewegung setzen.«

Als die Aufständischen nicht sofort gehorchten, blickte Garvin über die Schulter. »Gebt ihnen keinen Vorwand, Leute!«, rief er, und die Kolonne schlurfte weiter die Rampe hoch. Der General wandte sich derweil John zu. »Wie haben Sie mich identifiziert, Soldat?«

Die Initiative zu ergreifen, war eine klassische Methode, um ein Verhör zu stören; Johns Ausbilder auf Reach hatten ihm diese Techniken selbst eingebläut, als er zehn Jahre alt gewesen war. Anstatt auf die standardmäßige Reaktion zurückzugreifen und dem Gefangenen zu sagen, dass er den Mund halten sollte – was Garvin zumindest ein paar Dinge über das SPARTAN-Trainingsprogramm verraten würde –, überflog John noch einmal die Personalakte des Generals. Was er brauchte, war ein plausibles Argument ...

»2508 haben Sie an der Luna OCS eine Vorlesung über planetare Aufstände gehalten.« John war zu dem Zeitpunkt noch nicht mal auf der Welt gewesen, insofern würde diese Information

Garvin nur auf den Holzweg führen, sollte er je Gelegenheit bekommen, sie zu benutzen. »Sie haben bleibenden Eindruck hinterlassen.«

Gavin zog eine Braue hoch. »Sie haben dort studiert?«

»Sie stellen viele Fragen, General.« John warf einen Blick auf die Zeitanzeige seines HUDs; noch sieben Minuten bis zur erwarteten Ankunft der Außerirdischen. »Sagen wir einfach, ich war enttäuscht, dass Sie die Seiten gewechselt haben.«

Der Generalmajor presste die Lippen zusammen und sein Blick wanderte zur Seite. »Ich bin ...«

Der Rest des Satzes ging im ohrenbetäubenden Donnern eines Artillerieeinschlags unter. Die Luft war plötzlich voller Eissplitter, die aus der Dunkelheit über ihren Köpfen herabrieselten.

Als der zweite Einschlag die Grotte erschütterte, begannen die ersten Eisblöcke aus der Decke zu brechen. Sie prallten harmlos von den Helmen und Schultern der Spartans ab, aber viele der Gefangenen, die getroffen wurden, gingen mit sichtbaren Verletzungen zu Boden.

Auf dem Kommandokanal der Einsatzgruppe Yama meldete sich Ascots Stimme.

»Starten! Sofort! Das Notfallprotokoll tritt hiermit in Kraft. Die Außerirdischen haben das Feuer eröffnet. Ich wiederhole: Das Notfallprotokoll tritt in Kraft. Starten Sie ...«

Die Übertragung endete in einem Schwall statischen Rauschens. Es übertönte selbst das dauerhafte Grollen, das die Höhle erfüllte, nun, da immer mehr ferne Explosionen durch das umliegende Eis rollten. Nach ein paar Sekunden ließ die Statik zwar wieder nach, aber Ascot meldete sich nicht mehr. Dafür plärrte eine Kakophonie von Funkmeldungen aus dem Kanal. Die lauteste aller Stimmen gehörte Nyeto.

»Die *Starry Night* wurde beim Start getroffen.« Das war Ascots Prowler. »Sie ist in der Eisgrube abgestürzt, aber intakt.«

Einen Moment später verschaffte sich Crowther Gehör.

»Danke, Commander«, sagte er ruhig. »Das reicht jetzt. Wir werden Sie kontaktieren, falls wir weitere Informationen benötigen.«

»Weitere *Informationen?*« Nyeto klang, als würde er vor Wut schäumen. »Sie könnten noch am Leben sein! Sie könnten …«

»Wir werden tun, was wir können, Commander«, unterbrach Crowther ihn. »Bitte, setzen Sie die Evakuierung wie gehabt fort. Für jeglichen Funkverkehr gilt ab jetzt Protokoll Echo.«

Protokoll Echo bedeutete, dass alle Kommunikationsmittel als unsicher eingestuft werden mussten. Crowther schien Nyeto – und die anderen auf dem Kanal – daran erinnern zu wollen, dass sie nicht wussten, ob und in welchem Maß die Allianz sie belauschen konnte. Aus Sicherheitsgründen sollten sie also davon ausgehen, dass selbst ihre verschlüsselten Kanäle kompromittiert waren. Es war eine extreme Vorsichtsmaßnahme, aber John konnte sie nachvollziehen. Im Notfall war es besser, keine unnötigen Risiken einzugehen.

Die Diskussion auf dem Kommandokanal setzte sich fort, wenn nun auch deutlich vager. Es gab nur noch grobe Positionsangaben, meist in Relation zu den Eishöhlen, wo die Prowler gewartet hatten, als der Befehl zur Evakuierung erging.

John hörte mit einem Ohr zu, schließlich war es möglich, dass die Spartans einen neuen Auftrag erhielten, aber seine Konzentration galt wieder den Gefangenen. Die Aufständischen hielten die Arme über die Köpfe, um sich vor weiteren herabstürzenden Eisblöcken zu schützen, und viele von ihnen blickten besorgt auf ihre verwundeten Kameraden hinab.

»Hoch mit euren Verletzten und dann ab an Bord«, befahl John über seinen Helmlautsprecher. »Jeder, der in einer Minute noch nicht in diesem Frachter ist, wird hier sterben.«

Das brachte Bewegung in die Kolonne. Die Gefangenen zogen ihre verletzten Freunde vom Boden hoch und stolperten die Rampe in den Frachtraum des *Banta* hoch. Die Luke zum Cockpit war von innen verriegelt und die Rettungskapsel konnte nur vom Cockpit aus einsatzbereit gemacht werden, insofern war es unwahrscheinlich, dass die Rebellen im Innern des Transporters einen Fluchtversuch starten könnten. Nein, falls sie den Start überlebten, würden sie sich auf Biko für ihren versuchten Staatsstreich verantworten müssen.

Garvin wich einem Eisbrocken aus, der von Johns Rüstung abprallte, dann spähte er besorgt in die Düsternis der Höhle hinauf. »Was passiert da oben?«

»Die Außerirdischen haben das Feuer eröffnet«, sagte John. Auf dem Kommandokanal verlangte Crowther gerade einen Lagebericht von der *Starry Night,* aber er erhielt keine Antwort. Das mochte bedeuten, dass der Prowler zerstört war, vielleicht aber auch nur, dass seine Sendeantenne Schaden genommen hatte. »Sie waren wohl doch nicht daran interessiert, neue Freundschaften zu schließen.«

Garvin riss die Augen auf. »*Deswegen* sind Sie also hier«, murmelte er. »Wie haben Sie davon erfahren?«

»Dumme Frage.« Das sollte dem General etwas geben, worüber er sich den Kopf zerbrechen konnte. Vielleicht würde es ihn später sogar zu einem leichteren Ziel für die Verhöragenten machen. »Woher, glauben Sie wohl, wusste das ONI, wo es Colonel Watts finden kann?«

Garvins Gesicht wurde aschfahl.

Jetzt fragte Crowther nach verfügbaren Einheiten. Er suchte einen Trupp Black Daggers, der in Position war und den abgestürzten Prowler rechtzeitig erreichen könnte, aber er erhielt keine ermutigenden Antworten. Der Großteil des 21sten war abgeflogen, bevor das Bombardement begonnen hatte, und die letzte Kompanie war mit den Night-Prowlern gestartet, zu denen auch Ascots *Starry Night* gehörte. Die Überlebenden hätten natürlich gern geholfen, aber dann hätten ihre Schiffe kehrtmachen und in das Inferno aus Plasmastrahlen zurückfliegen müssen, das von Sekunde zu Sekunde an Intensität zunahm.

»Nein«, entschied Crowther auf dem Kommandokanal. »Das Letzte, was wir brauchen, sind weitere Verluste.«

Falls John sich nicht irrte, war somit nur noch eine Einheit in Reichweite, um den Status der *Starry Night* in Erfahrung zu bringen: seine Spartans.

Falls sie zur Absturzstelle aufbrachen, würden die Gefangenen zwar im Frachtraum des Transporters unbewacht bleiben, aber John hatte bereits mehr oder weniger ausgeschlossen, dass sie fliehen oder das Schiff übernehmen könnten. Im Notfall müsste die Besatzung nur das untere Deck fluten, um die Aufständischen auszuschalten. Der einzige Haken an der Sache war, dass Garvin keinen Schutzanzug trug; John konnte ihn also nicht mit auf ihre Rettungsmission nehmen. Stattdessen würde der General gemeinsam mit den anderen Gefangenen nach Biko fliegen. Das ONI sollte ihn trotzdem aus seiner Zelle holen können, bevor die kolonialen Behörden ihn hinrichten ließen. Und selbst wenn nicht … einen Prowler in Feindeshand fallen zu lassen, wäre ein ungleich größeres Problem.

John bedeutete Garvin, die Rampe hochzusteigen. »Zurück zu Ihren Freunden.«

»Was?« Einen Moment lang wirkte Garvin verwirrt, dann wurden seine Augen schmal. »Moment mal. Sie können uns nicht in ein Bombardement der Allianz rausschicken …«

»*Sofort.*« John packte den Mann am Kragen und schubste ihn mehrere Schritte auf das Schiff zu. »Viel Spaß auf Biko, General.«

Anschließend wechselte er auf den Kanal von Nyetos Flugmannschaft. »Sierra-117 an *Banta*-Transporter«, sagte er. Sierra war einer der Funkcodes für die Spartans. »Es gibt eine Planänderung. Sie fliegen ohne uns.«

»Auf keinen Fall.« Die Pilotin klang beinahe panisch. »Wir können nicht ohne Wachen starten.«

»Sie können und Sie müssen.« Die Sorge in der Stimme der Frau verwirrte John – sie war informiert worden, dass die Luken des Frachtraums von innen verriegelt waren, und jeder Militär-pilot, der auch nur einen grundlegenden Kurs in Schiffssicherheit absolviert hatte, wusste, dass sie lediglich das Cockpit versiegeln und den Druck aus der Hauptkabine ablassen musste, sollte die Situation wirklich brenzlig werden. »Folgen Sie einfach dem Pro-tokoll zur Isolierung des Flugdecks. Ihnen passiert schon nichts.«

»Aber Commander Nyeto wollte, dass Sie …«

»Wir sind die einzige Einheit, die nach Captain Ascot und der *Starry Night* suchen kann«, erstickte John ihren Protest. »Guten Flug.«

Nachdem er die Verbindung unterbrochen hatte, winkte er sei-ne elf Spartans zu sich und joggte in Richtung der Luftschleuse los. Er verzichtete darauf, Crowther zu benachrichtigen. Das hätte den Colonel nur in eine undankbare Situation gebracht; er hätte dann nämlich entscheiden müssen, ob er einen abgeschossenen Prowler aufgeben oder das Militärgesetz brechen wollte, indem er Fünfzehnjährige einer tödlichen Gefahr aussetzte. Und da Crow-ther dazu neigte, zuerst an sich selbst zu denken, schien es ziem-lich offensichtlich, dass er den Prowler opfern würde.

»Also gut, dann bin ich wohl derjenige, der fragt.« Joshua-029 meldete sich auf dem Spartan-Kanal. »*Was zum Teufel* tun wir gerade?«

»Wir suchen die *Starry Night*.«

»Komisch«, bemerkte Kurt-051. »Ich habe nicht gehört, wie Colonel Crowther das autorisiert hat.«

»Das musste er gar nicht«, entgegnete John. »Wir sind die Einzigen, die noch übrig sind.«

»Mag sein«, warf Kelly ein. »Trotzdem werden wir eine Mit-fahrgelegenheit brauchen, wenn wir fertig sind.«

Da hatte sie natürlich recht, aber John war nicht sicher, was er sonst tun sollte. Wenn er Crowther um Erlaubnis bat, würden die Überlebenden der Prowler-Crew höchstwahrscheinlich ihrem Schicksal überlassen bleiben. Natürlich hatten Kurt und Joshua guten Grund, besorgt zu sein. Diese Art von Rettungsmission erforderte Koordination. Indem sie die Sache in Angriff nahmen, ohne den Rest der Einsatzgruppe zu informieren, setzten sie sich vielen unnötigen Risiken aus. John wünschte, Avery Johnson wäre hier, damit er ihn um Rat fragen könnte, aber der Sergeant war unmittelbar nach der Missionsbesprechung verschwunden.

Vielleicht hatte er auch keine Lust, mit Fünfzehnjährigen zu arbeiten.

»Das Erste, wonach Crowther fragen wird, ist ein Situationsbericht«, sagte John. »Also, machen wir uns ein Bild von der Lage.«

Sie erreichten die überdimensionierte Luftschleuse, die die Grotte vom Grund der gewaltigen Eisgrube trennte. Die Kammer bot mehr als genug Platz für die zwölf Spartans, also führte John die Einheit hinein und versiegelte die innere Luke hinter ihnen. Crowther würde fuchsteufelswild sein, aber hier standen Leben auf dem Spiel – ebenso wie die sensiblen Informationen an Bord des abgestürzten Prowlers. Sollte es der Allianz beispielsweise gelingen, den Missionsplan der Einsatzgruppe Yama zu bergen, wäre das das Ende von Operation: STILLER STURM. Und wenn die Außerirdischen gar die Koordinaten der Erde in die Finger bekamen, wäre das vermutlich das Ende der gesamten menschlichen Spezies. Die Prioritäten waren denkbar klar – John musste Halima Ascot und die *Starry Night* finden.

14. KAPITEL

08:59 Uhr, 19. März 2526 (Militärkalender)
Äußerer Wartungshof, Seoba-Eisbergwerk
Mond Seoba, Planet Biko, Kolaqoa-System

Als John die Luftschleuse verließ, war der Sublimationsdunst so dicht, dass er kaum die Mündung seines Gewehrs sehen konnte. Die Wolken über ihnen wurden von immer neuen Plasmastrahlen erhellt, sodass es sich anfühlte, als würde er seine Spartans ins Herz eines Gewitters führen. Nach dreißig Metern, als sie weit genug von den Wänden der Grube entfernt waren, um dem endlosen Regen herabprasselnder Eissplitter zu entgehen, blieben sie stehen.

John öffnete den Kommandokanal. »Sierra-117 erbittet einen Wegpunkt für die Zielkoordinaten.«

Falls der Rest der Einsatzgruppe das standardmäßige Rettungsprotokoll befolgte – und John war sicher, dass sie das taten –, würde einer der verbliebenen Prowler in der Nähe von Seoba warten und die Situation auf der Oberfläche durch taktische Drohnen verfolgen. Sie sollten die Position aller zwölf Spartans anhand ihrer ID-Chips in ihren Rüstungen verfolgen können, und wichtiger noch: Sie sollten in der Lage sein, die Spartans zur Absturzstelle der *Starry Night* zu führen.

In der Lage ... aber vielleicht unwillig.

227

Crowthers Stimme ertönte auf dem Kanal. »Was zur Hölle tun Sie da, Ju... äh, Blau Eins?«

Der Ton des Colonels war nicht gänzlich feindselig, was John als stille Duldung seines Plans interpretierte.

»Wir suchen die *Starry Night*. So wie es aussieht, sind wir die einzige verfügbare Einheit für die Aufgabe.«

Avery Johnson wäre stolz auf das Fingerspitzengefühl hinter dieser Antwort. Einerseits gewährte John Crowther taktischen Spielraum – die Spartans hatten die Mission übernommen, ohne um Erlaubnis zu fragen, der Colonel brauchte also keine Anschuldigungen zu befürchten, sollte etwas schieflaufen.

Gleichzeitig stellte er klar, dass sie keine andere Wahl hatten; die Spartans *waren* die einzige Einheit, die den Job erledigen konnte.

John bedeutete seinen Teamleitern, Kurt-051 und Joshua-029, auszufächern. So entstand eine hundert Meter lange Suchlinie, wobei Team Grün links von Team Blau Position bezog und Team Gold auf der rechten Seite. Dabei wahrten ihre Mitglieder einen Abstand von jeweils zehn Metern zum Nebenmann, während Team Blau dichter zusammenblieb, um im Notfall schnell und geballt eine der Flanken zu unterstützen.

Als Crowther nach mehreren Sekunden immer noch nicht geantwortet hatte, gab John ein weiteres Signal, und die Spartans sprinteten los. Sie bewegten sich mehr oder weniger direkt von den Dockanlagen fort, wo die Alpha-Kompanie so schwere Verluste erlitten hatte.

Auf dem Kommandokanal erklärte er: »Wir sehen uns um und melden uns dann wieder.«

»Verstanden.« Crowther klang erleichtert. »Aber gehen Sie keine unnötigen Risiken ein. Das Militär von Biko reagiert bereits auf das Plasmabombardement. Commander Nyeto versichert mir, dass sie die Allianzschiffe in spätestens einer Stunde zerstört oder in die Flucht geschlagen haben werden.«

»Mehr oder weniger«, meldete sich Nyeto selbst zu Wort. »Aber keine Sorge, Spartans. Ihr seid nicht allein.«

»Verstanden.« John versuchte, zuversichtlicher zu klingen, als er sich fühlte. Er mochte Nyeto und wusste seine Unterstützung zu schätzen, aber die letzten Tage hatten ihn eines gelehrt: Wenn der Lieutenant Commander *keine Sorge* sagte, dann war es höchste Zeit, sich Sorgen zu machen. Davon abgesehen kannte er die magere Erfolgsbilanz der Menschen in diesem Krieg. Die einheimischen Streitkräfte mochten den Invasoren drei zu eins überlegen sein, aber die Außerirdischen waren geschickt und gefährlich genug, um diese zahlenmäßige Übermacht mehr als wettzumachen. »Ich werde es mir merken.«

Ein Wegpunkt tauchte auf seinem HUD auf, ungefähr dreißig Grad rechts von ihrem aktuellen Kurs. Leider war die Entfernungsangabe weniger genau: vier bis acht Kilometer.

»Das ist wirklich eine große Hilfe«, sagte Fred auf dem Spartan-Kanal. »Wenn wir die andere Seite der Grube erreichen, wissen wir, dass wir zu weit gegangen sind.«

»Richtung anpassen«, befahl John.

Er rief die erwartete Ankunftszeit der Allianz auf und schnitt eine Grimasse. Zwei Minuten und der Sublimationsnebel war dichter denn je. Sein Bewegungstracker zeigte ihm Team Blau als Eckpunkte einer Raute, jeweils fünf Meter voneinander entfernt, aber wirklich sehen konnte er keinen der anderen. Wohin er den Kopf auch drehte, da war nichts außer einem formlosen weißen Wogen, das selbst seine Handschuhe zu verschlucken drohte, als er den Arm ausstreckte. Der Nebel wurde außerdem weiter von silbernem Leuchten durchzuckt, als sich das Plasmabombardement über ihnen unerbittlich fortsetzte.

»Zieht das Tempo an«, sagte John. Die Spartans hatten zwischenzeitlich auf ihre jeweiligen Teamkanäle gewechselt, Fred, Linda und Kelly waren also die Einzigen, die ihn im Moment hören konnten – und Avery Johnson natürlich, sofern er in Reichweite war. »Haltet die Augen auf eure Füße gerichtet. Weiter können wir ohnehin nicht sehen, und falls die *Starry Night* auf dem Weg nach unten auseinandergebrochen ist, könnten Trümmer herumliegen.«

»Hat Commander Nyeto nicht gesagt, das Schiff wäre noch intakt?«, fragte Kelly.

»Das hat er gesagt, ja«, erwiderte John. »Er hat aber nicht gesehen, was passiert ist, nachdem es in der Grube verschwand.«

Auf dem Kommandokanal verkündete die Mannschaft des *Banta*-Transporters, dass sie gestartet waren. Einen Moment später glitt das Schiff über den Köpfen der Spartans hinweg, und wo sich seine Antriebe durch den wirbelnden Nebel brannten, entstanden schmale Tunnel in der weißen Wand. John erhaschte einen Blick auf das umliegende Terrain – den rauen Grund der Grube, die fernen, jeweils zwei Kilometer hohen Terrassen an ihren Rändern –, dann hob der Transporter seine Nase an und stieg auf drei speerförmigen Düsenschweifen in den Himmel empor.

Ein trübes Zwielicht senkte sich über die Eisebene, als die Außerirdischen ihr Plasmabombardement einstellten und das Ziel wechselten. Augenblicke später eröffneten sie wieder das Feuer – diesmal auf den Transporter. John verfolgte die silbernen Strahlen zu fünf unterschiedlichen Punkten zurück.

Fünf näher kommende Schiffe also.

Und noch eine Minute bis zu ihrer Ankunft.

Der Wegpunkt verharrte in der Mitte seines HUD, der Pfeil deutete geradeaus in den weißen Dunst und die Entfernungsanzeige zeigte fünf bis sieben Kilometer an. Es war vollkommen ausgeschlossen, dass sie die *Starry Night* fanden, ehe die Allianz die Oberfläche von Seoba erreichte. Hätte Johns Einheit ihre zusätzlichen Düsenpacks dabeigehabt, wären sie vermutlich ein wenig schneller vorangekommen. Aber als sie heute ihre Mjolnir-Rüstungen angelegt hatten, waren sie noch dazu eingeteilt gewesen, auf einen Haufen Gefangener aufzupassen. Dementsprechend hatte der Quartiermeister keine Düsenpacks ausgegeben.

Und um fair zu sein: John hatte auch nicht danach gefragt.

Zum Glück war Seoba verdammt groß. Das bedeutete, dass die Außerirdischen auch nach ihrer Ankunft noch eine Weile brauchen würden, um die Spartans oder die Absturzstelle der *Starry Night* zu finden – selbst mit fünf Schiffen.

Einmal mehr begannen die feindlichen Plasmastrahlen in die Eisgrube hinabzuregnen. Der Sublimationsnebel hatte sich wieder zusammengezogen und die Spartans rannten wieder durch weiße Watte. Zumindest bis der Dunst über ihnen plötzlich wogte und wirbelte, als etwas Großes vorbeiraste. Eine Minute später flogen drei weitere Objekte vorüber, tiefer diesmal. Sie fingen an, die Grube abzusuchen! Die maximale Entfernung zum Ziel war auf fünf Kilometer gesunken und noch immer waren nirgends Trümmer zu sehen.

John versuchte sich einzureden, dass das ein gutes Zeichen war. Falls sie Wrackteile fanden, mussten sie davon ausgehen, dass die *Starry Night* vor dem Aufprall auseinandergebrochen war. Bis dahin gab es also Hoffnung, dass Ascots Flugmannschaft eine kontrollierte Bruchlandung hingelegt hatte.

Die Nebelwand sank in sich zusammen, und als die maximale Distanz noch zwei Kilometer betrug, reichte der Dunst ihnen nur noch bis zu den Schultern. Jetzt konnte John endlich sehen, warum die Angaben des Entfernungsmessers so vage gewesen waren. Die *Starry Night* war auf halber Höhe der Eiswand abgestürzt, auf einer zweihundert Meter breiten Terrasse. Dabei war eine Lawine losgebrochen, die sich bis zum Grund der Grube ergossen hatte. Jetzt ruhte der Prowler auf diesem Meer aus Eistrümmern, vielleicht siebenhundert Meter über den Spartans.

Oder zumindest ruhte dort der hintere Teil des Schiffes. Das war nämlich alles, was John sehen konnte: die Hauptdüsen und das Heck. Alles, was vor den Flügeln lag, war entweder im Eis vergraben … oder abgerissen worden. Die seltsame Krümmung des Rumpfes machte es schwer, eine dieser Möglichkeiten auszuschließen.

»Das ist übel«, sagte Fred auf dem Teamkanal. »*Richtig* übel.«

»Immerhin hat der Prowler sich nicht in seine Bestandteile aufgelöst«, relativierte John. »Es könnte Überlebende …«

»Ich meine nicht den Absturz«, unterbrach ihn Fred. »Sondern *das da*.«

Er deutete in die Richtung zurück, aus der sie gekommen waren, auf eine ferne Silhouette, die gerade über dem Rand der Grube in Sicht kam. Die Form des Schiffes erinnerte an zwei Tränen, verbunden durch einen schmalen Mittelteil, und sein Rumpf war überzogen mit willkürlich platzierten, blau glühenden Lichtern. John hoffte, dass es nur einen weiteren Überflug über der Eisgrube absolvierte, so wie die anderen zuvor, aber nein: Sobald es die Grubenwand hinter sich gelassen hatte, sank das Schiff tiefer und tiefer, der abgestürzten *Starry Night* entgegen.

»Mist«, zischte Kelly. »Wollen sie den Prowler bergen?«

»Sie sind jedenfalls sicher nicht hier, um ihre Hilfe anzubieten«, brummte Fred.

Freds Schlussfolgerung wurde einen Wimpernschlag später bestätigt, als das Schiff begann, Plasmablitze in Richtung der Spartans zu feuern. Zum Glück war die Hauptkanone für den Schiffskampf konzipiert, nicht als Anti-Personenwaffe, und der Schussvektor änderte sich nur träge, sodass die Strahlen hinter den ausweichenden Spartans einschlugen. Dennoch ließen sie den Vorhang aus Sublimationsdunst in Sekundenschnelle hochwallen, sodass die Einheit einmal mehr durch eine blitzende Wolke aus trüber Helligkeit irrte.

John musste die anderen nicht erst daran erinnern, dass sie beständig Richtung und Tempo wechseln sollten. Die Fusionsreaktoren, die ihre Mjolnir-Rüstungen mit Energie versorgten, gaben genug Wärme ab, um selbst auf der primitivsten Form eines Infrarotsensors wie ein Signalfeuer zu leuchten. Sollten sie länger als ein paar Sekunden in einer geraden Linie rennen, würden die feindlichen Kanoniere sie in ihre Atome auflösen.

»Das ist nicht länger eine Rettungsmission«, verkündete John über den Spartan-Kanal. Er war sicher, dass seine Kameraden wussten, was sie zu tun hatten, aber es schadete nie, alles noch mal durchzugehen. »Unser oberstes Ziel ist jetzt, zu verhindern, dass dem Feind UNSC-Ausrüstung oder -Daten in die Hände fallen. Sie dürfen nichts mitnehmen, was sich an Bord der *Starry Night* befindet.«

»Verstanden.« Joshuas Stimme klang enthusiastisch, fast schon fröhlich. »Wie sieht der Plan aus?«

»Ich bin offen für Vorschläge«, erwiderte John. »Aber lasst mich erst mit der Fledermauspatrouille sprechen.«

Sein HUD bezifferte die Entfernung zur *Starry Night* mit dreizehnhundert Metern. Davon ausgehend schätzte er, dass sie bis zum Fuß des Lawinenfeldes noch ungefähr dreißig Sekunden brauchen würden und danach vermutlich noch mal zwei Minuten, um zu dem Prowler hochzuklettern. Was die Entfernung zu dem Schiff der Außerirdischen anging, konnte er wegen des hochgewirbelten Nebels nur raten, aber er bezweifelte stark, dass die Allianz mehr als eine Minute brauchen würde, um die Absturzstelle zu erreichen.

Er öffnete den Kommandokanal. »Hier Blau Eins. Wir haben ein Problem.« Crowther meldet sich augenblicklich. »Ich höre.«

»Wir haben die *Starry Night* gefunden«, berichtete John. »Sie ist beschädigt, scheint aber größtenteils intakt zu sein.«

»Das sind gute Neuigkeiten.«

»Nein«, korrigierte er. »Die Außerirdischen haben sie nämlich ebenfalls entdeckt. Eines ihrer Schiffe ist im Anflug, um das Wrack zu bergen.«

Crowther schwieg eine Sekunde. »John, das dürfen Sie nicht zulassen.«

»Ich weiß.«

»Die Daten an Bord dieses Prowlers … Was ihnen allein der Navigationscomputer verraten könnte – von den Koordinaten unserer kleinsten Stützpunkte bis hin zur gesamten Flottenverteilung. Sie müssen die Zerstörung aller Datengeräte sicherstellen. Habe ich mich klar ausgedrückt?«

»Jawohl, Sir«, bestätigte John. »Unsere Aufgabe wäre deutlich leichter, wenn der Prowler eine Art Selbstzerstörungsmechanismus hätte.«

Es war Nyeto, der sich daraufhin meldete. »Hat er. Im Maschinenraum jeder Fledermaus schlummert ein taktischer Nuklearsprengkopf, Sprengkraft ungefähr eine Megatonne. Im Katastrophenfall ist er auf automatische Detonation programmiert. Das Problem ist nur, solange jemand an Bord lebt, tritt diese Programmierung erst nach zwei Stunden in Kraft.«

»Dann können wir davon ausgehen, dass es Überlebende gibt?«

»Sagen wir, es ist *wahrscheinlich*«, sagte Nyeto. »Es könnte aber auch andere Gründe geben, warum die Selbstzerstörung nicht von selbst eingeleitet wurde.«

»Wir werden es herausfinden, wenn wir oben sind.« John überprüfte die Entfernung zum Ziel – ein Kilometer.

»Wenn Sie *oben* sind?«, echote Crowther. »Erklären Sie das, Soldat.«

»Der Prowler liegt auf halber Höhe eines Lawinenfeldes«, berichtete John. »Ungefähr siebenhundert Meter über uns. Es wird nicht einfach, ihn vor der Allianz zu erreichen.«

Jemand seufzte schwer, dann fragte Crowthers Stimme: »Commander Nyeto, gibt es keinen Weg, die Selbstzerstörung aus der Ferne auszulösen?«

»Sicher«, schnaubte Nyeto. »Der Kommandant des Schiffes könnte es tun. Im Falle der *Starry Night* ist das aber Ascot.«

Noch ein Seufzen. »Was wenn der Kommandant ausfällt?«

234

»Dann wäre der Geschwaderkommodore der nächste in der Reihe«, antwortete Nyeto. »Aber da das *ebenfalls* Ascot ist … bleibt nur noch der Captain des Trägerschiffes.«

Ein dritter Seufzer. Die *Vanishing Point* war zwei planetare Orbits entfernt. Selbst mit Lichtgeschwindigkeit würde es fast eine Stunde dauern, um eine Anfrage zu senden und eine Antwort zu erhalten.

Crowther brummte: »John, ich verlange das nur ungern …«

»Wir finden einen Weg, Sir.«

Auf dem Teamkanal rief jemand: *»Achtung!«* Einen Moment später zuckten auch schon fingerdicke Lanzen aus grellweißem Licht durch den Nebel.

»Wenn Sie uns die anderen Schiffe irgendwie vom Hals halten könnten, würden wir das wirklich zu schätzen wissen«, sagte John. »Wir haben schon mit dem einen hier alle Hände voll zu tun.«

»Das könnte schwierig werden«, erwiderte Nyeto. »Prowler sind nicht für Luftgefechte konzipiert und …«

Crowther schnitt ihm das Wort ab. »Wir *finden* einen Weg. Außerdem werden wir Ihnen Anweisungen schicken, wie Sie die Selbstzerstörung aktivieren …«

»Dafür ist keine Zeit.« Ein kleines Fahrzeug war am Rand von Johns taktischer Minikarte aufgetaucht und es kam schnell näher. »Keine Sorge. Wenn es ein Nuklearsprengkopf ist, können wir ihn in die Luft jagen.«

Eine Kanonade aus Plasmastrahlen brannte sich durch den Nebel, und mehr als nur einer prallte auf Brusthöhe von Johns titanverstärkter Mjolnir-Rüstung ab, ehe er sich auf den Bauch warf und zur Seite rollte. Sein Bewegungstracker zeigte an, dass das unsichtbare Fahrzeug seinem Ausweichmanöver folgte und den Kurs änderte, aber die Plasmasalven zischten nun harmlos über Johns Kopf hinweg. Offenbar richtete sich der Feind nur nach seinen Instrumenten; davon abgesehen war er in diesem dichten Dunst genauso blind wie die Spartans. John pumpte eine Granate in den Werfer seines Sturmgewehrs, rollte sich zweimal nach links und richtete sich dann feuerbereit auf die Knie auf.

Das Fahrzeug wurde vage sichtbar, als es in seine Richtung herumschwenkte. Es schälte sich nicht aus dem Nebel, vielmehr schien es, als würde sich seine Silhouette im Bauch eines Gespensts manifestieren, vorn breit, nach hinten hin schmaler werdend. Es hatte keine Räder, sondern schwebte auf einem schimmernden Kissen aus leerer Luft. Hinter dem geschwungenen Bug saß ein hünenhafter Brute in tiefroter Rüstung, tief vorgebeugt wie auf einem Motorrad. John hob das MA5B mit einem Arm und feuerte den Granatwerfer ab. Das Geschoss prallte gegen den Kopf des Brutes und explodierte in einem weißen Feuerball.

Einen Augenblick später hallte sein Helm wider von den klappernden Metall- und Knochenstücken, die auf ihn herabregneten. Die untere Hälfte des Brutes saß noch immer auf dem Fahrzeug, als es, einen Schweif aus dunklem Blut hinter sich herziehend, an John vorbeisurrte.

Auf seinem HUD sah er vier weitere Angriffsvehikel, die aber immer nur kurz in Reichweite seines Bewegungstrackers kamen und dann wieder verschwanden. Was den Rest der Spartans anging, hatte er nur die Hälfte von ihnen auf der Minikarte. Falls der Feind sich gleichmäßig verteilt hatte, bedeutete das, dass sie es insgesamt mit ungefähr zehn Fahrzeugen zu tun hatten.

»Teams Grün und Gold, beschäftigt den Rest dieser Schwebebikes.«

Eine Reihe grüner Statusmeldungen erhellte sein Display.

»Der Rest ... zu mir.« John rannte weiter dem Wegpunkt auf seinem HUD entgegen. Nach einem Siebenkilometersprint und einer Konfrontation mit einem Schwebebike atmete er inzwischen ein wenig schwerer. »Und ladet eure Granatwerfer.«

Grüne Statussymbole antworteten ihm, aber Kelly bemerkte: »John, selbst wenn die Werfer genug Reichweite hätten, würden die 40-Millimeter-Geschosse die Panzerung des Prowlers nicht mal ankratzen.«

»Müssen sie auch nicht.« John überprüfte die Entfernung zum Ziel, die inzwischen mit ein- bis achthundert Metern angegeben wurde. Das bedeutete: hundert Meter bis zum Fuß des Lawinenfeldes, dann siebenhundert Meter die Schräge hoch. »Wir lassen die Fledermaus zu uns kommen.«

Kelly schwieg einen Moment, dann sagte sie: »Solange sie uns dabei nicht zerquetscht.«

Zu diesem Zeitpunkt waren sie bis auf vierzig Meter an den Lawinenkegel heran und John sah die ersten pyramidenförmigen Eisklumpen aus dem Nebel hervorstechen. Kurz entschlossen stieß er sich vom Boden ab und in der geringen Schwerkraft von Seoba katapultierte der Sprung ihn mehr als zehn Meter in die Luft.

Die Nebelschicht war hier nur noch drei Meter dick, John hatte also mehrere Sekunden klare Sicht auf den Hang über ihnen. Nicht dass ihm gefiel, was er sah. Das Schiff der Außerirdischen schwebte dreißig Meter von der Absturzstelle entfernt über der Eisterrasse und setzte gerade eine Patrouille von Kriegern in schwerer Vakuumrüstung ab; Eliten, Brutes und Schakale schwebten durch den blauen Strahl eines Gravitationslifts auf das Eis herab, und die ersten von ihnen eilten bereits los, um zur *Starry Night* hinunterzuklettern und einen Weg an Bord zu suchen.

Als John den höchsten Punkt seines Sprungs erreicht hatte, blitzte plötzlich ein Plasmastrahl über seinen Helm hinweg. Der Lichtblitz verschwand hinter ihm im Nebel und einen Herzschlag später wurde ein Geysir aus Eistrümmern zwanzig Meter über dem Lawinenkegel in die Luft gewirbelt.

Auf dem Spartan-Kanal stieß Grace-093 einen schrillen Schrei aus, dann verstummte sie abrupt. Joshua befahl: »Daisy, hol …«

»Ich hab sie.«

John riss den Kopf hoch, während er in einem Bogen auf den

Boden hinabsank. Ein zweites Allianzschiff glitt über dem Rand der Eisgrube in Sicht, die Mündung seiner Bugkanone bereits blau glühend im Licht des nächsten Plasmageschosses.

»Grün und Gold, ihr könntet es mit weiteren Fahrzeugen zu tun bekommen.« John wechselte auf den Kommandokanal. »Commander Nyeto, wo bleibt diese Unterstützung? Ein zweiter Angreifer hat das Feuer auf uns eröffnet.«

»Wir sind gleich so weit«, versicherte Nyeto ihm. »Machen Sie sich keine Sorgen.«

»Würden Sie *bitte* aufhören, das zu sagen, Sir.« John tauchte wieder in den Nebel ein. Eine zweite Plasmalanze raste über ihn hinweg, und Statik kreischte aus dem Spartan-Kanal, als die Verbindung zu einem seiner Kameraden abbrach. »Und beeilen Sie sich. Wir erleiden hier unten Verluste.«

Er landete geduckt vor dem Lawinenkegel und rammte ein Knie ins Eis, dann zielte er mit dem Granatwerfer die Schräge hoch und schaltete wieder auf den Teamkanal.

»Feuert alle Granaten, die ihr habt«, befahl er. »Maximale Reichweite, direkt unter die *Starry Night*.«

»John, warte!«, warnte Fred. »Das könnte uns …«

»Auf eins«, rief John. »Zwei, eins …«

Er feuerte den Werfer ab, und trotz des Protests folgten die anderen Spartans seinem Beispiel, wie das grüne Leuchten ihrer Statusanzeigen verriet.

Die Salve war noch immer in der Luft, als der Lawinenhang in einem silbernen Lichtblitz verschwand. Es dauerte einen Moment, ehe John begriff, dass es ein Plasmastrahl gewesen war, der fünfzig Meter über ihnen eingeschlagen war. Er spürte ein leichtes Beben in seinen Stiefelsohlen, dann türmte sich plötzlich ein Wall aus Eis vor ihm auf, als die Lawine in Bewegung geriet. Er wirbelte herum und stieß sich vom Boden ab. Falls er hoch genug sprang, könnte er vielleicht auf den Trümmern davonsurfen … aber es reichte nicht.

Jede Schicht einer Lawine bewegte sich gleichzeitig, aber nicht immer gleich. Der untere Teil rollte unter dem oberen hervor, und nicht einmal die Reflexe eines Spartans waren schnell genug, um darauf zu reagieren.

John spürte, wie die Trümmer seine Füße trafen, dann seine Beine, und einen Sekundenbruchteil später steckte er bis zu den Hüften in einem Mahlstrom aus wirbelndem Eis. Er überschlug sich unkontrolliert, als die Lawine ihn verschluckte, bis er jegliche Orientierung verloren hatte. Er konnte nicht sagen, wo oben und wo unten war. Völlige Dunkelheit umschloss ihn, Fragen und Flüche dröhnten aus dem Spartan-Kanal und nichts wollte mehr einen Sinn ergeben.

15. KAPITEL

09:09 Uhr, 19. März 2526 (Militärkalender)
Abbaugrube, Seoba-Eisbergwerk
Mond Seoba, Planet Biko, Kolaqoa-System

Statusmeldungen scrollten über Johns HUD, als der Computer der Mjolnir-Rüstung seine verzweifelte Frage aufschnappte, wie stark die Lawine die Einheit wohl dezimiert hatte. Naomi-010 und Solomon-069 waren ihren Rüstungssignalen nach nicht länger kampffähig. Vier weitere Spartans, darunter John selbst, wurden als bewegungsunfähig gelistet – vermutlich weil sie unter Tonnen aus Eis und Schnee feststeckten. Aber zumindest war keiner der Namen mit einem roten VERSTORBEN versehen. Das bedeutete, dass die Hälfte der Einheit weiterkämpfen konnte.

»Verdammter ...«, brummte Fred. Die Lawine war nicht hoch genug, um die Funksignale zu blockieren, und seine Stimme war so deutlich, als würde er direkt neben John stehen – oder zumindest, als wäre er direkt neben ihm im Eis begraben. »Es hat funktioniert.«

Falls er mit *funktioniert* meinte, dass die Lawine die *Starry Night* auf den Grund der Grube hinabgetragen hatte, dann ja. »Steh nicht rum und halte Reden«, sagte John. »Du hast jetzt das Kommando. Geh an Bord und jag sie in die Luft.«

»Was wenn es Überlebende gibt?«, fragte Fred.

240

»Hol sie raus, falls es geht.« John wechselte zum Kommando-kanal, damit er Crowther und Nyeto Bericht erstatten konnte. »Ein Teil der Einheit geht jetzt an Bord. Was macht unsere Unter-stützung?«

»Ist auf dem Weg«, verkündete Nyeto. »Keine Sorge. Sie wissen nicht einmal, dass wir hier sind.«

Noch immer dieses Gerede von wegen *keine Sorge*. John muss-te an sich halten, um nicht in sein Mikrofon zu brüllen. »Sir ... Sie *sollen* aber wissen, dass Sie hier sind. Sie müssen sie von uns fortlocken ...«

»Halten Sie noch ein bisschen durch.« Crowther klang nicht so zuversichtlich, wie John es sich gewünscht hätte. »Wir sind gleich da.«

»Ich habe einen Plan«, fügte Nyeto hinzu. »Wenn wir sicher-gehen wollen, dass diese Schiffe nicht zurückkommen, müssen wir sie bei unserem ersten Überflug zerstören.«

Nur zu gern hätte John gefragt, wie lange das wohl dauern wür-de, aber er biss sich auf die Zunge. Seine Spartans wurden einmal mehr als Köder benutzt, und alles, was er tun konnte, war, es zu akzeptieren, sich aus dem Eis frei zu graben und irgendwie seine Einheit am Leben zu halten.

»Verstanden.«

John aktivierte die Helmlampe, sah aber nichts außer Blau vor sich. Die Eistrümmer hüllten ihn dicht ein und pressten seinen linken Arm und sein linkes Bein nach hinten, während sein rech-ter Arm nach unten gekrümmt war. Sein Kopf lag in einem unna-türlichen Winkel auf der Seite, sodass sich die Neuralschnittstelle in seinem Nacken wie eine stumpfe Klinge anfühlte, die gegen seine Wirbelsäule drückte. Oh, und er hatte nicht die geringste Ahnung, wo oben war.

Der Computer blendete einen Pfeil auf seinem HUD ein, der in Richtung seiner linken Schulter zeigte. Als John nicht reagier-te, tauchten die Worte: WORAUF WARTEN SIE, SOLDAT?, unter dem Pfeil auf. Entweder seine Rüstung entwickelte einen Sinn für Humor, oder sie hatte das neurale Implantat benutzt, um auf seine Erinnerungen an Chief Martinez zuzugreifen – den Hauptausbilder des SPARTAN-II-Programms auf Reach.

John begann seine rechte Hand hin- und herzudrehen, um einen kleinen Hohlraum zu schaffen. Die meisten Opfer, die von einer Lawine überrollt wurden, konnten nicht einmal das tun … aber die meisten Lawinenopfer trugen auch keine reaktorbetriebene Mjolnir-Rüstung. Nach dreißig Sekunden war er in der Lage, seine Hand frei zu bewegen, nach sechzig konnte er seinen Unterarm krümmen, und dann begann er, Eis in Richtung seines Ellbogens zu schaufeln und es nach unten zu drücken. Eine Minute später war sein ganzer Arm frei. Nun grub er um seinen Helm herum, anschließend um seinen anderen Arm, und schon bald konnte er auch seinen Oberkörper krümmen.

Die nächste Minute verbrachte er damit, sich nach oben zu schaufeln und Eisbrocken und Schnee nach unten zu drücken. Als er herumgewirbelt worden war, hatte er sein Gewehr aus den Händen verloren, aber er versuchte nicht, danach zu suchen. Es war vermutlich ohnehin so voller Eis, dass man es höchstens noch als Knüppel benutzen konnte. Außerdem hatte er noch seine M6D-Pistole, deren panzerbrechende 12,7-mm-Geschosse *fast* genauso viel Durchschlagskraft hatten wie das Sturmgewehr. In den Händen eines erfahrenen Schützen war die M6D sogar eine der effektivsten konventionellen Infanteriewaffen, die das UNSC zu bieten hatte.

Leider konnte die Pistole nicht mit einem M301 aufwarten. Den Granatwerfer würde er definitiv vermissen, denn der Funkverkehr zwischen Team Grün und Team Gold auf dem Spartan-Kanal verriet ihm, dass bereits die nächste Welle Angriffsfahrzeuge im Anmarsch war.

Als John schließlich die Oberfläche erreichte, stellte er fest, dass der abgestürzte Prowler fast direkt über ihm lag; sein Bug ragte nur ein paar Meter entfernt aus der Nebeldecke. Die *Starry Night* lag auf dem Dach, ihr Heck in Schnee und Eis vergraben, ihr Rumpf in einem Winkel von dreißig Grad nach oben geneigt. Der Bug war explodiert und hatte sich in eine rußgeschwärzte Masse verbogenen Metalls verwandelt.

Fred und die anderen Spartans waren nirgends zu sehen, dafür aber zehn Außerirdische, die über die Flügel des Prowlers auf seinen Bauch hochstiegen. Ihrer Größe und der Form ihrer Helme nach zu urteilen, waren es vier Schakale und ebenso viele Brutes, angeführt von zwei Eliten. Ihre Rüstungen waren so tiefrot, dass sie beinahe schwarz wirkten, und sie alle trugen stummelige Waffen, die vermutlich für den Nahkampf konzipiert waren.

John blieb in seinem Loch und konsultierte den Bewegungstracker seines HUDs. Er zeigte drei Spartans in der Nähe an – dort, wo sich der neue Lawinenkegel ausbreitete. Vermutlich versuchten sie noch immer, sich einen Weg an die Oberfläche zu bahnen.

Er konnte nicht sehen, was hinter ihm in der Grube passierte, aber die Meldungen der anderen Spartans verrieten ihm, dass die Schwebebikes der Allianz von mindestens zwei weiteren Schiffen unterstützt wurden. Dennoch verzichtete John darauf, noch einmal auf dem Kommandokanal um Hilfe zu bitten. Nyeto benutzte sie augenscheinlich als Köder für seine Falle – und wenn er sich darüber beschwerte, hätte Crowther nur einen weiteren Vorwand, um die Spartans zu behandeln, als hätten sie nichts auf dem Schlachtfeld verloren.

Die Außerirdischen standen inzwischen alle auf dem Bauch der *Starry Night,* wo sie ihre Waffen überprüften und sich auf ihr Entermanöver vorbereiteten. Das Schiff, das sie abgesetzt hatte, verließ derweil seine Position nahe der ursprünglichen Absturzstelle und begann auf den neuen Ruheplatz des Prowlers zuzugleiten.

»Fred, bist du an Bord?«

»Ja«, ertönte die Antwort. »Und du wirst nie erraten, wer …«

»Nicht jetzt«, unterbrach John ihn. Zwei Schakale kletterten am Rumpf entlang nach oben, zweifelsohne um das Schiff durch die zerfetzten Überreste des Bugs zu betreten. »Was ist mit dem Selbstzerstörungsmechanismus?«

»Ich mache ihn gerade manuell scharf«, berichtete Linda-058. »Es ist eine Fury, also dauert es eine Weile, die Codes einzugeben.«

»Lass dir so viel Zeit, wie du brauchst«, sagte John. »Fred, kannst du einen Enterversuch abwehren?«

»Wir sind hier drei Spartans, vier überlebende OAST und Sergeant Johnson«, informierte Fred ihn. »Ich weiß aber nicht, inwiefern er uns helfen kann. Hat sich ganz schön den Kopf gestoßen.«

»Mit meim Kopf is alles in Ordnung, wenn nur endlich dieses Klingeln aufhör'n würde.« Undeutliche Aussprache, beeinträchtigtes Gehör – Johnson hatte offensichtlich eine Gehirnerschütterung.

»Nimm ihm besser seine Granaten weg«, riet John. »Aber lass ihm sein Gewehr. Zehn Gegner sind gerade dabei, am Bug in den Prowler zu steigen. Mehr sind sicher schon unterwegs.«

»Und du sagst, ich soll mir Zeit lassen?«, schnaubte Linda.

»Ich wollte dich nicht unter Druck setzen«, erwiderte John. »Gib Bescheid, sobald die Bombe scharf ist.«

»Lange wird es nicht mehr dauern«, versicherte Linda ihm. »Welche Verzögerung soll ich eingeben?«

»Zwei Sekunden länger als ihr braucht, um den Explosionsradius zu verlassen«, schlug John vor. »Das wird eine enge Kiste.«

»Gib uns dreißig Sekunden«, schaltete sich Fred wieder ein. »Wir verschwinden mit einer der Rettungskapseln.«

John nickte anerkennend. Wegen der schwachbrüstigen Atmosphäre von Seoba würde die Schockwelle einer Ein-Megatonnen-Detonation in einem halben Kilometer Entfernung kaum noch zu spüren sein, und die Rüstungen von Spartans und OAST waren gleichermaßen gegen elektromagnetische Impulse geschützt. Das Einzige, worum sie sich Sorgen machen mussten, war also die

Hitze der Explosion. Es sollte ausreichen, sich irgendwo in Deckung zu kauern ... je weiter entfernt, desto besser.

»In Ordnung«, sagte John. »Lasst die ersten beiden Außerirdischen an Bord, ohne das Feuer zu eröffnen. Sie sind die Vorhut.«

»Verstanden«, bestätigte Fred.

»Wir nehmen die anderen ins Kreuzfeuer, sobald sie nachrücken.«

»Alles klar.«

»Was soll isch machen?«, fragte Johnson. »Wie lauten meine Befehle?«

»Bewachen Sie die Rettungskapsel«, sagte Fred. »Wir wollen doch nicht, dass die Außerirdischen sie stehlen, oder?«

»An mir kommt keiner vobei«, lallte Johnson. »He, wo is die Kapsel?«

»An der Decke.« Das war Malcom-059. Eigentlich sollte er draußen in der Grube sein und gemeinsam mit dem Rest von Team Grün gegen die feindlichen Fahrzeuge kämpfen, aber John dachte nicht weiter darüber nach. Die Spartans waren längst im TEW-Modus: *Tu einfach was.* »Wir liegen auf dem Dach, schon vergessen?«

»Oh, richtig«, erwiderte Johnson. »Verrückt.«

Das klang so gar nicht nach Johnson; er musste sich den Kopf wirklich sehr fest angeschlagen haben.

Die beiden Schakale verschwanden im Innern der *Starry Night*. Als nichts explodierte und keine Schüsse ertönten, gingen die beiden Eliten und die vier Brutes ebenfalls auf den Bug zu. Die beiden anderen Schakale blieben auf dem Bauch des Prowlers stehen, offensichtlich um ihnen den Rücken freizuhalten.

John war im Begriff, all das an Fred weiterzuleiten, als eine Reihe von Blitzen den Himmel zerriss. Dann wurden das Lawinenfeld und das Wrack in einen flackernden, orangefarbenen Schein getaucht. Zwei riesige Feuerbälle erblühten über der Eisgrube, und als John den Kopf hob, sah er, wie ein drittes Allianzschiff die

Flucht ergriff. Drei Prowler saßen ihm im Nacken und beharkten seine Energieschilde mit einer Kanonade aus Raketen.

Nyeto hatte die Falle zuschnappen lassen. Nun dröhnte seine Stimme triumphierend aus dem Kommandokanal. »Zwei sind hin, die anderen nehmen Reißaus! Ich hab's doch gesagt, John. Keine Sorge.«

»Was immer Sie sagen, Commander.«

John blickte wieder zu dem Wrack zurück. Wie nicht anders zu erwarten, hatte Nyetos Angriff die Situation am Boden schlimmer gemacht. Die Eliten winkten ihre Schakal-Vorhut zum Bug nach vorn, und das verbliebene Allianzschiff ging über der *Starry Night* in Position, als wolle es den Prowler in Schlepp nehmen.

»Aber halten Sie bis auf Weiteres bitte den Kanal frei, Sir. Wir sind hier unten gerade beschäftigt.« John schaltete auf den Teamkanal. »Fred, die Situation hat sich geändert. Sie kommen jetzt *alle* an Bord. Tut euer Bestes, um sie zurückzuschlagen.«

»Wird gemacht.«

Fast noch im selben Moment loderte eine Feuerzunge aus dem Hals des Prowlers, und einer der Brutes wurde wie eine Kanonenkugel davongeschleudert, während ein anderer in den verdrehten Metallstreben hängen blieb. Rauch und Blut quollen aus seiner geborstenen Rüstung. Die beiden Eliten waren auf das Lawinenfeld hinuntergestürzt und versuchten nun, ihren verwundeten Kameraden aus seiner prekären Lage zu befreien.

John kletterte aus seinem Loch und rannte los, auch wenn seine Stiefel bei jedem Schritt bis zu den Knöcheln zwischen den Eistrümmern einsanken. Das Allianzschiff hing inzwischen in einer Höhe von ungefähr hundert Metern direkt über der *Starry Night,* und eine riesige Irisluke an seiner Unterseite öffnete sich, um einen Kreis aus kühlem blauem Licht zu enthüllen.

Jetzt wünschte John sich *wirklich,* dass er seinen Granatwerfer hätte. Hatte er aber nicht, also hob er seine M6D-Pistole und feuerte auf den Elite, der die Entermannschaft anzuführen schien.

Die erste Kugel prallte ab und ließ einen goldenen Schimmer über den Energieschild des Außerirdischen huschen. Beide Eliten ließen von dem Brute ab und wirbelten in Johns Richtung herum, wobei sie glühende Energiewaffen aktivierten – Schwerter mit armlangen blutroten Klingen.

John machte einen Schritt nach rechts – es war unmöglich, auf dem nachgiebigen Untergrund des Lawinenfeldes zu springen – und positionierte sich so, dass seine Feinde einer hinter dem anderen zu ihm standen, dann feuerte er weiter auf den Anführer. Nach dem zweiten Treffer brach der Schild in sich zusammen und die dritte und vierte Kugel ließen das Wesen mit Dellen in der Rüstung zurücktaumeln.

John feuerte weiter, während er vorstürmte. Die letzten beiden Schüsse durchschlugen die feindliche Panzerung schließlich und der Außerirdische zuckte zusammen. Seine Beine knickten ein, die Klinge seines Energieschwertes löste sich auf und rings um die Löcher in seiner Brustplatte formte sich eine Wolke aus violettem Blut. John war bei ihm, ehe er zusammenbrechen konnte. Er packte den sterbenden Elite am Hals und schob ihn rückwärts, gegen seinen Kameraden.

Der zweite Außerirdische wirbelte jedoch zur Seite und stach auf Kopfhöhe mit seiner rot glühenden Klinge zu … eine Finte, damit sein Gegner sich duckte und er von oben den Todesstoß ausführen könnte. Anstatt darauf hereinzufallen, pflügte John weiter auf ihn zu, wobei er den tödlich verwundeten Elite als Schutzschild benutzte. Sobald er nahe heran war, rammte er die M6D gegen den Helm seines Widersachers und drückte ab.

Wie sich herausstellte, hatte dieser Elite ebenfalls einen persönlichen Schutzschild. Die Kugel prallte mit einem goldenen Schillern ab, ohne auch nur den geringsten Schaden anzurichten … und dann war Johns Magazin leer.

Egal. Der Feind war aus dem Gleichgewicht und geblendet durch den Mündungsblitz. Johns Rechte zuckte vom Hals des inzwischen toten Echsenwesen zum Handgelenk des lebenden, dann ließ er die Pistole los und schob diese Hand unter die Achsel des Eliten. Er wuchtete den Außerirdischen in einem Judowurf über seine Schulter, verdrehte ihm gleichzeitig die Schwerthand und spießte ihn mit seiner eigenen Waffe auf, als der Krieger auf dem Rücken landete. Die Energieklinge drang durch die rote Rüstung, als bestehe sie aus Papier, dann löste sie sich auf … und John stolperte nach vorn. Ein Schuss hatte ihn am Rücken getroffen.

Er kippte vornüber, rollte sich ab und hörte ein schrilles Fiepen – die Mjolnir warnte ihn vor einem Druckverlust. Es fühlte sich an, als habe ihm jemand einen Faustschlag zwischen die Schulterblätter verpasst, aber da war kein echter Schmerz, nur ein dumpfes Pochen, das bereits wieder nachließ. Er hatte also ein Loch in der Rüstung, aber keines im Rücken. Trotzdem würde ihn der Treffer umbringen, wenn er langsam erstickte. Zum Glück lag die Betonung dabei auf *langsam*.

Es sei denn, er kassierte noch einen Treffer.

John wälzte sich herum, sodass er der *Starry Night* zugewandt war, und rollte sich zweimal zur Seite. Sobald er auf dem Bauch zum Liegen kam, grub er die Arme ins Eis, um ein kleineres Ziel abzugeben. Das HUD verriet ihm, dass der Druck in seiner Rüstung noch bei 98 Prozent lag – ihm blieb also ein wenig Zeit –, und der Bewegungstracker zeigte zwei Spartans, die sich von hinten näherten.

»Passt auf!«, rief er. »Die Schakale!«

»Wir sehen sie«, meldete Anton-044 auf dem Spartan-Kanal. »Du bist noch am Leben?«

»Fürs Erste«, erwiderte John. »Ich habe ein Loch in der Rüstung.«

»Und ich habe Versiegelungsschaum«, erwiderte Joshua-029. »Halte durch.«

John hob den Kopf und entdeckte die beiden Schakale, die hinter runden, an ihren Unterarmen angebrachten Energieschilden kauerten. Diese Schilde schimmerten von oben bis unten golden, als Salve um Salve davon abprallte, aber keiner der Außerirdischen schien es eilig zu haben, das Feuer zu erwidern. Stattdessen verharrten sie hinter ihrer Deckung und blickten nur hin und wieder zur offenen Luke am Bauch des Allianzschiffes hoch. Vielleicht erwarteten sie, dass jeden Moment Verstärkung von dort auftauchen würde. Oder …

John musste an den Strahl aus blauem Licht denken, in dem die Außerirdischen auf die Oberfläche herabgeschwebt waren. Hofften sie womöglich, dass sie in die Sicherheit ihres eigenen Hangars hochgezogen wurden – und die *Starry Night* mit ihnen? Die Luke am Bauch des fremden Schiffes sah jedenfalls groß genug aus, um den Prowler zu verschlucken.

»Linda, die Bombe?«

»Ist scharf«, meldete sie. »Ich aktiviere den Timer, sobald wir Sergeant Johnson in die Rettungskapsel schleifen können.«

»Tut, was ihr tun müsst«, wies John sie an. »Aber verschwindet von Bord. Jetzt gleich. Die Allianz will den Prowler in ihr Schiff hochziehen.«

»*Was* für eine Ziege?«, rief Johnson dazwischen. »Was macht eine …«

Die Frage endete mit einem dumpfen Klacken, dann begann Johnson mit rauer, undeutlicher Stimme zu fluchen und zu protestieren.

John ignorierte ihn. »Alle Mann in Deckung!«, sagte er. »In dreißig Sekunden geht hier ein taktischer Nuklearsprengkopf der Fury-Klasse hoch! Ich wiederhole, dreißig Sekunden bis zur Detonation!«

Joshua und Anton stellten das Feuer ein. Die beiden Schakale spähten vorsichtig hinter ihren Schilden hervor und hoben ihre Gewehre … nur um nach vorn zu taumeln, als die Rettungsluke aus der Seite der *Starry Night* gesprengt wurde. Eine halbe Sekunde später flog auch schon die Rettungskapsel in einem hohen

Bogen davon. Plasmablitze zuckten aus den kleineren Kanonen am Bug des Allianzschiffes, aber die Kanoniere hatten offensichtlich nicht mit einem solchen Manöver gerechnet, und mit jedem Herzschlag flog die Kapsel weiter außer Reichweite.

John war bereits auf die Beine gesprungen und sprintete gemeinsam mit Joshua und Anton die Schräge hinab. Auf dem Kommandokanal schnappte Crowther: »Was zum Teufel war *das*?«

»Fred, Linda und die Überlebenden der *Starry Night*«, informierte John ihn. »Selbstzerstörung erfolgt in zwanzig Sekunden, Sir.«

»Danke für die Warnung«, sagte Nyeto in vorwurfsvollem Ton. »Könnten Sie und nächstes Mal vielleicht *noch später* Bescheid geben?«

»Gern«, erwiderte John. »Wenn wir dann mehr Feuerunterstützung bekommen.«

»He, ich habe sie …«

»Nicht jetzt«, grollte Crowther. »John, wir werden landen und ihre Einheit abholen, sobald der elektromagnetische Impuls abebbt. Das war gute Arbeit.«

Der Colonel unterbrach die Verbindung, bevor Nyeto noch etwas sagen konnte. John war nicht sicher, was er von dem Gespräch halten sollte, aber darüber konnte er sich später noch den Kopf zerbrechen – vorausgesetzt sie schafften es rechtzeitig aus dem fünfhundert Meter großen Detonationsradius des Sprengkopfes.

Er blickte über die Schulter zur *Starry Night* zurück. Der Prowler lag in einer Säule aus blauem Licht, umgeben von einem schillernden Nebel aus Eiskristallen, aufgewirbelt durch die Vibration, als der Prowler sich langsam aus Eis und Schnee löste.

Dann erreichten John und die beiden anderen Spartans den Fuß des Lawinentrichters, wo sie einmal mehr von dem Sublimationsnebel verschluckt wurden. John wollte die Einheit nicht ablenken, indem er eine Statusmeldung verlangte, also musste er sich auf seinen Bewegungstracker verlassen, der fünf fliehende

Verbündete anzeigte. Dazu kamen Joshua und Anton direkt hinter ihm und die beiden Spartans, die mit Fred in der Rettungskapsel entkommen waren. Fehlte also nur ein Mitglied der Einheit. Mit ein wenig Glück würde er heute keine Leute verlieren.

Gerade als sich vor ihm die graue Silhouette eines zerstörten Allianz-Schwebebikes aus dem Nebel schälte, blendete der Computer seiner Rüstung einen gelben Countdown von fünf Sekunden auf seinem HUD ein. Vier. Drei ... John und seine Begleiter sprangen über das Fahrzeug hinweg und kauerten sich dahinter zusammen.

Sein Helmlautsprecher knisterte vor Statik, und eine Wand aus Licht brandete durch die Eisgrube, so grell wie ein Mündungsblitz. Die Druckwelle verlor in der geringen Schwerkraft von Seoba schnell an Wucht, trotzdem neigte sich das Schwebebike leicht auf die Seite, und der Nebel wurde jäh auseinandergeweht.

John reckte den Kopf und spähte zu der pilzförmigen Wolke hinauf, wo sich vor einem Moment noch das Lawinenfeld befunden hatte. Zufrieden stellte er fest, dass sich die kantigen Umrisse mehrerer Spartans vor der Wolke abhoben. Er zählte drei, vier, fünf ... alle, die er zuvor auf dem HUD gesehen hatte. Sie wankten leicht, waren aber noch auf den Füßen. Die Mjolnir schirmte sie vor dem elektromagnetischen Impuls der Nuklearexplosion ab und die dünne Atmosphäre schützte sie vor der Wirkung der Druckwelle. Falls sie der Detonation zu nahe gewesen waren, könnten ihre Mjolnir natürlich Hitzeschaden genommen haben, und sollten die Schilde ausgefallen sein, bestand die Möglichkeit einer Strahlenvergiftung – aber es brachte nichts, jetzt die schlimmstmöglichen Szenarien durchzuspielen. Gewissheit würde John nämlich erst haben, wenn sie wieder auf der *Vanishing Point* waren und auf der Krankenstation untersucht werden konnten.

Der letzte Spartan stolperte aus dem Dunst und eilte hinter den anderen her.

Weit hinter ihm löste sich die vordere Hälfte des zerstörten Allianzschiffes eine weitere Lawine aus, als sie über die Terrassen an der Wand der Eisgrube rollte und dabei eine Spur aus qualmender Ausrüstung und Leichen hinter sich zurückließ. Die *Starry Night* war nicht allein gestorben.

Während John noch hinüberblickte, machte das statische Rauschen in seinem Helmlautsprecher dem schrillen Zirpen des Druckalarms Platz. Einen Moment später erwachte das HUD wieder zum Leben, und das Erste, was es anzeigte, war die blinkende Warnung, dass der Druck in seiner Rüstung auf unter 80 Prozent gefallen war. John drehte sich zu Joshua um und deutete mit dem Daumen auf seinen Rücken.

»Flick mich zusammen«, sagte er über den Spartan-Kanal. »Ich muss nach meiner Einheit sehen.«

16. KAPITEL

06:30 Uhr, 20. März 2526 (Militärkalender)
Vanishing Point, UNSC-Tarnkreuzer der *Point-Blank*-Klasse
Im hohen parabolischen Orbit, Planet Biko, Kolaqoa-System

Zweihundertdrei. Das war die Zahl der Bestattungskapseln, die vor den Hangartoren der *Vanishing Point* aufgereiht waren. Im rechten Winkel dazu standen Hector Nyeto und hundert weitere Offiziere in Rührt-Euch-Stellung, breitbeinig, die Hände hinter dem Rücken, während der weibliche Kaplan das Pflichtbewusstsein und den Mut der Opfer lobte. Auf der anderen Seite hatten sich hundertundein Mannschaftsmitglieder versammelt, auch Sergeant Avery Johnson, John-117 und die fünf anderen Spartans, die gerade nicht auf der Krankenstation versorgt wurden.

Vierundfünfzig der grauen Duraplastik-Zylinder waren leer, einer für jedes Opfer, das an Bord der *Starry Night* gestorben und dann durch die Ein-Megatonnen-Explosion der Selbstzerstörung atomisiert worden war. Hundertsiebenundzwanzig Kapseln enthielten die Asche der OAST, die bei ihrem anfänglichen Angriff auf Seoba gefallen waren – Männer und Frauen, die nie wieder einen Aufständischen erschießen würden. Und die Asche der Mannschaft der *Ghost Star* füllte zweiundzwanzig weitere Zylinder – Spione der Rebellion, die Hector persönlich für ein wachsendes Netzwerk von Schläferzellen rekrutiert hatte.

Ein Netzwerk, das das UNSC eines Tages von innen heraus zerstören würde.

Leider enthielt keine der Bestattungskapseln einen Spartan. Hector hatte wirklich alles versucht: Bei Netherop hatte einer seiner Sensortechniker »versehentlich« auf einem offenen Kanal gesendet; und gestern hatte er, wo er nur konnte, Zeit verloren, während er auf den Hilferuf von John-117 reagierte. Aber die Spartans hatten nicht nur überlebt – sie hatten die Schlacht gewonnen und sogar einiges an Allianzausrüstung erbeutet.

Wären diese genmanipulierten Freaks nur herangezüchtet worden, um die Menschheit vor den Außerirdischen zu beschützen, wäre Hector froh gewesen, auf derselben Seite zu stehen. Aber der ursprüngliche Sinn und Zweck der Spartans war es, die Rebellion durch chirurgische Schläge gegen ihre Anführer zu dezimieren, und sie waren verdammt noch mal zu effektiv, als dass sie je wieder zu dieser Aufgabe zurückkehren durften. Hector hatte ein paar ONI-Berichte über Spartan-Einsätze auf Jericho VII und Mamore gelesen, wo sie kurzen Prozess mit den lokalen Rebellenorganisationen gemacht hatten. Und sechs Monate zuvor hatte Team Blau der Vereinten Rebellenfront einen verheerenden Schlag versetzt, als es ihren Anführer – und ganz nebenbei Hectors Freund und Mentor – Colonel Robert Watts gefangen genommen hatte.

Wenn man bedachte, wie viel Schaden die Spartans innerhalb eines halben Jahres angerichtet hatten, war Hector der Allianz beinahe dankbar für ihre Invasion. So mussten sich die Supersoldaten zumindest auf ein neues Ziel konzentrieren. Er hoffte nur, dass diese Verschnaufpause der Rebellion genug Zeit verschaffte, um sich zu organisieren und die Spartans zu vernichten – denn falls nicht, dann blickte ihre Bewegung dem sicheren Untergang entgegen.

Der Kaplan verstummte, und Hector verfluchte sich dafür, dass er seine Gedanken hatte schweifen lassen, als ihn die Frau mit traurigen Augen und einem erwartungsvollen Lächeln anblickte. Halima Ascot war beim Absturz der *Starry Night* gestorben, was ihn zum ranghöchsten Flugoffizier und de facto zum Kommandanten der Einsatzgruppe Yama machte. Dementsprechend wurde auch von ihm erwartet, dass er die zeremoniellen Pflichten übernahm, die Ascot stets mit müheloser Eleganz ausgeübt hatte.

»Nehmen Sie sich so viel Zeit, wie sie brauchen, Commander Nyeto«, sagte der Kaplan. »Ein Moment der Stille wäre ohnehin angebracht, bevor wir unsere gefallenen Brüder und Schwestern den Sternen übergeben.«

»Danke, Major Ojombo«, sagte Hector mit echter Dankbarkeit. »Ich werde sie schrecklich vermissen.«

Das stimmte. Sosehr er das UNSC auch hasste, viele der Leute, die durch diese Kapseln repräsentiert wurden, waren im Lauf der Zeit zu Freunden geworden. Sie hatten ihm ihr Leben anvertraut, und es war nicht einfach gewesen, sie zu verraten. Ein Teil von ihm – zugegebenermaßen ein kleiner Teil – bemitleidete sogar John-117 und seine Spartans. Sie konnten nichts dafür, was Halsey und ihre Herren vom ONI mit ihnen angestellt hatten.

Hector blickte durch den Hangar zu Avery Johnson hinüber, der der dienstälteste Sergeant war. »Lassen Sie die Formation strammstehen, Staff Sergeant.«

Johnson straffte die Schultern. »Ehrenkompanie, Ach-*tung!*«

Beide Seiten der Formation wechselten von Rührt-Euch- in Habachtstellung, die Beine geschlossen, die Arme gerade an den Seiten.

»Die Druckbarriere, Staff Sergeant.«

Johnson gab den Befehl an die Hangarmannschaft weiter und eine durchsichtige AION-Barriere glitt zwischen den beiden Seiten des Hangars und den Bestattungskapseln nach oben. Nyeto hob die Hand zum Salut und die gesamte Formation folgte seinem Beispiel.

»Hangartore öffnen, Staff Sergeant.«

Auch diesmal rief Johnson den Befehl zu den Technikern hinüber. Die Tore glitten auseinander, woraufhin die Kapseln vom Windstoß der Dekompression hochgehoben und in die Leere hinausgesaugt wurden. Die *Vanishing Point* befand sich auf dem äußersten Punkt ihrer parabolischen Umlaufbahn, und dieser zusätzliche Schwung sollte ausreichen, um die Zylinder aus dem Orbit zu katapultieren, damit sie weiter in den tiefen Raum davontrieben.

Hector behielt die Hand an der Schläfe, während er seine auswendig gelernte Ansprache aufsagte. »Aus dem Sternenstaub sind wir geboren und zu Sternenstaub zerfallen wir wieder. Aber ihren Platz in unserem Herzen werden unsere gefallenen Brüder und Schwestern immer behalten. Sie sind vorausgegangen, um auszukundschaften, was jenseits der letzten Grenze liegt, und wenn unsere Zeit kommt, ihnen zu folgen, werden sie bereits auf uns warten und uns den Weg weisen. Mögen sie in Frieden ruhen, denn sie haben tapfer gekämpft und selbstlos ihr Leben gegeben. Kein Kommandant könnte mehr verlangen.«

Hector senkte die Hand. »Es war eine Ehre, mit ihnen zu dienen.«

Er gab den anderen ein paar Sekunden, um im Stillen Abschied zu nehmen, dann wandte er sich wieder Johnson zu. »Hangartore schließen, Staff Sergeant.«

Johnson wiederholte die Anweisung, die Tore schlossen sich und die AION-Barriere sank wieder ins Deck zurück.

»Lassen Sie die Ehrenkompanie wegtreten, Staff Sergeant.«

Johnsons Augen waren starr geradeaus gerichtet. »Kompanie, wegtreten.«

Und so endete es, typisch militärisch, ohne lange Trauerreden oder eine Zusammenkunft nach der Trauerfeier. Die Anwesenden kehrten einfach auf ihre Posten und zu ihren Pflichten zurück. Nur Avery Johnson, die Spartans, Colonel Crowther und eine Handvoll ranghoher Offiziere blieben zurück, zweifelsohne um zu erfahren, wie der neue Kommandant der Einsatzgruppe Yama ihre Operation fortsetzen wollte.

Hector war nicht überrascht, dass John-117 ihn offen und durchdringend anstarrte. Er hatte eindeutig zu lange gebraucht, um den Spartans zu helfen, und nun konnte er förmlich sehen, wie sich die Zahnräder hinter der Stirn des Jungen drehten. Es würde eine Weile dauern, bis Hector sein Vertrauen zurückgewonnen hätte – aber er konnte ja schon einen ersten Schritt machen. Bevor Crowther und die anderen Offiziere ihn umringen konnten, ging Hector mit einem aufmunternden Lächeln zu John hinüber und klopfte ihm auf die breite Schulter.

»Das war großartige Arbeit gestern, Petty Officer. Wir haben schwere Verluste erlitten, aber Sie haben alle gerettet, die gerettet werden *konnten*.« Er blickte vielsagend zu Johnson hinüber, dessen Augen nach seiner Gehirnerschütterung noch immer ein wenig glasig wirkten. »Und Sie haben verhindert, dass der Feind einen unserer Prowler erbeutet.«

»Sie haben mehr getan als nur das.« Dr. Halsey trat zu ihnen. Sie trug einen weißen Laborkittel; für eine zivile Wissenschaftlerin in Diensten des ONI war das vermutlich das Äquivalent einer weißen Galauniform. »Sie haben ein Allianzschiff zerstört. Ihr inzwischen *drittes*.«

»Und sie haben das Ding aus seinen Trümmern geborgen«, fügte Hector mit einem Nicken hinzu. Halsey prahlte mit den Erfolgen ihrer Spartans wie eine stolze Mutter – und wenn er sich bei ihr beliebt machte, könnte das auch dabei helfen, Johns Vertrauen zu erlangen. »Das war ein echter Glücksfall. Wer weiß, was es uns verraten kann.«

Halseys Lächeln wirkte mehr berechnend als geschmeichelt. »Wir haben bereits erste Fortschritte gemacht.«

»Beeindruckend«, erwiderte Hector. »Schade, dass wir keine lebenden Außerirdischen gefangen nehmen konnten. Aber falls es uns gelingt, hilfreiche Rückschlüsse aus der Ausrüstung der

Allianz zu ziehen, dann könnte das die Schlacht von Seoba zum bislang größten Erfolg des UNSC in diesem Krieg machen.«

»Und da Sie nun das Kommando über die Einsatzgruppe Yama haben«, warf John ein, »werden Sie hoffentlich auch Captain Ascots Kampfverbot für die Spartans neu überdenken.«

Diesmal musste Hector sein Lächeln nicht vortäuschen. »Keine Sorge«, versprach er. »Sie und die Spartans sollen so viel Kampfeinsätze bekommen, wie sie bewältigen können. Darauf haben Sie mein Wort.«

»Das ist nicht Ihre Entscheidung«, sagte Crowther, der sich energisch zwischen Hector und John drängte. »Die Spartans unterstehen mir.«

»Und *Sie* unterstehen mir.« Hector blickte den Colonel an. »Aber über die Befehlskette können wir später streiten. Die Allianzflotte dürfte schon bald eintreffen, um Biko anzugreifen – und wenn das geschieht, brauchen wir John und die Spartans für unseren Hinterhalt. Sie haben mehr Erfahrung mit diesen Entermanövern als der Rest von Yama zusammen.«

»Sie sind *fünfzehn*«, protestierte Crowther.

»Ich bin sicher, Admiral Cole wusste über ihr Alter Bescheid, als er sie der Einsatzgruppe zugewiesen hat.« Hector verlor allmählich die Geduld. So stur, wie der Colonel war, konnte man den Eindruck gewinnen, dass er die Spartans *wirklich* als Bedrohung für den guten Ruf seiner Black Daggers betrachtete – eigentlich hatte Hector das John gegenüber nur angedeutet, um den Jungen zu manipulieren. »Es tut mir leid, Marmon, aber ich muss Sie in diesem Punkt überstimmen. Sie haben selbst gesehen, was die Spartans leisten können.«

»Sie wollen also Kinder in die Schlacht schicken?«, fragte Crowther in schneidendem Ton. »Das wäre ein Fehler, Commander Nyeto. Ein großer Fehler.«

»Ist das eine Drohung, Colonel?«

»Das können Sie halten, wie Sie wollen.« Crowthers Blick wur-

de hart. »Aber ich meine es ernst. Sie werden keine minderjähri-
gen Soldaten zusammen mit meinen Black Daggers in den Kampf
schicken. Und falls Sie es doch versuchen, werden Sie dafür vor
einem Untersuchungsausschuss Rede und Antwort stehen.«

Hectors Puls rauschte in seinen Ohren, aber er durfte diese
Drohung nicht ignorieren. Ein Team von militärischen Sonder-
ermittlern war so ziemlich das Letzte, was er brauchen konnte. Er
hatte hart gearbeitet, um die besten Leute für seine Schläferzellen
zu rekrutieren, und auch wenn die Verbindung zwischen ihnen
sorgsam getarnt war, konnte zu viel schiefgehen, wenn ausgebil-
dete UNSC-Spürhunde in seinem Umfeld herumschnüffelten.

»Na schön, Colonel. Wir halten uns bei dieser Operation streng
an die Vorschriften.« Hector wandte sich zum Gehen. »Aber Ihre
Black Daggers machen besser einen guten Job ... sonst wird nämlich niemand überleben, der sich noch vor einem Untersuchungsausschuss verantworten könnte.«

Der Hangar leerte sich in verblüffter, angespannter Stille. Nyeto
und die Prowler-Kommandanten marschierten zum backbordsei-
tigen Ausgang, die Black Daggers zu dem auf der Steuerbordseite.
Und Avery Johnson überlegte, ob er nicht vielleicht besser auf die
Ärzte hören und in seiner Koje hätte bleiben sollen. Seine Gehirnerschütterung musste ernster sein, als er gedacht hatte; das war die
einzig logische Erklärung für das, was er gerade mitverfolgt hatte. Es war vollkommen ausgeschlossen, dass die beiden leitenden
Offiziere einer Einsatzgruppe so vor ihren Untergebenen streiten
würden.

Avery versuchte noch immer, sich einzureden, dass er halluzi-
niert hatte, als Dr. Halsey John am Arm nahm und ihn und die
anderen Spartans zum Steuerbordausgang führte, durch den gerade die Black Daggers verschwunden waren. Zumindest *das* ergab Sinn. John mochte ein brillanter Soldat sein, aber wenn es um
die Politik des Militärs ging, war er noch immer ein Kind. Weil

Crowthers Sturheit ihn frustrierte, sah er nicht, dass Nyeto ihn manipulieren wollte, und Halsey versuchte ihn zu beschützen, indem sie ihn von dem Minenfeld einer strittigen Kommandostruktur fernhielt.

Als Avery sich umdrehte, um ihnen zu folgen, fiel Crowther neben ihm in Schritt. »Tut mir leid, dass Sie das mithören mussten, Sergeant.«

»Ich habe schon Schlimmeres gehört, Sir.« Das stimmte nur halb; er hatte schon lautstarken Konfrontationen zwischen Vorgesetzten beigewohnt, ja … sie hatten jedoch nie damit geendet, dass ein Offizier offen drohte, karrierezerstörende Schritte gegen den anderen einzuleiten. »Aber bei allem Respekt, Sir, ich würde keine Gewohnheit draus machen. Das ist kein Kampf, den Sie gewinnen können.«

Crowther wirkte amüsiert. »Ach, wirklich?«

»Ich fürchte schon«, erwiderte Avery. Crowther war nicht bei seiner Besprechung mit Halsey und den beiden Admirälen dabei gewesen. Vermutlich ahnte er nicht einmal, dass Sektion Drei des ONI hinter den Spartans stand – und Colonels, die sich mit Sektion Drei anlegten, blieben nicht lange Colonels. »Hören Sie … Ich verstehe Ihre Bedenken, minderjährige Soldaten in den Kampf zu schicken. Ich meine, wer könnte das auch nicht verstehen? Aber diese Spartans sind *keine* Kinder, glauben Sie mir – das wurde bereits entschieden, und zwar weit, weit über Ihrer Gehaltsstufe.«

»Dessen bin ich mir bewusst, Sergeant.«

Crowther begegnete seinem Blick kurz, dann sah er zu Boden und blieb stehen. Avery verstand den Wink und hielt ebenfalls inne.

Sie warteten, bis sich der Hangar vollständig geleert hatte, erst dann sprach der Colonel weiter: »Ich kann nicht behaupten, dass es mir gefällt, aber am Resultat lässt sich nicht rütteln. Diese Spartans sind hervorragende Soldaten. Hätten sie uns auf Seoba nicht den Hintern gerettet, wäre STILLER STURM bereits gescheitert.«

Avery runzelte die Stirn. »Und Sie wollen sie trotzdem auf die Ersatzbank schicken?«

»Nicht wirklich«, sagte Crowther. »Dass sie die Entführung der *Starry Night* verhindert haben, war ziemlich überzeugend.«

»Ich fürchte, ich kann Ihnen nicht ganz folgen, Sir.« Die Furchen auf Averys Stirn wurden tiefer. »Vielleicht liegt es an der Gehirnerschütterung.«

Crowther lachte leise. »Es ist nicht die Gehirnerschütterung, Sergeant. Es ist Nyeto.«

»Jetzt komme ich wirklich nicht mehr mit.«

»Sie waren nicht an Bord der *Ghost Song*, als John Verstärkung anforderte«, erklärte Crowther. »Commander Nyeto ist acht Minuten lang herumgeflogen, um den perfekten Angriffswinkel auf die feindlichen Schiffe zu finden … und die Spartans hat er die ganze Zeit über ungeschützt gelassen.«

»Moment. Sie glauben, Nyeto hat *absichtlich* Zeit geschunden?«

»Ich glaube, er hätte die beiden anderen Korvetten auch ausschalten können, hätte er sofort angegriffen«, betonte Crowther. »Und bis ich weiß, warum er es nicht getan hat, möchte ich die Spartans möglichst weit von ihm fernhalten. Am liebsten wäre es mir, er wüsste nicht einmal, wo sie sind.«

Johnson nickte langsam. »Ja. Das kann ich verstehen.«

Er war nicht so überrascht, wie er vielleicht sein sollte. Nyeto hatte bereits seinen Argwohn geweckt – ihm missfiel die Art, wie der Lieutenant Commander sich bei John einschmeichelte. Und dann die Besprechung, als er das wahre Alter der Spartans enthüllt hatte … das war ganz klar ein Versuch gewesen, einen Keil zwischen John und seine Vorgesetzten zu treiben. Nun sah Avery seinen Verdacht bestätigt: Nyeto wollte sich offenbar als Johns einziger Verbündeter in der Befehlshierarchie von Operation: STILLER STURM positionieren.

Nach einem kurzen Moment sagte er: »Und was sollen wir unternehmen?«

Crowther lächelte. »Wie gut kennen Sie sich mit den Schriften von Sunzi aus, Sergeant?«

Avery antwortete mit dem Zitat, das der aktuellen Situation am angemessensten erschien. »›Große Resultate lassen sich mit kleinen Truppen erreichen‹.«

»Sehr beeindruckend«, lobte Crowther. »Und wissen Sie auch, was der gute General über militärische Versorgung zu sagen hatte?«

»›Eine Armee ohne ihren Tross ist verloren. Ohne Proviant ist sie verloren. Ohne Versorgungslager ist sie verloren.‹«

»Dann wissen Sie, was Sie tun müssen, Sergeant.«

»*Ich?*«

»Sie und die Spartans«, verdeutlichte Crowther. »Sie können sich vermutlich schon denken, wo Ihre Reise hinführt.«

Avery überlegte kurz und nickte. »Ich denke schon.« Wenn große Armeen so schnell vorstießen wie die Allianz, dann blieb ihnen oft nichts anderes übrig, als ihren Tross am Ort ihres letzten Sieges zurückzulassen. »Zumindest weiß ich, wo wir mit der Suche beginnen können.«

»Und wo?«

»Bei dem Planeten, den sie gerade verglast haben«, antwortete Avery. »Etalan.«

Crowther grinste. »Ich glaube, Sie haben Ihre Gehirnerschütterung überwunden«, sagte er. »Sie können jedenfalls schon wieder verdammt klar denken, Sergeant.«

17. KAPITEL

15:34 Uhr, 20. März 2526 (Militärkalender)
Vanishing Point, UNSC-Tarnkreuzer der *Point-Blank*-Klasse
Librationspunkt Drei, Biko/Seoba, Kolaqoa-System

Die Allianzflotte tauchte ganz unvermittelt auf dem Monitor auf – hundert Punkte aus blauem Licht, die innerhalb eines Wimpernschlags aus dem Slipspace hervorbarsten, um sich anschließend als träger Schwarm dem rosigen Rund von Biko zu nähern. Dabei gebar jeder Lichtpunkt Dutzende weitere Kontakte, als die außerirdischen Schiffe ihre kleinen Kampfflieger absetzten. Doch anstatt vorzurasen und die menschliche Verteidigung zu testen, blieben diese neuen Punkte bei ihren Trägern, und ihre Begleitformation war so dicht gedrängt, dass sie zu knopfgroßen glühenden Lichtflecken verschmolzen.

Dieses Verhalten hatte keinerlei Ähnlichkeit mit dem Protokoll für planetare Angriffe, die man John in seinen Taktikkursen auf Reach gelehrt hatte. Andererseits hatten die Spartans damals auch für den Kampf gegen menschliche Gegner trainiert – Gegner, die logischere Ziele verfolgten als die völlige Auslöschung einer gesamten Welt. Dementsprechend konnte John sich auch an kein Planspiel erinnern, bei dem die feindliche Flotte mit Energieschilden ausgestattet war und einen bewohnten Planeten mit gewaltigen Plasmastrahlen in Glaswüsten verwandelte.

»Das ist eine seltsame Formation«, kommentierte Fred.

Er stand neben John in einem der kleineren Wartungshangars der *Vanishing Point*. Ihre Mjolnir-Rüstungen wurden gerade im Wartungsmodul repariert, weswegen sie schwarze Overalls ohne Insignien oder Abzeichen trugen. Kelly und Linda, die sie einrahmten, waren ebenso gekleidet – genau wie das Quartett von Spartans, das sich in der hinteren Ecke des Hangars mit den Allianzwaffen vertraut machte, die sie auf Seoba geborgen hatten (die vier anderen Spartans waren noch in der Krankenstation, wo sie sich von Dekompressionskrankheit, gebrochenen Knochen und einer Milzruptur erholten). Dr. Halsey hatte sich derweil mit einer Art Holoprojektor in ihrem Labor eingeschlossen; das Gerät stammte aus den Trümmern des Schiffes, das die *Starry Night* bei ihrer Selbstzerstörung auseinandergerissen hatte.

Als niemand etwas sagte, schob Fred nach: »Man könnte glatt denken, ihre Kommandanten waren niemals an der Flottenakademie.«

»Andere Waffen, andere Taktiken«, brummte John.

»Wohl wahr, aber die Taktik sollte an die Vorzüge der Waffen angepasst sein«, sagte Kelly. »Wäre ich da drüben, würde ich die großen Schiffe weiter hinter den kleinen Fliegern zurückbleiben lassen. Dann würde ich die orbitalen Verteidigungsanlagen mit meinen Plasmakanonen angreifen und die Flotte von Biko zwingen, zu mir zu kommen.«

»Das wäre schlau«, nickte Linda. »Aber es wäre auch berechenbar.«

Eine Gruppe weißer Punkte sammelte sich über der Tagseite von Biko, als die kleine Raumflotte des Planeten in Verteidigungsposition ging. John zählte insgesamt fast fünfzig Schiffe, aber er sah auch, dass die meisten davon Patrouillenfregatten waren, die normalerweise Schmuggler aufbrachten und einem Kreuzer im Kampf wenig entgegenzusetzen hatten. Es war völlig ausgeschlossen, dass sie die Invasionsflotte zurückschlagen würden. Aber falls sie lange genug ausharrten und eine Wolfsrudel-Taktik anwandten, könnten sie zumindest ein paar Feinde mit in den Tod nehmen.

Das Strategiehandbuch des UNSC riet dazu, solche Formationen mit Jagdmaschinen auseinanderzutreiben, bevor sie ein Großschiff umschwärmen konnten. Die außerirdischen Jäger blieben jedoch bei ihren Trägern – ein dichter, aber brüchiger Schirm, der aussah, als könnte man ihn mit ein paar Fregatten durchstoßen. Und was ihre Mutterschiffe anging? Die hielten weiter auf die Verteidiger von Biko zu. Die Taktik der Außerirdischen ergab keinerlei Sinn.

Fred war augenscheinlich zu derselben Schlussfolgerung gelangt wie John. »Warum haben sie es so eilig? Die Allianz wird durch die Verteidiger schneiden wie eine Rakete durch einen Duschvorhang, aber sie werden dabei eine ganze Menge Schiffe verlieren.«

»Dann müssen sie glauben, sie würden noch größere Verluste erleiden, wenn sie sich Zeit lassen«, sagte Linda. »Bei Seoba haben wir die Hälfte ihrer Flottille zerstört. Vielleicht haben sie Respekt vor unseren Prowlern bekommen.«

Kelly schüttelte den Kopf. »Das waren nur Spähfregatten. Nyeto konnte sie mit ein paar glücklich gezielten Raketensalven vom Himmel holen.« Sie deutete auf den Monitor. »Aber diese Flotte besteht größtenteils aus Angriffskreuzern. Ihre Schilde könnten ein halbes Dutzend Salven absorbieren, ohne auch nur zu flackern.«

»Stimmt«, murmelte John. »Wenn sie Angst haben, dann sicher nicht vor Prowlern.«

»Dann vielleicht vor *uns?*«, mutmaßte Kelly. »Das heißt, vor den Black Daggers.«

Sie korrigierte sich, weil der Status der Spartans noch immer ungewiss war. Als ranghöchster Flugoffizier der Einsatzgruppe Yama war Hector Nyeto jetzt für die Operation: STILLER STURM verantwortlich, und er wollte, dass die Spartans wieder aktiv ins Geschehen eingriffen. Aber Crowther sträubte sich weiterhin dagegen und nicht einmal Dr. Halsey hatte ihn überreden können. John und die anderen Spartans waren frustriert und wütend darüber, dass man sie an die Seitenlinie verbannte, aber was sollten sie tun? Befehle waren Befehle, und nach Johns eigenmächtiger Aktion beim Angriff auf Seoba war es offensichtlich, dass sie Crowthers Meinung nicht ändern würden, indem sie sich ihm widersetzten. Darum standen sie nun auf der *Vanishing Point* und sahen zu, während die Black Daggers allein versuchten, die feindliche Flotte zu entern.

Einen Moment später nickte John Kelly zu. »Vielleicht hast du recht. Dass sie Angst vor einem Enterversuch haben, würde jedenfalls erklären, warum ihre Jägereskorte so dicht bei ihnen bleibt.«

»Es würde *einiges* erklären«, erwiderte Linda. »Zum Beispiel, warum die Allianz gestern so versessen darauf war, den Prowler zu bergen. Wenn sie von unserem Einsatz bei Netherop wissen, wollen sie wahrscheinlich herausfinden, wie wir unbemerkt an Bord gelangt sind.«

»Das ergibt Sinn«, brummte Fred nachdenklich. »Nur, woher wussten sie, dass wir auf Seoba sind? Es ist schließlich nicht so, als hätten die Spalter ihnen eine Warnung schicken können.«

»Vielleicht«, sagte John, »haben die Außerirdischen einen der startenden Prowler gesehen, und sie wollten herausfinden, warum er nicht auf ihren Sensoren auftaucht. Oder vielleicht hat ein Aufklärungsschiff den Treffpunkt ausgekundschaftet, bevor wir dort aufkreuzten. In jedem Fall wussten sie, womit sie es zu tun haben – und sie waren bereit, ein großes Risiko einzugehen, um einen der Prowler zu ergattern.«

»Verdammt.« Kellys Blick war zu den Lichtpunkten auf dem Monitor zurückgekehrt. »Sie schützen sich gegen Entermanöver, und sie versuchen, Prowler zu erbeuten. Es ist, als würden sie unseren Plan kennen.«

»Entweder das, oder …« Fred zögerte, dann seufzte er. »Na schön, sie kennen den Plan. Aber wie?«

»Könnten sie nach Netherop darauf gekommen sein?«, überlegte Linda. »Wenn der Captain gemeldet hat, dass sein Schiff geentert wurde, haben sie vielleicht geschlussfolgert, dass wir denselben Trick in größerem Maßstab versuchen würden.«

»Möglich«, räumte John ein. »Aber für so eine Schlussfolgerung wäre eine ganze Menge mentaler Gymnastik nötig.«

»Du denkst, jemand hat ihnen einen Tipp gegeben?«, fragte Kelly. »Das wäre die einfachste Erklärung«, sagte John. »General Garvin muss ziemlich wertvolle Informationen gehabt haben, um die Allianz zu einem Treffen zu überreden. Und wenn er mit ihnen ins Geschäft kommen wollte, muss es noch mehr gegeben haben, was er ihnen in Aussicht stellen konnte.«

»Es gibt nur ein Problem mit dieser Theorie«, warf Fred ein. »Garvin ist ein Spalter. Wie sollte er an streng vertrauliche Informationen kommen?«

»Ich weiß es nicht«, gestand John. Auf dem Monitor hatten beide Flotten inzwischen das Feuer eröffnet. Plasmastrahlen zuckten aus den Schiffen der Außerirdischen und die Menschen konterten mit Raketensalven. Aber die Jagdmaschinen der Allianz verharrten noch immer dicht vor ihren Großschiffen, ein engmaschiges Netz, durch das niemand unbemerkt vordringen könnte. »Aber ich werde es rausfinden.«

Sie beobachteten, wie die Flotten einander beharkten und die ersten Evakuierungsschiffe aus den rosafarbenen Wolken von Biko auftauchten. Sie hielten auf die orbitalen Transferstationen zu, aber die Allianz machte keine Anstalten, sie aufzuhalten – vielleicht weil die Zahl der Flüchtlinge, die entkommen konnten, nur einen Bruchteil der planetaren Bevölkerung darstellte. Selbst die größten Passagierschiffe konnten nicht mehr als dreißigtausend Personen aufnehmen und Biko hatte mehr als dreißig *Millionen* Einwohner.

Die Spartans drehten sich um, als sie näher kommende Schritte hörten. Avery Johnson marschierte in hellblauer Dienstuniform auf sie zu. Sein Gang war entschlossen, und er schien sich weitgehend von seiner Gehirnerschütterung erholt zu haben – abgesehen von den Kopfschmerzen, die ihn noch immer quälten, wenn John seine zusammengezogenen Brauen richtig interpretierte.

»Sergeant Johnson«, sagte er. »Sollten Sie sich nicht ausruhen?«

»Kommt drauf an, wen Sie fragen«, erwiderte Johnson. »Außerdem war mir langweilig.«

»Willkommen im Club«, sagte Fred. »Wie fühlen Sie sich?«

»Als hätte ich den schlimmsten Kater der Menschheitsgeschichte, nur ohne die Zechtour davor.« Johnson trat in ihren Kreis, dann blickte er mit verkniffenen Augen zu den vier Spartans hinauf. »Und ihr? Wollt ihr den ganzen Tag hier herumstehen und schmollen?«

»Wir beobachten nur aus der Ferne das Geschehen«, erklärte John. »Allmählich sieht es aus, als würden wir für den Rest dieser Operation nichts anderes mehr tun.«

Johnson senkte die Stimme. »Was wenn ich das ändern könnte?«

John und Fred wechselten einen verwirrten Blick. Linda sagte: »Wir können die Befehlskette nicht ignorieren.«

»Sollt ihr auch gar nicht«, winkte Johnson ab. »Die Sache ist autorisiert – nur eben im Stillen.«

»Das gefällt mir nicht«, murmelte Kelly. »Crowther hat vielleicht ein Auge zugedrückt, als wir ohne Autorisierung nach der *Starry Night* gesucht haben …«

»Er hat nicht nur ein Auge zugedrückt.« Johnson beugte sich vor. »Er weiß, dass uns eure Initiative den Hintern gerettet habt.«

»Das ist ja schön und gut«, beharrte Kelly. »Aber wenn er herausfindet, dass wir hinter seinem Rücken eine Mission für Nyeto annehmen …«

»Nein, nicht Nyeto«, korrigierte Johnson. »Es ist Crowther selbst. Er hat einen Auftrag für euch.«

»Was für einen Auftrag?«, wollte John wissen.

»Ist das denn wichtig?«

John blickte zu dem Monitor hoch.

Die beiden Flotten waren einander inzwischen so nahe, dass die Verteidiger erste Ausweichmanöver einleiteten, und die Anzeige füllte sich mit kleinen Kommas aus Licht, als ihre Schiffe hierhin und dorthin flogen, um möglichst unberechenbare Ziele abzugeben. Die Allianz war nach wie vor eine Ansammlung blauer Flecken, auch wenn die Jagdmaschinen Mühe hatten, ihr schützendes Netz vor den größeren Schiffen aufrechtzuerhalten. Selbst jetzt, mitten in einer Weltraumschlacht, schien ein Entermanöver noch immer die größte Sorge der außerirdischen Kommandanten zu sein.

John wandte sich wieder dem Sergeant zu. »Ja, ist es.«

Johnson wirkte verwirrt. »Ich dachte, Spartans melden sich zu *allem* freiwillig.«

»Ein hässliches Gerücht«, sagte Fred. »Keine Ahnung, wie die immer entstehen.«

Johnson ignorierte ihn und zog die Braue hoch. »Also schön, was habe ich verpasst?«

Bevor er antwortete, drehte John die Handfläche nach oben; ein Signal, das die Spartans benutzten, wenn sie einander um Erlaubnis für etwas baten. Neben Dr. Halsey war Avery Johnson womöglich die einzige Person an Bord, der sie trauen konnten, aber Johns nächste Entscheidung würde die gesamte Einheit betreffen, und wenn er bei dieser Mission etwas gelernt hatte, dann, dass er sich schwertat, persönliche Motive zu durchschauen. Er wusste, dass jemand Spielchen mit den Spartans spielte – er hatte jedoch keine Ahnung, wer oder warum. Als die drei anderen Mitglieder von Team Blau nickten, wandte John sich wieder Johnson zu und nickte in Richtung des Monitors.

269

»Sehen Sie sich die Allianzflotte an«, sagte er. »Fällt Ihnen da irgendetwas auf?«

»Sicher«, antwortete Johnson. »Die Formation der kleinen Maschinen ist zu eng, als dass wir ein Entermanöver durchführen könnten. Deswegen hat Crowther mich hergeschickt.«

»Was will er?«, fragte Kelly.

»Dass wir nach Etalan fliegen«, verkündete der Sergeant. »Wir sollen ihren Versorgungskonvoi ausschalten.«

Einen Moment lang sprach niemand, dann brach Fred das Schweigen. »Sarge, vielleicht sollten Sie doch besser auf Ihren Arzt hören.«

Johnson presste die Lippen zusammen. »Ich hätte ein wenig mehr Dankbarkeit erwartet.«

»Bei allem Respekt«, sagte Linda, »der einzige Ort, an den Crowther uns schicken möchte, ist zurück nach Reach.«

Erkenntnis dämmerte in Johnsons Augen. »Ah, ihr macht euch Sorgen wegen seiner Drohung nach der Trauerfeier.«

»Unter anderem«, nickte John.

»Das war alles vorgetäuscht«, erklärte der Sergeant. »Crowther wollte nicht, dass ihr an der Entermission teilnehmt, das ist alles.«

»Also hat er gedroht, Nyeto seines Kommandos zu entheben?« Kelly schüttelte den Kopf. »Wäre es nicht simpler gewesen, einfach zu erklären, was er will?«

»Nicht wirklich.« Johnson senkte den Blick. »Da spielen andere … Faktoren mit rein.«

»Wie wäre es mit diesem Faktor?«, sagte John. »Die Spartans gehen nirgendwohin, solange Sie uns nicht reinen Wein einschenken.«

Nach kurzem Überlegen zuckte Johnson mit den Schultern. »Ihr habt verdient, es zu erfahren. Colonel Crowther gefiel nicht, dass Nyeto so lang brauchte, um euch auf Seoba zu unterstützen.«

»Uns auch nicht«, sagte John. »Aber er hat zwei Korvetten zerstört.«

»Der Colonel ist sicher, dass Nyeto sie auch früher hätte zerstören können.« Johnson machte eine Pause, dann fuhr er fort: »Außerdem ist da etwas, das Crowther gerade erst erfahren hat. Der Gefangenentransporter hat Biko nie erreicht.«

»Das ist wohl kaum eine Überraschung«, entgegnete Kelly. »Die Allianz hat auf alles geschossen, was von Seoba startete, und *Bantas* sind nicht gerade unauffällig.«

»Der Transporter wurde nicht abgeschossen – er hat nicht mal einen Kratzer abbekommen«, klärte Johnson sie auf. »Die Aufzeichnungen von der Außenkamera der *Black Widow* zeigen, dass das Schiff den Kurs geändert hat.«

Ein mulmiges Gefühl breitete sich in Johns Magengrube aus. »Und die Piloten gehörten zu Nyetos Ghost-Gruppe.«

»Jetzt sehen Sie das Problem, hm?«, brummte Johnson. »Es bedeutet nicht zwangsläufig, dass sie Spalter sind oder dass Nyeto es wusste, sollten sie doch welche sein … aber wir müssen vorsichtig sein.«

Fred schüttelte frustriert den Kopf und blickte John an. »Es ergibt Sinn. Vielleicht hat Colonel Crowther recht. Nyeto hat sich wirklich Zeit gelassen, ehe er uns auf Seoba unterstützte.«

»Er hat uns als Köder benutzt.« Nyetos langsame Reaktion während der Suche nach der *Starry Night* hatte John ebenfalls verärgert, aber davor und seitdem hatte der Commander die Spartans stets unterstützt. Es war schwer zu glauben, dass er tatsächlich ein Spion der Aufständischen sein könnte. »Und es hat funktioniert. Er hat beinahe die Hälfte der feindlichen Flottille zerstört und ihre letzten Schiffe in die Flucht geschlagen.«

»John«, begann Kelly, »er hat seit Netherop versucht, uns auszuschalten. Dieser Sensortechniker, der plötzlich auf einem offenen Kanal gesendet hat – das war kein Zufall.«

John senkte wortlos den Kopf.

Er war kein militärischer Sonderermittler, aber die Vorwürfe gegen Nyeto schienen ihm alles andere als handfest. Zugegeben, es gab eine Menge Vorwürfe, aber die ließen sich auf ein Dutzend unterschiedliche Arten erklären. Beispielsweise hätte die verschwundene Flugmannschaft alles, was Johnson dem Commander anlastete, auch allein planen und ausführen können. Und dass wegen Nyeto das wahre Alter der Spartans ans Licht gekommen war, könnte ebenso gut das Resultat von Neugier und mangelnder sozialer Kompetenz sein.

Natürlich konnte John die Möglichkeit nicht ausschließen, dass Nyeto wirklich der Verräter war.

Aber wollte er dafür seine gesamte Einheit riskieren?

Nach ein paar Sekunden fragte Johnson: »Sie wollen, dass es Crowther ist, nicht wahr?«

»Das wäre deutlich einfacher, ja«, räumte John ein. »Und wer sagt denn, dass er uns nicht nach Etalan schickt, um uns in eine Falle zu locken?«

»Daran hatte ich gar nicht gedacht«, brummte Johnson. »Er liefert die Spartans ans Messer und eliminiert unerwünschte Konkurrenz für seine Black Daggers. Ja, ich schätze, das wäre möglich.«

Kelly schnaubte, Fred schüttelte den Kopf und Linda verdrehte die Augen.

Die Reaktionen von Team Blau entlockten Johnson ein schmales Lächeln, als er fortfuhr: »Aber es gibt nur einen Weg, um sicherzugehen. Ihr müsst die Mission annehmen.«

»Ja, vermutlich«, sagte John. »Spartans melden sich schließlich für alles freiwillig, nicht wahr?«

18. KAPITEL

Neuntes Zeitalter der Rückforderung
34. Zyklus, 64 Einheiten (Kriegskalender der Allianz)
Bloodstar-Flottille, *Banta*-Klasse-Transporter *Emmeline*
Librationspunkt Vier, dritter Mond, Planet Borodan, Kyril-System

Vielleicht würde Tel 'Szatulai die Mannschaft des Schiffes später umbringen, nachdem seine Emotionen abgekühlt waren und er sicher sein konnte, dass ihr Tod der Wunsch der Propheten war und nicht nur sein eigener.

Bis dahin – bis seine Kiefer zu mahlen aufhörten und sich der Knoten zwischen seinen Herzen löste – würde er sich zurückhalten und herausfinden, was die Menschen zu ihm geführt hatte und warum sie ihr Leben riskiert hatten, um der *Sacred Whisper* in einem so trägen, schlecht gepanzerten Transporter zu folgen, der den bizarren Namen *Emmeline* trug.

Die beiden jungen Jiralhanae, die 'Szatulai begleiteten, waren ebenfalls angespannt; er hörte, wie sie in ihren neuen Bloodstar-Rüstungen mit den Füßen scharrten, während der Druck in der geräumigen Luftschleuse des Transporters langsam ausgeglichen wurde. Die beiden gehörten zu den erfahrensten Mitgliedern der Einheit, die 'Szatulai zusammengestellt hatte, um die verhassten Spartans zu zerstören, und beide hatten sich als starke Anführer hervorgetan. Er wollte nicht, dass sie zu Rivalen wurden – was

273

in der brutalen Kultur der Jiralhanae schnell zu einem Duell auf Leben und Tod führen würde –, darum gab er ihnen Aufträge, die sie zwangen, einander als Waffenbrüder zu betrachten. Heute hatte er sie angewiesen, ihre Waffen auf der *Sacred Whisper* zu lassen und ihn an Bord des Menschenschiffes zu begleiten – ein Befehl, der sie ebenso verwirrt wie beunruhigt hatte. Orsun, der schon immer der Vorsichtigere der beiden gewesen war, konnte die Ungewissheit nicht länger ertragen.

»Das ist Wahnsinn, Klingenmeister.« Seine Stimme klang dröhnend und selbstsicher, selbst nachdem sie durch den Sendeempfänger in 'Szatulais Helm gefiltert wurde. »Ein Schiff dieser Größe könnte bis zu fünfhundert Menschen an Bord haben. Ohne Waffen könnten nicht mal Castor und ich dich vor so vielen Feinden schützen.«

»Ihr Jiralhanae bringt mich immer wieder zum Lachen«, zischte 'Szatulai unter seinem Helm.

Orsun schwieg einen Moment, dann brummte er: »Das sollte kein Witz sein.«

Die Erste Klinge drehte sich um und blickte zu dem Schädel des Jiralhanae hinauf. Die beiden trugen keine Helme, sodass ihre furchteinflößenden Fratzen mit den ledrigen Schnauzen und den langen Reißzähnen ihre ganze Wirkung entfalten konnten. Selbst 'Szatulai, der im Laufe der Jahre siebenundzwanzig Brutes getötet hatte, empfand bei ihrem Anblick noch einen Anflug von Furcht.

»Ach, nein?« Er versuchte verblüfft zu klingen. »Versuchst du dann, mich zu beleidigen?«

»Niemals!«, knurrte Orsun. »Ich frage mich nur, wie wir dich ohne Waffen beschützen sollen.«

»Ich bin die Erste Klinge des Stillen Schattens«, erklärte 'Szatulai. »Ich brauche keinen Schutz.«

»Ah.« Orsun klang noch verwirrter als zuvor. »Wie du meinst.«

Ein paar Augenblicke standen sie schweigend da, dann fragte

Castor: »Klingenmeister ... Wenn wir dich nicht beschützen sollen, warum hast du uns dann herbefohlen?«

»Um Stärke zu demonstrieren«, antwortete 'Szatulai. »Wie würde es aussehen, wenn ich allein an Bord eines Menschenschiffes käme?«

»Auch nicht seltsamer, als ohne Waffen an Bord zu kommen«, brummte Castor. »Trotzdem bin ich geehrt, dich zu begleiten.«

»Solange es dich nicht das Leben kostet, meinst du?«, fragte 'Szatulai.

»Das ist unwichtig«, erklärte Castor im Brustton der Überzeugung. »Ich habe den Heiligen Pfad betreten und werde ihm folgen, wohin immer er mich führt.«

»Ich ebenfalls«, sagte Orsun. »Aber es wäre mir lieber, wenn der Heilige Pfad nicht in unseren Tod führt.«

'Szatulai zischte erneut, diesmal vor echter Belustigung. »Heute werden wir jedenfalls nicht sterben.« Ein dumpfes Geräusch ertönte von der Luke und er drehte den Kopf wieder nach vorn. »Sobald wir an Bord sind, geht hoch aufgerichtet und nehmt keine Rücksicht auf ihre Ängste – sie sind keine Verbündeten.«

»Du meinst, wir sollen einschüchternd wirken?«, hakte Orsun nach.

»*Beeindruckend*«, korrigierte 'Szatulai. »Verächtlich und gleichgültig. Sprecht nicht mit ihnen. Tötet einen oder zwei, falls nötig, aber sagt kein einziges Wort.«

»Wie du wünschst, Klingenmeister.« Castor klang verwirrt, aber gehorsam.

Als die Luke aufglitt, enthüllte sie einen fahlblauen Korridor ... und zwölf Menschen, die Projektilwaffen mit langen Läufen in den Händen hielten. Sie trugen abgenutzte Hosen und Hemden mit abgerissenen Ärmeln – definitiv keine militärische Uniform. Aber 'Szatulai hatte sich eingehend genug mit der Kultur der Menschen befasst, um zu wissen, dass diese Kleidung dennoch etwas symbolisierte; sie sollte anzeigen, dass der Träger unabhängig war und sich nicht um die Meinung anderer scherte. Ausgehend von seinen früheren Konfrontationen mit den Menschen vermutete er, dass sie mutig, aber undiszipliniert und schlecht ausgebildet waren. Furcht oder Unverständnis konnte bei ihnen schnell in Gewalt umschlagen.

Angeführt wurden sie von einem Männchen mit breitem Oberkörper und schulterlangen Haaren. Haar bedeckte auch seine untere Gesichtshälfte, und er sprach in der Menschensprache, die Englisch genannt wurde.

»Willkommen an Bord.« Er benutzte sein Gewehr, um 'Szatulai und die Jiralhanae aus der Luke zu winken. »General Garvin erwartet euch im vorderen Besprechungsraum.«

'Szatulai blieb stehen und neigte auffällig den Kopf vor, damit sie alle erkannten, dass er auf die Waffe des Mannes hinabstarrte. Der Anführer folgte seinem Blick und schluckte hart, aber nach einem Augenblick legte er einen Schalter an dem Gewehr um und senkte den Lauf.

»Waffen runter«, befahl er seinen Begleitern.

Nur einer der Männer gehorchte sofort. Das bestätigte 'Szatulais Verdacht: undiszipliniert. Das könnte diesen Besuch gefährlicher machen, als er erwartet hatte. Zunächst hatte er überlegt, ob er die Menschen an Bord der *Sacred Whisper* kommen lassen sollte, den Gedanken dann aber verworfen. Einerseits könnten die Rebellen eine solche Forderung als Zeichen der Verunsicherung interpretieren, andererseits wollte er die Korridore eines Allianzschiffes nicht mit den Fußabdrücken dieses Gewürms beflecken – das war in letzter Zeit schon oft genug geschehen.

Als 'Szatulai keine Anstalten machte, sich zu bewegen, drehte sich der Anführer mit funkelnden Augen zu seinen Kameraden um. »*Jetzt,* Leute.«

Der Rest der Gruppe senkte die Waffen und trat zur Seite. Einmal mehr deutete der Anführer den Korridor hinab, diesmal aber mit seiner freien Hand, und 'Szatulai führte Castor und Orsun aus der Luftschleuse. Nach menschlichen Maßstäben mochte der Gang geräumig sein, aber für die Jiralhanae war er winzig. Die beiden Krieger mussten hintereinander gehen, und selbst dann scharrten ihre Schulterplatten noch an den Wänden, während ihre Köpfe immer wieder gegen die Decke stießen.

An den ersten beiden Kreuzungen standen eine Handvoll Menschen mit großen Augen und herabhängenden Kiefern, die leise wisperten und zurückschreckten, als das Trio vorüberging. 'Szatulai schenkte diesen Schaulustigen anfangs keinerlei Beachtung, aber an der dritten Kreuzung hob ein Mensch ein Gerät, das die Erste Klinge als »Datenblock« wiedererkannte, und er begann, die näher kommenden Besucher damit zu filmen. Ein solcher Affront konnte natürlich nicht geduldet werden. 'Szatulai war kein harmloses Kuriosum, das zur Belustigung dieser wertlosen Verräter durch den Korridor geführt wurde.

Anstatt dem Mann das Gerät aus der Hand zu reißen – was die Menschen lediglich als unhöflich betrachtet hätten –, wartete er, bis er an dem Datenblock vorbeiging, dann deutete er darauf. Sofort schnellte Orsuns Faust vor, und der Mensch kippte blutüberströmt und leblos gegen die Schaulustigen hinter ihm, während die Einzelteile des Datenblocks klappernd auf dem Boden landeten.

Ein erschrockener Aufschrei ging durch die Gruppe in dem Seitengang, und der Kerl, der vor den Besuchern gegangen war, wirbelte herum und riss automatisch sein Gewehr hoch. 'Szatulai packte den Lauf und drückte die Waffe nach unten, dann drehte er den Kopf von einer Seite auf die andere, um eine menschliche Warngeste zu imitieren. Es funktionierte. Der Mann ließ das Gewehr sinken und sprach leise in ein Gerät an seinem Handgelenk. Danach sahen sie keine Menschentrauben mehr an den Kreuzungen, und schon bald erreichte die kleine Prozession eine große Kabine, wo mehrere Reihen gepolsterter Stühle standen, alle zu einem großen dunklen Bildschirm an der Wand hin ausgerichtet.

Im hinteren Teil des Raumes hatten sich elf Menschen um einen großen Tisch versammelt, der umgekippt war, und aus einer seltsamen Urne tropfte braune Flüssigkeit auf den Boden.

Die Menschen schienen einander mit weit mehr Misstrauen zu beäugen, als sie 'Szatulai und seiner Jiralhanae-Eskorte entgegenbrachten. Mehrere hielten kleine Projektilwaffen, die in die ungefähre Richtung eines stämmigen Mannes zeigten, der allein zwischen den gepolsterten Stühlen stand. Er hatte rötliches Haar, und Schweiß perlte auf seiner Stirn (eine bizarre physiologische Eigenschaft der Menschen), während er sich mit vorquellenden Augen umblickte. In den Händen hielt er ein längliches Gerät, ungefähr so groß wie der Schädel eines Jiralhanae, an dessen oberem Ende eine grüne Anzeige leuchtete.

Das war das Problem mit Verrätern. Sie hatten einfach keine Disziplin.

'Szatulai trat in den Raum und zwang die Menschen zurückzuweichen, damit auch Castor und Orsun Platz fanden, anschließend drehte er sich zu einem schlanken Mann mit intelligenten Augen und vorgerecktem Kinn um, den er aus der holografischen Nachricht der Aufständischen wiedererkannte: General Garvin.

»Nein, nein, nein!« Das kam von dem korpulenten Mann mit dem länglichen Objekt auf den Armen. »Ihr werdet schön mit mir reden. Ich bin derjenige mit der Bombe.«

'Szatulai blickte nur kurz zu ihm hinüber, bevor er sich Garvin zuwandte.

»Sie müssen entschuldigen.« Garvin deutete auf das Gerät in den Händen des Mannes. »Das ist ein Havok 2521, ein thermonuklearer Sprengkopf, den wir der Einsatzgruppe Yama gestohlen haben. Wir dachten, es würde Sie vielleicht interessieren, wie die Spartans Ihre Flotte zerstören wollen, aber Commandant Booth hier hat die Nerven verloren. Er behauptet, die Bombe sei scharf.«

»Ich war Waffenspezialist an Bord der *Roman Blue,* ihr könnt Gift darauf nehmen, dass das Ding scharf ist.« Seine nächsten

Worte richtete Booth direkt an 'Szatulai. »Entweder ihr blast den Angriff auf Biko ab oder ich jage uns alle in die Luft.«

'Szatulai neigte seinen Helm wortlos in die Richtung dieses »Commandant Booth«. Glaubte der Mann tatsächlich, dass der Befehlshaber einer niederen Allianz-Flottille genug Autorität hatte, um einen planetaren Angriff abzubrechen? Es schien ausgeschlossen, dass die Menschen ihre Massenvernichtungswaffen einem solchen Narren anvertrauen würden. Booths Drohung musste eine Finte sein – irgendein Verhandlungstrick, durch den die Menschen ihn manipulieren wollten.

Als 'Szatulai nichts sagte, wurde Booth ungeduldig. »Wir hatten einen Deal. Ihr wolltet Biko verschonen …«

»Halten Sie den Mund, Erland«, sagte eine kleine Frau mit olivfarbener Haut. Sie hielt eine Waffe, deren Lauf ungefähr so lang war wie ihr Arm, und ihre Knöchel zeichneten sich weiß unter der Haut ab, weil sie den Griff so fest umklammerte. Ihr Zeigefinger lag auf dem Abzug. »Es gab nie einen Deal – nur unser Angebot.«

Booth warf ihr einen finsteren Blick zu. »Dann gibt es jetzt eben einen Deal, Petora.« Er sah wieder 'Szatulai an. »Brecht den Angriff ab oder wir sterben alle.«

Die Erste Klinge erkannte, dass sie es tatsächlich mit einem verrückten Narren zu tun hatten. Die Furcht, mit der die Frau Booth anstarrte, die Tatsache, dass er ernsthaft glaubte, ein Sangheili-Krieger würde sich durch eine Todesdrohung einschüchtern lassen … Aber 'Szatulai hatte gelernt, dass die meisten Wesen von sich selbst auf andere schlossen. Und würde ein Mann, der Angst vor dem Tod hatte, wirklich sein eigenes Leben opfern?

Vielleicht – wenn er seine Heimatwelt liebte und verrückt genug war zu glauben, dass er sie durch eine Bombe retten könnte. Aber würde er sich *sofort* opfern? 'Szatulai bezweifelte es. Sicher hatte er eine Verzögerung eingebaut, um fliehen zu können, falls etwas Unerwartetes geschah … oder falls er seine Meinung änderte.

’Szatulai ging auf Booth zu.

»Zurück!«, gellte der Mensch. »Ich entschärfe die Bombe erst, wenn der Angriff aufhört.«

Die Erste Klinge ging weiter und streckte die Hand aus.

Booth starrte ihn aus weiten Augen an. »Was? Was soll das?«

’Szatulais anderer Arm schnellte vor und riss dem Mann den Havok aus den Händen. Als ein Countdown auf der grünen Anzeige erschien und sein Leben nicht in einem Augenblick alles verzehrenden Lichts endete, wusste er, dass er Booth richtig eingeschätzt hatte. Er hob die Bombe und benutzte ihre untere Ecke, um dem Menschen seinen rothaarigen Schädel einzuschlagen. Während Booth leblos auf dem Deck zusammenbrach, drehte ’Szatulai sich wieder um – nur um festzustellen, dass die kleine olivhäutige Frau bereits zu ihm geeilt war.

»Darf ich?« Petora steckte ihre Waffe weg und nahm ihm vorsichtig den blutbesprenkelten Nuklearsprengkopf aus den Händen, um die grüne Anzeige zu betrachteten. »Fünfzig Sekunden. Weiß irgendjemand hier, wie man dieses Ding entschärft?«

General Garvin trat vor und beugte sich ebenfalls über die Anzeige. ’Szatulai wusste nicht genug über die menschliche Schrift, um die Zahlen zu erkennen, die sich auf dem kleinen grünen Feld abwechselten, aber er zählte zwanzig Atemzüge, ehe Garvin schließlich begann, auf dem Tastenfeld herumzutippen. Er war offensichtlich ein disziplinierter und gut ausgebildeter Krieger – jemandem wie *ihm* würde ’Szatulai tatsächlich zutrauen, dass er einen Todeseid ablegte und sein Leben ohne Zögern für seine Sache opferte. Er würde ihm also mit mehr Vorsicht begegnen müssen als dem Rest der Verräter.

Sofern sie die nächsten Sekunden überlebten, natürlich.

Garvin hörte auf zu tippen, die Zahlen blieben stehen und die Anzeige wurde dunkel. Der General räusperte sich – war das ein Zeichen menschlicher Anspannung? –, dann nahm er Petora die Bombe ab und hielt sie ’Szatulai hin.

»Bitte, nehmen Sie sie. Als Zeichen unseres guten Willens.«

'Szatulai betrachtete die Waffe einen Moment lang. Könnte dieses Geschenk eine Falle sein? Ein Trick, damit er eine zerstörerische Waffe – oder vielleicht ein Spionagegerät – an Bord eines Allianzschiffes brachte? Aber abgesehen von Garvin selbst wirkte die Mannschaft dieses Menschenschiffes nicht diszipliniert genug, um sich so eine List einfallen zu lassen. Und selbst wenn er sich doch irrte, wäre es ein unnötig komplizierter Plan, nur um ein einzelnes Allianzschiff zu zerstören.

'Szatulai bedeutete Orsun, vorzutreten und den Sprengkopf entgegenzunehmen. Um auf Nummer sicher zu gehen, würde er die Bombe auf ein kleineres Schiff bringen und dort untersuchen lassen, aber der potenzielle Nutzen war einfach zu groß, um diese Gelegenheit zu ignorieren. Falls die Ingenieure herausfinden könnten, wie man diese Bomben entschärfte, würde das die Gefahr für die Allianzflotten beträchtlich verringern.

Nachdem Orsun den Sprengkopf genommen hatte, sagte Garvin: »Was auf Seoba passiert ist, war nicht unsere Schuld. Die Spartans sind einen Tag vor unserem geplanten Treffen aufgetaucht und haben uns überrascht.« Er blickte zu Boden, dann fügte er hinzu: »Wir glauben, es war ein unglücklicher Zufall. Sie wollten ihre Operation von demselben Stützpunkt aus organisieren, den wir für das Treffen gewählt hatten.«

'Szatulai wusste, dass ihn die lang gezogene schwarze Gesichtsplatte seines Helms mysteriös und bedrohlich wirken ließ, darum neigte er sie dem General entgegen, ohne etwas zu sagen. Garvins Erklärung für den Zwischenfall auf Seoba klang plausibel, mit einer Ausnahme: 'Szatulai kaufte dem Menschen nicht ab, dass er eine solche Möglichkeit nicht vorausgesehen hatte. Es gab insgesamt drei Monde um die Welt, die die Menschen Biko nannten, aber auf zweien wurde noch aktiv nach Mineralien gegraben. Nur Seoba war verlassen, und das ehemalige Eisbergwerk war der perfekte Ort, um einen Angriff auf den Planeten selbst vorzubereiten.

Er musste an einen Satz aus Garvins erster Botschaft denken: *Wir haben da ein kleines Projekt, bei dem wir Ihre Hilfe brauchen könnten.*

Plötzlich wurde 'Szatulai klar, warum sich so viele Verräter auf dem Mond aufgehalten hatten. Garvin hatte gehofft, die Herrscher des Planeten zu stürzen und ihren Platz einzunehmen – *dafür* hatte er die Hilfe der Allianz gewollt.

Nach ein paar weiteren Sekunden unbehaglicher Stille sagte Garvin: »Wir haben noch ein weiteres Geschenk.«

Er begann langsam, in seine Hemdtasche zu greifen. Offenbar hatte er Angst, 'Szatulai könnte die Bewegung als feindselig einschätzen. Aber jetzt, wo er wusste, was die Verräter wollten, hatte die Erste Klinge keine Bedenken mehr, was ihre Motive anging. Als Garvin die Hand zurückzog, hielt er ein kleines, flaches Objekt zwischen den Fingern, ungefähr so groß wie eine menschliche Handfläche. Seine Spezies nannte es eine »Datenkarte«.

'Szatulai hatte während seiner Missionen hinter den feindlichen Linien schon zahlreiche derartige Datenspeicher erbeutet, und er wusste, wie man sie benutzte. Also winkte er Castor zu sich, um die Karte an sich zu nehmen. Anschließend drehte er seinen Helm wieder nach vorn und musterte Garvin.

Inzwischen hatte der General erkannt, dass der Sangheili nicht mit ihm sprechen würde.

»Im Moment können wir Ihnen sonst nichts anbieten«, erklärte er. »Aber wir haben Spione innerhalb der UNSC-Einsatzgruppe und sie konnten Abhörgeräte an wichtigen Schlüsselpositionen platzieren. Wenn Sie uns helfen, Biko zu übernehmen, können wir *Ihnen* helfen, die nächsten Schritte der Spartans vorauszuberechnen.«

Das war ein Angebot, das 'Szatulai gern annehmen würde … zu seinen eigenen Konditionen. Er hatte fassungslos mitangehört, wie seine Bloodstars den Spartans in der Eisgrube zum Opfer gefallen waren, und ihr Versuch, einen der »Prowler« zu erbeuten, hatte für die Flotte des Kompromisslosen Gehorsams in einem Desaster geendet. Dafür hatte er bereits viel Spott vom Niederen Minister der Artefaktsuche geerntet – nicht dass er sich darum scherte, was ein San'Shyuum-Magistrat dachte, aber 'Szatulai wusste, dass seine Niederlage einen Schandfleck für den gesamten Orden des Stillen Schattens darstellte. Falls er General Garvin benutzten konnte, um die Spartan-Abscheulichkeiten zu vernichten, dann könnte er diesen Schandfleck abwaschen und Vergeltung für den Verlust so vieler Krieger und Schiffe auf Seoba üben.

Wenn Garvin glaubte, er hätte ein echtes Bündnis mit der Allianz, irrte er sich natürlich. Der Planet würde noch früh genug gesäubert werden, so wie die anderen vor ihm. Aber diese Spartans durften nicht weiter ihr Unwesen treiben, selbst wenn 'Szatulai sich zu diesem Zweck kurzzeitig mit einem Haufen unorganisierter menschlicher Rebellen einlassen musste. So wie er die Situation einschätzte, waren die Spartans die einzig echte Bedrohung, die die Menschen bislang ins Feld geführt hatten, und er würde jedes verfügbare Mittel einsetzen, um sie auszulöschen, bevor sie den Plänen der Hierarchen gefährlich werden konnten.

Die Erste Klinge streckte ihre Hand aus und drehte die Handfläche nach oben. Garvin starrte einen Moment lang perplex darauf hinab, dann schien er darin endlich eine Geste der Zustimmung zu erkennen.

»Wenn das *Ja* heißt, brauchen wir eine Möglichkeit, um Kontakt zu halten.«

'Szatulai zeigte auf die kleine Frau – Petora – und bedeutete ihr, ihm zu folgen. Sie wirkte intelligent genug, um die Funktionsweise eines Supraluminal-Kommunikators zu verstehen ... und die Konsequenzen, die ihr drohten, sollte das Gerät den Spartans in die Hände fallen.

19. KAPITEL

05:46 Uhr, 26. März 2526 (Militärkalender)
Vanishing Point, UNSC-Tarnkreuzer der *Point-Blank*-Klasse
Im Angriffsanflug, Planet Etalan, Igdras-System

Eine Invasionsflotte brauchte fünf Dinge, um einen längeren Vorstoß durchzuführen: Munition, Medizin, Nahrung, Treibstoff
und Ersatzteile. Treibstoff war selten ein Problem; die meisten
Schiffe hatten genug an Bord, um ihre Fusionsreaktoren über
Jahre hinweg zu versorgen. Aber schnitt man sie von einem der
vier anderen Versorgungsarme ab, endete jede Flotte früher oder
später als Altmetall.

Während des Slipspace-Flugs von Biko nach Etalan hatten
John-117 und Avery Johnson entschieden, zuerst die Munitionsvorräte und dann die Nahrungsversorgung der Allianz ins Visier
zu nehmen, da ihre Offensive so am schnellsten zum Stillstand
kommen würde. Aber selbst nachdem sie mehrere Tage damit verbracht hatten, die feindliche Logistikflotte zu beobachten, waren
sie noch immer nicht sicher, was Munitionsfrachter waren und
was Lazarettschiffe oder Ausrüstungstransporter. Die Analytiker
der *Vanishing Point* vermuteten zwar, dass die Kolosse mit den
durchsichtigen Kuppeln auf dem Rücken Agrarschiffe waren, aber
der Rest der Flotte blieb ihnen ein Rätsel – vor allem die drei größten Schiffe, die so tief über dem Planeten hingen, dass sie immer

wieder die Atmosphäre streiften und sich mit lodernden Antrieben in einen neuen Orbit hochhieven mussten.

Nun schien der *Vanishing Point* die Zeit knapp zu werden. Die Logistikflotte der Allianz begann nämlich, ihre Umlaufbahnen zu synchronisieren und ihre Fusionsreaktoren hochzufahren. Wahrscheinlich hatte die Invasionsflotte die nächste Schlacht gewonnen und wartete nun darauf, ihre Vorräte wieder aufzustocken. Natürlich gab es keine Möglichkeit, diese Vermutung zu bestätigen – der Tarnkreuzer und seine beiden Begleit-Prowler hatten keinen Funkkontakt mehr zu der Einsatzgruppe Yama gehabt, seit sie sich vor sechs Tagen davongeschlichen hatten. Aber nur ein Narr würde glauben, dass Colonel Crowther und seine Black Daggers die Schlacht zugunsten von Bikos winziger Armada wenden könnten. Die realistischere Annahme war, dass die Außerirdischen den Planeten bereits verglast hatten.

»Wir können es noch immer schaffen«, sagte Johnson. Er stand gemeinsam mit Team Blau im hinteren Hangar der *Vanishing Point* und beobachtete, wie ein Trio grüner »Freund«-Punkte von einem Schwarm roter »Feind«-Dreiecke über den Bildschirm an der Wand gejagt wurde. »Zerstören wir die Agrarschiffe.«

»Wir *glauben,* dass es Agrarschiffe sind«, korrigierte Fred, der wie John und der Rest von Team Blau in voller Mjolnir-Rüstung steckte. Unter dem Arm hielt er einen Mark-2521-Havok. »Aber es könnten ebenso gut fliegende Streichelzoos sein.«

»Ja, aber dann würden wir zumindest *all* ihre Streichelzoos ausschalten«, brummte Johnson. Er trug eine schwarze Vakuum-Kampfrüstung, und seinen Havok hatte er vor sich auf dem Boden abgelegt, gemeinsam mit seinem M99-Gaußgewehr. Die Magnethalterungen seiner Rüstung wurden bereits von einem M41-SPNKR beansprucht. Rein technisch war der Raketenwerfer eine Boden-Boden-Waffe, aber er konnte auch bei Weltraumeinsätzen verheerende Wirkung entfalten, zumal seine Reichweite und Zielgenauigkeit dort nicht durch Schwerkraft und Luftwiderstand beeinträchtigt wurden. »Und wofür sie auch Streichelzoos brauchen, sie würden auf dem Trockenen sitzen, bis sie Nachschub an die Front verlagern können.«

»Ich glaube, wir sollten unsere Ziele höherstecken, Sergeant Johnson.« Dr. Halseys Stimme trat hinter den fünf Banshee-Fliegern hervor, die die Einsatzgruppe Yama erbeutet hatte, dann blieb sie vor dem Team stehen und erklärte mit gesenkter Stimme: »Ich bin zuversichtlich, dass wir die Munitionstransporter wie geplant zerstören können.«

»Konnten Sie sie identifizieren?«, fragte John.

»Glaubst du wirklich, ich würde euch sonst erlauben, meine Banshees zu opfern? Diese Maschinen sind für meine Forschung von unschätzbarem Wert, und es gibt keine Garantie, dass wir noch mal welche in die Finger bekommen.« Halsey blickte zu dem Bildschirm an der Hangarwand hinauf und spreizte die Finger, um die taktische Karte zu vergrößern, bis sie fünfzehn rote Signaturen anzeigte, in einer langen Linie vor Etalan aufgereiht – die Flotte der Außerirdischen, die in Erwartung des Abflugs ihre Umlaufbahnen synchronisierte. »Diese großen, dickbäuchigen Kähne im unteren Orbit … *das* sind die Munitionstransporter.«

»Nichts für ungut«, sagte Avery Johnson, »aber was macht Sie da so sicher?«

John blickte zwischen Halsey und dem Bildschirm hin und her, wo gerade zwanzig grüne Punkte in das Gravitationsfeld von Etalan eintauchten und sich einem Gewirr von roten Dreiecken und Quadraten stellten. Jeder grüne Punkt repräsentierte einen S-14 Baselard, einen Weltraumjäger mit zweiköpfiger Besatzung, während die roten Symbole zwei unterschiedliche Arten von Allianz-Maschinen anzeigten: Dreiecke für die weltraumtaugliche Version der Banshees und Quadrate für die größeren und tödlicheren Flieger, denen das UNSC den Spitznamen Seraph gegeben hatte.

Zum Glück bestand der Schwarm größtenteils aus Banshee-

Dreiecken und nur einer Handvoll Seraph-Quadraten. Das stimmte John hoffnungsvoll, dass die Baselard-Staffel die feindliche Abwehr durchdringen könnte. Die vier Baselards in der Mitte der Formation waren von Spartans bemannt, jeder mit einem Havok-Sprengkopf im Gepäck. Falls sie nahe genug an die vier Logistik-Schiffe herankamen, die auf dem Bildschirm durch rote Achtecke symbolisiert wurden, würden die Spartans abspringen und die Jäger als Ablenkung benutzen, während sie sich mit ihren Havoks an Bord der Zielschiffe schlichen, sei es nun durch einen Hangar, eine Luftschleuse oder zur Not durch eine Plasmakanonenluke.

Es war eine gefährliche Mission. John war inzwischen zwar nichts anderes mehr gewöhnt, aber trotzdem: Die Spartans waren in erster Linie erschaffen worden, um feindliche Bodentruppen zu dezimieren. Einsätze im Weltraum bargen ganz eigene Risiken, für die sie nicht ausgebildet waren. Bei einem Weltraumspaziergang konnte ein Spartan ganz leicht einem verirrten Plasmastrahl oder einer zufälligen Kollision zum Opfer fallen – und das UNSC hatte einen Elitesoldaten mit acht Jahren Trainingserfahrung verloren, dessen hochmoderne Rüstung zudem so viel gekostet hatte wie ein ganzes Raumschiff.

Aber die letzten Monate hatten auch klargemacht, dass die Menschen die Allianz auf jede nur erdenkliche Weise bekämpfen mussten, wenn sie ihrem Vormarsch Einhalt gebieten wollten. Dass sie dabei extreme Risiken eingingen, war ein notwendiges Übel.

Die Analytiker waren zu fünfundsiebzig Prozent sicher, dass die roten Achtecke auf dem Schirm Ausrüstungsfrachter waren, beladen mit den Ersatzteilen und Rohstoffen, die die feindliche Invasionsflotte brauchte, um einsatzfähig zu bleiben. Wenn sie diese Schiffe zerstören könnten, müsste die Allianz Kämpfe vermeiden, bis neue Ausrüstung in den menschlich besiedelten Raum gebracht werden konnte. Das sollte ihren Fortschritt mindestens einen Monat lang ins Stocken bringen. Und in diesem Krieg konnte eine einmonatige Verschnaufpause den Unterschied zwischen dem Überleben und dem Untergang der menschlichen Spezies ausmachen.

Trotzdem waren Spartans zu wertvoll, um sie leichtfertig aufs Spiel zu setzen. Kurt-051 und Joshua-029, die Team Grün und Team Gold bei diesem Kampfeinsatz anführten, hatten darum Anweisung, die Mission sofort abzubrechen, falls sie den Eindruck gewannen, dass die S-14 Baselards nicht bis zu ihren Zielen vorstoßen konnten. Natürlich gab es auch mehrere flexible Pläne, um die Spartans zurückzuholen, egal ob ihr Angriff nun Erfolg hatte, ob er scheiterte oder ob sie ihn überhaupt nicht einleiten konnten. John kannte seine Spartans jedoch gut genug, um zu wissen, dass keiner von ihnen in diesem Moment an den Rückzug dachte. Sie würden alles in ihrer Macht Stehende tun, um ihre Mission durchzuführen.

Nach einem Moment gelangte Halsey zu dem Schluss, dass es einfacher war, Johnson zu antworten, als mit ihm zu diskutieren. »Ich bin sicher, weil ich weiß, wie die Plasmawaffen der Allianz funktionieren«, sagte sie. »Erwarten Sie jetzt bitte nicht, dass ich Ihnen erkläre, wie die Außerirdischen ihre Schiffe aufbauen, Sergeant.«

»Wie wäre es mit der kurzen Version?« Da war ein misstrauischer Ton in Johnsons Stimme, als wäre Nyeto nicht der Einzige, den er für einen potenziellen Spion hielt. »Keine Sorge, ich werde schon nicht versuchen, eines nachzubauen.«

»Sie würden nicht weit kommen«, erwiderte Halsey mit einem Seufzen. »Dazu fehlt uns Menschen ihre magnetische Stabilisierungstechnologie. Aber die Theorie ist ganz einfach. Verflüssigtes Trägergas wird durch einen Lichtbogen gepumpt, wo es seine Elektronen verliert und in Thermalplasma verwandelt wird. Dann schließt man es in einer magnetischen Kapsel ein und schießt es auf ein Ziel ab.«

»Dann ... sammeln diese dickbäuchigen Kähne das Gas?«, fragte Kelly.

»Und sie kühlen und verdichten es, um es in flüssige Form zu bringen, ja«, bestätigte Halsey. »Darum tauchen sie immer wieder in Etalans Atmosphäre ein.«

John runzelte in seinem Helm die Stirn. Er wusste natürlich, dass Dr. Halsey keine Spionin sein konnte, aber ihre Erklärung ergab keinen Sinn. »Und Sie haben vier Tage gebraucht, um das herauszufinden?«

Sie bedachte ihn mit einem schmalen Lächeln. »Natürlich nicht. Das wusste ich bereits fünf Minuten nach unserer Ankunft.«

»Aber Sie haben bis *jetzt* gewartet, um es uns zu verraten?« Johnsons Stimme wurde lauter. »Haben Sie den Verstand verloren? Das hätte uns bei unserer Planung ...«

»Es ist egal, wie gut wir planen, wenn der Feind unsere Absichten kennt«, unterbrach Halsey ihn. »Und niemand kann sagen, welche Funktechnologie die aufständischen Spione an Bord benutzen.«

»Sie glauben, es gibt immer noch Spione auf der *Vanishing Point?*«, fragte Linda. Wie Avery Johnson trug sie einen SPNKR auf dem Rücken, während ein M99-Stanchion auf dem Deck neben ihr lag. »Warum leben sie dann überhaupt noch?«

»Weil ich nicht weiß, wer sie sind«, erklärte Halsey. »Oder *ob* überhaupt welche an Bord sind. Was ich aber weiß, ist, dass dieses Schiff mehr Wanzen hat als die Küche in meiner ersten Wohnung.«

»Sie haben niemandem gesagt, dass wir danach suchen sollen«, brummte John.

»Nein, und so soll es auch bleiben«, erwiderte Halsey. »Sie sind ein wichtiger Teil meines Plans.«

»Was für ein *Plan?*«, grollte Johnson. Er blickte John an und fragte auf dem Teamkanal: »Hat sie euch von irgendwelchen Plänen erzählt?«

Halsey drehte den Kopf und tippte den Knopf in ihrem Ohr an. »Ich kann Sie hören, Sergeant.«

»Es ist trotzdem eine berechtigte Frage«, sagte John. »Wie lange wussten Sie überhaupt schon, dass Lieutenant Commander Nyeto Spione in der Einsatzgruppe hat?«

»Ich wusste seit der Nachbesprechung auf Seoba, dass Nyeto ein Spion ist«, antwortete Halsey. »Als er euer Alter verraten hat. Es gibt nur eine Möglichkeit, wie er an diese Information kommen konnte, also habe ich mein Büro und mein Labor nach Abhörgeräten gescannt.«

»Und Sie sind fündig geworden«, vermutete John.

»Das kannst du laut sagen«, nickte Halsey. »Die meisten von ihnen waren gut getarnt. Den Datensammler in meinem Computersystem hätte ich beinahe übersehen.«

»Jetzt fühle ich mich schon viel besser.« Fred hob seinen Arm und bewegte die Hand vor seiner Brustplatte auf und ab. »Könnten die Mjolnir-Systeme auch angezapft sein?«

»Nein.«

»Sicher?«, hakte John nach.

Die Frage schien Halsey zu verwirren. »Nun, ihr lebt noch, oder? Hector Nyeto hat versucht, das SPARTAN-II-Programm zu zerstören, seit er davon erfuhr. Ich hätte schon früher erkennen sollen, was er im Schilde führt.«

»Wir auch.« Kelly neigte ihren Helm in Richtung der anderen Spartans. Die Andeutung war klar: Die gesamte Einheit hätte dem Commander gegenüber skeptischer sein sollen. »Und unsere Systeme sind *ganz* sicher sauber? Ich habe keine Lust, dass meine Rüstung plötzlich ausfällt, während wir mitten in einem Feuergefecht stecken.«

»Ganz sicher«, betonte Halsey. »Nyeto ist nicht der Einzige, der weiß, wie man Überwachungsgeräte benutzt. Das Wartungsmodul wurde nicht kompromittiert.«

»Sagen wir, das sind neunzig Prozent Sicherheit«, warf John auf dem Teamkanal ein. »Lasst eure Computer trotzdem sämtliche Systeme überprüfen und dann führt eine Diagnose des Computers selbst durch. Falls ihr irgendetwas Ungewöhnliches findet ...«

»Ich kann euch *hören*«, erinnerte Halsey ihn. »Und ich würde euch niemals da rauslassen, wenn ich nicht wüsste, dass eure Systeme sicher sind.«

»Doch, würden Sie«, entgegnete Johnson. »Die Spartans mögen Ihre Schöpfung sein, Dr. Halsey, aber sie sind Soldaten. Sie tun niemandem einen Gefallen, wenn Sie versuchen, das zu beschönigen.«

Halsey überlegte einen Moment, dann nickte sie und wandte sich wieder John zu. »In dem Fall schrauben wir die Sicherheitswertung besser auf achtzig Prozent runter. Theoretisch hätte einer von Nyetos Leuten das Wartungsmodul manipulieren können, bevor ich merkte, dass es ein Problem gibt.«

»In Ordnung.« Johnson zupfte an seinem Schnurrbart. »Und jetzt zu Ihrem Plan ...«

»Was ist damit?«

Johnson legte lediglich den Kopf schräg – ein Zeichen von Frustration, das offenbar von den Spartans auf ihn abgefärbt hatte.

Halsey schnaubte. »Wenn Sie darauf bestehen.«

Sie spähte zu dem Wandschirm hoch, wo die Raumschlacht zwischen den außerirdischen Fliegern und den Baselards der *Vanishing Point* unvermindert weitertobte. Die UNSC-Jäger stießen immer tiefer in das Gravitationsfeld von Etalan vor, dem Orbit der Logistikflotte entgegen, und John wusste, dass es jetzt nicht mehr lange dauern konnte, bis die beiden Spartan-Teams im Zentrum der Formation die Zerstörung ihrer S-14er vortäuschen und aussteigen würden. Anstelle von Raketen waren ihre Jäger mit Kapseln voller Metallplättchen bestückt, die ihre Mjolnir-Rüstungen vor den feindlichen Instrumenten tarnen – und mit etwas Glück auch ein paar Hochgeschwindigkeitskollisionen verursachen – sollten.

Ein separates Dreiergespann von Baselards näherte sich der *Vanishing Point* derweil auf einem tieferen Orbit, verfolgt von mehreren Banshees. Diese S-14er waren Teil einer zweiten Mission, die die Munitionstransporter zum Ziel hatte. Sie sollten die gegnerischen Jäger heranlocken, damit Team Blau sich in ihren erbeuteten Banshees unter sie mischen und die Allianztransporter anfliegen konnte, ohne Verdacht zu erregen. Sobald sie die Hangars erreicht hätten, würden die Spartans und Johnson strategische Bruchlandungen hinlegen, damit der Feind ihre Banshees nicht einfach ins All hinausblasen konnte. Anschließend würden sie den Dreißig-Sekunden-Timer ihrer Havoks aktivieren und von Bord springen, damit ein Prowler sie aufsammeln konnte.

Weil die Einsatzgruppe Yama es sich aber nicht leisten konnte, alle zwölf Spartans bei demselben Angriff zu verlieren, würde Team Blau nur dann grünes Licht bekommen, wenn die Operation der beiden anderen Teams planmäßig voranschritt – und bislang deutete alles darauf hin. Die drei Baselards sollten die Banshees in neun Minuten an der *Vanishing Point* vorbeiführen. Und da Johnson und Team Blau fünf Minuten brauchen würden, um ihre Flieger startklar zu machen, gefolgt von zwei weiteren Minuten, um den Druck aus dem Hangar abzulassen, blieb nicht mehr viel Zeit, um die Feinheiten von Dr. Halseys geheimem Plan zu besprechen.

»Ihr werdet mir vertrauen müssen, was die Details angeht«, sagte sie. »Aber unter den Geräten, die wir aus dem Allianz-Wrack auf Seoba geborgen haben, war auch eine holografische Slipspace-Karte.«

Beinahe hätte John laut nach Luft geschnappt. »Können Sie sie lesen?«

»Jeden Tag ein wenig mehr«, antwortete Dr. Halsey. »Ich glaube, es fehlt nicht mehr viel, und ich finde heraus, wo die Allianz ihr Hauptversorgungslager in dieser Region hat.«

»Es fehlt nicht mehr viel?«, wiederholte Johnson. »Geht das vielleicht ein wenig genauer?«

»Ich habe mehrere mögliche Orte identifiziert«, erklärte sie. »Wenn wir hier Erfolg haben und die Invasionsflotte neue Vorräte anfordern muss, sollte ich in der Lage sein, eine definitive Position zu ermitteln.«

»Dann können wir dort hinspringen und sie bombardieren«, murmelte John. Das könnte kriegsentscheidend sein. Selbst ein erfolgloser Angriff würde die Außerirdischen zwingen, Truppen von der Front abzuziehen, um das Versorgungslager zu verteidigen. Und falls sie es tatsächlich zerstörten … Das würde die Moral des Feindes ebenso schwächen wie seine Fähigkeit, in diesem Teil des menschlich besiedelten Raums Offensivoperationen durchzuführen. »Das gefällt mir.«

»Das dachte ich mir schon.« Halsey deutete auf die drei Munitionstransporter. »Aber erst mal müsst ihr *die da* zerstören. Nur so können wir die Allianz in Zugzwang bringen.«

20. KAPITEL

05:59 Uhr, 26. März 2526 (Militärkalender)
Vanishing Point, UNSC-Tarnkreuzer der *Point-Blank*-Klasse
Im Angriffsanflug, Planet Etalan, Igdras-System

Kein einziger der erbeuteten Banshees sah kampffähig aus. Ihre Hüllen waren mit sorgsam platzierten Einschusslöchern übersät, die Seitenarme und die Heckstabilisatoren halb abgerissen und ihre Identifizierungssymbole durch Ruß und Dellen verborgen. Zudem hatte man Risse und Kratzer auf die integrierten Antennen an ihren Cockpithauben gemalt – eine Vorsichtsmaßnahme, um vorbeifliegenden Allianz-Piloten ihre Funkstille zu erklären. Und hätte Dr. Halsey das Banshee-Äquivalent eines platten Reifens gekannt, hätte sie das vermutlich auch noch hinzugefügt, um etwaige Flugfehler zu kaschieren.

Die Spartans hatten einen großen Teil ihrer Freizeit in Halseys Projekthangar verbracht, um zu lernen, wie die feindlichen Waffen funktionierten, die sie bei ihren letzten Operationen erbeutet hatten. Dass sie dabei zu passablen Banshee-Piloten geworden waren, sollte sich nun bezahlt machen. Wichtiger war aber, dass die Maschinen trotz ihres Aussehens in gutem Zustand waren und sich im Weltraumduell behaupten konnten. Entsprechend zuversichtlich war John, dass er und Team Blau die Logistikflotte der Außerirdischen in einem Stück erreichen würden.

Sobald sich die Hangartür hinter Dr. Halsey geschlossen hatte, machte er eine kreisende Bewegung mit dem Finger – das Zeichen an seine Kameraden, sich bereit zu machen. Anschließend ging er zum mittleren Banshee hinüber. Nachdem er sich auf den gepolsterten Pilotensitz gelegt und seinen Havok-Sprengkopf an der zusätzlichen Magnetklammer hinter seinem Rücken befestigt hatte, zog er die geschwungene Haube des Fliegers nach unten, um das Cockpit zu versiegeln.

Der Impulsantrieb erwachte zum Leben und die Instrumentenkonsole aktivierte sich. John konnte die Symbole nicht lesen, die auf den holografischen Anzeigen erschienen, aber nach ein paar Lektionen von Dr. Halsey hatten er und die vier anderen Banshee-Piloten – der Rest von Team Blau und Avery Johnson – durch praktisches Herumprobieren gelernt, welche Teile der Konsole sie im Auge behalten mussten.

Sobald die Antriebsanzeige in warmem, bernsteinfarbenem Glühen erstrahlt war und die Symbole sich nicht länger veränderten, zog er die Haltegurte über seine Flanken und Hüften und legte die Hände dann auf die Kontrollgriffe zu beiden Seiten des Bildschirms. Die Konsole wurde in ein blaues Leuchten getaucht und weitere Symbole füllten die holografischen Anzeigentafeln. So weit, so gut.

John schob seine Hände über die Kontrollgriffe nach vorn und der Banshee stieg über dem Deck empor. Auf dem breiten Bildschirm konnte er sehen, dass die vier anderen Banshees auch schon in der Luft schwebten. Vor ihnen zitterte derweil ein ferngesteuerter S-14 Baselard auf seinen Landefüßen, während die Schubdüse an seinem Heck orange aufglühte.

Auf dem internen Funkkanal meldete sich die kehlige Stimme der Pilotin, die den Baselard vom Beobachtungsdeck über dem Heck der *Vanishing Point* steuern würde.

»Der Hangar ist jetzt drucklos«, erklärte sie. »Seid ihr bereit, Team Blau?«

Eine Reihe grüner Statusanzeigen – einschließlich der von Avery Johnson – blinkte in Johns Helm auf.

»Verstanden«, sagte er. »Team Blau ist bereit.«

Die Beleuchtung des Hangars wurde gedämpft, dann zogen sich die inneren Türen zurück und das blasse Antlitz von Etalan wurde sichtbar. Die gesamte Welt erstickte an ihrer eigenen Asche, nur hie und da waren schieferfarbene Flecken der Oberfläche zu erkennen. Durch eine dieser Lücken in der perlmuttfarbenen Wolkendecke konnte John hundert riesige dunkelgraue Rauchsäulen erkennen, die auf einer weiten Ebene über einem See aus Lava aufstiegen.

»Zehn Sekunden«, verkündete die Pilotin.

John konnte nicht wirklich verstehen, was er auf dem Planeten sah. Nach dem, was er über die Orbitalbombardements der Allianz gehört hatte, konnten die Außerirdischen maximal ein paar Quadratkilometer auf einmal verglasen. Sie ebneten Städte ein und verbrannten alles Pflanzenleben ringsum mit so heißem Plasma, dass das Silizium im Boden schmolz. Doch die Verwüstung auf Etalan war von einer ganz anderen Größenordnung. Es sah aus, als habe die Allianz ein Loch durch die Kruste des Planeten gebrannt und einen vulkanischen Geysir erschaffen, der auch die letzten Spuren menschlicher Kolonisierung hinwegbrennen würde, indem er die gesamte Welt mit geschmolzenem Gestein überschwemmte. Und wenn die Allianz solche Macht hatte und zu solcher Grausamkeit imstande war, dann *musste* die Einsatzgruppe Yama ihre Invasion ausbremsen.

Ganz gleich, zu welchem Preis.

»Fünf Sekunden«, sagte die Stimme der Pilotin. »Sie sollten die Baselards gleich von rechts nach links über dem Planeten vorbeifliegen sehen.«

Noch bevor sie den Satz beendet hatte, schnitten Plasmastrahlen vor dem Hangartor vorbei, einen Moment später gefolgt von den keilförmigen Umrissen der drei S-14er. Eine weitere Sekunde, und die Schatten der Banshee-Staffel kamen in Sicht; sie saßen den Baselards dicht im Nacken und kamen beständig näher, während sie auf ihre Beute feuerten.

Die *Vanishing Point* feuerte zwei Salven von jeweils zwanzig M42 Archer-Raketen aus ihren kalten, im Voraus ausgerichteten Kanonen ab. Dabei benutzten die Kanoniere Druckluft, um die Geschosse ohne Energieemissionen aus den Rohren zu katapultieren. Im Hangar zog die ferngesteuerte Jagdmaschine ihre Landefüße ein. Einen Moment später raste sie bereits aus dem Hangar, mit so brutaler Beschleunigung, dass das glühende Auge ihrer Schubdüse binnen eines Atemzugs von einem zwei Meter messenden Kreis zu einem weißen Punkt zusammenschmolz.

Der S-14 griff die Banshee-Staffel an, wobei er erst seine eigenen M42 Archers abfeuerte, bevor er zu seinen rotierenden Zwillingskanonen wechselte. Genau in diesem Moment aktivierten sich die Raketen von der *Vanishing Point,* um den Banshees aus der anderen Richtung entgegenzurasen. Die verdutzten Außerirdischen brachen aus ihrer Formation aus und verteilten sich, sodass die drei Baselards vor ihnen nach unten wegtauchen und sich in Sicherheit bringen konnten.

»Team Blau, Start«, befahl John.

Er rammte die Kontrollgriffe nach vorn und der erbeutete Banshee flitzte ins All hinaus. Nur die Haltegurte verhinderten dabei, dass John rückwärts aus dem Cockpit rutschte. Johnson und der Rest von Team Blau folgten in ihren eigenen Fliegern und sie ordneten sich hinter dem ferngesteuerten Baselard an. Die *Vanishing Point* öffnete derweil ihre Müllabteile und spie eine Wolke aus leeren Treibstoffzylindern, Patronenhülsen, irreparabler Ausrüstung, beschädigten Ersatzteilen und weiterem Metallschrott aus – eben alles, was ein Langstreckensensor als Teile eines zerstörten Raumjägers interpretieren konnte.

John tippte die Unterseite der Kontrollgriffe an, und Plasmastrahlen brannten sich in das Heck des ferngesteuerten S-14. Seine

Kameraden eröffneten ebenfalls das Feuer, und der Raumjäger platzte – unterstützt durch den eigenen Selbstzerstörungsmechanismus – in einem Feuerball auseinander, groß genug, um die Aufmerksamkeit der Außerirdischen zu erregen … und der *Vanishing Point* den unbemerkten Rückzug zu ermöglichen.

Die Stimmen von Eliten füllten das Cockpit. Vermutlich waren es die Banshee-Piloten, die eine Identifikation von den Neuankömmlingen verlangten. John ignorierte sie und führte Team Blau dicht an die wieder zusammenströmende Feindstaffel heran.

Da sie nicht mit den Außerirdischen kommunizieren konnten, bestand ihre beste Chance darin, sich ihrer Formation anzuschließen und zu hoffen, dass die Eliten die kosmetischen Schäden sahen und zu dem Schluss gelangten, dass ihre Kommunikationssysteme ausgefallen waren. Und wenn das nicht funktionierte? Dann hielten sich die *Vanishing Point* und ihre beiden Begleit-Prowler bereit, um ein Ablenkungsmanöver zu starten.

Als niemand von Team Blau auf die Kommrufe reagierte, löste sich ein Trio feindlicher Banshees aus der Staffel, um die Neuankömmlinge abzufangen. John achtete darauf, die Finger von den Waffenkontrollen fernzuhalten; er hatte keine Ahnung, was das Allianzprotokoll in solchen Situationen vorsah, aber er hatte nicht vor, sich durch herausfordernde Manöver oder aggressive Kommsignale zu einer Reaktion provozieren zu lassen. Er wünschte, er hätte die anderen ebenfalls zur Zurückhaltung ermahnt, aber jetzt war es dafür zu spät.

Team Blau würde von nun an nämlich totale Funkstille halten. Sie wollten nicht riskieren, dass die Allianz seltsame Übertragungen von den »beschädigten« Banshees auffing. Und sie würden diese Funkstille nur brechen, wenn offensichtlich wurde, dass der Feind nicht auf ihre List hereinfiel.

Die drei näher kommenden Banshees wuchsen von daumennagelgroßen Flecken zu detaillierten Silhouetten heran. Sie sahen aus wie Kreuze mit kraftlos herabhängenden Enden, die auf dreißig Meter langen Düsenschweifen dahinritten. Als sie Team Blau erreicht hatten, flogen sie über ihnen hinweg und neigten dabei ihre Cockpits nach unten. Auf der Konsole seines eigenen Banshees sah John, wie zwei der feindlichen Maschinen hinter ihnen tiefer gingen, bereit, das Feuer zu eröffnen. Der dritte beschleunigte unterdessen wieder und kreuzte keine zwanzig Meter über den »beschädigten« Banshees von links nach rechts, zweifelsohne, damit er sie genauer in Augenschein nehmen konnte. Als er fertig war, kehrte er in die Mitte zurück und flog wieder direkt über John dahin.

Der Pilot verharrte fast eine Minute in dieser Position, und als wieder Elite-Geplapper aus dem Kommsystem knisterte, gelangte John zu dem Schluss, dass der Außerirdische auf ein Signal wartete. Er versuchte es mit dem standardmäßigen Flügelwackeln, aber das rief keine Reaktion hervor. Langsam näherten sich seine Hände der Unterseite der Kontrollgriffe …

Die Maschine über ihm senkte das Heck und zog die Nase nach oben, während mehr Kauderwelsch aus dem Cockpitempfänger dröhnte. Johns Hände kehrten rasch in ihre ursprüngliche Position zurück und er imitierte das Manöver des Banshees. Das schien den Elite zufriedenzustellen; er setzte sich vor Team Blau und führte sie zu seiner Staffel nach vorn.

Sobald alle Banshees zusammengerückt waren, nahm der Kommandant der Einheit Kurs auf die Logistikflotte. Da sich die Staffel in einem viel höheren Orbit befand, würden sie in einem langwierigen Prozess immer wieder ihre Düsen zünden müssen, um sich vor oder hinter den großen Schiffen zu positionieren. John wagte es, sich ein wenig zu entspannen. Sie hatten diesen Angriff bis ins letzte voraussehbare Detail geplant, und deswegen konnten sie auch auf die kleinen Dinge reagieren, die sich nicht planen ließen.

Unter sich konnte er die Keile von zwölf Baselards sehen, die in wildem Zickzack versuchten, auf die Umlaufbahn der Logistikflotte hinabzustoßen. Die acht fehlenden Raumjäger waren vermutlich zerstört worden, während sie sich durch den Schwarm der Allianzflieger gekämpft hatten, aber die Tatsache, dass die Staffel den Angriff nicht abgebrochen hatte, verriet John, dass die Baselards von Team Grün und Team Gold noch intakt waren. Das war gut. Denn jetzt, wo sie von feindlichen Banshees umgeben waren, war auch für Team Blau die letzte Chance verstrichen, einen Rückzieher zu machen.

Planung. Sie war für den Erfolg der Spartans ebenso wichtig wie ihre Mjolnir-Rüstung.

Orangerote Flammen schlugen aus zweien der Baselards und sie verschwanden. John suchte nach Hinweisen, das es sich um eines der Spartan-Teams handelte, die die Selbstzerstörung aktiviert hatten, aber alles, was er sah, waren winzige Flecken vor dem Hintergrund des wolkenverhüllten Planeten in der Tiefe. Zumindest wendeten die Allianzjäger nicht, um zu der Stelle zurückzukehren, und das Flackern von Gewehrfeuer war auch nicht zu erkennen. Entweder funktionierte das Manöver wie geplant oder die *Vanishing Point* hatte gerade zwei weitere Pilotengespanne verloren.

Der Gedanke an all die Leben, die geopfert worden waren, um die Spartans sicher an ihr Ziel zu bringen, erfüllte John mit Unbehagen. Aber zumindest waren sie nicht umsonst gestorben. Falls Dr. Halsey wirklich das Versorgungslager der Allianz finden konnte, würde ihr Erfolg heute die feindliche Invasion abbremsen … und Einsatzgruppe Yama würde dem Feind eine Niederlage beibringen, die er nie wieder vergessen würde.

Zwei weitere Baselards explodierten, und jetzt war John sicher, dass Team Grün und Team Gold die nächste Phase ihres Angriffs eingeleitet hatten. Sobald ihre Havoks detonierten, würde sein Team die darauffolgende Verwirrung nutzen, um sich von der Staffel abzusetzen und Kurs auf die drei Munitionstransporter zu nehmen. Danach mussten sie nur noch in die Hangars rasen, eine Bruchlandung hinlegen, ihre eigenen Nuklearsprengköpfe aktivieren und wieder von Bord verschwinden, bevor sie hochgingen.

Die Banshees, die Team Blau eskortierten, waren inzwischen zehn Kilometer in die Tiefe gesunken, und nun formierten sie sich hinter einem großen, birnenförmigen Frachter. John presste die Lippen zusammen. Wenn sie dem Schiff zu nahe kamen, bevor die Bomben von Team Grün und Team Gold detonierten ...

Silberne Helligkeit füllte seinen Sichtschirm und der Frachter verging im Lichtblitz einer nuklearen Explosion. Statik kreischte aus seinem Kommsystem, gefolgt von unverständlichem Gebrüll, als die Außerirdischen auf die Zerstörung des Schiffes reagierten. John überprüfte die taktische Anzeige des Banshees und sah die Logistikflotte als lange, sanft geschwungene Linie vor sich ausgestreckt. Die Sensorsymbole der Allianz ließen sie aussehen wie Kommas, Sternchen und wellige Doppellinien.

Der nächste weiße Blitz folgte wenige Sekunden später, dieser so weit entfernt, dass er kaum mehr als ein Flackern über dem grauen Horizont von Etalan war. Das Stimmengewirr aus dem Kommsystem des Cockpits schwoll zu einer ausgewachsenen Kakophonie an und Schwärme von Jagdmaschinen tauchten unter den verbliebenen Symbolen auf der Taktikanzeige auf.

John wusste nicht, ob die Explosionen das Werk von Team Grün oder von Team Gold waren, aber augenscheinlich hatte eines von ihnen Erfolg gehabt, und seine Mitglieder sollten nun auf dem Weg zu ihrem Abholpunkt sein. Gut. Sie hatten der Logistikflotte der Allianz empfindlichen Schaden zugefügt ... aber sie mussten mehr als nur zwei Schiffe zerstören, wenn Halseys Plan aufgehen sollte.

Unvermittelt lösten sich die beiden anderen Ausrüstungstransporter in blendend grellem Licht auf. Das zweite Team hatte also auch seine Mission erfüllt. Eine der Detonationen erfolgte so nah, dass die Gammastrahlung die Strahlenschilde seines Banshees überlastete und die Instrumente golden flackerten. Das Komm verstummte, die Anzeigen und die Lichtkegel um die Kontrollgriffe erloschen und eine Sekunde später versank das gesamte Cockpit in Dunkelheit. Jenseits der Cockpithaube kippte der graue Horizont von Etalan zur Seite, als die Maschine wie tot durchs All zu trudeln begann.

»Was für Schrotteimer«, kommentierte Fred auf dem Spartan-Kanal. »Und *das* nennen sie Strahlenschilde?«

John wollte ihn schon rügen, weil er die Funkstille gebrochen hatte, aber dann sah er all die anderen Banshees, die ebenso leblos um ihn her trieben, und er erkannte, dass es keinen Grund mehr für eine Funkstille gab. Der Impuls hatte die Instrumente und Kontrollen der gesamten Staffel lahmgelegt; ihre Piloten *konnten* die Funksprüche also gar nicht mehr aufschnappen. Und da die Logistikschiffe eines nach dem anderen in Rauch aufgingen, hatte der Rest der Flotte sicher auch Dringenderes zu tun, als auf verirrte Signale zu achten, die vermutlich ohnehin nur wie statisches Rauschen klangen.

Aber einen Nachteil hatte die Situation doch. Einen verdammt großen.

Die Banshees von Team Blau waren ebenso flugunfähig wie die der Allianz. Wenn die Spartans an Bord blieben, würden sie nicht mehr in die Schlacht eingreifen können und in Gefangenschaft geraten, sobald die Bergungsmannschaften der Allianz sie entdeckten. Mit anderen Worten: Sie *mussten* die Banshees verlassen. Das einzige Missionsergebnis, das schlimmer wäre als ihr Tod und die anschließende Selbstzerstörung der Mjolnir, war, *nicht* zu sterben und ihre Rüstungen in Feindeshand fallen zu lassen.

»Wir müssen immer noch ihre Munitionsschiffe zerstören«, sagte John auf dem Teamkanal. Er erinnerte die anderen nicht extra daran, dass dies der Schlüssel für Dr. Halseys Plan war. »Kann irgendjemand die Transporter sehen?«

»Vielleicht«, erwiderte Fred. »Wie sehen sie denn aus?«

»Groß und fett«, meldete sich Avery Johnson. »Wie eine prall gestopfte Zigarre mit einem Megafon am Ende.«

»Woher wissen Sie das?«, fragte Linda.

»Weil ich gerade zwei vor mir habe«, antwortete Johnson. »Der erste wird direkt unter uns vorbeifliegen, so in … keine Ahnung. Bald.«

»Ist er in Reichweite unserer Rüstungsdüsen?«

»Das ist nicht Ihr Ernst, oder?«, schnappte Johnson. »Sie wollen einen spontanen Angriff vom Weltraum aus starten? Unter *diesen* Umständen?«

»Aussteigen müssen wie sowieso«, relativierte Fred. »Diese Banshees sind hinüber.«

»Also können wir ebenso gut etwas Nützliches tun, während wir da draußen rumtreiben«, hängte Kelly an. »Sind die Transporter in Reichweite?«

»Für euch Bekloppte vielleicht«, grollte der Sergeant. »Ich bin weiter von ihnen weggetrudelt, aber mein Entfernungsmesser zeigt mir für das vordere Schiff fünfzig Kilometer an. Das heißt, ihr Orbit dürfte um die … zehn Kilometer unter uns liegen.«

Zehn Kilometer waren bei Orbitalgeschwindigkeiten nur ein kleiner Sprung, aber das Timing könnte ein Problem werden. Wenn Team Blau die niedrigere Umlaufbahn nicht rechtzeitig erreichte, um ihre Ziele abzufangen, müssten sie in einen noch tieferen Orbit absinken und versuchen, die Transporter einzuholen – oder aber in einem höheren Orbit bleiben und warten, bis die Schiffe das nächste Mal unter ihnen vorbeiglitten. Und sie wussten nicht, wie viel Zeit ihnen noch blieb, ehe die Flotte ihre Umlaufbahn verließ und in den Slipspace flüchtete.

Jetzt oder nie.

»Für den Ausstieg bereit machen«, sagte John. Da sie bereits versiegelte Rüstungen trugen, beschränkte sich dieser Prozess darauf, die Sauerstoffversorgung auf ihre Atemgeräte umzuschalten – eine Aufgabe, die der Mjolnir-Computer automatisch für

303

John erledigte. »Ich übernehme den ersten Transporter, Kelly den zweiten, Fred den dritten. Linda und Sarge, ihr wisst, was ihr zu tun habt.«

Es gab einen Grund, warum Linda und Johnson mit M99-Scharfschützengewehren bewaffnet waren und nicht mit MA5Cs wie die anderen. Dank der magnetischen Beschleunigungstechnologie feuerten M99er ihre Munition mit so hoher Geschwindigkeit ab, dass sie Schockwellen verursachten, wenn sie ihre Ziele durchschlugen. Die Kugeln mochten nicht in der Lage sein, den Energieschild eines Allianzjägers auszuschalten, aber sie konnten eine dreißig Zentimeter dicke Titanrüstung durchlöchern, und im Vakuum des Weltraums wurde ihre Reichweite allein durch die Zielgenauigkeit des Schützen eingeschränkt. Das Team hatte die Gewehre in ihr Arsenal aufgenommen, um auf Angriffe durch Banshees oder andere schildlose Vehikel reagieren zu können, während sie auf den Prowler warteten, aber denselben Zweck konnten sie ebenso gut schon bei ihrem Anflug auf die Transporter erfüllen.

Drei Statussymbole in Johns Helm leuchteten grün, aber eines blinkte orange.

»Ja, Linda?«

»Die Transporter haben bereits ihre Jäger abgesetzt, es herrscht also kein Kommen und Gehen mehr«, sagte sie. Der ursprüngliche Plan hatte vorgesehen, dass John, Fred und Kelly ihre Banshees in den Hangar rammen, dann die Havoks im Cockpit zurücklassen und zu Fuß von Bord springen würden. Jetzt, wo ihre Banshees den Geist aufgegeben hatten, war das natürlich nicht mehr möglich. »Wie wollt ihr an Bord kommen, wenn die Energieschilde oben sind?«

So weit war John in seiner Planung noch gar nicht – aber Avery Johnson offenbar schon. »Das sollte kein Problem sein«, erklärte er. »Die Transporter ziehen noch immer ihre Sammeltrichter ein.«

»Und?«, fragte Linda.

John erkannte, was Johnson dachte. »Es ist ziemlich schwer, mit hochgefahrenen Energieschilden Gas zu sammeln.« Er überprüfte noch einmal die Magnetklammer, die den Havok an seinem Rücken hielt, dann griff er nach dem manuellen Öffnungshebel der Cockpithaube. »Wenn wir sie erreichen, bevor die Sammeltrichter vollständig eingezogen sind, müssen wir nicht einmal an Bord.«

»Ein Kinderspiel«, sagte Fred. »Wir fangen ein außerirdisches Schiff ab, das mit fünfundzwanzigtausend Stundenkilometern dahinrast, schlüpfen durch seine Jägereskorte, landen lange genug auf der Hülle, um einen thermonuklearen Sprengkopf zu befestigen, und ziehen uns wieder zurück, bevor das gute Stück in die Luft fliegt.«

»Bei dieser Geschwindigkeit musst du dich rein technisch nicht zurückziehen«, korrigierte Linda. »Aber ich möchte dich nicht um deine dummen Sprüche bringen, mach also nur weiter.«

»Wir schaffen das.« John löste die Haltegurte. »Absprung in drei, zwei …«

Er zog den Öffnungshebel, die Cockpithaube klappte auf und der Druckverlust hob ihn aus dem langsam um die eigene Achse trudelnden Banshee. Das Düsenpack zündete mit mehreren kurzen Stößen, bis sich seine Position stabilisiert hatte, dann nahm er das MA5C-Sturmgewehr aus der Magnethalterung. Seine Augen suchten vor dem hellgrauen Hintergrund von Etalan bereits nach den zigarrenförmigen Umrissen, die Johnson beschrieben hatte.

Zunächst sah er nur weitere Banshees, die flugunfähig vorbeidrifteten. Die Außerirdischen im Inneren staunten sicher nicht schlecht, dass plötzlich mitten in ihrer Formation Spartans im Weltraum schwebten, aber keiner von ihnen öffnete sein eigenes Cockpit, um sie unter Beschuss zu nehmen. Kein Wunder – die wenigsten Piloten waren für Feuergefechte im Vakuum ausgerüstet.

Schließlich entdeckte John ein Trio fingerlanger violetter

Röhren, die über Etalans grauen Wolken dahinflogen. Sie hatten einen dicken Mittelteil und einen kegelförmigen Bug, um den ein ganzer Schwarm aus winzig kleinen Kampffliegern herumsurrte. John wählte den vordersten Transporter als sein Ziel aus, und der Computer der Mjolnir-Rüstung platzierte einen Wegpunkt auf seinem HUD, knapp oberhalb des planetaren Horizonts. Einen Moment später zündete er bereits seine Düsen.

»Blau Eins auf Abfangvektor zu Ziel Eins. Erwartete Ankunftszeit …«

John hielt inne, bis der Computer die Zahl auf seinem Display einblendete, und dann noch ein wenig länger, bis er seine Überraschung verwunden hatte. Offenbar würde er die Düsen den gesamten Flug über einsetzen müssen, wenn er den Transporter noch abfangen wollte. Er hatte gehofft, er könnte ein wenig Treibstoff in Reserve halten, um schneller aus dem Sprengradius zu entkommen, nachdem er den Havok platziert hatte.

Der Wegpunkt stieg ein paar Zentimeter über dem Horizont auf und die erwartete Ankunftszeit wurde nach oben korrigiert.

»Fünf Minuten, zwanzig Sekunden«, las John schließlich vor.

»Ich folge Ihnen in einem Kilometer Abstand«, erklärte Avery Johnson.

»Negativ.« Sie hatten nur zwei Scharfschützen, und er wollte, dass sie sein Team schützten … nicht ihn. »Sie gehen mit Fred oder Kelly.«

»Die Abfangwinkel von Blau Zwei und Drei liegen dichter zusammen«, sagte Linda. »Bis sie näher dran sind, kann ich ihnen beiden Deckung geben.«

»Und was, *wenn* sie näher dran sind?«, konterte John. Er würde es nicht riskieren, Fred oder Kelly zu verlieren, nur damit *er* Rückendeckung hatte. Nicht nachdem Sam durch einen Plasmaschuss gestorben war, der eigentlich John hätte treffen sollen. Auf gar keinen Fall. »Ich will, dass Blau Zwei und Blau Drei individuell Deckung erhalten.«

»John, das ist nicht der Zeitpunkt für einen Heldenkomplex«, protestierte Johnson. »Wie Blau Vier schon gesagt hat, sie kann ...«

»Sergeant, ich habe das Kommando über Team Blau«, unterbrach John ihn. »Also machen wir es auf meine Weise.«

»Zu spät. Ich bin bereits auf diesem Vektor unterwegs.«

»*Was?*«

»Sie können mich gern anschreien ... aber später, in Ordnung? Ich musste eine Entscheidung treffen und so sieht sie aus.«

Der Teamkanal füllte sich mit Rauschen und das All mit weißem Licht, als hinter ihnen ein Sprengkopf detonierte.

»Ach ja«, fügte Johnson an. »Ich habe meinen Havok in dem Banshee gelassen.«

John musste nicht nach den Beweggründen des Staff Sergeants fragen. Das Letzte, was sie wollten, war, Zeugen zurückzulassen, die ihre Infiltrationstechniken beschreiben konnten – ganz abgesehen davon, dass die Explosion sie tarnen würde, während sie ihre Ziele anflogen. Sollte ein scharfsichtiger Sensortechniker trotz der Tarnbeschichtung ihrer Rüstungen feststellen, dass eine Handvoll Kontakte von der Explosion fortflog, würde er vermutlich annehmen, dass es sich um Trümmer handelte, und nicht weiter nachforschen.

John seufzte lautlos. Er begann, sich selbst an Crowther zu erinnern. Anstatt darüber nachzudenken, wie viel Kontrolle er hatte, sollte er sich lieber darauf konzentrieren, die Mission über die Bühne zu bringen.

»Gut mitgedacht, Sarge.«

»Tja, wer hätte gedacht, dass der alte Knochen noch ein paar Tricks im Ärmel hat, hm?« Johnsons Tonfall klang halb amüsiert, halb verärgert.

Inzwischen war der vorderste Transporter nur noch ein Dutzend Kilometer hinter und fünf Kilometer unter John. Das Schiff war bis auf Armlänge angeschwollen, und er konnte es im Auge behalten, ohne den Helm drehen zu müssen. Für ihn sah es aber mehr nach einer schwangeren Zigarre aus als nach einer prall gestopften. Die Hülle war mit blauen Lichtern überzogen, die hin und wieder flackerten, wenn eine Maschine aus der Jägereskorte vorbeiflog. Diese kleinen Flieger waren wenig mehr als Staubkörner und ließen sich noch nicht genauer identifizieren.

Der Trichter am Bug des Transporters hatte sich zur Hälfte seines ursprünglichen Durchmessers zusammengezogen, während er langsam ins Innere des Schiffes zurückzuschrumpfen schien. Noch mehr beunruhigte John, dass ein schwaches blaues Glühen am Heck zu erkennen war – ein sicheres Anzeichen, dass der Transporter seine Reaktoren hochfuhr und sich bereit machte, den Orbit zu verlassen.

Die Ankunftszeit auf seinem HUD zeigte noch immer fast drei Minuten bis zu den Abfangkoordinaten. John betrachtete den Trichter und schätzte ab, wann er sich wohl vollständig zusammengezogen hätte. Das wäre nämlich vermutlich auch der Moment, wenn das gewaltige Schiff seine Energieschilde hochfuhr.

Die Konstruktion des Trichters war genauso bizarr wie alles andere an den Außerirdischen. Soweit John sehen konnte, bestand er aus acht flexiblen Streben, die immer wieder durch sprühende Funken oder kleine, elektrisch blaue Blitze erhellt wurden, während sie in den Bug des Transporters zurückglitten. Die dünnen Segel, die sich zwischen ihnen spannten, warfen im einen Moment Falten wie Stoff, nur um im nächsten zu schimmern, als bestünden sie aus reinem Licht. Von Johns Blickwinkel aus ließ sich nicht genau sagen, ob sie gemeinsam mit den Streben in die Vorderseite des Schiffes eingezogen wurden oder ob sie einfach ins Nichts verblassten.

Der Trichter maß nur noch ein Viertel seiner anfänglichen Größe, als die kleinen Umrisse der Jagdmaschinen zum Bug des Transporters strömten. Erst fürchtete John, sie würden in Vorbereitung ihres Abflugs in den Hangar zurückkehren, aber dann sah er, dass eine kleine Gruppe weiterhin über dem Transporter Position hielt. Irgendetwas ging da vor …

Das Rätsel wurde wenige Sekunden später gelöst, als zwei glockenförmige Silhouetten über den Aschewolken von Etalan auftauchten – die Prowler-Eskorte der *Vanishing Point,* die sich auf einem retrograden Orbit näherten, um Team Grün und Team Gold nach ihren erfolgreichen Angriffen aus dem All zu fischen. Aber natürlich konnte die Allianz das nicht wissen. Die Außerirdischen mussten annehmen, dass die beiden Prowler der *Razor*-Klasse ihre Munitionsvorräte angreifen würden. John hatte eigentlich nicht vorgehabt, die Bergungsoperation als Ablenkungsmanöver für Team Blau zu nutzen, aber im Moment war er dankbar für jede Hilfe, die er kriegen konnte.

Lichtblitze zuckten hin und her, als beide Seiten das Feuer aufeinander eröffneten. Die menschlichen Angriffe schienen aus dem Nichts zu kommen, aber John wusste, dass das eine optische Täuschung war. Jeder Prowler wurde von einem Baselard begleitet, und die UNSC-Jäger waren zu klein, als dass man sie aus so extremer Entfernung erkennen konnte.

Die Ankunftszeit auf dem HUD lag nun bei zwei Minuten und siebenunddreißig Sekunden und der Computer ließ ein warnendes Piepsen ertönen. John schaltete die Hauptdüsen ab und drehte sich mithilfe der Manövrierdüsen herum, sodass er dem Abfangpunkt rückwärts entgegensank. Zwei Sekunden später zündete er die Hauptdüsen noch einmal, um hart abzubremsen, bevor er daran ging, seinen Orbit mit dem seines Ziels zu synchronisieren.

Kein Tarnsystem war perfekt, und jetzt, wo sein Düsenpack direkt dem Feind zugewandt war, konnten die wärmezerstreuenden Ablenkplatten die plötzliche Hitzewolke des dreisekündigen Tri-Amino-Hydrazin-Stoßes nicht länger verbergen. Keine Sekunde später lösten sich bereits mehrere Allianzflieger aus der Gruppe, die noch über dem Transporter hing, und rasten in einer direkten Linie auf John zu.

Er zählte lediglich acht Maschinen, aber wenn die einzige verfügbare Luftabwehrwaffe aus einem MA5C-Sturmgewehr bestand und Ausweichmanöver keine Option darstellten, weil er seinen Abfangvektor einhalten musste, waren das acht Maschinen zu viel.

»Sergeant, sehen Sie das?«

»Natürlich«, brummte Johnson. »Wollen Sie jetzt meine Hilfe? Oder wollen Sie das immer noch im Alleingang machen?«

Die Frage war eine offensichtliche Anspielung auf Johns Versuch, Lindas Entscheidung zu überstimmen und Johnson hinter dem Rest von Team Blau herzuschicken. Aber der Sergeant war nicht der Typ, der einem seine Fehler grundlos unter die Nase rieb – er wollte dem jungen Spartan eine Lektion beibringen, die er nicht wieder vergessen würde. Unter anderen Umständen würde John das zu schätzen wissen, aber nicht, wenn gleich die Hölle loszubrechen drohte.

»Schießen Sie einfach, in Ordnung?«, schnappte er. In seinem Hinterkopf rumorte die Frage, ob Fred oder Kelly sich wohl gerade einer ganz ähnlichen Situation gegenübersahen … *ohne* Rückendeckung. Aber alles, was er jetzt tun konnte, war, auf Lindas Urteilsvermögen zu vertrauen. »Können Sie erkennen, zu welchem Typ die Flieger gehören?«

»Banshees«, informierte Johnson ihn. »Die Seraphs schützen den Trichter vor den Prowlern.«

»Das ist immerhin etwas.« Banshees waren kleiner, leichter bewaffnet und weniger robust als die Seraphs – Letzteres vor allem, weil sie keine Energieschilde hatten. »Alle?«

»Alle, die ich mit diesem Zielfernrohr sehen kann«, erwiderte Johnson. »Ab jetzt keine plötzlichen Bewegungen, Blau Eins. Ich muss ziemlich dicht an Ihnen vorbeischießen.«

»Kein Problem.«

Plötzliche Bewegungen wären bei seiner Geschwindigkeit ohnehin eine schlechte Idee; wenn sich sein Schwerpunkt abrupt verlagerte, würde er unkontrolliert davonwirbeln. Natürlich könnte der Computer der Mjolnir ihn mithilfe des Düsenpacks in Sekundenschnelle stabilisieren – aber dann wäre er trotzdem schon zu weit von seinem Abfangvektor entfernt, um den Transporter noch zu erreichen.

Also verharrte er ruhig und blickte zwischen den Beinen hindurch den Banshees entgegen. Wegen ihrer glühenden Düsenschweife sah es aus, als würden acht stecknadelgroße Heiligenscheine auf ihn zurasen. Johns eigenes Düsenpack war deaktiviert, aber immer noch glühend heiß, und die Verzerrungswellen erzeugten den Eindruck, als würden diese Heiligenscheine kleine Sprünge vollführen, während sie näher kamen.

Einer der Banshees kippte zur Seite weg, entweder weil er von einem M99-Projektil getroffen worden war oder einem auswich. Die Flugbahn des Fliegers wurde immer steiler, bis er kopfüber dem Munitionstransporter entgegensank. Es schien unmöglich, dass Johnson aus einer Entfernung von mehr als fünfzehn Kilometern einen Volltreffer gelandet hatte, aber John wollte keine andere Erklärung einfallen.

»Haben Sie ihn erwischt?«

»Auf diese Distanz? Ich bin zwar gut, aber nicht …« Johnson brach ab, als die Banshees das Feuer eröffneten. »John, weg da!«

»Negativ.« Auf allen Seiten zuckten Lichtblitze um ihn herum, aber sie kamen ihm nicht allzu nahe. Dafür war er ein zu kleines Ziel und der Feind war noch zu weit entfernt. »Schießen Sie weiter.«

Das feindliche Trommelfeuer intensivierte sich, bis die Heiligenscheine der Banshees hinter einem Vorhang aus Plasmastrahlen verschwanden. Laut Display würde es noch zwei Minuten dauern, um die Orbits zu synchronisieren, aber er wusste, dass er unmöglich so lange durchhalten würde, geschweige denn danach noch ein Landemanöver durchführen konnte. Nicht mehr lange, und die Plasmakanonen der Banshees würden zielgenauer werden. Natürlich galt dasselbe für Johnson und sein M99 – aber da draußen waren sieben Banshees und nur ein Johnson.

In der Hoffnung, die feindlichen Zielsensoren zu verwirren, leerte John den Granatwerfer seines MA5C. Einen Moment lang ebbte die Plasmakanonade tatsächlich ab, aber dann erfassten die Banshees erneut die Hitzesignatur seines Düsenpacks, und ihr Beschuss nahm rasch wieder an Intensität zu.

John zündete die Manövrierdüsen und drehte sich um die eigene Achse, sodass die Hauptdüsen nicht länger nach unten gerichtet waren. So beraubte er die Banshees ihrer Zieldaten und das Feindfeuer wurde ungenauer. Jetzt konnte John ein wenig leichter atmen.

Der Wegpunkt auf seinem HUD geriet ins Trudeln, und er spürte, wie die Manövrierdüsen zündeten, als der Computer nach einem neuen Synchronisationsvektor suchte. Der Countdown auf seinem HUD war um vierzig Sekunden heruntergetickt. Ihm blieb nicht einmal mehr eine Minute. Aber John musste nicht wirklich auf einem synchronen Orbit sein, wenn der Timer ablief; er musste den Transporter nur einen Moment lang abfangen können.

»John, ich habe Sie aus den Augen verloren«, rief Johnson. »Sind Sie …«

»*Schießen Sie weiter!*« John klappte die Kontrolltafel des Havoks auf, überprüfte erneut die Ankunftszeit – fünfzig Sekunden –, und gab eine Verzögerung von dreißig Sekunden ein. Anschließend stellte er den Sprengkopf auf automatische Zündung ein, ohne den Countdown aber bereits einzuleiten. »Und machen Sie sich bereit, den Kurs zu ändern. In vierzig Sekunden werden sie mindestens fünf Kilometer von diesem Transporter entfernt sein wollen.«

»John?« Die Stimme des Sergeants klang besorgt. »John, was zum Teufel tun Sie da?«

Er behielt die Ankunftszeit fest im Auge; das Timing musste absolut perfekt sein. Noch dreißig Sekunden.

»Junge, hören Sie mir zu«, sagte Johnson. »Spielen Sie nicht den Helden.«

John wünschte innig, der Sergeant würde endlich die Klappe halten, damit er sich konzentrieren konnte.

Als die Zeitangabe auf dem HUD die Dreißig-Sekunden-Marke erreichte, startete er den Countdown des Havoks. Zufrieden stellte er fest, dass die beiden Anzeigen exakt im selben Moment auf neunundzwanzig sprangen.

Unter ihm war der Transporter zur Größe eines Mongoose-Quads herangewachsen. Der Trichter an seiner Vorderseite hatte sich größtenteils zusammengezogen und die aufgedunsene Hülle dahinter wogte wie ein mit Wasser gefüllter Luftballon. Ein oder zwei Kilometer über dem Schiff kreisten die tränenförmigen Umrisse der Jägereskorte in einem stetig weiter werdenden Suchmuster. Falls sie John von ihrer Position aus sehen konnten, dann musste er auf sie wie ein winziges Insekt wirken, das dem Schlund eines riesigen Fisches entgegenstürzte. Aber diesen Fisch erwartete eine böse Überraschung.

John nahm den Havok von seinem Rücken … und ließ ihn los. Der Sprengkopf befand sich auf demselben Abfangvektor wie er; selbst wenn die feindlichen Flieger den Spartan jetzt noch ausschalteten, würde die Bombe weiter ihrem Ziel entgegenfliegen. Und nach einem erneuten Blick auf sein HUD und die heruntertickenden Sekunden war John sich sicher, dass der Havok sein Ziel auch treffen würde.

»Verdammt noch mal, John, melden Sie sich!«

»Ich bin hier, Sergeant.« Er aktivierte sein Düsenpack und schoss knapp sieben Kilometer über dem Munitionstransporter hinweg. »Aber bei allem gebotenen Respekt … Sie müssen wirklich aufhören, mich wie ein Kind zu behandeln.«

Was immer Johnson darauf erwiderte, es ging im statischen Rauschen der Explosion unter.

Weißes Licht hüllte John ein, und sein Display warnte ihn,

dass die Außentemperatur der Mjolnir weit, *weit* in den roten Bereich stieg.

Aber solange sein HUD funktionierte war er immerhin noch
am Leben. Im Moment konnte er nicht mehr verlangen.

21. KAPITEL

Neuntes Zeitalter der Rückforderung, Jahr zwei, Monat zwei
34. Zyklus, 208 Einheiten (Kriegskalender der Allianz)
Flotte des Kompromisslosen Gehorsams, Schlachtträger *Pious Rampage*
Im mittleren äquatorialen Orbit, Planet Borodan, Kyril-System

Nizat 'Kvarosee hatte nicht erwartet, dass die Atmosphäre des Planeten Feuer fangen würde, als er einen Plasmaangriff auf die Hauptstadt anordnete, aber er empfand weder Bedauern noch Schuldgefühle, als er das Resultat sah: eine Wolke aus Flammen, die sich über die gesamte Welt ausbreitete. Die Verteidiger von Borodan hatten den Kampf durch hartnäckigen Widerstand in die Länge gezogen und der Flotte des Kompromisslosen Gehorsams insgesamt fünf Tage lang standgehalten. Während dieser fünf Tage hatten die Menschen ebenso viele Allianzkreuzer und alle orbitalen Schiffswerften zerstört, die 'Kvarosee eigentlich hatte einnehmen wollen, um sie für seine eigene Flotte zu nutzen. Und das Schlimmste: Sie hatten die Schlacht genutzt, um ihn abzulenken, während eine kleine Gruppe von Schiffen davonflog und einen Angriff auf den Versorgungskonvoi bei E'gini startete – dem Schauplatz von Nizats letztem Erfolg. Insofern konnte ihm wohl niemand verübeln, dass er nichts außer Befriedigung empfand, als er nun die Zerstörung und die Qualen auf der Welt unter ihm betrachtete. Die Menschen hatten seinen Vorstoß zu einem schmachvollen Stillstand gebracht und sie hatten ihn in den Augen der Propheten beschämt. In seinen Augen konnten sie gar nicht schnell genug sterben.

Nizat war nicht entgangen, dass sein Pfad zur Großen Reise mit jedem Schritt finsterer zu werden schien, aber es gab Dinge, die konnte nicht einmal ein Schiffsmeister der Sangheili ändern. Sein Weg war von den Hierarchen höchstselbst vorausbestimmt, und würde er sich nun davon abwenden, würde er auch die Chance auf göttliche Transzendenz vertun.

»Diesmal hast du dich selbst übertroffen, Schiffsmeister.«

Der Niedere Minister der Artefaktsuche schwebte neben Nizat, sein schlangengleicher Hals weit hochgereckt, während er die Überreste einer menschlichen Werftplattform beobachtete. Sie trieb in einem niedrigen äquatorialen Orbit unter ihnen vorbei, ihre Hülle von Löchern übersät und an manchen Stellen noch weiß vor abkühlender Hitze. Die schlingernde Rotation der Plattform würde sie schon bald in die Feuerwolken der Atmosphäre hinabtrudeln lassen.

»Ich werde deine Effizienz bei meinem nächsten Besuch in High Charity lobend erwähnen.«

High Charity war die mondgroße Raumstation, die der Allianz als heilige Hauptstadt diente. Nizat bezweifelte aber, dass der Sucher bald dorthin zurückkehren würde – oder dass der San'Shyuum Nizats Namen den Hierarchen gegenüber je erwähnen würde, es sei denn, um ihn schlechtzumachen und sich selbst in ein besseres Licht zu rücken. Trotzdem klackte er respektvoll mit den Mandibeln.

»Ihr ehrt mich, Euer Würden.«

Der Sucher hob wohlwollend seine dreifingrige Hand. »Du hast es verdient«, sagte er. »Aber ich frage mich, wie klug es ist, die Säuberung des Planeten fortzusetzen, obwohl unser Vorrat an Trägergas zur Neige geht. Wie viele Überlebende kann es schon geben, wenn die Luft selbst in Brand gerät.«

»Der Feuersturm sieht verheerender aus, als er ist«, erklärte Nizat. »Wenn wir ihn nicht mit mehr Plasma füttern, wird er schon bald erlöschen. Außerdem sind die Flammen allein nicht heiß genug, um den Boden zu schmelzen. Ohne das Bombardement würden fruchtbare Erde und Grundmauern übrig bleiben, die wiederaufgebaut werden könnten.«

»Verzeih, falls ich mich irre«, sagte eine Stimme hinter ihnen, »aber ich glaube, der Niedere Minister macht sich Sorgen um einen Gegenangriff der Menschen.«

Tel 'Szatulai näherte sich dem Beobachtungsfenster vollkommen lautlos – das hieß, Nizat nahm zumindest an, dass es 'Szatulai war. Wie üblich war die Erste Klinge nämlich in die Rüstung des Stillen Schatten gehüllt, einschließlich des geschlossenen Helmes, aber ganz ohne Embleme, die Aufschluss über die Identität des Trägers geben könnten. Ein paar Schritte hinter ihm eilte Nizats verlegen dreinblickender Adjutant Tam 'Lakosee herbei.

Nizat winkte 'Lakosee an seinen Posten zurück, bevor er irgendetwas sagen konnte, dann richtete er den Blick auf 'Szatulai und schluckte seine Wut hinunter. Ja, er war *wütend* auf die Erste Klinge – wütend, weil sie zugelassen hatte, dass ein Teil der menschlichen Prowler-Flotte davonflog und ihren Versorgungskonvoi bei E'gini überfiel. Nur die Agrarschiffe und ein paar der Lazarettkreuzer hatten überlebt, aber sogar von denen war Nizat im Moment abgeschnitten. Sie würden ihren Fluchtpunkt nämlich erst wieder verlassen, wenn ein ausreichend geschützter Konvoi organisiert werden konnte.

Gleichzeitig musste Nizat anerkennen, dass 'Szatulais Informationsquellen ihnen geholfen hatten. Ohne seine Warnung vor den Entertechniken der Menschen wäre womöglich die gesamte Flotte des Kompromisslosen Gehorsams ausgelöscht worden. Nizats Schiffsmeister hätten ihre Jäger vorpreschen lassen, um die feindliche Flotte zu dezimieren, und die menschlichen Prowler hätten ohne Gegenwehr ihre Mannschaften absetzen können.

Nizat kniff die Augen zusammen, verbannte seine Emotionen und fragte: »Wäre diese Sorge des Niederen Ministers denn gerechtfertigt? Müssen wir mit einem Gegenangriff rechnen?«

»Warum fragst du ihn überhaupt«, schnaubte der Sucher, wobei er 'Szatulai mit seinem Schwebethron ganz bewusst weiterhin den Rücken zukehrte. »Der Rat des Klingenmeisters hat sich ein ums andere Mal als unzutreffend herausgestellt.«

'Szatulai blieb neben dem Schwebethron stehen und neigte seinen Helm zur Seite, als würde er auf den Kopf des Niederen Ministers hinabstarren. Als er diese Geste sah, fragte Nizat sich unwillkürlich, ob die Erste Klinge wohl schon einmal den Befehl erhalten hatte, einen San'Shyuum zu töten – und ob er einen solchen Auftrag auch von Nizat annehmen würde.

Allein die Vorstellung war gefährlich. Die Mitglieder des Stillen Schattens folgten einem Kodex, den nur sie selbst kannten, aber Nizat vermutete, dass der Schutz der San'Shyuum-Führungskaste, egal mit welchen Mitteln, ein Teil dieses Kodex war.

Also verscheuchte er seinen blasphemischen Impuls und drehte sich mit offener Miene dem Sucher zu. »Ohne die Informationen der Ersten Klinge hätten wir vielleicht fünfzig anstelle von fünf Schiffen verloren.«

»Aber seine Mission ist, diese sogenannten Spartans zu töten«, entgegnete der Sucher. Die Gefahr eines Gegenangriffs, die er vor ein paar Atemzügen selbst angedeutet hatte, schien vollkommen vergessen zu sein. »Sofern sie überhaupt existieren. Ich fange allmählich an zu glauben, dass sie nur Fantasiegestalten sind, ersonnen, um uns Angst einzujagen.«

»Sie sind real«, brummte 'Szatulai.

»Hast du dann einen getötet?« Der Ton des Niederen Ministers zeigte an, dass es eine rhetorische Frage war. »Hast du eine Leiche, die wir dem Minister der Bekehrung zur Untersuchung vorlegen können?«

»Nein«, antwortete 'Szatulai. »Aber wir kennen inzwischen ihre

Namen – zumindest die Namen der zwölf, die der Einsatzgruppe Yama zugeteilt wurden.«

Davon hörte Nizat zum ersten Mal. War die Erste Klinge vielleicht hergekommen, um diese Neuigkeit zu melden? »Woher?«

»Von den Schwarzgerüsteten, die wir an Bord der *Purifying Flame* gefangen nahmen«, berichtete 'Szatulai. »Castor und Orsun haben große Fortschritte gemacht.«

Der Sucher ließ seinen Thron herumwirbeln. »Du lässt unsere Gefangenen von *Jiralhanae* verhören? Bist du wirklich so einfältig?«

Die Erste Klinge legte den Helm schräg, blieb aber stumm.

»Wie viele haben sie umgebracht?«

'Szatulai ignorierte die Frage des Suchers und wandte sich Nizat zu. »Die Schwarzgerüsteten nennen sich selbst ›Black Daggers‹, und sie gehören zu den Orbitalen Absprung-Schocktruppen, auch wenn dieses Bataillon sich auf Missionen im Weltall spezialisiert hat. Sie wurden speziell ausgebildet, um einem Verhör standzuhalten. Nicht einmal die Willensbrecher haben gewirkt.«

»Aber deine Kriegshäuptlinge hatten Erfolg?«, fragte Nizat.

»Die Jiralhanae haben ein Spiel – sie nennen es ›Reißen‹«, begann 'Szatulai. »Und Menschen sehen nur ungern mit an, wie ihren Kameraden Gliedmaße um Gliedmaße abgerissen wird. Einige Gefangene geben alles preis, wenn sie im Gegenzug einem Verwundeten helfen oder sein Leiden beenden dürfen.«

»Es ist ein Anfang«, brummte Nizat. »Aber wenn das alles ist, was du bislang in Erfahrung bringen konntest, werden dir vermutlich die Gefangenen ausgehen, bevor sie etwas wirklich Nützliches preisgeben.«

»Sie sind uns bereits ausgegangen.«

»Und jetzt erwartest du, dass der Flottenmeister *noch mehr* Schiffe opfert, um neue Gefangene für dich zu machen?« Der Sucher bedachte Nizat mit einem Seitenblick, und das Funkeln in seinen Augen wirkte wie eine Einladung, ihm mit den Daumen eben diese Augen auszudrücken. »Es gibt schon genug, wofür du dich in High Charity verantworten musst.«

Ein seltsames Geräusch ertönte unter 'Szatulais Helm; es klang beinahe … amüsiert. »Es gibt keinen Grund, Schiffe absichtlich zu opfern. Wir werden in der nächsten Schlacht zweifelsohne weitere verlieren. *Und* wir werden auch Gelegenheit haben, neue Gefangene zu machen.«

»Das klingt … nicht sehr optimistisch«, bemerkte Nizat.

»Es war ein großer Fehler, die Menschen anhand ihrer Schiffe zu beurteilen«, fuhr 'Szatulai fort. »Wenn sie im offenen Kampf chancenlos sind, greifen sie auf List und Tücke zurück.«

»Sie klingen wie die Anhänger des Stillen Schattens.« Der Ton des Suchers machte deutlich, dass die Bemerkung nicht als Kompliment gemeint war. Er blickte zu Nizat hinüber. »Das könnte es dem Flottenmeister erschweren, den Hierarchen sein Versagen zu erklären.«

»Wäre dies eine einfache Aufgabe, hätte ich nicht den Stillen Schatten damit betraut«, sagte Nizat. Der Sucher wollte ihn dazu bringen, die Schuld auf 'Szatulai abzuwälzen, aber er hatte nicht vor, sich an politischen Winkelzügen zu beteiligen. »Das hier ist ein Krieg, kein Intrigenspiel, um einen Sitz im Hohen Rat zu erbeuten.«

Der Sucher richtete sich auf seinem Schwebethron auf und starrte Nizat mit bebenden Kehllappen an. »So ist das also«, murmelte er. »Nun, diese Sache wird kein gutes Ende nehmen – für keinen von euch beiden.«

»Trotzdem möchte ich mir den Bericht des Klingenmeisters anhören«, erklärte Nizat mit Nachdruck. »Ohne Unterbrechungen.«

Die Augen des Suchers wurden schmal. »Wie du wünschst.«

Nizat drehte sich zu der Ersten Klinge um. »Also, weiter.«

»Ich habe bereits alles erwähnt, was wir von den Gefangenen erfuhren.« 'Szatulai blickte von dem Flottenmeister zu dem Niederen Minister. »Aber die Menschenverräter haben bestätigt, was wir uns bereits dachten – die Angriffe auf die Flotte des Kompromisslosen Gehorsams sollten uns beschäftigten, während die Spartans unsere Logistikflotte bei E'gini dezimieren.«

»Das habe ich doch gesagt«, brummte der Sucher.

»Das haben wir alle gesagt – *nach* der Schlacht.« Nizat neigte den Kopf in 'Szatulais Richtung. »Warum haben die Verräter uns nicht früher gewarnt?«

»Sie behaupten, ihr Spion wurde getäuscht – man sagte ihm, die Spartans würden sich hier im Kolaqoa-System bereithalten«, berichtete der Klingenmeister. »Angeblich wurde der Plan geheim gehalten, bis die Spartans wieder zur Einsatzgruppe Yama stießen.«

»Und glaubst du diese Geschichte?«, wollte Nizat wissen.

»Die Verräter wollen uns benutzen, um sich der Spartans zu entledigen«, antwortete 'Szatulai. »Alles, was ich gesehen habe, bestätigt diese Annahme.«

»Aber?«

»Aber ... dies ist das zweite Mal, dass wir einen hohen Preis zahlten, weil wir den Worten der Verräter glaubten«, brummte 'Szatulai. »Die Menschen sind vielleicht verschlagener, als wir dachten.«

»*Oder* sie wussten, dass es einen Spion in ihrer Einsatzgruppe gibt«, gab der Sucher zu bedenken. »Und sie haben ihn benutzt, um uns in ihre Fallen zu locken.«

'Szatulai machte eine Pause, dann senkte er den Helm nach vorn. »Das wäre möglich.«

»Das ist *wahrscheinlich*«, korrigierte der Sucher. »Wo ist diese Einsatzgruppe Yama jetzt?«

»Unbekannt. Die Verräter haben nichts mehr von ihrem Spion gehört, seit die Spartans zurückkehrten.«

Der lange Hals des Suchers kräuselte sich und er blickte zu Nizat hinauf. »Unterbrecht die Säuberung. Sofort. Wir müssen unsere Plasmareserven aufsparen.«

Nizat konnte die Furcht des Suchers verstehen – dass die Flotte des Kompromisslosen Gehorsams sich ohne Munition einem weiteren Angriff der Menschen gegenübersehen könnte, – aber der San'Shyuum wusste so gut wie nichts über Flottenkriegsführung. Es war Zeit, ihn aufzuklären.

»Das würde unsere Abhängigkeit von den Blasenschiffen enthüllen«, erklärte Nizat. »Die Menschen würden erkennen, dass wir nicht mehr viel Trägergas haben, und das würde sie ermuntern, uns mit geballter Kraft anzugreifen. Es ist besser, sie in dem Glauben zu lassen, dass unsere Munitionskammern prall gefüllt sind.«

»Und wenn uns die Vorräte ausgehen, bevor die Säuberung hier abgeschlossen ist?«, entgegnete der Sucher.

»Das wird nicht geschehen«, versicherte Nizat ihm. »Ich habe neue Logistikschiffe angefordert. Die ersten sind bereits unterwegs nach E'gini, um die Überlebenden des Spartan-Angriffs abzuholen. Sie sollten in fünfzig Einheiten hier eintreffen.«

»*Was?*« Der Sucher wirkte entsetzt.

Nizat legte den Kopf schräg. »Fünfzig Einheiten«, wiederholte er. »Die Menschen werden nie erfahren, dass uns das Trägergas knapp wird.«

»Diese Versorgungsschiffe …«, fragte 'Szatulai. »Sie werden bei E'gini haltmachen?«

»Habe ich das nicht gerade gesagt?«, erwiderte Nizat beunruhigt. Die Erste Klinge ließ sich normalerweise nicht so leicht aus dem Konzept bringen. »Warum beunruhigt dich das?«

'Szatulai zögerte mit gesenktem Kopf, ein sicheres Anzeichen, dass er nicht antworten wollte. Doch der Stille Schatten brüstete sich mit seiner Integrität und seinem Mut, und der Ehrenkodex der Sekte gebot, diese Tugenden in der Gegenwart eines Vorgesetzten ebenso hochzuhalten wie auf dem Schlachtfeld. Schließlich ruckte sein Helm nach oben.

»Ich muss dich um Verzeihung bitten, Flottenmeister. Ich

dachte nicht, dass es wichtig wäre, aber …« Während 'Szatulai sprach, mied er den Blick des Suchers – was den San'Shyuum natürlich nur motivierte, seinen Schwebethron nach vorn zu neigen und umso genauer hinzuhören. »Ich habe eine Einheit losgeschickt, um die Wracks, die wir auf Seoba verloren haben, zu finden und zu zerstören. Leider kamen sie nicht als Erste dort an.«

Nizat fühlte, wie sich ein gähnender Abgrund zwischen seinen Herzen auftat. »Die Menschen haben etwas aus den Schiffen geborgen?«

»Nur eine Handvoll Dinge, soweit wir wissen«, sagte 'Szatulai hastig. »Aber darunter war auch das *Kelguid* von der Brücke der *Worthy Silence*. Und das besorgt mich, jetzt, wo ich weiß, dass du weitere Logistikschiffe nach E'gini geschickt hast.«

Nizat stieß zischend den Atem aus. Ein erfahrener Leser könnte ein *Kelguid* – die interaktive Sternenkarte, mithilfe derer die Navigatoren der Allianz ihre Flüge durch den Hyperraum planten – benutzen, um das Nachschubnetzwerk der Flotte des Kompromisslosen Gehorsams aufzudecken und alle wichtigen Versorgungsknoten in Erfahrung zu bringen.

»Und du bist sicher, dass sie das *Kelguid* haben?«

»Die Standbeine waren sauber durchgeschnitten«, erklärte 'Szatulai. »Sie haben es.«

»Das heißt nicht, dass sie es auch bedienen können«, brummte Nizat. »Ein *Kelguid* ist ein kompliziertes Gerät, das ihre technologischen Fähigkeiten weit übersteigt.«

»Wir dachten auch nicht, dass sie Banshees steuern könnten«, erinnerte 'Szatulai ihn. »Wir wussten nicht einmal, dass sie überhaupt welche erbeutet hatten.«

»Wovon redet ihr Narren da?« Der Sucher schrie beinahe. »Dass sie vielleicht einen Angriff auf High Charity vorbereiten?«

»Nicht High Charity«, erwiderte 'Szatulai. »Aber Zhoist. Das wäre für die Menschen in ihrer aktuellen Situation das lohnendste Ziel.«

»Du hast schon mehrmals versucht, die nächsten Schritte der Menschen vorauszusagen«, schnappte der Sucher. »Wir müssen sofort nach High Charity zurückkehren. Sie werden die Flotte des Kompromisslosen Gehorsams brauchen, um ihre Verteidigung zu verstärken.«

»Und Zhoist überlassen wir sich selbst?« Nizat spreizte seine Kiefer, um sie dann klackend wieder zu schließen. »Die Heimatflotte von High Charity ist zehnmal so groß wie unsere. Zhoist hingegen hat nur eine schnelle Einsatz-Flottille, die einem Angriff der Menschen schwerlich standhalten würde.«

»Hast du denn gar nichts aus unseren Niederlagen gelernt?« Der Sucher bebte vor Zorn. »Jedes Mal, wenn wir glauben, die Menschen tun das eine, tun sie das andere! Wir müssen die Sicherheit von High Charity sicherstellen, und zwar gerade, *weil* du glaubst, dass sie Zhoist angreifen werden.«

»Euer Würden«, meldete 'Szatulai sich wieder zu Wort. »Warum sollten die Menschen High Charity ins Visier nehmen? Sie wissen vermutlich nicht einmal von der heiligen Hauptstadt, und wenn doch, dann wissen sie auch, dass sie dort nur der Tod erwartet.«

»Der Tod kann eine Spezies nicht schrecken, die bereits dem Untergang geweiht ist.« Die Stimme des San'Shyuum war schrill vor Panik, aber Nizat vermutete, dass er sich weniger Sorgen um die Sicherheit von High Charity machte; er hatte nur Angst, er könne eine Chance verpassen, sich vor den Hierarchen als Beschützer der heiligen Stadt zu präsentieren. »Die Menschen werden High Charity angreifen, weil ihr Ende bevorsteht und Rache das Einzige ist, was ihnen noch bleibt.«

'Szatulai hob den Kopf, und kurz glaubte Nizat, er würde doch noch herausfinden, ob ein Mitglied des Stillen Schattens es wagte, einen San'Shyuum zu ermorden. Ein Teil von ihm *hoffte* es sogar, und auch auf die Gefahr hin, dass er vom erleuchteten Pfad abkam – er würde die Sache bereitwillig vertuschen.

Doch 'Szatulais Hände blieben an seinen Seiten und er blickte über den Kopf des Suchers zu Nizat hinüber.

»Die Menschen dürsten nicht nach Rache, weil sie sich weigern einzusehen, dass sie verdammt sind«, erklärte er. »Sie werden nach Zhoist fliegen, weil ein Angriff auf unsere Versorgungslager ihnen mehr Zeit verschafft – Zeit, um uns zu studieren, unsere Schwächen aufzudecken und Waffen zu entwickeln, die den unseren ebenbürtig sind.«

»Waffen, die der *Allianz* ebenbürtig sind?«, schrillte der San'Shyuum. »Unmöglich.«

'Szatulai starrte auf ihn hinab. »Es wäre töricht, sie zu unterschätzen, Niederer Minister«, sagte er. »Unsere menschlichen Spione haben die Baupläne der Rüstungen erbeutet, die die Spartans so Furcht einflößend machen. Die Technologie ist beeindruckend, selbst nach unseren Maßstäben.«

»Du hast diese Baupläne selbst studiert?«, schnappte der Sucher. »Das könnte als Blasphemie betrachtet werden. Du wirst sie mir auf der Stelle übergeben.«

»Bei der nächstbesten Gelegenheit, Euer Würden.« 'Szatulais nonchalanter Ton deutete an, dass bis zu dieser *Gelegenheit* noch viel Zeit vergehen würde. Seine nächsten Worte waren wieder an Nizat gerichtet. »Wir müssen ihnen bei Zhoist entgegentreten, Flottenmeister.«

Nizat hob in wortloser Zustimmung den Kopf. Um auf Nummer sicher zu gehen, wandte er sich danach ebenfalls an den San'Shyuum. »Es ist eine Schande, dass die Menschen nicht so weise sind wie Euer Würden«, sagte er. »Aber ich vertraue in diesem Punkt auf 'Szatulais Urteil. Den Ungläubigen fehlt die Intelligenz, um zu erkennen, dass ihre Tage gezählt sind.«

22. KAPITEL

06:26, 31. März 2526 (Militärkalender)
Vanishing Point, UNSC-Tarnkreuzer der *Point-Blank*-Klasse
Im tiefen Raum, Sammelpunkt Sierra-Yama, Polona-Sektor

Für Catherine Halsey sah das Bild über dem ergatterten Sternenholo aus wie eine halb verspeiste Portion Spaghetti mit Fleischbällchen, die plötzlich schwerelos geworden und von ihrem Teller hochgeschwebt war. Der Teller war in diesem Fall eine silberne Scheibe auf einem hüfthohen zylindrischen Ausrüstungspult, das die Einsatzgruppe Yama aus der abgestürzten Allianzfregatte geborgen hatte.

Die »Fleischbällchen« repräsentierten Gravitationsfelder unterschiedlicher Größen, die »Spaghetti« die Krümmung der Raumzeit rings um diese Felder herum. Manchmal war die Krümmung so groß, dass die Spaghetti auf sich selbst zurückfielen. Diese Berührungspunkte konnten von einem Slipspace-fähigen Schiff als Transitknoten benutzt werden.

Mit ein wenig Glück und viel harter Arbeit sollte Catherine die Slipspace-Routen der Invasionsflotte auf dieser Karte zu ihrem Hauptversorgungslager zurückverfolgen können. Mehr als zwanzig Transitknoten hatte sie bereits identifiziert, weil sie in der Nähe von Gravitationsfeldern lagen, die Catherine für Harvest, Netherop und Etalan hielt; allesamt Planeten, die von der Allianz angegriffen und verglast worden waren. Aber nur vier Knoten waren anderen Schnittpunkten nahe genug, um Slipspace-Routen ins Territorium der Allianz – oder zumindest aus dem menschlich besiedelten Raum heraus – zu formen.

Nach der Zerstörung des Konvois bei Etalan hatte es fünf Tage gedauert, bis neue Versorgungsschiffe eingetroffen waren. Das wiederum verriet Catherine, dass das Hauptlager der Allianz irgendwo zwischen der Hälfte und drei Vierteln dieser Strecke liegen musste. Die Schiffe der Außerirdischen schienen um ein Vielfaches schneller durch den Slipspace reisen zu können als die der Menschen, aber selbst wenn ihre Kommunikationssignale genauso schnell oder gar noch schneller waren, würde es eine Weile dauern, um derart gewaltige Entfernungen zurückzulegen.

Leider wies keine der vermeintlichen Routen ins Allianz-Gebiet in diesem Bereich – zwischen fünfzig und fünfundsiebzig Prozent der Gesamtstrecke – ein Gravitationsfeld auf. Zumindest eine ihrer Vermutungen musste also falsch sein.

Ohne den Blick von dem Sternenholo abzuwenden, fragte sie: »Déjà, bist du sicher, dass der Versorgungsstützpunkt für eine Allianzflotte so groß sein muss? Ich kann keine Welten in diesem Radius sehen?«

Die eingeschränkte künstliche Intelligenz, die ursprünglich erschaffen worden war, um Catherine beim SPARTAN-II-Programm zu unterstützen, antwortete erst nach einer kurzen Pause und einem eigentümlichen Klickgeräusch. »Die Berechnungen sind korrekt, Dr. Halsey. Die feindliche Flotte verschlingt gewaltige Mengen an Ressourcen. Um das Vorwärtsmoment ihrer Invasion aufrechtzuerhalten, brauchen sie ein Lager auf einem bewohnbaren Planeten. Und angesichts der schieren Menge an Ressourcen, die transportiert werden muss, gebietet die Effizienz, dass es nur ein einziger bewohnbarer Planet ist. Vorräte von mehreren Positionen zu sammeln – selbst wenn sie im selben Sonnensystem liegen –, würde unweigerlich zu Verzögerungen und einem viel höheren Aufwand führen.«

»Aber wo ist dieser Planet dann?«

Catherine deutete mit der Hand in das Sternenholo hinein und ihre Fingerspitzen prickelten vor Kälte. Verspätet kam ihr der Gedanke, dass es vielleicht nicht gesund sein könnte, ihre Hand in ein außerirdisches Projektionsfeld zu stecken, und sie wich hastig zurück. Es gab schrecklich viel, was sie noch nicht über die Technologie der Allianz wussten; jedes Mal, wenn sie das Sternenholo benutzte, wurde das noch deutlicher. Dass sie es intakt geborgen hatten, war ein absoluter und womöglich kriegsentscheidender Glücksfall gewesen – aber diese Art Glücksfall wiederholte sich in der Regel nicht. Catherine musste also das Beste aus dieser Gelegenheit machen und den mysteriösen Versorgungsplaneten finden.

Sie drehte sich zu Déjàs Projektionsfeld um. Die KI hatte die Gestalt einer griechischen Göttin mit fließendem braunem Haar und mandelförmigen Augen gewählt.

»Bewohnbare Welten erzeugen Gravitationsfelder«, sagte sie, »und da ist keins – nicht ein einziges in einem Vier-Tages-Radius um die wahrscheinlichsten Transitknoten herum.«

»Aber *fünf* Tage von Transitknoten Bhadra entfernt gibt es eine bewohnbare Welt.« Déjà gab erneut dieses klickende Geräusch von sich, und sie erstarrte für eine Zehntelsekunde, ehe sie weitersprach. »Vielleicht sind nicht meine Berechnungen das Problem, sondern *Ihre* Vermutungen.«

»Willst du andeuten, dass die Allianz verzögerungsfreie interstellare Kommunikationsmittel hat?«

Déjà breitete die Arme aus und erstarrte erneut. »Die Allianz hat jede Menge Technologie ... *Klick* ... die wir nicht ... *Klick* ... verstehen.«

Inzwischen kannte Catherine den Grund für diese kleinen Aussetzer. Sie hatte die Störung zu einem hochkomplexen Spionageprogramm zurückverfolgt, das Hector Nyeto oder einer seiner

Agenten auf ihren Laborcomputer hochgeladen hatte. Aber sie ignorierte es; einerseits weil das Programm ihre bestgehüteten Daten längst geknackt hatte, andererseits weil Nyeto nicht wissen sollte, dass sie ihm auf die Schliche gekommen war. Der Verräter hatte noch immer einen Nutzen für sie.

Catherine widmete sich erneut dem Sternenholo und studierte zum wiederholten Mal die wahrscheinlichsten Routen, aber diesmal suchte sie in einem größeren Radius nach Gravitationsfeldern. Da waren zwei planetengroße Felder, die sechs Tage von Etalan entfernt lagen ... aber in einem Fünf-Tages-Radius gab es nur den Transitknoten Bhadra, genau wie Déjà gesagt hatte.

»Na schön«, seufzte Catherine. »Deine Theorie ist die Einzige, die zu den Fakten passt. Nehmen wir also an, dass die Funksignale der Allianz wirklich so schnell sind, und sehen wir uns den Knoten Bhadra genauer an.«

»Eine hervorragende Entscheidung, Dr. Halsey.« Déjà verschwand in ihrem Projektor. »Aber jetzt sollte ich mich erst einmal zurückziehen. Ihr Herrenbesuch steht vor der Tür.«

»Wurde auch Zeit.«

Catherine deaktivierte das Sternenholo, dann ging sie zu einem Spiegel hinüber und kämmte ihr schwarzes Haar mit den Fingern glatt. Obwohl sie die Mutter einer einjährigen Tochter war – ihr gehörte das eine Prozent von Catherines Gedanken, das sich nicht um ihre Arbeit drehte –, hatte sie noch immer eine höchst anziehende Figur. Es sollte nicht allzu schwer sein, ihren Besucher in ihre Privatkabine zu locken. Catherine ging zur Tür, setzte ein strahlendes Lächeln auf und drückte den Knopf.

»Colonel Crowther, wie schön, dass Sie kommen konnten.«

Der Colonel stand in einer zerknitterten Dienstuniform auf dem Korridor, sein hartes Gesicht zu gleichen Teilen verwirrt und müde. »In Ihrer Nachricht stand, dass Sie mich nach unserer Ankunft schnellstmöglich sprechen wollten. Wegen einer ... *persönlichen* Angelegenheit?«

»Das stimmt.« Sie packte Crowther am Ellbogen und zog ihn in das Labor, wohl wissend, dass sie gerade von Hector Nyeto oder einem seiner Spione beobachtet wurde. Einen Moment später hatte sie sich bereits bei dem Colonel eingehakt und führte ihn zu ihrem Quartier, das sich auf der anderen Seite an das Labor anschloss. »Ich konnte einfach nicht länger warten, um mit Ihnen allein zu sein.«

Crowther wirkte perplex, versuchte aber zumindest mitzuspielen. »Ich verstehe.«

»Das will ich doch hoffen.« Sie erreichten den Eingang ihrer Privatkabine, wo Catherine ihren Daumen auf das biometrische Lesegerät drücken und in den Retinascanner starren musste, um die Tür zu öffnen. »Ich habe es nicht einfach, wissen Sie?«

»Das kann ich mich vorstellen.« Crowther versuchte, höflich zu sein, aber Catherine konnte sehen, wie unangenehm es ihm war, dass sie sich so eng an ihn schmiegte. Leider gab es keine Möglichkeit, ihn unbemerkt über ihre Absichten aufzuklären. »Sie sind noch immer eine junge Frau. Aber ich verstehe nicht, was Sie in einem Mann meines Alters sehen?«

»Ich sehe *Erfahrung*.« Sie lotste ihn mit sanfter Gewalt durch die Tür. »Sie wissen, wie man in einer brenzligen Situation den Kopf behält.«

»Nun, ich *bin* bei der Infanterie.« Crowther blieb jenseits der Schwelle stehen und sah sich um, als würde er nach feindlichen Scharfschützen suchen. »Sie sind selbst ziemlich abgebrüht, wenn ich mir die Bemerkung erlauben darf.«

Halsey bedachte ihn mit einem herzlichen Lächeln. »Oh, danke, Marmon.«

Sie drückte auf das Kontrollfeld und wartete, bis die Tür wieder zugeglitten war … dann ließ sie Crowthers Arm ruckartig los und deutete auf den Hocker vor ihrer Küchentheke. »Hier drinnen können wir ungestört reden«, erklärte sie. »Ich suche die Kabine dreimal täglich nach Wanzen ab. Bislang habe ich keine gefunden.«

Crowther setzte sich schweigend auf den Hocker, wobei seine Augen weiter hin und her huschten.

»Ich kann Ihnen nur Wasser anbieten.« Catherine bekam allmählich Zweifel daran, dass sie den richtigen Mann für diese Aufgabe gewählt hatte. »Warm oder kalt?«

»Kalt, danke.« Crowther lächelte. Er wirkte beinahe erleichtert. »Ich muss zugeben, ich bin ein wenig verwirrt.«

Catherine erwiderte das Lächeln. »Entschuldigen Sie die kleine Showeinlage, Colonel. Aber wir müssen darüber reden, wie wir Hector Nyeto neutralisieren können, bevor er noch einmal versucht, meine Spartans zu töten.«

23. KAPITEL

04:58 Uhr, 14. April 2526 (Militärkalender)
Vanishing Point, UNSC-Tarnkreuzer der *Point-Blank*-Klasse
Allianzraum, Slipspace-Transitknoten Bhadra, Muruga-Sektor

Niemand wusste, wie die Allianz Sektoren in ihrem Teil der Galaxis nannte oder welche Bezeichnungen sie für Slipspace-Transitknoten hatte oder wie sie die gewaltige Leere beschrieben, die ein Sternensystem vom nächsten trennte. Aber Halima Ascot hatte die Einsatzgruppe Yama nach dem hinduistischen Gott des Todes benannt, und ihr zu Ehren hatte Dr. Halsey hinduistische Namen für das Territorium gewählt, in das diese Einsatzgruppe vordringen würde. Der Transitknoten, wo eine Slipspace-Route endete und eine andere begann, hieß Bhadra, nach der Göttin der Jagd. Und Muruga, der Gott des Krieges, war der Namenspate für den Sektor, den sie gerade erreicht hatten.

Es waren gute Namen, und John hoffte, dass sie sich als gutes Omen erweisen würden.

Seit Halima Ascots Tod in der Eisgrube von Seoba waren noch nicht einmal vier Wochen vergangen, aber es fühlte sich an wie Monate. Nachdem sie die Ankunft des Hilfskonvois bei Etalan beobachtet hatte, war es Dr. Halsey gelungen, die Route der Schiffe mithilfe ihrer erbeuteten Sternenkarte in den feindlichen Raum zurückzuverfolgen bis zu dem Punkt, wo sich aller Wahrscheinlichkeit nach das feindliche Versorgungslager befand. Halseys Verständnis der Karte war ein Segen, trotzdem hatte die Einsatzgruppe zwei Wochen gebraucht, um zum Slipspace-Transitknoten Bhadra vorzustoßen – einem Fleck sternenerhellter Leere, mehr als zweihundert Lichtjahre jenseits des von Menschen erforschten Raums. Und jetzt bereiteten sie hier den Angriff vor, der der Allianz zeigen sollte, welch fatalen Fehler sie begangen hatte, als sie der Menschheit den Krieg erklärte.

John hätte sich siegessicher gefühlt, wäre da nicht eine Person: Hector Nyeto, der immer noch Kommandant der Einsatzgruppe war.

Dr. Halsey und Colonel Crowther behaupteten, dass sie ihn benutzten, um den Feind in die Irre zu führen, und vielleicht stimmte das sogar. Ebenso wahrscheinlich war aber, dass Nyeto *sie* täuschte. So oder so, die Sache gefiel John nicht.

Er wusste aus eigener Erfahrung, wie gerissen der Commander sein konnte, und Dr. Halsey hatte eine interessante Entdeckung gemacht, als sie seine Personalakte durchleuchtete. Zu Beginn seiner Laufbahn hatte Nyeto offenbar mehrere Missionen mit dem berüchtigten Verräter Robert Watts absolviert, den Team Blau bei ihrem allerersten Einsatz gefangen genommen hatte. Es war nicht unwahrscheinlich, dass einer von ihnen den anderen radikalisiert hatte – und dass Nyeto wusste, welche Rolle die Spartans bei der Festnahme seines alten Freundes gespielt hatten.

Jetzt gerade stand Nyeto auf der anderen Seite des Hangars, vor der Einstiegsrampe der *Ghost Song,* während John sich von Crowther und Johnson letzte Ratschläge geben ließ. John war zu 90 Prozent sicher, dass der Commander die Mission sabotieren würde; dies wäre die perfekte Chance, alle Spartans der Einsatzgruppe auf einen Schlag loszuwerden – ungeachtet der Tatsache, dass zahlreiche andere ebenfalls sterben würden oder dass es der Menschheit in ihrem Kampf gegen die Außerirdischen einen herben Rückschlag bescheren mochte.

»Lächeln Sie.« Es lagen fünfzig Meter zwischen der *Ghost Song* und der *Black Widow*, die John gleich besteigen würde, trotzdem sprach Avery Johnson nur mit gedämpfter Stimme.

»Warum soll ich lächeln?« John hob die Hand zu seinem Kopf. »Ich trage einen Helm.«

»Körpertherapie«, erwiderte Johnson. Auch er steckte in voller Kampfmontur, aber Helm und Waffen hatte er bereits an Bord der *Ghost Song* verstaut. »Sie sind so angespannt, dass man es sogar durch Ihre Rüstung sieht. Ein kleines Lächeln wird Ihnen helfen, sich zu entspannen.«

John ließ es auf einen Versuch ankommen, aber sein Lächeln erstarb, als Nyeto zu ihm herüberblickte und aufmunternd winkte.

»Ich kann nicht glauben, dass wir das tun«, sagte er. »Kann ich ihn nicht einfach gleich töten?«

»Und alle Prowler-Mannschaften der Einsatzgruppe gegen uns aufbringen?« Crowther schüttelte den Kopf. »Ich wünschte, es gäbe eine andere Möglichkeit. Sein Verrat hat uns bei Seoba und Biko viele gute Black Daggers gekostet. Aber Nyeto ist ein sehr beliebter Kommandant. Wenn sie ihn jetzt töten, müssen sie auch seine Leute töten.«

»Sie sagen also, es ist eine schlechte Idee?«

Crowther lachte. Offenbar hatte er sich im Lauf der vergangenen Wochen und ihrer geheimen Planungssitzungen an Johns trockenen Humor gewöhnt. Wichtiger war aber, dass er seine Meinung über Johns Einheit geändert hatte und ihr Alter nicht länger für einen inakzeptablen Nachteil hielt.

Natürlich hatte der Colonel sich mit keinem Wort für seine frühere Behandlung der Spartans entschuldigt. Aber er hatte darauf geachtet, sie in jeden Aspekt der Planung einzuweihen, sie nach ihrer Meinung zu fragen, und die Mission sogar speziell auf die Stärken der Spartans ausgelegt.

John hatte ebenfalls einen kleinen Sinneswandel erlebt. Er konnte inzwischen sehen, dass die anfängliche Skepsis des Colonels berechtigt gewesen war. Die Spartans hatten nur wenig praktische Erfahrung und das *war* eine Schwäche. Sie hatten noch viel zu lernen, wenn sie ebenso viele Sondereinsätze überleben wollten wie die Veteranen unter Crowthers Black Daggers. Um ehrlich zu sein, schämte John sich sogar ein wenig für die Motive, die er dem Colonel unterstellt hatte.

Ja, es waren zwei seltsame Wochen gewesen.

»Ich sage, wir können die Prowler nicht selbst fliegen«, erklärte Crowther. Er deutete die Rampe hinter John hoch, zum Frachtraum der *Black Widow,* die bei dieser Mission als Kommandoschiff der Sierra-Einheit fungieren würde. »Lassen Sie uns kurz an Bord gehen. Es gibt da noch etwas, das ich tun muss, und ich möchte nicht, dass jeder es sieht.«

»Natürlich, Sir.« John führte Crowther und Avery in den Bauch des Prowlers, dann drehte er sich um und sagte: »Bevor wir anfangen, möchte ich mich dafür entschuldigen, wie ich auf Ihre Bedenken bezüglich unseres Alters und unserer Erfahrung reagiert habe.«

Der Colonel winkte ab. »Entschuldigen Sie sich nie dafür, dass Sie sich klar ausdrücken, John. Ich tue es auch nicht.«

Er griff in seine Jackentasche. »Ich habe etwas für Sie, aber erst will ich eines klarstellen: Nach Ihrer Leistung bei Seoba und Etalan haben Sie das hier verdient – und Sie hätten auch die offizielle Zeremonie verdient, an Bord des größten Schiffs der Flotte. Aber ... jetzt müssen Sie eben hiermit vorliebnehmen. Sie werden einige erfahrene Black Daggers in Ihrer Einheit haben, und die werden sich wundern, warum ausgerechnet Sie das Kommando haben. *Das hier* wird ihnen einen Grund geben, Ihnen zu folgen.«

Er streckte die Hand aus und hielt John eine metallene Rüstungsinsignie hin: drei Sparren unter einem Bogen, gekrönt vom Adler des UNSC, und über jedem Flügel dieses Adlers glänzte ein Stern.

John war nicht sicher, ob er richtig verstanden hatte. »Sir ... das ist das Rangzeichen eines Master Chief Petty Officer.«

Crowther lächelte. »Dessen bin ich mir bewusst, Soldat.« Er deutete mit dem Daumen auf den nach unten gerichteten Dolch, der zwischen dem Bogen und den Sparren prangte. »Sie gehören zwar nicht zu den Weltraumeinheiten, aber was soll's? Wir sind alle bei den Spezialeinheiten, richtig?«

John zögerte noch immer, das Abzeichen entgegenzunehmen. »Das wäre ein Sprung von vier Rängen, Sir.«

»Und das Flottenkommando wird mir dafür die Hölle heißmachen.« Crowther nickte. »Vielleicht wird mir Admiral Cole persönlich den Kopf abreißen. Aber er hat schließlich gesagt, ich soll tun, was immer nötig ist ... und das hier *ist* nötig.«

»Colonel, das kann ich nicht annehmen.«

»Sie haben in der Sache keine Wahl«, warf Avery Johnson ein. »Der Colonel und ich haben ausgiebig darüber diskutiert. Es ist das Beste für die Mission.«

»Genau«, stimmte Crowther zu. »Sie haben praktisch Befehl, diesen Rang anzunehmen.«

Anschließend befestigte er die Insignie kurzerhand selbst auf Johns Brustlatte, über dem linken Schlüsselbein, dort wo auch die OAST ihre Rangabzeichen trugen. »Sie werden heute in Einheit Sierra zwei Kompanien meiner Black Daggers anführen, darunter zwei Captains und eine Handvoll Lieutenants, die einen höheren Rang haben, und ein Dutzend Gunnery Sergeants, die sich *benehmen* werden, als hätten sie einen höheren Rang. Diese Leute sind alle älter als sie, die meisten doppelt so alt ... ein paar sogar dreimal so alt.«

Er tippte mit dem Finger auf das Abzeichen. »Und *das hier* ist der einzige Grund, warum sie auf Sie hören werden. Dass jemand vier Ränge überspringt, gab es noch nie. *Niemand* wird daran zweifeln, dass ich hinter Ihnen stehe, wenn sie das sehen. Verstehen wir uns, Master Chief?«

»Jawohl, Sir«, sagte John.

»Gut. Ich hatte schon Angst, es sei ein Fehler gewesen, Ihnen das Kommando zu geben.«

»Sie werden es nicht bereuen, Sir. Einheit Sierra wird ihre Mission erfüllen.« Nach einer Pause fügte John hinzu: »Aber mir gefällt nicht, welches Risiko Sie und Sergeant Johnson mit Einheit Dagger eingehen. Ich wünschte, es gäbe eine andere Möglichkeit.«

»Oh, es gibt immer eine andere Möglichkeit, aber die kostet in der Regel zu viel Zeit oder Ressourcen«, erwiderte Crowther. »Das hier ist Krieg, Soldat. Wir müssen mit dem arbeiten, was wir haben.«

John nickte. »Trotzdem wünschte ich, ich könnte heute mit Ihnen und Sergeant Johnson die Plätze tauschen.«

Der Colonel lachte. »Ich auch.« Er wurde wieder ernst, als er ein letztes Mal das Abzeichen an Johns Rüstung betrachtete. »John, dieser Rang verlangt etwas, das Sie noch nicht haben – also eignen Sie es sich besser schnellstens an.«

Johns Magen zog sich zusammen. »Ich höre, Sir.«

»Sie haben sich auf Seoba großen Respekt verdient – und nicht nur von mir.«

»Danke, Sir.«

Crowther gab zu verstehen, dass er noch nicht fertig war. »Und Sie sind ein guter Anführer. Ihre Spartans würden ihnen in einen Fusionsreaktor folgen, wenn Sie sie darum bitten.«

»Ich würde dasselbe für sie tun.«

»Ich weiß«, sagte Crowther. »Genau das ist das Problem. Ein guter Kommandant kann nicht immer ein Held sein. Wenn es hart auf hart kommt, müssen Sie bereit sein, Ihre Leute allein in diesen Reaktor zu schicken. Und ganz ehrlich, das ist eine Fähigkeit, die ich nicht in Ihnen sehe.«

John blickte kurz zu Johnson hinüber, und er fragte sich, ob er gerade Crowthers Bedenken hörte oder die des Sergeants. »Ich habe schon Spartans im Einsatz verloren«, erklärte er. »Ich möchte daraus nur keine Gewohnheit machen, das ist alles.«

»Das will niemand«, erwiderte der Colonel. »Aber diese Rüstung macht Sie nicht unbesiegbar. Wenn Sie immer der Erste sind, der sich in den Kampf stürzt, immer derjenige, der das größte Risiko eingeht, dann werden Sie früher oder später eine Kugel kassieren. Und was passiert dann mit Ihrer Einheit?«

»Fred übernimmt das Kommando.«

Crowther verdrehte die Augen. »Und die Befehlskette wird unklar. Ganz gleich, wie gut Fred ist, Ihre Leute werden ein paar Sekunden brauchen, um sich neu zu orientieren.«

»Und in ein paar Sekunden kann viel passieren«, fügte Johnson an. »Ganze Einheiten können ausgelöscht werden.«

John erwiderte nichts darauf. Er wusste, dass sie recht hatten. Aber er sträubte sich gegen die Vorstellung, seine Freunde in eine riskante Situation vorzuschicken. Es fühlte sich … feige an.

Aber sein ganzes Team zu verlieren, weil er immer an vorderster Front kämpfen wollte … Zumindest in diesem Punkt hatte Johnson recht: In der Schlacht entschieden oft Sekunden über Leben und Tod ganzer Einheiten.

»Der Anführer einer Eliteeinheit muss seinen Leuten ebenso vertrauen wie sich selbst«, betonte Crowther. »Das fehlt Ihnen noch, und ich bin nicht sicher, ob es Ihnen je leichtfallen wird. Sicher, Sie sind jung – verdammt jung sogar –, aber wenn Sie dem Abzeichen an Ihrer Brust gerecht werden wollen, müssen Sie schnellstens lernen, dieses Maß an Vertrauen aufzubringen.«

»Danke, Sir. Ich werde mein Bestes geben.«

Crowther musterte ihn einen Moment lang, ehe er schließlich nickte. »Nicht weniger wird von Ihnen erwartet, Master Chief.«

Nach einem kurzen Blick in Johnsons Richtung verließ er den Frachtraum und marschierte durch den Hangar zur *Ghost Song* hinüber – dem Kommandoschiff der Dagger-Einheit. John war versucht zu salutieren, aber er wusste, dass Nyeto versuchen würde, das Geschehen im Innern der *Black Widow* zu beobachten, und eine unnötige Respektsbezeugung könnte ihrer Tarnung schaden.

Johnson trat vor ihn. »Tja, dann werde ich mich auch mal verabschieden ... Master Chief.« Der Sergeant lächelte, aber seine Augen blieben ernst. Er glaubte nicht, dass sie sich noch einmal wiedersehen würden. »Denken Sie einfach daran, was der Colonel gesagt hat. Tun Sie, was Sie tun müssen.«

Dann streckte er die Hand aus.

»Das werde ich.« John schüttelte die dargereichte Hand. »Danke, dass Sie mir gezeigt haben, was ich auf Reach *nicht* gelernt habe. Ich hatte die Lektionen nötig.«

Johnson zog einen Mundwinkel nach oben. »Jederzeit wieder.«

Er versuchte, seine Hand zurückzuziehen, aber John ließ nicht los. »Ich werde Sie beim Wort nehmen, Sergeant Johnson.«

Johnson atmete tief durch. »Dann lassen Sie uns beide diesen Tag überstehen«, brummte er. »Hören Sie auf Crowther – und vertrauen Sie verdammt noch mal Ihren Leuten.«

Der Sergeant senkte den Arm und kletterte aus dem Frachtraum, um Crowther zur *Ghost Song* zu folgen.

John blickte ihm einen Moment nach, während er versuchte, die Geschehnisse der vergangenen Minuten zu verarbeiten. Die Beförderung schmeichelte ihm natürlich, und er war stolz, dass er sich Crowthers Vertrauen verdient hatte. Aber er war sich auch der Verantwortung bewusst, die sich so unerwartet und schwer auf seine Schultern gelegt hatte. Dass jemand vier Ränge übersprang, geschah so selten, dass es zwangsläufig den Argwohn der niederen Ränge erregen würde, ebenso wie die Skepsis der Ranghöheren. Von diesem Moment an, das wusste John, würde er mit jedem Befehl und jeder Entscheidung beweisen müssen, dass er dieser Beförderung würdig war.

Linda-058 trat aus dem vorderen Teil des Prowlers in den Frachtraum. Als er sich zu ihr umdrehte, senkte sich ihr Helm um eine Winzigkeit, und er konnte förmlich spüren, wie sie das Rangabzeichen an seinem Kragen anstarrte.

»Steht dir überraschend gut«, sagte sie auf dem Teamkanal.

»Das war Crowthers Idee«, erklärte John. »Er meint, ich muss glaubwürdiger wirken.«

»Kann nicht schaden«, befand Linda. »Lass es dir nur nicht zu Kopf steigen.«

»Ich werd's versuchen. Danke.«

»Wir haben alle Prowler überprüft.«

»Irgendwas gefunden?«, fragte John. Einheit Sierra war auf vier Prowler verteilt, und er hatte jedem Schiff Spartans zugeteilt, um nach Abhörgeräten zu suchen und die Mannschaft unauffällig im Auge zu behalten. An Bord der *Widow* war diese Aufgabe Linda zugefallen, während Fred und Kelly den dritten Zug der Delta-Kompanie beobachteten. »Oder irgendwo angeeckt?«

»Nein, was Letzteres angeht«, antwortete Linda. »Aber ich habe eine Wanze in der Offiziersmesse der *Widow* gefunden und Kurt eine auf der *Quiet Man.*«

John dachte kurz nach, dann sagte er: »Ich schätze, das ist ein gutes Zeichen. Immerhin bedeutet es, dass Nyeto seine Informationen nicht von unseren Piloten bekommt.«

»Es heißt aber nicht, dass sie uns vertrauen werden, wenn die Sache … interessant wird.«

John tippte sein neues Abzeichen an. »Deswegen die Sparren.«

Während sie sprachen, wurde die Rampe hochgefahren; die Startvorbereitungen waren so gut wie abgeschlossen. Die *Vanishing Point* und ihre Begleitschiffe würden am Transitknoten Bhadra zurückbleiben, aber der Rest der Einsatzgruppe – oder was noch davon übrig war, nachdem sie bei Seoba und Biko insgesamt vierhundert Soldaten und sieben Prowler verloren hatten – wartete bereits in zwei dicht gedrängten Formationen auf ihre beiden Kommandoschiffe.

Einheit Dagger, die – zumindest vorerst – unter dem Kommando von Nyeto stand, war die größere der Formationen, mit sechs Prowlern, unterteilt in drei Zweiergespanne. Jedes Schiff hatte dabei eine halbe OAST-Kompanie an Bord. Insgesamt waren das nur zweihundertdreiundvierzig Absprungtruppen. Der Missionsplan sah vor, dass sie zuerst vorstießen und sich der Nachtseite der Versorgungswelt näherten, einem Planeten, dem sie den Namen »Naraka« gegeben hatten. Ihr Angriff sollte die Verteidigungsschiffe anlocken, die bei Librationspunkt Drei postiert waren. Einheit Sierra würde ein paar Minuten später ihren Anflug beginnen, ebenfalls auf der Nachtseite. Ihr Hauptziel bestand darin, die restlichen Verteidigungsstellungen auszuschalten und die orbitalen Einrichtungen im Orbit um Naraka zu stürmen.

Wie gesagt, das war der Plan. John bezweifelte aber, dass sich die bevorstehende Schlacht auch so abspielen würde, und Crowther und Johnson glaubten es ebenso wenig. Sie alle waren sicher, dass Nyeto früher oder später versuchen würde, die Spartans ans Messer zu liefern. Nur wie genau der verräterische Commander das anstellen würde – und was passieren würde, wenn Crowther und Johnson versuchten, ihn aufzuhalten ... das wusste niemand.

Das Startsignal ertönte, und die *Black Widow* erhob sich von ihren Landefüßen, um den Hangar zu verlassen. John fiel die Beschleunigung inzwischen kaum noch auf. Er ging nach vorn zur Brücke, während Linda mittschiffs blieb, um die Mannschaft im Auge zu behalten. Fred und Kelly waren beim dritten Zug im Absprunghangar – der sich im Vergleich zu ihrem Absprung mit der Alpha-Kompanie bei Seoba erschreckend leer anfühlte. Die Delta-Kompanie hatte bei der Schlacht von Biko weniger gelitten als der Rest des Bataillons, aber sie hatte trotzdem dreiundvierzig Mann verloren, und der dritte Zug war von vierzig OAST auf zweiunddreißig zusammengeschrumpft. John konnte nur hoffen, dass ihr Lieutenant vernünftig war und nicht versuchte, sie aufzuhalten. Zweiunddreißig OAST zu neutralisieren, war keine leichte Aufgabe, nicht einmal für zwei Spartans – vor allem, da sie niemanden verletzten wollten.

Und die Spartans auf den anderen Prowlern von Einheit Sierra würden es noch schwerer haben. Da John drei Teams auf vier Prowler verteilen musste, hatte er nur den beiden Führungsschiffen ein volles Team zugewiesen: sein eigenes Team Blau auf der *Black Widow* und Team Grün unter Kurt-051 auf der *Quiet Man*. Team Gold war auf die beiden anderen Schiffe verteilt, mit jeweils einem Spartan auf der Brücke und einem im Abwurfhangar.

John betrat die Brücke der *Widow*, ohne auf Erlaubnis zu warten. Das war schrecklich respektlos, und Esme Guayte, der weibliche Lieutenant, der dieses Prowler-Gespann leitete, strafte ihn dafür mit einem vernichtenden Blick.

John tat so, als würde er es nicht merken. Er stellte sich neben ihren Kommandosessel und betrachtete sie unbemerkt durch seine Gesichtsplatte. Guayte war eine klein gewachsene, muskulöse Frau mit schwarzem Haar, braunen Augen und einem runden Gesicht. Wie der Kommandant des Quiet-Gespanns, Lim Jinwoo, war auch sie auf der Erde aufgewachsen, und sie hatte ihre Ausbildung an der Luna OCS im Mare Nubium erhalten. Das war der Hauptgrund, warum John sie für Einheit Sierra ausgewählt hatte; unter all den Flugoffizieren der Einsatzgruppe Yama war bei diesen beiden das Risiko am geringsten, dass sie verborgene Sympathien für die Aufständischen hegten. Aber sie waren immer noch Nyetos Untergebene, und was John ihnen gleich befehlen würde, grenzte an offene Meuterei. Es gab also keine Garantien.

Vor ihnen wurden die beiden Slipspace-Formationen sichtbar, eine Gruppe schwarzer Schemen, die sich vom Schleier der Sterne ringsum abhoben. Es gab keine Positionslichter, keine beleuchteten Bullaugen; nichts, was helfen würde, die Umrisse genauer zu definieren. Sie waren hier tief in feindlichem Territorium, und sie konnten es sich nicht leisten, von einer zufällig vorbeifliegenden Patrouille entdeckt zu werden.

Nyetos *Ghost Song* flog zu der äußeren Formation hinüber, ihre Antriebsdüsen ein Dreieck aus kaum sichtbaren violetten Kreisen. Guayte wandte sich lange genug vom Hauptschirm ab, um zu John hochzublicken. Zweifelsohne lag ihr eine frostige Frage darüber auf der Zunge, was er auf ihrer Brücke zu suchen hatte, aber als sie das neue Rangabzeichen an seiner Brustplatte sah, wanderten ihre Brauen nach oben.

»Wo kommt *das* denn her?«

John neigte seinen Helm. »Colonel Crowther wollte sehen, wie es an einer Mjolnir-Rüstung aussieht, Ma'am.« Er blickte wieder nach vorn. »Offenbar hat es ihm gefallen.«

Nyetos Stimme ertönte aus den Brückenlautsprechern. »Einheit Dagger, volle Kampfbereitschaft. Sprung in fünf, vier ...«

Die Sterne hinter den Dagger-Prowlern schienen zu flackern, als die Düsen von einem Dutzend Schiffen lange Abgasschweife ins All bliesen. Zwei Sekunden später waren sie verschwunden, und zurück blieb nur ein Feld violetter Kreise, die sich innerhalb eines Wimpernschlags zu einem winzigen Punkt zusammenzogen und dann im blauen Funkeln eines Slipspace-Wirbels verschwanden.

Guayte streckte den Finger nach dem Sendeknopf an ihrem Sessel aus.

»Noch nicht, Ma'am.«

Ihr Finger verharrte über dem Knopf. »Diese Operation folgt einem genauen Zeitplan, Master Chief. Falls Einheit Sierra nicht pünktlich in den Slipspace springt ...«

»Noch nicht«, wiederholte John, anschließend zog er einen Datenchip aus einer Ausrüstungstasche und hielt ihn dem Lieutenant hin. »Neue Befehle.«

Guaytes Augen wurden schmal, aber sie nahm den Chip entgegen und steckte ihn in das Lesegerät, woraufhin Colonel Crowthers Gesicht auf dem Hauptschirm erschien.

»Lieutenant Guayte, ich bin sicher, Sie erinnern sich an unsere

Unterhaltung über die operative Sicherheit der Mission«, sagte das Bild. »Es tut mir leid, Ihnen mitteilen zu müssen, dass es dabei nicht nur um ein theoretisches Szenario ging. Operation: STILLER STURM wurde kompromittiert. Betrachten Sie Commander Nyeto von diesem Moment an als seines Postens enthoben.«

Guayte hielt die Aufzeichnung an und starrte zu John hinauf. Dies war der entscheidende Moment. Crowther hatte einen höheren Rang als sie, aber er gehörte nicht zu ihrer direkten Befehlskette. Sie wäre also berechtigt, seine Anweisungen zu ignorieren und weiter den Befehlen zu folgen, die Nyeto ihr gegeben hatte.

»Sie wussten davon?«, fragte Guayte.

»Wir sind diejenigen, die er umbringen wollte.«

»Und deswegen steht jetzt ein Spartan auf der Brücke meines Prowlers … und auch auf der Brücke der anderen Prowler, nehme ich an.«

»Richtig, Ma'am. Deswegen haben wir auch nach Abhörgeräten gesucht, sobald wir an Bord kamen«, klärte John sie auf. »Würden Sie gern sehen, was wir gefunden haben?«

»Das wird nicht nötig sein«, sagte Guayte. »Es sei denn, Sie können beweisen, dass es keine Spielzeuge sind, die Sie selbst an Bord gebracht haben, um mich zu beeindrucken.«

Sie spielte die Nachricht weiter ab, und Crowthers Abbild sagte: »Dieser Datenchip enthält einen alternativen Vektor für Ihren Slipspace-Sprung. Wie Sie wissen, hat John-117 das Kommando über Einheit Sierra. Ich hoffe und erwarte, dass Sie das respektieren, ganz gleich, welche Sympathien Sie für Commander Nyeto hegen mögen.«

Crowther salutierte und der Schirm wurde dunkel.

Guayte starrte einen Moment lang wortlos vor sich hin, dann wanderte ihr Blick wieder zu Johns neuem Rangabzeichen hinauf.

Nach einem weiteren Moment brach sie schließlich ihr Schweigen. »Na schön, Master Chief. Sie haben das Kommando.« Sie begann, auf das Tastenfeld auf der Armlehne ihres Sessels einzutippen. »Versuchen Sie nur, uns nicht alle umzubringen, ja?«

24. KAPITEL

14:58 Uhr, 15. April 2526 (Militärkalender)
Ghost Song, UNSC-Prowler der *Razor*-Klasse
Librationspunkt Drei, Naraka/Rudara, Agni-System

Der Allianz-Außenposten war in Sicht, ein Fleck grünen Lichts direkt vor der verdunkelten Brücke der *Ghost Song.* Die Sicht darauf wurde durch den Staub und die Weltraumtrümmer eingeschränkt, die sich immer an Librationspunkten sammelten – diesen seltsamen Bereichen des Alls, wo die Gravitationsfelder zweier kreisender Massen – in diesem Fall ein Planet und sein Mond – ein Gleichgewicht schufen. Innerhalb dieser kleinen Zonen verharrten Objekte auf einer mehr oder weniger festen Position, was sie zu einem perfekten »Abstellplatz« machte.

Insofern war es kein Wunder, dass die Allianz an den Librationspunkten Drei, Vier und Fünf zwischen dem Planeten Naraka und dem Mond Rudara Wachplattformen und Schiffe platziert hatte – Dr. Halsey hatte die beiden Himmelskörper so benannt, und es würde dabei bleiben, bis sie ihre Allianznamen in Erfahrung brachten. Die drei Librationspunkte formten ein gleichseitiges Dreieck, wie geschaffen, um die orbitalen Einrichtungen rings um die ferne Murmel der außerirdischen Versorgungswelt zu beschützen. Einheit Dagger hatte die Mission, diese Außenposten zu zerstören, damit Einheit Sierra ungestört ihren Angriff starten konnte.

345

Die Ghost-Gruppe sollte Librationspunkt Drei säubern, auf der Naraka abgewandten Seite von Rudara. Laut Schlachtplan war dies auch die Seite des Planeten, von der aus die zwölf Spartans und einhundertneununddreißig OAST von Einheit Sierra ihren Anflug starten würden. Und Avery Johnson kam bei alldem die Aufgabe zu, Lieutenant Commander Hector Nyeto als Verräter zu enttarnen, wenn er versuchte, ihre Mission zu sabotieren.

Der Allianzaußenposten wuchs von einem grünen Fleck zu einer daumennagelgroßen Wolke mit Dutzenden glühenden Punkten heran. Die Hälfte dieser Lichter waren vermutlich Raumplattformen und keine Kampfschiffe, aber trotzdem ... die Ghost-Prowler waren mindestens eins zu fünf in der Unterzahl. Sie mussten den Feind also überraschen, wenn sie den Außenposten ausschalten – oder diesen Tag auch nur überleben – wollten.

Eine scharfe weibliche Stimme von der Navigationsstation meldete: »Fünf Minuten, Commander.«

Nyeto spähte von seinem Kommandosessel zu Johnson hinüber – ein Blick, der klarmachte, dass der Sergeant hier nichts verloren hatte. Und es stimmte: Fünf Minuten vor dem geplanten Absprung sollte er eigentlich nicht in voller Kampfrüstung auf der Brücke herumstehen, und er versuchte so auszusehen, als würde er gleich zum ersten Zug der Alpha-Kompanie nach unten gehen.

Tatsächlich war er hier, um Crowther Rückendeckung zu geben. Der Colonel stand neben ihm, dem Anlass entsprechend in eine förmliche Dienstuniform mit khakifarbenem Hemd und Krawatte gekleidet. Waffen waren auf der Brücke nicht gestattet und nach außen hin hielten die beiden sich daran. Aber die Schenkelplatten von Averys Rüstung verfügten über gehärtete Ausrüstungstaschen, die groß genug waren, um eine Pistole darin zu verstauen.

Als der Moment des Absprungs immer näher rückte und Johnson noch immer keine Anstalten machte, die Brücke zu verlassen, warf Nyeto ihm einen weiteren stirnrunzelnden Blick zu. »Was sagen die Anzeigen?«, fragte er den Sensoroffizier der *Ghost Song*. »Ist Einheit Sierra schon im Anflug?«

Der Senior Petty Officer an der Sensorkonsole schüttelte den Kopf. »Nein, Commander. Eigentlich sollte ich in ihrem Sprungsektor einen Anstieg von Tauonen erfassen, aber da ist nichts.«

Nyeto sah auf seine Uhr, dann rieb er sich das Kinn und versuchte auffällig unauffällig, nicht in Johnsons und Crowthers Richtung zu blicken. Prowler waren schwer zu orten, selbst wenn man ihre Position kannte, deshalb sah der Schlachtplan vor, dass sie den Librationspunkt angreifen sollten, egal ob die Ankunft von Einheit Sierra zuvor bestätigt worden war oder nicht. Obwohl Johnson den Commander nur von der Seite sehen konnte, erkannte er, dass Nyeto um eine Entscheidung rang. Wenn er den Angriff der Ghost-Gruppe einleitete, ohne die Position der Spartans zu kennen, würde er die Aufmerksamkeit der Allianz nicht in ihre Richtung lenken können. Aber solange Crowther und Johnson auf der Brücke waren, würde jede Abweichung von dem ursprünglichen Plan ihr Misstrauen erregen.

Schließlich sagte Nyeto: »Der Angriff muss warten, bis Einheit Sierra in Position ist.«

Avery versuchte, ruhig zu bleiben. Wenn Nyeto weiter vom Protokoll abwich, hätte Crowther einen vertretbaren Grund, um ihn seines Kommandos zu entheben und die Mission zu übernehmen. Natürlich bestand die Möglichkeit, dass der Commander sie durchschaute und keinen offenen Verstoß riskierte. Das wäre nicht ideal, aber immerhin würde die Operation fürs Erste planmäßig weitergehen.

Doch der Verräter schien zu erkennen, dass dies seine letzte Chance war, um die Spartans auszuschalten. Er schwenkte seinen Sessel in Richtung der Kommunikationsoffizierin herum.

»Bereiten Sie eine Burst-Übertragung vor. Wir müssen wissen, ob sie bereit sind.«

»Wohin sollen wir das Signal schicken, Commander?«

Burst-Übertragungen waren zielgerichtete Signale, die über geringe Entfernungen von einem Punkt zu einem anderen geschickt wurden und somit nur schwer zu entdecken waren. Der Nachteil war natürlich, dass man zunächst die Position des Ziels kennen musste.

Und da sie diese Position nicht kannten, war Nyeto drauf und dran, die Grenze zu überschreiten.

Die einzige Frage war: Wie würde die Mannschaft reagieren, wenn Crowther ihn von seinem Kommando entband?

Ein großer Teil von Nyetos Mannschaft stammte aus den Äußeren Kolonien, wo viele die Ziele der Aufständischen unterstützten, und es war offensichtlich, dass der Commander all die Abhörgeräte und -programme nicht allein in den Schiffen und Computern der Einsatzgruppe platziert hatte. Es musste mindestens ein paar Loyalisten an Bord der *Ghost Song* geben, die mit ihm zusammenarbeiteten – ein oder zwei könnten sogar gerade auf der Brücke sein.

Und das war der Grund, warum Avery mit zwei M6C-Pistolen in seinen Schenkeltaschen neben Crowther stand.

Nyeto blickte erneut auf seine Uhr. »In ein paar Minuten wird die Allianz ohnehin wissen, dass sie angegriffen wird.« Er tippte dreimal mit den Fingerspitzen auf die Armlehne, so als sei er tief in Gedanken versunken, dann seufzte er und sagte: »Offene Übertragung.«

»Ignorieren Sie diesen Befehl!«, rief Crowther.

Johnson spürte eine fast unmerkliche Vibration unter seinen Füßen, als würde die *Ghost Song* selbst vor der Dreistigkeit des Colonels zurückschrecken. Die Kommunikationsoffizierin zögerte erst, aber als Nyeto ihr bestätigend zunickte, begann sie die Übertragung vorzubereiten. Niemand schien in Averys Richtung zu blicken, also ließ er die Hände unauffällig an die Seiten sinken und schob seine Fingerspitzen unter die Klappen der Ausrüstungstaschen.

Crowther blickte erst die Kommunikationsoffizierin an, dann Nyeto. »Commander, eine Burst-Übertragung zu schicken, ist sinnlos«, erklärte er. »Einheit Sierra wird nicht antworten, weil sie bereits wissen, was Sie sind. Ich enthebe Sie hiermit Ihres Kommandos und klage Sie des Verrats am UNSC an.«

»Sie entheben *mich* meines Kommandos?« Nyeto lachte und beugte sich vor, wobei seine linke Hand hinter seinem Sessel verschwand. »Das ist wirklich komisch.«

Blitzschnell riss Avery die beiden Pistolen aus seinen Schenkeltaschen. Mit einer zielte er auf Nyeto, die andere hielt er Crowther hin, aber da wirbelte auch schon der Sensoroffizier herum, in der Hand eine M6E-Magnum. Die Waffe spie zwei Mündungsblitze aus, und Crowther ging zu Boden, ein blutendes Loch in der Stirn und ein zweites auf Höhe seines Schlüsselbeins.

Avery eröffnete mit beiden Pistolen das Feuer. Der erste Schuss wirbelte den Sensoroffizier rückwärts über seine Konsole, der zweite bohrte sich in Nyetos plötzlich verwaisten Sessel. Einen Moment später taumelte Johnson selbst zurück, als Kugeln gegen seine Brustplatte prallten. Der Navigator und die Kopilotin feuerten auf ihn, und sogar die Kommunikationsoffizierin, die eigentlich die Übertragung vorbereiten sollte, hatte eine verborgene Waffe gezückt.

Es sah fast aus, als bestünde die *gesamte* Brückenmannschaft aus Verrätern.

Avery wusste, dass seine Rüstung dem Beschuss nicht ewig standhalten würde, also wich er durch die Tür zurück, wobei er weiter auf Nyetos Leute feuerte. Sobald er draußen auf dem Korridor war, wirbelte er herum ... nur um aus der anderen Richtung drei Mannschaftsmitglieder auf sich zukommen zu sehen. Alle drei waren mit M7-Maschinenpistolen bewaffnet, aber sie hielten die Mündungen gesenkt, während sie näher kamen.

Offensichtlich hatte keiner von ihnen eine Infanterieausbildung genossen.

Avery stürmte los und leerte beide Magazine. Es bestand eine minimale Chance, dass die drei Crewmitglieder eine echte Wachmannschaft waren, die auf Befehl ihres Kommandanten hergekommen war, aber mitten in einem Feuergefecht hatte er nicht vor, es darauf ankommen zu lassen.

Einer der drei jagte eine Salve in die Wand, bevor er zu Boden ging, aber das waren die einzigen Schüsse, die die Männer abgeben konnte.

Avery steckte die Pistolen in seine Schenkeltaschen zurück, raffte im Vorbeilaufen zwei Maschinenpistolen vom Boden und rannte weiter den Korridor hinab. Es gefiel ihm nicht, die dritte Waffe zurückzulassen, womöglich damit sie später noch einmal gegen ihn eingesetzt werden konnte, aber er musste so schnell wie möglich zum Hangar. Nach dem, was er gerade gesehen hatte – nach dem, was mit Crowther passiert war –, konnte er nicht ausschließlich, dass die gesamte Mannschaft der *Ghost Song* für die Aufständischen arbeitete.

Er brauchte Verstärkung.

Avery rief das HUD seiner Kampfrüstung auf und wählte mit den Augen den Funkkanal des ersten Alpha-Zuges an.

»Red Eagle!« Dieses vor der Mission vereinbarte Codewort war das Signal, den Prowler mit Gewalt zu übernehmen. »Red Eagle! Sofort!«

Fünf Meter vor ihm glitten zu beiden Seiten des Korridors Türen auf. Eine führte in den zweistöckigen Maschinenraum, die andere zu den Mannschaftskabinen. Avery jagte eine Salve durch jede Öffnung, um die vermeintlichen Angreifer zurückzudrängen, dann beschleunigte er seine Schritte, sprintete an den Türen vorbei und wirbelte sofort herum, um weiter Unterdrückungsfeuer abzugeben. Er sah, dass sich auf beiden Seiten jeweils zwei Gewehrläufe in den Korridor schoben, eines auf Schulterhöhe, eines auf Kniehöhe. Das war klug. Aber alle vier Waffen zielten in die Richtung, aus der er gekommen war. Das war dumm.

Avery sprang zwischen die beiden Türen und leerte die Magazine seiner M7er, wobei er zunächst auf die knienden Schützen zielte, weil er wusste, dass der Rückschlag die Waffen ganz von allein nach oben ziehen würde. Die Luft füllte sich mit rotem Nebel und Rauch, dann kippten vier Leichen in den Gang.

»Gottverdammt, Sarge!«, hallte Captain Hamms Stimme aus dem Kommandokanal der Alpha-Kompanie. »Lassen Sie uns auch noch ein paar übrig, ja?«

»So, wie es aussieht, gibt es mehr als genug von den Kerlen.« Während er sprach, huschte Averys Blick von einem reglosen Mannschaftsmitglied zum nächsten. Es war möglich, dass ein oder zwei von ihnen noch lebten. »Crowther ist tot. Sieht aus, als wäre die gesamte Mannschaft auf Nyetos Seite.«

»Auf den anderen Ghost-Prowlern scheint die Situation ähnlich zu sein«, informierte Hamm sie. »Offenbar hat Nyeto mit so etwas gerechnet.«

Eine weitere brillante Feststellung von einem Offizier. Avery blickte lange genug von den toten Crewmitgliedern auf, um den Korridor hinter sich zu überprüfen. Zu seiner Erleichterung eilten ihm Hamm und zwei Black Daggers bereits aus dem hinteren Teil des Schiffes entgegen. Er warf die leer geschossenen M7er zu Boden und nahm das Gewehr eines jungen Petty Officer First Class, der mit weit aufgerissenen Augen gestorben war.

Als er sich wieder aufrichtete, war Hamm auch schon bei ihm. Sie bedeutete den Black Daggers, über die Leichen hinwegzusteigen und Maschinenraum und Mannschaftsquartiere zu überprüfen. Erst jetzt fühlte Avery sich sicher genug, um länger als nur ein paar Herzschläge in Richtung des Abwurfhangars zu blicken.

Er konnte lediglich zwei weitere OAST auf dem Gang sehen.

»Wo ist der Rest des Zuges?«

»Trudelt irgendwo da draußen rum«, brummte Hamm. »Ihr ›Red Eagle‹ kam ein wenig zu spät.«

Averys Kehle zog sich zusammen. »Gottverdammt. Nyeto hat die Absprungluke geöffnet.«

»Ungefähr zwanzig Sekunden, bevor Sie sich meldeten«, nickte sie. »Die Dekompression hat uns völlig überrascht. Connor konnte gerade noch die Tür öffnen und sich festhalten, und ich habe mich an sein Bein geklammert. Die meisten anderen hatten weniger Glück. Innerhalb von zwei Sekunden war der Hangar leer gefegt. Es sah aus, als würde man mit einem Staubsauger Sardinen aus einer Dose ziehen.«

Avery überlegte kurz. Nyeto hatte seine Kommunikationsoffizierin angewiesen, ein offenes Signal zu senden … und dabei mit seinem Finger auf die Armlehne geklopft.

»Mist«, presste er hervor. »Nyeto hat seiner Mannschaft wortlos das Signal gegeben. Ich hätte es erkennen und euch warnen sollen.«

Hamm winkte ab. »Noch sind sie ja am Leben, Sergeant. Die OAST trugen volle Kampfrüstung, als die Luke aufging. Wir müssen also nur die Brücke übernehmen und zurückfliegen, um sie einzusammeln.«

»*Nachdem* wir den L-Punkt erreicht haben«, erwiderte Avery. »Wenn wir vorher abdrehen, ist die gesamte Mission gescheitert.«

»Die *Night Watch* kann allein weiterfliegen«, schlug Hamm vor. Der einzig verbliebene Night-Prowler war der Ghost-Gruppe zugewiesen worden, um die *Ghost Star* zu ersetzen, die sie auf Seoba verloren hatten. »Sie hat Olinda MacDonnels dritten Zug an Bord.«

»Ich dachte, der dritte Zug hätte nach Seoba nur noch halbe Truppenstärke.«

»Das stimmt«, räumte Hamm ein, »aber Olinda ist die Black-Dagger-Version Ihres John-117 – höllisch stur und gibt niemals auf. Sie wird bis zum Ende kämpfen, so oder so.«

Mehrere Gewehrsalven hallten aus dem Maschinenraum, dann tauchte die OAST an der Tür auf und reckte den Daumen hoch.

Hamm nickte ihr zu und blickte den Korridor hinauf, in Richtung der Brücke.

»Wie viele haben Sie erwischt, Linberk?«

»Zwei«, antwortete die Soldatin. Ihre Stimme zitterte leicht. »Ich bin nicht sicher, auf welcher Seite sie standen, aber sie hatten Waffen und wollten sie nicht fallen lassen.«

»Das macht sie zum Feind«, sagte Hamm in beruhigendem Ton. »Johnson, was ist mit Ihnen?«

»Sieben hier auf dem Korridor.«

»*Sieben?*«

»Dazu noch den Sensoroffizier auf der Brücke«, fügte Avery hinzu. Ihm gefiel nicht, dass der Captain so überrascht klang – es war fast, als würde sie einem alten Sergeant wie ihm nicht mehr viel zutrauen. »Nyeto habe ich vielleicht auch getroffen.«

»Nur vielleicht?«

»Ich habe versucht, ihn durch die Rückenlehne seines Sessels zu erwischen, aber ich stand unter Feuer.« Er deutete auf die Dellen in seiner Kampfrüstung, um die Worte zu unterstreichen.

»Jetzt sind wir ja da, Sergeant.« Hamm wandte sich den beiden OAST zu, die hinter ihnen gewartet hatten. »Wenn wir die mickrigen sechs dazuzählen, denen wir begegnet sind, macht das insgesamt vierzehn. Was bedeutet, hier sollten nur noch zwei Crewmitglieder herumlaufen ... *falls* der Rest auf der Brücke geblieben ist. Wir bleiben aber besser vorsichtig.«

Die OAST antworteten beinahe gleichzeitig: »Jawohl, Ma'am.« Ihre Stimmen klangen erstaunlich jung.

Als Nächstes wandte Hamm sich dem Soldaten zu, der die Mannschaftskabinen gesichert hatte. Dem Abzeichen an seiner Rüstung nach zu urteilen musste das der neue Lieutenant des ersten Zuges sein, Nolan Connor.

»Bringen wir die Sache zu Ende, Connor«, sagte Hamm. »Unsere Leute treiben schon lange genug da draußen rum.«

»Sehe ich genauso, Ma'am.« Connor zog Sprengschnur aus

der einen Gürteltasche und zwei Blendgranaten aus der anderen. »Was darf es sein, Sergeant?«

Bevor Avery antwortete, huschte sein Blick von einem OAST zum nächsten. Die fünf trugen MA5B-Sturmgewehre – eine gute Option, wenn man in der Beengtheit eines Schiffes kämpfen musste. Der Feuermodus war bei allen auf Drei-Kugel-Salven eingestellt, und die rote Markierung an ihren Magazinen verriet, dass sie Hohlspitzgeschosse enthielten. Diese Munition war höchst effektiv gegen Gegner, die keine Rüstung trugen, und es bestand nur ein geringes Risiko, dass sie Schiffswände oder Beobachtungsfenster durchschlugen. Kurzum: Die Black Daggers hatten alles, was sie brauchten, um die Brücke einzunehmen.

Avery befestigte das erbeutete Gewehr hinter seinem Rücken und nahm die Thermit-Magnesium-Sprengschnur. »Vermutlich nehme ich besser die TMS«, sagte er. »Ich möchte euch schließlich nicht im Weg stehen, wenn die Schießerei losgeht.«

Sie marschierten los, wobei die beiden jungen Soldaten jeden Seitengang und jedes Abteil sicherten, an dem sie vorbeikamen.

Als sie schließlich die Tür zur Brücke erreichten, stellten sie ohne echte Überraschung fest, dass der Eingang von innen verriegelt war.

Hamm schickte Linberk und die beiden jungen OAST los, um zum Heck zurückzukehren und sicherzustellen, dass sich niemand von hinten an sie heranschlich, dann stand sie Wache, während Avery die Sprengschnur an das kalte Metall knetete.

Die Tür war so entworfen, dass sie sich eng an die Versiegelung saugte; das sollte sicherstellen, dass die Brücke selbst bei einem Druckabfall im Rest des Schiffes einsatzfähig blieb. Wenn Avery die TMS zündete, sollte die Tür also nach innen fallen. Danach würde Connor beide Blendgranaten durch die Öffnung werfen, und Hamm würde die Brücke stürmen und die Verräter ausschalten, während sie noch benommen waren.

Mit ein wenig Glück sollte ihnen all das gelingen, bevor Nyeto die Einheit Sierra ortete und ein Burst-Signal in ihre Richtung schickte, um die Allianz auf sie aufmerksam zu machen.

Avery hatte mit der Sprengschnur gerade den Rand der Tür nachgezeichnet, als sich Linberk auf dem Dagger-Kanal meldete.

»Captain, wir können die Notschleuse nicht öffnen.«

»Warum nicht?«, fragte Hamm.

»Keine Ahnung. Der Druck auf der anderen Seite ist normal. Eigentlich sollte sie aufgehen.«

»Sehen Sie irgendwas in der Schleuse?«

»Nein, die Scheibe ist beschlagen.«

Das gefiel Avery nicht. Genau deswegen hatten Luftschleusen doch Fenster; damit man bei einem Problem hindurchblicken und feststellen konnte, was los war. Er drückte das Ende der Sprengschnur auf die Zündkapsel, um den Kreis zu schließen, dann blickte er erwartungsvoll zu Hamm auf … und sah ein dunkles Auge an der Wand über ihr, nicht größer als ein Radiergummi.

Eine Überwachungskamera.

»Oh, Mist«, brummte er.

Hamm drehte sich gerade um und folgte seinem Blick, als ein lauter Donner durch den hinteren Teil des Prowlers hallte. Einen Herzschlag später wurde sie vom Boden hochgerissen und wirbelte durch den Korridor davon, wobei sie immer wieder von einer Wand gegen die andere prallte. Avery und Connor purzelten geradewegs hinter ihr her. Sie stießen zusammen, donnerten als Knäuel aus Armen und Beinen gegen die Decke und schlitterten dann an der Wand entlang Richtung Heck.

Decken und Kissen und Kleider und Werkzeuge und Kisten und Waffen wirbelten um sie herum, um anschließend durch einen gezackten Riss zu verschwinden, dort, wo sich vor ein paar Sekunden noch die hintere Notfallschleuse befunden hatte.

Avery sah, dass Hamm dem Loch in der Schiffwand bereits ganz nah war. Sie versuchte sich irgendwo festzuklammern … dann war sie fort. Connor folgte als Nächster. Er flog rücklings auf die Öffnung zu, sodass sich sein Oberkörper zuerst nach hinten krümmte, bevor seine Beine folgten. Averys Magen stülpte sich um, als würde er fallen, dann knickte sein Körper an der Hüfte um, und einen Augenblick später war auch er zwischen den Sternen. Sein rasselnder Atem hallte in seinem Helm wider, das Herz hämmerte in seiner Brust.

Nyeto hatte sie von Bord geblasen.

Er hatte kein Düsenpack, also blieben ihm nur die integrierten Manövrierdüsen seiner Rüstung, um sein desorientierendes Dahintrudeln zu beenden. Er zündete sie sparsam, immer nur eine halbe Sekunde, bis das Weltall schließlich zur Ruhe kam und sich nicht länger wie ein irres Paisleymuster um ihn drehte.

Auf dem Funkkanal konnte er Hamm und die anderen in ihre Helmmikrofone schnaufen hören, während er versuchte, seine eigene Atmung unter Kontrolle zu bringen, außerdem war da ein Klacken wie von klappernden Zähnen und ein lautes Ächzen, das von einem der jungen OAST zu stammen schien.

Avery zündete die Manövrierdüsen ein weiteres Mal, um sich langsam im Kreis zu drehen, und schon bald hatte er einen dunklen Schatten entdeckt, bei dem es sich nur um die *Ghost Song* handeln konnte. Links davon war noch immer der grüne Fleck von Librationspunkt Drei zu sehen. Naraka selbst wölbte sich oberhalb davon, eine gewaltige smaragdfarbene Scheibe, durchzogen von goldenen Wolkenbändern, mit einem Gürtel aus schimmernden Orbitaleinrichtungen um ihren Äquator.

Der Rest des ersten Alpha-Zuges war natürlich nicht zu sehen. Wenn sie zu Beginn des Kampfes aus dem Abwurfhangar gesaugt worden waren, befanden sie sich Dutzende Kilometer hinter Avery. Was er auch nicht sehen konnte, waren Anzeichen dafür, dass die *Ghost Song* Einheit Sierra bereits entdeckt hatte. Das würde aber nicht mehr lange so bleiben. Früher oder später mussten Nyetos Leute die Gruppe keilförmiger Silhouetten bemerken, die im Angriffsflug auf Naraka zurasten. Und dann bräuchten die

Verräter nur noch ein Signal – oder eine Rakete – in Richtung dieser Schiffe schicken, um die Allianz vor den nahenden Spartans zu warnen.

Es gab lediglich einen Weg, um das zu verhindern.

Avery aktivierte den Notfall-Peilsender seiner Rüstung. Anschließend beobachtete er mit grimmiger Genugtuung, wie sich ein Dutzend heller Stecknadelköpfe von dem grünen Lichtfleck löste und in seine Richtung losraste.

»Johnson!«, schnappte Hamm auf dem Dagger-Kanal. »*Wollen Sie etwa, dass sie uns gefangen nehmen?*«

»Nein, Ma'am.« Johnson grinste, als Nyetos Prowler und die beiden anderen Schiffe seiner Ghost-Gruppe die Antriebe aktivierten und die Flucht ergriffen. »Ich will, dass sie Commander Nyeto erledigen.«

25. KAPITEL

15:19 Uhr, 15. April 2526 (Militärkalender)
Black Widow, UNSC-Prowler der *Razor*-Klasse
Im Angriffsanflug, Planet Naraka, Agni-System

Das schrille Piepsen eines Alarms hallte über die Brücke der *Black Widow,* und John-117 spürte, wie sich sein Herzschlag beschleunigte.

Diese Minuten, während Einheit Sierra im Anflug auf Naraka war und Einheit Dagger die Schutzverbände bei den Librationspunkten angriff, waren die gefährlichsten des gesamten Plans. Sie konnten nicht länger abbrechen, boten aber ein verwundbares Ziel. Der Timer auf Johns HUD stand bei elf Minuten – elf Minuten, bis eine Reihe nuklearer Detonationen die Schutzschiffe bei den Librationspunkten zerstören sollte. In der darauffolgenden Verwirrung würden die vier Prowler der Einheit Sierra die feindliche Verteidigung durchbrechen und an vier unterschiedlichen Stellen nahe des orbitalen Versorgungsrings jeweils einen Zug OAST unter der Führung der Spartans absetzen. Diese Züge würden anschließend möglichst viele Einrichtungen stürmen und von innen heraus zerstören. Zu diesem Zweck hatten sie ferngezündete Nuklearsprengköpfe und mehrere Ladungen Octanitrocuban dabei. Dieser hocheffektive Sprengstoff, der beim Militär meist nur »Octa« genannt wurde, war in der Produktion teurer als

358

ein Havok-Sprengkopf, aber da er sich für Hohlladungen eignete und seine Zerstörungskraft im Vakuum nicht abnahm, war er jeden Cent wert.

Doch falls er zum Einsatz kommen sollte, musste Einheit Sierra in Position sein, wenn Einheit Dagger ihren Angriff begann.

Der Sensoroffizier schaltete den Alarm stumm, dann drehte er sich zu dem Kommandosessel im hinteren Teil der Brücke um.

»Ma'am, das war ein offenes Notsignal.« Sein Blick huschte kurz zu John hinüber, dann fügte er hinzu: »Gesendet von der Rüstung von Sergeant A. Johnson.«

»*Avery* Johnson?« Esme Guayte war ihre Überraschung deutlich anzuhören. Sie trug eine schwarze Dienstuniform samt Namensplakette und Rangabzeichen, und trotz ihrer geringen Größe saß sie auf dem übergroßen Kommandosessel, als sei er eigens für sie gebaut worden. Nach einem Moment hatte sie sich wieder gefasst und fragte: »Irgendwelche weiteren Signale?«

»Negativ.«

Die Kommunikationsoffizierin, die gegenüber der Sensorstation saß, richtete sich auf, einen Finger an ihr Headset gelegt. »Das stimmt nicht ganz. Ich fange Funkverkehr auf dem Kanal des erstes Alpha-Zuges auf, Ma'am. Ich muss die Signale erst decodieren, aber wenn Sie mir eine Minute geben …«

»Machen Sie sich an die Arbeit.« Guaytes Blick blieb auf den Sensoroffizier gerichtet. »Fähnrich Jones, wie reagiert der Feind?«

»Ziemlich extrem«, antwortete Jones. »Ich habe neun … nein, zehn fregattengroße Kontakte, die sich von dem Außenposten bei Punkt Drei entfernen.«

»Kurs?«

»Lässt sich noch nicht sagen.« Jones schüttelte den Kopf. »Vielleicht fliegen sie zur Quelle des Signals. Vielleicht kommen sie aber auch hierher.«

»Halten Sie mich auf dem Laufenden«, befahl Guayte.

Sie wandte sich zu John um. Zweifelsohne dachte sie gerade

dasselbe wie er: Wenn die Kommunikationsoffizierin Funksprüche auf einem Kanal auffing, der von Rüstung zu Rüstung sen-
dete, dann war Avery Johnson nicht der einzige Soldat, der dort
draußen herumtrieb. Ihr Plan, die Kontrolle über Hector Nyetos
Prowler zu übernehmen, war offenbar schiefgelaufen.

Guayte starrte John immer noch an, und erst jetzt erkannte er,
worauf sie wartete.

Er konnte selbst nicht glauben, was er gleich sagen würde.
Avery Johnson wusste, wie wichtig Funkdisziplin war. Er würde
die Mission niemals durch ein Signal gefährden, das der Feind
garantiert aufschnappte – nicht einmal, wenn es ein Notsignal
war. Die einzig mögliche Erklärung war also, dass die Allianz ihn
hören *sollte*.

John wünschte nur, er wüsste, warum.

»Ich denke, wir sollten uns weiter an den Plan halten.« Er achtete darauf, seine Entscheidung als Vorschlag zu formulieren. Crowther mochte ihm das Kommando über die Mission anvertraut haben, aber Guayte war immer noch die ranghöchste Offizierin an
Bord. Es war ziemlich offensichtlich, wem die Mannschaft im
Zweifelsfall gehorchen würde. »Wir müssen an die Mission denken.«

Guayte presste die Lippen zusammen, aber sie nickte abgehackt.
»Na schön, Master Chief.« Sie wandte sich wieder nach vorn.
»Komms, überwachen Sie weiter das Signal. Navigation, vermerken Sie die Position. Wir werden versuchen, auf dem Rückweg
vorbeizufliegen und sie aufzusammeln.«

»Ma'am, diese Kampfrüstungen haben nur Sauerstoff für neunzig Minuten«, erinnerte der Navigator sie. »Selbst wenn die Außerirdischen nicht ...«

»Sie haben den Master Chief gehört«, sagte Guayte fest. »Also
machen Sie Ihren Job und vermerken Sie verdammt noch mal
diese Position.«

»Ja, Ma'am.«

Eine unbehagliche Stille senkte sich über die Brücke. Es war nicht unwahrscheinlich, dass John den Sergeant und Dutzende Black Daggers gerade zum Tod verurteilt hatte – aber Johnson wäre der Erste gewesen, der ihm gesagt hätte, dass er das Richtige tat. Sollte es der Einheit Sierra nicht gelingen, die Versorgungsanlagen bei Naraka zu zerstören, würde die Flotte der Allianz unbehindert weiter durch die Äußeren Kolonien vorstoßen – und das zuzulassen, könnte das Ende der Menschheit bedeuten.

Es vergingen lediglich ein paar Sekunden, bis der Sensoroffizier meldete: »Ma'am, ich habe das Peilsignal verloren, und ich glaube, die Außerirdischen ebenfalls. Sie beschleunigen auf einem Vektor, der an Sergeant Johnsons Position vorbeiführt.«

»Wie nahe wird sie dieser Vektor an Einheit Sierra heranführen?«, fragte Guayte.

»Könnte eng werden«, erwiderte der Sensoroffizier. »Ich werde die Daten zur genaueren Analyse an die Navigationskonsole überspielen.«

»Gut«, sagte Guayte. »Komms, halten Sie sich bereit. Wir müssen dem Rest von Einheit Sierra vielleicht ein Burst-Signal mit einem neuem Kurs und Instruktionen senden.«

Johns Magen zog sich zusammen. Selbst wenn der Feind diese Übertragung nicht erfasste, würde sie eine ganze Reihe weiterer Funksprüche nach sich ziehen, während die vier Prowler sich koordinierten, um die Gefahr einer Kollision zu minimieren. Und danach müssten sie ihre Manövrierdüsen einsetzen, um auf den neuen Vektor zu wechseln ... All dies zu bewerkstelligen, ohne die Außerirdischen zu alarmieren, wäre selbst für die erstklassigen Prowler-Mannschaften der Einheit Sierra eine Herausforderung.

»Ich habe das Ergebnis der Vektoranalyse«, verkündete der Navigator. »Sieht aus, als würden sie uns in hundert Kilometern Entfernung passieren. Aber es wäre möglich, dass sie sich in Position bringen wollen, um uns von hinten anzugreifen.«

»Komms, bereithalten.«

Guaytes Blick wurde abwesend. Hundert Kilometer waren im leeren Raum fast nichts, und John wusste, dass sie gerade über das beste Vorgehen nachdachte.

»Ma'am, ich glaube, wir sollten den Kurs halten«, erklärte er. »Es ist viel wahrscheinlicher, dass die Allianz durch das Peilsignal und das Funkgeplapper angelockt wurde als durch uns.«

Guayte maß ihn mit einem langen Blick. »Selbst wenn Sie recht haben, bei hundert Kilometern Entfernung steigt die Wahrscheinlichkeit, dass wir entdeckt werden, auf dreißig Prozent – und das schon bei menschlichen Sensoren.«

»Immer noch besser als unsere Chancen, wenn wir den Kurs wechseln.«

»Aber nur, falls die Außerirdischen *wirklich* nach dem Peilsignal suchen.«

»Ma'am, ich weiß nicht, ob der Master Chief recht hat«, sagte der Navigator, »aber die Außerirdischen folgen einem seltsamen Vektor – er kreuzt unseren ursprünglich geplanten Kurs.«

»Sie meinen den, dem wir folgen sollten, bevor wir die neuen Instruktionen von Colonel Crowther erhielten?«, fragte Guayte.

»Genau, Ma'am«, nickte der Navigator. »Es ist, als würden sie uns dort vermuten.«

»Nicht *uns*«, korrigierte John. Allmählich dämmerte ihm, warum Johnson seinen Notfallsender aktiviert hatte. »Könnten sie vielleicht die Ghost-Prowler verfolgen?«

»Das wäre möglich«, antwortete der Sensoroffizier verwirrt. »Aber warum sollte ein Prowler …«

»Behalten Sie einfach den Vektor im Auge«, befahl Guayte.

Sie war offensichtlich zu derselben Schlussfolgerung gelangt wie John. Avery hatte sein Peilsignal nicht aktiviert, um nach Hilfe zu rufen, sondern um die Aufmerksamkeit der Allianz zu erregen und zu verhindern, dass Hector Nyeto ihre Mission sabotierte.

Doch auch wenn ihm nun ein Haufen feindlicher Schiffe im Nacken saß, hatte Nyeto noch nicht aufgegeben. Er versuchte die

Außerirdischen auf den Kurs der Einheit Sierra zu führen. Und vermutlich wäre sein Plan sogar aufgegangen, hätten sie nicht ihren Anflugvektor geändert, bevor sie in den Slipspace gesprungen waren.

Nach einem Moment sagte Guayte: »Und halten Sie auch nach einem Anstieg von Tauonen Ausschau.«

Der Sensoroffizier schwieg kurz, dann bestätigte er: »Verstanden. Ich melde sofort, wenn ich etwas entdecke.«

Einmal mehr legte sich Stille über die Brücke. John wusste, dass ein Anstieg von Tauonen-Partikeln zu den Nebeneffekten eines Slipspace-Wirbels gehörte. Tauonen waren extrem kurzlebig – weniger als eine Milliardstel Sekunde –, es war also unmöglich, sie zu entdecken, es sei denn, eine Sensorantenne war direkt auf den Wirbel ausgerichtet. Und selbst dann waren es nicht die Tauonen selbst, die die Instrumente erfassten, sondern die Energie, die freigesetzt wurde, wenn die Partikel auf ihr Antimaterie-Gegenstück stießen und sich selbst zerstörten.

John konsultierte sein HUD. Die ersten Sprengköpfe sollten in etwas mehr als fünf Minuten detonieren. Der erste Zug des Alpha-Bataillons steckte augenscheinlich in Schwierigkeiten, weswegen John bei Librationspunkt Drei kein großes Feuerwerk erwartete, aber die *Black Widow* war weit genug von Naraka entfernt, dass Lichtblitze bei den Librationspunkten Vier und Fünf ebenfalls sichtbar sein sollten.

»Die Allianzschiffe erreichen in dreißig Sekunden den Punkt der größten Annäherung zwischen unseren Vektoren«, sagte der Navigator.

»Und sie haben mit ihren Plasmakanonen das Feuer eröffnet«, fügte der Sensoroffizier an.

»*Auf uns?*«, entfuhr es Guayte.

»Verzeihung, Ma'am. Nein. Auf ... nun, wen immer sie jagen.«

»Gut. Weitermachen.« Guaytes Stimme war wieder zu ihrer normalen Lautstärke zurückgekehrt. »Komms, die Nachricht für das Burst-Signal lautet ›*Formation auflösen, Feuer aus allen Roh-ren*‹. Auf meinen Befehl senden.«

»Verstanden.«

John konzentrierte sich auf die Backbordseite des Aussichts-fensters, und nach ein paar Sekunden erspähte er das blaue Fla-ckern von Antriebsdüsen, die sich aus der Richtung von Libra-tionspunkt Drei näherten. Obwohl die Entfernung nach den Standards der Raumfahrt winzig war, konnte er die Schiffe selbst nicht erkennen, und auch ihre Plasmastrahlen waren kaum mehr als flüchtige Funken. Bevor er sichs versah, waren die Düsen-schweife auch schon vorbeigezogen.

Die Anspannung auf der Brücke nahm spürbar ab, als der Sen-soroffizier meldete: »Die Allianzschiffe fliegen auf ihrem Vektor weiter. Nichts deutet darauf hin, dass sie uns entdeckt haben.«

Guayte atmete hörbar auf. »Komms, wir werden keine Burst-Nachricht brauchen.« Anschließend drehte sie sich zu John um. »Sieht aus, als hätten Sie den richtigen Riecher gehabt, Master Chief.«

John musste an Avery Johnson denken. »Hoffen wir es.«

Erneut überprüfte er sein HUD. Noch zwei Minuten, dann sollten bei den Außenposten die ersten Havoks hochgehen. Falls alles nach Plan lief, würde Einheit Sierra zehn Minuten später vor-preschen und mit dem Angriff auf die Orbitalanlagen beginnen. Diese Einrichtungen waren durch eine Transitröhre miteinander verbunden, die um ganz Naraka herumführte, eingewoben in ein Netz aus skelettartigen Stützstreben. Dr. Halsey war nach ein-gehendem Studium der Aufklärungsbilder zu dem Schluss ge-langt, dass die Zerstörung von mindestens zehn Anlagen – und dem Verbindungstunnel ringsum – ausreichen sollte, um den Or-bit des gesamten Rings zu destabilisieren und dafür zu sorgen, dass er auseinanderbrach, in die Atmosphäre hinabstürzte und verbrannte.

Und Dr. Halsey lag nur selten falsch.

»Ich verzeichne einen Tauonen-Anstieg«, berichtete der Sensor-offizier. »Nein, mehrere. Drei Schiffe, und sie tauchen in enger Formation in den Slipspace ein.«

Das erstaunte selbst John. Während der Planung hatten er, Crowther und Johnson darüber spekuliert, wie tief Nyetos Verschwörung wohl reichte, aber keiner von ihnen hätte auch nur im Traum daran gedacht, dass er alle drei Prowler der Ghost-Gruppe auf seiner Seite haben könnte.

Guayte warf ihm einen Blick zu. »Überrascht?«

»Das könnte man sagen, Ma'am«, gestand er. »Das Prowler-Korps ist eine Division des ONI. Wie konnte Nyeto drei Schiffe nur mit Verrätern bemannen?«

»Das ist leichter, als Sie denken«, schnaubte Guayte. »Kommandanten segnen fast alle Versetzungsvorschläge ab. Sobald Nyeto seine Prowler hatte, konnte er anfangen, seine Leute an Bord zu holen, wann immer ein Posten frei wurde.«

»Aber die gesamte Mannschaft? Von allen drei Schiffen?« John konnte noch immer nicht akzeptieren, dass so etwas möglich war. »Das würde *Jahre* dauern.«

»Vielleicht sogar Jahrzehnte.« Guayte zog die Schultern hoch. »Versetzen Sie sich mal in Nyetos Position, John. Für die Aufständischen sind *wir* die fremden Invasoren. Die Horde, die nicht aufgehalten werden kann. Sie bekämpfen uns bereits seit dreißig Jahren mit allen Mitteln, die ihnen zur Verfügung stehen – genau wie wir jetzt die Allianz bekämpfen. Wenn das bedeutet, dass man zwanzig Jahre beim UNSC verbringt, um ein paar Prowler zu stehlen … dann tut man das eben.«

Aus den Augenwinkeln sah John ein grelles Lodern und er drehte rasch den Kopf. Bei den Librationspunkten zu beiden Seiten Narakas waren mehrere kleine Feuerblumen erblüht. Ein paar Sekunden lang entfesselten sie einen wunderschönen blendenden Sturm der Vernichtung, dann verwelkten sie ins Nichts.

Weitere Lichtblitze folgen, diese am rechten Rand des Aussichtsfensters, wo eine Handvoll thermonuklearer Sprengköpfe bei Librationspunkt Drei detonierte. Es war nichts, verglichen mit der Zerstörung bei den anderen Außenposten, aber das verwunderte wohl niemanden. Da die meisten Wachschiffe Nyetos Ghost-Prowlern hinterhergejagt waren, bestanden die einzig verbliebenen Ziele aus ein paar Orbitalplattformen.

»Sensorstation, wie reagieren die Allianzschiffe hinter uns?«

»Sie wenden«, antwortete der Sensoroffizier. »Sieht aus, als wollten sie ihren Kameraden helfen.«

»Behalten Sie sie im Auge«, sagte Guayte, dann sah sie erneut zu John hinüber. »Das wird ein brenzliger Absprung.«

Er zuckte mit den Schultern. »Gibt es denn eine andere Art?«

Um ehrlich zu sein, hatte er bislang nur ein paar Weltraumeinsätze unter Schlachtbedingungen absolviert – zuletzt beim Angriff auf die Logistikflotte bei Etalan –, aber er war ziemlich sicher, dass solche Operationen nie einfach waren. Es gab immer jemanden, der alles tun würde, um dem UNSC den Weg zu versperren.

»Bringen Sie uns einfach bis auf Reichweite an den Orbitalring heran«, fuhr er fort. »Den Rest schaffen wir dann allein.«

»Hoffentlich.«

Guayte drehte das Gesicht nach vorn, der fleckigen grünen Scheibe von Naraka entgegen, die inzwischen den Großteil des Brückenfensters füllte. Über dem Äquator war deutlich der Ring aus Versorgungsanlagen zu erkennen, ein gezacktes Band aus abgerundeten Umrissen, verbunden durch die gelbgrünen Streben der Transitröhre.

Was die Umrisse selbst anging, so waren manche verschwindend klein, andere groß wie Johns Faust und übersät mit den schimmernden Lichtern und glühenden Blasen industrieller Aktivität. Vereinzelt führten Speichen aus blauem Licht von den Anlagen in die gelben Wolkenfelder von Naraka hinab.

Oberhalb des orbitalen Versorgungsgürtels hingen zwanzig Allianzschiffe in der Leere. Sie waren so groß, dass John sie erst für

Teile des Rings hielt … bis ihm die hellen Lichtflecken auffielen, die um sie herumschwirrten, und er erkannte: Das sind Jagdflieger. Es dauerte noch einen weiteren Moment, ehe ihm das echte Problem klar wurde. Die großen Schiffe zogen keine Antriebsschweife hinter sich her. Anstatt in einen höheren Orbit aufzusteigen und ihren schützenden Kokon auszuweiten, um den Verlust der Außenposten aufzuwiegen, blieben sie dicht über dem Ring, eine engmaschige Formation, an der es kein Vorbei gab. Und kein Hindurch. Nicht einmal für eine Gruppe Prowlers.

»Sie fallen nicht auf unseren Plan herein«, stellte auch Guayte fest. »Das sind wirklich disziplinierte Mistkerle.«

»Ich könnte mir vorstellen, dass sie unseren Plan bereits kannten«, brummte John.

»Vielleicht«, erwiderte sie. »Aber diese Außerirdischen sind nicht dumm. Nach Etalan konnten sie sich vermutlich denken, was wir tun würden.«

»Aber nicht, *wo* wir es tun würden.« John deutete auf die Linie langsam größer werdender Raumschiffe. »Sieht das für Sie wie ein typisches Garnisonskontingent aus? Oder wie eine taktisch aufgestellte Verteidigungsflotte?«

»Ich bin keine Expertin für außerirdische Flottenaufstellungen«, entgegnete Guayte. »Aber ja. Wenn sie überall um den Ring so eng angeordnet sind, müssen sie hundert trägergroße Schiffe hier haben. Und niemand bewacht seine Versorgungslinien so gut, es sei denn, er rechnet mit Ärger.«

»Also machen wir es auf die harte Tour«, sagte John. »Plan D.«

»Wir haben einen Plan D?«

»Jetzt schon.« John erklärte, was er vorhatte, dann fragte er. »Was halten Sie davon? Die Außerirdischen erwarten, dass wir den Ring aus einem höheren Orbit angreifen – also schlagen wir von unten zu.«

»Sofern wir überhaupt von unten rankommen.«

John deutete auf einen der blauen Strahlen, der den Ring mit

Naraka verband. »Diese Speichen sehen den Gravitationsliften, die sie auf ihren Schiffen benutzen, verdächtig ähnlich. Wir teilen Einheit Sierra auf und lassen sie in der Nähe der Lifte auf die Oberfläche abspringen. Dann benutzen wir die Technologie des Feindes, um auf den Ring zu gelangen. Das ist leichter, als uns durch diese Verteidigungslinie zu kämpfen.«

Guayte seufzte. »Vermutlich. Nicht mal die Allianz kann ein so enges Netz über den gesamten Planeten spannen.« Sie betrachtete den Hauptschirm, dann fragte sie: »Sensorstation, was sehen Sie über den Polen?«

»Standardmäßige Patrouillen. Nichts, dem wir nicht ausweichen könnten.«

Guayte schwenkte ihren Sessel wieder zu John herum. »Sind Sie sicher, dass wir uns aufteilen sollten? Mit geballter Feuerkraft wären wir vielleicht ...«

»Ein leichteres Ziel für die geballte Feuerkraft des Feindes«, beendete John den Satz. »Wir würden niemals eine Bresche in ihre Verteidigung schlagen. Dafür haben wir nicht genug Schiffe. Also müssen wir sie umgehen. Und wenn wir uns aufteilen, haben wir viermal die Chance, dass es klappt.«

»Aber es reicht nicht, den Ring nur zu erreichen«, beharrte Guayte. »Um ihn zu destabilisieren, müssen wir zehn Anlagen zerstören – und spätestens dann brauchen sie mehr Feuerkraft.«

»Bei allem Respekt, Ma'am«, entgegnete John, »aber sie verstehen nicht, wozu Spartans in der Lage sind.«

Sie blickte kurz zur Decke hoch, dann sagte sie: »Also schön, wir teilen uns auf. Aber selbst wenn wir Sie absetzen können, wird es unmöglich sein, Sie wieder abzuholen. Falls Sie sich irren, was diese Speichen angeht ...«

»Bringen Sie uns einfach runter«, erwiderte John. »Wir finden schon einen Fluchtweg.«

Falls wir lange genug überleben, fügte er in Gedanken hinzu, ohne es aber auszusprechen. Sie hatten keine Informationen über die Situation auf der Oberfläche des Planeten und dementsprechend detailarm war sein Plan. Eines war jedoch klar: Sollten diese blauen Strahlen *nicht* zu einer Art Orbitallift gehören, dann war der Weg nach Hause das kleinste ihrer Probleme.

Nach einem Augenblick nickte Guayte. »Wie Sie wollen, Master Chief. Das ist Ihre Operation.« Anschließend begann sie, Befehle in ihre Armlehne einzutippen. »Ich hoffe nur, Sie wissen, was Sie tun.«

»Ich bin sicher, da sind Sie nicht die Einzige.« John salutierte. »Mit Ihrer Erlaubnis gehe ich jetzt nach hinten und bereite alles für den Absprung vor.«

»Lassen Sie sich von mir nicht aufhalten.« Guayte sprach, ohne von ihrem Kontrollschirm aufzublicken. »Wir werden wie ein Meteorschwarm da runterrasen. Ich benachrichtige die anderen Prowler per Burst-Übertragung von der Planänderung und Sie sollten in … sechzehn Minuten festen Boden unter den Füßen haben.«

Übergangslos wandte sie sich an die Kommunikationsoffizierin, um ihr Anweisungen für die Übertragung zu geben. John betrachtete sich damit als aus dem Gespräch entlassen und marschierte zum Abwurfhangar, wo der Rest von Team Blau und der dritte Zug der Delta-Kompanie warteten.

Während John ihnen den neuen Plan erklärte, begann er bereits, Waffen und Ausrüstung an seiner Mjolnir zu befestigen. Er klemmte ein MA5B mit Granatwerfer in die Magnethalterung hinter seiner Schulter, außerdem nahm er eine M-90-Schrotflinte mit. Er würde sie in den Händen tragen müssen, aber er wollte eine Waffe, die kurzen Prozess mit den Energieschilden des Feindes machen konnte. Anschließend verteilten er und der Rest von Team Blau die Sprengsätze und Havoks untereinander; jeder würde eine Hundert-Kilotonnen-Ladung Octa an der Hüfte und einen Dreißig-Kilotonnen-Sprengkopf auf dem Rücken tragen.

Die OAST konnten nicht mit biologischen Augmentationen

oder Mjolnir-Rüstungen aufwarten, dementsprechend leicht war ihre Ausrüstung. Der Lieutenant des dritten Delta-Zuges, eine grimmige Frau namens Small Bear, hatte einen Ein-Megatonnen-Fury-Sprengkopf auf dem Rücken, dreißig ihrer Black Dagger jeweils zwei Octa-Ladungen über ihren Düsenpacks. John hätte sich nicht gewundert, wenn sie damit einen neuen Rekord aufstellten: die größte kombinierte Menge an nuklearer Sprengkraft, die je von einer Infanterieeinheit in die Schlacht getragen worden war. Und wenn man dann auch noch die Spartans und Black Daggers an Bord der anderen Sierra-Prowler dazuzählte … Es würde definitiv ein gewaltiges Feuerwerk geben. Eines, das sie hoffentlich aus sicherer Entfernung genießen konnten.

Wenige Minuten später waren sie bereit, und das Deck begann zu zittern und zu ächzen, als die *Black Widow* in die Atmosphäre von Naraka hinabstieß. Die Spartans bezogen vor der Luke Stellung; John erwartete ziemlich sicher, dass sie unter Feindbeschuss abspringen würden, darum sollten Fred und Kelly vorangehen, jeder gefolgt von jeweils zwölf OAST.

Er und Linda wären die nächsten, die von Bord gingen. Auf diese Weise würden die Spartans dem Zug gleichzeitig den Weg frei machen und ihm den Rücken decken. Außerdem könnte Colonel Crowther John so später nicht vorwerfen, dass er sich zuerst in Gefahr gestürzt hätte. Lieutenant Small Bear und die restlichen Black Daggers würden mit kurzer Verzögerung abspringen, um die Feinde zu überraschen, die den Zug am Boden erwarten mochten.

Die Lichter im Hangar wurden kurz dunkel – das Zeichen, dass sich die Luke in drei Minuten öffnen würde – dann leuchteten sie wieder auf. Es gab keinen Grund, die Beleuchtung zu dämpfen; die Ziele der vier Prowler waren gleichmäßig über den Äquator des Planeten verteilt, und nur zwei von ihnen hatten beim Anflug den Schutz der Dunkelheit auf ihrer Seite. Delta-Drei gehörte leider nicht dazu. John wies den Zug an, ein letztes Mal seine

Ausrüstung zu überprüfen, und auch er startete das Diagnoseprogramm seiner Rüstung. Anschließend drehte er sich für eine visuelle Inspektion zu Linda um.

Ein lautes, knackendes Grollen wurde hörbar, als die atmosphärische Reibung die Hülle der *Black Widow* erhitzte. Johns HUD zeigte an, dass die Temperatur im Innern des Hangars rapide anstieg, und der Prowler bebte so heftig, dass sogar die Spartans auf ein Knie gehen mussten, um nicht von den Füßen gerissen zu werden.

Schließlich ertönte Guaytes Stimme auf dem Funkkanal des dritten Zuges: »Tut mir leid, dass der Flug so holprig ist. Aber wir haben ein paar Fliegen angelockt, und ich will, dass ihr auf dem Boden seid, bevor sie anfangen zu stechen. Behaltet den Monitor im Auge. Die Landezone sollte gleich in Sicht kommen.«

Kaum dass sie die Verbindung beendet hatte, erwachte der Monitor an der Wand zum Leben, und er zeigte … nichts als gelben Dunst. Kurz befürchtete John, dass es ein Problem mit der Übertragung gab, aber dann lichtete sich der gelbe Schleier und gab den Blick auf eine üppige vulkanische Welt frei, angefüllt mit dampfenden Kratern und glühenden Rissen im Boden. Der Teil der Oberfläche, der nicht brodelte oder Dampf spie, war mit einem Gittermuster aus umzäunten Feldern und schlangengleich gewundenen Anbauterrassen bedeckt, während ein Netz beleuchteter Straßen zu einer fernen Stadt mit elfenbeinfarbenen Kuppeln und goldenen Türmen führte. Und genau dort stach die Säule aus blauem Licht in den Himmel hinauf.

Während die *Black Widow* zitternd und bockend auf den Gravitationslift zuhielt, wurden weitere Details sichtbar. Die Stadt war in verschiedene, klar voneinander getrennte Bereiche unterteilt, deren schlanke Türme sich in geschwungenen Formen Hunderte Meter in den Himmel erhoben. Alles wirkte uralt und gleichzeitig elegant, fast schon zerbrechlich, so als bestünden die Gebäude aus mundgeblasenem Glas. Der blaue Lichtstrahl im Zentrum der

Stadt hatte den Durchmesser eines Wolkenkratzers, und immer wieder wurden dunkle Schlieren darin sichtbar, als gewaltige Umrisse durch den Schacht nach oben geschossen wurden, zu schnell, als dass das menschliche Auge der Bewegung folgen konnte.

»Entweder das ist ein Orbitallift oder eine außerirdische Partikelkanone«, sagte Fred. »Ich schätze, wir werden erst Gewissheit haben, wenn wir reinspringen.«

»Diese Streifen sind zu groß für eine Partikelkanone«, erklärte Lieutenant Small Bear, die sich offensichtlich noch nicht an Freds Humor gewöhnt hatte. »Aber ich bin nicht sicher, ob wir eine derartige Beschleunigung überleben werden.«

»Kelly meldet sich freiwillig, um es auszuprobieren«, flachste Fred.

»Sehr witzig«, erwiderte Kelly. »Ich melde mich freiwillig, dich reinzuschubsen.«

Die Warnleuchten an den Wänden wechselten von rot zu gelb.

»Eine Minute«, sagte John. »Schluss mit den Witzen.«

Die Spalten und Lücken zwischen den Stadtteilen weiteten sich zu Luftstraßen aus, angefüllt mit regem Verkehr. Der Prowler flog inzwischen so tief, dass die höchsten Kuppeln und Türme bereits über sie hinausragten. Im unteren Teil des Bildschirms leuchtete eine Reihe weißer Kreise auf, die rasend schnell zu Punkten zusammenschrumpften, als die *Black Widow* drei Argent-V-Raketen abfeuerte, um sich einen Weg zu dem Orbitallift zu bahnen. Die erste Rakete folgte einem länglichen fliegenden Vehikel, dessen schlankes violettes Chassis auf einer Art Schwebeplatte ruhte. Einen Moment später erhellte ein orangefarbener Feuerball die Gebäude zu beiden Seiten der Straße. John konnte nicht sagen, ob es ein militärisches oder ein ziviles Fahrzeug gewesen war, und er beschloss, nicht darüber nachzudenken. Es hatte der *Black Widow* den Weg zu ihrem Ziel versperrt und dieser unglückliche Umstand hatte sein Schicksal besiegelt.

Die beiden anderen Raketen zerstörten weiter entfernte Hindernisse. Danach leerte sich die Luftstraße schlagartig, als verwirrte Außerirdische auf die schützenden Gebäude zurasten oder zum Boden hinabsanken. Der Prowler donnerte ungestört weiter, ungefähr auf halber Höhe der umliegenden Türme, und er setzte die beiden 50-mm-Kanonen an seiner Nase ein, um die Handvoll Fahrzeuge zu verscheuchen, die nicht schnell genug Platz gemacht hatten.

Die Warnlampen begannen zu blinken. Dreißig Sekunden.

John pumpte eine Patrone in die Kammer seines M90. »Waffen entsichern.«

Die *Black Widow* ging in einen steilen Sinkflug über. Tausend Meter voraus endete die Luftstraße an einer Art Verladeanlage, deren Boden aussah, als bestehe er aus grauem und grünem Glas. Hunderte Transportschlitten mit kuppelförmigen Fahrerabteilen, ovalen Ladeflächen und Schwebeplatten an der Unterseite standen dort zu beiden Seiten eines gewaltigen Hofes aufgereiht, und eine kleine Armee von Arbeitern – größtenteils Schakale und Grunts – war eifrig damit beschäftigt, Fracht von den Fahrzeugen abzuladen. Für John sah es aus, als würden die Kisten davonschweben, sobald sie auf dem Boden abgestellt wurden. Sie glitten jedenfalls ohne sichtbare Außeneinwirkung davon und verschwanden in Richtung des Lifts.

Dann füllte sich der Bildschirm plötzlich mit Flammen und Rauch; die *Black Widow* hatte eine massive Raketensalve abgefeuert, um Chaos zu stiften, während sie abbremste. Schließlich verharrte der Prowler über dem Hof und neigte seine Nase hin und her. Das Deck des Hangars vibrierte spürbar unter dem Dauerfeuer der 50-mm-Kanonen.

Einen Moment später sprangen die Warnlampen auf Grün um, die Luke öffnete sich und Fred und Kelly führten die ersten Gruppen von Black Daggers auf die Oberfläche hinunter. John und Linda sprangen nur Sekunden später ab, in eine dicke Wolke aus schwarzem Rauch hinein. Die Schwerkraft von Naraka betrug ein

Drittel des Erd-Standards, der Fall fühlte sich also langsam und leicht an, und an seinem Ende landeten sie auf einer glatten Oberfläche, die seltsam frei von Trümmern war.

Etwas bewegte sich am Rand von Johns Blickfeld. In der Annahme, dass es ein Feind war, ließ er sich auf ein Knie sinken und wirbelt herum … nur um festzustellen, dass *er* es war, der sich bewegte, gemeinsam mit den OAST, die hinter ihm Kampfhaltung eingenommen hatten.

Ein Blick nach unten zeigte John, dass er über den grün schimmernden Boden rutschte. Die glasartige Oberfläche unter ihm war eben, aber es fühlte sich an, als würde er einen Hang aus smaragdfarbenem Eis hinabrutschen. Deswegen waren ihm auch keine Trümmer aufgefallen: Die Wracks der brennenden Transportschlitten lagen bereits mehrere Meter entfernt. Ein paar waren auf die Seite oder ihr Dach geschleudert worden und ihre Anti-Gravitations-Antriebe wippten träge hin und her.

John donnerte den Kolben seiner M90 auf den Boden, und halb erwartete er, ein Netz aus Rissen zu sehen … nichts. Seine Schrotflinte verharrte einfach und wollte sich nicht weiter nach unten drücken lassen.

»Komisch, hm?«, kommentierte Fred auf dem Teamkanal.

John hob den Kopf und sah den anderen Spartan hinter einem qualmenden Transportschlitten hervortreten. Er machte einen Schritt auf John zu – und plötzlich rutschte auch er über den Hof.

»Auf der grauen Oberfläche steht man still«, erklärte Fred. »Die grünen Bereiche müssen eine Art Förderband sein. Sie tragen Fracht geradewegs zum Lift.«

John versuchte den Rauch mit den Augen zu durchdringen, aber dann gab er auf und blendete die Minikarte seines Bewegungstrackers ein. Kelly war zwanzig Meter vor ihm, gemeinsam mit vier OAST, die sich halbkreisförmig links und rechts von ihr aufgebaut hatten. Falls er sich den Aufbau des Hofes richtig eingeprägt hatte, sollte sie noch ungefähr hundert Meter vom Eingang des Orbitallifts entfernt sein.

»Irgendwelche Aktivität?«, fragte er.

»Nach dem Spektakel, den die *Widow* angerichtet hat? Wir glauben, dass sich ein paar verwunderte Brutes hinter den Transportschlitten weiter hinten verstecken, aber sie scheinen kein Interesse an einem Kampf zu haben. Deswegen bin ich ja zurückgekommen, um Bericht zu erstatten.«

Bevor Fred fortfahren konnte, meldete sich die Stimme von Small Bear auf dem Kanal des dritten Delta-Zuges. »Delta-Drei ist vollständig gelandet.«

»Verstanden«, bestätigte Guayte. »Wir ziehen uns zurück.«

Der Rauch war so dicht, dass John den Prowler nur mit Mühe erkennen konnte, aber ein Blick auf den Bewegungstracker zeigte ihm zumindest, dass Small Bear und ihre OAST eine Schützenkette gebildet hatten und zum Rest des Zuges vorrückten.

»Verstanden«, sagte er in sein Helmmikrofon. »Danke fürs Mitnehmen, *Widow*.«

»Danken Sie mir nicht zu früh, Chief«, erwiderte Guayte. »Sie müssen diese zehn Ziele vielleicht allein zerstören.«

Unwillkürlich zog sich Johns Magen zusammen. »Haben die anderen Fledermäuse es nicht geschafft?«

»Danach klingt es jedenfalls«, bestätigte Guayte. »Die *Widow Maker* und die *Quiet Death* wurden beim Anflug abgefangen und mussten umkehren. Die *Quiet Man* wurde kurz vor dem Ziel abgeschossen. Wir haben Funkverkehr aufgefangen – es klang, als würden die Spartans die überlebenden Black Daggers zusammenrufen, um weiterzumachen – aber es ist schwer zu sagen, wie viele übrig sind und ob sie es zum Lift schaffen werden.«

»Verstanden. Danke für die Info.«

John ließ die Nachricht in grimmigem Schweigen auf sich wirken. Die vier Mitglieder von Team Gold waren auf die *Widow Maker* und die *Quiet Death* verteilt gewesen und somit nicht länger Teil der Gleichung. Aber die Spartans an Bord der *Quiet Man* schienen noch in einem Stück zu sein. Das war Team Grün, und John wusste, wenn jemand einen Weg fand, die Mission nach so einem Rückschlag fortzusetzen, dann Kurt-051.

Er wollte Guayte alles Gute für den Rückflug wünschen, aber die *Black Widow* hatte sich bereits auf ihr Heck aufgerichtet und raste senkrecht in den Himmel. Der Windstoß ihrer Düsen trieb den Rauch lang genug auseinander, um Dutzende toter Außerirdischer zu enthüllen, die aus zerschmetterten Fahrerkuppeln baumelten oder eingeklemmt unter umgestürzten Transportschlitten lagen. Es war ein grausiger Anblick, vor allem, da keiner von ihnen eine Rüstung trug oder Waffen hielt. Nichts deutete darauf hin, dass sie dem Militär angehörten. Fast wollte John ihren Tod bedauern … bis ihm wieder einfiel, was die Allianz bei Harvest und Etalan und Biko und vermutlich einem Dutzend weiterer Welten angerichtet hatte, von denen er noch gar nichts wusste. Die Außerirdischen hatten diesen Krieg angefangen, und John durfte sich keine Schuldgefühle gestatten, weil er nach ihren Regeln kämpfte.

Die Förderzone hatte John und seine Begleiter bis auf ein paar Meter an die Position herangetragen, die Kelly mit ihren OAST sicherte. Als sie näher kamen, blickte er Fred an und wechselte auf ihren Teamkanal.

»Du hast von verwundeten Brutes gesprochen.«

»Nur eine Vermutung.« Fred deutete in den Rauch. »Da vorn wurden ein paar Transportschlitten umgekippt, um eine Art Barrikade zu errichten. Wir tippen auf Brutes, weil sie wahrscheinlich die Einzigen sind, die diese Fahrzeuge mit bloßen Händen auf die Seite kippen können. Wir könnten einfach weiter vorrücken …«

»Aber?«

»Aber wer bekommt schon gern eine Kugel in den Rücken?«, erwiderte Fred. »Wir müssen sie ausschalten.«

»Und wir haben nicht viel Zeit dafür«, ergänzte John. »Wenn sie sich hier verschanzen, warten sie auf etwas.«

Fred neigte zustimmend den Helm. »Zum Beispiel Verstärkung.«

»Oder darauf, dass hier irgendwelche Barrieren hochfahren«, schaltete sich Linda ein.

»Da gibt es viele Möglichkeiten«, sagte John.

Dass die Außerirdischen den Orbitallift deaktivieren würden, gehörte aber zum Glück nicht dazu. Der blaue Lichtstrahl transportierte vermutlich Tausende Tonnen Fracht, und vieles davon befand sich gerade in einer Höhe von Hunderten Kilometern über der Oberfläche. Sollte all das herabstürzen, würde die schiere Wucht des Aufpralls mehr Schaden anrichten als eine nukleare Detonation.

»Worauf immer sie warten, ich habe nicht vor, noch hier zu sein, wenn es passiert.« John trat von der grünen Förderzone. »Fred und Kelly, flankiert sie. Linda, du kommst mit mir.«

Drei Statusanzeigen blinkten grün, und Fred und Kelly huschten in den Rauch davon. Linda folgte John zu einem OAST, der sich hinter einem großen Frachtbehälter zusammengekauert hatte. John reichte dem Soldaten seine M90, dann deutete er auf die in der Nähe aufgereihten Transportschlitten.

»Ich glaube, wir werden zwei brauchen.«

»Zwei sollten reichen«, nickte Linda.

Sie befestigte das M99 an ihrer Mjolnir-Rüstung, schlich hinter einen der Transportschlitten und begann ihn auf die Förderzone zuzuschieben. Anschließend rannte John geduckt zum nächsten, stemmte die Schulter gegen die Fahrerkuppel und brachte das Vehikel neben ihr in Position.

Er wechselte auf den Delta-Kanal. »Lieutenant Small Bear, Linda und ich werden den Feind aus seinem Versteck locken. Ich schlage vor, Ihre Leute folgen uns und halten sich bereit.«

»Ihr habt ihn gehört«, rief Small Bear. »Hopp, hopp!«

Der Rauch war noch immer so dicht, dass John lediglich fünf Meter klare Sicht hatte. Alles, was mehr als zehn Meter entfernt lag, war nicht mehr zu erkennen. Das galt auch für die feindliche Barrikade. Aber wenn er nach oben blickte, konnte er die blaue Säule des nahen Orbitallifts ausmachen. Sie wurde noch immer von den schwarzen Streifen aufsteigender Fracht durchzogen.

John blickte zu Linda hinüber. »Drei ... zwei ...«

Sie gingen in die Hocke, schoben die Finger unter die Seiten der Transportschlitten und setzten die ganze Kraft ihrer Mjolnir-Rüstungen ein, um sie auf die Seite zu kippen. Anschließend schoben sie sie über die Förderzone und platzierten sie nebeneinander, sodass nur eine schmale Lücke zwischen den Fahrzeugen frei blieb.

Das sollte sie größtenteils vom Schussfeld der Brutes abschirmen. John ließ sich von dem OAST seine M90 zurückgeben.

Auf dem Delta-Kanal sagte er: »Wir brauchen hier vorn jemanden mit einem Raketenwerfer.«

»Chavez!«, schnappte Small Bear, und ein paar Sekunden später tauchte auch schon ein Black Dagger auf, beladen mit einem SPNKR und einem zusätzlichen Raketenzylinder. In seiner schwarzen Kampfrüstung sah er aus wie alle OAST, nur dass er ungefähr einen Kopf größer und deutlich stämmiger war. John hatte eigentlich vorgehabt, den SPNKR selbst zu benutzen, aber jetzt musste er daran denken, was Johnson ihm gepredigt hatte: Ein Anführer sollte darauf vertrauen, dass seine Leute ihren Job erledigen konnten. Also winkte er Chavez zu der Lücke zwischen den beiden Transportschlitten herüber.

»Der Feind hat vor uns eine improvisierte Barrikade errichtet«, erklärte er. »Feuern Sie beide Raketen ab, sobald die Kerle in Sicht kommen.«

»Verstanden, Master Chief.«

Chavez kniete sich auf den grauen Boden, legte den Raketenzylinder ab und schob sich vorsichtig an die Lücke heran.

Der Bewegungstracker zeigte John, dass Lieutenant Small Bear und der Rest von Delta-Drei in zwei lose gebildeten Linien hinter ihm warteten. Fred und Kelly befanden sich zehn Meter vor ihnen und etwa ebenso weit von der Stellung der Brutes entfernt.

»Können Sie irgendwas sehen?«, fragte er Chavez.

Einen Herzschlag später züngelten gelbe Flammen an ihm vorbei, als kurz nacheinander zwei Raketen aus dem SPNKR zischten.

Anstatt sich sofort von der Lücke zurückzuziehen, griff Chavez nach dem Ersatzzylinder … und ein halbes Dutzend weiß glühender Stacheln bohrte sich in seine Brust. Er kippte nach hinten, der SPNKR rutschte von seiner Schulter, und John feuerte blind mit seiner M90 durch den Spalt, bevor er den verwundeten OAST hinter den Transportschlitten zog. Eine zweite Salve von Stacheln schnitt dicht neben ihm in das Chassis des Fahrzeuges und John pumpte die nächste Patrone in die Kammer. Auf zehn Uhr – dort, wo ihm der Bewegungstracker Fred und Kelly anzeigte – ertönte ein lauter Zwillingsknall, dann meldete sich Kellys Stimme auf dem Delta-Kanal.

»Wir haben sie.«

John blickte auf Chavez hinab und presste die Lippen zusammen. Es war nur ein kleiner Fehler gewesen – einer, den er selbst ein paarmal gemacht hatte – aber die Brutes waren bereit gewesen, und jetzt lag Chavez mit zuckenden Beinen auf dem glasartigen Boden.

»Sanitäter!«, rief er.

Um sicherzugehen, dass es keine weiteren Fehler geben würde, schob er seine Schrotflinte wieder durch den Spalt.

»He!«, rief Fred. »Wir *haben* sie!«

John überließ Chavez dem Sanitäter und trat um die Barriere herum, die er und Linda errichtet hatten. Hinter der ebenso behelfsmäßigen Barrikade der Brutes ragten die Köpfe von Fred und Kelly hervor. Die Außerirdischen hatten drei Transportschlitten auf die Seite gekippt und zusammengeschoben, aber Chavez' Rakete hatte ein gewaltiges Loch in das mittlere Fahrzeug gerissen.

Durch diese Öffnung konnte John den Oberkörper eines Brute sehen, der in der Mitte auseinandergerissen worden war. Drei weitere Kreaturen lagen über die anderen Schlitten drapiert und von den Löchern, die die Granaten der Spartans in ihre Rücken gerissen hatten, kräuselte noch immer Rauch hoch.

»Tut mir leid, dass ich an euch gezweifelt habe«, sagte John. »Jetzt schnappt euch so viel Munition, wie ihr tragen könnt, und kommt. Wir haben einen Aufzug zu erwischen.«

Er beobachtete, wie Fred und Kelly zur Förderzone zurückkehrten und zusätzliche SPNKR-Raketenzylinder aufnahmen, dann drehte er sich zu Chavez um. Small Bear und einer ihrer Männer hatten ihn auf die Förderzone gezogen, und nun sprühte der Sanitäter von Delta-Drei etwas – vermutlich Bioschaum – in den Medianschluss von Chavez' Rüstung. Eine Verlustquote von eins zu vier war an und für sich nicht schlecht, aber John hatte Chavez persönlich zu der Lücke befohlen, und dieses Wissen bereitete ihm Übelkeit.

Erneut dachte er an Johnsons Worte, dann schluckte er seine Gefühle hinunter.

Die Förderzone trug sie durch die letzten Rauchschwaden und in eine Art verlassenen Sortierbereich, wo Dutzende von Stangen mit runden Spitzen und seltsam aussehende Scangeräte auf dem Boden lagen. Fünfzig Meter vor ihnen konnten sie nun auch die gewaltige graue Plattform am Fuß des Orbitallifts sehen. Umringt wurde sie von einer Reihe vertikaler Säulen, jede etwa fünfzehn Meter hoch, die tief im Boden verankert und offensichtlich Teil einer viel größeren Maschine waren, die den Lift mit Energie versorgte und diesen blauen Strahl erzeugte. Die Förderzone trug inzwischen keine Container mehr auf die Plattform, nur noch die Trümmer und Leichen, die bei der Ankunft des dritten Delta-Zuges durch die Luft geschleudert worden waren. Sobald sie die blaue Säule erreichten, verteilten sie sich gleichmäßig über die Plattform und begannen nach oben zu schweben – erst langsam, dann stetig schneller werdend. Als sie mehrere Hundert Meter über ihren Köpfen außer Sicht verschwanden, konnte man ihre Bewegung kaum noch mit bloßem Auge verfolgen. Kurz fragte John sich, wie die Außerirdischen am oberen Ende des Lifts wohl reagieren würden.

Nach einem Moment wandte er sich wieder Small Bear und Chavez zu. »Wird er es schaffen?«

»Wenn eine Klasse-1-Krankenstation in der Nähe wäre, vielleicht. Aber hier?« Sie schüttelte den Kopf. »Das ist für ihn der letzte Einsatz. Mehran gibt ihm gerade die Nadel.«

Die »Nadel« war ein starkes Sedativ, das OAST-Sanitäter benutzten, um einen sterbenden Soldaten von Schmerz und Furcht zu erlösen – vor allem, wenn die Umstände diktierten, dass er auf dem Schlachtfeld zurückgelassen werden musste. Small Bears Bemerkung legte die Vermutung nahe, dass der Sanitäter Chavez eine tödliche Dosis verabreichte. Gern hätte John erklärt, dass er den Sterbenden tragen würde, aber ihre Mission hatte gerade erst begonnen. Wenn er sich durch ein Opfer ablenken ließ, würde das nur weitere Leben kosten.

Ebenso wenig konnte er jemand anders befehlen, den tödlich Verwundeten in die Schlacht zu tragen und sich dadurch einem unnötigen Risiko auszusetzen. Small Bear hatte die richtige Entscheidung getroffen, und er würde die Situation nicht besser machen, wenn er ihre Autorität untergrub.

»Chavez war ein guter Soldat und er hat einen würdigen Abgang verdient.« Small Bear nahm den Fury-Sprengkopf aus ihrer Magnethalterung. »Was sagen Sie, Master Chief?«

John blickte erst zum Orbitallift hoch, dann zu dem Lieutenant hinab. »Stellen Sie den Timer auf vierzig Minuten und lassen Sie ihn hier.«

26. KAPITEL

Neuntes Zeitalter der Rückforderung
36. Zyklus, 176 Einheiten (Kriegskalender der Allianz)
Flotte des Kompromisslosen Gehorsams, Schlachtträger *Pious Rampage*
Im hohen äquatorialen Orbit, Planet Zhoist, Buta-System

Tel 'Szatulai stellte zum wiederholten Mal fest, dass seine Hand auf dem Griff seines Energieschwertes ruhte. Es war ein unterbewusster Reflex, und je näher er dem Hohen Schlachtensanktuarium der *Pious Rampage* kam, desto stärker wurde dieser Drang.

Das war nicht gut. Flottenmeister 'Kvarosee hatte ihn mitten in der Kampfandacht von der *Sacred Whisper* herrufen lassen und jetzt trübte Verärgerung seine Konzentration.

Direkt vor einer Schlacht.

'Szatulai erreichte das Sanktuarium und blieb am Eingang stehen. Die beiden Sangheili-Wachen schlugen sich mit ihren Karabinern gegen die Brust, dann traten sie zur Seite und bedeuteten ihm, dass er eintreten könne. 'Szatulai ignorierte sie jedoch und blieb, wo er war, bis er mehrmals tief durchgeatmet und seine Wut Stück für Stück niedergerungen hatte. Die Spartans würden noch früh genug zu ihm kommen; er würde die Konfrontation nicht schneller herbeiführen, wenn er in seiner Beobachtungskuppel kniete und auf die leere Stelle am Himmel starrte, wo sie sein sollten.

Nach einer Weile wagte eine der Wachen, ihn anzusprechen: »Du kannst eintreten, Klingenmeister. Sie erwarten dich.«

Sie. Natürlich. Vermutlich war es die Idee des San'Shyuum gewesen, ihn herzurufen. Der Magistrat schien den Feind mit Akoluthen zu verwechseln, die sich an den Zeitplan und die Wünsche der Allianz anzupassen hatten.

Ohne der Wache zu antworten, betrat 'Szatulai das Sanktuarium. Vor ihm schimmerte ein mehrere Meter großes, taktisches Hologramm von Zhoist und seinen Monden, einschließlich der Außenposten an seinen Librationspunkten und den Flottenversorgungsstationen, die als Ring des Reichen Überflusses bekannt waren. Die Flotte des Kompromisslosen Gehorsams war ebenfalls zu sehen, ein schützender Schild rings um die Wölbung des Rings. Was hingegen fehlte, war irgendein Hinweis darauf, wo die Tarnschiffe des Feindes sein könnten.

Auf der linken Seite des Hologramms standen fünfzehn Berater und Planer, die in taktische Besprechungen vertieft waren und so taten, als hätten sie 'Szatulais Ankunft deswegen nicht bemerkt. Flottenmeister 'Kvarosee war allein auf der rechten Seite, wo er ungeduldig auf und ab ging. In der Ecke hinter ihm saß der San'Shyuum-Magistrat der Flotte, der Niedere Minister der Artefaktsuche auf seinem Schwebethron, dessen langer Hals sich hin und her neigte, während er den Bewegungen des Flottenmeisters folgte und sich nachdenklich über die Kehllappen strich.

Als der Sucher 'Szatulai eintreten sah, lenkte er rasch seinen Thron zu ihm und deutete mit einem Finger auf 'Kvarosee. »So ist er schon, seit der Angriff auf Außenposten Drei begann.«

'Szatulai spürte, wie sich seine Hand in Richtung des Energieschwertes bewegte, und er versuchte einen Bogen um ihn zu machen, aber der Niedere Minister blockierte seinen Weg. Wäre die Furcht vor der Vergeltung des Stillen Schattens groß genug, dass die anderen Anwesenden den Mund hielten, falls er dem San'Shyuum jetzt den Hals umdrehte?

»Vielleicht kannst du ihm ja erklären, dass er einen schrecklichen Fehler begangen hat«, sagte der Sucher.

»Einen Fehler?«

»*Das.*« Der Niedere Minister hob seine schlanke Hand zu dem Hologramm. »Zumindest *du* solltest doch sehen, was die Menschen tun.«

»Sie starten einen getarnten Angriff auf Zhoist, so wie ich es voraussagte«, erwiderte 'Szatulai. »Was seht Ihr denn?«

»Ein Ablenkungsmanöver!«, platzte es aus dem Sucher hervor. »Eine kleine Einheit, die uns hier festhalten soll, während ihre Flotte High Charity angreift!«

Dieser unlogische Schwachsinn schon wieder! 'Szatulai ging weiter, und als der San'Shyuum versuchte, ihm erneut den Weg zu versperren, schob er den Schwebethron grob zur Seite. Seine Hand lag einmal mehr auf dem Schwertgriff, aber diesmal zog er sie nicht zurück.

Er erreichte 'Kvarosee, aber der andere Sangheili hielt nicht einmal in seinem Auf und Ab inne.

»Du hast mich gerufen, Flottenmeister«, sagte 'Szatulai mit betont harter Stimme. »Ich habe meine Kampfandacht unterbrochen, um herzukommen.«

Endlich riss 'Kvarosee seinen Blick von dem Hologramm los. Es überraschte 'Szatulai nicht, dass die Augen des Flottenmeisters vor Verunsicherung glänzten. Der Niedere Minister bearbeitete ihn vermutlich schon seit Stunden und füllte seinen Kopf mit tausend Gründen, warum die Flotte nach High Charity zurückkehren sollte.

»Ich habe vielleicht einen schwerwiegenden strategischen Fehler begangen, Klingenmeister.« 'Kvarosee deutete zu dem Abbild des Planeten hoch. »Die Menschen haben nur unsere Außenposten angegriffen.«

»Bis jetzt«, korrigierte 'Szatulai. Es widerte ihn an, den Zweifel in 'Kvarosees Augen zu sehen, aber das Ehrgefühl des Flottenmeisters war nichtsdestotrotz beeindruckend. Es war 'Szatulai gewesen, der auf einen Rückzug nach Zhoist gedrängt hatte, und doch suchte 'Kvarosee die Schuld nur bei sich selbst. »Weitere Angriffe werden folgen.«

»Wie viel länger sollen wir noch warten?«, mischte sich der Sucher ein, der hinter 'Szatulai herbeischwebte. »Bis High Charity gefallen ist?«

Als die Erste Klinge nicht antwortete, öffnete 'Kvarosee in einem Zeichen leiser Belustigung die Kiefer. Doch er wurde schnell wieder ernst und deutete mit dem Finger auf das Hologramm, um 'Szatulais Aufmerksamkeit ebenfalls dorthin zu lenken.

»Die Menschen haben nur kleine Angriffe mit kleinen Verbänden durchgeführt«, erklärte er. »Drei ihrer Schiffe haben sich bereits zurückgezogen und nur eine Handvoll kämpft noch weiter.«

'Szatulai drehte den Kopf und sah einen dieser Kämpfe: Ein Geschwader aus Banshees und Seraphs stieß unter den Ring des Reichlichen Überflusses hinab, um ein Menschenschiff zu stellen, das ihnen aus einem *noch tieferen* Orbit entgegenkam. Er legte den Kopf schräg.

»Was geht da vor sich?«

»Nichts, was uns Sorgen bereiten könnte«, brummte der Sucher. »Nur ein weiteres Ablenkungsmanöver.«

»Es war ein Angriff auf die Oberfläche«, erklärte 'Kvarosee, als er 'Szatulais plötzliche Anspannung erkannte. »Ein paar Tarnschiffe sind über den Polen in die Atmosphäre eingedrungen. Zwei haben lang genug überlebt, um Angriffe auf unsere Himmelslifte einzuleiten.«

»Und?«

»Und es war eine Finte«, beharrte der Sucher. »Sie haben ein wenig Ausrüstung zerstört und ein paar Arbeiter getötet.«

»Aber die Lifte blieben unangetastet?«

»Habe ich das nicht gerade gesagt?«

'Kvarosee warf dem San'Shyuum einen vernichtenden Blick zu, bevor er wieder den Kopf hob. »Was beunruhigt dich, Klingenmeister?«

»Dass ich nicht früher davon unterrichtet wurde.« 'Szatulai wirbelte herum und marschierte auf den Ausgang zu. »Ich hoffe, es ist noch Zeit.«

»Zeit wofür?« 'Kvarosee folgte ihm. »Drei ihrer Angriffsschiffe wurden verscheucht oder zerstört, und das vierte wird es nicht aus dem Orbit schaffen.«

»Das ist unwichtig«, schnappte 'Szatulai. »Ihr Plan hatte Erfolg.«

'Kvarosee packte ihn an der Schulter – ein Affront, den er nur überlebte, weil er zuvor solche Ehre gezeigt hatte, als er die ganze Verantwortung für seinen imaginären Fehler auf sich nahm.

»Erkläre dich, Klingenmeister.«

»Wie du willst, aber hör gut zu – ich habe keine Zeit, mich zu wiederholen.«

'Kvarosee bedeutete ihm mit einem Mandibelklacken fortzufahren.

»Die Menschen wollten die Himmelslifte nicht zerstören«, sagte 'Szatulai. »Sie wollten sie *benutzen*.«

»Was?« Einen Moment lang blähten sich 'Kvarosees Nasenschlitze so weit auf, dass sie wie ein zweites Paar Augen aussahen.

»Lass es vom Weltenlord bestätigen, wenn du willst.« 'Szatulai streifte die Hand des Flottenmeisters ab und setzte sich wieder in Bewegung. »Aber ich muss jetzt gehen. Die Menschen sind bereits auf dem Weg in den Ring.«

»Wo ist das Problem?«, quakte der Sucher hinter ihnen. »Kehrt einfach die Lifte um.«

»Damit sie auf die Oberfläche einer heiligen Welt zurückkehren und sie noch weiter *schänden*?« 'Kvarosee klang bestürzt. Zhoist war der geheiligte Sitz einer der Zehn Städte der Erbauung, die einst von den Blutsvätern selbst bewohnt worden waren. So viel von dem Wissen, das ihre Raumschiffe und Waffen hervorgebracht hatte, stammte aus den uralten Gildenhallen dieser Stadt, und selbst heute noch waren Tausende Gelehrte und Ingenieure damit beschäftigt, die Wunder zu erforschen, die die Blutsväter ihnen hinterlassen hatten – Wunder, die kein Ungläubiger je sehen, geschweige denn beschmutzen durfte. »Ich kann nicht glauben, dass ein Niederer Minister derartige Blasphemie vorschlagen würde.«

»Ich versuche lediglich, deine Inkompetenz zu korrigieren«, entgegnete der Sucher. »Die Strafe für die Entweihung der Stadt wird weniger streng sein als die Strafe für den Verlust einer gesamten Flottenstation.«

»Es wäre mehr als eine Entweihung«, sagte 'Szatulai. »Wenn wir die Lifte jetzt umkehren, werden die Spartans in andere Teile von Zhoist fliehen und sich womöglich im Heiligen Wissen der Blutsväter sonnen. Wen werden die Hierarchen *dafür* bestrafen?«

»Mich jedenfalls nicht.« 'Kvarosee deutete auf den Ausgang. »Geh und töte sie, solange noch Zeit ist.«

27. KAPITEL

16:15 Uhr, 15. April 2526 (Militärkalender)
Oberer Terminus, Orbitallift der Allianz
Im geostationären Orbit, Planet Naraka, Agni-System

Durch die Wand des Anti-Gravitationsstrahls konnte John-117 sehen, wie der Horizont von Naraka unter ihnen abfiel. Die fernen Sterne wechselten ihre Parallaxe so schnell, dass es schien, als würden sie hinter den Planeten sinken, und schließlich wurde der Endpunkt des Lifts über ihnen sichtbar: ein winziges gelbes Oval.

Trotzdem war es vielleicht ein Fehler gewesen anzunehmen, dass ein Allianzaufzug ebenso schnell sein würde wie ein menschlicher Weltraumlift.

John hatte Small Bear angewiesen, den Timer des Fury auf vierzig Minuten einzustellen ... und der Countdown auf seinem HUD war bis auf fünf Minuten heruntergetickt.

Normalerweise würde ihn das nicht weiter beunruhigen, schließlich wäre der dritte Zug Zehntausende Kilometer über der Oberfläche, wenn der Sprengkopf detonierte. Aber John hatte keine Ahnung, wie der elektromagnetische Impuls einer thermonuklearen Ein-Megatonnen-Explosion einen außerirdischen Antigrav-Strahl beeinträchtigte – oder ob die Schockwelle geradewegs durch die blaue Säule nach oben schießen und sie einholen würde.

Noch 4:45 Minuten. Der Endpunkt des Lifts wurde größer

und ein einziger schwarzer Fleck tauchte in seiner Mitte auf. Vermutlich war dies das Portal, wo der Strahl die Installation erreichte. John hielt ein Auge darauf gerichtet, bis der Countdown 4:30 erreichte. Der Punkt verdoppelte alle fünf Sekunden seine Größe. Gut, und der Aufzugstrahl hatte einen Durchmesser von zwanzig Metern, also ...

Der Computer der Mjolnir nahm ihm die Berechnungen ab und zeigte an, dass sie den Terminus in sechzig Sekunden erreichen sollten. Das bedeutete, es blieben dreieinhalb Minuten zwischen ihrer Ankunft und der Detonation von Chavez' Fury. John atmete erleichtert auf. Das war mehr als genug Zeit.

Und dann wurden sie langsamer.

Der Computer korrigierte seine Kalkulation und zeigte eine neue Ankunftszeit an: 3:05.

Anschließend wurde blinkend die Zeit eingeblendet, die sie brauchen würden, um eine sichere Entfernung zu erreichen. Zweiunddreißig Sekunden.

John öffnete den Delta-Kanal: »Wir werden in drei Minuten oben sein. Sobald wir den Orbitalring erreichen, müssen wir schnellstmöglich von dem Lift fort. Macht eure Sprengköpfe und das Octa jetzt scharf. Drei Minuten Verzögerung bei Aktivierung und automatische Detonation in sechzig.«

Die Drei-Minuten-Verzögerung war bewusst knapp gewählt. Der Einheit würde nicht viel Spielraum bleiben, um sich nach der Aktivierung der Zündsequenz zurückzuziehen, aber sie befanden sich in einer feindlichen Umgebung, wo es nur so vor Außerirdischen wimmelte. Eine längere Verzögerung würde der Allianz Gelegenheit geben, die Sprengkörper zu finden und sie durch eine Luftschleuse ins All zu blasen.

Was die automatische Detonation anging – das war nur ein Sicherheitsprotokoll, um zu verhindern, dass ein Sprengkörper in feindliche Hände geriet; zum Beispiel, wenn der Soldat, der ihn trug, getötet wurde. Sollte der Timer nicht durch einen speziellen

Code deaktiviert werden, würde die Bombe nach einer Stunde automatisch hochgehen.

John und die anderen Spartans tippten die Verzögerung in die Timer ihrer Sprengkörper ein – die Octa-Ladungen an ihren Hüften und die Havoks, die magnetisch auf ihren Rücken befestigt waren –, und die Black Daggers taten dasselbe bei den Octas über ihren Düsenpacks. Nachdem alle die Eingabe bestätigt hatten, zeigte der HUD-Countdown noch fünfzig Sekunden bis zu ihrer Ankunft, und das Eingangsportal über ihnen war so weit herangewachsen, dass es den gesamten Himmel ausfüllte.

Und es war voll von langsam umhertreibenden außerirdischen Leichen und Frachtkisten.

»Das ist ein schlechtes Zeichen«, sagte Small Bear. »Niemand ist da, um die Fracht aus dem Lift zu fischen.«

»Wir können nicht warten«, erwiderte John. »Fred, linke Seite. Kelly, rechts. Lieutenant, die beiden könnten ein wenig Unterstützung brauchen.«

Small Bear wies den beiden Spartans jeweils ein Schützenteam zu, und Fred und Kelly zündeten ihre Düsen, um zum Terminus des Lifts hochzufliegen.

Sie kamen nicht wirklich schnell voran, da sie gegen die bremsenden Kräfte am oberen Ende des Antigrav-Strahls ankämpfen mussten, aber sie stiegen doch ein paar Dutzend Meter über den Rest des Zugs auf und erreichten als Erste das Feld aus langsam dahintrudelnden Kisten und Leichen.

Anstatt erst nur vorsichtig die Köpfe hindurchzustrecken, zogen Fred und Linda sich ruckartig am Rand der Öffnung nach oben. Sobald sie in den darüberliegenden Raum hochblicken konnten, eröffneten sie auch schon mit ihren Raketen und Kugeln das Feuer. Einen Moment später waren sie aus dem Antigrav-Strahl verschwunden. Ihre OAST-Unterstützung stieg hinter ihnen in die Liftkammer hoch … geradewegs in ein Inferno aus Energieblitzen hinein.

Auf Freds Seite stürzten drei Black Daggers in den Liftstrahl zurück, auf Lindas Seite waren es zwei, ihre Kampfrüstung vorn von Löchern übersät und hinten aufgesprengt von Explosivgeschossen.

»Das ist eine Todeszone!«, rief Fred. Zwei weitere OAST trieben leblos in die Mitte des Lifts. »Mindestens zweihundert Gegner, die meisten auf drei Uhr von meinem Ausstiegswinkel!«

»Durchbruchspunkte?«

»Transitröhre auf zwölf Uhr!«

Laut HUD-Countdown sollten sie in zweiunddreißig Sekunden oben ankommen. Zweiundzwanzig Sekunden später würde der Fury detonieren, den sie bei Chavez gelassen hatten, und John hatte keine Lust herauszufinden, wie sich die Explosion auf den Gravitationslift auswirken würde. Anhand von Freds Beschreibung zeichnete er eine mentale Skizze der Situation über ihnen, und fast sofort erkannte er, was getan werden musste.

»Lieutenant«, sagte er. »Team Blau muss diesen Ausgang sichern, wenn wir die Bomben durch die Transitröhre verteilen wollen. Können Sie solange den Druck von uns nehmen?«

Small Bear zögerte. Offensichtlich wusste sie, was John von ihr verlangte, und als sie schließlich antwortete, tat sie es mit leiser, ernster Stimme. »Sicher, Chief. Das kriegen wir hin.«

Anschließend begann sie, ihren Leuten Befehle zu geben.

John tauschte seine M90 gegen das MA5B aus und legte den Finger neben den Abzug des Granatwerfers, während er auf den Teamkanal wechselte. »Kelly, wenn wir hochgehen …«

»Ich habe es gehört.« Sie machte eine Pause. »Ich wünschte, es gäbe eine andere Möglichkeit.«

»Falls du eine Idee hast, raus damit.«

»Leider nein.«

Sie zündeten ihre Düsen und brachten sich gemeinsam mit Small Bear und ihrem Zug in Position. Einheit Sierra hatte vor dem Angriff keine Kommunikationsdrohnen abgesetzt, weil das ihre Gegenwart verraten hätte. Johns Informationen über den Fortschritt der Operation beschränkten sich also auf das, was Guayte ihm erzählt hatte. Er wusste, dass die Prowler mit Team Gold und den ersten beiden Zügen der Delta-Kompanie den Anflug abgebrochen hatten. Er wusste, dass Team Grün und Delta-Vier abgestürzt waren, es aber Überlebende gab. Und das war's. Wie standen die Chancen, dass Kurt-051 und sein Team sich erholt und erfolgreich den Orbitalring gestürmt hatten? In dem Fall gäbe es hier oben vier weitere Spartans und fünfundzwanzig OAST, die ebenfalls versuchten, die Versorgungsanlagen in die Luft zu sprengen.

Aber John wusste, dass er nicht darauf zählen konnte. Es war ebenso wahrscheinlich, dass Delta-Drei auf sich allein gestellt war – und ein Angriff, bei dem nur zwei oder drei Ziele explodierten, würde die Allianz nicht hart genug treffen. Nein, wenn sie sichergehen wollten, dass der Ring zerstört wurde, dann musste Team Blau alle zehn Einrichtungen selbst zerstören.

John und Linda erreichten gemeinsam mit Delta-Drei das obere Ende des Lifts und sie schoben ihre Waffen durch den Vorhang aus umhertreibenden Leichen und Kisten.

Auf dem Delta-Kanal sagte Small Bear: »*Jetzt.*«

Sie feuerten blind eine Salve von Granaten und Raketen in die Richtung, die Fred angegeben hatte, dann zündeten sie ihre Düsen und stiegen durch das Portal in einen Feuersturm auf. Die Verladehalle war groß, oval, voll mit übereinandergestapelten Kisten, Konsolen und Leichen – die der Feind allesamt als Deckung benutzte.

Und diese Außerirdischen *waren* Soldaten.

John spürte, wie ein halbes Dutzend glühender Nadeln von seiner Rüstung abprallte. Der OAST direkt neben ihm wurde von derselben Salve in drei Teile zerfetzt. John feuerte eine Granate auf eine Gruppe von rot-schwarzen Rüstungen ab, die er schon auf Seoba gesehen hatte.

Dann rief Small Bear: »Los, los, los!«, und der dritte Zug – oder was noch davon übrig war – stürmte vor und beharkte die Allianz-Verteidiger hinter ihren Kisten und Maschinen mit einem Hagel aus Kugeln, Granaten und Raketen.

John feuerte selbst noch eine Granate über den Kopf der OAST hinweg, dann wirbelte er in Richtung der Transitröhre herum, die sich ungefähr hundert Meter entfernt befand. Ein Trio von Brutes kletterte über einen Stapel von Metallbarren und versuchte ihn abzufangen, aber Fred sprang hinter einem Container hervor und erledigte zwei von ihnen mit den Raketen aus seinem SPNKR. Den dritten schaltete John mit einer Granate aus. Danach war der Weg zu der Röhre frei.

Er sprintete die Hälfte der Distanz, dann schlitterte er hinter mehreren umgekippten Frachtkisten in Deckung und lud seinen Granatwerfer nach. Noch zehn Sekunden, bis der Fury am Fuß des Orbitallifts detonierte. Der minimale Sicherheitsabstand, der auf seinem HUD angezeigt wurde, blinkte rot.

John drehte sich auf dem Knie herum und reckte den Kopf über die Kisten. Ein Elite trat zwischen den Überresten des OAST hindurch, den er gerade mit einem Energieschwert in zwei Hälften geschnitten hatte, und näherte sich seiner Position. John legte mit dem Sturmgewehr an und eröffnete das Feuer. Er brauchte ein halbes Magazin, um den Energieschild zu überlasten, aber schließlich zeigten sich die ersten Einschusslöcher auf der Rüstung des Außerirdischen. Aber er ging nicht zu Boden, und er kam weiter näher, bis John ihm mit einem Dutzend Kugeln die Knie zerschmetterte.

Linda und Kelly sprinteten an ihm vorbei und nahmen am Eingang der Röhre Position ein. Der dritte Zug hatte die Angreifer kurzzeitig zurückhalten können, aber die Verluste waren zu groß, und nun rückten die Außerirdischen durch die Halle vor.

Fünf Sekunden.

»Rückzug!«, rief John auf dem Delta-Kanal.

Er ging rückwärts auf die Röhre zu und feuerte dabei seine letzten Granaten ab. Eine Handvoll Überlebender des dritten Zuges rannte auf ihn zu, so schwer mit SPNKR-Raketenzylindern beladen, dass die Schakale und Eliten hinter ihnen schnell aufholten, aber Fred und Kelly bremsten die Außerirdischen mit langen MA5B-Salven aus. Mehrere der Wesen gingen zu Boden und ihre Hintermänner stolperten über ihre Leichen. Dann ertönte das Donnern von Lindas M99 und der Schädel eines Brutes explodierte. Einen Moment später bekam der nächste eine Kugel zwischen die Augen.

Der Countdown erreichte Null.

Nichts passierte, abgesehen davon, dass zehn Meter entfernt Lieutenant Small Bear auftauchte, eine kleine Gestalt in Kampfrüstung, die sich über einen Stapel aus Metallbarren rollte, dicht verfolgt von einem Elite mit einem Energieschwert. John hob das Gewehr an die Schulter, aber eine Hand packte den Fusionsreaktor an seinem Rücken.

»Rein hier!«, schnappte Kelly.

Im selben Augenblick, als sie ihn in die Transitröhre zog, wurde der Elite hinter Small Bear von den Beinen gerissen, sein Oberkörper durchbohrt von einer M99-Kugel. Der Lieutenant blickte über die Schulter, als sie seinen Todesschrei hörte, stolperte über die Leiche eines Schakals … und wurde flach auf den Boden geprügelt, als die Druckwelle der Fury-Detonation in die Halle hochbrodelte. Nachdem sie Zehntausende Kilometer durch den Liftschacht nach oben gerast war, hatte sie einen Teil ihrer Wucht eingebüßt, aber sie war immer noch stark genug, dass Leichen und Kisten in alle Richtungen durch die Luft wirbelten.

Wie durch ein Wunder wurde Small Bear weder von dem einen noch von dem anderen getroffen. Sie hob den Kopf, sichtlich überrascht, noch am Leben zu sein, eine Hand dort auf ihren Helm gepresst, wo sich ihr Ohr befand.

John winkte sie zu sich, aber gerade, als sie aufstand, fiel der

Druck in der Halle ab, und alles wurde durch das nunmehr leere Aufzugportal in den Orbit gesaugt. Small Bear konnte nur Hilfe suchend einen Arm ausstrecken, bevor sie rückwärts auf die Mitte der Verladehalle zuschlitterte.

Nicht mal der Arm eines Spartan war lang genug, um sie noch zu erreichen.

Die Schutztür der Transitröhre schnappte zu, und John musste die Hand zurückziehen, damit sie nicht abgehackt wurde. Sein Helm hallte wider von entsetztem Keuchen und dem Ächzen der Verwundeten und Sterbenden, dann rückte all das plötzlich in den Hintergrund, und Small Bears Stimme erklang. Weil sie die Kommandantin des Zuges war, wurden alle anderen Meldungen auf dem Kanal leiser gestellt, wenn sie sprach.

»Machen Sie weiter, Chief. Sorgen Sie dafür, dass es nicht umsonst war.«

John schlug so fest mit der Faust gegen die Schutztür, dass eine Delle in dem außerirdischen Metall zurückblieb, dann atmete er durch und trat zurück. Ein Befehl war ein Befehl, und Small Bear hatte keinen Zweifel daran gelassen, was sie von ihm erwartete.

John drehte sich um und spürte die erwartungsvollen Blicke von Team Blau und den überlebenden OAST auf sich. Fred saß im Fahrerabteil eines halb beladenen Transportschlittens, der selbst einem ganzen Zug Platz geboten hätte. Die Fahrzeuge waren simpel aufgebaut, kaum mehr als eine eiförmige Fahrerkuppel, die vor eine lange Ladefläche geklemmt war. An den Seiten der breiten Röhre standen weitere Schlitten, die zum Zeitpunkt des Angriffs gerade be- oder entladen worden waren.

»Ihr habt die Lady gehört«, sagte John. »Bringen wir es zu Ende.«

Die Antwort bestand aus einem Chor entschlossener Bestätigungen und nickenden Helmen. Jetzt brauchten sie nur noch einen Plan …

John blickte zu Fred hoch. »Hast du rausgefunden, wie man die Dinger steuert?«

»Mehr oder weniger«, erwiderte Spartan-104. »Die Kontrollen ähneln denen der Banshees … zumindest was die Grundlagen angeht.«

»Das sollte reichen.« John wandte sich den überlebenden Black Daggers zu und winkte sie zu sich. »Wir haben nicht viel Zeit, wenn wir den Ring zerstören wollen, bevor die Allianz uns aufspürt. Spartan-104 wird euch zeigen, wie man diese Dinger steuert. Anschließend teilen wir uns auf. Verstanden?«

Die Soldaten nickten, und eine raue männliche Stimme sagte: »So weit schon.«

»Der Rest ist einfach.« John skizzierte seinen Plan, dann schloss er mit: »Wenn ihr alle Octas platziert habt, findet die nächstbeste Schleuse, durch die ihr abspringen könnt, und ruft den Prowler.«

Die OAST hievten ihre SPNKR-Raketen auf die Ladefläche, dann gingen sie nach vorn, um sich von Fred zeigen zu lassen, wie man das Fahrzeug steuerte. John trat unterdessen zur Fahrerkuppel eines zweiten Transportschlittens, der zu drei Vierteln mit Barren eines silbrig blauen Metalls beladen war. Die Ladefläche des Vehikels, das Kelly und Linda bestiegen, war ebenfalls gut gefüllt.

Wie Fred erklärt hatte, waren die Kontrollen denen eines Banshees nicht unähnlich: Es gab zwei Kontrollhebel, mit denen sich Geschwindigkeit und Richtung anpassen ließen; Waffenkontrollen fehlten aus offensichtlichen Gründen.

John legte seine Gewehre neben sich in die Fahrerkuppel, dann beugte er sich über die Konsole und platzierte die Hände auf den beiden Griffen. Sofort schwebte der Transportschlitten auf seinen Antigrav-Platten einen halben Meter in die Luft. Und als John die Hebel nach vorn drückte, begann das Fahrzeug zu beschleunigen.

Kelly und Linda lenkten ihren Schlitten neben ihn; Kelly saß am Steuer, während Linda auf der Ladefläche kniete und einen Stapel Metallbarren benutzte, um den Lauf ihres M99 abzustützen. Fred ging hinter ihnen in Position; seine Stimme füllte den Delta-Kanal, während er den Soldaten einen Anfängerkurs in außerirdischer Fahrzeugkontrolle gab.

Die Transitröhre war ein längliches Oval, ungefähr fünf Meter hoch und dreimal so breit, mit einer »Fahrbahn« am Boden und einer an der Decke. Sicher benutzte die Allianz ihre überlegene Gravitationstechnologie, damit Vehikel auf beiden Bahnen fahren konnten, wobei die Fracht aus dem Aufzug am Boden in den Rest des Ringes transportiert wurde, während leere Transporter an der Decke zurückkehrten.

An den Wänden dazwischen befanden sich zwei Meter hohe Fenster, die den Blick auf das Gewirr von Streben und Trägern rings um die Röhre freigaben. Durch eine Lücke in dem Stützkorsett sah John auf die wolkenbefleckte Oberfläche von Naraka, und wenn er den Hals reckte, konnte er sogar weiter entfernte Teile des Versorgungsringes erkennen. Mit freudiger Überraschung stellte er fest, dass oberhalb des Horizonts ein sichtbares Loch in dem Reif klaffte, und an dieser Stelle war auch kein blauer Aufzugstrahl zu sehen. Team Grün hatte es in den Orbit geschafft und zumindest eine Produktionsanlage zerstört! Aber sie würden mehr als eine kleine Lücke brauchen, um den gesamten Ring zu destabilisieren. Team Blau hatte immer noch jede Menge Arbeit vor sich.

Auf der rechten Seite konnte John sehen, dass die Flotte der Allianz ihre engmaschige Schutzformation aufgegeben hatte und sich neu positionierte. Was hatten die Außerirdischen vor? Sie würden wohl kaum Plasmakanonen gegen ihre eigenen Versorgungseinrichtungen einsetzen. Sie könnten höchstens ihre Jagdmaschinen starten lassen, aber auch die waren nutzlos gegen eine Entermannschaft, die ihr Ziel bereits erreicht hatte. Dies war jetzt ein Infanteriekampf.

John spürte ein leichtes Wippen, als Fred mit einem Armvoll Raketenzylindern auf die Ladefläche seines Transportschlittens sprang, und sie fuhren los. Nach ein paar Minuten versperrte ihnen das dunkle Oval einer geschlossenen Tür den Weg – zumindest bis Fred sich auf der Ladefläche aufrichtete, mit seinem SPNKR über die Fahrerkuppel hinwegzielte und das Hindernis in einem orangefarbenen Feuerball zerfetzt wurde. John richtete den Schlitten auf die Mitte der Fahrbahn aus, dann duckte er sich hinter die Steuerkonsole, um ein möglichst kleines Ziel abzugeben, und fuhr direkt in die Flammen hinein.

Der Schlitten ruckelte ein paarmal auf und ab, als er gegen die Ränder des gezackten Loches stieß, dann waren sie auf der anderen Seite, in der Haupthalle der benachbarten orbitalen Versorgungseinrichtung. Dem ersten Eindruck nach handelte es sich dabei um eine Art Schmelze.

Ein paar Nadeln und Plasmastrahlen zuckten von einem Laufsteg über ihnen herab, aber der Beschuss war so leicht, dass er von unerfahrenen Wachen stammen musste, nicht von einer Militäreinheit. John hielt die Kontrollgriffe am Anschlag und pflügte geradeaus weiter, anstatt dem Feindfeuer auszuweichen. Auf der Ladefläche versuchte Fred, ihm Deckung zu geben und gleichzeitig Munition zu sparen, indem er mit Metallbarren um sich warf.

Die Kraft seiner Mjolnir-Rüstung ließ die Barren mit der Wucht von Raketen einschlagen, und sie trafen Lastenheber, Kräne und sogar einen gewaltigen Schmelzofen voll blubberndem Metall. Johns Strategie, ganz auf Tempo zu setzen, schien so weit aufzugehen: Die Außerirdischen hatten augenscheinlich Probleme, schnell genug Truppen zu mobilisieren und ihre Anlagen zu verteidigen.

Ein taktischer Überfall wie aus dem Lehrbuch.

Abgesehen davon, dass er den Großteil des dritten Zuges verloren hatte …

Der Transportschlitten erreichte die andere Seite der Halle und surrte in die nächste Verbindungsröhre. Linda und Kelly setzten sich neben sie, damit sie etwaigen Feinden mit maximaler Feuerkraft begegnen konnten.

Ein paar Minuten später meldeten sich die Black Daggers über Funk. Sie waren in der Schmelze stehen geblieben, um Octas in der Halle zu platzieren, und einer von ihnen hatte einen Treffer kassiert, aber sie waren inzwischen wieder in Bewegung.

John aktivierte einen Zweieinhalb-Minuten-Countdown. Sie mussten in die nächste Anlage vorstoßen, bevor die Sprengsätze hochgingen, andernfalls könnten sie ein Opfer ihrer eigenen Druckwelle werden.

Team Blau erreichte die nächste Anlage, als der Timer noch zwei Minuten anzeigte. Auch hier sahen sie sich einer verschlossenen Schutztür gegenüber, und einmal mehr setzte Fred seinen SPNKR ein, aber diesmal wallte der Feuerball nach außen, in die Röhre zurück. John erhaschte einen Blick auf etwas Dunkles jenseits der Luke.

»Zweite Rakete!« Er bremste ab. »Sie haben eine Barrikade aufgestellt.«

Fred feuerte erneut und ein klaffendes Loch tat sich in der dunklen Masse auf. Leider war es nicht groß genug, um mit dem Transportschlitten hindurchzufahren.

John brachte das Fahrzeug kurz vor den Überresten der Schutztür zum Stehen, dann nahm er seine Waffen und feuerte einhändig eine Granate durch das Loch.

»Kelly ...«

Kelly stürmte durch die Öffnung und eröffnete das Feuer. Fred folgte dicht hinter ihr, den SPNKR auf einem Rücken, zwei Raketenzylinder unter den Arm geklemmt und in der freien Hand sein Sturmgewehr. Er gab eine Salve ab, bevor er durch das Loch sprang, dann noch eine, und zwei Sekunden später war das Feuergefecht auch schon zu Ende.

»Sauber!«, meldete Kelly.

Linda folgte den beiden, schwer beladen mit ihrem M99, einem MA5B und zwei weiteren Raketen für Freds SPNKR.

Die Black Daggers schwebten hinter ihnen heran, gerade als

der Countdown auf Johns HUD ablief. Er wusste nicht genau, wie viel Zeit sie noch hatten, bis das Octa in der Schmelze detonierte, nur dass es weniger als dreißig Sekunden waren.

Sobald die OAST von ihrem Transportschlitten gesprungen waren, deutete John auf die Wand der Röhre. »Eine Rakete, dorthin«, befahl er. »Wir brauchen ein Vakuumkissen zwischen uns und der Explosion.«

Die Absprungtruppen ignorierten ihn und trugen ihren verwundeten Kameraden durch die aufgesprengte Schutztür.

»Schon erledigt.« Das war der Mann mit der rauen Stimme; er bildete den Abschluss der Gruppe. »Man muss kein Spartan sein, um zu wissen, was passiert, wenn Octa in einem geschlossenen Raum hochgeht.«

Er verschwand hinter den anderen in den Rauchschwaden, dann streckte er noch einmal den Kopf in den Tunnel. »Nicht trödeln, Chief. In ungefähr zehn Sekunden wird hier ein höllisches Lüftchen durchwehen.«

John kam sich wie ein Trottel vor – hatte er wirklich geglaubt, Soldaten mit der Ausbildung und der Erfahrung der Black Daggers müssten an die Gefahren von Druckwellen erinnert werden? –, während er sich durch das Loch duckte. Um sich davon abzulenken, fügte er die Schmelze seiner mentalen Liste zerstörter Allianz-Einrichtungen hinzu.

Das Hindernis, mit dem die Außerirdischen den Durchgang blockiert hatten, entpuppte sich als umgekippter Transportschlitten, und John half den anderen Spartans, das Fahrzeug umzudrehen, sodass seine abgerundete Vorderseite das Loch in der Tür füllte.

Die Explosion, die ein paar Sekunden später folgte, riss ein Loch in die Transitröhre, und das gierige Vakuum saugte die Nase des Fahrzeugs tiefer in die Öffnung. Dadurch beschränkte sich der Druckverlust im Innern der Anlage auf eine pfeifende Brise.

Während Team Blau derart beschäftigt gewesen war, hatten

die OAST den Eingangsbereich gesichert, der zu einer Waffen-
fertigungsanlage zu gehören schien, und ein Trio Absprungtruppler kehrte mit zwei neuen Transportschlitten und einem weiteren
Verwundeten zu den Spartans zurück. Die anderen OAST waren bereits dabei, Sprengsätze zu platzieren, also kletterten John
und Team Blau an Bord des ersten Schlittens und fuhren voraus.
Auf der anderen Seite der Anlage wurden sie von einem weiteren Wachtrupp erwartet, der sich hinter einem Förderband ver-
schanzt hatte. Fred und Linda zwangen die Außerirdischen, die
Köpfe einzuziehen, indem sie ihnen Metallbarren von der Ladefläche des Transportschlittens entgegenschleuderten, und kurz darauf erreichten sie den nächsten Durchgang zur Transitröhre. Die
Black Daggers, die hinter ihnen ihr Octa verteilten, schienen in
ein langwierigeres Feuergefecht verstrickt zu sein, aber bevor John
zurückblicken konnte, waren sie auch schon in der Röhre und unterwegs zu ihrem nächsten Ziel.

Sie konnten sich keine Verzögerung leisten. Dr. Halsey hatte
kalkuliert, dass zehn Anlagen zerstört werden mussten, ehe die
Konstruktion des Ringes in kritischem Maße destabilisiert wäre.
Bei neun zerstörten Einrichtungen lag die Erfolgschance nur noch
bei 71 Prozent, bei acht schrumpfte sie gar auf 49 Prozent. John
hatte sich nicht die Mühe gemacht, nach weiteren Zahlenspielen
zu fragen. Er hatte Einheit Sierra nicht hierhergeführt, um sich
auf sein Glück zu verlassen. Sie mussten auf Nummer sicher gehen, egal wie.

Der Weg durch die nächsten Anlagen verlief ähnlich wie zuvor:
Wachtrupps der Allianz versuchten den Vormarsch der Spartans
aufzuhalten, und die Spartans fanden Mittel und Wege, um an
ihnen vorbeizugelangen. Bei ihrem sechsten Zwischenstopp verließ die Black Daggers schließlich das Glück. Der Soldat mit der
rauen Stimme – John hasste es, dass keine Zeit gewesen war, ihn
nach seinem Namen zu fragen – meldete sich über den Delta-
Kanal.

»Ich fürchte, ab jetzt müsst ihr euch selbst die Finger schmutzig machen, Team Blau.« Seine Stimme klang gequält, und sie wurde von einem leichten Gurgeln begleitet. »Wir kommen hier nicht mehr weg.«

»Verstanden«, sagte John. »Sie haben dem 21sten Ehre gemacht.«

»Natürlich haben wir das«, erwiderte der Soldat. »Jetzt bringt es zu Ende und …«

Die Verbindung wurde durch ein lautes Rauschen beendet, und John wies den Computer seiner Mjolnir an, die Zeit und die Meldung zu vermerken, damit er den Mann und seine Kameraden später für eine Ehrung vorschlagen konnte – vorausgesetzt, sie kamen hier selbst lebend raus.

Als Team Blau sich der nächsten Anlage näherte, sah John durch die Fenster in der Transitröhre das Glühen von Antriebsdüsen, und er bremste den Transportschlitten ab, um sich ein besseres Bild von der Situation im Orbit machen zu können. Was er sah, war gleichzeitig erfreulich und frustrierend.

Ein nicht unbeträchtlicher Teil des Rings war inzwischen zerstört, wobei der Großteil der fehlenden Abschnitte direkt hinter Team Blau lag, aber auch vor ihnen, über dem Horizont von Naraka, prangte eine Lücke. John versuchte abzuschätzen, wie viele Einrichtungen Team Grün in die Luft gesprengt hatte. Eins, zwei – *drei*. Plus ihre sechs, das machte neun. Und ihre Bemühungen zeigten bereits sichtbar Wirkung: Lange Stücke von Stützstreben trudelten aus dem Ring in die Atmosphäre hinab und an den Rändern der zerstörten Bereiche brachen immer wieder Trümmer weg.

Aber dort, wo Team Grün zugange war, wimmelte es auch von Allianzfliegern. Sie rasten unter dem Ring hin und her, und einige feuerten auf Ziele, die John von hier aus nicht sehen konnte. Vielleicht waren es die Spartans von Team Grün, vielleicht die OAST von Delta-Vier. Andere Jäger gingen taktischer vor: Sie flogen zu bestimmten Punkten entlang des Ringes, um den Vormarsch potenzieller Eindringlinge aufzuhalten.

Während John noch aus dem Fenster blickte, glitt eine Staffel Banshees direkt unter ihrem Teil des Transitrings hinweg. John eilte zur Wand hinüber und legte den Helm schräg, um zu sehen, wo das Ziel der Flieger lag. Sein Blick wanderte an ihrem Vektor entlang ... und blieb an einem Schiff hängen, das sich im Schatten des Ringes im Bau befand. Es war so riesig, dass John im ersten Moment an seinen Augen zweifelte.

Freds Stimme ertönte auf dem Teamkanal – inzwischen der einzige Kanal, den sie noch benutzten.

»John? Jetzt ist nicht der Zeitpunkt für ein Nickerchen.«

»Sehr komisch«, sagte er. »Komm her und sieh dir das an, Klugscheißer.«

Fred trat an seine Seite und reckte den Hals. »Also schön, da bin ich. Und was ...?« Er brach ab und stieß einen beeindruckten Pfiff aus. »Wow. Was bauen die hier denn?«

»Wen kümmert's?«, stellte John die Gegenfrage. »Wir werden es jedenfalls in die Luft jagen.«

Linda und Kelly kamen herüber und spähten ebenfalls zu dem Schiff hinüber.

»Gefällt mir«, kommentierte Kelly. »Ich wollte schon immer mit einem Feuerwerk abtreten.«

»Nicht so schnell.« John deutete auf die Banshees, die unter ihnen hindurchflogen. »Mit denen kommen wir von hier fort.«

Linda betrachtete die Maschinen einen Moment lang, dann kehrte ihr Blick zu dem titanischen Schiff zurück. »Ich sehe nur ein Problem«, erklärte sie. »Dieser Kahn muss mehr als zwanzig Kilometer lang und hundert Decks hoch sein. Selbst wenn die Banshees dort landen, könnten wir Tage brauchen, bis wir den richtigen Hangar finden.«

»Uns fällt schon was ein«, sagte John. »Aber müsste ich raten, würde ich sagen, wer immer diese Banshees fliegt, will zu *uns*.«

Sie hatten keine Zeit zu verlieren, also kehrten sie zu ihrem Transportschlitten zurück und fuhren weiter.

Das nächste Ringmodul, das sie erreichten, entpuppte sich als Wohnbereich, und nachdem sie sich den Weg hinein frei geschossen hatten, mussten sie sich auch die nächsten tausend Meter durch die metallglänzende Eingangshalle frei schießen, während sie von mindestens fünfzig Schakalen beharkt wurden. Die Außerirdischen waren so schlecht ausgebildet, dass sie glaubten, sie müssten sich einfach nur hinter Möbeln oder Säulen verstecken und blind aus der Deckung feuern, um die Eindringlinge zurückzuschlagen. Folglich trafen sie öfter einander als die Spartans – und sie trugen keine Rüstung. Als Team Blau das Modul auf der anderen Seite verließ, hatte Fred noch zwei SPNKR-Raketen, John drei Granaten, Kelly zwei und jeder nur noch maximal ein Magazin für die Sturmgewehre.

Natürlich hatten sie auch noch ihre Pistolen, jeweils mit einem vollen Magazin, dazu zwölf Patronen für Johns M90 und zweiundfünfzig Schuss für Lindas M99. Aber das waren Waffen für den Nahkampf oder größere Distanzen. Für die mittlere Reichweite – in der die meisten Kämpfe stattfanden – gingen ihnen die Optionen aus.

Noch ist es nicht vorbei, ermahnte John sich. *Wir können es schaffen.*

Während sie dem nächsten Kampf entgegenfuhren, spielte Team Blau mehrere Szenarien durch, und als die Transitröhre sich vor ihnen auf mehrere Ebenen verzweigte, glaubte John, dass sie den bestmöglichen Plan gefunden hatten.

Sie hielten an, stellten die Timer an ihren verbliebenen Sprengkörpern – zwei Octas und vier Havoks – auf zwei Minuten Verzögerung ein und traten an das Wandfenster, um einen letzten Blick auf ihr Ziel zu werfen: ein Knäuel aus Trägern und luftdichten Gängen, das vermutlich größer war als all ihre bisherigen Ziele zusammen. Eine so gewaltige Konstruktion zu sprengen, würde garantiert Wirkung zeigen, zumal die Trümmer, die nicht durch die Explosion verdampften, mit unvorstellbarer Wucht davonwirbeln und ihr Übriges zur Zerstörung beitragen sollten. Der Versorgungsring würde aus dem Orbit rutschen und in der wolkenverhangenen Atmosphäre von Naraka einen flammenden Tod sterben – und die Allianz hätte eine Niederlage erlitten, die sie so schnell nicht vergessen würde.

Team Blau war nun fast direkt über der Werftanlage, was aber nicht bedeutete, dass sie auch einen besseren Blick auf das imposante Schiff unter sich hatten. Der Großteil dessen, was sie zuvor gesehen hatten, lag aus diesem Winkel nämlich hinter großen Konstruktionsplattformen verborgen, die zu beiden Seiten der unfertigen Hülle aufragten und sie mit dem Ring verbanden. Der abgerundete Bug erinnerte John an den Kopf eines dieser riesigen grinsenden Wale, von denen er auf Reach im Geschichtsunterricht gehört hatte.

Die Banshees, die ihnen zuvor aufgefallen waren, hatten das Schiff bereits erreicht und waren nicht länger zu sehen. Aber wenn John genau hinsah, konnte er im unteren Hangar der linken Plattform silberne Silhouetten erkennen. Angesichts der Umstände war er zuversichtlich, dass sie den Landeplatz der Banshee-Staffel gefunden hatten.

»Speichert den Hangar als Wegpunkt ab«, sagte er. »Dann überprüft den Druck und den Sauerstoffstand eurer Mjolnir.«

»Ich muss abgedichtet werden«, verkündete Fred nach einem Moment.

»Wer nicht?«, seufzte Kelly, die bereits ihre Ausrüstungstasche aufklappte. »Ich hoffe nur, wir haben genug.«

Einige der Siegelschaum-Dosen, die sie hervorholte, trugen das Symbol der Black Daggers, aber John stellte keine Fragen. Hinter den feindlichen Linien musste man alles mitnehmen, was die Toten nicht länger brauchten.

Ein paar Minuten später zogen sie sich auf die andere Seite der

Transitröhre zurück, und Linda feuerte mit ihrem M99 auf das Wandfenster. Die erste Kugel hinterließ keine sichtbaren Spuren auf dem widerstandsfähigen Material und die zweite nur einen kleinen milchigen Fleck. Aber sie hatten mehr Munition für das Scharfschützengewehr als für den Raketenwerfer, also ließ John sie weitermachen.

Fünf Hochgeschwindigkeitsgeschosse später war ein Netz aus Rissen auf der Scheibe erblüht, und ein hohes Pfeifen war zu hören, als der Druck aus der Röhre entwich. John winkte Fred nach vorn.

»Hilf ein wenig nach.«

Fred nahm Anlauf, sprang und streckte beide Beine zu einem Sprungtritt aus, der die Scheibe zerschmetterte und ihn selbst nach draußen beförderte.

»So ungefähr?«, fragte er auf dem Teamkanal.

Niemand antwortete. Sie waren zu sehr damit beschäftigt, einen Zusammenstoß miteinander oder den Fensterrändern zu vermeiden, während sie ebenfalls ins All hinausgesaugt wurden.

Als sie auseinanderzudriften begannen, wurde es einfacher, die Kontrolle wiederzuerlangen, und sie nahmen die klassische Feuerteam-Formation ein: John und Kelly in einem Abstand von ungefähr dreizehn Metern vorn, Fred und Linda zwanzig Meter hinter ihnen. Anschließend aktivierten sie ihre Düsenpacks und sanken dem kleinen Oval aus Licht an der Seite der Konstruktionsplattform entgegen. In seinem Kopf hörte John einmal mehr Avery Johnsons Warnung, dass ein Anführer nicht alles selbst machen konnte. Das Problem war, bei einer so kleinen Einheit *musste* man oft alles selbst machen.

Zumindest hatten Chavez, Small Bear und der Rest des dritten Delta-Zuges ihr Leben nicht umsonst gegeben. Ein großer Teil des Versorgungsringes begann auseinanderzubrechen, zwei Gravitationsaufzüge waren zerstört und mindestens eine Allianzstadt auf der Oberfläche von Naraka hatte sich in eine radioaktive Wüste verwandelt. Die Mission war bereits ein Erfolg.

Was immer als Nächstes passieren mochte, die Allianz wusste nun, dass die Menschen zurückschlagen konnten.

Die Hangaröffnung wuchs zu einem gähnenden Schlund heran, als Team Blau näher heranflog, und John sah erste Bewegungen im Innern. Es war schwer, die Spezies zu erkennen, aber die meisten der Wesen schienen Schläuche und Schwebekarren zu ziehen, also handelte es sich vermutlich um eine Wartungsmannschaft. Wenn Johns Vermutung zutraf und die Banshee-Piloten eine Spezialeinheit der Allianz waren, die die Eindringlinge ausmerzen sollte, dann waren sie sicher schon auf dem Weg nach oben, um von der Plattform in den Ring zu gelangen.

Sollte alles nach Plan laufen, würden diese unbekannten Krieger sterben, ohne die Spartans auch nur gesehen zu haben – nämlich dann, wenn einer der Havoks im Hangar unter ihnen explodierte. John sollte es nur recht sein. Er verspürte keinen Drang, dem Feind in die Augen zu blicken oder seinen Mut anzuerkennen. Alles, was für ihn zählte, war, die Allianz aufzuhalten, egal mit welchen Mitteln.

Team Blau war nun auf gleicher Höhe mit dem Hangareingang, und John stellte fest, dass seine Theorie über die umherhuschenden Schatten richtig gewesen war. Crews von jeweils drei Schakalen kümmerten sich im silbrigen Arbeitslicht um die jüngst angekommenen Banshees und zwei Grunts werkelten ein Stück entfernt in einem offenen Cockpit herum. John konnte keine Wachmannschaft entdecken, aber er wollte nicht ausschließen, dass sich in den schattenverhangenen Bereichen weiter hinten ein paar Brutes aufhielten. An der rechten Wand des Hangars schimmerten zudem die blauen Lichtsäulen von zwei außerirdischen Liftröhren.

»Sieht gut aus«, sagte er auf dem Teamkanal. »Alle bereit?«

Drei Statusanzeigen leuchteten ihm im Helm grün entgegen.

Da er nur noch achtundzwanzig Kugeln in seinem letzten MA5B-Magazin hatte, schaltete er den Feuermodus auf Einzelschuss, bevor er sein Düsenpack aktivierte.

Das HUD flackerte und verdunkelte sich leicht, als die Spartans durch die Energiebarriere am Eingang des Hangars schwebten. Einen Wimpernschlag später erfasste ihn die künstliche Schwerkraft und seine Stiefel landeten donnernd auf dem Deck. Sofort eröffnete er das Feuer, wobei er sich auf den linken Teil des Hangars konzentrierte und jedem Außerirdischen, den er sah, eine Kugel in den Kopf jagte. Der erste Schakal kippte um wie ein gefällter Baum, der zweite wand sich auf dem Boden, aber beide hatten denselben fassungslosen Ausdruck in den Augen. Die Grunts explodierten, als John einen ihrer Methantanks traf.

Die nächsten Gegner wurden von M99-Geschossen zerfetzt, bevor John sie selbst erledigen konnte. Freds Stimme meldete sich auf dem Teamkanal.

»Okay, wir sind drinnen. Weiter mit Schritt zwei.«

John und Kelly stellten das Feuer ein und eilten zu den nächststehenden Banshees hinüber, fuhren die Impulsantriebe hoch und aktivierten die Instrumentenkonsolen. Nachdem sie sich vergewissert hatten, dass die Kontrollen auf ihre Berührung reagierten, wandten sie sich den nächsten beiden Maschinen zu.

Als John sicher sein konnte, dass zumindest vier der Banshees einsatzbereit waren, sagte John: »Fertig. Schritt drei.«

Er und Kelly feuerten ein paar Schüsse ab, um die Feinde zu verwirren und sie auf Distanz zu halten, dann duckten sie sich hinter einem Banshee in Deckung und lösten die Havoks von ihren Magnethalterungen. John klappte die Abdeckung des Tastenfeldes auf und klemmte sich die Bombe unter den Arm. Als er den Kopf drehte, um nachzusehen, ob Kelly auch bereit war, blinkte ihre Statusanzeige grün.

»Los!«

Sie sprangen auf, jeder mit einem Havok in der einen Hand

und einem Sturmgewehr in der anderen, und rannten auf die Gravitationslifte an der Wand zu. Die Wartungsmannschaften waren zu sehr damit beschäftigt, sich zu verstecken oder zu sterben, und niemand nahm die beiden Spartans unter Beschuss. Bislang verlief der Angriff einfacher, als sie zu hoffen gewagt hatten.

Bislang.

Zwanzig Schritte, bevor sie die Lifte erreichten, sagte John: »Jetzt.«

»Verstanden«, antwortete Kelly. »Ich aktiviere den Zünder.«

'Szatulai trat aus dem Gravitationslift und erblickte vor sich fünfzig nervöse Kig-Yar. Sie hatten sich um mehrere Schwebeschlitten versammelt, die normalerweise Baumaterialien zur *Hammer of Faith* transportierten – dem Superträger, der gerade in der Konstruktionswiege des Ringes zusammengesetzt wurde. Ihre langen Rüssel zuckten, und sie schreckten vor Castor und Orsun zurück, als die Jiralhanae nach vorn marschierten und lautstark befahlen, dass der Weg frei gemacht werden sollte. Kig-Yar, die der Aufforderung nicht schnell genug nachkamen, wurden kurzerhand zur Seite gestoßen. Der Korridor beschrieb an dieser Stelle eine Kurve, weswegen 'Szatulai nicht sehen konnte, warum der Verkehr ins Stocken geraten war, aber er war sicher, dass es mit den Spartans zu tun hatte.

Hinter ihm spuckte der Gravitationslift ein Trio Zweiter Klingen in schwarzer Bloodstar-Rüstung aus, die sofort an 'Szatulai vorbeieilten, um den Jiralhanae zu folgen.

»Wartet«, sagte er, und sie blieben folgsam stehen. 'Szatulai wechselte vom Schlachtnetz zum externen Lautsprecher seines Helms, dann blickte er den nächststehenden Kig-Yar an. »Führt dieser Weg nicht zur Ringstraße?«

»Doch …« Der Arbeiter zögerte. Vermutlich versuchte er sich daran zu erinnern, mit welchem Ehrentitel man jemanden in der Rüstung des Stillen Schatten ansprach. Schließlich fiel es ihm ein:

»… Erste Klinge. Wir sollten diese Fracht bei der Schmiede des Glaubens abliefern, aber dann schlossen sich plötzlich die Schutztüren.«

'Szatulais Magen krümmte sich. »Wieso?«

»Ein Leck auf der Ringstraße.« Der Kig-Yar deutete auf ein Beobachtungsfenster, ungefähr zehn Schlittenlängen den Tunnel hoch. »Chardal und Gulo behaupten, sie hätten vier Soldaten in seltsamer Rüstung gesehen, die durch das Loch gesaugt wurden, aber die beiden sind …«

'Szatulai hörte nicht länger hin. Er wirbelte zum Gravitationslift herum und begann Befehle in das Schlachtnetz der Bloodstars zu rufen.

»Die Dämonen haben einen Bogen um uns gemacht. Zurück zum Hangar … sofort!«

Zwanzig Schritte vom Lift entfernt klemmten John und Kelly sich die Gewehre unter die Arme, dann nahmen sie ihre Havoks in beide Hände und aktivierten den Zünder. Johns Computer blendete einen Zwei-Minuten-Countdown auf seinem HUD ein.

Ein blaues Glühen pulsierte durch beide Gravitationslifte und zwei Elite-Krieger sanken in Johns Blickfeld. Sie trugen die glänzende rot-schwarze Rüstung, die er schon mehrmals zuvor gesehen hatte, und beide hielten Plasmagewehre in den Händen.

»Wirf den Havok!«, befahl John.

Er legte seine ganze Kraft in die Bewegung und schleuderte seinen Sprengkopf auf den Gravitationslift zu. Der Havok war klein, aber schwer, und er flog nur ungefähr die Hälfte des Weges, ehe er auf dem Boden landete und weiterrollte.

Bei Kelly war es ähnlich, und die beiden Außerirdischen rissen ihre Plasmagewehre hoch, um das Feuer zu eröffnen.

Der Elite vor Kelly wurde von einer M99-Kugel getroffen und rückwärts gegen die Wand geschleudert. Die Statik seines überlasteten Energieschildes schillerte noch einen Moment lang um den

Krater in seiner Brust herum. Der Krieger vor John verwandelte sich in eine Wolke aus Feuer und davonfliegenden Gliedmaßen, als Fred eine seiner letzten Raketen abfeuerte.

Doch da waren bereits zwei weitere Eliten aus dem Lift aufgetaucht und die nächsten waren bereits unterwegs. Wäre John an ihrer Stelle gewesen – hätte er zwei Objekte gesehen, die wie Bomben aussahen und auf einen Aufzug zurollten, der sie in die Tiefen der Einrichtung tragen würde –, hätte er sie in den vorderen Teil des Hangars getragen und sie durch das Kraftfeld ins All geworfen, egal ob ihm der Feind im Weg stand oder nicht. Denn wenn diese Bomben detonierten, würden sie ohnehin alle sterben.

Doch die Eliten schienen sich nicht um die Werftanlage zu scheren. Oder darum, dass sie sterben könnten. Sie wollten nur eines: die Spartans töten.

Und so sprangen sie über die Havoks hinweg und eröffneten mit ihren Plasmagewehren das Feuer … nur um einen Moment später das Schicksal ihrer Kameraden zu teilen. Einer bekam eine Kugel aus dem M99 in den Kopf, der andere flog in zwei Richtungen gleichzeitig davon, nachdem Freds SPNKR-Rakete seinen Unterleib zerfetzt hatte.

Der Countdown auf Johns HUD zeigte 1:45 an.

»Zum Abrücken bereit machen!«, rief Fred.

John und Fred zogen sich von dem Aufzug zurück, ebenso wie Kelly, wobei sie gleichzeitig auf die nächsten beiden Eliten feuerten und versuchten, deren Plasmabeschuss auszuweichen. Beides erwies sich nur bedingt als erfolgreich. Johns Magazin war leer, bevor er den Energieschild seines Ziels überlastet hatte, und als er auf den Granatwerfer wechselte, erwischte ihn ein Plasmastrahl an der Schulter. Der Treffer brannte sich durch seine Rüstung und riss seinen Arm zurück, sodass die Granate harmlos in einer Ecke explodierte.

Einen Herzschlag später war der Elite auch schon bei ihm. Ein Energieschwert formte sich über dem Griff in seiner Hand, und

John wehrte den Hieb gerade lange genug mit seinem Sturmgewehr ab, um sich wegzuducken, ehe die Klinge den Lauf in zwei Hälften schnitt. Noch in derselben Bewegung rammte er dem Alien den Stiefel gegen das Knie, sodass sein Bein einknickte. Das verschaffte ihm genug Zeit, seine M90 vom Rücken zu nehmen und auf den Schädel des Eliten zu zielen. Endlich gab der Energieschild nach und Mandibeln und violette Fleischklumpen flogen in alle Richtungen davon.

Der Countdown stand inzwischen bei 1:34.

Er pumpte die nächste Patrone in den Lauf und zielte auf den nächsten Elite, aber dieser war wendiger als seine Mitstreiter und sprang im selben Moment zur Seite, als John abdrückte. Dann wirbelte er auf John zu, wobei er mit seinem Energieschwert nach seinem Kopf schlug. Der Angriff war ein wenig zu vorhersehbar, und anstatt zurückzuweichen und sich verwundbar für einen Rückhandhieb zu machen, sprang John vor, sodass er den Arm des Eliten mit dem Ellbogen abwehren konnte, dann donnerte er ihm den Lauf seiner Schrotflinte von unten gegen den Helm.

Doch auch diesmal bewies der Elite außergewöhnliche Reflexe, denn er riss den Helm zur Seite, bevor John feuern konnte. Aus dieser Distanz zerstörte der Schuss jedoch zumindest seinen Energieschild.

John lud nach und spürte eine Faust gegen seine verwundete Schulter donnern. Der Elite wollte seine Schwachstelle ausnutzen, um so die Oberhand zu erringen.

Böser Fehler.

Zunächst einmal waren Schmerzen für einen Spartan nur ein Ansporn, noch verbissener zu kämpfen. Außerdem war ihre Rüstung mit einer neuralen Schnittstelle ausgestattet; sie mussten also nur denken, und die Mjolnir reagierte. So wie jetzt. John dachte daran, den Arm des Eliten abzufangen, und seine Hand ruckte hoch, unbeeinträchtigt von dem brennenden Schmerz in seiner Schulter. Er packte den Unterarm des Feindes und drehte ihn herum, in die Bahn des Energieschwertes hinein, das von unten auf Johns Kinn zuschnellte.

Die Hand des Eliten fiel abgetrennt zu Boden, doch die Klinge stieß weiter nach oben. John lehnte seinen Oberkörper zurück und schaffte es, die Schwertspitze von seinem Helm fernzuhalten, aber er spürte eine Berührung an seinem Hals, und Blut strömte in den Körperanzug unter seiner Rüstung.

Sein Puls rauschte in seinen Ohren und John versuchte die aufkeimende Panik zu unterdrücken. Es war keine Schlagader gewesen, sagte er sich. Andernfalls würde er bereits das Bewusstsein verlieren.

Und er war hellwach.

Also rammte er seine Schrotflinte nach unten, auf den Fuß des Eliten, und drückte ab. Der Außerirdische kippte rückwärts, auch wenn seine Energieklinge weiter gegen Johns Hals drückte.

Aber jetzt konnte John die freie Hand unter den Schwertarm des Kriegers schieben und die Waffe von sich fortdrücken. Der Elite riss ihn mit sich, als er stürzte, und sie landeten beide auf dem Boden, John über dem Außerirdischen. Er ließ den Lauf seiner Schrotflinte auf den Schwertarm des Kriegers donnern, wieder und wieder. Die Nahtoderfahrung gerade eben hatte ihn so erschüttert, dass er nicht aufhörte, als das Handgelenk des Elite brach und die Energieklinge erlosch. Er schlug weiter auf den Außerirdischen ein, bis Kelly hinter ihn trat und ihm das Gewehr mit sanfter Gewalt aus der Hand zog.

Sie pumpte eine Patrone in die Kammer, zielte auf den demolierten Helm des Eliten und verteilte seine Gehirnmasse über das Deck.

»Alles in Ordnung, John?«

»Ja.« Er sprang auf die Beine, ließ sich die Schrotflinte zurückgeben, und starrte auf die blutigen Überreste des Eliten hinab, der ihn um ein Haar getötet hätte. »Ein Tag wie jeder andere.«

Er riss sich von dem Anblick los, als zwei Brutes in schwarzer

Kampfrüstung durch den Gravitationslift nach unten schwebten. Sie waren bewaffnet, aber verwirrt, denn ihre Köpfe ruckten hin und her, während sie von einem toten Elite zum nächsten blickten.

Der Countdown auf Johns Display erreichte 1:00 und begann rot zu blinken.

»Verschwinden wir von hier.« Er wirbelte herum und rannte auf die Banshees zu, wobei er gleichzeitig seine Rüstung abdichtete. »Solange wir noch können.«

Die vier Mitglieder von Team Blau sprangen in die vier wartenden Flieger, zogen die Haltegurte über ihre Hüften und klappten die Cockpithauben nach unten.

Freds Stimme ertönte auf dem Teamkanal. »Diese Brutes wollen uns nicht gehen lassen.«

John berührte die Kontrollen, woraufhin der Banshee vom Deck hochschwebte, dann wendete er die Maschine in Richtung der Hangarwand. Die beiden Brutes waren nur noch dreizehn Meter entfernt. Für ihre Größe bewegten sie sich mit erstaunlicher Schnelligkeit, aber während John ihnen noch entgegenblickte, warfen sie ihre Waffen beiseite und rannten auf die nächste Reihe von Banshees zu.

Kurz überlegte er, ob er das Feuer auf sie eröffnen sollte, aber der blinkende Countdown auf seinem HUD – noch 36 Sekunden – brachte ihn von dem Gedanken ab. Er hatte nicht vergessen, was das letzte Mal passiert war, als er in einem Banshee gesessen hatte und ein Nuklearsprengkopf in der Nähe detoniert war. Also schwenkte er die Maschine wieder zum Ausgang des Hangars herum.

»Lassen wir sie entkommen?« Lindas Ton war weder kritisch noch zustimmend, nur neugierig. »Warum?«

»Erinnerst du dich an Etalan?« John schob die Kontrollgriffe nach vorn und führte Team Blau aus dem Hangar. »Diese Vögel haben erbärmliche Gammaschilde.«

414

Die Spartans brausten aus dem Ring und zogen hoch in einen senkrechten Steigflug, während sie beschleunigten. Sie mussten einen höheren Orbit erreichen, bevor die Havoks explodierten. John behielt ein Auge auf dem Countdown in seinem Helm, das andere auf die taktische Holokarte des Banshees.

Die beiden Brutes verließen den Hangar bei 0:23, aber sie rasten nach unten, Naraka entgegen, und benutzten die Gravitation des Planeten, um schneller vor der drohenden Detonation zu fliehen. Bei 0:17 richteten sie ihre Banshees langsam wieder auf und bei 0:12 waren sie aus dem Darstellungsbereich der Holokarte verschwunden. John vermutete, dass sie einen stabilen Orbit erreichen würden, bevor der Gamma-Impuls der Havoks ihre Instrumente lahmlegte.

Während die Banshees von Team Blau weiter in die Höhe schossen, schrumpften die Konstruktionsplattformen und das halb fertige Schiff hinter ihnen zusammen. Weitere Jagdmaschinen der Allianz begannen aus den Hangars zu schwärmen und aus den Lautsprechern des Cockpits ertönte ein sporadischer Strom nicht menschlicher Stimmen. Als der Countdown auf Johns HUD 10 Sekunden erreicht hatte, wurde das riesige Schiff endlich vom Rand der Karte verschluckt.

John konnte außerirdische Symbole auf der Holokonsole nicht lesen, er hatte also keine Ahnung, ob Team Blau weit genug entfernt war, damit ihre Instrumente die Explosion überstanden – oder ob noch irgendwelche Prowler in der Nähe waren, die sie aufsammeln konnten.

Was er aber wusste, war, dass sie nicht ewig Glück haben konnten. Nicht mal Spartans waren unsterblich, und wenn sie weiter an die Grenzen gingen und sich in Missionen stürzten, die jeder andere als sicheren Selbstmord betrachtete, dann würden eines Tages nicht nur die Unterstützungstruppen und die Prowler-Mannschaften ihr Leben lassen. Dann wären er und Team Blau an der Reihe – und irgendwann schließlich die gesamte Spartan-Einheit.

Aber welche Wahl hatten sie schon?

Operation: STILLER STURM war nur der Anfang. Sie mochten den Außerirdischen hier bei Naraka eine blutige Nase verpasst haben, aber das UNSC würde diesen Krieg nicht durch eine einzelne Schlacht gewinnen. Ein Angriff auf ihrem eigenen Gebiet wäre natürlich ein Schock für die Allianz, aber John kannte die Außerirdischen inzwischen gut genug, um zu wissen, dass sie sich erholen und ihre Offensive fortsetzen würden ... und wenn das geschah, mussten die Spartans bereit sein.

Bereit, das Unmögliche zu tun.

Der Countdown tickte bis auf fünf Sekunden herunter, und John aktivierte seinen Peilsender. Anschließend öffnete er den verschlüsselten Kanal von Einheit Sierra.

»Sierra-117 hier, erbitte Abholung für Team Blau, vier Mitglieder. Ich wiederhole: alle vier Mitglieder.«

Irgendwo dort draußen bestätigte ein Prowler die Nachricht mit einem Klicken.

Als die Havoks detonierten, tanzten Blitze über die Instrumente des Banshees, dann erstarben sie. John klappte die Cockpithaube hoch, bevor die Maschine ins Trudeln geraten konnte, und schwebte ins All hinaus. Fred und die anderen taten es ihm nach, und sie zündeten ihre Düsenpacks, um sich in einer Linie zu positionieren, mit einem Abstand von jeweils fünfzig Metern zwischen den einzelnen Spartans. Unter und hinter ihnen trieb eine Wolke glühender Trümmer auseinander – das war alles, was von der Werft und dem riesigen Schiff in ihrer Mitte übrig geblieben war – einem Schiff, das niemals Gelegenheit bekommen würde, die Menschheit zu terrorisieren.

John konnte nicht sagen, wie viele außerirdische Arbeiter mit der Werft untergegangen waren, aber es mussten Zehntausende sein – vielleicht sogar Hunderttausende. Einen Moment lang dachte er an sie als unschuldige Opfer des Krieges, ähnlich den Millionen Menschen, die durch die Plasmabombardements der

Allianz gestorben waren. Aber dann rief er sich ins Gedächtnis, was sie hier gebaut hatten, und er entschied, dass es keinen Vergleich gab. Die Arbeiter an Bord des Versorgungsrings waren ebenso Teil der außerirdischen Kriegsmaschine wie die Offiziere, die ihre Flotten kommandierten, und die Krieger, die ihre Plasmagewehre abfeuerten. Sie *alle* wollten den Untergang der Menschheit – und John weigerte sich, ein schlechtes Gewissen zu haben, nur weil er das Blatt gewendet hatte.

Ein doppeltes Klicken hallte in seinem Helm wider, und er zündete seine Manövrierdüsen, um sich zu drehen, bis er schließlich eine dunkle Silhouette erspähte, die die Sterne dahinter verdeckte. Sekunden später öffnete sich die Absprungluke des Prowlers, ein dumpf glühender violetter Spalt, der rasch größer wurde, während das Schiff näher kam.

John aktivierte ein letztes Mal die Düsen, damit er mit den Stiefeln voraus in den Hangar schwebte. Zwei Black Daggers tauchten links und rechts der Luke auf, um die Spartans bei den Armen zu packen und sie abzubremsen, als die künstliche Schwerkraft des Prowlers sie umfing.

»Willkommen an Bord, Master Chief.« Die Stimme auf dem Kommandokanal gehörte Captain Nelly Hamm. »Die *Night Watch* ist voll bis unters Dach, aber für Sie und Ihre Spartans rücken wir gern enger zusammen.«

EPILOG

Neuntes Zeitalter der Rückforderung
36. Zyklus, 185 Einheiten (Kriegskalender der Allianz)
Flotte des Kompromisslosen Gehorsams, Schlachtträger *Pious Rampage*
Im hohen äquatorialen Orbit, Planet Zhoist, Buta-System

Siebenmal hatte Nizat 'Kvarosee am Fenster seines Schiffes gestanden und beobachtet, wie Welten unter ihm verbrannten. Niemals wäre er dabei auf den Gedanken gekommen, dass es einmal der Allianz so ergehen könnte.

Jetzt, wo er zusehen musste, wie der Ring des Reichlichen Überflusses aus dem Orbit rutschte und in die Atmosphäre von Zhoist hinabstürzte, verwünschte er sich für diese Arroganz.

Vielleicht hatte er die Menschen für zu feige gehalten, um nach der Hand ihres Henkers zu schlagen. Oder vielleicht hatte er sich so von seinem Glauben blenden lassen, dass er angenommen hatte, sie würden sich dem Willen der Propheten ebenso demütig unterwerfen wie einst die Sangheili.

Ein lauter werdendes Summen kündete das Nahen des Wesens an, das Nizat in diesem Moment auf gar keinen Fall sehen wollte. Sein Blick blieb auf die Zerstörung in der Tiefe gerichtet und er reagierte auch sonst nicht auf die Ankunft des San'Shyuum. Natürlich ignorierte der Niedere Minister der Artefaktsuche diesen subtilen Wink.

»Wie konntest du das zulassen?«

Der Sucher hatte sich anklagend auf seinem Schwebethron vorgebeugt und den Hals hochgereckt. Noch nie hatte Nizat sich sehnlicher gewünscht, jemanden umbringen zu können, und ihm fiel kein Grund ein, es nicht zu tun. Er hatte nichts mehr zu verlieren; man würde ihm das Kommando über die Flotte des Kompromisslosen Gehorsams wegnehmen, da war er sicher. Also, warum sollte er diesem mörderischen Impuls nicht nachgeben?

Bevor er etwas Unüberlegtes tun konnte, trat sein Adjutant Tam 'Lakosee neben den Schwebethron des Suchers.

»Wir haben das nicht *zugelassen,* Euer Würden«, sagte er. »Ebenso wenig, wie die Menschen *zuließen,* dass wir E'gini und Borodan säuberten. Es ist unlogisch, einen Krieg zu beginnen und anzunehmen, dass der Feind nicht zurückschlägt.«

Die Augen des Suchers weiteten sich vor Verachtung. »*Du* wirst ganz sicher nicht weiter in der Flotte aufsteigen«, brummte er. »Zuzusehen, wie Ungläubige eine heilige Welt beschmutzen, ist nicht akzeptabel, egal unter welchen Umständen.«

»Ebenso wenig wie der Verlust von zweien der Zehn Städte«, warf Nizat ein. Die Zehn Städte waren ein Geschenk, das die Blutsväter ihnen hinterlassen hatten, und nun waren innerhalb weniger Minuten zwei von ihnen durch die Höllenbomben der Menschen in Schutt und Asche gelegt worden. »Oder die Zerstörung des Ringes des Reichlichen Überflusses. Aber Tam hat recht, Euer Würden: Was haben die Hierarchen erwartet, als sie diesen Krieg begannen?«

»Jedenfalls nicht das!« Der Sucher richtete seine dreifingrige Hand auf die Katastrophe über Zhoist. »Und die Hierarchen werden alles andere als glücklich sein, wenn sie erfahren, dass du ihnen die Schuld für *dein* Versagen gibst.«

»Und wie werden die Hierarchen mich bestrafen? Werden sie mir meine Flotte wegnehmen?«

Er wollte sich wieder dem Beobachtungsfenster zuwenden,

aber 'Lakosee hielt ihn mit einem Mandibelklacken zurück. Nizat erwiderte das Klacken – das Zeichen, dass sein Adjutant sprechen durfte.

»Wir haben Neuigkeiten über den Klingenmeister.«

»Ah.« Während er den Absturz des Ringes beobachtet hatte, war Nizat immer wütender geworden, bis er 'Lakosee schließlich losgeschickt hatte, um Tel 'Szatulai zu suchen, auf dass dieser sich erklären möge. Doch inzwischen hatte er sich ein wenig beruhigt, und er erkannte, dass es nur eine Sache gab, die diesen brutalen Verlust abmildern könnte, nämlich die Informationen, die 'Szatulai über die Spartans und ihre Methoden gesammelt hatte. »Ich hoffe, es sind gute Neuigkeiten.«

»Leider nein«, erwiderte 'Lakosee. »Er wurde von den Spartans getötet. Seine Jiralhanae-Kriegshäuptlinge haben es mit eigenen Augen gesehen.«

»Aber wenn Castor und Orsun überlebt haben, können wir doch hoffentlich davon ausgehen, dass sie die Spartans erledigt haben.« Dass der Sucher sich an die Namen der beiden erinnerte, überraschte Nizat.

»Nein, Euer Würden.« Ein irritierter Unterton schwang in 'Lakosees Stimme mit. »Die beiden konnten nur mit knapper Not entkommen, bevor die *Hammer of Faith* und ihre Docks durch die Höllenbombe zerstört wurden.«

»Heißt das, diese Spartans sind immer noch da draußen?« Unsichtbare Hände schlossen sich um Nizats Herzen. »In unseren Banshees?«

'Lakosee krümmte lautlos die Mandibeln, bevor er antwortete. »Soweit wir wissen, ja, Flottenmeister. Die Such- und Bergungsmannschaften haben die Leichen von zwanzig Schwarzgerüsteten gefunden und acht weitere gefangen genommen, aber Spartans waren nicht darunter.«

Der Sucher benutzte seinen Schwebethron, um sich zwischen die beiden Sangheili zu schieben. »Idiot«, fuhr er Nizat an. »Du hast deinen Schiffsmeistern erlaubt, Leichen und Gefangene einzusammeln? Nachdem sie …«

Eine blaue Energieklinge erwachte zu knisterndem Leben und beendete die Beleidigung des Niederen Ministers. Sein kleiner Kopf landete in seinem Schoß, und Nizat und 'Lakosee mussten zurückspringen, damit ihre Füße nicht zerquetscht wurden, als der Schwebethron ausfiel und auf das Deck krachte. Anschließend deaktivierte 'Lakosee sein Energieschwert und hielt Nizat respektvoll den Griff hin.

»Es tut mir leid, Flottenmeister. Ich konnte nicht erlauben, dass er dich in einem Moment wie diesem verunglimpft.«

Nizat winkte den Schwertgriff fort. »Du musst dich nicht entschuldigen.« Einen Moment lang starrte er auf den leblosen Körper des San'Shyuum hinab und beobachtete, wie das rote Blut aus dessen teilweise kauterisierten Halsstumpf über seine Kleidung tropfte. »Wir verbrennen die Leiche, und ich werde den Hierarchen erklären, dass er im Kampf für unseren Glauben starb.«

Diese Erklärung kam der Wahrheit nahe genug, dass sie Nizat glatt von der Zunge rollen sollte. Wie dunkel sein Pfad doch geworden war, dass er die Propheten so beifällig anlog – wenn auch, um einen ehrenhaften Major zu retten.

'Lakosees Mandibeln klappten schockiert auseinander. »Flottenmeister, ich kann nicht von dir verlangen, dass …«

»Du verlangst gar nichts«, sagte Nizat. »Und es wird auch keine Diskussionen geben. Wir haben Wichtigeres zu tun.«

Auch das stimmte. Nizats Herzen pochten um die Wette, seit der Sucher mit seinen Anschuldigungen begonnen hatte, und das lag nicht nur an seiner Verachtung für den San'Shyuum. Etwas an 'Lakosees Bericht beunruhigte ihn zutiefst. Warum hatten sie nur eine Art toter Feinde gefunden? Waren die Spartans den anderen Menschensoldaten so überlegen? Oder war es nur ihre spezielle Rüstung, die sie so übermächtig machte?

Hoffentlich würde er bald eine Antwort auf diese Fragen finden. Er musste herausfinden, was mit den Bauplänen passiert war, die 'Szatulai von den menschlichen Verrätern erhalten hatte. Nizat war nicht sicher, welche Möglichkeit ihm lieber war – dass es eine Blutlinie von menschlichen Kämpfern gab, die selbst den Elitekriegern der Allianz überlegen waren ... oder dass die Menschen Rüstungen bauen konnten, die aus jedem Träger einen Supersoldaten machte.

Aber auch das war ein Dilemma für einen anderen Tag – und vermutlich auch für einen anderen Flottenmeister. Jetzt musste Nizat erst einmal beschützen, was sie noch nicht verloren hatten.

»Die Flotte soll den Orbit verlassen und sich außerhalb des Gravitationsfeldes sammeln«, befahl er. »Und erzähl mir mehr über diese Gefangenen. Wurden sie bereits verhört?«

»Es gab nur vorläufige Befragungen«, antwortete 'Lakosee. »Die Schiffsmeister wollen die Gefangenen erst an Castor und Orsun übergeben, wenn die sie sicher auf die *Pious Rampage* transportieren können.«

Nizat wusste, was das bedeutete: Die Schiffsmeister wollten die Gefangenen möglichst lange zurückbehalten, damit ihre eigenen Willensbrecher sie bearbeiten konnten. Aber das war zu erwarten gewesen. Wäre er ein junger Schiffsmeister, er hätte genau dasselbe getan.

»Und was haben diese vorläufigen Befragungen ergeben?«, erkundigte er sich. »Haben ihre Willensbrecher etwas in Erfahrung gebracht?«

'Lakosee klappte kurz die Mandibeln auseinander. »Das ist ja das Seltsame, Flottenmeister. Ganz gleich, wie oft die Gefangenen geschlagen oder Elektroschocks unterzogen werden, ihre einzige Reaktion ist der Laut, den die Menschen Lachen nennen.«

John würde seine erste Sweet William nie vergessen, da war er sicher. Die Zigarre schmeckte, als hätte man einen Socken nach einem zweiwöchigen Dauermarsch über einem Dungfeuer geräuchert, und sein erster und einziger Zug ließ ihn so stark husten, dass die acht Schmetterlingspflaster, die die Wunde an seinem Hals zusammenhielten, nachzugeben drohten.

Er konnte beim besten Willen nicht verstehen, warum Avery Johnson so genussvoll an seiner eigenen Zigarre nuckelte, vor allem in seinem gegenwärtigen Zustand. Sie saßen gemeinsam im Speiseraum der *Night Watch,* die nicht nur Team Blau, Team Grün und die beiden überlebenden Black Daggers aus ihrem Zug an Bord genommen hatte, sondern auch die Männer und Frauen, die Hector Nyetos Verräter aus den Ghost-Prowlern geblasen hatten.

Avery war der Letzte gewesen, den sie bei Librationspunkt Drei gerettet hatten; er war so lange im Vakuum getrieben, dass die Heizung seines Anzugs den Geist aufgegeben hatte und er um ein Haar erfroren wäre. Deswegen war er nun in eine Wärmedecke gehüllt. Darüber hinaus hing eine Sauerstoffkanüle aus seiner Nase, und in seinem Arm steckten zwei Infusionsschläuche – der Sauerstoff war ihm nämlich ebenfalls ausgegangen, und der CO_2-Gehalt in seinem Blut hatte kritische Werte erreicht, bevor er geborgen werden konnte.

Sie blickten durch das Aussichtsfenster in Richtung Naraka, wo Feuerschweife über die gelbe Wolkendecke des Planeten wanderten, wann immer ein weiterer Abschnitt des außerirdischen Flottenversorgungsrings aus dem Orbit stürzte. Manchmal brannten die Trümmer den gesamten Weg durch die Atmosphäre und in seltenen Fällen waren sogar die kleinen, orangefarbenen Blüten eines feurigen Aufpralls zu erkennen.

Avery bejubelte die Zerstörung, indem er auf die Armlehne seines Stuhls schlug und an seiner Zigarre saugte, und manchmal johlten auch Kelly und die anderen Spartans. Fred steuerte trockene Kommentare bei und Daisy lachte ein wenig zu laut darüber, während Linda nur stumm den Kopf über die beiden schüttelte. Es war vermutlich die beste Siegesfeier, an der John je teilgenommen hatte – nicht dass er viele Vergleichsmöglichkeiten hatte –, und sie wurde durch die Tatsache versüßt, dass alle zwölf Spartans überlebt hatten.

Er wünschte nur, dasselbe würde auch für das 21ste OAST-Bataillon gelten. Die drei verbliebenen Prowler der Hush- und Slipper-Gruppen – die einzigen Suchschiffe, die sie hierher begleitet hatten – hatten nur elf Black Daggers geborgen, die Team Grün durch den Orbitalaufzug nach oben begleitet hatten, und John hatte gehört, dass die Stimmung unter diesen Männern und Frauen eine ganz andere war. Er war fest entschlossen, ihnen nach ihrer Rückkehr sein Mitleid und seinen Respekt auszusprechen, aber Johnson hatte gemeint, dass er damit vielleicht besser ein wenig warten sollte. John war nicht sicher, was er damit meinte, aber er hatte nicht weiter nachgehakt.

Die Uhr an der Wand sprang auf 17:19, und Kurt-051 sagte: »Jetzt sollte es zur Auto-Detonation kommen.«

Wie aufs Stichwort tauchten acht blendend grelle Punkte in der Nähe von Naraka auf, die zu den weißen Feuerbällen von Octanitrocuban-Explosionen anschwollen. Die Sprengsätze von Team Grün detonierten in einer Ansammlung blauer Umrisse, von ihrem Blickwinkel aus ungefähr eine Handbreit über dem Planeten.

Eine ehrfurchtsvolle Stille senkte sich über den Raum, als die Spartans das Opfer ehrten, das mit diesen weißen Lichtflecken einherging, denn jede Explosion repräsentierte auch einen Black

Dagger, der gefallen war, bevor er oder sie sein Octa einsetzen konnte … und doch hatten sie es irgendwie geschafft, die Sprengsätze an Bord eines feindlichen Schiffes zu schmuggeln.

Als die grellen Kugeln in sich zusammenschrumpften und dem schwarzen Nichts explosiver Zerstörung wichen, zog Avery Johnson die Sauerstoffkanüle aus seiner Nase und hielt sie von seinem Gesicht fort, während er erneut an seiner Sweet William zog.

»Das nenn ich mal ein Bild für Götter«, murmelte er. »All diese Allianzschiffe, die in die Hölle geschickt werden – wo sie hingehören.«

»Wo er recht hat, hat er recht«, sagte Daisy-023. »Aber drei Prowler sollten ihnen auf dieser Reise Gesellschaft leisten.«

»Die Ghosts?«, vermutete Fred.

»Wer denn sonst?«, brummte Daisy. »Diese Mistkerle haben Colonel Crowther ermordet und dem 21sten eine Menge guter Soldaten gekostet. Ich kann nicht glauben, dass sie uns entwischt sind.«

»Nicht für lange«, warf Fred ein.

»Was willst du denn tun?«, fragte Kelly. »Unerlaubt losfliegen und nach ihnen suchen?«

»Ich wäre dabei«, sagte Daisy.

»Colonel Crowther hat es definitiv verdient, dass seine Mörder zur Rechenschaft gezogen werden«, bemerkte John. Ohne Crowthers Beispiel hätte er nie den subtilen, aber enorm wichtigen Unterschied zwischen einem Anführer und einem Kommandanten erkannt. Er stand tief in der Schuld des Colonels – eine Schuld, die er niemals zurückzahlen konnte. »Aber wollen wir ihn so ehren? Indem wir etwas tun, was er verachten würde?«

»Am Ende zählt nur das Resultat«, entgegnete Daisy. »Ist das nicht die Maxime der Spartans?«

»Auf dem Schlachtfeld.« John gefiel nicht, in welche Richtung sich das Gespräch entwickelte. Daisy war niemand, der Dinge einfach nur so sagte, und für Fred galt dasselbe. »Die Spartans sind nicht die Einzigen, die daran glauben. Crowther hat alles ge-opfert – sein ganzes *Bataillon* –, um dieser Operation zum Erfolg zu verhelfen.«

Daisy verdrehte die blauen Augen.

»Lass das«, grolle Johnson. Er beugte sich zu Daisy vor. »Tu nicht so, als hätte Operation: STILLER STURM den Krieg ent-schieden. Wir haben eine Versorgungsbasis zerstört, mehr nicht – und selbst das ist uns nur mit Glück gelungen.«

Kurz sah es aus, als wolle er seine Tirade fortsetzen, aber dann lehnte er sich zurück und blickte zu John hinüber, wie um zu sa-gen: *Das ist Ihre Einheit; kümmern* Sie *sich darum.*

Und er hatte recht. So wie es aussah, würde John die Spartans noch eine Weile anführen – zumindest wenn er die Erwartungen erfüllen konnte, die alle plötzlich in ihn setzten. Da konnte es nicht schaden, ein paar grundlegende Dinge klarzustellen.

»Der Sergeant hat recht«, sagte er. »Naraka ist garantiert nicht die einzige Versorgungsbasis der Allianz. Sie werden zurück-kommen, und zwar entschlossener und brutaler als zuvor. Wir Spartans werden von nun an alle Hände voll zu tun haben. Wir müssen aufeinander aufpassen und einander vertrauen. *So* ehren wir Colonel Crowthers Andenken.«

Daisy richtete sich auf. »Verstanden. Du kannst auf mich zählen.«

»Das weiß ich.« John lächelte, als er hinzufügte: »Und keine Sorge, wir *werden* Hector Nyeto kriegen. Das verspreche ich euch. Denn eines ist klar: Er wird ebenso wenig aufgeben wie die Alli-anz. Und wenn er sich wieder zeigt, werden wir bereit sein. Und wir werden ihn uns holen.«

Avery Johnson lachte leise. »Ich hätte es nicht besser sagen kön-nen.« Er lehnte sich herüber und deutete mit dem Stumpen sei-ner Sweet William auf John. »Sieht so aus, als hätten Sie den Dreh endlich raus, Master Chief.«

DANKSAGUNG

Ich möchte allen danken, die einen Beitrag zu diesem Buch geliefert haben, vor allem: meiner ersten Leserin, Andria Hayday, deren Vorschläge und Einsichten meine Manuskripte immer dreimal so gut machen; Ed Schlesinger, der ein großartiger Editor ist und während der langen Krankheit und dem Tod meiner Mutter endlose Geduld mit mir hatte; Jeremy Patenaude für all seine hervorragenden Vorschläge und dafür, dass er wirklich, wirklich gut in seinem Job ist; Tiffany O'Brien, die das Halo-Universum für Autoren wie mich zu einem so einladenden und angenehmen Ort macht; Chris McGrath, dem wir das exzellente Titelbild verdanken; Joel Hetherington für die redaktionelle Bearbeitung – das ist immer eine besonders knifflige Aufgabe; und allen bei 343 Industries und Gallery Books, die es zu einem wahren Vergnügen machen, Geschichten im Halo-Universum zu schreiben.

STAR WARS
DIE HOHE REPUBLIK

Jahrhunderte vor der legendären Skywalker-Saga
beginnt hier ein ganz neues Star Wars-Abenteuer …

Jugendroman, € 14,–
ISBN 978-3-8332-3944-1

Roman, € 16,–
ISBN 978-3-8332-3943-4

JETZT NEU IM BUCHHANDEL ERHÄLTLICH